PANINI BOOKS

WEITERE TITEL VON PANINI

RESIDENT EVIL: Rose Blank
Tadshi Aizawa – ISBN 978-3-8332-1348-9

RESIDENT EVIL: Tödliche Freiheit
Suiren Kimura – ISBN 978-3-8332-1349-6

RESIDENT EVIL: The Umbrella Chronicles, Teil 1
Osamu Makino – ISBN 978-3-8332-1785-2

RESIDENT EVIL: The Umbrella Chronicles, Teil 2
Osamu Makino – ISBN 978-3-8332-1968-9

RESIDENT EVIL Comicband 1
144 Seiten, farbig – ISBN 978-3-86607-864-2

Infos zu weiteren Romanen und Comics unter:
www.paninicomics.de

RESIDENT EVIL™

DER UMBRELLA-FAKTOR

PANINI BOOKS

Bibliografische Information der Deutschen Nationalbibliothek
Die Deutsche Nationalbibliothek verzeichnet diese Publikation in
der Deutschen Nationalbibliografie; detaillierte bibliografische
Daten sind im Internet über http://dnb.d-nb.de abrufbar.

Dieses Buch wurde auf chlorfreiem,
umweltfreundlich hergestelltem Papier gedruckt.
In neuer Rechtschreibung.

Deutsche Ausgabe: Panini Verlags GmbH, Rotebühlstraße 87, 70178 Stuttgart.
Alle Rechte vorbehalten.

Dieser Sammelband enthält die Resident Evil-Einzelbände
„Stadt der Verdammten" und „Das Tor zur Unterwelt" von S. D. Perry.

Amerikanische Originalausgaben:
„Resident Evil: City of the Dead", and „Resident Evil: Underworld" by S.D. Perry,
published in the US by Pocket Star Books, a Division of Simon and Schuster, Inc.

©CAPCOM CO., LTD. ALL RIGHTS RESERVED.

All rights reserved including the right of reproduction in whole or in part in any form.
No similarity between any of the names, characters, persons and/or institutions in this
publication and those of any pre-existing person or institution is intended and any
similarity which may exist is purely coincidental. No portion of this publication may
be reproduced, by any means, without the express written permission of the copyright
holder(s).

Übersetzung: Timothy Stahl
Lektorat: Manfred Weinland, Christian Steudner
Redaktion: Mathias Ulinski, Holger Wiest
Chefredaktion: Jo Löffler
Umschlaggestaltung: tab indivisuell, Stuttgart
Satz: Greiner & Reichel, Köln
Druck: GGP Media GmbH, Pößneck
Printed in Germany

ISBN 978-3-8332-2230-6
1. Auflage, September 2011

www.paninicomics.de

STADT DER VERDAMMTEN

S. D. PERRY

*Für Juli,
die wächst und wächst*

Ungehindertes Übel gedeiht,
geduldetes vergiftet das ganze System.

– JAWAHARLAL NEHRU

PROLOG

Raccoon Times, 26. August 1998

BÜRGERMEISTER KÜNDIGT PLAN ZUM ERHALT DER STÄDTISCHEN SICHERHEIT AN

RACCOON CITY – In einer Pressekonferenz auf den Stufen des Rathauses gab Bürgermeister Harris gestern Nachmittag bekannt, dass der Stadtrat mindestens zehn weitere Beamte zur Verstärkung der hiesigen Polizei einstellen werde. Dies sei eine Reaktion auf die noch immer andauernde Suspendierung der Special Tactics and Rescue Squad (S.T.A.R.S.), die seit den brutalen Morden in Kraft ist, welche sich im Frühsommer in Raccoon ereigneten. Im Beisein von Polizeichef Brian Irons und sämtlicher Mitglieder des Stadtrats versicherte Harris den versammelten Bürgern und Reportern, dass Raccoon City wieder eine Gemeinde werden würde, in der man sicher leben und arbeiten könne, und dass die Untersuchungen der elf „Kannibalen"-Morde sowie der drei tödlichen Angriffe durch wilde Tiere längst nicht abgeschlossen seien.

„Nur weil im vergangenen Monat niemand attackiert wurde, heißt das nicht, dass sich die Verantwortlichen dieser Stadt zurücklehnen können", erklärte Harris. „Die braven Bürger von Raccoon verdienen Vertrauen in ihre Polizei und die Gewissheit, dass ihre politischen Vertreter alles Mögliche tun, um für die Sicherheit eines jeden Einwohners Sorge zu tragen. Wie viele von Ihnen wissen, wird die Suspendierung von S.T.A.R.S. voraussichtlich von Dauer sein. Die groben Verfehlungen dieser Einheit bei der Untersuchung der Mordfälle und ihr späteres Verschwinden aus Raccoon City legen nahe, dass diesen Leuten das Wohl unserer Stadt gleichgültig ist. Ich darf Ihnen jedoch versichern, dass dies auf uns nicht zutrifft, und dass ich persönlich, Chief Irons sowie die Männer und Frauen, die Sie heute hier sehen, nichts mehr wollen, als Raccoon zu einem Ort zu machen, an dem unsere Kinder ohne Angst aufwachsen können."

Harris fuhr fort mit den Einzelheiten eines Drei-Punkte-Plans, der entwickelt worden sei, um das öffentliche Vertrauen zu stärken und die Einwohner von Raccoon vor Gewalttaten zu schützen. Neben der Neueinstellung von weiteren zehn bis zwölf Polizisten werde die stadtweite Ausgangssperre noch mindestens bis Ende September in Kraft bleiben, und Chief Irons selbst werde ein Sonderkommando aus mehreren Polizei- und Kriminalbeamten leiten, um die Suche nach den Mördern fortzusetzen, die von Mai bis Juli dieses Jahres elf Menschen umbrachten ...

Cityside, 4. September 1998

RENOVIERUNG DES UMBRELLA-KOMPLEXES GEPLANT

RACCOON CITY – Das Umbrella-Chemiewerk südlich der Stadt soll größeren Umbauten unterzogen werden, deren Beginn für kommenden Montag angesetzt ist. Das ist in diesem Jahr die dritte derartige Renovierung für das florierende pharmazeutische Unternehmen. Laut Umbrella-Sprecherin Amanda Whitney werden zwei der Labors im Hauptwerk mit Ausrüstung zur Vakzin-Synthese im Wert von mehreren Millionen Dollar ausgestattet. Das Gebäude selbst erhält ein Sicherheitssystem auf dem neuesten Stand der Technik. Zusätzlich werden die Computer in allen angeschlossenen Bürogebäuden im Laufe der nächsten Wochen aktualisiert. Werden sich daraus Probleme für den städtischen Verkehr ergeben? Dazu sagte Whitney: „Nachdem gerade eine weitere Renovierung am Polizeigebäude von Raccoon abgeschlossen wird, wissen wir, dass die örtlichen Pendler Straßenabsperrungen allmählich gründlich satt haben. Wir werden unser Bestes tun, um dem städtischen Verkehr nicht in die Quere zu kommen. Der Großteil der Bauarbeiten findet innerhalb der Gebäude statt, und den Rest erledigen wir außerhalb der Geschäftszeiten." Wie sich unsere Leser vielleicht erinnern, wurde der Hof vor dem RCPD-Gebäude unlängst neu befestigt und gestaltet, nachdem rätselhafte Sprünge in Zement und Erdreich aufgetaucht waren. Der Verkehr hatte sechs Tage lang zwei Blocks über die Oak Street umgeleitet werden müssen.

Auf die Frage, warum in letzter Zeit so viele Renovierungen vorgenommen würden, antwortete Whitney: „Umbrella ist der Konkurrenz aus gutem Grund seit jeher voraus – weil wir mit der technischen Entwicklung Schritt halten. Uns stehen ein paar hektische Monate bevor, aber ich glaube, es wird alle Mühe wert gewesen sein, wenn wir damit fertig sind …"

Raccoon Weekly, Leitartikel, 17. September 1998

WIRD IRONS KANDIDIEREN?

RACCOON CITY – Bürgermeister Harris steht im kommenden Frühjahr womöglich ein hartes Rennen bevor. Quellen innerhalb des RCPD lassen verlauten, dass Brian Irons, seit viereinhalb Jahren Chef der hiesigen Polizei, bei der nächsten Wahl vielleicht für das höchste Amt der Stadt kandidieren und sich damit dem beliebten und bislang unangefochtenen Devlin Harris stellen wird, der seit drei Wahlperioden im Amt ist. Obwohl Irons seinen möglichen Eintritt in die politische Arena nicht bestätigte, wollte das ehemalige S.T.A.R.S.-Mitglied dem Gerücht auch nicht widersprechen.

Da er sich seit dem Ende der barbarischen (und noch immer

ungelösten) Morde dieses Sommers größerer Beliebtheit denn je erfreut und aufgrund der geplanten Erweiterung des RCPD, könnte Chief Irons in der Tat der Mann sein, dem es gelingt, Harris aus dem Rathaus zu vertreiben. Die Frage ist: Werden die Wähler imstande sein, Irons' angebliche Verwicklung in den Grundstücksschwindel im Cider-Bezirk von 1994 zu vergessen? Oder seinen reichlich teuren Geschmack in Sachen Kunst und Innenarchitektur, weswegen Teile des RCPD-Gebäudes eher einem Museum ähneln als Büros, in denen gearbeitet wird? Für den Fall, dass er tatsächlich beabsichtigt, in den Ring zu steigen, freut sich dieser Reporter – und nicht nur er – schon jetzt, Irons' finanziellen Background gründlich unter die Lupe zu nehmen ...

Raccoon Times, 22. September 1998

TEENAGER IM STADTPARK ATTACKIERT

RACCOON CITY – Gestern Abend gegen 18.30 Uhr wurde die 14-jährige Shanna Williamson im städtischen Birch Street Park auf dem Nachhauseweg vom Softballtraining von einem Fremden angegriffen. Der Mann trat hinter einer Heckenreihe am Südende des Parks hervor und stieß Miss Williamson von ihrem Fahrrad, bevor er versuchte, sie zu ergreifen. Das Mädchen schaffte es, mit ein paar Kratzern davonzukommen und sich zum nahen Anwesen von Tom und Clara Atkins zu flüchten. Mrs. Atkins alarmierte die Polizei, die eine sorgfältige Durchsuchung des Parks vornahm, aber keinen Hinweis auf den Angreifer fand. Dem Mädchen zufolge (und gemäß einer Stellungnahme der Polizei, die heute Morgen herausgegeben wurde), schien der Mann ein Landstreicher zu sein; seine Kleidung und Haare waren schmutzig, und Shanna Williamson beschrieb einen schlechten Geruch, der von ihm ausging, ein „Geruch wie von faulem Obst". Sie sagte auch, dass er betrunken gewesen zu sein schien, da er hinter ihr her taumelte und stürzte, als sie davonlief.

Weil die Serie kannibalischer Morde, die sich von Mai bis Juli ereigneten, noch ungeklärt ist, nimmt das RCPD Miss Williamsons Erlebnis sehr ernst; der Angreifer zeigt auffallende Ähnlichkeit mit Augenzeugenbeschreibungen jener „Banden"-Mitglieder, die im vergangenen Juni im Victory Park gesehen wurden. Bürgermeister Harris hat für heute eine Pressekonferenz anberaumt, und Polizeichef Brian Irons hat bereits erklärt, dass ab nächster Woche, wenn die ersten neu eingestellten Polizeibeamten ihren Dienst antreten, die regulären Streifen ihre Route auf die städtischen Parkbezirke ausdehnen werden ...

EINS

26. September 1998

Da die Jungs draußen in Barrys Truck warteten, tat Jill ihr Möglichstes, sich zu beeilen. Es war nicht leicht, denn das Haus war seit ihrer letzten Anwesenheit gefilzt worden. Bücher und Papiere lagen über den Boden verstreut, und es war zu dunkel, um sicher um die Trümmer herumzunavigieren. Dass man ihr kleines Haus geschändet hatte, war erschütternd, wenn auch nicht allzu überraschend. Jill glaubte, dass sie wohl dankbar sein musste, im Grunde kein sentimentaler Typ zu sein – und dass die Eindringlinge ihren Reisepass nicht gefunden hatten.

In der bedrückenden Dunkelheit des Schlafzimmers tastete sie blind nach sauberen Socken und Unterwäsche, stopfte sie in ihren abgetragenen Rucksack und wünschte sich, sie hätte das Licht einschalten können. Im Finstern eine Tasche zu packen, war schwieriger, als es sich anhörte – das wäre es selbst dann gewesen, wenn man das Haus nicht verwüstet hätte. Aber Jill wusste, dass sie es sich nicht erlauben konnten, irgendwelche Risiken einzugehen. Es war unwahrscheinlich, dass Umbrella jedes ihrer Häuser überwachen ließ, aber falls doch jemand auf der Lauer lag, konnte Licht hinter einem der Fenster alles verraten.

Wenigstens kommst du hier weg. Das Versteckspiel hat ein Ende.

Das stimmte, immerhin. Sie waren unterwegs ins Ausland, um

das Hauptquartier ihres Gegners zu stürmen – und höchstwahrscheinlich dabei umgebracht zu werden.

Aber wenigstens würde sie nicht länger in Raccoon herumhängen müssen. Und nach dem, was sie in letzter Zeit in den Zeitungen gelesen hatte, war das vielleicht das Beste. Zwei Angriffe in der vergangenen Woche ... Chris und Barry schienen die Gefahr immer noch zu unterschätzen, und das obwohl sie wussten, was das T-Virus mit einem Menschen anrichtete. Barry vertrat die Ansicht, dass Umbrella Raccoon schon aus PR-Gründen „retten" würde, ehe neue Opfer zu beklagen sein würden. Chris unterstützte diese Meinung, darauf bauend, dass Umbrella, sozusagen, nicht noch einmal in den eigenen „Vorgarten" scheißen würde, wie unlängst bei der Katastrophe auf dem Spencer-Anwesen geschehen.

Doch Jill war nicht bereit, sich solchen Spekulationen hinzugeben – Umbrellas bisheriges Verhalten hatte gezeigt, dass das Unternehmen nicht in der Lage war, die gefährlichen Folgen seiner Forschungen unter Kontrolle zu halten. Und nach dem, womit Rebecca und David Trapps Team es in Maine zu tun bekommen hatten ...

Jetzt war nicht die Zeit, darüber nachzudenken – sie mussten ihren Flug erwischen. Jill schnappte sich die Taschenlampe von der Kommode und war schon fast auf dem Weg ins Wohnzimmer, als ihr einfiel, dass sie nur einen BH dabei hatte. Mürrisch wandte sie sich um, öffnete die Schubladen und begann zu wühlen. Genug Klamotten hatte sie bereits, ausgesucht aus den Sachen, die Brad zurückgelassen hatte, als er aus Raccoon geflohen war. Sie und die Jungs hatten sich für einige Wochen in seinem verlassenen Haus verschanzt, nachdem Umbrella Barrys Haus angegriffen hatte, und wenn auch nichts von Brads Sachen passend für Chris' hochgewachsene oder Barrys gedrungene Statur war, hatte zumindest Jill sich bedienen können. Damenunterwäsche jedoch war etwas, mit dem der S.T.A.R.S.-Pilot nichts am Hut zu haben schien. Und Jill konnte sich Besseres vorstellen, als in Österreich aus dem Flugzeug steigen zu müssen, um sich mit BHs einzudecken.

„Eitelkeit, dein Name ist Körbchengröße", murmelte sie leise und grub in dem Haufen. Sie fand das durchscheinende Stück erst beim zweiten Durchwühlen der Schublade und stopfte es in die Tasche, während sie bereits in Richtung des vorderen kleinen Zimmers des gemieteten Hauses eilte. Sie war erst zum zweiten Mal hier, seit sie untergetaucht waren, und sie hatte das Gefühl, dass sie für eine ganze Weile nicht zurückkommen würde. Auf einem der Bücherregale stand ein Bild ihres Vaters, das sie mitnehmen wollte.

Flink huschte sie durch das im Dunkeln liegende Chaos, schirmte die Taschenlampe mit einer Hand ab und richtete den schmalen Strahl in die Ecke, in der das Regal gestanden hatte. Das Umbrella-Team hatte es umgeworfen, sich offenbar aber nicht die Mühe gemacht, die Bücher selbst in Augenschein zu nehmen. Gott allein mochte wissen, wonach sie überhaupt gesucht hatten. Wahrscheinlich nach Hinweisen darauf, wo sich die abtrünnigen S.T.A.R.S.-Mitglieder versteckt hielten. Nach dem Angriff auf Barrys Haus und der verheerend verlaufenen Mission in Caliban Cove machte sich Jill nicht länger vor, dass Umbrella sie einfach ignorieren würde.

Jill fand, wonach sie suchte, ein reißerisch aufgemachtes Taschenbuch mit dem Titel *Prison Life* – ihr Vater hätte gelacht. Sie hob es auf, blätterte darin und hielt inne, als das Licht auf Dick Valentines schiefes Grinsen fiel. Er hatte das Foto zusammen mit einem seiner Briefe jüngeren Datums geschickt, und Jill hatte es in das Buch gesteckt, damit sie es nicht verlor. Wichtige Sachen zu verstecken war eine Angewohnheit, der sie in jungen Jahren verfallen war – und eine, die sich gerade wieder einmal bezahlt machte.

Sie ließ das Buch fallen; die Notwendigkeit, sich zu beeilen, war mit einem Mal vergessen, als sie auf das Foto hinabblickte. Ein schwaches Lächeln umspielte ihre Lippen. Ihr Vater war vermutlich der einzige Mann, den sie kannte, der im grellorangefarbenen Overall eines Hochsicherheitsgefängnisses gut aussah. Nur für einen Augenblick fragte sie sich, was er wohl von ihrem derzeitigen Dilemma halten würde – um ein paar Ecken herum war er schließlich dafür verantwortlich, jedenfalls dafür, dass sie sich S.T.A.R.S. überhaupt angeschlossen hatte. Nachdem er in den Knast gewandert war, hatte er sie gedrängt, aus dem Geschäft auszusteigen, und sogar eingeräumt, dass es falsch von ihm gewesen sei, sie zur Diebin auszubilden …

Ich wähle also einen legalen Job, arbeite für die Gesellschaft anstatt gegen sie – und in Raccoon beginnt das Sterben. S.T.A.R.S. deckt eine Verschwörung zur Herstellung von Biowaffen mittels eines Virus' auf, das Lebewesen in Monster verwandelt. Klar, dass uns niemand glaubt, und die S.T.A.R.S.-Angehörigen, die Umbrella nicht kaufen kann, werden entweder in Misskredit gebracht oder eliminiert. Also tauchen wir unter, versuchen Beweise auszugraben und tauchen mit leeren Händen wieder auf, während Umbrella weiter mit diesen gefährlichen Forschungen herumspielt und weitere anständige Menschen ermordet werden. Jetzt sind wir auf dem Weg zu einem voraussichtlichen Selbstmordkommando in Europa, um zu sehen, ob wir das Hauptquartier eines Multimilliarden-Dollar-Unternehmens infiltrieren und diese Leute davon abhalten können, den gottverdammten Planeten zu vernichten. Ich frage mich, was du davon halten würdest. Vorausgesetzt, du würdest so eine aberwitzige Geschichte überhaupt glauben – was würdest du denken?

„Du wärst stolz auf mich, Dick", flüsterte sie, sich kaum bewusst, dass sie die Worte ausgesprochen hatte – und ganz und gar nicht sicher, ob sie der Wahrheit entsprachen. Ihr Vater hatte gewollt, dass sie eine *weniger* gefährliche Arbeit verrichtete, und verglichen mit dem, womit sie und die anderen Ex-S.T.A.R.S.-Mitglieder es momentan zu tun hatten, war Einbruch etwa so gefährlich wie Buchführung.

Nach einem langen Augenblick verstaute sie das Foto sorgsam in einer Tasche ihres Rucksacks und ließ den Blick über die zertrümmerten Überreste ihres kleinen Zuhauses schweifen, wobei sie immer noch an ihren Vater dachte und daran, was er wohl über den seltsamen Lauf sagen würde, den ihr Leben genommen hatte. Wenn alles gut ging, würde sie ihn ja vielleicht persönlich danach fragen können. Rebecca Chambers und die anderen Überlebenden der Maine-Mission hielten sich nach wie vor versteckt und arbeiteten sich, nach Unterstützung suchend, heimlich durch die S.T.A.R.S.-Organisation. Sie warteten darauf, was Jill, Chris und Barry ihnen über das Umbrella-Hauptquartier würden sagen können. Der offizielle Sitz befand sich in Österreich, obwohl sie alle annahmen, dass die eigentlichen Verantwortlichen für das T-Virus ihren eigenen geheimen Unterschlupf an einem anderen Ort hatten …

… den du aber nie finden wirst, wenn du deinen Hintern nicht endlich in die Gänge kriegst. Die Jungs werden denken, du hättest dich zu einem Nickerchen hingelegt.

Jill schulterte den Rucksack und sah sich ein letztes Mal im Zimmer um, bevor sie sich zur Küche und damit in Richtung der Hintertür in Bewegung setzte. Der Geruch von faulem Obst hing in der Dunkelheit, ausgehend von einer Schale mit Äpfeln und Birnen auf dem Kühlschrank, die längst zu Brei geworden waren. Obwohl sie das wusste, jagte ihr der Geruch einen Schauer über den Rücken. Sie eilte auf die geschlossene Tür zu und versuchte die plötzlichen lebhaften Erinnerungen an das, was sie auf dem Spencer-Anwesen vorgefunden hatten, abzublocken.

… bei lebendigem Leib verwesend, feuchte, welke Finger ausstreckend, Gesichter, die zu Eiter und Fäulnis schmolzen …

„Jill?"

Sie konnte den überraschten Aufschrei kaum unterdrücken, als draußen vor der Tür Chris' leise Stimme erklang. Die Tür öffnete sich, und in der Dunkelheit, die von einer fernen Straßenlaterne nur wenig aufgehellt wurde, erschien Chris' Silhouette.

„Ja, ich bin hier", sagte Jill und trat vor. „Sorry, dass ich so lange gebraucht habe. Umbrella hat hier alles mit 'nem Bulldozer umgepflügt."

Selbst im kaum vorhandenen Licht konnte sie das laxe Grinsen auf seinem jungenhaften Gesicht erkennen. „Wir dachten schon, die Zombies hätten dich erwischt", sagte Chris, und obgleich sein Tonfall locker war, konnte sie echte Sorge dahinter hören.

Jill wusste, dass er versuchte, die Anspannung zu mildern, fand aber dennoch nicht die Kraft in sich, um zurückzulächeln. Zu viele

Menschen waren gestorben durch das, was Umbrella in den Wäldern direkt außerhalb der Stadt entfesselt hatte, und wenn sich der Ausbruch noch näher bei Raccoon City ereignet hätte ...

„Das ist nicht komisch", meinte sie leise.

Chris' Grinsen schwand. „Ich weiß. Bist du bereit?"

Jill nickte, obwohl sie sich nicht unbedingt bereit fühlte für das, was vor ihnen lag. Andererseits hatte sie sich auch nicht bereit gefühlt für das, was hinter ihnen lag. Binnen weniger Wochen hatte ihr Weltbild einen massiven Wandel erfahren, waren Albträume zu Alltäglichem geworden.

Rücksichtslose Firmen, verrückte Wissenschaftler, Killerviren. Und lebende Tote ...

„Yeah", erwiderte sie schließlich. „Ich bin bereit."

Gemeinsam traten sie aus dem Haus. Als Jill die Tür hinter ihnen schloss, ereilte sie plötzlich eine ebenso seltsame wie beunruhigende Gewissheit: Dass sie nie mehr einen Fuß in dieses Haus setzen – dass keiner von ihnen je wieder nach Raccoon City zurückkehren würde!

Aber nicht, weil uns etwas passiert. Es wird *etwas passieren, aber nicht uns.*

Stirnrunzelnd, die Hand am Türknauf, zögerte sie einen Moment und versuchte, dem bizarren Gedanken irgendeinen Sinn abzugewinnen. Wenn sie die Aufklärung überlebten, wenn sie Erfolg hatten in ihrem Kampf gegen Umbrella, warum sollten sie dann nicht mehr nach Hause kommen? Sie wusste es nicht, aber das Gefühl war unangenehm stark. Etwas Schlimmes würde geschehen, etwas –

„Hey, bist du okay?"

Jill schaute Chris an, sah auf seinem Gesicht dieselbe Besorgnis, die sie schon zuvor bemerkt hatte. Die vergangenen Wochen hatten dazu geführt, dass sie einander ziemlich nahe gekommen waren, wenn sie auch annahm, dass Chris ihr gerne noch ein wenig darüber hinaus näher gekommen wäre.

Ach, und du nicht?

Das Gefühl drohender Unannehmlichkeiten schwand bereits, andere Verwirrungen und Unsicherheiten traten an seine Stelle. Jill schüttelte sich innerlich, nickte Chris zu und ignorierte ihre Vorahnungen. Das Flugzeug nach New York würde nicht warten, weil sie in Selbstanalysen schwelgte – oder sich um Dinge sorgte, die sie nicht steuern konnte, ob sie nur eingebildet waren oder nicht.

Dennoch, dieses Gefühl …

„Machen wir, dass wir verdammt noch mal hier wegkommen", sagte sie und meinte es auch so.

Sie traten hinaus in die Nacht und ließen das dunkle Haus hinter sich zurück, einsam und still wie eine Gruft.

ZWEI

3. Oktober 1998

Die Abenddämmerung hatte sich über die Berge gelegt und tauchte den zerklüfteten Horizont in purpurnes Zwielicht. Die Asphaltstraße wand sich durch zunehmende Dunkelheit, umgeben von schattenhaften Hügel, die in den wolkenlosen Himmel aufragten und sich nach dem ersten schwachen Glimmern der Sterne reckten.

Leon hätte den majestätischen Anblick vielleicht etwas mehr genossen, wenn er nicht so gottverdammt *spät* dran gewesen wäre. Er würde es rechtzeitig zu seiner Schicht schaffen, sicher, aber er hatte gehofft, sich erst in seiner neuen Wohnung einrichten, duschen und etwas essen zu können – doch so, wie es aussah, würde er *vielleicht* Zeit haben, auf dem Weg zum Revier noch kurz an einem Drive-in zu halten. Dass er an der letzten Raststätte schon seine Uniform angezogen hatte, hatte ihm zwar ein paar Minuten gespart, aber im Grunde änderte es nichts mehr an den üblen Aussichten.

Großartig, Officer Kennedy. Der erste Arbeitstag, und du wirst dir beim Anwesenheitsappell Cheeseburger aus den Zähnen klauben. Sehr professionell.

Seine Schicht begann um neun, und jetzt war es bereits kurz nach acht. Als sein Jeep an einem Hinweisschild vorbeifegte, das ihm verriet, dass er noch eine halbe Stunde von Raccoon City entfernt war, setzte Leon seinen Stiefel tiefer aufs Gaspedal. Wenigstens war die Straße frei; außer ein paar Sattelschleppern hatte er seit, wie ihm vorkam, Stunden niemanden gesehen. Eine nette Abwechslung zum Verkehrsstau gleich außerhalb von New York, der ihn den größten Teil des Nachmittags gekostet hatte. Er hatte am Abend zuvor noch versucht, anzurufen und beim Desk Sergeant eine Nachricht zu hinterlassen, dass er möglicherweise etwas später eintreffen würde, aber mit der Verbindung hatte etwas nicht gestimmt. Immerzu war nur das Besetztzeichen erklungen.

Die wenigen Möbel, die er besaß, befanden sich bereits in einer Einzimmerwohnung im Trask-Bezirk von Raccoon City, einem Viertel, in dem überwiegend die Arbeiterklasse wohnte, das aber als sehr ordentlich galt. Keine zwei Blocks entfernt gab es einen hübschen Park, und bis zum Revier fuhr man nur fünf Minuten. Keine Verkehrsinfarkte mehr, keine überfüllten Slums und wahllosen Gewalttaten. Vorausgesetzt, er würde die Peinlichkeit überleben, seine erste Schicht als echter Gesetzeshüter anzutreten, ohne vorher seine Koffer ausgepackt zu haben, freute er sich bereits sehr auf das friedvolle Leben in dieser Stadt.

Raccoon unterscheidet sich so sehr vom Big Apple, wie es nur möglich ist, herzlichen Dank auch – na ja, bis auf die letzten paar Monate vielleicht. Diese Mordserie ...

Wider seinen Willen verspürte Leon bei diesem Gedanken ein leichtes Prickeln. Was sich in Raccoon zugetragen hatte, war natürlich entsetzlich und Ekel erregend; man hatte den oder die Täter nie erwischt, und die Ermittlungen gingen eigentlich gerade erst los. Und wenn Irons ihn mochte, ihn so mochte, wie ihn die Direktoren der Akademie gemocht hatten, würde Leon vielleicht die Chance bekommen, an dem Fall zu arbeiten. Es hieß, Chief Irons sei ein Arschloch, aber Leon wusste, dass er eine fantastische Ausbildung hinter sich hatte – selbst ein Arschloch musste sich davon ein *ganz klein wenig* beeindruckt zeigen. Immerhin hatte er als einer der zehn Besten abgeschlossen. Und es war ja nicht so, dass er ein Fremder in Raccoon City gewesen wäre. Immerhin hatte er als Kind – damals waren seine Großeltern noch am Leben gewesen – fast jeden Sommer hier verbracht. Seinerzeit hatte sich im RCPD-Gebäude noch eine Bücherei befunden, und es hatte noch ein paar Jahre gedauert, bis sich das Städtchen unter Umbrellas Einfluss zur richtigen Stadt mauserte. Aber in vielerlei Hinsicht war es immer noch derselbe ruhige Ort, mit dem er seine Kindheit verband. Sobald die „Killerkannibalen" endlich hinter Schloss und Riegel saßen, würde Raccoon wieder ein Idyll sein – hübsch, sauber, eine arbeitsame Gemeinde, die sich wie ein geheimes Paradies zwischen die umliegenden Berge schmiegte.

Ich lebe mich also ein, es vergehen ein, zwei Wochen, und Irons merkt, wie gut meine Berichte geschrieben sind oder wie gut ich auf dem Schießstand bin. Er bittet mich, einen Blick in die Akten des Falles zu werfen, nur um mich mit den Einzelheiten vertraut zu machen, damit ich etwas darüber nachgrübeln kann – und ich sehe etwas, das sonst noch niemandem aufgefallen ist. Ein Muster vielleicht, oder ein Motiv, das auf mehr als nur eines der Opfer zutrifft ... Vielleicht stoße ich auf eine Zeugenaussage, an der mir etwas nicht ganz koscher vorkommt. Niemand sonst hat das bemerkt, weil sie sich alle zu lange damit befasst haben, und dieser neue Cop kommt daher und knackt den Fall, noch keinen Monat von der Akademie runter und –

Etwas rannte vor den Jeep.

„Jesus!"

Leon stieg auf die Bremse und scherte aus, von dem Schock jäh aus seinem Tagtraum gerissen und um die Kontrolle über das Fahrzeugs ringend. Die Bremsen blockierten, begleitet von einem Quietschen, das wie ein Schrei klang. Der Jeep vollführte eine halbe Drehung, sodass er mit der Haube zu den finsteren Bäumen hinüberwies, die die Straße säumten. Am Seitenstreifen kam er schließlich zum Stehen, und der Motor erstarb mit einem letzten Ruckeln.

Mit hämmerndem Herzen und verkrampftem Magen öffnete Leon das Fenster, reckte den Hals und durchforstete die Schatten nach dem Tier, das über den Highway gejagt war. Er hatte es nicht erwischt, aber es war knapp gewesen. Irgendein Hund, es war zu schnell gegangen, um ihn nicht deutlich zu sehen – ein großer

Körper jedenfalls, vielleicht ein Schäferhund oder ein übergroßer Dobermann. Aber etwas daran hatte irgendwie ... *falsch* gewirkt. Leon hatte ihn nur für einen Sekundenbruchteil wahrgenommen, das Blitzen rotglühender Augen und ein schlanker, wolfsartiger Körper. Und da war noch etwas anderes gewesen, der Eindruck von etwas ...

... Schleimigem? Nein, eine Täuschung durch das Licht, oder du hast einfach nur dermaßen die Hosen voll gehabt, dass du es nicht richtig gesehen hast. Du bist okay, du hast es nicht erwischt, und mehr gibt es dazu nicht mehr zu sagen.

„Jesus", murmelte er noch einmal, leiser diesmal, und er fühlte sich erleichtert und ziemlich wütend in einem, während das Adrenalin langsam wieder aus seinem Kreislauf wich. Leute, die ihre Hunde frei herumlaufen ließen, waren Idioten – behaupteten, sie wollten, dass ihre Haustiere sich frei fühlten, und taten dann überrascht, wenn „Fido" von einem Auto platt gemacht wurde ...

Der Jeep war nahe eines Straßenschilds zum Stehen gekommen, auf dem RACCOON CITY 10 stand; Leon konnte die Beschriftung in der zunehmenden Dunkelheit gerade noch erkennen. Er blickte auf seine Uhr. Ihm blieb immer noch fast eine halbe Stunde, um zum Revier zu gelangen, massig Zeit also – aber aus irgendeinem Grund blieb er einfach einen Moment lang sitzen, schloss die Augen und atmete tief durch.

Kühle, nach Kiefern duftende Luft fächelte über sein Gesicht. Das verlassene Straßenstück wirkte fast unnatürlich still – als hielte die Landschaft wie abwartend den Atem an. Nachdem sein Herzschlag zu einem normaleren Rhythmus zurückgefunden hatte, stellte Leon zu seiner Überraschung fest, dass er sich immer noch beunruhigt fühlte – mehr noch, ängstlich sogar.

Die Morde in Raccoon. Waren einige dieser Menschen nicht durch Tierattacken ums Leben gekommen? Wildhunde oder so was? Vielleicht war das gerade ja niemandes Haustier gewesen ...

Ein verstörender Gedanke – und noch verstörender war das plötzliche Gefühl, dass sich der Hund immer noch in der Nähe aufhielt und ihn vielleicht aus dem Dunkel zwischen den Bäumen heraus beobachtete.

Willkommen in Raccoon City, Officer Kennedy. Geben Sie acht auf Dinge, die vielleicht ein Auge auf Sie werfen ...

„Sei kein Arschloch", wies sich Leon selbst zurecht, und der keinen Unfug duldende, erwachsene Tonfall seiner Stimme ließ ihn sich ein wenig besser fühlen. Er fragte sich oft, ob er seinen kindlichen Fantasien je gänzlich entwachsen würde.

Wie ein Kind davon träumen, Bösewichte zu fangen oder sich dann mordende Hundemonster ausdenken, die im Wald lauern – wie wär's, wenn wir uns mal unserem Alter entsprechend verhalten würden, hm, Leon? Du bist ein Cop, Herrgott noch mal, ein Mann ...

Er startete den Motor und stieß auf die Straße zurück, ignorierte das seltsame Unbehagen, das es der tadelnden inneren Stimme zum Trotz irgendwie geschafft hatte, von ihm Besitz zu ergreifen. Er hatte einen neuen Job und eine nette Wohnung in einer hübschen kleinen, aufstrebenden Stadt; er war kompetent, klug und sah nicht schlecht aus; so lange er seine Einbildungskraft im Zaume hielt, würde alles bestens sein.

„Und genau das habe ich vor", knurrte er und zwang sich zu einem Grinsen, das sich unangemessen anfühlte, aber plötzlich unabdingbar schien für seinen inneren Frieden. Er war auf dem Weg nach Raccoon City, in ein vielversprechendes neues Leben – es gab keinen Grund, sich Sorgen zu machen, nicht den geringsten ...

Claire war erschöpft, sowohl körperlich als auch emotional, und die Tatsache, dass ihr seit ein paar Stunden auch noch der Hintern wehtat, machte die Sache nicht besser. Das Wummern der Harley schien sich tief in ihren Knochen festgesetzt zu haben, ein physisches Gegenstück zu den Schmetterlingen in ihrem Bauch – und am schlimmsten war es, natürlich, in ihrem außerordentlich wund gescheuerten und heißen Arsch. Zudem wurde es dunkel und sie trug, idiotisch wie sie war, ihre Lederkluft nicht; Chris würde stocksauer sein.

Er wird sich die Lunge aus dem Hals schreien, und es wird mich nicht mal kratzen. Gott, Chris, bitte sei da, damit du mich anschreien kannst, weil ich so eine unvernünftige Närrin bin …

Die Harley brummte die dunkle Straße entlang. Die ansteigenden Hügel und schattenumhüllten Bäume warfen das Geräusch des Motors zu Claire zurück. Sie nahm die Kurven mit aller gebotenen Vorsicht, sich der Verlassenheit des gewundenen Highways nur zu bewusst – wenn sie stürzte, konnte es lange dauern, bis jemand vorbeikam.

Als ob es darauf ankäme. Leg einen Sturz ohne deine Lederklamotten hin, und sie kratzen dich mit 'nem Fensterwischer häppchenweise vom Asphalt.

Es war dumm gewesen, sie wusste, dass es dumm gewesen war, so beschissen übereilt aufzubrechen und sich nicht einmal die Mühe zu machen, sich vernünftig anzuziehen – aber Chris war etwas zugestoßen. Zum Teufel, der ganzen *Stadt* mochte etwas zugestoßen sein. Im Laufe der letzten paar Wochen war die Vermutung, dass ihr Bruder in Schwierigkeiten steckte, zur Gewissheit geworden – und ihre Anrufe heute morgen hatten diese Gewissheit noch untermauert.

Niemand daheim. Nirgends war jemand daheim. Als sei ganz Raccoon umgezogen und hätte vergessen, eine Nachsendeadresse zu hinterlassen.

Es war definitiv unheimlich, obwohl sie sich einen Scheiß um Raccoon scherte. Was zählte, war, dass Chris dort war, und wenn ihm etwas Schlimmes passiert war –

Sie konnte und *wollte* nicht weiter in diese Richtung denken. Chris war alles, was sie noch hatte. Ihr Vater war bei seiner Arbeit auf dem Bau ums Leben gekommen, als sie beide noch Kinder gewesen waren, und nachdem ihre Mutter vor drei Jahren bei einem Autounfall gestorben war, hatte Chris sein Bestes getan, um die Elternrolle zu übernehmen. Obwohl er nur ein paar Jahre älter war, hatte er Claire geholfen, ein College auszusuchen und einen ordentlichen Therapeuten zu finden – er schickte ihr sogar allmonatlich etwas Geld, zusätzlich zu dem, was die Versicherung ausbezahlte; er nannte es „Taschengeld". Und obendrein rief er sie alle paar Wochen mit der Regelmäßigkeit eines Uhrwerks an.

Nur hatte er in den vergangenen anderthalb Monaten überhaupt nicht angerufen, und er hatte sich auch auf keinen von Claires Anrufe hin gemeldet. Sie hatte versucht, sich einzureden, dass es albern sei, sich so zu sorgen – vielleicht hatte er ja endlich ein Mädchen kennengelernt, oder es hatte irgendetwas mit dieser Suspendierung diverser S.T.A.R.S.-Mitglieder zu tun, worauf auch immer sie basierte. Aber nach drei unbeantworteten Briefen und Tagen, in denen sie nur auf das Klingeln des Telefons gewartet hatte, hatte sie an eben diesem Nachmittag endlich das RCPD angerufen und gehofft, dass doch zumindest dort jemand wissen müsse, was vorging. Doch sie hatte nur das ständige Besetztzeichen zu hören bekommen.

In ihrem Zimmer im Studentenwohnheim sitzend und jenes seelenlose mechanische Blöken im Ohr, hatte sie angefangen, sich wirklich Sorgen zu machen. Selbst eine kleine Stadt wie Raccoon musste doch ein Voicemail-System für Notrufe haben. Der rationale Teil ihres Denkens riet ihr, nicht in Panik zu verfallen, sagte ihr, dass eine gestörte Leitung nichts war, weswegen man ausrasten müsse – doch da hatte ihr gefühlsgeleitetes Ich auch schon aufbegehrt. Mit zitternden Händen hatte sie in ihrem Adressbuch geblättert und die Nummern der wenigen ihr bekannten Freunde von Chris gewählt, Leute und Orte, die er ihr anzurufen aufgetragen hatte, sollte es je einen Notfall geben und er nicht zu Hause sein – Barry Burton, Emmy's Diner, ein Cop namens David Ford, den sie nie kennengelernt hatte. Sie probierte sogar Billy Rabbitsons Nummer, obwohl Chris ihr gesagt hatte, dass er vor ein paar Monaten verschwunden sei. Und außer eines überladenen Anrufbeantworters unter David Fords Anschluss hatte sie nichts als Besetztzeichen gehört.

Als Claire die Telefonierversuche aufgab, hatte sich ihre Sorge in etwas verwandelt, das an Panik grenzte. Die Fahrt von der Universität nach Raccoon City dauerte nur etwa sechseinhalb Stunden. Claires Zimmergenossin hatte sich ihre Motorradausrüstung geborgt, um mit ihrem neuen Freund, einem Biker, auszugehen, aber Claire hatte einen zusätzlichen Helm – und mit diesem Gefühl, das nicht *ganz* Panik war und durch ihr furchterfülltes Denken wirbelte, hatte sie sich den Helm kurzerhand geschnappt und war losgefahren.

Dumm – vielleicht. Impulsiv – definitiv. Und wenn Chris in Ordnung ist, können wir bis die Kühe eingetrieben werden darüber lachen, wie lächerlich paranoid ich bin. Aber so lange ich nicht weiß, was los ist, werde ich keinen Augenblick Ruhe finden.

Der letzte Rest von Tageslicht sickerte aus dem Streifen wolkenlosen Himmels über ihr, doch ein wächserner, beinahe voller Mond und der Scheinwerfer der Softail spendeten ihr genug Licht – mehr als genug jedenfalls, um das kleine Schild auf der linken Straßenseite lesen zu können:

RACCOON CITY 10.

Sich einredend, dass Chris okay war, dass sich, wenn in Raccoon etwas Merkwürdiges passiert wäre, inzwischen *irgendjemand* darum gekümmert hätte, zwang Claire ihre Konzentration wieder auf das Lenken des schweren Motorrads. Bald würde es Nacht sein, aber sie würde Raccoon erreichen, ehe es zu dunkel war, um noch sicher zu fahren.

Ob Raccoon City sicher war, würde sie früh genug herausfinden.

DREI

Als Leon die Außenbezirke der Stadt erreichte, blieben ihm noch zwanzig Minuten. Er entschied, dass ein warmes Abendessen warten musste. Von seinen früheren Besuchen des Reviers wusste er, dass es dort ein paar Automaten gab, aus denen er sich etwas ziehen konnte, das ihm über die Runden helfen würde. Der Gedanke an alte Süßwaren und Erdnüsse wollte seinem knurrenden Magen nicht recht behagen, aber es war seine eigene verdammte Schuld, dass er den New Yorker Verkehr nicht in seine Planung einbezogen hatte.

Die Einfahrt in die Stadt half, seine immer noch angespannten Nerven zu beruhigen. Er passierte die wenigen kleinen Farmen, die östlich der Stadt lagen, den Festplatz und die Lagerschuppen und schließlich den Truck-Stop, der die Grenze zwischen dem ländlichen und städtischen Raccoon markierte. Etwas an der Gewissheit, dass er in Kürze auf diesen Straßen Streife fahren und für ihre Sicherheit sorgen würde, erfüllte ihn mit überraschendem Wohlgefühl und mehr als nur ein wenig Stolz. Die frühherbstliche Luft, die durch das offene Fenster strömte, war angenehm frisch, und der aufgehende Mond badete alles, was Leon sah, in silbernem Glanz. Er würde doch nicht zu spät kommen – binnen einer Stunde würde er offiziell einer von Raccoons Freunden und Helfern sein.

Als Leon mit dem Jeep in die Bybee Street einbog und in Richtung einer der von Nord nach Süd führenden Hauptstraßen fuhr, die ihn zum RCPD-Gebäude bringen würde, erhielt er einen ersten Hinweis darauf, dass etwas im Argen lag. Bei den ersten paar Blocks war er noch gelinde überrascht – beim fünften schlitterte er einem Schock entgegen. Es war nicht einfach nur seltsam, es war … nun, es war *unmöglich*.

Die Bybee Street, von Osten kommend, war die erste richtige innerstädtische Straße, entlang derer die Zahl der Gebäude die der leerstehenden Grundstücke überwog. Es gab einige Espresso-Bars und preisgünstige Restaurants sowie ein Billigkino, in dem nie etwas anderes zu laufen schien als Horrorfilme und Sex-Komödien – und das deswegen der beliebteste Treffpunkt der Jugend von Raccoon war. Es gab sogar ein paar leidlich hippe Kneipen, die Bier aus Kleinstbrauereien ausschenkten und heiße Rum-Drinks für die winterliche, aus Collegestudenten bestehende Ski-Meute.

An einem Samstagabend um Viertel vor neun hätte die Bybee Street eigentlich von Leben wimmeln müssen. Doch wie Leon sah, waren die meisten der ein- oder zweistöckigen Backsteinbauten mit ihren Läden und Restaurants, die die Straße säumten, dunkel – und in den wenigen, die noch mit etwas Licht prahlten, schien sich niemand aufzuhalten. Entlang der schmalen Straße waren zahlreiche Autos geparkt, und doch sah er keine Menschenseele – die Bybee Street, der Treffpunkt für cruisende Teenager und Collegestudenten, war völlig verlassen.

Wo zum Teufel stecken die alle?

Sein Verstand suchte nach Antworten, während der Jeep die stille Straße hinabkroch; verzweifelt suchte Leon nach einer Erklärung – und nach einer Möglichkeit, die schweißtreibende Angst zu lindern, die sich plötzlich über ihn gesenkt hatte. Vielleicht fand ja irgendein Event statt, eine kirchliche Veranstaltung, ein Spaghetti-Essen zum Beispiel. Oder man hatte beschlossen, in Raccoon fortan ein Oktoberfest zu feiern, und heute Abend ging die große Eröffnung vonstatten.

Nun ja, aber alle *Leute zur gleichen Zeit? Das müsste ja 'ne echte Wahnsinnsparty sein.*

Erst jetzt wurde Leon bewusst, dass er seit dem Schrecken mit dem Hund zehn Meilen vor der Stadt kein Auto mehr auf der Straße hatte fahren sehen. Kein einziges. Und mit dieser zutiefst beunruhigenden Erkenntnis ging die nächste einher – weniger dramatisch zwar, aber weit unmittelbarer.

Irgendetwas roch übel. Mehr noch, irgendetwas stank wie Scheiße.

O Mann, ein totes Stinktier. Und offenbar hat es sich vollgekotzt, bevor es verreckt ist.

Er hatte den Jeep bereits auf Schritttempo verlangsamt und vorgehabt, einen Block weiter links in die Powell Street abzubiegen – doch dieser entsetzliche Gestank und die völlige Abwesenheit von Leben verursachten ihm eine mordsmäßige Gänsehaut. Vielleicht sollte er anhalten und die Lage checken, sich umsehen nach irgendeinem Anzeichen von –

„Oh! Hey …"

Leon grinste. Erleichterung wollte seine Verwirrung vertreiben. Dort an der Ecke standen Leute, praktisch direkt vor ihm. Die Straßenbeleuchtung auf ihrer Seite brannte nicht, aber ihre Silhouetten konnte er deutlich sehen – ein Paar, eine Frau in einem Rock und ein großer Mann, der Arbeitsstiefel trug. Im Näherkommen konnte Leon an der Art, wie sie sich auf der Powell Street südwärts bewegten, erkennen, dass sie sturzbetrunken sein mussten. Die beiden wankten in den Schatten, den ein Geschäft für Bürobedarf warf, und damit außer Sicht, aber er fuhr ohnehin in diese Richtung – es konnte also nicht schaden, anzuhalten und zu fragen, was hier los war.

Müssen von O'Kelly's gekommen sein. Ein oder zwei Pints zu viel, aber so lange sie nirgendwohin fahren, soll's mir recht sein. Werd ich mir bescheuert vorkommen, wenn sie mir sagen, dass heute Abend das große kostenlose Konzert stattfindet oder das städtische Esst-so-viel-wie-ihr-könnt-Barbecue …

Fast ausgelassen vor Erleichterung bog Leon um die Ecke, spähte aus zusammengekniffenen Augen in die dichten Schatten und hielt Ausschau nach dem Paar. Er sah die beiden nicht, aber zwischen dem Bürozubehörladen und einem Juweliergeschäft zwängte sich eine Gasse hindurch. Vielleicht hatten sich seine beiden betrunkenen Freunde dorthin verdrückt, um mal kurz auszutreten oder auch um etwas weniger Legales zu tun –

„Scheiße!"

Leon rammte den Fuß auf die Bremse, als ein halbes Dutzend dunkler Schemen von der Straße hochflatterte, im Scheinwerferlicht des Jeeps gefangen wie riesige wirbelnde Blätter. Vor Schreck brauchte er eine Sekunde, um zu erkennen, dass es Vögel waren. Sie schrien nicht auf, obgleich er nahe genug war, um das Fegen trockener Flügel zu hören, als sie sich in die Lüfte schwangen. Krähen, die ein spätabendliches Mahl genossen hatten, etwas Überfahrenes, das aussah wie –

Grundgütiger ...

Mitten auf der Straße lag ein menschlicher Körper, sechs Meter vor dem Jeep, mit dem Gesicht nach unten; es schien sich um eine Frau zu handeln – und den feuchten, roten Flecken nach zu schließen, die ihre ehemals weiße Bluse bedeckten, war es keineswegs eine bierselige Collegestudentin, die nur beschlossen hatte, am falschen Ort ihr Nickerchen abzuhalten.

Fahrerflucht. Irgend so ein Hurensohn hat sie überfahren und ist dann abgehauen. Herrgott, was für 'ne Sauerei!

Leon würgte den Motor ab und war schon halb aus der Tür, ehe ihn seine rasenden Gedanken einholten. Er zögerte, einen Fuß auf dem Asphalt, der Gestank des Todes schwer in der kühlen, stillen Luft. Sein Verstand hatte sich an einem Gedanken festsaugt, den er nicht in Betracht ziehen wollte, aber er wusste, dass er es besser tat – das hier war schließlich keine Trainingsübung, das war sein *Leben*.

Was, wenn es kein Fall von Fahrerflucht ist? Was, wenn hier niemand ist, weil irgendein scheißwütiger Psychopath beschlossen hat, ein paar Zielübungen durchzuführen? Die Leute könnten alle in den Häusern sein, flach am Boden – vielleicht ist das RCPD unterwegs, und vielleicht waren diese Betrunkenen nicht betrunken – sie könnten angeschossen gewesen sein und versucht haben, Hilfe zu finden ...

Er lehnte sich zurück in den Jeep und tastete unter dem Beifahrersitz nach dem Geschenk, das er zum Abschluss der Akademie erhalten hatte: eine Desert Eagle.50AE Magnum mit einem speziell gefertigten 25-Zentimeter-Lauf, israelischer Exportartikel. Sein Vater und sein Onkel – beide Cops – hatten dafür zusammengelegt. Nicht die Standardwaffe des RCPD, nein, weit durchschlagskräftiger. Als Leon einen Ladestreifen aus dem Handschuhfach nahm und die Pistole lud und als er ihr solides Gewicht in seinen leicht unsicheren Händen spürte, befand er, dass sie das beste Geschenk war, das er je bekommen hatte. Er schob zwei weitere Clips in eine Gürteltasche; jeder enthielt sechs Schuss.

Die geladene Magnum zu Boden gerichtet, stieg er aus dem Jeep und warf einen raschen Blick in die Runde. Raccoon bei Nacht war ihm nicht allzu vertraut, aber er wusste, dass es nicht so dunkel sein sollte, wie es war. Etliche der Straßenlaternen entlang der Powell waren entweder ausgeschossen worden oder schlicht nicht eingeschaltet, und die Schatten hinter der blutbesudelten Leiche waren dicht. Ohne die Scheinwerfer des Jeeps hätte er nicht einmal so viel sehen können.

Leon schob sich vorwärts und kam sich schrecklich ungeschützt vor, als er die relative Deckung des Jeeps verließ. Er war sich jedoch im Klaren, dass die Frau noch leben konnte; es schien nicht sehr wahrscheinlich, aber er musste es zumindest überprüfen.

Ein paar Schritte näher, konnte er sehen, dass es sich wirklich um eine junge Frau handelte. Glattes, rotes Haar verbarg das Gesicht, aber die Kleidung war bezeichnend genug: dreiviertellange Jeans und flache Schuhe. Die Wunden wurden überwiegend von der blutigen Bluse verdeckt, aber es schienen Dutzende zu sein – ausgefranste Löcher im feuchten Stoff enthüllten zerfetztes, schimmerndes Fleisch und die blutige Röte von Muskeln darunter.

Leon schluckte schwer, ließ die Waffe in die linke Hand wechseln und ging neben der Frau in die Hocke. Die kühle, klamme Haut gab unter seinen Fingerspitzen leicht nach, als er ihren Hals berührte und zwei Finger auf die Schlagader presste. Ein paar furchtbare Sekunden verstrichen, Sekunden, in denen er sich wie ein kleiner Junge fühlte, erfüllt von kalter Furcht. Er versuchte sich seine

Kenntnisse in Wiederbelebung ins Gedächtnis zu rufen und betete gleichzeitig, dass er einen Puls fühlen würde.

Fünfmal pressen, zwei kurze Atemzüge Pause, die Ellbogen zusammenhalten und ... Komm schon, sei bitte nicht tot ...

Er konnte keinen Puls finden. Ohne noch länger zu zögern, schob er die Magnum hinter seinen Gürtel und fasste die Frau an den Schultern, um sie umzudrehen und festzustellen, ob sie vielleicht doch atmete, ob ihm ihr Puls nur entgangen war ...

... aber gerade als er sie anhob, sah er etwas, das ihn veranlasste, sie wieder hinzulegen. Sein Herz schien sich in seiner Brust zusammenzuziehen.

Die Bluse des Opfers war weit genug aus dem Hosenbund gerutscht, um ihm zu offenbaren, dass ihre Wirbelsäule und ein Teil ihres Brustkorbs zerfetzt waren. Die fleischigen Wirbel glänzten rot, die schmalen, gebogenen Rippen verschwanden im blutigen Gewebe. Es war, als habe man sie erst niedergeschlagen und dann ... dann *angefressen*. Informationen, die Leon zunächst als unwichtig abgetan hatte, schoben sich nun plötzlich in den Vordergrund, und als er sich die wenigen Fakten, die er hatte, bewusst machte, spürte er, wie die ersten tiefschwarzen Ranken einer schrecklichen Angst nach seinem Verstand tasteten.

Die Krähen können das nicht getan haben, sie hätten Stunden dafür gebraucht – und wer zum Teufel hat je von Krähen gehört, die nach Einbruch der Dunkelheit zum Fressen ausschwärmen? Dann dieser Scheißgestank. Er geht nicht von ihr aus, sie ist noch nicht lange tot und –

Kannibalen ... Mörder!

Nein, unmöglich! Damit es hätte passieren können, dass ein Mensch umgebracht und dann teilweise ... aufgefressen wurde, auf offener Straße, mitten in der Stadt, und niemand einschritt ...

... und dass genug Zeit verging, um Aasfresser anzulocken ...

... damit all dies hätte passieren können, hätten die Mörder den größten Teil, wenn nicht sogar die gesamte Bevölkerung abschlachten müssen!

Unwahrscheinlich? Schön. Aber woher kommt dieser Gestank dann? Und wo sind *all die Leute?*

Hinter Leon erklang ein tiefes, leises Stöhnen. Ein schlurfender Schritt, ein weiteres, *feuchtes* Geräusch.

Er brauchte keine Sekunde, um aufzustehen und sich umzudrehen, die Hand instinktiv nach der Magnum fassend.

Es war das Paar von vorhin, die Betrunkenen. Sie schwankten auf ihn zu, und ein Dritter hatte sich ihnen angeschlossen, ein muskulös aussehender Typ, dessen –

– dessen Hemd über und über mit Blut befleckt war. Ebenso wie seine Hände. Und es tropfte auch aus seinem Mund, einem gummiartigen, roten Maul, das wie eine offene Wunde in seinem teigigen, verwesenden Gesicht klaffte.

Der andere Mann, der Große mit den Arbeitsstiefeln und den Hosenträgern, sah ganz ähnlich aus – und der V-Ausschnitt der rosafarbenen Bluse der blonden Frau enthüllte einen Busen, der dunkel mit, wie es schien, Schimmel gesprenkelt war!

Das Trio stolperte in Leons Richtung, an seinem Jeep vorbei. Die Gestalten hoben ihre bleichen Hände, während sie stöhnende, hungrige Heullaute ausstießen. Dunkle Flüssigkeit blubberte aus der Nase des muskulösen Mannes und rann über seine sich bewegenden Lippen, und Leon wurde von der Erkenntnis überwältigt, dass der schreckliche Gestank, den er schon die ganze Zeit roch, vom verfaulten Fleisch dieser Albtraumgestalten ausging.

Und dann kam noch eine solche Erscheinung. Sie trat von einer kleinen Veranda vor einem Haus auf der anderen Straßenseite, eine junge Frau in einem fleckigen T-Shirt, das Haar zurückgebunden und ein schlaffes, geistloses Gesicht preisgebend.

Hinter ihm – ein Ächzen.

Leon warf einen Blick über die Schulter und sah auf dem dunklen Gehsteig einen Jugendlichen mit schwarzem Haar und verwesenden Armen, der aus dem Schatten einer Markise schlurfte.

Leon hob die Magnum und zielte auf die Gestalt, die ihm am nahesten war, den Mann mit den Hosenträgern. Gleichzeitig drängte ihn sein Instinkt, wegzulaufen. Er war fassungslos, aber sein antrainierter Sinn für Logik beharrte darauf, dass es eine Erklärung für all das, was er sah und erlebte, geben musste – dass er keinen *lebenden Toten* gegenüberstand.

Bleib cool, du bist ein Cop – du kontrollierst die Situation, nicht sie dich!

„Na schön! Das reicht jetzt! Keinen Schritt weiter!"

Seine Stimme klang fest, in entschiedenem Befehlston, und er trug seine Uniform, und …

Gott, warum blieben sie denn nicht stehen? Der Mann mit den Hosenträgern stöhnte abermals, war blind für die auf seine Brust gerichtete Waffe und wurde noch immer von den anderen flankiert, nunmehr weniger als drei Schritte entfernt.

„Stehen bleiben!", wiederholte Leon seine Aufforderung, und der Klang seiner eigenen, panikgefärbten Stimme ließ ihn einen Schritt zurückweichen. Sein Blick wieselte von links nach rechts, wo, wie er sah, immer mehr dieser wimmernden Gestalten aus den Schatten getorkelt kamen.

Etwas packte ihn am Knöchel.

„Nein!", schrie er, riss die Pistole herum und sah, dass die Leiche des Unfallopfers mit einer blutverkrusteten Hand an seinem Stiefel kratzte, bemüht, ihren verstümmelten Körper näher an ihn heranzuziehen. Ihr gieriges Röcheln vermengte sich mit den unartikulierten Lauten der anderen. Sie versuchte, in seinen Fuß zu beißen. Blutige Speichelschlieren troffen von ihrem aufgeschürften Kinn auf das Leder.

Leon schoss ihr in den oberen Teil des Rückens, das scharfe, explosionsartige Krachen der schweren Waffe lockerte den Griff der Frau – und zerriss aus dieser Nähe vermutlich ihr Herz. Krampfhaft zuckend sank sie wieder auf das Pflaster.

Leon wandte sich um und sah, dass die anderen jetzt weniger als ein, zwei Schritte entfernt waren. Er feuerte noch zweimal. Die Kugeln ließen rote Blumen auf der Brust einer weiteren der Gestalten erblühen. Aus den Eintrittsöffnungen strömte Scharlachröte.

Der Mann mit den Hosenträgern ließ sich von den zwei klaffenden Löchern in seinem Oberkörper kaum aus dem Konzept bringen. Sein schwankender Vorwärtsdrang geriet nur für eine Sekunde ins Stocken. Er öffnete seinen blutigen Schlund und keuchte ein hungriges Zischen, wiederum die Händen erhoben, wie um sich auf die Quelle, die seinen Hunger stillen konnte, zuzutasten.

Muss auf Droge sein! Solche Treffer würden einen Elefanten umhauen!

Nach hinten weichend, schoss Leon abermals. Und noch einmal. Und *noch* einmal. Dann polterte der leere Clip aufs Pflaster. Leon rammte einen neuen in die Pistole und feuerte weiter. Doch sie kamen immer noch auf ihn zu, nahmen die Kugeln, die ihr stinkendes Fleisch zerfetzten, nicht einmal wahr. Es war ein verdammter Traum, ein beschissener Film, es war nicht wirklich – gleichzeitig wusste Leon, dass er sterben würde, wenn er nicht bald damit anfing, es als *real* zu akzeptieren. Er würde bei lebendigem Leib aufgefressen werden von diesen –

Nur zu, Kennedy, sprich's endlich aus: von diesen Zombies!

Der Rückweg zu seinem Jeep war ihm verstellt. Wild um sich feuernd, stolperte Leon ins Dunkel der Nacht.

VIER

So viel also zum Nachtleben – da bin ich wohl in Totenhausen gelandet ...

Claire hatte ein paar Leute herumlaufen sehen, während sie durch Raccoon gefahren war, aber bei weitem nicht so viele, wie es eigentlich hätten sein müssen. Der Ort schien außergewöhnlich menschenleer. Der Helm schränkte ihr Gesichtsfeld ein, aber auf der östlichen Seite der Stadt herrschte eindeutig ein Mangel ein Belebtheit. Das kam ihr komisch vor, aber im Vergleich zu den Katastrophen, die sie sich den ganzen Nachmittag über ausgemalt hatte, war dies nicht allzu beunruhigend. Wenigstens *existierte* Raccoon noch, und während sie in Richtung des rund um die Uhr geöffneten Restaurants nahe der Powell Street fuhr, bemerkte sie eine größere Gruppe von Feiernden, die mitten auf der Fahrbahn eine Seitenstraße hinabspazierte. Betrunkene Mitglieder einer Studentenverbindung, wenn sie die hiesigen Verhältnisse von ihrem letzten Besuch her noch richtig in Erinnerung hatte. Kein sehr erbaulicher Anblick, aber auch kaum die Reiter der Apokalypse.

Keine zerbombten Ruinen, keine verlöschenden Feuer, keine Luftangriffssirenen – so weit, so gut.

Claire hatte vorgehabt, direkt zu Chris' Wohnung zu fahren, bis ihr eingefallen war, dass sie auf dem Weg dorthin bei Emmy's vorbeikommen würde. Die Kochkünste von Chris waren keinen Pfifferling wert, folgerichtig lebte er von Frühstücksflocken, kalten Sandwichs und, etwa sechsmal die Woche, vom Abendessen im Emmy's. Selbst wenn er nicht dort war, schien es den Halt wert sein. Sie konnte die Bedienungen fragen, ob sie ihn in jüngster Zeit gesehen hatten.

Als Claire die Softail vor Emmy's sanft zum Stehen brachte, bemerkte sie ein paar Ratten, die von einer Mülltonne auf dem Gehweg heraksprangen und in Deckung huschten. Sie stellte das Motorrad auf den Ständer, schwang sich vom Sattel, nahm ihren Helm ab und legte ihn auf den warmen Sitz. Ihren Pferdeschwanz ausschüttelnd, rümpfte sie angewidert die Nase – dem Gestank nach stand der Abfall schon eine ganze Weile hier herum. Was immer man auch weggeworfen hatte, es sonderte einen ziemlich üblen Geruch ab.

Bevor sie hineinging, rieb sie sich leicht über die nackten Beine und Arme, zum einen, um sie aufzuwärmen, zum anderen, um den gröbsten Straßenschmutz abzustreifen. Shorts und Weste hatten der Oktobernacht nichts entgegenzusetzen, und es erinnerte Claire einmal mehr daran, wie dumm es von ihr gewesen war, ohne zweckmäßige Kleidung loszufahren. Chris würde ihr gehörig die Leviten lesen ...

... aber nicht hier.

Die gläserne Gebäudefront erlaubte ihr einen ungehinderten Blick in das gut beleuchtete, gemütliche Restaurant, von den am Boden verschraubten roten Hockern am Lunchtresen bis hin zu den gepolsterten Sitznischen entlang der Wände – und nirgends war ein Mensch zu sehen.

Claire runzelte die Stirn; ihre anfängliche Enttäuschung machte der Verwirrung Platz. Da sie Chris während der vergangenen Jahre ziemlich regelmäßig besucht hatte, war sie schon zu jeder Tages- und Nachtstunde in diesem Restaurant gewesen; sie waren beide Nachtschwärmer und hatten oft beschlossen, um drei Uhr morgens einen Cheeseburger essen zu gehen – und das taten sie stets bei Emmy's. Es hielt sich immer jemand bei Emmy's auf, plauderte entweder mit einer der in pinkfarbenes Polyester gekleideten Kellnerinnen oder saß bei einem Kaffee und über eine Zeitung gebeugt am Tresen, ganz gleich, wie viel Uhr es gerade war.

Wo sind sie also alle hin? Es ist noch nicht mal neun ...

Auf dem Schild stand „Geöffnet", und sie würde es nicht herausfinden, indem sie auf der Straße stehen blieb. Mit einem letzten Blick auf ihr Motorrad, öffnete Claire die Tür und trat ein. Sie holte tief Luft und rief hoffnungsvoll: „Hallo? Ist hier jemand?"

Ihre Stimme wirkte irgendwie flach in der gedämpften Stille des leeren Restaurants; bis auf das leise Summen der Deckenventilatoren über ihrem Kopf vernahm Claire keinen Laut. In der Luft hing der vertraute Geruch ranzigen Fettes, aber auch noch eine andere Note – ein Geruch, der bitter war und doch weich, wie von welken Blumen.

Das Restaurant war L-förmig angelegt, Sitznischen erstreckten sich vor und linker Hand von ihr. Claire ging langsam geradeaus. Am Ende des Tresens befand sich der Servicebereich, dahinter die Küche. Wenn Emmy's offen *war*, würde das Personal sich wahrscheinlich dort aufhalten, vielleicht ebenso überrascht wie sie selbst, dass die Kundschaft heute ausblieb –

– aber das würde auch nicht die Sauerei erklären, oder?

Na ja, Sauerei war übertrieben – die Unordnung hielt sich in Grenzen und war Claire von draußen nicht einmal aufgefallen. Einige Speisekarten auf dem Boden, ein umgekipptes Wasserglas auf der Theke und ein paar wie zufällig verstreute Löffel, Gabeln und Messer waren die einzigen Anzeichen dafür, dass etwas nicht stimmte – aber es genügte.

Pfeif auf das, was in der Küche ist – hier ist's mir zu unheimlich. In dieser Stadt ist ganz entschieden was verdammt nicht in Ordnung – vielleicht wurde das Restaurant überfallen, oder man bereitet eine Überraschungsparty vor. Wen juckt's? Zeit für mich*, die* Fliege *zu* machen!

Aus dem nicht einsehbaren Bereich am Ende des Tresens kam das leise Geräusch einer Bewegung – ein gleitendes Flüstern von Stoff, gefolgt von einem gedämpften Röcheln. Dort hielt sich jemand in geduckter Haltung auf, versteckte sich.

Mit laut pochendem Herzen rief Claire noch einmal: „Hallo?"

Einen Herzschlag lang war nichts zu hören – und dann ein weiteres Röcheln, ein ersticktes Stöhnen, das ihr die Nackenhaare aufstellte.

Trotz ihrer Bedenken eilte Claire in den rückwärtigen Teil des Restaurants. Plötzlich kam sie sich kindisch vor wegen ihres Wunsches zu verschwinden. Vielleicht *hatte* es ja einen Überfall gegeben, vielleicht waren die Gäste gefesselt und geknebelt worden – oder, schlimmer noch, so schwer verletzt, dass sie nicht einmal mehr um Hilfe rufen konnten. Ob es ihr nun gefiel oder nicht, sie steckte längst in der Sache drin.

Claire erreichte das Ende des Tresens, schwenkte nach links –
– und erstarrte, die Augen weit aufgerissen.

Sie kam sich vor, als sei sie geohrfeigt worden. Neben einem mit Tabletts beladenen Wagen kauerte ein Mann mit beginnender Glatze. Er trug die weiße Kleidung eines Koches, kehrte ihr den Rücken zu und war über den Körper einer Bedienung gebeugt – aber irgendetwas an diesem Bild war ganz und gar *falsch*, so falsch, dass Claires Verstand es zunächst nicht verarbeiten konnte. Ihr schockierter Blick erfasste die pinkfarbene Uniform, die bequemen Schuhe, selbst das Namensschild aus Plastik, das an der Brust der Frau befestigt war – „Julie" oder „Julia" stand darauf …

Ihr Kopf. Ihr fehlt der Kopf …!

Nachdem Claire erkannt hatte, was „falsch" war, konnte sie sich nicht mehr dazu zwingen, es zu ignorieren, so sehr sie es auch gewollt hätte. Wo sich der Kopf der Kellnerin hätte befinden sollen, war nur eine Lache trocknenden Blutes – eine klebrige Pfütze, gesäumt von Schädelfragmenten und matschigem, dunklem Haar und blutigen Brocken. Der Koch hielt sich die Hände vors Gesicht, und während Claire entsetzt die kopflose Leiche anstarrte, entließ er ein klagendes Wimmern.

Claire öffnete den Mund, nicht sicher, was herauskommen würde. Ob sie schreien oder ihn fragen würde, was hier vorgefallen war … oder ihm anbieten würde, Hilfe zu rufen – sie wusste es wirklich nicht, und als sich der Mann umwandte, zu ihr hochschaute und die Hände sinken ließ, war sie erstaunt, dass *nichts* über ihre Lippen kam.

Er hatte sich nicht um die Kellnerin gekümmert. Claire hatte ihn beim *Fressen* gestört. An seinen dicken Fingern klebte etwas Dunkles, sein seltsam fremdartiges Gesicht, das er ihr entgegenhob, war mit Blut verschmiert.

Ein Zombie.

Als Fan spätnächtlicher Monster-Features und Lagerfeuergeschichten begriff ihr Verstand es binnen des Bruchteils einer Sekunde, den sie brauchte, um es gedanklich in Worte zu fassen. Sie war nicht blöde. Der Mann war totenbleich und verströmte jenen ekelhaft süßen Verwesungsgeruch, der ihr schon früher aufgefallen war, und seine Augen waren trüb und weiß.

Zombies in Raccoon. Wer hätte das *gedacht ...*

Nach dieser noch fast ruhigen, logischen Erkenntnis kam ein wahrer Sturm des Entsetzens über sie. Claire stolperte nach hinten, und die fiebrige Panik verwandelte ihre Eingeweide in etwas Flüssiges, während der Koch sich vollends umdrehte und aus der Hocke nach oben kam. Er war *riesig*, locker einen Kopf größer als Claire mit ihren gerade mal Einssechzig, und breit wie ein Scheunentor.

Und tot! Er ist tot, und er hat sie gefressen – lass ihn nicht näher an dich ran!

Der Koch machte einen Schritt auf sie zu, seine fleckigen Hände ballten sich zu Fäusten. Claire wich schneller zurück und rutschte dabei beinahe auf einer Speisekarte aus. Unter einem ihrer Stiefel klapperte eine Gabel davon.

RAUS HIER! LOS!

„Ich ... ich geh dann mal", stammelte sie. „Bemühen Sie sich nicht, ich finde den Weg schon allein ..."

Der Koch taumelte vorwärts, seine blinden Augen leuchteten in tumber Gier. Ein weiterer Schritt zurück. Claire fasste hinter sich, griff ins Leere –

– und dann doch noch das kühle Metall des Türknaufs. Ein Adrenalinstoß durchfuhr sie, als sie herumwirbelte, nach dem Griff schnappte –

– und aufschrie.

Es war ein kurzer, scharfer Schreckensschrei. Denn draußen warteten zwei, nein, drei weitere Gestalten, die in Auflösung begriffenen Leiber gegen die Außenscheibe des Restaurants gepresst. Einer von ihnen besaß nur noch ein Auge und ein eiterndes Loch dort, wo sich das andere befunden hatte. Ein anderer hatte keine Oberlippe mehr, und sein Unterkiefer bildete ein zerfranstes, permanentes Grinsen. Geistlos kratzten sie über die Fenster, ihre aschfahlen, verheerten Gesichter voller Blut – und aus den Schatten auf der anderen Straßenseite schlurften weitere dunkle Schemen heran.

Da komm ich nicht raus, ich sitze fest ... Jesus, die Hintertür!

Am Rande ihres Blickfeldes glomm das grün schimmernde *Exit*-Schild wie ein Leuchtfeuer. Claire wirbelte herum, sah kaum, wie sich der Koch, nur zwei, drei Schritte entfernt, nach ihr streckte und bündelte alle Konzentration auf die einzige Chance, die ihr noch blieb, um zu entkommen.

Sie rannte los, die Sitzecken wischten als farblose Schlieren an ihr vorüber, und mit rudernden Arme rang sie um Tempo. Die Tür führte auf die Gasse hinaus. Claire würde sich in vollem Lauf dagegenwerfen – und falls sie fest verschlossen war, würde dies das sichere Ende bedeuten.

Claire rammte mit der Schulter gegen die Tür, und sie flog auf, krachte gegen das Ziegelgemäuer der Gasse draußen –

– und eine Pistole richtete sich auf ihr Gesicht.

Nichts anderes hätte sie in dieser Sekunde noch aufhalten können, aber ein Mann mit einer Waffe ...

Sie erstarrte, hob instinktiv die Arme, wie um einen Schlag abzuwehren.

„Halt! Nicht schießen!"

Der Schütze bewegte sich nicht, zielte mit der tödlich aussehenden Waffe unbeirrbar auf ihren Kopf.

... wird mich umbringen ...

„Runter!", rief der Schütze, und Claire gehorchte instinktiv, ließ sich fallen. Ihre Knie gaben unter dem heiser hervorgestoßenen Befehl ebenso nach wie unter den kalten Fingerspitzen, die im selben Moment ihre Schultern betatschten –

Bomm! Bomm!

Der Mann schoss, und Claire warf den Kopf herum, sah, wie der tote Koch direkt hinter ihr nach hinten kippte, mit einem riesigen Loch in der Stirn. Blut strömte träge aus der Wunde, über die weißen Augen wälzte sich ein roter Film. Der gestürzte Leichnam zuckte einmal, zweimal – und erstarrte.

Claire wandte sich wieder dem Mann zu, der ihr das Leben gerettet hatte. Erst jetzt registrierte sie seine Uniform.

Ein Cop.

Er war jung, hochgewachsen – und schaute beinahe so verängstigt drein, wie sie selbst. Auf seiner Oberlippe perlte Schweiß, seine blauen Augen waren geweitet und blickten starr. Seine Stimme jedoch, immerhin, war kräftig und fest, als er Claire die Hand reichte, um ihr aufzuhelfen.

„Hier draußen können wir nicht bleiben. Kommen Sie, auf dem Polizeirevier sind wir um einiges sicherer."

Während er sprach, konnte Claire einen näher kommenden Chor keuchender Stöhnlaute von der Straße her hören, ein stetig lauter werdendes, gieriges Heulen. Sie ließ sich hochziehen, hielt die ihr hingestreckte Hand fest und schöpfte leichten Trost daraus, dass seine Finger so feucht und zittrig waren wie ihre eigenen.

Sie rannten los, wichen Müllcontainern und Stapeln zerlegter Kartons aus, verfolgt von den widerhallenden, schaurigen Schreien der Zombies, die die dunkle Gasse fanden und ihnen nachsetzten.

FÜNF

Leon rannte neben dem Mädchen her und versuchte angestrengt, sich den Lageplan des Stadtzentrums in Erinnerung zu rufen. Die Gasse musste auf die Ash Street hinausführen, nicht weit von der Oak Street entfernt, jener Straße also, an der das RCPD lag – aber das Revier befand sich mindestens fünfzehn Blocks weiter westlich. Wenn sie kein Transportmittel fanden, würden sie es nicht bis dorthin schaffen. Er hatte mittlerweile den letzten Clip geladen, vier Schuss waren noch übrig, und den Geräuschen nach zu schließen, die durch die Gasse hallten, befanden sich an beiden Enden Dutzende, vielleicht sogar *Hunderte* dieser Kreaturen.

Als sie die Mündung der Gasse erreichten, hielt Leon die Hand hoch, verlangsamte sein Tempo zum Trab und suchte mit seinen Blicken die schwach beleuchtete Straße ab. Er konnte nicht viel erkennen, aber zwischen der Stelle, an der sie standen, und der nächsten Laterne, befanden sich rechterhand elf oder zwölf dieser Wesen, die durch die stinkende Finsternis staksten und schwankten. Links hingegen waren nur drei, nicht weit von –

Halleluja!

„Da!"

Leon zeigte hinüber zu dem Streifenwagen, der auf der anderen Straßenseite parkte, und verspürte ein Aufwallen ungezügelter Hoffnung. Es waren keine Polizisten in Sicht, das wäre wohl auch zu viel verlangt gewesen, aber die Vordertüren standen offen, und die drei stöhnenden *Dinger*, die in der Nähe herumstreiften, würden das Fahrzeug nicht vor ihm und dem Mädchen erreichen können. Und selbst wenn sich der Wagenschlüssel nicht im Zündschloss befand, so würde es doch das Funkgerät geben, und die Windschutzscheibe war kugelsicher. Mit solchem Hilfsmittel würden sie sich aller Voraussicht nach gegen die wandelnden Leichen behaupten können, bis Hilfe eintraf.

Außerdem ist es die einzige Chance, die wir haben. Los geht's!

Leon zögerte gerade lange genug, um zu sehen, wie die Frau nickte. Ihr brauner Pferdeschwanz wippte, und dann sprinteten sie gemeinsam auf den schwarzweißen Wagen zu. Unter ihren Füßen wischte das Pflaster vorbei. Leon hielt die Pistole auf die Kreaturen gerichtet, die ihnen am nächsten waren, etwa fünfzehn Schritte entfernt. Am liebsten hätte er geschossen, um sie davon abzuhalten, näher zu kommen, aber er konnte es sich nicht leisten, wertvolle Munition zu verschwenden.

Lieber Gott, mach, dass der Schlüssel steckt …

Sie langten gleichzeitig am Fahrzeug an und trennten sich. Die Frau rannte um den Wagen herum zur Beifahrerseite, und Leon wurde in einem Anflug neuen Entsetzens klar, dass sie vermutlich dachte, der Wagen gehöre ihm. Er wartete, bis sie die Tür zugezogen hatte, ehe er sich hinters Lenkrad klemmte.

Seine Gebete waren erhört worden – der Zündschlüssel steckte. Leon ließ die Magnum in seinen Schoß fallen und griff nach dem Schlüssel, verspürte einmal mehr diese stürmische Hoffnung, dass es doch noch etwas anderes geben könnte, als zu sterben.

„Schnallen Sie sich an", sagte er und wartete ihre Reaktion kaum ab, drehte den Schlüssel um und registrierte, wie der Leuchtbalken auf dem Wagendach ansprang. Die Ash Street mit ihren herumstakenden Kreaturen wurde in bleiche, rotblaue Wirbel getaucht, Schatten veränderten ihre Form und Dichte. Es war eine Höllenvision, und Leon ging aufs Gas, wollte verzweifelt und so schnell wie möglich von hier weg.

Der Wagen löste sich mit einem Quietschen vom Randstein. Leon zog das Lenkrad nach rechts und dann nach links und verfehlte knapp eine torkelnde Frau, deren Kopfhaut halb abgerissen war. Selbst durch die geschlossenen Fenster konnte er ihr enttäuschtes Heulen hören, als sie davonjagten, und die Schreie vieler anderer mischten sich darunter.

Verstärkung – ruf Verstärkung!

Leon tastete nach dem Funkgerät, ohne den Blick von der Straße zu nehmen. Die Wesen stoben auseinander, waren aber hartnäckig – dunkle, schlurfende Ungeheuer, die auf die Fahrbahn taumelten, als würden sie von dem Geräusch des beschleunigenden Fahrzeugs angezogen. Während der schwarzweiße Streifenwagen über die Powell und darüber hinaus schoss, musste er etlichen weiteren dieser Monster ausweichen.

Die Frau redete und starrte hinaus in die trostlose Landschaft, während Leon die Sprechtaste des Funkgeräts gedrückt hielt und sein Gefühl der Hilflosigkeit noch anschwoll. Kein statisches Rauschen erklang aus dem Lautsprecher, *rein gar nichts* war zu hören.

„Was zum Teufel ist hier los – ich komme in Raccoon an und die ganze Stadt ist dem Wahnsinn verfallen ..."

„Großartig, das Funkgerät ist tot", unterbrach Leon sie, ließ das Sprechgerät fallen und konzentrierte sich auf die Straße. Die ganze Stadt schien ihm wie Teil einer fremden Welt, die Straßen waren eigenartig düster. Das Ganze hatte etwas Traumartiges, doch der Geruch bewahrte ihn davor zu glauben, dass er schlief. Der Gestank von verdorbenem Fleisch war auch ins Innere des Streifenwagens gedrungen und machte es schwer, sich auf das Lenken zu konzentrieren. Wenigstens herrschte kein Verkehr, und es waren auch keine Menschen unterwegs. Kein *richtigen* Menschen jedenfalls ...

Abgesehen von mir und dem Mädchen. Ich muss meinen Job tun, muss dafür sorgen, dass ihr nichts geschieht. Armes Ding, sie kann nicht älter als neunzehn oder zwanzig sein, ist wahrscheinlich völlig verängstigt. Ich muss mich zusammenreißen und sie vor weiteren Gefahren schützen, muss zum Revier und –

„Sie sind ein Cop, oder?"

Der singende und irgendwie sarkastische Ton der blutjungen Frau riss ihn aus seinen panischen Grübeleien. Er warf ihr einen Blick zu und stellte fest, dass sie zwar blass wirkte, aber nicht so, als stünde sie am Rande eines Zusammenbruchs. In ihren klaren grauen Augen lag sogar eine Spur von Humor, und Leon gewann den Eindruck, dass sie einfach nicht der Typ war, der zusammenbrach. In Anbetracht der Umstände war das durchaus erfreulich.

„Yeah. Erster Tag im Dienst – klasse, was? Ich heiße Leon Kennedy."

„Claire", erwiderte sie. „Claire Redfield. Ich bin hergekommen, weil ich meinen Bruder suche, Chris …"

Sie verstummte und starrte wieder hinaus auf die vorbeiziehende Straße. Zwei der Kreaturen torkelten dem Wagen von beiden Seiten in den Weg, doch Leon drückte das Gaspedal tiefer und schaffte es, zwischen ihnen hindurchzufahren. Das stählerne Maschengitter, das den Fond abtrennte, war heruntergelassen, sodass der Rückspiegel freie Sicht bot – die beiden Zombies trotteten ihnen blöde hinterdrein.

In blinder Gier. Genau wie in den Filmen.

Einen Moment lang sagte niemand etwas, die naheliegende Frage blieb unausgesprochen. Was es auch gewesen sein mochte, das Raccoon in eine Horrorshow verwandelt hatte, es war nicht so wichtig wie die Frage, wie sie das alles überstehen sollten. In ein paar Minuten würden sie das Revier erreichen, vorausgesetzt, die Straßen blieben frei. Es gab eine Tiefgarage, dort wollte Leon es zuerst probieren – aber wenn die Tore geschlossen waren, würden sie ein kurzes Stück zu Fuß zurücklegen müssen. Vor dem Gebäude lag ein kleiner Hof, ein Parkplatz …

Vier Schuss übrig – und vielleicht eine Stadt voll von diesen Monstern. Wir brauchen unbedingt noch eine Waffe.

„Hey, mach mal das Handschuhfach auf", sagte er, zum Du wechselnd. Falls es abgeschlossen war, befand sich ein Schlüssel am Bund, der es öffnen würde.

Claire drückte den Knopf und fasste hinein, wobei sie ihm den Rücken ihrer pinkfarbenen ärmellosen Weste darbot; über einem sinnlichen Engel, der eine Bombe hielt, war der Spruch „Made in Heaven" eingestickt. Das Outfit passte zu ihr.

„Hier ist eine Waffe", sagte sie und zog eine glänzende Halbautomatik heraus. Sie hob sie vorsichtig an und überprüfte, ob sie geladen war, ehe sie ein paar Clips hervorkramte. Es war eine der alten Dienstwaffen des RCPD, eine Neunmillimeter Browning HP. Seit der Mordserie war die Raccoon-Truppe mit der H & K VP70 ausgerüstet, einer anderen Neunmillimeter – der Unterschied war, dass die Browning nur dreizehn Schuss fasste, die neueren Modelle hingegen achtzehn, neunzehn sogar, wenn man eine Kugel im Lauf ließ. An der Art und Weise, wie Claire mit der Pistole umging, erkannte Leon, dass sie wusste, was sie tat.

„Nimm sie besser mit", meinte er. Das RCPD verfügte über ein recht ordentliches Arsenal. Vorausgesetzt, dass noch Cops dort waren, konnte er sich die ihm ohnehin zugeteilte Dienstwaffe holen und –

– *warum setzt du eigentlich auch nur irgendetwas voraus?*

Als Leon die Kurve Ash und Third Street etwas zu überhastet nahm, vergegenwärtigte er sich endlich, dass auch das Revier von Leichen wimmeln konnte. Alles geschah so schnell, dass er diese Möglichkeit bislang einfach nicht in Betracht gezogen hatte.

Er brachte den Wagen zurück in die Spur, ging etwas vom Gas und versuchte sich, so ruhig und vernünftig, wie er nur konnte, einen Alternativplan zurechtzulegen. Vielleicht hatte sich auf dem Revier ja eine geordnete Verteidigung formiert – aber der Verwesungsgestank, der so schwer in der Luft hing, machte es schwer, daran zu glauben.

Der Tank ist dreiviertel voll, mehr als genug, um es über die Berge zu schaffen. Wir könnten in weniger als einer Stunde in Latham sein.

Sie konnten am Revier vorbeifahren, und wenn es … feindselig aussah, würden sie, verdammt noch mal, aus der Stadt verschwinden.

Für ihn klang das gut. Er setzte an, Claire davon zu erzählen und herauszufinden, was sie davon hielt –

– als grauenhafter Schlachtgeruch über ihn hinwegfegte und etwas vom Rücksitz nach vorne stürzte.

Claire schrie, und das Monster, das sich die ganze Zeit über mit im Streifenwagen aufgehalten hatte, packte Leons Schulter mit eisigen Händen, und der mit Fliegenlarven durchsetzte Atem des Ungetüms fauchte ihm ins Gesicht. Es grabschte nach seinem rechten Arm und zerrte ihn mit übermenschlicher Kraft auf seine von Geifer triefenden Zähne zu.

„Nein!", schrie Leon, während der Wagen nach rechts ausbrach, über den Bordstein hüpfte und auf ein Backsteingebäude zuschlingerte. Die Kreatur geriet aus dem Gleichgewicht, ihr Griff lockerte sich. Leon riss am Steuer, zu spät jedoch, um der Wand vollends auszuweichen. Metall kreischte und ein greller Funkenschweif beleuchtete die tastenden Hände und das lüsterne, schaurige Grinsen ihres Passagiers, während das Fahrzeug mit immer noch rasendem Tempo zurück auf die Straße sprang.

Das tote Ding streckte seine gierigen Arme nach Claire aus, und ohne nachzudenken, trat Leon das Gaspedal durch, zog den Wagen hart nach rechts. Das Heck brach aus und krachte in einem neuerlichen Aufstieben feuriger Funken gegen einen geparkten Pickup. Der sabbernde Leichnam stürzte zurück auf den gepolsterten Rücksitz, zog sich aber sofort wieder nach vorne, knirschte mit den Zähnen und schlug nach der Frau.

Der Streifenwagen raste die Third hinunter. Leon versuchte, das Steuer unter Kontrolle zu halten, griff gleichzeitig nach seiner Waffe und drehte sich halb um, die Magnum am Lauf haltend. Er dachte nicht daran, den Fuß vom Gas zu nehmen, konnte an nichts anderes denken als daran, dass der Zombie drauf und dran war, seine Zähne in Claires Schulter zu graben.

Er schlug mit der schweren Pistole zu, zog sie dem Monster quer über das Gesicht. Der Kolben schrammte das Fleisch, das sich in einem dicken Streifen abschälte. Blut schoss aus der Wunde, dann traf der Griff die Nase des Ungeheuers, und Knorpel löste sich mit einem schmatzenden Knirschen von Knochen. Glucksend fasste

die Kreatur nach ihrem blutenden Schädel, und Leon hatte gerade genug Zeit, um für eine Sekunde etwas wie Triumph zu empfinden –
– bis Claire auch schon schrie: *„Pass auf!"*
Leon schaute auf und begriff, dass es gleich fürchterlich krachen würde …

Leon traf den Zombie mit seiner Pistole, und Claire zuckte vor dem spritzenden Blut zurück, wobei sie mit entsetztem Blick bemerkte, dass die Straße, auf der sie fuhren, vor ihnen einfach aufhörte.
„Pass auf!"
Sie erhaschte nur einen flüchtigen Blick auf Leons weiße Knöchel am Lenkrad, seine zusammengepressten Kiefer, während der Wagen sich kreischend drehte, Gebäude und Straßenlampen so schnell vorbeiwischten, dass Claire sie nur verschwommen sah, und dann –
BAMM!
– eine Explosion von Geräuschen, splitterndes Glas und sich verformendes Metall. Der Streifenwagen donnerte gegen ein massives Hindernis. Claire wurde in ihren Sicherheitsgurt geworfen. Zugleich schleuderte der Aufprall den Zombie nach vorne, und Claire riss im Reflex die Arme hoch, als das tote Ding durch die Windschutzscheibe schlug.
Danach war alles still. Es gab nur noch das Knacken heißen Metalls und das Geräusch ihres eigenen dröhnenden Herzschlags. Claire senkte die Arme und sah, dass Leon sich bereits wieder gefangen hatte, dass er schon auf das blutige, zerborstene Durcheinander blickte, das sich über die Motorhaube breitete. Der Kopf des Monsters befand sich gnädigerweise außerhalb ihres Sichtfeldes. Die Kreatur bewegte sich nicht mehr.
„Bist du okay?"
Claire drehte sich um und sah Leon an. Plötzlich musste sie einen fast hysterischen Lachanfall niederkämpfen. Raccoon war von lebenden Toten übernommen worden, und hinter ihnen lag ein schwerer Unfall, ausgelöst von einer Leiche, die versucht hatte,

sie *anzuknabbern*. In Anbetracht all dessen war „okay" nicht das naheliegendste Wort, das ihr in den Sinn gekommen wäre.

Beim Anblick von Leons aufrichtigem und sorgenvollem Ausdruck verpuffte jedoch der Drang, kurzerhand auszurasten. Er sah aus, als befände er sich selbst am Rande eines Anfalls. Es hätte also wenig gebracht, ihren angegriffenen Nerven ein Ventil zu öffnen.

„Noch alles dran", brachte sie hervor, und der junge Cop nickte und schien erleichtert.

Claire atmete tief durch – es kam ihr vor, als sei es seit Stunden das erste Mal – und schaute sich um, weil sie wissen wollte, wo sie gelandet waren. Leon hatte am äußersten Ende der Straße eine 180-Grad-Drehung hingelegt, und jetzt wies die Schnauze des offenbar total beschädigten Polizeifahrzeugs zurück in die Richtung, aus der sie gekommen waren.

In der unmittelbaren Nähe hielten sich keine Zombies auf, dennoch hatte Claire das Gefühl, dass ihnen nicht allzu viel Zeit bleiben würde, um Deckung zu finden. Nach allem, was sie bislang gesehen hatte, war Raccoon zum größten Teil, wenn nicht sogar vollständig, betroffen von … ja, von was auch immer es letztlich sein mochte, das hier geschehen war. Sie hielt die Pistole fest in der Hand und versuchte, ihr aufgewühltes Inneres unter Kontrolle zu bringen.

„Wir –" Leon setzte an, um etwas zu sagen, und hielt dann inne. Seine Augen weiteten sich, während er in den Rückspiegel starrte. Claire schaute ebenfalls nach hinten – und konnte für eine Sekunde nur denken, dass sie ab irgendeinem Zeitpunkt, seit sie die Universität verlassen hatte, verflucht worden sein musste.

Verflucht, ja. Jemand will, dass ich sterbe, das ist es.

Ein Sattelschlepper rollte die Straße herunter, zwar noch einige Blocks entfernt, aber doch nahe genug, dass man erkennen konnte, wie sehr er außer Kontrolle geraten war. Der Truck schlingerte hin und her, krachte gegen den blauen Pick-up, der auf einer Straßenseite geparkt war, und pflügte dann einen Briefkasten auf der anderen um. Mit Entsetzen erkannte Claire, dass es sich um einen Tanklastzug handelte – und so, wie das Gespann bei jedem wilden Schlenker gefährlich hin- und herpendelte, musste es voll beladen sein. In dem Sekundenbruchteil, den es dauerte, um diese Information zu verdauen und um zu beten, dass es sich bei der Ladung nicht um Benzin oder Öl handeln möge, hatte der Lastzug die Distanz halbiert. Claire konnte die Flammen, die auf die dunkelgrüne Kabine gemalt waren, förmlich sehen, aber selbst jetzt schien es ihr unwirklich – bis Leon das lähmende Schweigen brach.

„Der Irre wird uns rammen!", keuchte er, und dann hieben sie beide auf die Schlösser der Sicherheitsgurte ein. Claire betete, dass der Unfall den Mechanismus nicht in irgendeiner Weise blockiert hatte.

Das Geräusch der sich öffnenden Gurte war nicht zu hören in dem anschwellenden monotonen Brummen des nahenden Tankzugs und dem hallenden Knirschen und Splittern von Autos, die nach links und rechts gefegt wurden. Noch ein paar Herzschläge, dann –

„Renn!", schrie Leon, und da schob sie sich auch schon aus dem Streifenwagen und spürte kühle Luft auf ihrer verschwitzten Haut. Das Brüllen des Truckmotors blendete alles andere aus.

Sie machte drei Riesensätze, und dann spürte und hörte sie den Aufprall. Unter ihren Füßen erbebte der Asphalt, noch während hinter ihr das Krachen zerreißenden Metalls aufdröhnte.

Noch ein fliegender Satz und –

WOAMMM!

– Claire wurde von den Füßen gerissen, brutal nach vorn gedroschen von einer unglaublichen Druckwelle aus Hitze und Lärm. Sie schaffte es, sich vom Boden abzustoßen, als der explodierende Tanklastzug die Nacht für einen kurzen Augenblick zum Tag machte. Eine ungeschickte Rolle über die Schulter, und Dreck brannte auf ihrer versengten Haut, ehe sie keuchend hinter einem geparkten Auto landete.

Ein Regen aus rauchenden Trümmern ging nieder, dann war Claire auf den Füßen, stolperte wieder auf die Straße hinaus, um die hochlodernden Flammen nach Leon abzusuchen.

Das Herz rutschte ihr in die Hose. Der Tanklaster, der Streifenwagen und das, was einmal ein Haushaltswarengeschäft gewesen war – alles war in ein Inferno chemischen Feuers gehüllt, die Straße total blockiert von dem Chaos aus brennender Zerstörung.

„Claire ..."

Leons Stimme, gedämpft aber hörbar durch die Wand sich kräuselnder Flammen.

„Leon?"

„Ich bin in Ordnung!", rief er. „Geh zum Revier, wir treffen uns dort!"

Claire zögerte eine Sekunde und starrte hinab auf die Pistole, die sie nach wie vor fest mit der zitternden Hand umfasst hielt. Sie fürchtete sich, hatte Angst davor, sich allein durch eine Stadt zu bewegen, die sich in einen lebendig gewordenen Friedhof verwandelt hatte – aber es war nun mal nicht so, dass ihr eine wirkliche Wahl geblieben wäre. Sich zu wünschen, die Umstände wären andere, war reine Zeitverschwendung.

„Okay!"

Sie drehte sich um und versuchte, sich im rauchigen, flackernden Licht der brennenden Wracks zu orientieren. Das Revier lag in der Nähe, nur ein paar Blocks weit entfernt –

– aber Kreaturen torkelten aus den Schatten, hinter Autos hervor und aus dunklen Gebäuden. Unbeirrbar schlurften sie in das flackernde Licht der lodernden Unfallstelle und gaben im Näherkommen abgehackte gierige Laute von sich – zwei, drei, vier von ihnen.

Claire sah zerfledderte Haut und verfaulende Glieder, gähnende Schwärze, wo sich Augen hätten befinden sollten – und doch schritten sie unbeirrbar voran, bewegten sich auf sie zu, wie magnetisch angezogen von allem Lebendigen.

Von jenseits der brennenden Wracks hörte Claire Schüsse – zwei, vielleicht auch nur einen Block entfernt, dann nichts mehr – nichts außer dem Knistern der verzehrenden Flammen und dem leisen, hilflosen Stöhnen der lebenden Toten.

Leon ist jetzt auf sich allein gestellt. BEWEG DICH ENDLICH!

Claire holte tief Luft, machte eine Lücke in der tödlichen, näher kommenden Meute aus und rannte los.

SECHS

Ada Wong schob die schimmernde Metallscheibe in den Schlitz der Statue und drückte dagegen, bis sie bündig mit dem Marmor abschloss. Kaum dass sich die Scheibe an Ort und Stelle befand, hörte Ada, wie sich ein verborgener Mechanismus in Gang setzte. Sie trat zurück, um zu sehen, was passieren würde. Ihre Schritte hallten durch die weite Lobby des RCPD-Gebäudes und wurden aus dem sich über drei Etagen erstreckenden, offenen Raum zu ihr zurückgeworfen.

Ein weiterer Schlüssel? Eine der Medaillen für den Keller? Oder vielleicht die Probe selbst – hier versteckt, direkt vor meiner Nase … Wäre das nicht eine angenehme Überraschung?

Ja, wenn Schweine fliegen könnten … Die aus Stein gefertigte wassertragende Nymphe kippte in leichtem Winkel nach vorn, aus dem Krug auf ihrer Schulter fiel ein schmales Metallstück auf den Rand des abgeschalteten Brunnens.

Der Pik-Schlüssel.

Seufzend hob Ada ihn auf. Die Schlüssel hatte sie bereits. Im Grunde besaß sie alles, was sie brauchte, um das Revier zu durchsuchen, und das Meiste dessen, was nötig war, um ins Labor zu gelangen. Hätte niemand bei Umbrella die Bombe hochgehen lassen, wäre die Aufgabe ein Kinderspiel gewesen. Leicht verdientes Geld.

Aber was kriege ich statt dessen? Einen dreitägigen Urlaub ohne Komfort und eine Nacht der Duelle gegen lebende Tote. Ich darf „Jag-die-Kugel-ins-Hirn" und gleichzeitig „Lasst-uns-den-Repor-

ter-finden" spielen. Die Proben könnten inzwischen sonst wo sein, je nachdem, wer überlebt hat. Vorausgesetzt, ich schaffe es, hier mit dem Zeug rauszukommen, werde ich einen gottverdammt hohen Zuschlag verlangen – niemand sollte unter diesen Bedingungen arbeiten müssen.

Ada schob den Schlüssel in ihre Hüfttasche, schaute dann mit abwesendem Blick zur oberen Balustrade der beeindruckenden Halle empor und hakte im Geist die Räume ab, in denen sie bereits gewesen war sowie diejenigen, die sie gründlicher in Augenschein genommen hatte. Bertolucci war nirgendwo im Ostteil des Gebäudes zu finden gewesen, weder oben noch unten. Sie hatte, wie ihr schien, Stunden damit zugebracht, in tote Gesichter zu starren und die stinkenden Leichenhaufen nach seinem kantigen Kinn und seinem anachronistischen Pferdeschwanz zu durchsuchen. Natürlich war es möglich, dass er seinen Standort wechselte – aber nach allem, was sie über ihn wusste, war das eher unwahrscheinlich; der Reporter war wie ein Hase, ein Typ, der sich im Angesicht der Gefahr versteckte.

Apropos Gefahr ...

Ada schüttelte sich und ging zurück zu der Tür, die in den unteren Ostflügel führte. Die Lobby war halbwegs sicher vor den Virusträgern – sie schienen das Konzept von Türknäufen nicht zu begreifen –, aber es gab neben den Infizierten noch weitere Bedrohungen. Gott allein wusste, wen Umbrella zum Aufräumen herschicken würde ... oder was im Laboratorium freigesetzt worden war, als das Leck auftrat. Weniger furchterregend, aber genauso lästig waren die überlebenden Cops, die immer noch umherschwadronieren und nach Leuten suchen mochten, die sie retten konnten. Ada hatte Schüsse gehört, einige weit weg, andere nicht; es gab also zumindest noch ein paar Nichtinfizierte in dem weitläufigen alten Gebäude. Im Vergleich zu dem Versuch, einen „echten" Menschen, der bewaffnet war, davon zu überzeugen, dass sie lebte und keine Gesellschaft haben wollte, schien es ihr fast reizvoll, den Untoten gegenüberzutreten.

Auf den Fußballen laufend, um unnötigen Lärm zu vermeiden, schlüpfte Ada durch die Tür und lehnte sich dann dagegen. Sie befand sich am Ende eines langen Korridors. Hier konnte sie ihr weiteres Vorgehen in relativer Sicherheit und Ruhe planen. Obwohl sie den Keller noch nicht überprüft hatte und nach wie vor etliche Virus-Träger in den RCPD-Büros herumstreiften, waren die Türen entlang des Flures alle geschlossen – wenn jemand oder etwas auf sie losgehen wollte, würde sie es rechtzeitig sehen und verschwinden können.

Ach ja, das aufregende Leben einer freien Agentin. Reise um die Welt! Verdiene dein Geld mit dem Stehlen wichtiger Unterlagen und Artefakte! Halte dir lebende Tote vom Hals, nachdem du drei Tage lang weder geduscht noch etwas Anständiges gegessen hast – lass deine Freunde vor Neid erblassen!

Sie rief sich noch einmal in Erinnerung, dass sie auf diesen Zuschlag bestehen wollte. Als sie vor weniger als einer Woche in Raccoon eingetroffen war, hatte sie gedacht, sie sei vorbereitet. Sie hatte die Karten studiert, sich die Unterlagen des Reporters eingeprägt und ihre Tarnidentität hatte festgestanden – eine junge Frau, die ihren Freund suchte, einen Umbrella-Wissenschaftler. Dieser Teil war beinahe wahr; tatsächlich war es ihre kurze Beziehung mit John Howe vor knapp zehn Monaten gewesen, die ihr diesen Job eingebracht hatte. Eigentlich war es eher ein One-Night-Stand gewesen, und nicht mal ein besonders guter – aber John hatte anders darüber gedacht, und seine Verbindung zu Umbrella, auch wenn sie ihn wahrscheinlich das Leben gekostet hatte, hatte sich für Ada als Glücksfall erwiesen.

Sie war also vorbereitet gewesen. Aber innerhalb von vierundzwanzig Stunden nach ihrem selbstsicheren Einchecken in einem der besten Hotels von Raccoon City, hatte sich das Blatt für sie gewendet. Während sie in der mit viel Vinyl ausgestalteten und weitenteils leeren Lounge des Arklay Inns zu Abend gegessen hatte, waren draußen die ersten Schreie aufgeklungen. Die ersten, aber keineswegs die letzten.

In gewisser Hinsicht war die eingetretene Katastrophe von Vorteil für sie, denn nun würden keine Wachen um das Labor postiert sein. Sie würde nicht zigmal versuchen müssen, sich anzuschleichen und dabei jede Deckung zu nutzen. Laut der Information, die sie vorab über das T-Virus eingeholt hatte, war es an der Luft kurzlebig und es starb schnell ab. Die einzige Möglichkeit, sich jetzt noch damit anzustecken, war der Kontakt mit einem Träger. In dieser Hinsicht gab es also kein Problem – und nachdem sie und ein paar Dutzend andere es zum Polizeirevier geschafft hatten, hatte Ada gesehen, dass sich Bertolucci darunter befand. Trotz der Untoten hatte es anfänglich ausgesehen, als liefen die Dinge zu ihren Gunsten.

Missionsziele: Befrage den Schreiberling, finde heraus, wie viel er weiß, und bring ihn um oder vergiss ihn, je nachdem. Berge eine Probe von Dr. Birkins neuestem Wunder-Virus ... Kein Problem, oder?

Vor drei Tagen – mit dem Wissen, wie das Umbrella-Labor mit dem Abwasserkanalsystem verbunden war, und Bertolucci direkt vor ihrer Nase – hatte es den Anschein gehabt, als sei der Job so gut wie erledigt. Aber natürlich hatte die Sache von da an noch gehörig schieflaufen müssen.

Das umgemodelte Revier, in dem die Räume nach dem S.T.A.R.S.-Fiasko neu aufgeteilt wurden, hat die Hälfte meiner Vorbereitungen hinfällig gemacht. Menschen, die verschwanden. Barrikaden, die fortwährend fielen. Polizeichef Irons, der wie ein billiger Diktator mit Befehlen um sich warf und immer noch versuchte, Bürgermeister Harris und seine jammernde Tochter zu beeindrucken, während sich die Toten längst immer höher stapelten ...

Ada hatte Bertolucci im Auge behalten und bemerkt, dass er sich verdrücken wollte – seinen tatsächlichen Abgang jedoch hatte sie versäumt. Sie hatte nicht einmal Zeit gehabt, Kontakt aufzunehmen, bevor er sich ins Labyrinth des Reviers abgesetzt hatte und im Chaos der ersten Angriffswelle untergetaucht war. Ada hatte beschlossen, im Alleingang vorzugehen, nachdem kaum eine Stunde später drei Viertel der Zivilisten durch einen einzigen Massenangriff ausgelöscht worden waren, und das nur, weil sich niemand darum gekümmert hatte, die Garagentore zu schließen. Sie war nicht willens zu sterben, nur um ihre Tarnidentität als verängstigte Touristin zu wahren, die nach ihrem Freund suchte.

Und dann hatte das Warten begonnen. Fast fünfzig Stunden hatte sie, geduckt im Uhrenturm des zweiten Stockwerks, darauf gewartet, dass sich die Lage beruhigte. In den länger werdenden Pausen zwischen den Feuergefechten war sie hinunter gehuscht, um etwas Essbares zu finden oder aufs Klo zu gehen, inmitten des hallenden Ratterns von Schüssen und der Schreie …

Großartig. Jetzt bist du also hier, und was tust du? Stehst herum und hängst deinen Gedanken nach. Mach weiter – je eher du fertig bist, desto eher kannst du deinen Lohn einsacken und dich irgendwo auf einer hübschen Insel zur Ruhe setzen.

Dennoch verharrte Ada noch einen Augenblick lang, tippte mit der Mündung ihrer Beretta geistesabwesend gegen eines ihrer langen, bestrumpften Beine. Drei Leichen lagen im Flur. Sie konnte nicht aufhören, diejenige anzustarren, die verkrümmt unter einem Fensterschalter auf halbem Wege den Gang hinunter lag. Eine Frau in abgeschnittenen Shorts und einem Top, die Beine ordinär gespreizt, einen Arm über ihren blutbesudelten Kopf gekrümmt. Die anderen beiden waren Polizisten, die Ada nicht wiedererkannte – die Frau allerdings gehörte zu den Leuten, mit denen sie gesprochen hatte, nachdem sie es zum Revier geschafft hatten. Ihr Name war Stacy gewesen, ein nervöses, aber willensstarkes Mädchen, das gerade dem Teenageralter entwachsen war.

Stacy Kelso, so hatte sie geheißen. Sie war in die Stadt gegangen, um Eiskrem zu kaufen, und dabei in die Attacke geraten – und doch hat sie sich mehr um ihre Eltern und ihren kleinen Bruder zu Hause gesorgt, als um ihre eigene Notlage. Ein pflichtbewusstes Mädchen. Ein gutes Mädchen.

Warum dachte sie darüber nach? Stacy war tot, hatte ein ausgefranstes Loch in der linken Schläfe, und sie war nicht Adas Schutzbefohlene gewesen; es war also nicht so, dass Ada sich persönlich für ihr Schicksal hätte verantwortlich fühlen müssen. Sie war hergekommen, um einen Job zu erledigen, und es war nicht ihre Schuld, dass in Raccoon die Hölle ausgebrochen war ...

Vielleicht geht es nicht um Schuldgefühle, flüsterte ein Teil von ihr. *Vielleicht tut es dir nur leid, dass sie es nicht geschafft hat. Sie war schließlich ein Mensch, und jetzt ist sie tot, wie es wahrscheinlich auch ihre Eltern und ihr kleiner Bruder sind ...*

„Schluss damit!", sagte sie leise, aber leicht gereizt. Sie riss ihren Blick von der Mitleid erregenden Gestalt los und richtete ihn stattdessen auf einen zerbrochenen Aschenbecher am Ende des Korridors. Sich schlecht zu fühlen aufgrund von Dingen, die sie nicht beeinflussen konnte, war nicht ihre Art – und angesichts dessen, wie viel Mr. Trent es sich kosten ließ, ihre Dienste in Anspruch zu nehmen, war jetzt nicht die beste Zeit, um ihre Gefühlswelt zu analysieren. Menschen starben, das war der Lauf der Welt, und wenn sie in ihrem Leben irgendetwas gelernt hatte, dann das, dass es sinnlos war, sich über *diese* spezielle Wahrheit zu grämen.

Missionsziele: Mit Bertolucci reden und die G-Virus-Probe besorgen. Das war alles, was sie zu kümmern hatte.

Ein paar Ecken von ihrem momentanen Standort entfernt, im Pressekonferenzraum, gab es einen Mechanismus, den Ada noch überprüfen musste. Trents Notizen über die jüngsten architektonischen Ergänzungen des Reviers waren lückenhaft gewesen, aber sie wusste, dass es mit der Verzierung, skulpturartigen Gaslampen und einem Ölgemälde zu tun hatte. Wer immer all diese Arbeiten in Auftrag gegeben hatte, führte ein außerordentlich undurchsichtiges Leben. Oben, hinter der Wand eines einstigen Lagerraums, gab es regelrechte Geheimgänge. Ada hatte sie sich noch nicht angesehen, aber ein rascher Blick hatte ihr gezeigt, dass der Raum selbst in ein Büro umfunktioniert worden war. Der übertriebenen und neurotisch machohaften Ausstaffierung nach zu schließen, gehörte es vermutlich Irons. Selbst in der kurzen Zeit, die sie in seinem Laden zugebracht hatte, hatte sie feststellen können, dass er nicht der gefestigste Charakter auf Erden war. Er stand fraglos auf der Gehaltsliste von Umbrella, aber er hatte darüber hinaus etwas an sich, das förmlich nach Gestörtheit roch.

Ada ging den Flur hinunter, ihre Schuhe klickten laut auf den zerkratzten blauen Fliesen. Schon jetzt befürchtete sie ein weiteres zeitraubendes mechanisches Puzzle. Nicht, dass das etwas nützte – sie hatte von Anfang an angenommen, dass das Virus noch im Labor sei –, aber sie konnte es nicht riskieren, sich eine möglicherweise frühere Entdeckung durch die Lappen gehen zu lassen. Laut Unterlagen gab es acht bis zwölf Phiolen von dem Zeug, je eine Unze fassend; diese Information entstammte einem zwei Wochen zurückliegenden Video-Briefing – und Birkins Labor war alles andere als uneinnehmbar. Da das Labor durch die Kanalisation mit dem Revier verbunden war, musste Ada die Möglichkeit in Betracht ziehen, dass die Proben fortgeschafft worden waren. Außerdem konnte sich Bertolucci in der Recherchebibliothek versteckt halten oder in den S.T.A.R.S.-Büros auf der Westseite, vielleicht in der Dunkelkammer – tot oder nicht, sie musste ihn finden. Und es würde ihr auch die Chance einräumen, im RCPD-Gebäude noch ein paar Neunmillimeter-Clips einzusammeln.

Sie folgte dem Gang, der sie an einem kleinen Wartebereich vorbeiführte, in dem Verkaufsautomaten standen, die bereits aufgebrochen und geplündert worden waren. Genau wie der Rest des Reviers war der Korridor kalt und hätte dringend eines Lufterfrischers bedurft; an den Geruch hatte sie sich gewöhnt, aber die Kälte war mörderisch. Zum hundertsten Mal, seit sie ihren Tisch im Arklay verlassen hatte, wünschte sich Ada, dass sie sich zum Abendessen legerer gekleidet hätte. Das ärmellose rote Tunikakleid und klappernde Schuhe hatten zwar zu ihrer Tarnung gepasst – als Einsatzkleidung war das Outfit jedoch alles andere denn praktisch.

Sie erreichte das Ende des Flures und öffnete, die Waffe halb erhoben, vorsichtig die Tür zu ihrer Linken. Wie zuvor war der Gang sauber, wenn auch ein weiteres Zeugnis der geschwundenen Eleganz des Gebäudes – hier waren es dunkle sandfarbene Wände und symmetrisch gemusterte Kacheln. Das Revier musste einst prachtvoll gewesen sein, doch die Jahre, in denen es als institutionelle Einrichtung gedient hatte, hatten seine Erhabenheit aufgezehrt. Das ramponierte Aussehen und die kalte, hoffnungslose Atmosphäre erzeugten ein düsteres Feeling – als könnte einem jeden Moment eine kalte Hand auf die Schulter fallen und ein Hauch verfaulten Atems über den Nacken streifen ...

Abermals legte Ada die Stirn in Falten – nach diesem Job würde sie einen sehr langen Urlaub machen. Entweder das, oder es war an der Zeit, sich einen neuen Beruf zu suchen. Ihre Konzentration – ihre Fähigkeit, alles Denken auf ein Ziel zu fokussieren – war nicht mehr das, was sie einmal gewesen war. Und in ihrer Branche konnte ein Flüchtigkeitsfehler im falschen Augenblick buchstäblich den Tod bedeuten.

Fette Zulage. Trent stinkt vor Geld. Ich werde um einen siebenstelligen Betrag bitten, mindestens aber um einen im höheren sechsstelligen Bereich.

In ihrem Bemühen, ihre Gedanken auf das Wesentliche zu bündeln, stellte Ada fest, dass sie das hartnäckige Bild nicht zu unterdrücken vermochte, das fortwährend durch ihren Kopf kroch. Eine Erinnerung an die junge Stacy Kelso, die sich nervös das Haar hinter die Ohren schob, während sie von ihrem kleinen Bruder erzählte ...

Nach, wie ihr vorkam, sehr langer Zeit schüttelte Ada die lästige Vision endlich ab, ging weiter den Gang hinab, schwor sich, dass sie sich keine weiteren Konzentrationsschwächen erlauben würde – und fragte sich, warum sie es nicht schaffte, dies auch zu glauben.

SIEBEN

Leons Stiefel scharrten durch Scherben zerbrochenen Glases, die auf dem Boden des Kendo-Waffengeschäfts lagen, und rußiger Schweiß rann ihm übers Gesicht, während er Schubladen aufriss. Wenn er nicht sehr schnell .50er-Munition fand, gehörte er der Katz. Die wenigen Waffen, die sich noch in dem verwüsteten Laden befanden, nützten ihm nichts, da sie mit Stahlkabeln gesichert waren. Das Schaufenster war komplett zertrümmert. Die Kreaturen würden nicht lange brauchen, bis sie ihn hier fanden – und er hatte noch eine einzige Kugel und etliche Blocks zurückzulegen.

Komm schon, Kaliber fünfzig Action Express ... irgendjemand in Raccoon muss die doch verwendet haben ...

„Ja!"

In der vierten Schublade unter dem Jagdgewehr-Display lagen sie: ein halbes Dutzend leerer Clips und ebenso viele Schachteln voll mit Munition. Leon schnappte sich eine davon, drehte sich um und knallte sie auf den Verkaufstresen, während er gehetzt zur Front des kleinen Ladens blickte. Noch war niemand zu sehen – wenn man den Toten auf dem Boden außer acht ließ. Er bewegte sich nicht, aber der Frische des Blutes nach, das aus seinem ansehnlichen Bauch quoll und sein ärmelloses T-Shirt besudelte, durfte Leon sich nicht allzu viel Zeit lassen. Er wusste nicht, wie lange es dauerte, bis die Getöteten sich wieder erhoben – aber er wollte es auch nicht unbedingt herausfinden.

Muss mich sowieso beeilen – ist ja gerade so, als sei ich so was wie ein Leuchtturm für diese Dinger, und dieses Plätzchen hier ist leicht zugänglich ...

Leon ließ den Blick zwischen der zertrümmerten Glasfront und seinen zitternden Händen hin- und herfliegen und fing an zu laden. Mit Glück war er auf den Waffenboden gestoßen, den er bei seiner schwindelerregenden, albtraumhaften Flucht zunächst völlig vergessen hatte. Da der kürzeste Weg zum Revier durch eine Massenkarambolage blockiert war, führte der schnellste Umweg durch Kendo's. Ein Zufall, der ihm zweifellos das Leben gerettet hatte. Denn obwohl er unterwegs zwei der Untoten niedergestreckt hatte, war er von ihrer schieren Zahl fast überrollt worden.

„Uuunh ..."

Eine grässliche, knochendürre Gestalt wankte aus den Schatten der Straße und visierte wie trunken die Vorderseite des Ladens an.

„Verdammt", murmelte Leon. Irgendwie schafften es seine Finger, sich noch schneller zu bewegen. Einen Clip hatte er fertig, einen wollte er noch aufmunitionieren, und den Rest konnte er mitnehmen. Wenn er sich jetzt zu lange damit aufhielt, würde er tot sein, bevor er überhaupt daran denken konnte, sich bis zum Revier durchzuschlagen.

Plötzlich stand eine weitere lepröse Gestalt vor der zerstörten Ladeneingangstür auf. Die Verwesung an ihren Beinen war so weit fortgeschritten, dass Leon Maden sehen konnte, die sich zwischen den faserigen Muskeln wanden.

... vier ... fünf ... fertig!

Er schnappte sich die Magnum, warf den Clip aus und lud bereits nach, als der fast leere den Boden berührte. Die madenzerfressene Kreatur zwängte sich zwischen den gezackten Glasscherben hindurch, die noch im Türrahmen steckten. Etwas Flüssiges blubberte dumpf in ihrem Hals.

Eine Tasche! Er brauchte eine Tasche. Leon sondierte fieberhaft den Raum hinter dem Tresen und fand eine ölfleckige Sporttasche, die an einem Stuhl in der hintersten Ecke lehnte. Zwei rasche Schritte und sie gehörte ihm. Während er zu der Anhäufung von Clips und loser Munition auf dem Tresen zurückrannte, schüttete er den Inhalt der Tasche aus. Reinigungsmaterial klapperte auf das Linoleum, während Leon die Clips in die Tasche fegte; die verstreut liegenden Patronen ignorierte er zugunsten der Munitionsschublade.

Das verfaulende Monster schlurfte auf ihn zu, stolperte über die Leiche des schmerbäuchigen Toten, und Leon konnte riechen, *wie stark verwest es war.* Er riss die Magnum hoch und richtete sie auf das Gesicht des Wesens.

Den Kopf – genau wie bei den beiden draußen!

Unter ohrenbetäubendem Krachen flog der breiige Schädel auseinander. Zähe Flüssigkeit klatschte gegen die Wände und Auslagen des Ladens. Noch bevor das auf diese Weise enthauptete *Ding* zu Boden schlug, wirbelte Leon bereits herum, ging vor der Munitionsschublade in die Hocke und schaufelte die schweren Schachteln in die Nylontasche. Angst krampfte ihm den Magen zusammen und ließ ihn zittern; Angst, dass sich die Seitengasse gerade jetzt mit weiteren dieser Ungeheuer füllen könnte, die ihm den Weg zu seinem Ziel abschneiden würden.

Fünf Clips pro Schachtel, fünf Schachteln ... Okay, jetzt sieh zu, dass du hier rauskommst!

Leon richtete sich auf, schulterte die Tasche und rannte zur Hintertür. Aus den Augenwinkeln sah er, dass es eine weitere Kreatur in den Laden geschafft hatte – und dem Knirschen zerbröselnden Glases nach zu schließen, folgten dieser einen sogar noch weitere unmittelbar auf dem Fuße.

Er öffnete die Tür, schlüpfte hindurch und spähte prüfend nach links und rechts, während die Tür hinter ihm zuglitt und das Schloss mit einem leisen metallischen Klicken einschnappte. Außer Abfalltonnen und Recyclingbehältern, in denen sich schimmeliges Zeug türmte, war nichts zu sehen. Von Leons Standort aus erstreckte sich die Gasse zur Linken und beschrieb dann eine Kurve wieder nach links. Wenn sein innerer Kompass noch funktionierte, würde ihn der enge, vor Müll überquellende Durchlass direkt hinaus auf die Oak Street führen, weniger als einen Block vom Revier entfernt.

Bislang hatte er Glück gehabt – alles, was er tun konnte, war zu hoffen, dass ihm dieses Glück gewogen blieb und ihn das Revier lebend, dazu möglichst in einem Stück, erreichen ließ – wo er dann, so Gott es wollte, ein schwer bewaffnetes Kontingent von Leuten vorfinden würde, die wussten, was zum Teufel hier überhaupt vorging.

Und Claire. Ich hoffe, du bist okay, Claire Redfield, und wenn du vor mir dort ankommst, schließ bitte die Tür nicht zu ...

Leon rückte die bleierne Last der Munition auf seinem Rücken zurecht und marschierte die schwach beleuchtete Gasse hinab, bereit, alles in Fetzen zu schießen, was sich ihm in den Weg stellen mochte.

Claire schaffte es, fast ohne einen Schuss abgeben zu müssen. Die Zombies, die nach und nach auf die Straßen herauskamen, waren unerbittlich, aber langsam, und das Adrenalin, das durch Claires Adern pumpte, erleichterte es ihr, ihnen auszuweichen. Sie nahm an, dass die Ungeheuer von den Geräuschen der brennenden Wracks hervorgelockt wurden und dann kurzerhand ihrer Nase folgten – oder eben dem, was von ihren Nasen noch übrig war. Von den etwa zehn Kreaturen, die ihr so nahe kamen, dass Claire sie in allen grausigen Details sehen konnte, befand sich mindestens die Hälfte im Stadium fortgeschrittener Verwesung. Das Fleisch fiel ihnen von den Knochen.

Sie war so damit beschäftigt, die Straße im Auge zu behalten und sich in Gedanken darüber klar zu werden, was alles geschehen war, dass sie fast am Polizeirevier vorbeigerannt wäre. Bei vorherigen Besuchen war sie schon zweimal im RCPD-Gebäude gewesen, um Chris abzuholen, hatte es aber nie durch den Hintereingang betreten – oder in kalter, stinkender Dunkelheit, verfolgt von untoten Kannibalen. Ein verunfalltes Polizeiauto und eine Handvoll in Zombies verwandelter Cops hatten sie in die Enge und über einen kleinen Parkplatz getrieben, dann durch eine Art Geräteschuppen, der auf einen winzigen gepflasterten Hof hinausführte – ein Hof, auf dem sie und Chris einmal zu Mittag gegessen hatten, auf der Treppe sitzend, die zum Heliport des Reviers hinaufführte, der auf Höhe des ersten Stockwerks lag. So hatte sie es schließlich geschafft.

Sich an den beiden uniformierten, umherstolpernden Leichen vorbeizudrücken, die ziellos über den L-förmigen Hof schlurften, hatte sich als einfach erwiesen. Aber Claire war so erleichtert, an einem Ort zu sein, den sie kannte und zu wissen, dass sie beinahe in Sicherheit war – dass sie die Frau nicht sah, bis es fast zu spät war.

Eine wimmernde Tote mit einem schlaff herabhängenden Arm und einem blutigen, zerfetzten Pullunder, die aus den Schatten am Fuß der Treppe nach ihr grabschte und Claires Arm mit kalten, schorfigen Fingern streifte.

Claire gab einen erstickten Aufschrei von sich, wich stolpernd vor der ausgestreckten Hand des Wesens zurück – und lief beinahe einem anderen in die Arme, einem hünenhaften verwesenden Mann, der unter den Metallstufen hervorgekommen war, täppisch, aber lautlos.

Sie duckte sich zur Seite weg, richtete die Neunmillimeter auf den Mann, trat einen Schritt zurück –

– und spürte, wie ihr Unterschenkel das harte Geländer der rückwärtigen Treppe, die zum Dach hinaufführte, berührte. Die Frau befand sich anderthalb Meter rechts von ihr, ihr zerrissenes, blutiges Oberteil entblößte eine hängende Brust, die Hand ihres noch intakten Armes fasste nach Claire. Noch einen Schritt weiter, dann würde sich der Mann in Reichweite befinden, und sie konnte nicht weiter zurückweichen.

Claire drückte ab. Es gab einen monströsen Knall. Die Pistole sprang ihr fast aus der Hand. Die rechte Hälfte des schlaffen, welken Gesichts vor ihr verschwand in einer Explosion dunkler Flüssigkeiten, die aus dem zerschmetterten Schädel des Hünen spritzten.

Claire riss die Pistole herum und schloss ihre Finger fester um den Griff, während sie auf das bleiche Gesicht der unablässig stöhnenden Frau zielte. Eine weitere ohrenbetäubende Explosion, und das anschwellende Wimmern verstummte wie abgeschnitten, die wächserne Stirn verschwand in einem Wirbel aus Blut und Knochensplittern. Die Frau kippte nach hinten und krachte auf das Pflaster wie –

– *wie tot, was sie ja ohnehin schon waren. Davon werden sie sich nicht mehr erholen.*

Claire war, als hätte sie endlich alles eingeholt, als hätte es des Abdrückens bedurft, um ihr die Realität ihrer Situation endlich in aller Konsequenz bewusst zu machen. Einen Moment lang konnte sie sich nicht bewegen. Sie starrte hinab auf die beiden verkrümmten Bündel aus verheertem Fleisch, auf die beiden *Menschen*, die sie gerade erschossen hatte, und hatte das Gefühl, dass sie nur eine Idee davon entfernt war, auszurasten. Sie war mit Waffen aufgewachsen, war Dutzende Male auf Schießständen gewesen – aber dort hatte sie mit einer .22er Sportpistole auf Papierscheiben geschossen. Ziele, die nicht bluteten oder Hirn verspritzten wie die Menschen, die sie gerade –

Nein, unterbrach eine kühle Stimme sie, die aus ihrem Innersten zu kommen schien. *Das sind keine Menschen, nicht mehr. Mach dir nichts vor und verschwende keine Zeit für falsche Reue. Und denk dran, wenn S.T.A.R.S. hinzugezogen wurde, könnte Chris auch hier sein.*

Als ob das noch nicht Motivation genug sei, waren jetzt auch noch die beiden Zombie-Cops, denen Claire zuvor auf dem Hof aus dem Weg gegangen war, unterwegs zu ihr. Stiefel schlurften und schleiften über die Pflastersteine. Es war Zeit zu gehen.

Claire trabte die Stufen hoch. Wegen des Brausens in ihren Ohren konnte sie das metallene Klappern ihrer Schritte kaum hören. Das zweimalige Krachen der Neunmillimeter hatte ihr Gehör vorübergehend betäubt – was erklärte, warum sie auf den Hubschrauber erst aufmerksam wurde, als sie fast schon auf dem Dach angelangt war.

Claire erreichte die vorletzte Stufe und blieb wie angewurzelt stehen. Peitschender Wind hämmerte rhythmisch gegen ihre nackten Schultern, als das riesenhafte schwarze Vehikel in ihr Blickfeld schwebte, halb in Schatten gehüllt. Es befand sich nahe des alten

Wasserturms, der den Heliport in der südwestlichen Ecke begrenzte, aber sie wusste nicht, ob der Hubschrauber gerade abgehoben hatte oder zur Landung ansetzte. Sie wusste es nicht, und es war ihr egal.

„Hey!", schrie sie und riss die linke Hand hoch. „Hey, hier drüben!"

Ihre Worte verloren sich in dem aufgewehten Staub, der über das Dach wirbelte, ertranken in dem steten Wummern der Rotorblätter. Claire winkte wie wild und fühlte sich, als hätte sie gerade in der Lotterie gewonnen.

Jemand ist gekommen! Gott sei Dank – danke!

Im Mittelteil der stählernen Libelle ging ein Suchscheinwerfer an, der Strahl wanderte über das Dach, aber in die falsche Richtung, von ihr weg! Claire winkte noch heftiger, holte tief Atem, um abermals zu schreien –

– und sah, was der Suchscheinwerfer erfasst hatte. Sie erkannte es im selben Moment, da sie das verzweifelte, überwiegend unverständliche Rufen durch das Gebrüll des Helikopters hindurch hörte. Ein Mann, ein Polizist, stand mit dem Rücken gegen einen erhöhten Teil des Daches gedrängt in jener Ecke des Heliports, die der Treppe gegenüberlag. In Händen hielt er etwas, das wie ein Maschinengewehr aussah, und er wirkte überaus lebendig.

„... kommt hier rüber ...!"

Der Polizist schrie in Richtung des Hubschraubers, Panik schwang in seiner Stimme mit – Claire erkannte, weshalb, und spürte, wie ihre Erleichterung erlosch.

Zwei Zombies taumelten durch die Finsternis des Heliports und hielten auf ein gut beleuchtetes Ziel zu: den gestikulierenden Polizisten. Sie hob die Neunmillimeter und ließ sie dann hilflos wieder sinken, weil sie fürchtete, versehentlich den in die Enge getriebenen Mann zu treffen.

Der Scheinwerfer zitterte nicht, tauchte den Horror in gleißendes Licht. Dem Cop schien nicht klar zu sein, wie nahe die beiden Zombies waren, bis sie nach ihm griffen – eingeschlossen in die Balken aus weißem Licht ihre sehnigen Arme nach ihm ausstreckten.

„Zurück! Weg! Kommt nicht näher!", brüllte der Mann, und wegen des puren Entsetzens in seiner Stimme konnte Claire ihn perfekt verstehen. Genauso wie sie seinen heulenden Schrei hören konnte, als die beiden verwesenden Gestalten ihr die Sicht nahmen und gleichzeitig nach ihm griffen.

Das Geräusch seiner Automatikwaffe dröhnte über den Heliport, und selbst über das Geräusch des Helikopters hinweg konnte Claire das jaulende *Ting* umherjagender Kugeln vernehmen. Sie ließ sich fallen. Ihre Knie schlugen gegen die oberste Stufe. Das Rattern der Waffe wollte kein Ende nehmen.

Am Geräusch des Hubschraubers änderte sich etwas – ein seltsames Summen mischte sich hinein, das sich rasch zu einem mechanischen Kreischen steigerte. Claire schaute auf und sah, wie das gigantische Vehikel herabsank, das Heck in einem unkontrollierten, ruckhaften Bogen herumschwingend.

Jesus, er hat den Kopter getroffen!

Die Suchscheinwerfer des Hubschraubers schienen in sämtliche Richtungen zugleich zu leuchten, blitzten über Metallrohre und Beton und über die nachlassenden Bemühungen des Polizisten, der es irgendwie schaffte, immer noch zu schießen, obwohl die beiden Monster unerbittlich an ihm zerrten.

Und dann stürzte der Helikopter mit Schieflage herunter, und die Rotorblätter droschen unter gewaltigem Getöse in die Ziegel der ansteigenden Dachkonstruktion. Bevor Claire auch nur blinzeln konnte, schlug die Schnauze des Kopters auf und pflügte in einem Schleier von Funken und umherfliegenden Glassplittern über den Heliport.

Die Explosion ereignete sich erst, als die riesige Maschine in der südwestlichen Ecke nach ihrem Rutsch bereits zum Halten gekommen war – direkt vor dem inzwischen zu Boden gegangenen Cop und seinen Mördern. Im Fauchen der Flammen, das dem schnaubenden Donner folgte, erstarb denn auch endlich das Knattern des Maschinengewehrs. Über dem Dach lag glutrotes Leuchten. Im selben Moment gab etwas mit reißendem Knirschen nach, und die

Nase des Hubschraubers bohrte sich in eine Ziegelmauer, wo sie außer Sicht geriet.

Claire erhob sich auf Beinen, die sie kaum noch spürte, und starrte ungläubig auf das tanzende Feuer, das fast die Hälfte des Heliports bedeckte. Alles war viel zu schnell vonstattengegangen, als dass sie hätte begreifen können, dass es wirklich passiert war, und der rauchende, brennende Beweis vor ihr verstärkte dieses Gefühl von Unwirklichkeit nur noch. Beißender, widerlich süßer Geruch verbrennenden Fleisches wehte auf einer Woge heißer Luft zu ihr herüber, und in der plötzlichen Stille konnte sie das leise Stöhnen der Zombies vom Hof herauf hören.

Sie warf einen Blick hinunter und sah, dass sich die beiden untoten Cops am Fuß der Treppe befanden, blind und sinnlos gegen die unterste Stufe tretend. Wenigstens konnten sie nicht Treppen steigen ...

... können – nicht – Treppen – steigen.

Claire wandte ihren angstvollen Blick der Tür zu, die in das RCPD-Gebäude führte, vielleicht zehn Meter von den sich kräuselnden, hochschlagenden Flammen entfernt, die langsam das Wrack auffraßen. Neben der Treppe war dies der einzige Weg zum Dach. Und wenn Zombies nicht Treppen steigen konnten ...

... dann stecke ich echt tief in der Scheiße. Das Revier ist nicht sicher!

Nachdenklich starrte Claire auf den Brandherd und wog ihre Möglichkeiten gegeneinander ab. In der Neunmillimeter steckten noch etliche Patronen, und sie hatte noch zwei volle Clips – sie konnte zur Straße zurückkehren, nach einem Auto suchen, in dem der Schlüssel steckte, damit wegfahren und Hilfe holen.

Nur, was ist mit Leon? Und dieser Cop hat noch gelebt – was ist, wenn da noch mehr Leute drin sind und einen Ausbruch planen?

Claire fand zwar, dass sie sich bislang allein ganz gut gehalten hatte, aber sie wusste auch, dass sie sich sicherer gefühlt hätte, wenn ein anderer ihr die Verantwortung hätte abnehmen können – ein Einsatzkommando wäre okay, aber sie würde sich auch mit irgendeinem kriegszernarbten, bis an die Zähne bewaffneten Polizeiveteranen zufrieden geben. Oder Chris – Claire wusste nicht, ob sie ihn im Revier antreffen würde, aber sie glaubte fest daran, dass er noch lebte. Wenn jemand das Zeug dazu hatte, in einer Situation wie dieser auf sich aufzupassen, dann ihr Bruder.

Aber ob sie nun jemanden fand oder nicht, es wäre falsch gewesen zu verschwinden, ohne Leon Bescheid zu sagen – wenn sie das nicht tat, stattdessen aus der Stadt floh und er auf der Suche nach ihr ums Leben käme, Himmel, dann ...

Ihre Entscheidung stand fest. Den Flammen vorsichtig ausweichend und die flackernden Schatten nach Bewegung absuchend, lief Claire auf den Eingang zu. Als sie die Tür erreichte, schloss sie für einen Moment die Augen, während ihre schweißnasse Hand schon den Griff berührte.

„Ich kann das", sagte sie ruhig, und obwohl ihre Stimme nicht so zuversichtlich klang, wie sie es sich gewünscht hätte, zitterte oder versagte sie doch immerhin nicht. Claire öffnete erst die Augen, dann die Tür – und als ihr aus dem gedämpft erhellten Gang nichts entgegensprang, schlüpfte sie hinein.

ACHT

Polizeichef Brian Irons stand in einem der Gänge seines privaten Reiches und versuchte, zu Atem zu kommen, als er die Erschütterung des Gebäudes spürte. Er hörte sie auch – hörte *etwas*. Ein fernes Splittern, dumpf und abrupt.

Das Dach, dachte er abwesend, *irgendetwas passiert auf dem Dach...*

Irons machte sich nicht die Mühe, dem Gedanken bis hin zu einer Schlussfolgerung nachzugehen. Was immer auch passiert war, es konnte die Sache nicht wesentlich schlimmer machen.

Brian Irons drückte sich mit seiner gutgepolsterten Hüfte von der Wand ab und hob Beverly so sanft wie er es nur konnte hoch. Gleich würden sie am Fahrstuhl sein, dann war es nur noch ein kleines Stück bis zu seinem Büro; dort konnte er sich ausruhen, und dann –

„Und dann ...", murmelte er, „das ist die große Frage, nicht wahr? Und was dann?"

Beverly antwortete nicht. Ihre perfekten Züge blieben reglos und stumm, ihre Augen geschlossen – aber sie schien sich enger an ihn zu schmiegen, ihr schlanker Körper presste sich gegen seine Brust. Aber das entsprang sicher nur seiner Einbildung.

Beverly Harris, die Tochter des Bürgermeisters. Die junge, hinreißende Beverly, die in ihrer blonden Schönheit so oft seine schuldbeladenen Träume heimgesucht hatte. Irons schloss sie fester in die Arme, ging weiter auf den Lift zu und versuchte, sich seine Erschöpfung nicht anmerken zu lassen – für den Fall, dass sie aufwachte.

Als er den Aufzug erreichte, taten ihm Arme und Rücken weh. Er hätte sie wahrscheinlich in seinem privaten Hobbyraum lassen sollen, den er in Gedanken immer als „das Sanktuarium" bezeichnet hatte – dort war es ruhig, und vermutlich war es einer der sichersten Bereiche des Reviers. Doch als er beschlossen hatte, zum Büro zu gehen, um sein Tagebuch und ein paar persönliche Sachen zu holen, hatte er feststellen müssen, dass er es einfach nicht über sich brachte, sie zurückzulassen. Sie sah so verletzlich aus, so unschuldig. Er hatte Harris versprochen, auf sie aufzupassen – was also, wenn sie während seiner Abwesenheit angegriffen wurde? Was, wenn er aus dem Büro zurückkam und sie einfach – weg war? Weg wie alles andere ...

Die Arbeit eines Jahrzehnts. Aufbau eines Netzwerks, das Knüpfen der Verbindungen, das sorgfältige Positionieren ... alles weg, einfach so.

Irons legte das Mädchen auf dem kalten Boden ab und öffnete die Aufzugtür, verzweifelt bemüht, nicht an all das zu denken, was er verloren hatte. Jetzt war Beverly das Wichtigste.

„Ich werde dich beschützen", murmelte er – und hob sich da nicht ein Winkel ihres perfekten Mundes um eine Nuance? Wusste sie, dass sie in Sicherheit war, dass Onkel Brian sich um sie kümmerte? Als sie ein Kind gewesen war, als er die Familie Harris zum Abendessen zu besuchen pflegte, da hatte sie ihn stets so genannt: „Onkel Brian".

Sie weiß es. Natürlich weiß sie es.

Er schleifte sie in die Liftkabine und setzte sie in der Ecke ab, blickte zärtlich auf ihr engelhaftes Gesicht hinab. Plötzlich überkam ihn eine Woge fast väterlicher Liebe, und es überraschte ihn nicht, dass ihm Tränen in die Augen stiegen, Tränen des Stolzes und der Zuneigung. Seit Tagen schon war er Opfer solcher Gefühlsausbrüche – Wut, Entsetzen und auch Freude. Er war nie ein besonders emotionaler Mensch gewesen, doch er hatte gelernt, diese machtvollen Gefühle zu akzeptieren, sie sogar einigermaßen zu genießen; zumindest waren sie nicht allzu verwirrend. Es hatte auch Momente gegeben, in denen ihn eine Art seltsamer, schleichender Nebel überkam, eine gestaltlose Angst, die ihn jedes Mal zutiefst beunruhigt zurückließ ... und verwirrt wie ein verlorenes Kind.

Schluss damit. Jetzt gibt es nichts mehr, was noch schiefgehen könnte – Beverly ist bei mir, und wenn ich erst meine Sachen geholt habe, können wir uns im Sanktuarium verstecken und uns etwas ausruhen. Sie braucht Zeit, um sich zu erholen, und ich kann ... kann alles auf die Reihe bringen. Ja, das ist es: Die Dinge müssen auf die Reihe gebracht werden.

Irons blinzelte die bereits vergessenen Tränen fort, als der metallene Käfig in die Höhe fuhr, zog seine Waffe und warf den Clip aus, um nachzuzählen, wie viel Schuss noch übrig waren. Seine Privaträumlichkeiten waren sicher, aber das Büro war etwas anderes – er wollte vorbereitet sein.

Der Aufzug kam zum Halten, und Irons hielt die Tür mit einem Bein auf, bevor er das Mädchen vor Anstrengung ächzend hochhob. Er trug die Ohnmächtige wie ein schlafendes Kind. Ihr kühler, weicher Leib ruhte schlaff in seinen Armen, ihr Kopf rollte nach hinten und baumelte hin und her, während er lief. Er hatte sie ungeschickt aufgehoben, ihr weißes Kleid war hochgerutscht und entblößte die feste, cremige Haut ihrer Schenkel. Irons zwang sich wegzusehen und konzentrierte sich auf die Schalttafeln, mittels derer sich die Wand zu seinem Büro öffnen ließ. Was er bei anderen Gelegenheiten auch für harmlosen Fantasien nachgehangen haben mochte, *jetzt* war er für sie verantwortlich – er war ihr Beschützer, ihr Ritter in glänzender Rüstung ...

Den vorstehenden Knopf konnte er mit dem Knie drücken. Die Wand glitt auf und gab den Blick frei auf sein nobel ausstaffiertes und – dem Himmel sei Dank – leeres Büro; nur die stumpfen, gläsernen Blicke seiner Tiertrophäen begrüßten ihn.

Der massive Schreibtisch aus Walnussholz, den er aus Italien importiert hatte, stand direkt vor ihm. Seine Kräfte ließen nach. Beverly war eine zierliche Frau, aber er war nicht mehr so in Form wie früher. Schnell legte er sie auf den Schreibtisch, wobei er mit dem Ellbogen einen Becher mit Stiften zu Boden stieß.

„So!" Er atmete tief aus und lächelte auf sie hinab. Sie lächelte nicht zurück, aber er spürte, dass sie bald aufwachen würde. Er fasste unter den Schreibtisch und drückte den Knopf für die Wandsteuerung. Hinter ihnen glitt das Paneel zu.

Als er sie gefunden hatte, schlafend neben Officer Scott, hatte er zunächst eine tiefe Sorge in sich gefühlt: George Scott war tot gewesen, über und über mit Wunden bedeckt, und angesichts des roten Fleckes auf Beverlys Bauch hatte Irons schon befürchtet, sie sei ebenfalls nicht mehr am Leben. Doch während er sie zum Sanktuarium geschleppt hatte, in seinen sicheren Hort, hatte sie ihm etwas zugeflüstert – dass es ihr nicht gut gehe, dass sie verletzt sei, dass sie nach Hause wolle …

… wirklich? Hat sie das wirklich getan?

Irons runzelte die Stirn. Etwas befreite ihn aus dieser unsicheren Erinnerung … etwas, das er gefühlt hatte, als er sie auf seinem Hobbytisch abgelegt und ihr blutbeflecktes Kleid glattgezogen hatte, etwas, an das er sich nicht recht entsinnen konnte. Es war ihm zu dem Zeitpunkt nicht wichtig erschienen, jetzt aber, außerhalb der behaglichen Umgebung des Sanktuariums, nagte es in ihm. Erinnerte ihn daran, dass ihn diese Verwirrung überkommen hatte, als er, als er –

– als ich das kalte, gummiartige Gelee von Eingeweiden unter meinen Fingern spürte –

– er sie berührt hatte.

„Beverly?", flüsterte er und setzte sich hinter seinen Schreibtisch, als ihm plötzlich die Beine schwach wurden. Beverly bewahrte ihr Schweigen – und eine wilde Flut von Gefühlen traf Irons wie eine Sturmwelle, schlug über ihm zusammen, überspülte sein Denken mit Bildern, Erinnerungen und Wahrheiten, die er nicht akzeptieren wollte.

Das Durchtrennen der Außenleitungen nach den ersten Angriffen … Umbrella und Birkin und die wandelnden Toten … Das Gemetzel in der Garage, als der grelle kupferige Geruch die Luft erfüllt hatte und Bürgermeister Harris bei lebendigem Leib aufgefressen worden war, schreiend bis zum Ende … Die schwindende Zahl der

Lebenden in der erst langen, schrecklichen Nacht ... Und die kalte, brutale Erkenntnis, die ihn wieder und wieder ereilt hatte, dass die Stadt – *seine* Stadt – nicht mehr existierte.

Danach – Verwirrung. Die eigenartige hysterische Freude, die über ihn gekommen war, als er begriffen hatte, dass sein Tun keine Konsequenzen haben würde. Irons entsann sich des Spieles, das er in der zweiten Nacht gespielt hatte, nachdem einige von Birkins Schoßtieren den Weg zum Revier gefunden und alle bis auf ein paar der noch verbliebenen Cops getötet hatten. Er hatte Neil Carson gefunden, der sich in der Bücherei verkrochen hatte, und ihm ... *nachgespürt*, er hatte den Sergeant gejagt wie ein Tier.

Na und? Was zählt das jetzt noch, da mein Leben in Raccoon vorbei ist?

Alles, was noch übrig war, das Einzige, woran er noch Halt finden konnte, war das Sanktuarium – und der Teil seiner selbst, der es erschaffen hatte, jenes dunkle und ehrenwerte Herz in ihm, das er stets hatte versteckt halten müssen. Dieser Teil war jetzt frei ...

Irons betrachtete die Leiche von Beverly Harris, die auf seinem Schreibtisch hingebreitet lag wie ein zarter, zerbrechlicher Traum, und er hatte das Gefühl, die Angst und die Zweifel, die sich in ihm bekriegten, könnten ihn zerreißen. Hatte er sie umgebracht? Er konnte sich nicht erinnern.

Onkel Brian. Vor zehn Jahren war ich ihr Onkel Brian. Was ist aus mir geworden?

Es war zu viel. Ohne den Blick von ihrem leblosen Gesicht zu nehmen, zog er die geladene VP70 aus dem Holster und begann, mit tauben Fingern über den Lauf zu reiben, ein sanftes Streicheln, das ihn irgendwie beruhigte. Dann richtete er die Waffe gegen sich. Als die Mündung fest gegen seinen weichen Bauch drückte, hatte er das Gefühl, dass eine Art Frieden in Reichweite läge. Sein Finger legte sich um den Abzug, und da flüsterte Beverly ihm wieder etwas zu, ihre Lippen jedoch blieben reglos, ihre süße, melodische Stimme kam von nirgendwo und überallher zugleich.

„... *verlass mich nicht, Onkel Brian. Du hast gesagt, du beschützt mich und dass du dich um mich kümmerst. Denk doch nur daran, was du jetzt tun könntest, wo alle weg sind und nichts dich mehr aufzuhalten vermag...«*

„Du bist tot", flüsterte er, doch sie redete weiter, leise und beharrlich.

„... nichts, was dich davon abhalten könnte, Erfüllung zu finden, wahre Erfüllung, zum ersten Mal in deinem Leben..."

Gequält und unter Schmerzen schob Irons die Neunmillimeter ganz langsam von seinem Bauch weg. Einen Moment später legte er seine Stirn auf Beverlys Schulter und schloss die müden Augen.

Sie hatte recht, er konnte sie nicht verlassen. Er hatte es versprochen – und es war etwas dran an dem, was sie gesagt hatte über all das, was er tun könnte. Sein Hobbytisch war groß genug, um allen möglichen Tieren Platz zu bieten...

Irons seufzte. Er war nicht sicher, was er als Nächstes tun sollte – und fragte sich, warum sie so auf eine Entscheidung drängte. Sie würden sich eine Weile ausruhen, vielleicht sogar ein Nickerchen machen. Und wenn sie aufwachten, würde alles wieder klar sein.

Ja, das war es. Sie würden sich ausruhen, und dann konnte er die Dinge auf die Reihe bringen, sich der Sache annehmen; immerhin war er der Polizeichef.

Sich wieder als sein eigener Herr fühlend, glitt Brian Irons in einen leichten, unruhigen Schlaf, Beverlys kühles Fleisch wie Balsam an seiner fiebrigen Stirn.

NEUN

Wegen eines Lieferwagens, der in der Gasse hinter Kendo's geparkt war, musste Leon Kennedy ein paar Umwege auf seinem Weg zum Revier in Kauf nehmen – über einen Basketballplatz, durch eine weitere Gasse und einen geparkten Bus, der nach den Leichen stank, die kreuz und quer darin verstreut lagen. Es war ein Albtraum, untermalt von leisem Geheule, von Verwesungsgestank und einer weiteren fernen Explosion, die ihm die Glieder schwach werden ließ. Und obwohl er drei weitere wandelnde Tote erschießen musste und bis an die Zähne vollgepumpt war mit Adrenalin und Entsetzen, schaffte er es irgendwie, an seiner Hoffnung festzuhalten, dass das RCPD-Gebäude ein sicherer Zufluchtsort sein würde, dass man dort eine Art Krisenzentrum eingerichtet haben würde, besetzt mit Polizisten und Sanitätern – dass dort fähige Leute Entscheidungen trafen und Streitkräfte befehligten. Es war nicht einfach nur eine Hoffnung, es war ein *Bedürfnis*. Die Möglichkeit, dass niemand in Raccoon verblieben sein könnte, der das Heft des Handelns in die Hände nahm, war undenkbar.

Als Leon endlich auf die Straße vor dem Revier hinausstolperte und die brennenden Streifenwagen sah, fühlte er sich, als habe man ihm in den Magen geschlagen. Was seine Hoffnung vollends zunichte machte, war der Anblick der verwesenden, stöhnenden Polizisten, die um die tanzenden Flammen herumwankten. Die RCPD-Truppe zählte nur etwa fünfzig oder sechzig Cops, und ein gutes Drittel davon stakste kaum dreißig Meter vom Eingang des

Reviers entfernt zwischen den Wracks herum oder lag tot und blutverschmiert auf dem Pflaster.

Leon drängte die Verzweiflung beiseite und heftete seinen Blick auf das Tor, das zum Hof des RCPD-Gebäudes führte. Ob nun jemand überlebt hatte oder nicht, er musste an seinem Plan festhalten, einen Hilferuf abzusetzen – und er musste an Claire denken. Sich auf seine Angst zu fixieren, würde es ihm nur erschweren das zu tun, was getan werden musste.

Er rannte auf das Tor zu und wich dabei flink einem fürchterlich verbrannten uniformierten Cop aus, der anstelle seiner Finger nurmehr geschwärzte Knochen besaß. Als Leon die kalte Metallklinke umfasste und hinunterdrückte, wurde ihm bewusst, dass ein Teil von ihm wie taub wurde gegen die Tragödie, immun gegen das Begreifen, dass diese Dinger einmal die Einwohner von Raccoon gewesen waren. Die Kreaturen, die durch die Straßen streiften, wurden dadurch nicht weniger entsetzlich, doch der Schock darüber war nicht länger von Bestand; es waren zu viele von ihnen.

Hier sind nicht allzu viele, Gott sei Dank...

Leon drosch das Tor hinter sich zu, wischte sich das verschwitzte Haar aus der Stirn und atmete in der beinahe frischen Luft tief durch, während er seinen Blick über den Hof wandern ließ. Der kleine, grasbewachsene Park zu seiner Rechten war genug beleuchtet, um zu sehen, dass sich dort nur wenige dieser einst menschlichen Wesen aufhielten, und keines war nahe genug, um eine Gefahr zu bedeuten. Leon konnte die zwei Flaggen sehen, die die Front des Reviergebäudes schmückten. Schlaff hingen sie im stillen Dunkel, und der Anblick fachte die Hoffnung, die er verloren geglaubt hatte, wieder an. Was auch passieren mochte, er hatte es zumindest an einen Ort geschafft, den er kannte. Und es würde hier sicherer sein als auf den Straßen. Er eilte an einem blindlings umhertaumelnden Trio von Toten vorbei und wich mit Leichtigkeit aus – zwei Männer und eine Frau; sie hätten als normal durchgehen können, wären nicht ihre klagenden, gierigen Schreie und ihre unkoordinierten Bewegungen gewesen. Sie waren wohl erst kürzlich gestorben.

Aber sie sind nicht tot; aus Toten fließt kein Blut, wenn man auf sie schießt. Ganz zu schweigen davon, dass sie nicht herumspazieren und versuchen, Menschen aufzufressen ...

Tote liefen nicht herum ... und Lebende fielen für gewöhnlich um, wenn sie von ein paar Kugeln des Kalibers.50 getroffen wurden, und sie nahmen es nicht einfach hin, wenn ihnen das Fleisch auf den Knochen verweste. Fragen, mit denen er sich nicht näher befassen konnte, fluteten durch sein Denken, während er die Treppe zum Revier hinauftrabte, Fragen, auf die er keine Antworten wusste – aber er würde sie bald finden, dessen war er sich sicher.

Die Tür war nicht abgesperrt, doch Leon verkniff es sich, deshalb Überraschung zu zeigen – nach allem, was er durchgemacht hatte, seit er in der Stadt eingetroffen war, hielt er es für das Beste, seine Erwartungen auf ein Minimum zu beschränken. Er drückte die Tür auf und trat ein, die Magnum erhoben und den Finger am Abzug.

Leer. Kein Anzeichen von Leben in der altehrwürdigen Lobby des RCPD-Gebäudes – und keine Spur des Desasters, das über Raccoon gekommen war. Leon gab es auf, sich selbst eine Kaltblütigkeit vorzugaukeln, die er nicht fühlte, schloss die Tür hinter sich und trat in die tiefer liegende Lobby hinein.

„Hallo?" Er sprach nur leise, doch seine Stimme trug weit und echote wispernd von den hohen Wänden und der Decke zu ihm zurück. Alles sah so aus, wie er es in Erinnerung hatte – drei Etagen in klassischem Baustil aus Eiche und Marmor. Im tiefer gelegenen Bereich der Halle stand eine steinerne Frauenstatue, die einen Wasserkrug trug; zu beiden Seiten führten Rampen zum Empfangstresen hinauf. Das RCPD-Wappen, das vor der Statue in den Boden eingelassen war, schimmerte matt im diffusen Licht der Wandlampen, als sei es erst kürzlich poliert worden.

Keine Leichen, kein Blut ... nicht mal eine Patronenhülse. Wenn hier ein Angriff stattgefunden hat, wo zum Teufel sind dann die Indizien, die dafür sprechen?

Voller Unbehagen ob der tiefen Stille des riesigen Raumes, ging Leon die linke Rampe hoch, blieb am Empfangstresen stehen und beugte sich darüber – davon abgesehen, dass er nicht besetzt war, schien alles in Ordnung. Auf dem Schreibtisch unterhalb des Tresens stand ein Telefon. Leon nahm den Hörer ab, klemmte ihn sich zwischen Kopf und Schulter und wählte mit kalten Fingern, die ihm vorkamen, als gehörten sie ihm gar nicht. Nicht einmal ein Freizeichen ertönte; alles, was er hörte, war das Geräusch seines eigenen heftig klopfenden Herzens.

Er legte den Hörer auf, wandte sich dem leeren Raum zu und überlegte, wo er zuerst hingehen sollte. So sehr er Claire auch finden wollte, verspürte er doch auch das verzweifelte Bedürfnis, sich mit ein paar anderen Cops zusammenzutun. Vor ein paar Wochen hatte er eine Kopie eines RCPD-Memos erhalten, in dem stand, dass etliche Abteilungen verlegt worden waren, aber das machte im Grunde nichts aus – wenn sich im Gebäude noch Cops versteckt hielten, bestand ihre Sorge vermutlich nicht darin, in der Nähe ihrer Schreibtische zu bleiben.

Drei Türen führten aus der Lobby in verschiedene Bereiche des verzweigten Reviers, zwei auf der westlichen Seite, eine auf der östlichen. Von den beiden auf der Westseite führte eine durch eine Reihe von Gängen in Richtung des rückwärtigen Gebäudeteiles, vorbei an ein paar Archiven und einem Konferenzraum. Die zweite öffnete sich in den Mannschafts- und Umkleideraum der Uniformträger, durch den man auch in einen der Korridore in der Nähe der Treppe zum ersten Stock gelangte. Die Osttür, genaugenommen die ganze Ostseite des Erdgeschosses, war in erster Linie der Kripo vorbehalten – Büros, Verhörräume und ein Presseraum; außerdem gab es einen Zugang zum Keller und eine weitere Treppe außerhalb des Gebäudes.

Claire ist wahrscheinlich durch die Garage hereingekommen. Oder durch den Hinterhof über das Dach ...

Sie konnte das Gebäude aber auch umrundet haben und durch dieselbe Tür getreten sein wie er – vorausgesetzt, sie hatte es überhaupt zum Revier geschafft, konnte sie überall sein. Und in Anbetracht der Tatsache, dass das Gebäude fast einen kompletten Block vereinnahmte, war das eine riesige Fläche, die es abzusuchen galt.

Weil er ja schließlich irgendwo anfangen musste, ging Leon auf den Mannschaftsraum für die Jungs vom Streifendienst zu, wo sich auch sein eigener Spind befinden würde. Ein eher zufälliger Entschluss, aber dort hatte er mehr Zeit verbracht als sonst wo auf dem Revier, mit Gesprächen und dem Durchackern von Dienstplänen. Außerdem lag dieser Raum am nächsten, und die gruftartige Stille der übergroßen Lobby verursachte ihm eine Gänsehaut.

Die Tür war nicht abgesperrt. Leon drückte sie langsam auf, hielt die Luft an und hoffte, der Raum möge so unberührt und ordentlich sein wie die Lobby. Was er stattdessen fand, war die Bestätigung seiner vorherigen Befürchtungen: Die Kreaturen waren hier gewesen – und wie!

Der lange Raum war verwüstet, wo Leon auch hinsah – umgekippte, zertrümmerte Tische, Schmierstreifen getrockneten Blutes, die die Wände verunzierten, und über den Boden zogen sich klebrige Pfützen in Richtung –

„O Mann …"

Der Cop lehnte links von Leon an den Spinden, die gespreizten Beine halb unter einem zerbrochenen Tisch verborgen. Als er die Stimme hörte, hob er schwach einen zitternden Arm, richtete eine Waffe vage in Leons Richtung – und senkte sie wieder, scheinbar erschöpft von der Anstrengung. Sein Bauchbereich schwamm in Blut, seine dunklen Züge waren vor Schmerz verzerrt.

Zwei Schritte brachten Leon bis neben den Mann. Er kniete nieder und berührte ihn vorsichtig an der Schulter. Zwar konnte er die eigentliche Wunde nicht sehen, aber das viele Blut ließ keinen Zweifel, dass es den Mann schlimm erwischt hatte.

„Wer … bist du?", flüsterte der Cop.

Der leise, fast verträumte Ton seiner Stimme erschütterte Leon fast ebenso wie das immer noch strömende Blut oder der gläserne Blick der dunklen Augen – es ging bergab mit dem Mann, und zwar rapide. Sie waren einander nie offiziell vorgestellt worden, doch Leon hatte ihn schon einmal gesehen. Der junge afro-amerikanische Streifenpolizist war ihm als scharfsinnig beschrieben worden, er

war auf der Schnellspur zum Rang eines Detectives gewesen –
Marvin, Marvin Branagh ...

„Ich bin Kennedy. Was ist hier passiert?", fragte Leon, seine Hand immer noch auf Branaghs Schulter. Fiebrige Hitze strahlte durch das zerrissene Hemd des Officers.

„Vor etwa zwei Monaten", krächzte Branagh, „die Kannibalenmorde ... die S.T.A.R.S.-Leute fanden Zombies draußen in der Villa im Wald ..."

Er hustete schwach, und Leon sah, wie sich im Mundwinkel des Mannes eine Blutblase bildete. Leon setzte an, ihm zu sagen, dass er ruhig sein und sich ausruhen solle, doch Branaghs entrückter Blick schien nach dem von Leon zu greifen, daran Halt zu finden. Der Cop wirkte fest entschlossen, die Geschichte zu erzählen, was es ihn auch kosten mochte.

„Chris und die anderen bekamen heraus, dass Umbrella hinter der ganzen Sache steckte ... riskierten ihr Leben, aber niemand glaubte ihnen ... dann das."

Chris ... Chris Redfield. Claires Bruder.

Leon hatte die Verbindung zuvor nicht geknüpft, obwohl er schon von dem Ärger mit den S.T.A.R.S.-Mitgliedern gewusst hatte. Er hatte nur Bruchstücke der Story gehört – die Suspendierung der Leute vom Special Tactics and Rescue Squad nach ihrem angeblich falschen Vorgehen in den Mordfällen war der Grund, weshalb das RCPD neue Cops eingestellt hatte. In irgendeiner Lokalzeitung hatte er sogar die Namen der betreffenden S.T.A.R.S.-Angehörigen gelesen, aufgelistet neben einer Reihe recht beeindruckender Karrieredaten –

– und Umbrella hat in dieser Stadt das Sagen, schon immer gehabt. Irgendein Leck im Chemiewerk muss passiert sein, etwas, das man vertuschen wollte, indem man sich das S.T.A.R.S. vom Hals schaffte ...

All das ging Leon im Bruchteil einer Sekunde durch den Sinn, dann hustete Branagh abermals, und diesmal war der Laut noch schwächer als zuvor.

„Halt durch", sagte Leon und sah sich hastig nach etwas um, womit er die Blutung stoppen konnte, während er sich innerlich in den Hintern trat, weil er es nicht längst schon getan hatte. Einer der Spinde neben Branagh stand halb offen, auf dem Boden lag ein zerknülltes T-Shirt. Leon schnappte es sich, faltete es planlos zusammen und presste es gegen Branaghs Bauch. Der Cop legte seine eigene blutige Hand auf den provisorischen Verband und schloss die Augen, als er keuchend fortfuhr.

„Mach dir … um mich keine Sorgen. Da sind … Du musst versuchen, die Überlebenden zu retten …"

Die Resignation in Branaghs Stimme war entsetzlich offenkundig. Leon schüttelte den Kopf, wollte die Wahrheit leugnen, wollte etwas tun, um Branaghs Schmerzen zu lindern – doch der verletzte Cop starb, und es gab niemanden, den Leon zu Hilfe hätte rufen können.

Nicht fair, das ist nicht fair!

„Geh", schnaufte Branagh, die Augen weiter geschlossen.

Branagh hatte recht, es gab nichts, was Leon tun konnte – aber er rührte sich einen Moment lang nicht vom Fleck, *konnte* es nicht –, bis Branagh seine Waffe von neuem hob und auf Leon richtete, in einem plötzlichen Aufflackern von Energie, das seine Stimme zu einem rauen Rufen anschwellen ließ.

„*Geh* schon!", befahl Branagh. Leon stand auf und fragte sich, ob er in dieser Situation ebenso selbstlos gewesen wäre. Zugleich versuchte er sich davon zu überzeugen, dass Branagh es schon irgendwie schaffen würde.

„Ich komme wieder", sagte Leon knapp, doch Branaghs Arm sank schon wieder herab, sein Kinn fiel ihm auf die sich hebende und senkende Brust.

Rette die Überlebenden.

Leon wich rückwärts zur Tür zurück, schluckte hart und mühte sich, die Planänderung zu akzeptieren, die ihn leicht das Leben kosten konnte – vor der er sich aber auch nicht drücken konnte. Offiziell oder nicht, er war ein Cop. Wenn es andere Überlebende gab, dann war es seine moralische und seine Pflicht als Bürger zu versuchen, ihnen zu helfen.

Im Keller befand sich eine Waffenkammer, unweit der Tiefgarage. Leon öffnete die Tür und trat wieder hinaus in die Lobby, betete, dass die Schränke gut bestückt sein würden – und dass noch jemand da war, der ihm helfen würde.

ZEHN

Vom brennenden Dach aus ging Claire einen mit Glasscherben übersäten Gang entlang – vorbei an einem toten Cop, der blutiger Beweis war für ihre Befürchtungen hinsichtlich der tatsächlichen Sicherheit des Reviers. Rasch stieg sie über die Leiche hinweg und ging weiter. Ihre nervliche Anspannung nahm zu. Durch die zerborstenen Fenster, die den Flur säumten, fuhr eine kühle Brise herein und erfüllte die Finsternis mit Leben. Glänzende schwarze Federn klebten in den blutigen Spuren, die den Dielenboden färbten, und deren weicher, wogender Tanz veranlasste Claire, die Halbautomatik ruckartig auf jeden Schatten zu richten.

Sie kam an einer Tür vorbei, die, wie sie glaubte, nach draußen auf eine Außentreppe führte, ging jedoch weiter und bog nach rechts zur Mitte des Gebäudes hin ab. Das Bild, wie sich der Hubschrauber ins Dach gegraben hatte, rumorte in ihr und weckte Visionen, in denen das ganze alte Revier in Flammen aufging.

Nach Lage der Dinge wäre das vielleicht nicht einmal die schlechteste Idee ...

Mit all den Leichen und den blutigen Handabdrücken an den Wänden sah Claire einem Rundgang durch das Revier nicht gerade froh gestimmt entgegen. Aber die Aussicht, im Feuer zu sterben, war auch nicht sonderlich reizvoll. Sie musste feststellen, wie schlimm die Dinge standen, bevor sie sich auf die Suche nach Leon machte.

Der Korridor endete vor einer Tür, die sich unter Claires Berührung kühl anfühlte. Sich im Geiste selbst die Daumen drückend, öffnete sie die Tür – und wich zurück, als eine Woge beißenden Qualms über sie hinwegspülte. Schwer lag der Geruch von verbranntem Metall und Holz in der aufgeheizten Luft. Claire ging in die Hocke und bewegte sich in dieser Haltung vorwärts, lugte den Gang hinunter, der sich rechts von ihr erstreckte. Nach etwa zehn Metern vollführte er eine weitere Biegung nach rechts, und wenn sie das Feuer auch nicht richtig sehen konnte, so wurde doch helles, loderndes Licht von den grau vertäfelten Wänden an der Ecke reflektiert. Der enge Korridor verstärkte das knackende Prasseln der unsichtbaren Flammen, ein Geräusch so geistlos gierig wie das Ächzen der Zombies unten im Hof.

Tja, schöne Scheiße. Was jetzt?

Schräg gegenüber von ihr befand sich eine weitere Tür, nur ein paar Schritte entfernt. Claire holte tief Luft und setzte sich in Bewegung, hielt sich geduckt, um unterhalb der dichter werdenden Decke aus Rauch zu bleiben, und hoffte, dass sie einen Feuerlöscher finden würde – und dass ein solcher ausreichen würde, um das Feuer, das der abgestürzte Helikopter verursacht haben musste, auch zu löschen.

Die Tür führte in ein leeres Wartezimmer. Es enthielt einige Couchs mit grünem Vinylbezug und einen abgerundeten Tresen. Eine weitere Tür lag jener genau gegenüber, durch die Claire eingetreten war. Der kleine Raum schien unberührt, so steril und spartanisch, wie es nur ging – und damit anders als so gut wie jeder andere Ort, an dem Claire heute Nacht gewesen war. Hier drohte kein Unheil in den milden Schatten, von den Neonleuchten unter der Decke geworfen, hier gab es keinen Gestank von Fäulnis und umherschlurfenden Zombies.

Und keinen Feuerlöscher ...

Jedenfalls entdeckte Claire keinen. Sie schloss die Tür zu dem raucherfüllten Korridor, trat an den Tresen und hob die Klappe, die den Durchgang verhinderte, mit dem Pistolenlauf hoch. Auf der Theke stand eine alte mechanische Schreibmaschine, daneben ein Telefon. Claire griff danach, gab sich neuer, wilder Hoffnung hin, hörte aber doch nur Totenstille aus dem Hörer. Seufzend ließ sie ihn fallen und bückte sich, um die Regale unter dem Tresen in Augenschein zu nehmen. Ein Telefonbuch, ein paar Papierstapel – und im untersten Fach, halb verdeckt von einer Damenhandtasche, fand sie den vertrauten roten Gegenstand, den sie zu finden gehofft hatte, eine dünne Staubschicht darauf.

„Da bist du ja", murmelte Claire und hielt kurz inne, um die Neunmillimeter unter ihrer Weste zu verstauen, bevor sie den schweren Zylinder hochhob. Sie hatte noch nie einen Feuerlöscher benutzt, aber es sah ganz einfach aus – ein Metallgriff mit einem Sicherungssplint, und an der Seite war ein schwarzer Gummirüssel befestigt. Das Teil war nur ein paar Fuß lang, wog aber gut vierzig oder fünfzig Pfund; Claire nahm an, es bedeutete, dass das Ding voll war.

Mit dem Feuerlöscher bewaffnet kehrte Claire zur Tür zurück und füllte ihre Lungen mit kurzen, scharfen Atemzügen. Dadurch wurde ihr etwas schwindelig, doch die Hyperventilation würde ihr erlauben, die Luft länger anzuhalten. Sie wollte nicht infolge einer Rauchvergiftung umkippen, noch bevor sie die Chance hatte, das Feuer zu löschen.

Ein letzter tiefer Atemzug, dann öffnete sie die Tür und kehrte geduckt in den nun merklich heißeren Korridor zurück. Der Rauch war ebenfalls dichter geworden, reichte jetzt über einen Meter als dunkler, erstickender Nebel von der Decke herab.

Halte dich geduckt, atme flach und pass auf, wo du hinläufst ...

Sie bog um die Ecke und empfand bei dem Anblick des brennenden Wracks direkt vor ihr eine bizarre Mischung aus Erleichterung und Betrübnis. Sie streckte ihren Kopf vor und nahm einen kurzen Atemzug durch den Stoff ihrer Weste, während ihre Haut sich unter der Hitze rötete und spannte. Das Feuer war nicht so schlimm, wie sie befürchtet hatte, mehr Rauch als Flammen, und nicht viel größer oder höher als sie selbst. Die Flammen, die als orangegelbe Finger die Wand hochstrichen, schienen keine Nahrung zu finden, das schwere Holz einer halbzertrümmerten Tür hielt sie auf.

Die Schnauze des Helikopters zog Claires Aufmerksamkeit auf

sich, die geschwärzte Hülle des schwelenden Cockpits – und die geschwärzte Hülle des Piloten, der noch in seinem Sitz festgeschnallt war, der geschmolzene Mund zu einem gähnenden, stummen Schrei gefroren. Es war unmöglich festzustellen, ob es ein Mann oder eine Frau war; die Züge waren ausgelöscht worden, ineinander gelaufen wie dunkler Talg.

Claire riss den Metallstift aus dem Griff des Feuerlöschers und richtete den Schlauch auf die brennenden Bodenbretter, wo weißblaue Flammen tanzten. Sie drückte den Hebel, eine zischende Fahne flockigen Sprays fauchte heraus und legte sich als puderige Wolke über die Trümmer. Kaum imstande, durch das sich bauschende Weiß etwas zu sehen, richtete Claire den Schlauch auf alles und besprühte das Wrack großzügig mit dem Sauerstoffkiller. Binnen einer Minute schien das Feuer erstickt zu sein, doch sie hielt mit dem Löscher so lange drauf, bis er leer war.

Beim letzten, sprayspuckenden Röcheln ließ Claire den Griff los, nahm ein paar flache Atemzüge und inspizierte das Wrack auf Stellen hin, die sie vielleicht übersehen hatte. Sie machte kein Flackern aus, doch aus der Holztür neben dem „verschneiten" Cockpit des Hubschraubers entstiegen noch immer schwarze Rauchschwaden. Claire beugte sich weiter vor und sah ein orangefarbenes Glühen unter der verkohlten Oberfläche. Der Bereich um das brennende Holz glomm bereits, und sie wollte kein Risiko eingehen. Claire trat zurück und versetzte der Tür einen kräftigen Tritt, wobei sie auf die leuchtende Glut zielte.

Ihr Stiefel traf genau auf den heißen Fleck. Die Tür flog mit einem splitternden Geräusch auf, das versengte Holz gab in einem funkensprühenden Ascheregen nach. Ein paar Splitter landeten auf ihrer nackten Wade, doch Claire zog zuerst ihre Waffe, bevor sie sich die Zeit nahm, die Partikel wegzuwischen – sie fürchtete sich mehr vor dem, was hinter der zerstörten Tür warten mochte, als vor ein paar Brandblasen.

Ein kurzer, leerer Gang, übersät mit gezackten Bruchstücken gesplitterten Holzes und rauchverhangen, am Ende dann eine Tür auf der linken Seite. Claire bewegte sich darauf zu, in der Hoffnung auf etwas frischere Luft, aber auch, um zu sehen, wo sie hinführte. Da die unmittelbare Gefahr durch das Feuer gebannt war, musste sie sich jetzt auf die Suche nach Leon machen – und sich überlegen, was sie benötigten, um zu überleben. Wenn sie unterwegs ein paar der angrenzenden Zimmer in Augenschein nehmen konnte, würde sie vielleicht ein paar brauchbare Dinge finden.

Ein funktionierendes Telefon, Autoschlüssel ... verdammt, ein paar Maschinengewehre oder ein Flammenwerfer wären nett, aber ich werde nehmen, was ich kriegen kann.

Die schmucklose Tür am Gangende war unverriegelt. Claire drückte sie auf, bereit, auf alles zu schießen, was sich bewegte –

– und blieb stehen, gelinde schockiert ob der bizarren Atmosphäre des üppigen Raumes. Er kam ihr vor wie die Parodie eines Herrenclubs aus den Fünfzigern, ein großes Büro, ausstaffiert mit einer Extravaganz, die ans Lächerliche grenzte. An den Wänden reihten sich schwere Mahagonibücherregale und dazu passende Tische, in der Mitte befand sich eine Art Sitzbereich mit gepolsterten Lederstühlen und einem niedrigen Marmortisch, und all das stand auf einem offensichtlich teuren Orientteppich. Von der Decke hing ein kunstvoll gearbeiteter Kronleuchter, der kräftiges, weiches Licht über das Szenario legte. Überall waren gerahmte Bilder und zierliche Vasen platziert – doch ihr klassisches Design wurde erdrückt von den ausgestopften Tierköpfen und Vögeln, die den Raum dominierten, die meisten davon um einen Schreibtisch am anderen Ende gruppiert ...

Ach du lieber Gott!

Ausgestreckt auf dem Schreibtisch lag, wie eine Figur aus einer gothischen Schauergeschichte, eine hübsche junge Frau in einem weißen Kleid, ihre Eingeweide in blutige Fetzen gerissen. Die Leiche suggerierte etwas von einem makabren Tischschmuck. Die ausgestopften, staubigen Tiere starrten aus toten Glasaugen auf sie herab – ein Falke und ein Vogel, der wie ein Adler aussah, die Schwingen in simuliertem Flug gespreizt, sowie ein paar aufgehängte Rehköpfe und der eines Elches. Die Wirkung war so unheimlich und surreal, dass es Claire einen Moment lang den Atem verschlug –

– und als der hochlehnige Stuhl hinter dem Schreibtisch plötzlich herumschwang, entfuhr ihr ein Schrei tiefverwurzelten Schreckens, weil sie unwillkürlich ein Zerrbild des düsteren, grinsenden Sensenmannes zu sehen erwartete. Aber es war einfach nur ein Mann – ein Mann jedoch mit einer Schusswaffe, die er auf sie gerichtet hielt.

Zweimal in einer Nacht, das kriegt man auch selten geboten ...

Eine Sekunde lang bewegten sie sich beide nicht – dann senkte der Mann seine Waffe, und die Andeutung eines widerlichen Grinsens spielte über sein Gesicht.

„Das tut mir schrecklich leid", sagte er, seine Stimme so schmierig und falsch wie die eines zweitklassigen Politikers. „Ich dachte, Sie seien einer von diesen Zombies."

Beim Sprechen glättete er seinen borstigen Schnauzbart mit einem seiner dicken Finger, und obwohl Claire ihm nie zuvor begegnet war, wusste sie plötzlich, wer er war – Chris hatte sich oft genug über ihn ausgelassen.

Fett, schnauzbärtig und aalglatt wie ein Handelsvertreter, das ist er – Polizeichef Irons.

Er sah nicht gut aus – seine Wangen waren fleckig gerötet, seine Schweinsäugelein von aufgequollenem weißem Fleisch umrandet. Die Art und Weise, wie sein Blick im Zimmer umherzuckte, war beunruhigend, als hätte ihn eine schwere Paranoia fest im Griff. Er wirkte wahrhaftig wie völlig aus dem Gleichgewicht geraten und der Wirklichkeit nicht mehr allzu sehr verhaftet.

„Sind Sie Chief Irons?", fragte Claire und versuchte dabei freundlich und respektvoll zu klingen, während sie näher an den Schreibtisch herantrat.

„Ja, der bin ich", erwiderte er leise, „und wer sind Sie?"

Bevor sie etwas antworten konnte, fuhr Irons fort und bestätigte Claires Verdacht mit seinen nächsten Worten – und mit dem bitteren, gereizten Tonfall, in dem er es sagte. „Nein, sparen Sie sich Ihre Worte. Es macht keinen Unterschied. Sie werden enden wie all die anderen …"

Er verstummte und starrte auf die tote Frau vor sich, mit einem Ausdruck, den Claire nicht einzuordnen wusste. Sie hatte Mitleid mit ihm, trotz alldem was Chris ihr über seine miesen Charaktereigenschaften und seine berufliche Inkompetenz erzählt hatte. Gott allein wusste, welche Schrecken er mitangesehen hatte oder was er hatte tun müssen, um zu überleben.

Ist es denn ein Wunder, dass er Schwierigkeiten mit der Realität hat? Leon und ich sind erst im letzten Akt in diesen Horrorfilm eingetreten – Irons war schon zum Vorspann hier, und das heißt vermutlich, dass er mitansehen musste, wie seine Freunde starben.

Claire schaute hinab auf die junge Frau, die wie hingegossen auf dem Schreibtisch lag, und Irons sprach weiter mit einer Stimme, die gleichzeitig arrogant und traurig klang.

„Das ist die Tochter des Bürgermeisters. Ich sollte auf sie aufpassen, aber ich habe elendiglich versagt …"

Claire suchte nach tröstenden Worten, wollte ihm sagen, dass er von Glück reden könne, noch am Leben zu sein, dass es nicht seine Schuld sei – doch als er in seinem Lamento fortfuhr, erstarben ihr die Worte im Hals, ebenso wie ihr Mitleid.

„Sehen Sie sie nur an. Sie war eine echte Schönheit, ihre Haut von absoluter Perfektion. Aber sie wird bald zerfallen … und noch in dieser Stunde wird sie zu einem dieser *Dinger* werden. Genau wie all die anderen."

Claire wollte keine voreiligen Schlüsse ziehen, aber das wehmütige Sehnen in seinem Tonfall und seinem glänzenden, gierigen Blick verursachten ihr eine Gänsehaut. Die Art und Weise, wie er das tote Mädchen anhimmelte …

… das bildest du dir nur ein. Er ist der Polizeichef, kein perverser Irrer. Und er ist der erste Mensch, auf den du getroffen bist, der vielleicht in der Lage ist, dir irgendwelche Informationen zu geben. Lass dir diese Gelegenheit nicht entgehen.

„Es muss doch eine Möglichkeit geben, sie aufzuhalten …", sagte Claire sanft.

„In gewissem Sinne, sicher. Eine Kugel ins Hirn – oder enthaupten."

Endlich löste Irons den Blick von der Toten, sah aber nicht zu Claire hin. Er wandte sich um und starrte die ausgestopften Tiere an, die sich am Rand seines Schreibtischs reihten. Seine Stimme nahm einen resignierten, zugleich aber auch heiteren Ton an.

„Denken Sie nur – Taxidermie war mein Hobby. Aber jetzt … nicht mehr …"

Claires innere Alarmglocken schlugen vernehmlich an. Taxidermie? Was *zum Teufel* hatte das mit dem toten Mädchen auf seinem Schreibtisch zu tun?

Endlich sah Irons sie an, und Claire gefiel es nicht im Mindesten. Der Blick seiner dunklen Knopfaugen war auf ihr Gesicht gerichtet, aber er schien sie nicht wirklich wahrzunehmen. Zum ersten Mal fiel ihr auf, dass er ihr keine einzige Frage darüber gestellt hatte, wie sie es hierher geschafft hatte, ebenso wenig wie er eine Bemerkung über den Rauch gemacht hatte, der in sein Büro gedrungen war. Und die Art und Weise, wie er über die Tochter des Bürgermeisters gesprochen hatte … kein echtes Bedauern über ihren Tod hatte darin geschwungen, nur Selbstmitleid und so etwas wie eine verquere Bewunderung.

O Mann. O Mann, o Mann, der hat nicht nur den Bezug zum Hier und Jetzt verloren, der befindet sich auf einem ganz anderen gottverdammten Planeten …!

„Bitte", sagte Irons leise. „Ich möchte jetzt gerne allein sein."

Er sackte in seinem Stuhl zusammen, schloss die Augen, und sein Kopf sank wie vor Erschöpfung nach hinten gegen die gepolsterte Lehne. So schlicht und banal durfte sich Claire verabschiedet fühlen. Und obgleich sie eine Million Fragen hatte – von denen sie glaubte, dass er viele hätte beantworten können –, fand sie doch, dass es vielleicht am besten war, wenn sie aus seiner Nähe verschwand, einstweilen zumindest.

Ein Knarren, links hinter ihr und so leise, dass sie nicht einmal sicher war, ob sie es überhaupt gehört hatte, lenkte sie ab. Claire drehte sich um, legte die Stirn in Falten und sah, dass es eine zweite Tür zu diesem Büro gab. Sie war ihr zuvor nicht aufgefallen – und dieser leise, verstohlene Laut war dahinter aufgeklungen.

Noch ein weiterer Zombie? Oder jemand, der sich versteckt hält ...?

Sie schaute wieder zu Irons hin und stellte fest, dass dieser sich nicht bewegt hatte. Offenbar hatte er nichts gehört, auch sie selbst schien für ihn nicht mehr zu existieren, im Moment jedenfalls nicht. Er war zurückgekehrt in seine ganz private Welt, in der er sich schon aufgehalten haben musste, als sie in sein Büro gestolpert war.

Also – den Weg zurück, den ich gekommen bin, oder soll ich mal nachschauen, was sich hinter Tür Nummer zwei verbirgt?

Leon – sie musste Leon finden, und sie hatte das starke Gefühl, dass Irons der absolute Fiesling war, ob er nun verrückt war oder nicht. Es bedeutete keinen großen Verlust, dass ihm nicht der Sinn danach stand, ihrer beider Kräfte zu bündeln. Aber wenn es in dem Gebäude noch andere Menschen gab, Menschen, denen sie und Leon helfen konnten oder die *ihnen* helfen könnten ...

Es würde nur einen Moment dauern, nachzusehen, was hinter der anderen Tür war. Mit einem letzten Blick auf Irons, der zusammengesunken neben der Leiche der Bürgermeistertochter und inmitten seiner leblosen Tiere saß, ging Claire auf die zweite Tür zu. Und hoffte inständig, dass sie damit keinen Fehler machte.

ELF

Sherry hatte sich lange im Polizeirevier versteckt gehalten, es mussten drei oder vier Tage gewesen sein, und in all der Zeit hatte sie ihre Mutter nicht ein einziges Mal gesehen. Nicht einmal, als noch eine Menge Menschen am Leben gewesen waren. Sie hatte Mrs. Addison – eine der Lehrerinnen der Schule – gefunden, gleich nachdem sie ins Revier gekommen war, aber Mrs. Addison war tot gewesen. Ein Zombie hatte sie gefressen. Und wenig später hatte Sherry einen Lüftungsschacht entdeckt, der sich fast durch das gesamte Gebäude zog, und sie hatte entschieden, dass es sicherer wäre, sich zu verstecken, als bei den Erwachsenen zu bleiben – weil von den Erwachsenen immerzu welche starben. Und weil es im Revier ein Monster gab, das schlimmer war als die Zombies oder die Inside-Out-Wesen, und sie war ziemlich sicher, dass dieses Monster nach *ihr* suchte. Das war wahrscheinlich dumm, Sherry glaubte nicht, dass Monster sich einen bestimmten Menschen herauspickten, um ihn zu jagen – aber andererseits hatte sie auch nie geglaubt, dass es echte Monster gab. Also hatte sie sich versteckt gehalten, die meiste Zeit im Ritterzimmer. Dort waren keine Toten, und der einzige Weg hinein – außer dem Lüftungsschacht hinter den Rüstungen – führte über einen langen Gang, der von einem riesigen Tiger bewacht wurde. Der Tiger war ausgestopft, aber er war trotzdem angsteinflößend – und Sherry meinte, dass der Tiger vielleicht das Monster verscheuchen würde. Ein Teil von ihr *wusste*, dass das albern war, aber sie fühlte sich durch diese Vorstellung trotzdem besser.

Seit die Zombies das Revier sozusagen in ihre Gewalt gebracht hatten, hatte Sherry viel Zeit mit Schlafen zugebracht. Wenn sie schlief, musste sie nicht daran denken, was wohl mit ihren Eltern passiert sein mochte, und sich nicht darum sorgen, was mit ihr selbst geschehen würde. Der Luftschacht war ziemlich warm, und aus dem Süßigkeitenautomaten im Erdgeschoss hatte sie genug zu essen – aber sie hatte Angst, und schlimmer noch als Angst zu haben, war das Alleinsein. Deshalb schlief sie meistens.

Sie hatte auch geschlafen, behaglich hinter den Ritterrüstungen zusammengekuschelt, als sie von einem gewaltigen Krachen geweckt wurde, das von draußen kam. Sherry war sicher, dass es das Monster war. Bislang hatte sie nur einen flüchtigen Blick darauf erhaschen können, auf den furchtbar breiten Rücken des Riesen, durch ein Stahlgitter hindurch – aber sie hatte es seither viele Male im Gebäude brüllen und heulen hören. Sie wusste, dass es schrecklich war, schrecklich und gewalttätig und hungrig. Manchmal verschwand es für Stunden, ließ Sherry hoffen, es hätte aufgegeben – aber es kam immer zurück, und ganz gleich, wo Sherry sich auch befand, es schien stets irgendwo in der Nähe aufzutauchen.

Der Lärm, der sie aus dem traumlosen Schlaf gerissen hatte, klang wie das Geräusch, das ein Monster verursachen würde, wenn es Wände einriss. Sherry kauerte sich in ihrem Versteck zusammen, bereit, schnell wieder in den Schacht zu schlüpfen, sollte das Geräusch näherkommen. Das tat es nicht. Lange Zeit bewegte sie sich nicht, wartete mit zugedrückten Augen, hielt ihren Glücksbringer fest – einen wunderschönen goldenen Anhänger, den sie erst vorige Woche von ihrer Mutter bekommen hatte, so groß, dass er ihre ganze Hand ausfüllte. Wie schon zuvor funktionierte der Glücksbringer auch diesmal – das laute, fürchterliche Geräusch wiederholte sich nicht. Oder vielleicht hatte der große Tiger das Monster daran gehindert, sie zu finden. Wie auch immer, als sie leise klopfende Laute aus dem Büro hörte, fühlte sie sich sicher genug, um aus der Kiste zu kriechen und hinaus auf den Gang zu gehen, um zu lauschen. Die Zombies und die Inside-Out-Wesen konnten keine Türen benutzen, und wenn es das Monster gewesen wäre, dann hätte es sich längst auf sie gestürzt, die Türen mit seinen Klauen zerfetzend und nach Blut brüllend.

Es muss ein Mensch sein. Vielleicht ist es Mom ...

Auf halbem Wege den Gang hinunter, wo er nach rechts abbog, hörte Sherry Menschen in dem Büro reden und verspürte ein Aufwallen von Hoffnung, die sich mit Einsamkeit vermengte. Sie verstand nicht, was die Leute sagten, aber es war das erste Mal seit vielleicht zwei Tagen, dass sie *irgendjemanden* hörte, der nicht schrie. Und wenn sich dort Menschen unterhielten, dann hieß das ja vielleicht, dass endlich Hilfe nach Raccoon gekommen war.

Die Armee oder die Regierung oder die Marines, vielleicht auch alle zusammen ...

Aufgeregt eilte Sherry den Flur hinab, und sie stand neben dem fauchenden Tiger, direkt an der Tür, als ihre Aufregung verflog. Die Stimmen waren verstummt. Sherry stand ganz still, hatte plötzlich Angst. *Wenn* Leute nach Raccoon gekommen wären, um zu helfen, hätte sie dann nicht die Flugzeuge und Lastwagen gehört? Wären da nicht Schießereien und Bombenexplosionen gewesen und Männer mit Megafonen, die alle anwiesen, herauszukommen?

Vielleicht sind das gar nicht die Stimmen von Soldaten – vielleicht sind das die Stimmen von bösen Menschen. So verrückt wie dieser eine Mann ...

Kurz nachdem Sherry sich versteckt gehabt hatte, hatte sie durch ein Gitter, das in die Wand eines Umkleideraums eingelassen war, etwas Schreckliches mitansehen müssen. Ein großer Mann mit roten Haaren hatte in dem Raum auf einem Stuhl gesessen, war darauf vor- und zurückgeschaukelt und hatte dabei mit sich selbst geredet. Erst hatte Sherry ihn um Hilfe bei der Suche nach ihren Eltern bitten wollen – aber etwas an der Art und Weise, wie er mit sich sprach und dazu kicherte und sich hin- und herwiegte, hatte sie argwöhnisch gemacht. So hatte sie ihn zunächst nur aus der sicheren Deckung des Luftschachts heraus beobachtet. Der Mann hatte ein großes Messer in der Hand gehalten. Und nach einiger Zeit – und immer noch lachend und murmelnd und schaukelnd – hatte er es sich in den Bauch gestochen. Dieser Mann hatte Sherry mehr Angst eingejagt als die Zombies, weil sein Tun keinen Sinn ergab. Er war verrückt gewesen und hatte sich selbst umgebracht, und sie war davongekrochen und hatte geweint, weil es einfach *hoffnungslos* war.

Jemandem wie diesem Mann wollte sie nicht noch einmal begegnen. Und selbst wenn die Menschen im Büro nicht böse waren, würden sie sie vielleicht aus ihrer sicheren Zuflucht fortbringen und versuchen, sie zu beschützen – und Sherry fürchtete, dass sie dann sterben würde, weil das Monster ganz sicher keine Angst vor Erwachsenen hatte.

Es war schrecklich, sich abzuwenden, aber es gab keine andere Wahl. Sherry ging zurück in Richtung des Raumes mit den Rüstungen –

Rrrraagghh!

– und erstarrte, als unter ihren Füßen eine Diele knarrte. Das Geräusch schien ihr unglaublich laut. Sie hielt den Atem an, umklammerte ihren Anhänger und betete, dass die Tür hinter ihr nicht auffliegen würde, dass kein Irrer herausstürmen und – und sie sich *schnappen* würde.

Sie hörte nichts, war aber sicher, dass das Hämmern ihres Herzens sie verraten würde, so laut war es. Nach vollen zehn Sekunden setzte sie sich wieder in Bewegung, ging auf Zehenspitzen den Gang hinunter, trat so leichtfüßig auf, wie sie konnte, und kam sich vor, als schleiche sie sich aus einer Höhle voller schlafender Schlangen. Der Weg zurück zum Zimmer mit den Rüstungen schien eine Meile lang zu sein, und sie musste ihre ganze Willenskraft aufbieten, um nicht loszurennen, als sie erst einmal die Biegung erreicht hatte – aber wenn sie eines aus Kino und Fernsehen gelernt hatte, dann war es, dass das Davonlaufen vor einer Gefahr immer einen entsetzlichen Tod bedeutete.

Als sie endlich am Eingang des Rüstungszimmers anlangte, meinte Sherry, vor Erleichterung kurzerhand zusammenbrechen zu müssen. Sie war wieder in Sicherheit, sie konnte sich wieder in die alte Decke kuscheln, die Mrs. Addison für sie gefunden hatte, und einfach –

Die Tür zum Büro öffnete sich, öffnete und schloss sich. Und eine Sekunde später erklangen Schritte, die sich ihr näherten.

Sherry floh in den Rüstungsraum. Unter dem grellen, bebenden Ansturm von Panik, der sie durchlief, war sie außerstande, einen klaren Gedanken zu fassen. Sie rannte an den drei Ritterrüstungen vorbei, vergaß ihren sicheren Zufluchtsort, weil alles, woran sie jetzt noch dachte, war, dass sie weg musste, so weit wie möglich weg. Hinter der Glasvitrine in der Mitte des Raumes gab es ein dunkles, kleines Zimmer, und Dunkelheit war das, was sie brauchte, Schatten, in denen sie verschwinden konnte …

… und sie konnte die rennenden Schritte irgendwo hinter sich hören, wie sie übers Holz hämmerten, während sie in den dunklen Raum sauste und sich dort in die hinterste Ecke verkroch. Zwischen den staubigen Ziegeln des Kamins dieses Zimmers und einem daneben stehenden gepolsterten Stuhl kauerte sich Sherry hin und versuchte, sich so klein wie irgend möglich zu machen. Sie schloss die Arme um ihre Knie und verbarg ihr Gesicht.

Bitte-bitte-bitte komm nicht herein, sieh mich nicht. Ich bin nicht hier –

Die rennenden Schritte hatten das Rüstungszimmer erreicht. Jetzt waren sie langsam, zögernd, umrundeten die große Glasvitrine in der Mitte des Raumes. Sherry dachte an ihr sicheres Versteck, die Öffnung des Lüftungsschachts, durch den sie hätte entkommen können, und bemühte sich, die heißen Tränen der Selbstvorwürfe zurückzuhalten. Aus dem Kaminzimmer gab es keinen Fluchtweg. Sie saß in der Falle.

Jeder hallende, pochende Schritt brachte den Fremden dem dunklen Raum näher, in dem Sherry sich versteckte. Sie kauerte sich noch enger zusammen, versprach, dass sie alles, wirklich alles tun würde, wenn der Fremde nur wegginge …

Poch. Poch. Poch.

Plötzlich entflammte der Raum in blendender Helligkeit, das leise

Klicken des Lichtschalters verlor sich in Sherrys erschrockenem Schrei. Sie stemmte sich aus der Ecke und rannte, schreiend und blind, hoffte, an dem Fremden vorbei und zum Luftschacht zu gelangen –

– doch eine warme Hand packte sie hart am Arm und hinderte sie daran, auch nur noch einen Schritt zu tun. Sie schrie abermals, zerrte so fest sie konnte, doch der Fremde war stark.

„*Warte!*" Es war eine Frau, ihre Stimme beinahe so dröhnend wie das Hämmern von Sherrys Herz.

„Lass mich *los*", heulte Sherry, doch die Frau hielt sie unbeirrbar fest, zog sie sogar näher zu sich heran.

„Ruhig, ganz ruhig – ich bin kein Zombie, beruhige dich, es ist okay …"

Die Stimme der Frau hatte einen beruhigenden Klang angenommen, ihre Worte waren ein sanftes Summen, die Hand an Sherrys Arm warm und kräftig. Die süße, melodische Stimme wiederholte die besänftigenden Worte ein ums andere Mal.

„… ganz ruhig, es ist okay, ich tu dir nicht weh, du bist jetzt in Sicherheit."

Endlich schaute Sherry die Frau an und sah, wie hübsch sie war und dass ihr Blick weich war vor Sorge und Zuneigung. Daraufhin versuchte Sherry nicht länger, sich loszureißen, und sie spürte, wie ihr Tränen übers Gesicht rannen, Tränen, die sie zurückgehalten hatte, seit sie gesehen hatte, wie der rothaarige Mann Selbstmord beging. Instinktiv umarmte sie die junge, hübsche Fremde – und die Frau erwiderte die Geste, ihre schlanken Arme legten sich fest um Sherrys bebende Schultern.

Sherry weinte ein paar Minuten lang, ließ sich von der Frau übers Haar streichen und beruhigende Worte ins Ohr flüstern – und schließlich hatte sie das Gefühl, dass das Schlimmste vorbei sei. So sehr sie auch in die Umarmung der Frau kriechen und alle ihre Ängste vergessen wollte, glauben wollte, dass sie in Sicherheit *war* – sie wusste es doch besser. Und außerdem war sie kein Baby mehr; sie war vorigen Monat zwölf geworden.

Sherry löste sich von der Frau, trat zurück, wischte sich über die Augen und sah hoch in ihr hübsches Gesicht. Die Frau war gar nicht alt, höchstens zwanzig oder so, und richtig cool angezogen – Stiefel, abgeschnittene pinkfarbene Jeansshorts und eine dazu passende ärmellose Weste. Ihr glänzendes braunes Haar hatte sie zu einem Pferdeschwanz zusammengebunden, und wenn sie lächelte, sah sie aus wie ein Filmstar.

Die Frau ging direkt vor ihr in die Hocke, immer noch sanft lächelnd. „Ich heiße Claire. Und du?"

Plötzlich fühlte sich Sherry schüchtern, es war ihr peinlich, vor so einer netten Frau davongerannt zu sein. Ihre Eltern hatten ihr oft gesagt, dass sie sich wie ein Baby benahm, dass sie „mehr Fantasie" hatte als ihr gut tat, und hier war der Beweis. Claire würde ihr nichts tun, das wusste sie.

„Sherry Birkin", sagte sie und lächelte Claire an, hoffend, dass sie nicht wütend auf sie war. Sie sah nicht wütend aus. Im Gegenteil, sie wirkte erfreut über Sherrys Antwort.

„Weißt du, wo deine Eltern sind?", fragte Claire in demselben warmen Ton.

„Sie arbeiten im Umbrella-Chemiewerk, gleich vor der Stadt", sagte Sherry.

„Chemiewerk ... Was tust du dann hier?"

„Meine Mom rief an und sagte mir, ich solle zum Polizeirevier gehen. Sie sagte, zu Hause zu bleiben wäre zu gefährlich."

Claire nickte. „So wie es aussieht, hatte sie wohl recht. Aber hier ist es auch gefährlich ..." Sie legte nachdenklich die Stirn in Falten, dann lächelte sie wieder. „Du kommst besser mit mir mit."

Sherry spürte, wie sich ihr Magen zusammenzog, schüttelte den Kopf und fragte sich, wie sie Claire erklären sollte, dass das keine gute Idee war – dass es im Gegenteil eine sehr *schlechte* Idee war. Sie wollte nicht mehr allein sein, das wollte sie mehr als alles andere, aber es war einfach nicht sicher.

Wenn ich mit ihr gehe und das Monster uns findet ...

Claire würde getötet werden. Und obwohl Claire schlank war,

war Sherry ziemlich sicher, dass sie nicht in den Lüftungsschacht passen würde.

„Da draußen ist etwas", sagte Sherry schließlich. „Ich hab es gesehen, es ist größer als die Zombies. Und es ist hinter *mir* her."

Claire schüttelte den Kopf und öffnete den Mund, um etwas zu sagen, vermutlich wollte sie versuchen, sie dazu zu überreden, ihre Meinung zu ändern, als ein fürchterliches, wütendes Geräusch den Raum erfüllte und irgendwo im Gebäude in brutalen Wogen widerhallte. Irgendwo ganz in der Nähe.

„Rrraaahh …!"

Sherry spürte, wie ihr Blut zu Eis wurde. Claires Augen weiteten sich, ihre Haut erbleichte.

„Was – war das?"

Atemlos wich Sherry zurück, und im Geiste rannte sie bereits zu ihrem Versteck hinter den drei Ritterrüstungen.

„Das, wovon ich dir erzählt habe", keuchte sie, und ehe Claire sie aufhalten konnte, drehte sie sich um und rannte los.

„Sherry!"

Sherry ignorierte den Ruf, sprintete an der gläsernen Ausstellungsvitrine vorbei, der Sicherheit des Luftschachts entgegen. Flink sprang sie über das Podest der Ritterrüstung, fiel auf Hände und Knie, zog den Kopf ein und zwängte sich in das alte Steinloch am Fuße der Wand.

Ihre einzige Chance, *Claires* einzige Chance, bestand darin, dass sie sich so weit wie möglich von ihr entfernte. Vielleicht würden sie einander wiederfinden, wenn das Monster wieder fort war …

Während Sherry rasch durch die enge, gewundene Finsternis davonkroch, hoffte sie, dass es nicht schon zu spät war.

ZWÖLF

Ada Wong saß auf der Kante des mit Kram überhäuften Schreibtischs im Büro des Polizeichefs, gönnte ihren schmerzenden Füßen etwas Ruhe und starrte ausdruckslos auf den leeren Stahltresor in der Ecke. Ihre Geduld neigte sich dem Ende entgegen. Nicht nur, dass die G-Virus-Probe nirgendwo zu finden war, allmählich glaubte Ada auch, dass Bertolucci das sinkende Schiff verlassen hatte. Sie hatte den Pausenraum durchsucht, das S.T.A.R.S.-Büro, die Bibliothek ... Sie war ziemlich sicher, überall dort nachgesehen zu haben, wohin es dem Reporter möglich war, Zutritt zu erhalten, und dabei hatte sie zwei volle Magazine aufgebraucht. Es war nicht so, dass ihr die Munition knapp wurde, es war die *Zeitverschwendung*, für die die Kugeln standen, was sie ärgerte – sechsundzwanzig Schuss und kein anderes Ergebnis, als dass jetzt noch ein paar virusverseuchte Leichen mehr herumlagen. Und zwei von Umbrellas Hybrid-Freaks ...

Ada erschauerte bei der Erinnerung an das entstellte rote Fleisch und die trompetenhaften Schreie der bizarren Kreaturen, die sie im Presseraum erlegt hatte. Gier hatte sie nie sonderlich gestört, ob sie nun von einem Unternehmen ausging oder wem auch immer, aber Umbrella hatte da ein paar ernsthaft amoralische Experimente am Laufen gehabt. Trent hatte sie vor den Retriever-Tyranten gewarnt – die bislang, dankenswerterweise, noch nicht in Erscheinung getreten waren –, aber die langzungigen, klauenbewehrten, blutigen Humanoiden verletzten selbst ihre Gefühle. Ganz zu schweigen davon, dass sie wesentlich schwieriger zu töten waren als die Virusträger. Wenn sie Produkte des T-Virus waren, konnte Ada nur hoffen, dass Birkin nichts mit seiner neuesten Schöpfung angefangen hatte. Laut Trent war die G-Reihe noch nicht zum Einsatz gekommen, aber angeblich sollte sie doppelt so wirksam sein …

Ada ließ ihren Blick durch das schmucklose, rein zweckmäßig eingerichtete Büro schweifen. Es war nicht die heimeligste Umgebung für eine Rast, aber zumindest war das Büro weitestgehend blutfrei, und durch die geschlossene Tür waren die Officers im Hauptteil des Raumes kaum zu riechen. Sie hatten sich in einem reichlich fortgeschrittenen Stadium der Verwesung befunden, als Ada sie umgelegt hatte – in jenem knochenlosen, schwammigen Zustand, der offenbar dem totalen Kollaps vorausging.

Nicht, dass es darauf ankäme, ob ich *sie riechen kann – meine Haare und Kleidung haben diesen gottverdammten Geruch längst absorbiert. Wenn sie anfangen zu verderben, scheint das ruckzuck zu geschehen …*

Sie wünschte, sie hätte sich eingehender über den wissenschaftlichen Aspekt informiert – sie wusste zwar, wofür das T-Virus benutzt wurde, hatte es aber nicht für nötig befunden, sich mit den Wirkungen auf die Körperchemie zu befassen. Warum hätte sie sich damit auch belasten sollen – sie hatte keinen Grund zu der Annahme gehabt, dass Umbrella vorhatte, eine Wagenladung davon quasi vor der eigenen Haustür auszukippen? Jetzt sie bekam massenhaft Wissen aus erster Hand darüber, wie gut das Virus funktionierte, aber es wäre nett gewesen zu erfahren, was genau im Körper und im Denken eines Infizierten vorging, was ihn von einem Menschen in einen geistlosen Fleisch- und Aasfresser verwandelte. Stattdessen konnte Ada lediglich ihre persönlichen Beobachtungen auswerten und versuchen, der Wahrheit so nahe wie möglich zu kommen.

Nach allem, was sie gesehen hatte, dauerte es weniger als eine Stunde, bis sich ein Infizierter in einen Zombie verwandelte. Manchmal fiel das Opfer erst in eine Art Fieberkoma, das vermutlich Teile des Gehirns ausbrannte und den Eindruck nur noch verstärkte, dass die Betroffenen vom Tode auferstanden, sobald sie sich dann erhoben und nach frischem Fleisch Ausschau hielten.

Die Symptome des Virus waren bei jedem Befallenen dieselben, nicht jedoch die Verlaufsgeschwindigkeit – Ada hatte mindestens drei Fälle gesehen, in denen das Opfer nur Augenblicke nach der Infektion blutsüchtig geworden war, das Stadium, das sie für sich selbst mittlerweile „Katarakt" nannte. Eine der wenigen Konstanten war nämlich, dass ein dünner Film aus eiweißartigem Schleim die Augen der Infizierten trübte, wenn sie sich verwandelten – und obwohl der körperliche Verfall immer sofort einsetzte, zerfielen manche viel schneller als andere …

Und warum denkst du darüber nach? Es gehört nicht zu deinem Job, ein eventuelles Heilmittel zu finden, oder?

Seufzend beugte sich Ada vornüber, um ihre Zehen zu massieren. Natürlich war es nicht ihre Sache. Dennoch lohnte es, darüber nachzudenken. Sich immer nur darauf zu konzentrieren, am Leben zu bleiben, war ermüdend, und es bedeutete harte Arbeit. Sie hatte keine Gelegenheit gehabt, die Details der Situation in Betracht zu ziehen, während sie in den Korridoren aufgeräumt hatte. Jetzt aber hatte sie Pause und musste ihrem Hirn etwas Freilauf gönnen, um über einige der rätselhaften Aspekte ihres Jobs nachzugrübeln.

Und es gibt bestimmt tausend solcher Aspekte. Trent … Was Bertolucci wissen oder nicht wissen sollte … Und die S.T.A.R.S. … Was zum Teufel ist mit dem munteren Haufen passiert?

Aus den Artikeln, die Trent dem Infopaket beigefügt hatte, wusste Ada von der Suspendierung bestimmter S.T.A.R.S.-Mitglieder – und in Anbetracht dessen, was sie untersucht hatten, bedurfte es keiner genialen Eingebung, um darauf zu kommen, dass sie von Umbrella observiert worden waren, weil sie die Biowaffen-Experimente entweder teilweise oder ganz aufgedeckt hatten. Inzwischen hatte Umbrella sie wahrscheinlich beseitigt, wenn es ihnen nicht vorher gelungen war, unterzutauchen – und Ada fragte sich, ob

Trent bei diesem kleinen Missgeschick der S.T.A.R.S.-Leute eine Rolle gespielt oder ob er versucht hatte, vorher oder danach mit ihnen in Verbindung zu treten.

Nicht, dass er ihr das verraten hätte – Trent war ein wandelndes Geheimnis, darüber gab es gar keine Diskussion. Sie hatte ihn nur einmal persönlich getroffen, obwohl er sie vor ihrer Abreise nach Raccoon mehrere Male kontaktierte, meistens per Telefon – und obwohl Ada stets stolz auf ihre Fähigkeit gewesen war, Menschen zu durchschauen, wusste sie doch absolut nichts über seine Motive, warum er das G-Virus wollte oder worum es bei seiner Fehde gegen Umbrella ging. Es war klar, dass er eine Kontaktperson im Unternehmen haben musste – er wusste einfach zu viel über das Wirken der Firma –, aber wenn dies tatsächlich der Fall war, weshalb schnappte er sich dann nicht einfach selbst eine gottverdammte Probe und damit fertig? Einen Agenten anzuheuern, war die Vorgehensweise eines Mannes, der größere Verwicklungen vermeiden wollte – aber Verwicklungen welcher Art?

Es steht uns nicht an zu fragen ...

Ein gutes Lebensmotto. Sie wurde außerdem nicht dafür bezahlt, aus Trent schlau zu werden. Ada bezweifelte sogar, dass ihr das gelingen könnte, selbst *wenn* man sie dafür bezahlt *hätte*. Sie war noch nie einem so selbstbeherrschten Mann begegnet wie Mr. Trent. Jede Interaktion mit ihm hatte ihr den Eindruck vermittelt, er würde innerlich frohlocken, als wäre ihm ein ungemein erfreuliches Geheimnis bekannt, in das niemand sonst eingeweiht war – und doch hatte er nicht arrogant oder aufgeblasen gewirkt. Er war cool, seine Genialität so natürlich, dass sie davon ein wenig eingeschüchtert gewesen war. Sie war vielleicht nicht in der Lage gewesen, hinter seine Motive zu blicken, diesem ruhigen Humor jedoch war sie schon bei früheren Gelegenheiten begegnet – er war das wahre Gesicht echter Macht, das Markenzeichen von Leuten, die einen Plan hatten und die unerschütterliche Absicht, ihn umzusetzen.

Hat der Virusausbruch seine Pläne, wie sie auch aussehen mögen, gestört? Oder war er auf diese Möglichkeit vorbereitet ...? Er hatte *es vielleicht nicht eingeplant, aber ich kann mir nicht vorstellen, dass „überrascht werden" zu Trents Wortschatz gehört ...*

Ada lehnte sich zurück und ließ den Kopf müde kreisen, ehe sie sich vom Schreibtisch schob und wieder in ihre unbequemen Schuhe schlüpfte. Genug Auszeit, sie konnte ihre Schmerzen und Wehwehchen nicht länger als ein paar Minuten pflegen und erwartete nicht, dass sie viel herausfinden würde, ehe sie nicht ein gutes Stück von Raccoon entfernt war. Sie musste noch ein paar Bereiche nach Bertolucci absuchen, bevor sie ins Kanalnetz hinabstieg, und sie hatte festgestellt, dass einige der Fensterbarrikaden im Erdgeschoss nicht so solide waren, wie sie es gehofft hatte. Sie wollte nicht, dass ihr eine neue Trägergruppe von draußen den Weg abschnitt.

Es gab noch die „Geheimgänge" auf der Ostseite und die Zellen unten hinter der Tiefgarage. Wenn sie Bertolucci dort nicht fand, musste sie davon ausgehen, dass er das Revier verlassen hatte, und sich darauf konzentrieren, die Probe in die Hände zu bekommen.

Ada beschloss, es zuerst im Keller zu versuchen. Es schien unwahrscheinlich, dass Bertolucci auf die verborgenen Gänge gestoßen war. Nach dem zu schließen, was sie aus seiner Feder gelesen hatte, war er als Reporter nicht einmal gut genug, um seinen eigenen Arsch zu finden. Und wenn er sich in oder bei den Inhaftierungszellen versteckte, brauchte sie keine Zeit mehr darauf zu verschwenden, das Revier zu durchkämmen und sich dabei der unvermeidlichen Invasion zu stellen – der Zugang zum Keller lag unten, falls also keine Schwierigkeiten auftraten, konnte sie schnurstracks zum Labor aufbrechen.

Ada ging aus dem Büro und rümpfte die Nase unter dem neuerlichen Ansturm von Fäulnisgeruch, den ihr die sich träge drehenden Deckenventilatoren entgegentrieben. In dem mit Schreibtischen angefüllten Raum mussten sich sieben oder acht Leichen befinden, allesamt Cops, und zumindest die drei, die sie erschossen hatte, hatten ziemlich hohe Dienstgrade bekleidet ...

Und habe ich nicht fünf Träger übriggelassen, die noch hier herumliefen, als ich vorhin durchkam?

Direkt hinter dem langen, offenen Raum blieb Ada stehen und sah den schmalen Verbindungsflur hinab, der zur Hintertreppe führte. Waren es fünf gewesen? Sie wusste, dass sie bei ihrem ersten Besuch ein paar ausgeschaltet hatte – der Rest war zu langsam gewesen, um sich mit ihm aufzuhalten, und sie *dachte*, es seien fünf gewesen. Dennoch hatte sie nur drei umlegen müssen, als sie zurückgekommen war, um eine Pause einzulegen.

Es waren fünf. Ich mag ja nicht mehr ganz fit sein, aber zählen kann ich noch.

Es war keine Angewohnheit, ihre Fähigkeiten, den Überblick zu bewahren, anzuzweifeln, und der Umstand, dass es ihr gerade jetzt auffiel, war ein deutliches Zeichen dafür, wie müde sie war. Vor zwei Tagen hätte sie es sofort bemerkt. Es war unmöglich festzustellen, ob die zusätzlichen Leichen erschossen worden oder einfach von ganz allein kollabiert waren, ohne sich selbst dem Risiko eines Kontakts auszusetzen – sie waren einfach schon zu verwest. Aber es war wohl am klügsten, davon auszugehen, dass immer noch ein paar Überlebende herumstreunten.

Nicht mehr lange, so oder so ...

Ob die Zombies es nun schafften durchzubrechen oder nicht, Umbrella würde bald handeln, wenn das Unternehmen es nicht ohnehin schon getan hatte. Was in Raccoon passiert war, war der schlimmste Albtraum eines Aktionärs, und Umbrella würde das Problem gewiss nicht ignorieren; wahrscheinlich hatte man schon eine eigene Katastrophenversion ausgearbeitet und eine Geschichte vorbereitet, mit der man die Presse abspeisen würde. Und es war eine ausgemachte Sache, dass man versuchen würde, Birkins Synthese zu bergen, bevor man die Pannensicherung zum Einsatz brachte – was bedeutete, dass sie, Ada, sehr vorsichtig sein musste. Birkin war offenbar etwas verschlossen gewesen, was seine Arbeit anging, und Trent hatte ihr mitgeteilt, dass Umbrella schließlich ein Rettungsteam entsenden würde ... Und da Raccoon in Schutt und Asche lag, war diese Eventualität vermutlich ein paar Schritte nähergerückt.

Hoffentlich ein Team von Menschen. Damit kann ich klarkommen.

Ein Tyrant allerdings ... auf diese Art von Trouble kann ich verzichten.

Ada ging in Richtung der Tür, die sie zur Kellertreppe bringen würde. Tyrant war die Codebezeichnung für eine bestimmte Reihe in Umbrellas organischer Waffenforschung, eine Serie, die die zerstörerischste Anwendung des T-Virus verkörperte. Trent zufolge hatten die White-Umbrella-Wissenschaftler – diejenigen, die in den Geheimlabors arbeiteten – gerade mit Tests an einer Art humanoider Bluthunde begonnen, die so beschaffen waren, dass sie jedem Geruch oder jeglicher Substanz nachjagten, auf die sie codiert waren – unerbittlich und mit übermenschlichen Fähigkeiten. Ein Retriever-Tyrant, ein nahezu unzerstörbares Konstrukt aus infiziertem Körper und operativ implantierter Elektronik. Genau die Sorte von *Ding*, die Umbrella womöglich herschicken würde, um beispielsweise eine Probe des G-Virus aufzuspüren ...

Sobald Ada Trents Probe in Händen hielt, würde die Sache für sie erledigt sein – sie würde sich auszahlen lassen und an irgendeinem Strand Margaritas schlürfen. Und jede Empfindung darüber, wie viele Unschuldige gestorben waren oder wozu Trent das G-Virus wollte, würde für immer aus ihrem Hirn verbannt sein – das waren Dinge, mit denen sich herumzuschlagen ihr Job nicht von ihr verlangte.

Solcherart innerlich aufgeräumt, machte sich Ada auf den Weg in den Keller, um nach diesem lästigen Reporter zu suchen.

Leon stand im geplünderten Waffenkeller, zog die Holsterriemen zurecht und überlegte, wo Claire stecken könnte. Dem Wenigen nach, was er bislang gesehen hatte, waren die Verhältnisse im Revier nicht allzu schlimm. Kalt und düster zwar, und es stank nach den Leichen, die sich in den Gängen häuften, aber wenigstens war es nicht so akut gefährlich wie auf den Straßen draußen. Sicher war es nicht genug, um dafür dankbar sein zu können, aber Leon nahm, was er bekommen konnte.

Er hatte auf dem Weg zum Keller zwei Officers und eine Frau in der zerfetzten Uniform der Verkehrswacht erschossen – die beiden Cops oben und die Frau dann unmittelbar vor der Pathologie, ein paar Schritte entfernt von dem kleinen Raum, der das Waffenarsenal und die Ausrüstung des RCPD beherbergte. Nur drei Zombies also, seit er das Revier erreicht hatte, die paar, denen er im Detectives-Room hatte ausweichen können, nicht mitgezählt – aber er hatte auf dem kurzen Weg über ein Dutzend Leichen passiert, und an etwa der Hälfte von ihnen hatte er Einschüsse ausmachen können, jeweils durch die Augen oder direkt in die Schläfe. Angesichts der „sauber erledigten" Kreaturen und der Zahl der Waffen, die aus den Schränken hier unten fehlten, wagte Leon die Hoffnung abzuleiten, dass Branagh wohl recht behielt – es gab Überlebende!

Marvin Branagh ... inzwischen vermutlich tot. Heißt das, dass er sich in einen Zombie verwandeln wird? Wenn tatsächlich Umbrella hinter all dem steckt, muss es wohl eine Art Seuche oder Krankheit sein, da es sich um ein pharmazeutisches Unternehmen handelt – wie steckt man sich damit an? Durch Kontakt, oder kriegt man es schon, wenn man nur tief Luft holt?

Leon ließ diesen Gedankengang fahren, und zwar schnell – so kühl und feucht der Keller auch war, die Vorstellung, dass er selbst inzwischen von der Zombie-Krankheit befallen sein könnte, ließ ihm fiebrigen Schweiß ausbrechen. Was, wenn die Ansteckungsgefahr in ganz Raccoon gegeben war, immer noch, und er es sich schon eingefangen hatte, als er in die Stadt hineingefahren war? Die vollgestopften Regale des Lagerraums schienen in einem Anflug von Entsetzen näherzurücken.

Bevor ihn jedoch echte Panik erfassen konnte, vernahm Leon seine innere Stimme, die ihn an die Wirklichkeit erinnerte – und damit einher ging die Akzeptanz dessen, was er als Realität anerkannte, und das ermöglichte ihm, seine Angst zu überwinden.

Wenn du krank bist, dann bist du eben krank. Du kannst dir die Kugel geben, bevor es richtig schlimm wird. Wenn du nicht krank bist, hast du vielleicht die Chance, das Ganze zu überleben, um später mal deinen Enkeln davon zu erzählen. Wie auch immer, im

Moment gibt es wahrscheinlich nichts, was du dagegen tun könntest – außer zu versuchen, ein Cop zu sein.

Leon nickte seufzend. Immerhin, diese Einstellung war besser, als sich selbst zu quälen, und jetzt besaß er die nötige Ausrüstung, um die eigenen Chancen zu erhöhen. Das elektronische Schloss der Waffenkammer war zerschossen gewesen. Das hatte es ihm erspart, nach einer Schlüsselkarte zu suchen oder es selbst aufzuschießen. Die Tür war offensichtlich aufgebrochen worden. Jemand hatte die äußeren Schlösser und den Griff praktisch zerfetzt.

Bei seiner ersten Durchsuchung war er enttäuscht gewesen und mehr als nur ein bisschen ausgerastet. Es waren keine Handfeuerwaffen da, und in den verbeulten grünen Schränken hatte sich nur sehr wenig Munition befunden – aber er hatte eine Schachtel mit Schrotpatronen entdeckt und nach einer zweiten, sorgfältigeren Suche eine Kaliber zwölf gefunden, versteckt hinter einem hohen Kartonstapel. Ein paar Schultergurtgeschirre für das Remington-Modell hingen noch an einem Wandhaken, ebenso wie ein größerer Ausrüstungsgürtel als der, den er trug; der neue hatte sogar eine Seitentasche, in die all seine geladenen Magnum-Clips passten.

Mit einem letzten Zug am Schulterholster entschied Leon, dass es am besten sei, an den offensichtlicheren Orten zuerst zu suchen, in den Verbindungskorridoren aller möglichen Eingänge. Er würde zunächst in die Lobby zurückkehren, etwas suchen, auf dem er eine Notiz hinterlassen konnte und dann –

Bamm! Bamm! Bamm!

Schüsse, ganz in der Nähe, und die Echos verrieten, dass sie in der Tiefgarage fielen, gleich am Ende dieses Ganges. Leon riss die Magnum hervor und rannte auf die Tür zu. Wertvolle Sekunden vergingen, während er an dem demolierten Griff hantierte.

Der Gang war frei, abgesehen von der toten Verkehrspolizistin rechts von ihm auf dem Boden. Geradeaus befand sich der Eingang zur Tiefgarage. Leon eilte darauf zu und gemahnte sich, vorsichtig einzutreten, um nicht von einem in Panik geratenen Bewaffneten erschossen zu werden.

Lass dir Zeit, sieh dich genau um, bevor du dich bewegst, identifiziere dich laut und deutlich ...

Die Tür, die in die Wand zu seiner Rechten eingelassen war, stand offen, und als Leon einen Blick in den weiten Raum dahinter warf, sein Körper von der Betonwand geschützt, sah er etwas, das ihn so erschreckte, dass er den Schützen vergaß.

Der Hund ... Das ist derselbe gottverdammte Hund!

Unmöglich – aber das leblose Tier, das hingestreckt zwischen den aufgereihten Autos lag, sah genauso aus. Selbst aufgrund des flüchtigen Blickes, den er auf den schleimüberzogenen Dämon in Hundegestalt erhascht hatte, von dem er zehn Meilen vor der Stadt so erschreckt worden war, dass er ums Haar einen Unfall gebaut hätte, konnte er sagen, dass dieses Tier hier zumindest dem selben Wurf entstammte. Im flackernden Licht der Neonröhren, die die kalte, ölfleckige Garage erhellten, konnte Leon erkennen, wie abnorm es wirklich aussah.

Nichts schien sich zu bewegen, und außer dem Summen der Deckenleuchten war kein Laut zu hören. Die Magnum noch immer schussbereit haltend, trat Leon in die Garage, entschlossen, einen genaueren Blick auf die Kreatur zu werfen – da entdeckte er eine zweite neben einem geparkten Streifenwagen; sie war offenbar genauso tot. Beide lagen in klebrigen roten Lachen ihres eigenen Blutes und hatten ihre langen, wie gehäutet aussehenden Glieder gebrochen von sich gespreizt.

Umbrella, die Angriffe der wilden Tiere, die Seuche – wie lange läuft diese Scheiße schon? Und wie ist es ihnen gelungen, das Ganze zu verheimlichen, nach all den Morden?

Noch verwirrender war, dass Raccoon nicht schon von Militär wimmelte. Umbrella mochte ja imstande gewesen sein, seine Verwicklung in die Kannibalenmorde zu vertuschen, aber wie hatte man verhindert, dass die Einwohner von Raccoon Hilfe von außerhalb der Stadt herbeiriefen?

Und diese Hunde, sie gleichen sich wie Ebenbilder ... Noch etwas, das in den Umbrella-Labors erschaffen wurde?

Leon machte einen weiteren Schritt auf die toten Hundewesen zu und runzelte die Stirn; die düsteren Verschwörungstheorien, die sich in seinem Kopf formten, gefielen ihm nicht, aber er vermochte sie auch nicht zu ignorieren. Was ihm noch weniger gefiel, war das Aussehen der Flecken auf dem Betonboden – sie waren rostfarben, und es waren zu viele dieser getrockneten Spritzer, als dass er sie überhaupt hätte zählen können. Er beugte sich vor, um sie genauer zu betrachten, so erpicht darauf, seinen plötzlichen furchtbaren Verdacht auszuräumen, dass er den Schuss erst wahrnahm, als die Kugel bereits mit einem hohen, singenden Heulen an ihm vorbeijagte.

Bamm!

Leon drehte sich nach links, brachte die Magnum hoch, rief: „Feuer einstellen!" – und sah, wie der Schütze seine Waffe senkte. Es handelte sich um eine Frau in einem kurzen roten Kleid und schwarzen Leggings. Sie stand neben einem Van vor der Stirnwand und setzte sich nun in Bewegung, kam auf ihn zu, ihre schmalen Hüften wiegend, den Kopf hoch erhoben und die Schultern gestrafft. Als wäre dies hier eine Cocktailparty.

Leon fühlte einen Anflug von Ärger, dass sie so ruhig wirken konnte, nachdem sie ihn beinahe umgebracht hätte – doch als sie näherkam, entschied er, dass er ihr verzeihen wollte. Sie war schön, und ihr Ausdruck verriet echte Erleichterung darüber, ihn zu sehen – ein höchst willkommener Anblick nach so viel Tod.

„Tut mir leid", sagte sie. „Als ich die Uniform sah, dachte ich, Sie seien ein Zombie."

Sie war Halbasiatin, zartgliedrig, aber groß, ihr kurzes Haar von einem kräftigen, glänzenden Schwarz. Ihre tiefe, seidige Stimme war fast ein Schnurren, ein seltsamer Kontrast zu der Art und Weise, wie sie ihn ansah. Das leichte Lächeln schien die mandelförmigen Augen, mit denen sie ihn eingehend musterte, nicht zu erreichen.

„Wer sind Sie?", fragte Leon.

„Ada Wong." Wieder dieses kehlige Schnurren. Sie neigte, immer noch lächelnd, den Kopf zur Seite.

„Ich bin Leon Kennedy", erwiderte er wie aus einem Reflex

heraus, nicht sicher, wo er mit seinen Fragen weitermachen sollte. „Ich ... Was tun Sie hier unten?"

Ada nickte in Richtung des Vans, der sich hinter ihr befand – ein RCPD-Transporter, der den Zellentrakt blockierte. „Ich kam nach Raccoon, um einen Mann zu suchen, einen Reporter namens Bertolucci. Ich habe Grund zu der Annahme, dass er sich in einer der Zellen aufhält, und ich glaube, er könnte mir helfen, meinen Freund zu finden..." Ihr Lächeln verblasste, ihr scharfer, fast elektrisierender Blick traf den seinen. „Und ich glaube, er weiß über alles Bescheid, was hier passiert ist. Würden Sie mir bitte helfen, den Van aus dem Weg zu räumen?"

Wenn auf der anderen Seite der Garagenwand ein Reporter eingesperrt war, der ihnen irgendetwas erzählen konnte, wollte Leon ihn unbedingt treffen. Er wusste nicht recht, was er von Adas Geschichte halten sollte, konnte sich aber keinen Grund vorstellen, weshalb sie hätte lügen sollen. Das Revier war nicht sicher, und sie suchte nach Überlebenden, genau wie er.

„Ja, okay", sagte er. Er fühlte sich etwas überrumpelt von ihrer sanften und zugleich direkten Art. Es war, als habe sie die Kontrolle über diese Begegnung übernommen, mittels subtiler, aber bewusster Manipulation, die ihr die Führungsrolle eingetragen hatte – und angesichts der lässigen Art, wie sie sich umdrehte und zurück zum Van ging, als gebe es nicht den leisesten Zweifel daran, dass er ihr folgen würde, glaubte Leon, dass sie sich dessen sehr wohl bewusst war.

Sei nicht paranoid – es gibt *starke Frauen. Und je mehr Leute wir finden können, desto mehr Unterstützung hast du, um nach Claire zu suchen.*

Vielleicht war es an der Zeit aufzuhören, Pläne zu schmieden, und einfach zu versuchen, Schritt zu halten. Leon schob die Magnum ins Holster und folgte Ada. Er hoffte, dass sich der Reporter dort befand, wo sie ihn vermutete – und dass die Dinge allmählich einen Sinn ergeben würden, je früher, desto besser.

DREIZEHN

Sherry Birkin war fort, und Claire vermochte sich nicht in den Lüftungsschacht zu zwängen, um ihr zu folgen. Was oder wer auch immer da geschrien und das kleine Mädchen so fürchterlich erschreckt hatte, hatte sich nicht gezeigt, und Sherry kroch vielleicht immer noch verzweifelt durch einen dunklen, staubigen Tunnel. Offenbar hatte sie sich eine Zeit lang nahe dieses Rohres versteckt – es lagen leere Schokoriegelverpackungen herum, und eine muffige alte Decke war in die Öffnung gestopft. Das armselige kleine Versteck lag verborgen hinter drei aufgestellten Ritterrüstungen.

Als ihr klar geworden war, dass Sherry nicht wiederkommen würde, hatte Claire Irons' Büro aufgesucht, in der Hoffnung, dass er ihr sagen könnte, wohin der Schacht führte, doch Irons war weg – zusammen mit dem Leichnam der Bürgermeistertochter.

Claire stand in dem Büro, beobachtet von den stummen Glasaugen der morbiden Dekoration, und fühlte sich zum ersten Mal, seit sie in der Stadt angekommen war, wirklich unsicher. Sie hatte sich aufgemacht, um Chris zu suchen – doch das war nicht mehr ihr einziges Ziel. Jetzt musste sie außerdem Zombies ausweichen, mit Leon Kontakt aufnehmen und diesen unheimlichen Chief Irons meiden – und das alles in ziemlich genau dieser Reihenfolge. Doch in den wenigen Augenblicken zwischen der Begegnung mit dem kleinen Mädchen und jenem seltsamen, heulenden Schrei hatten sich ihre Prioritäten dramatisch verlagert. Ein Kind war in diesen

Albtraum verstrickt, ein süßes, kleines Mädchen, das glaubte, dass ihm ein Monster nachstelle.

Vielleicht stimmt es ja sogar. Wenn ich akzeptieren kann, dass es in Raccoon Zombies gibt, warum nicht auch Monster? Verdammt, warum nicht auch Vampire oder Killer-Roboter?

Sie wollte Sherry finden, wusste aber nicht, wie sie dies anfangen sollte. Sie wollte zu ihrem großen Bruder, hatte jedoch ebenso wenig eine Ahnung, wo *er* steckte – und sie fragte sich allmählich, ob er etwas über die Vorgänge in Raccoon wusste.

Als sie das letzte Mal mit ihm gesprochen hatte, war er ihren Fragen, warum die S.T.A.R.S.-Angehörigen suspendiert worden waren, ausgewichen und hatte darauf beharrt, dass kein Grund zur Sorge bestehe – dass er und das Team in Turbulenzen politischer Natur geraten seien und sich alles wieder einrenken würde. Claire war an sein Beschützergebaren gewöhnt, aber rückblickend betrachtet fragte sie sich: Hatte er nicht über das Normalmaß hinaus um das Thema herumgeredet? Und: S.T.A.R.S. hatte die Kannibalenmorde untersucht – es bedurfte keiner besonderen Fantasie, um die vergangene Fälle, in denen mörderische Fleischfresser am Werk gewesen waren, mit den gegenwärtigen Ereignissen in Verbindung zu bringen …

Und das bedeutet was? Dass Chris irgendeiner üblen Verschwörung auf die Schliche gekommen ist und es mir verheimlicht hat?

Sie wusste es nicht. Alles, was Claire wusste, war, dass sie nicht an seinen Tod glaubte – und dass die Suche nach Chris oder Leon momentan hinter der nach Sherry anstehen musste. So schlimm die Dinge auch lagen, Claire war nicht wehrlos – sie hatte eine Schusswaffe, sie verfügte über eine gewisse emotionelle Reife, und nach fast zwei Jahren, in denen sie täglich fünf Meilen gelaufen war, war sie in ausgezeichneter Form. Sherry Birkin allerdings konnte nicht älter als elf oder zwölf sein und schien in jeder Hinsicht zerbrechlich – angefangen mit dem Schmutz in ihrem blonden Koboldhaar bis hin zu der verzweifelten Angst in ihren großen blauen Augen, hatte sie Claires sämtliche Beschützerinstinkte geweckt –

Ein schwerer, hallender Stoß rumpelte durch die Decke und brachte den ausladenden Kronleuchter in Irons' Büro zum Zittern. Reflexhaft sah Claire nach oben und umfasste ihre Pistole fester. Es gab nichts zu sehen außer Holz und Verputz, und das Geräusch wiederholte sich nicht.

Irgendwas auf dem Dach ... aber was könnte ein Geräusch wie dieses verursacht haben? Ein Elefant, der aus einem Flugzeug abgeworfen wurde?

Vielleicht war es Sherrys Monster. Der furchtbare Schrei, den sie in Irons' privatem Ausstellungsraum gehört hatten, war durch ein Rohr oder den Kamin gedrungen; es war unmöglich, den Ursprungsort des Schreies zu bestimmen – aber er *könnte* auf dem Dach gelegen haben. Claire war nicht sonderlich scharf darauf, dem, was immer da auch geschrien hatte, zu begegnen, aber Sherry schien sicher gewesen zu sein, dass das Wesen sie verfolgte ...

Das hieße also: Finde den Schreihals, und du findest das Mädchen? Nicht gerade meine Vorstellung eines perfekten Planes, aber im Moment bleibt mir kaum etwas anderes übrig. Es könnte die einzige Möglichkeit sein, Sherry aufzustöbern.

Vielleicht rumorte ja auch Irons dort oben herum – und obwohl das Zusammentreffen mit ihm einen widerwärtigen Geschmack in ihrem Mund hinterlassen hatte, bereute Claire es, nicht versucht zu haben, mehr Informationen aus ihm herauszubekommen. Verrückt oder nicht, dumm jedenfalls war er ihr nicht vorgekommen; es mochte keine schlechte Idee sein, ihn wiederzufinden, wenigstens um ihm ein paar Fragen über das Lüftungssystem zu stellen.

Aber so lange sie nicht nachschaute, würde sie gar nichts in Erfahrung bringen. Claire wandte sich um und ging zu der Bürotür, die auf den äußeren Korridor hinausführte, wo sie das Hubschrauberfeuer gelöscht hatte. Der Rauch im angrenzenden Gang war dünner geworden, und trotzdem die Luft noch warm war, deutete nichts auf die Hitze eines neuerlich aufgeflammten Brandes hin. Wenigstens in diesem Punkt war sie also erfolgreich gewesen ...

Claire trat wieder hinaus auf den Hauptgang, mied den Blick auf das, was von dem Piloten übrig geblieben war und –

– und *kraa-ack!*

Sie erstarrte, als sie das gewaltige Splittern von Holz hörte, gefolgt von schweren Schritten einer Gestalt, die riesig sein musste und sich durch den Gang um die Biegung herum bewegte. Die dröhnenden Schritte klangen wohlüberlegt.

Der Typ muss 'ne Tonne wiegen, und, Jesus, *sag mir, dass das keine Tür war, die da zertrümmert wurde ...*

Claire warf einen Blick den schmalen Flur hinab zu Irons' Büro. Ihr Instinkt drängte sie zur sofortigen Flucht, ihr Verstand erinnerte sie daran, dass sie sich in einer Sackgasse befand, und noch während sie hin und her gerissen war zwischen ihren Gefühlen –

– trat der größte Mensch, den sie je gesehen hatte, in ihr Blickfeld, umflort von den dünnen Rauchschwaden, die durch den Flur trieben. Er trug einen langen, armeegrünen Mantel, der seine Größe noch betonte, und war so hochgewachsen wie ein NBA-Star – größer noch sogar und von entsprechend proportionierter Figur. Um seine Hüften war ein breiter Einsatzgürtel geschlungen, und obwohl Claire keine Waffen sah, konnte sie die Gewalttätigkeit in unsichtbaren Wellen von ihm ausgehen fühlen. Sie vermochte nur den kränklich weißen Schemen seines Gesichts ausmachen, den haarlosen, flachen Schädel – und ganz plötzlich war sie sicher, dass *er* das Monster war, ein Killer, dessen Fäuste in schwarzen Handschuhen steckten, jede so groß wie der Kopf eines Menschen ...

Schieß! Erschieß ihn!

Claire zielte, zögerte jedoch, aus Angst, einen schrecklichen Fehler zu begehen – bis das Wesen auf seinen baumstammdicken Beinen einen riesigen Schritt auf sie zumachte und sie das Knirschen sich unter seinen in Stiefeln steckenden Frankensteinfüßen durchbiegenden Holzes hörte, und bis sie die schwarzen Augen sah, schwarz und rot umrandet. Wie Lava gefüllte Gruben in einem unförmigen weißen Felsen, leer, aber alles andere denn blind, fand der

Blick der Kreatur den ihren – und eine der fleischigen Fäuste hob sich zu einer unmissverständlichen Drohung.

… schieß-schieß-schieß!

Claire drückte ab, einmal, zweimal, und sah die Einschläge – eines seiner Mantelrevers ging direkt unterhalb seines Schlüsselbeins in Fetzen, der zweite Schuss durchschlug seitlich seinen Hals –

– und doch machte er einen weiteren Schritt. Über seine groben Züge ging nicht einmal das Flackern eines Ausdrucks, die Faust hatte er noch immer erhoben, auf der Suche nach einem Ziel, nach etwas, das er zertrümmern konnte …

Das schwarze, rauchende Loch in seinem Hals blutete nicht.

Ach du SCHEISSE!

In einem Anflug adrenalingepeitschten Schreckens richtete Claire die Waffe auf das Herz der Kreatur und zog den Abzug wiederholt durch. Der Gigant tat noch einen Schritt, hinein in den Hagel explodierender Schüsse, auch jetzt, ohne zu zucken –

– und Claire verlor den Überblick über die Anzahl der Kugeln, die sie ihm entgegenpumpte, war außerstande zu glauben, dass das Ungeheuer immer noch auf sie zukam, nun kaum mehr drei, vier Schritte entfernt, während die Projektile in seine breite Brust hämmerten.

Dann klickte die Waffe nur noch, gerade als das Monster stehen blieb, von einer Seite zur anderen schwankend wie ein hohes Gebäude im Orkan. Ohne ihren entsetzten Blick von dem wankenden Riesen abzuwenden, zog Claire einen neuen Clip aus ihrer Weste und lud die Waffe neu, während ihr Hirn wie verrückt versuchte, diese wandelnde Missgeburt mit einem passenden Namen zu benennen.

Terminator, Frankenstein-Monster, Dr. Evil, Mr. X –

Was der Wahrheit auch am nächsten kommen mochte – die mehr als sieben Teilmantelgeschosse, die das Wesen in die Brust getroffen hatten, zeigten schließlich doch noch Wirkung. Lautlos kippte der Riese nach rechts, prallte schwer gegen die rauchgeschwärzte Wand und lehnte dann einfach da – klappte nicht zusammen, rührte sich aber auch nicht mehr.

Komische Haltung, aber das war's offenbar, er ist tot, wird nur noch von seiner eigenen Steifheit gehalten ...

Claire ging nicht näher heran, hielt die Waffe weiter auf den reglosen Koloss gerichtet. Hatte tatsächlich er geschrien? So stark und unmenschlich er auch aussah, glaubte sie es doch nicht – das war kein primitiver, tobender Dämon, der nach Blut brüllte. Mr. X war eher eine seelenlose Maschine, blutloses Fleisch, das Schmerzen zu ignorieren vermochte ... oder sie sogar begrüßte.

„Egal, jetzt ist er jedenfalls tot", flüsterte Claire, gleichermaßen, um sich zu beruhigen wie auch, um den unablässigen Strom nutzloser Gedanken zu kappen. Sie musste nachdenken, herausfinden, was dies bedeutete – dies war keine freakige Zombie-Mutation, also was zum Teufel *war* es dann? Warum fiel es nicht um? Sie hatte einen fast vollen Clip leergeschossen ...

... ob jemand die Schüsse gehört hatte? Würden Sherry oder Irons oder Leon oder wer auch immer sich noch im Revier befand, nach ihr suchen? Sollte sie bleiben, wo sie war?

Die Kreatur, die sie in Gedanken Mr. X getauft hatte, atmete nicht oder nicht mehr. Der muskulöse Körper war absolut regungslos, das Gesicht im Tod erstarrt. Claire biss sich auf die Unterlippe, stierte die immer noch in unmöglicher Weise dastehende, an der Wand lehnende Albtraumgestalt an, versuchte, durch die Konfusion ihrer Angst hindurch zu denken –

– und sah, wie sich die Augen des Hünen öffneten, glänzende schwarzrote Augen!

Ohne das geringste Zucken von Schmerz oder Anstrengung, stemmte sich Mr. X wieder in den aufrechten Stand, blockierte den Gang, und seine riesigen Fäuste hoben sich von neuem, sausten mit immenser Kraft durch die Luft. Seine langen Arme peitschten unmittelbar an Claire vorbei, als sie nach hinten taumelte. Der Schwung reichte aus, um seine gewaltigen Pranken in die gegenüberliegende Wand krachen zu lassen. Die Wucht begrub seine Fäuste, seine Unterarme steckten bis zur Hälfte im Holz und Verputz.

Ich ... das hätte ICH sein können!

Wenn sie zurück in Irons' Büro lief, würde sie in der Falle sitzen ... Ohne weiter darüber nachzudenken, setzte sich Claire in Bewegung, sprintete auf Mr. X zu. Sie flog förmlich an ihm vorbei, ihr rechter Arm streifte sogar seinen schweren Mantel, und ihr Herz übersprang einen Takt, als der Stoff über ihre Haut strich.

Sie rannte, warf sich nach links und spurtete den rauchigen Gang hinunter, wobei sie sich in Erinnerung zu rufen versuchte, was hinter dem Wartezimmer lag – und ebenso versuchte sie, die unmissverständlichen Geräusche von Bewegung hinter sich zu ignorieren, als Mr. X seine Arme wieder befreite.

Jesus, was ist das nur für ein DING?!

Claire erreichte das Wartezimmer, warf die Tür im Laufen hinter sich zu und entschied, dass sie darauf später eine Antwort zu finden versuchen würde. Sie rannte weiter und verbot sich, an irgendetwas anderes zu denken als daran, wie sie *noch* schneller um ihr Leben laufen konnte.

Ben Bertolucci befand sich in der letzten Zelle des Raumes, der am weitesten von der Garage entfernt war, und er pennte leise schnarchend auf einer Metallpritsche. Mit bewusst ausdrucksloser Miene entschied Ada, es Leon zu überlassen, ihn zu wecken. Sie wollte nicht übereifrig wirken, und wenn sie eines über Männer wusste, dann war es, dass sie leichter zu handhaben waren, wenn sie meinten, die Kontrolle innezuhaben. Mit einer Geduld, die sie nicht wirklich empfand, sah Ada zu Leon auf und wartete.

Sie hatten einen leeren Zwinger und einen gewundenen Betongang überprüft, bevor sie auf Bertolucci gestoßen waren, und obwohl die kalte, feuchte Luft nach Blut und Virusfäule stank, waren sie auf keinerlei Leichen getroffen – was seltsam war in Anbetracht des Massakers, von dem Ada wusste, dass es in der nasskalten Garage stattgefunden hatte. Sie dachte kurz daran, Leon zu fragen, ob er wüsste, was passiert war, befand dann aber, dass es besser wäre, möglichst wenig mit ihm zu reden; es brachte nichts, ihn sich an ihre Gegenwart gewöhnen zu lassen. Sie hatte die Einstiegsluke in dem Zwinger gesehen, rostig und in einer dunklen Ecke in den Boden eingelassen, und befriedigt festgestellt, dass in einem offenen Regal in der Nähe eine Brechstange lag. Und nun, da Bertolucci schlafend vor ihnen lag, hatte Ada das Gefühl, dass die Dinge endlich in Gang kamen.

„Lassen Sie mich raten", sagte Leon laut und streckte die Hand aus, um mit dem Griff seiner Pistole gegen das Metallgitter zu klopfen. „Sie müssen Bertolucci sein, stimmt's? Stehen Sie auf, *los!*"

Bertolucci ächzte und setzte sich langsam auf, wobei er sich das stoppelbärtige Kinn rieb. Ada hätte am liebsten gelächelt, als er müde und stirnrunzelnd in ihre Richtung blickte; er sah beschissen aus – seine Kleidung war zerknittert, sein strähniger Pferdeschwanz zerfranst.

Aber seine Krawatte trägt er immer noch. Der arme Trottel meint wahrscheinlich, damit sieht er eher wie ein richtiger Reporter aus ...

„Was wollen Sie? Ich versuch hier zu schlafen." Er klang mürrisch, und Ada musste abermals ein Lächeln unterdrücken. Geschah ihm ganz recht, nachdem es so schwer gewesen war, ihn überhaupt zu finden.

Leon warf Ada einen Blick zu. Er wirkte leicht verunsichert. „Ist das der Kerl?"

Sie nickte, und ihr wurde klar, dass Leon den Reporter wahrscheinlich für einen Gefangenen hielt. Ihre Worte würden ihn von dieser Meinung sehr schnell abbringen, aber sie wollte nicht, dass Leon mehr erfuhr, als nötig war; sie musste mit Bedacht sprechen.

„Ben", sagte sie und ließ in ihrem Ton einen Hauch von Verzweiflung mitklingen. „Sie sagten den Verantwortlichen der Stadt, dass Sie etwas darüber wüssten, was hier vorgeht, richtig? Was haben Sie ihnen erzählt?"

Bertolucci stand auf und sah sie an. Seine Lippen verzogen sich. „Und wer zum Teufel sind Sie?"

Ada tat so, als hätte sie es nicht gehört, und steigerte ihre gespielte Verzweiflung noch, aber nur um eine winzige Nuance. Sie wollte die Rolle des hilflosen Weibchens nicht übertreiben, das hätte der Tatsache widersprochen, dass sie so lange überlebt hatte.

„Ich versuche, einen … Freund von mir zu finden, John Howe. Er arbeitete in einer Zweigstelle von Umbrella in Chicago, aber er verschwand vor ein paar Monaten – und ich hörte gerüchteweise, dass er hier sein soll, in dieser Stadt …"

Sie verstummte, beobachtete Bertoluccis Gesicht. Er wusste etwas, keine Frage – aber sie glaubte nicht, dass er damit herausrücken würde.

„Ich weiß gar nichts", erwiderte er schroff. „Und selbst wenn – warum sollte ich es Ihnen erzählen?"

Wenn der Cop nicht hier wäre, würde ich ihn vermutlich einfach erschießen.

Nein, das hätte sie wahrscheinlich nicht getan; Ada tötete nicht einfach so zum Spaß. Außerdem glaubte sie, dass sie ihm sein Wissen mittels einer ihrer überzeugenderen Methoden hätte entlocken können – wenn ihr weiblicher Charme nicht zog, blieb immer noch ein Schuss in die Kniescheibe. Dummerweise konnte sie aber nichts unternehmen, solange Officer Leon dabei war. Sie hatte das Zusammentreffen mit ihm nicht eingeplant gehabt, aber im Augenblick zumindest hatte sie ihn eben am Hals.

Der Cop war offensichtlich nicht zufrieden mit den Antworten des Reporters. „Okay, ich würde sagen, wir lassen ihn da drin", knurrte er, womit er zwar Ada ansprach, dabei jedoch Bertolucci mit unverhohlenem Ärger musterte.

Bertolucci lächelte schief, griff in eine seiner Taschen und zog einen Bund silberglänzender Zellenschlüssel hervor. Ada war nicht überrascht, Leon allerdings wirkte noch verärgerter.

„Ist mir recht", sagte Bertolucci selbstgefällig. „Ich hab sowieso nicht vor, diese Zelle zu verlassen. Ist das sicherste Fleckchen im ganzen Gebäude. Hier laufen nicht nur Zombies herum, das können Sie mir ruhig glauben."

Die Art und Weise, wie er das sagte, überzeugte Ada, dass sie ihn wahrscheinlich doch würde töten müssen. Trents Anweisungen waren eindeutig – wenn Bertolucci irgendetwas über Birkins Arbeit am G-Virus wusste, musste er beseitigt werden; warum genau, das wusste sie nicht, aber so lautete nun einmal ihr Auftrag. Wenn sie nur ein paar Augenblicke mit ihm allein sein könnte, würde sie herausfinden, wie viel er wirklich wusste.

Die Frage war nur: Wie sollte sie das schaffen? Leon wollte sie nicht erschießen; es gehörte zu ihren Regeln, keine Unschuldigen zu töten – und außerdem mochte sie Cops. Sie waren nicht unbedingt der hellste Haufen, aber jeder, der einen Beruf ergriff, in dem er sein Leben aufs Spiel setzen musste, hatte ihre Hochachtung. Und Leon hatte einen ausgezeichneten Geschmack, was Waffen anging – die Desert Eagle war ein Spitzenmodell …

Warum also nach Scheinbegründungen suchen? Ich hänge ihn ab und kehre dann auf einem Umweg zurück, das heißt ja nicht, dass ich weich werde –

„GGRRAAAAHHH!"

Ein brutaler, unmenschlicher Schrei schnitt durch die angespannte Stille. Ada schnappte sich ihre Beretta, fuhr herum und zielte auf das offene Tor, das zurück in den leeren Bereich des Zellenblocks führte. Was es auch war, das da gebrüllt hatte, es befand sich irgendwo im Keller …

„Was war das?", keuchte Leon hinter ihr, und Ada wünschte, sie hätte die Antwort gewusst. Das immer noch widerhallende Echo des wütenden Schreies glich nichts, was sie je gehört hatte – und nichts, was sie je zu hören erwartet hatte, obwohl sie über die Umbrella-Forschungen Bescheid wusste.

„Wie gesagt, ich verlasse diese Zelle nicht", sagte Bertolucci mit leicht brüchiger Stimme. „Und jetzt verschwindet von hier, bevor ihr es noch zu mir lockt!"

Jämmerlicher Feigling!

„Hören Sie, ich bin vielleicht der einzige Cop, der in diesem Gebäude noch am Leben ist …", sagte Leon, und etwas an der Mischung aus Angst und Stärke in seinem Ton veranlasste Ada, ihm einen Blick zuzuwerfen. Die blauen Augen des Officers waren auf Bertolucci fixiert, scharf und unerbittlich.

„… wenn Sie also überleben wollen, sollten Sie mit uns kommen."

„Vergessen Sie's", schnappte Bertolucci. „Ich bleib hier, bis die Kavallerie aufkreuzt – und wenn ihr schlau seid, tut ihr dasselbe."

Leon schüttelte den Kopf. „Es könnte Tage dauern, bis jemand kommt. Unsere beste Chance besteht darin, einen Fluchtweg aus Raccoon zu finden – und Sie haben diesen Schrei gehört. Wollen Sie wirklich Besuch bekommen von … von was auch immer ihn ausgestoßen hat?"

Ada war beeindruckt: Irgendein Umbrella-Freak konnte jeden Augenblick auf sie zugetorkelt kommen, und Leon versuchte tatsächlich, die wertlose Haut dieses abgehalfterten Reporters zu retten!

„Das Risiko geh ich ein", erwiderte Bertolucci. „Viel Glück beim Fluchtversuch, ihr werdet es brauchen …"

Der zerzauste Reporter trat ans Gitter, sein Blick pendelte zwischen ihnen hin und her, dann fuhr er sich mit einer Hand über das fettige Haar.

„Hört zu", sagte er mit weicherer Stimme als zuvor. „Im hinteren Teil des Gebäudes ist ein Zwinger mit einer Einstiegsluke drin, durch die man in die Kanalisation gelangt. Das ist wahrscheinlich der schnellste Weg aus der Stadt hinaus."

Ada seufzte innerlich. Großartig – das war's also mit ihrem Geheimweg zum Labor. Wenn sie Leon jetzt abhängte, würde er etwa fünf Minuten brauchen, um sie wiederzufinden.

Du kannst ihn immer noch umbringen, wenn es so weit kommt. Oder … du kannst dafür sorgen, dass er sich in der Kanalisation verirrt, und dann zu Bertolucci zurückkehren, während er den Weg für dich *freiräumt.*

Im Gegensatz zu Bertolucci wollte sie dem, was immer da geschrien hatte, nicht über den Weg laufen – und jetzt, da sie wusste, dass er hierbleiben würde, war es nur der nächste logische Schritt, den Cop fortzulocken.

Was tu ich nicht alles, um unnötiges Blutvergießen zu vermeiden …

„Na schön, ich geh und seh's mir an", sagte sie, und ohne Leons

Erwiderung abzuwarten, drehte sie sich um und lief auf das Tor zu.

„Ada! Ada, warte!"

Sie ignorierte ihn, eilte an den leeren Zellen vorbei und zurück in den kühlen Gang, erleichtert, dass der Durchgang immer noch frei war – und sie fühlte sich ein klein wenig entnervt ob ihres plötzlichen Widerstrebens, die Situation zu vereinfachen. Die Sache wäre viel leichter gewesen, wenn sie sich der beiden entledigt hätte, eine Entscheidung, die auszuführen sie unter anderen Umständen kaum gezögert hätte. Aber der Tod stand ihr bis obenhin – Umbrella stand ihr bis obenhin. Es widerte sie an, was diese Leute getan hatten; sie würde den Cop nicht umlegen, wenn es nicht sein musste.

Und *wenn* es sein musste, wenn es darauf hinauslief, entweder einen Unschuldigen zu opfern oder ihren Auftrag abzuschließen?

Dass sie es fertigbrachte, sich diese Frage überhaupt zu stellen, verriet ihr mehr über ihren Gemütszustand, als sie sich eingestehen wollte. Ada erreichte die Tür zum Zwinger, holte tief Luft, vertrieb alles quälende Gefühl aus ihrem Denken und trat hinein, um auf Leon Kennedy zu warten.

VIERZEHN

So schön ... Selbst im Tod war Beverly Harris noch von umwerfender Schönheit, doch Irons konnte es nicht riskieren, dass sie aufwachte, so lange er nicht auf sie Acht gab. Vorsichtig verstaute er sie in dem Schrank unter dem Spülbecken und verriegelte ihn. Er schwor sich, dass er sie herausholen würde, sobald er mehr Zeit hatte. Sie würde das erlesenste Tier sein, das ihm je unter die Finger gekommen war, wenn er sie erst einmal ordentlich präpariert und in Pose gebracht hatte, für die Ewigkeit konserviert ... ein wahr gewordener Traum.

Falls ich die Zeit habe. Falls mir überhaupt noch Zeit bleibt.

Irons wusste, dass er sich einmal mehr selbst bemitleidete, aber es war niemand sonst zum Bedauern da, niemand, der das schiere Ausmaß all dessen, was er durchgemacht hatte, hätte bestaunen können. Er fühlte sich schrecklich – traurig und wütend und allein –, aber er hatte auch das Gefühl, dass die Dinge endlich klar geworden waren. Er wusste jetzt Bescheid, wusste, warum man ihm so zusetzte, und diese Erkenntnis hatte ihm Klarheit verschafft – so deprimierend die Wahrheit auch sein mochte, er war zumindest nicht mehr orientierungslos.

Umbrella. Eine Umbrella-Verschwörung, um mich zu vernichten, die ganze Zeit schon ...

Irons saß auf dem ramponierten, fleckigen Tisch im Sanktuarium, seinem ganz speziellen, privaten Ort, und fragte sich, wie lange es dauern würde, bis die junge Frau kam, um ihn zu holen. Die mit dem sportlichen Körper, die sich geweigert hatte, ihm ihren Namen zu verraten. In gewisser Weise war sie verantwortlich für seine neu gewonnene Klarheit, eine Ironie, die er nicht umhin kam zu begrüßen – es war ihr plötzliches Auftauchen gewesen, das ihm die Augen für die Wahrheit geöffnet hatte.

Sie würde ihn natürlich finden; sie war eine Umbrella-Spionin, und Umbrella hatte ihn offenbar schon seit einiger Zeit beobachtet. Wahrscheinlich hatten sie Listen, die seinen ganzen Besitz aufführten, ganze Bände psychologischer Gutachten, sogar Kopien seiner Steuerbescheide. Es ergab alles Sinn, jetzt, da er etwas Zeit zum Nachdenken gehabt hatte. Er war der mächtigste Mann in Raccoon, und Umbrella hatte seinen Niedergang geplant, jeden Stich in den Rücken arrangiert, um ihn in größtmögliche Agonie zu stürzen.

Irons starrte auf seine Schätze, die Werkzeuge und Trophäen, die auf den Regalen vor ihm standen, fühlte jedoch nichts von dem Stolz, den sie normalerweise in ihm auslösten. Die polierten Knochen waren einfach etwas zum Betrachten, während seine Gedanken arbeiteten, ganz versunken in Umbrellas Verrat.

Vor Jahren, als er angefangen hatte, Geld zu nehmen, um die Augen vor den Machenschaften des Unternehmens zu verschließen, war alles anders gewesen – damals hatte es sich um eine politische Angelegenheit gehandelt. Er hatte eine Nische finden müssen in dem Machtgefüge, das Raccoon insgeheim beherrschte. Und lange Zeit war alles glatt gegangen – seine Karriere war nach Plan verlaufen, er hatte sich den Respekt der Offiziellen und der Bürger gleichermaßen verdient, und zum größten Teil hatten sich seine Investitionen bezahlt gemacht. Das Leben war gut gewesen.

Und dann kam Birkin. William Birkin mit seiner neurotischen Frau und dem gemeinsamen Balg ...

Nach dem Ausbruch auf dem Spencer-Anwesen hatte Irons sich beinahe selbst eingeredet gehabt, dass die S.T.A.R.S.-Mitglieder, dieser gottverdammte Captain Wesker inbegriffen, Schuld trugen an dem ganzen Ärger, inzwischen allerdings war ihm klar geworden, dass schon die Ankunft von Birkin und seiner Familie fast ein

Jahr zuvor die Lawine ins Rollen gebracht hatte; die Zerstörung des Spencer-Labors hatte die Dinge lediglich noch beschleunigt. Umbrella hatte vermutlich an dem Tag begonnen, ihn ins Auge zu fassen, als er das Pech gehabt hatte, Birkin kennenzulernen – zuerst mochten sie ihn nur beobachtet, Wanzen versteckt und Kameras installiert haben. Die Spione hatte man erst später auf ihn angesetzt ...

Die Birkins waren nach Raccoon gekommen, damit William sich auf die Entwicklung einer höherentwickelten Synthese des T-Virus konzentrieren konnte, basierend auf der Forschung, die man im Spencer-Labor betrieben hatte. So eigenartig und unangenehm William bisweilen sein konnte, hatte Irons ihn doch von Anfang an gemocht. Birkin war Umbrellas Wunderkind gewesen, aber wie Irons war er nicht der Typ, der mit seiner Position prahlte; William war ein bescheidener Mann, nur daran interessiert, seinen eigenen Möglichkeiten gerecht zu werden. Sie waren beide zu beschäftigt gewesen, um wirklich Freundschaft zu schließen, aber sie hatten einander respektiert. Irons hatte oft das Gefühl gehabt, dass William zu ihm aufschaute ...

... und mein Fehler war es, das zuzulassen. Zuzulassen, dass mein Respekt für ihn meine Instinkte umnebelte, mich daran hinderte zu bemerken, dass ich die ganze Zeit über unter Beobachtung stand.

Der Verlust des Spencer-Labors hatte hohe Wellen geschlagen in der Umbrella-Hierarchie, und nur ein paar Tage nach der Explosion war Annette Birkin mit einer Nachricht ihres Mannes an Irons herangetreten – mit einer Nachricht und der Bitte um einen Gefallen. Birkin hatte sich gesorgt, dass Umbrella die neue Synthesis, das G-Virus, verlangen würde, ehe er damit fertig war. Scheinbar war er mit der praktischen Anwendung seiner vorherigen Arbeit höchst unzufrieden gewesen; Umbrella hatte ihn den Replikationsprozess nicht perfektionieren lassen oder so – Irons erinnerte sich nicht genau. Und da Umbrella nun versuchte, den finanziellen Schlag, den der Spencer-Verlust bedeutete, auszugleichen, hatte Birkin befürchtet, dass sie die Integrität des ungetesteten Virus' kompromittieren könnten. Durch Annette hatte Birkin um Unterstützung gebeten – und Irons einen zusätzlichen finanziellen Anreiz geboten, der Fairness halber. Für Hunderttausend hatte Irons lediglich helfen müssen, das Geheimnis des G-Virus zu wahren – kurzum, nach Umbrella-Spionen Ausschau zu halten und die überlebenden S.T.A.R.S.-Leute im Auge zu behalten und dafür zu sorgen, dass sie nicht noch mehr von Umbrellas geheimen Forschungen „aufdeckten".

Das war's. Hunderttausend Dollar, und ich passte ja ohnehin schon auf meine kleine Stadt auf und beobachtete diesen rebellischen kleinen Haufen von Unruhestiftern. Leicht verdientes Geld mit der Aussicht auf mehr, wenn alles wie geplant geklappt hätte. Nur war es eben eine Falle, eine Umbrella-Falle ...

Irons war hineingetappt, und da hatte Umbrella angefangen, gegen ihn zu intrigieren – die gesammelten Informationen zu benutzen, um sein Schicksal zu besiegeln. Wie sonst hätte alles so schnell schieflaufen können? Die S.T.A.R.S.-Typen waren verschwunden, dann Birkin – und ehe Irons auch nur die Chance gehabt hatte, die Lage zu erfassen, hatten die Angriffe wieder begonnen. Er hatte ja kaum Zeit gehabt, Raccoon abzuriegeln, bevor alles den Bach hinuntergegangen war.

Und alles nur, weil ich einem Freund half – zum Wohle des Unternehmens, nicht weniger. Wie tragisch.

Irons stand auf und ging langsam um den Schneidetisch herum. Gedankenverloren fuhr er mit den Fingerspitzen die Dellen und Kratzer im Holz nach. Hinter jedem dieser Male stand eine Geschichte, eine Erinnerung an eine Vollendung – doch erneut vermochte er daraus keinen Trost zu schöpfen. Die kühle, stille Atmosphäre des Sanktuariums hatte ihn früher stets beruhigt, hier übte er seine Passion aus, hier konnte er ganz er selbst sein – aber es gehörte ihm nicht mehr. Nichts gehörte ihm mehr. Umbrella hatte ihm alles weggenommen, genau wie sie seine Stadt genommen hatten. War es so weit hergeholt zu schlussfolgern, dass sie ihr Virus freisetzen würden, um ihn zu kriegen, um ihn in die Knie zu zwingen – und dann dieses spärlich bekleidete, braunhaarige Mädchen zu schicken, um es ihm vor die Nase zu halten? Weshalb sonst war sie so attraktiv? Sie kannten seine Schwächen und nutzten sie aus, versuchten ihm selbst das letzte bisschen Anstand zu verwehren ...

Und bald wird sie mich holen kommen, wird sich vielleicht immer noch unwissend stellen, immer noch versuchen, mich mit ihrer gespielten Hilflosigkeit zu verführen. Eine Umbrella-Mörderin, eine Spionin und Diebin, das ist es, was sie ist, wahrscheinlich lacht sie über mich hinter ihrem hübschen Gesicht!

Vielleicht *war* der Ausbruch ein Unfall gewesen; bei ihrer letzten Begegnung hatte William Birkin unsicher gewirkt, paranoid und erschöpft, und Unfälle ereigneten sich selbst unter den sichersten Umständen. Aber der Rest war Fakt – es gab keine andere Erklärung dafür, wie gründlich Irons ruiniert worden war. Diese Frau *würde* kommen, um ihn zu holen. Sie arbeitete für Umbrella und war geschickt worden, um ihn zu ermorden. Und damit würde sie nicht aufhören, oh nein – sie würde Beverly finden und sie ... sie irgendwie *schänden*, nur um sicher zu stellen, dass nichts übrig bliebe, was ihm etwas bedeutete.

Irons schaute sich in dem kleinen, sanft erhellten Raum um, der einmal ihm gehört hatte, blickte wehmütig auf die abgenutzten Werkzeuge und das Mobiliar. Aus den schroffen Steinwänden drangen die süßen, vertrauten Düfte von Desinfektionsmitteln und Formaldehyd.

Mein Sanktuarium – meines!

Er nahm die Pistole auf, die auf seinem Spezial-Arbeitstisch lag, die VP70, die immer noch ihm gehörte, und spürte, wie ein bitteres Lächeln seine Lippen kräuselte. Sein Leben war vorbei, das wusste er jetzt. Diese ganze Angelegenheit hatte mit Birkin begonnen und würde hier enden, durch seine eigene Hand. Aber noch nicht jetzt.

Diese Frau würde kommen, um ihn zu holen, und er würde sie töten, bevor er sich endgültig von Beverly verabschiedete – ehe er seine Niederlage eingestand, indem er sich die Kugel gab. Doch er würde dafür sorgen, dass sie zunächst noch sein Leid begriff. Für jede Qual, die er erlitten hatte, würde diese Frau bezahlen. Die

Rechnung würde mit Blut beglichen und mit so viel Schmerzen, wie er ihr nur zufügen konnte.

Er würde sterben, aber nicht allein. Und nicht ohne die Frau vor Agonie schreien zu hören, zu hören, wie sie dem Tod seiner Träume eine Stimme gab – eine Stimme so klar und wahrhaftig, dass die Echos selbst die schwarzen Herzen der Umbrella-Führer erreichen würden, von denen er verraten worden war.

Das S.T.A.R.S.-Büro war leer, ein wüstes Durcheinander, kalt und staubig, und doch sträubte sich Claire, es zu verlassen. Nach ihrer schrecklichen Flucht durch die leichenübersäten Flure des ersten Stockwerks hatte ihr die Entdeckung des Büros, in dem ihr Bruder seine Arbeitstage zubrachte, ein Gefühl der Erleichterung verschafft. Mr. X war ihr nicht gefolgt, und obwohl sie immer noch bestrebt war, Sherry zu helfen und Leon zu finden, hielt es sie weiterhin hier. Sie hatte Angst, in die leblosen Gänge zurückzutauchen – und sie zögerte, den einzigen Ort zu verlassen, der sich nach Chris anfühlte.

Wo bist du, großer Bruder? Und was soll ich tun? Zombies, Feuer, Tod, dein komischer Chief Irons und dieses kleine Mädchen … Und gerade, als ich dachte, die Sache könnte nicht mehr verrückter werden, stehe ich Dem-Ding-das-nicht-sterben-wollte gegenüber, dem Freak, vor dem alle Freaks verblassen. Wie soll ich das durchstehen?

Sie saß an Chris' Schreibtisch und blickte auf den schmalen Streifen Schwarzweißfotos, den sie in der untersten Schublade gefunden hatte. Die vier Bilder zeigten sie beide, grinsend und Grimassen schneidend, ein Fotoautomaten-Memento an die Woche, die sie beide voriges Weihnachten in New York verbracht hatten. Als sie den Streifen fand, hätte Claire zunächst fast geweint, all die Angst und Verwirrung, die sie bislang zurückgehalten hatte, drängten beim Anblick seines Lächelns, das sie so liebte, endlich heraus – doch je länger sie ihn ansah, sie beide, wie sie lachten und Spaß hatten, desto besser fühlte sie sich. Nicht glücklich oder auch nur okay und um keinen Deut weniger ängstlich vor dem, was da noch kommen mochte – nur besser. Ruhiger. Stärker. Sie liebte ihren Bruder und wusste, dass er, wo er auch sein mochte, sie ebenfalls liebte – und wenn sie es geschafft hatten, den Verlust ihrer Eltern zu überstehen, sich ein eigenes Leben aufzubauen und einen albernen Weihnachtsurlaub miteinander zu verbringen, weil sie kein richtiges Zuhause zum Feiern hatten, dann konnten sie alles schaffen. *Sie* konnte es schaffen.

Ich kann und werde es schaffen. Ich werde Sherry und Leon finden und, so Gott will, meinen Bruder – und wir werden es schaffen, aus Raccoon rauszukommen.

Die Wahrheit war, dass ihr gar keine Wahl blieb – aber sie musste erst den Prozess durchmachen, ihren Mangel an Optionen zu akzeptieren, ehe sie handeln konnte. Sie hatte einmal gehört, dass wahre Tapferkeit nicht die Abwesenheit von Angst sei, sondern vielmehr darin bestünde, die Angst zu akzeptieren und trotzdem zu tun, was nötig war – und nachdem Claire sich einen Moment hingesetzt und über Chris nachgedacht hatte, glaubte sie sich genau dazu imstande.

Sie holte tief Luft, schob die Fotos unter ihre Weste und stand auf. Sie wusste nicht, wohin Mr. X gegangen war, aber er war ihr nicht wie der Typ vorgekommen, der nur so herumstand und wartete. Sie würde in Irons' Büro zurückkehren, um nachzusehen, ob Sherry zurückgekommen war – oder Irons. Falls auch besagter Mr. X sich dort aufhielt, konnte sie ja immer noch abhauen.

Außerdem hätte ich sein Büro durchsuchen sollen, um etwas über die S.T.A.R.S.-Leute zu finden. Hier gibt es nichts, was mir irgendeinen Hinweis geben könnte ...

Im Stehen warf Claire einen letzten Blick in die Runde und wünschte, dass ihr das S.T.A.R.S.-Büro ein bisschen mehr an Ausrüstung oder Informationen geboten hätte. Das einzig Nützliche, das sie gefunden hatte, war eine ausrangierte Gürteltasche in dem Schreibtisch, der hinter dem von Chris stand; darin fand sie eine abgelaufene Büchereikarte, der zufolge es Jill Valentines Arbeitsplatz sein musste. Claire hatte Jill nie kennengelernt, aber Chris hatte sie ein paarmal erwähnt und gesagt, dass sie gut mit Waffen umgehen könne ...

Zu dumm, dass sie keine dagelassen hat.

Das Team hatte nach der Suspendierung offenbar alles Wichtige aus dem Büro geräumt. Es befand sich jedoch noch eine überraschend große Zahl persönlicher Dinge hier, gerahmte Fotos, Kaffeetassen und dergleichen. Barrys Schreibtisch hatte Claire gleich anhand des halbfertigen Waffenmodells aus Plastik darauf erkannt. Barry Burton war einer von Chris' engsten Freunden, ein riesenhafter, freundlicher Bär von einem Mann und ein regelrechter Waffennarr. Claire hoffte, dass er bei Chris war, wo dieser auch stecken mochte, und ihm den Rücken freihielt. Mit einem Raketenwerfer.

Apropos ...

Zusätzlich zu allem anderen musste sie eine andere Waffe finden oder mehr Munition für die Neunmillimeter. Sie hatte noch dreizehn Schuss übrig, ein volles Magazin, und wenn das aufgebraucht war, würde sie aufgeschmissen sein. Vielleicht sollte sie auf dem Rückweg zum Ostflügel ein paar der Leichen durchsuchen. Selbst auf ihrer panischen Flucht hatte sie feststellen können, dass einige von ihnen Cops waren, und ihre eigene Pistole war eine der RCPD-Standardwaffen. Die Vorstellung, einen der Toten zu berühren, gefiel Claire zwar überhaupt nicht, aber dass ihr die Munition ausging, war noch deutlich weniger erstrebenswert – vor allem, da Mr. X umherstreifte.

Claire ging zur Tür, drückte sie auf und versuchte, ihre Gedanken zu ordnen, als sie wieder hinaus in den trüben Flur trat. Das Büro zu verlassen versetzte ihrer Entschlossenheit einen Dämpfer. Als sie die Tür hinter sich zudrückte, musste sie ein Schaudern unterdrücken in Anbetracht des immer noch sehr lebendigen Bildes in ihr von Mr. X. Plötzlich kam sie sich wieder verletzlich vor. Sie wandte sich nach rechts und strebte der Bibliothek zu, beschloss, nicht an den Riesen zu denken, bis es unbedingt sein musste – nicht in der Erinnerung an diese leeren, unmenschlichen Augen zu verweilen oder daran, wie er seine schreckliche Faust erhoben hatte, besessen davon, alles, was sich in seinem Weg befand, zu zerstören ...

Jetzt hör schon endlich auf damit. Denk an Sherry, denk daran, dir Munition zu besorgen, verdammt noch mal, oder wie du mit Irons umgehen wirst, wenn du ihn findest. Denk drüber nach, wie du am Leben bleiben kannst.

Direkt voraus knickte der dunkle, holzverkleidete Gang wieder nach rechts ab, und Claire versuchte, sich für die vor ihr liegende Aufgabe zu wappnen. Wenn ihre Erinnerung sie nicht trog, lag gleich um die Ecke ein toter Cop –

Als ob ich das nicht schon aufgrund des Gestanks wüsste!

– und sie würde ihn durchsuchen müssen. Er hatte nicht allzu eklig ausgesehen, jedenfalls war ihr das nicht aufgefallen ...

Claire bog um die Ecke und gefror stieren Blickes in der Bewegung. Ihr Magen verkrampfte sich, verriet ihr, dass sie in Gefahr war, bevor es ihre Sinne vermochten. Der Leichnam, über den sie auf dem Weg zum S.T.A.R.S.-Büro hinweggesprungen war, war jetzt nurmehr eine blutige Masse aus Fleisch, gebrochenen Gliedern und zerfetzter Uniform. Der Kopf war verschwunden – es war jedoch unmöglich zu sagen, ob er entfernt oder lediglich zu unkenntlichem Brei zermatscht worden war. Es sah aus, als habe jemand den Toten mit einem Vorschlaghammer oder einer Axt bearbeitet – in der kurzen Zeit, seit Claire zuletzt hier vorbeigekommen war, und ihn zu einer klumpigen Masse zerstampft.

Aber wenn, dann wie? Ich habe nichts gehört –

Etwas bewegte sich. Ein Schatten fiel über die zermalmten Überreste etwa sechs oder sieben Schritte vor ihr, und gleichzeitig vernahm Claire ein seltsam kratzendes Geräusch. Atmen.

Sie schaute auf, noch immer nicht sicher, was sie da sah oder hörte – das krächzende Atmen und das Ticken von dicken, gebogenen, krallenbewehrten Klauen auf Holz, die Krallen eines Wesens, das es nicht geben konnte. Es war von der Größe eines ausgewachsenen Menschen, aber damit endete jede Ähnlichkeit auch schon – das *Ding* war so unmöglich, dass Claire es nur überaus eingeschränkt wahrnehmen konnte; ihr Verstand weigerte sich, die Puzzleteile zusammenzufügen: Das entzündete, ins Violette spielende Fleisch der nackten, langgliedrigen Kreatur, die sich an der Decke festklammerte. Das aufgedunsene, grauweiße Gewebe des teilweise freiliegenden Hirns. Die narbengesäumten Löcher, wo die Augen hätten sein sollen ...

Das seh ich nicht wirklich!

Der abgerundete Kopf der Kreatur kippte nach hinten, das breite Maul öffnete sich, ein zäher Strom dunklen Geifers ergoss sich daraus und spritzte über das, was von dem Cop noch übrig war. Das Wesen streckte seine Zunge heraus, aalartig und rosafarben; die raue Oberfläche schimmerte feucht, als sie hervorglitt. Weiter und immer weiter entrollte sich diese schlangenhafte Zunge, peitschte von einer Seite zur anderen und war schließlich so lang, dass sie tatsächlich durch das verheerte Fleisch der Leiche schleifte.

Immer noch wie gelähmt, sah Claire in entsetzter Ungläubigkeit mit an, wie diese unglaubliche Zunge zurückschnellte. Blutströpfchen flogen durch die Luft. Der ganze Vorgang hatte nur eine Sekunde gedauert, doch die Zeit kroch nur noch dahin, und Claires Herz schlug so schnell, dass alles andere ihr wie Zeitlupe vorkam – auch wie sich die Kreatur auf den hölzernen Boden niederließ, wobei ihr Körper sich in der Luft drehte, sodass sie in kauernder Haltung auf dem kaum noch kenntlichen Polizisten landete.

Abermals öffnete das Wesen sein Maul und schrie –

– und endlich war Claire wieder in der Lage, sich zu bewegen, und während das bizarre, hallende Kreischen aus dem Ungeheuer hervorbrach, schaffte sie es, ihre Waffe in Anschlag zu bringen und zu schießen. Das Donnern von Neunmillimeter-Schüssen überlagerte das Heulen, das durch den schmalen Flur hallte.

Bamm-bamm-bamm ...!

Und nach wie vor schauderhaft trompetend und kreischend, wurde die Kreatur nach hinten geworfen und ruderte mit ihren klauenbesetzten Armen. Die krampfhaft zuckenden Beine wirbelten blutige Brocken des ausgeweideten Leichnams hoch. Claire sah ein ausgefranstes Stück Kopfhaut, an dem noch ein Ohr hing, durch den Flur fliegen und mit einem feuchten Klatschen gegen die Wand prallen, wo es zu Boden rutschte.

Und die Kreatur brachte ihre Beine irgendwie unter sich und plumpste wie ein knochenloser Haufen vorwärts. Spinnenhaft kam sie auf Claire zu, rasend schnell, schlug ihre entsetzlichen Krallen in den Holzboden und heulte auf.

Claire schoss abermals. Es war ihr nicht bewusst, dass sie ebenfalls zu schreien begonnen hatte, als drei weitere Kugeln in das huschende Ding schlugen und durch die graue Hirnsubstanz pflügten, die aus dem offenen Schädel hervortrat. Sie würde sterben, „es" würde in weniger als einer Sekunde bei ihr sein, und seine gewaltigen Klauen waren nur noch Zentimeter von ihren Beinen entfernt ...

Doch so plötzlich der Angriff erfolgt war, endete er auch. Der gesamte sehnige Körper zitterte und bebte, während flüssiges Grau aus dem brodelnden Schädel troff. Die dicken Krallen trommelten wie wild einen hektischen Rhythmus auf den Holzboden. Mit einem letzten wispernden Jaulen starb das Wesen. Diesmal war jeder Irrtum ausgeschlossen. Claire hatte ihm das Hirn aus dem Schädel geschossen, es würde nicht wieder aufstehen.

Sie starrte auf das Monster hinab, ihr entsetzter Verstand suchte nach irgendetwas, mit dem das Ding sich in Verbindung bringen ließ, irgendein Tier oder auch nur das Gerücht über ein Tier, das dem hier nahe gekommen wäre – doch Claire gab den Versuch nach ein paar Sekunden auf, weil er vergebens war. Das war kein natürliches Wesen, und so nahe, wie es ihr war, konnte sie es nun auch riechen – der Geruch war nicht so beißend wie der eines Zombies, es war ein bitterer, öliger Geruch, irgendwie eher chemisch denn tierisch ...

... und es könnte wie Butterkekse riechen, wen würde es interessieren? In Raccoon City gibt's Monster – es ist Zeit, dass du aufhörst, so gottverdammt überrascht zu sein, wenn du eines siehst.

Der tadelnde Tonfall ihrer inneren Stimme war nicht gerade überzeugend. So sehr Claire auch tapfer und entschlossen sein, über die monströse Kreatur hinwegsteigen und wieder zur Tagesordnung übergehen wollte, stand sie doch einen Moment lang einfach nur da – und in diesem Moment dachte sie ganz ernsthaft daran, kurzerhand zum S.T.A.R.S.-Büro zurückzukehren, hineinzugehen und die Tür hinter sich abzuschließen. Sie könnte sich verstecken, verstecken und auf Hilfe warten, sie wäre in Sicherheit ...

Dann entscheide dich. Unternimm irgendwas, *aber hör auf mit dieser Wankelmütigkeit und dem Gejammer, denn es geht nicht mehr nur um dich. Ob Sherry in Sicherheit ist? Willst du auf Kosten ihres Lebens überleben?*

Der Moment verging. Claire machte einen vorsichtigen Schritt über das rohe rote Fleisch des Wesens hinweg und ging neben den Überresten des Cops in die Hocke. Mit der Waffenmündung schob sie einen Fetzen blutiger Uniform beiseite. Sie schluckte Galle hinunter, als sie durch verwestes Fleisch und Knochen stocherte, bemühte sich, nicht daran zu denken, wer der Cop zu Lebzeiten gewesen oder wie er gestorben sein mochte.

Sie hatte nur noch sieben Schuss übrig – doch sie weigerte sich, in Panik zu geraten, ließ die Enttäuschung stattdessen ihre Entschlossenheit schüren. Wenn sie *eine* solche blutige Schweinerei durchwühlen konnte, dann konnte sie es auch ein zweites Mal.

Mit einem letzten Blick auf das tote Tierding stand Claire auf und lief rasch auf das Ende des Korridors zu. Ihr Entschluss stand fest: kein Verstecken und kein Davonlaufen vor der Angst mehr. Das Mindeste, was sie tun konnte, war, ein paar der Monster mitzunehmen, um Sherrys Fluchtchancen zu erhöhen.

Es war besser, beim Versuch zu sterben, als es gar nicht erst zu versuchen. Und davon würde sie nicht wieder abgehen.

FÜNFZEHN

Leon fand Ada im Zwinger, wo sie versuchte, den rostigen Deckel der Einstiegsluke hochzuhebeln, von der ihnen der Reporter erzählt hatte. Irgendwo hatte sie ein Brecheisen aufgetrieben, das sie unter die dicke Eisenplatte geklemmt hatte, und ihr sich deutlich abzeichnender Bizeps glänzte vor Schweiß, während sie die Luke mit der Stange bearbeitete. Sie hatte den Deckel zwei oder drei Zentimeter angehoben, ließ ihn aber bei Leons Eintreten wieder fallen. Das metallene Geräusch hallte laut durch den kalten, leeren Raum.

Bevor Leon etwas sagen konnte, legte sie die Brechstange auf den Betonboden, sah mit einem schiefen Lächeln zu ihm hoch und wischte sich die rostverschmutzten Hände ab.

„Gut, dass Sie hier sind. Ich glaube, ich bin nicht stark genug, um das allein zu schaffen ..."

Zuvor war Leon sich nicht sicher gewesen, doch der hilflose Blick, den sie ihm schenkte, machte es ihm deutlich: Sie spielte ihm etwas vor, oder versuchte es zumindest. Er kannte Ada erst seit zwanzig Minuten, aber er bezweifelte stark, dass sie jemals in irgendeiner Hinsicht hilflos gewesen war.

„Sieht aus, als kämen Sie ganz gut klar", meinte er, steckte die Magnum ins Holster, machte jedoch keine Bewegung in Richtung des Schachtes. Er verschränkte die Arme und runzelte leicht die Stirn, nicht wütend, nur neugierig.

„Außerdem, was soll die Eile? Ich dachte, Sie wollten mit dem Reporter reden. Über John, Ihren Umbrella-Freund ..."

Ihr hilfsbedürftiger Blick schmolz dahin, ihre feinen Züge wurden kühl und hart, aber nicht im negativen Sinne – es war, als ließe sie ihr wahres Ich zum Vorschein kommen, die starke und selbstbewusste Ada, die er zuerst kennengelernt hatte. Leon wusste, dass er sie überrascht hatte, indem er ihr nicht zu Hilfe geeilt war, und es freute ihn, das zu sehen; er hatte genug Grund zur Sorge, auch ohne von einer rätselhaften Fremden manipuliert zu werden. Sie war seinen Fragen sehr sorgsam ausgewichen, aber jetzt war es Zeit für Miss Wong, ein paar Dinge zu erklären.

Ada hielt seinem Blick stand und erhob sich. „Sie haben doch gehört, was er gesagt hat – er hätte uns gar nichts erzählt. Und so gefährlich, wie es hier ist, will ich wirklich nicht herumstehen und darauf warten, dass er so was wie ein Gewissen entwickelt ..."

Sie senkte den Blick, ihre Stimme wurde leiser. „... und ich weiß ja nicht mal, ob John in Raccoon ist. Aber ich *weiß*, dass er nicht *hier* ist – und ich möchte verschwinden, bevor das Revier völlig überrannt wird."

Das klang gut, aber aus irgendeinem Grund hatte Leon das Gefühl, dass sie ihm noch etwas verheimlichte. Ein paar Sekunden lang sann er über eine höfliche Möglichkeit nach, sie dazu zu bringen, sich ihm zu offenbaren – dann aber entschied er: *Zum Teufel damit!* Unter Umständen wie diesen musste man auf den guten Ton zur Not auch mal pfeifen.

„Was ist los, Ada? Wissen Sie etwas, das Sie mir nicht sagen?"

Sie sah ihn abermals an, und wieder hatte er das Gefühl, sie überrascht zu haben – doch ihr kühler, dunkler Blick war so undeutbar wie eh und je.

„Ich will nur hier raus", erwiderte sie, und die Aufrichtigkeit in ihrer Stimme war unmöglich zu leugnen. Wenn er auch sonst nichts von dem glaubte, was sie gesagt hatte, das immerhin schien zu stimmen.

Ich wünschte, es wäre damit abgetan, ihr zu glauben – aber da sind noch Claire und auch Ben, unser Freund, das Arschloch, und Gott weiß wie viele andere ...

Leon schüttelte den Kopf. „Ich kann nicht abhauen. Wie gesagt, ich bin vielleicht der einzige Cop, der hier noch übrig ist. Wenn noch Menschen in diesem Gebäude sind, muss ich wenigstens versuchen, ihnen zu helfen. Und ich denke, es wäre am besten, wenn Sie mit mir kämen."

Ada schenkte ihm ein weiteres schiefes Lächeln. „Ich weiß Ihre Sorge zu schätzen, Leon, aber ich kann auf mich selbst aufpassen."

Das bezweifelte er nicht – er wollte aber auch ihre Fähigkeiten nicht auf die Probe gestellt sehen. Zugegeben, er war selber ziemlich unerfahren, aber er war darin ausgebildet, Krisensituationen zu handhaben, das war sein Job.

Und sei doch ehrlich – du hast Claire verloren, du konntest Branagh nicht helfen, und Ben Bertolucci gibt einen Scheißdreck auf deine Beschützertalente. Du willst nicht auch noch bei Ada versagen. Und du willst nicht allein sein.

Ada schien zu wissen, was er dachte. Bevor ihm ein überzeugendes Argument einfallen konnte, trat sie vor und legte ihm ihre schlanke Hand auf den Arm. Der Humor schwand aus ihren strahlenden Augen.

„Ich weiß, dass Sie hier Ihren Job tun wollen, aber Sie haben es selber gesagt – wir müssen einen Weg aus Raccoon finden und versuchen, Hilfe von draußen zu bekommen. Und die Kanalisation ist wahrscheinlich unsere beste Chance ..."

Ihre sanfte Berührung überraschte ihn – und sandte ein elektrisiertes Kribbeln durch seinen Bauch, ein unerwartes Aufwallen von Wärme, das ihn verwirrte und verunsicherte. Er schaffte es, seine Reaktion zu verheimlichen, aber nur mit Mühe.

Ada fuhr fort, die Stirn nachdenklich in Falten gelegt. „Wie wär's damit – helfen Sie mir mit diesem Deckel und lassen Sie uns nachsehen, was da unten ist. Wenn es gefährlich aussieht, komme ich mit Ihnen ... aber wenn's nicht schlimm ist – na ja, dann können wir uns darüber unterhalten, was wir als Nächstes tun."

Leon wollte widersprechen, doch die Wahrheit war, dass er sie nicht zu etwas zwingen konnte, das sie nicht wollte – und er wollte vor allem, dass sie keinen herrischen Macho in ihm sah, sie sollte wissen, dass er kompromissbereit war …

… und sagt dir der Name „John" etwas? Das ist hier kein Date, um Himmels willen, hör auf, mit deinen Hormonen zu denken.

Ihn überkam ein fast peinliches Gefühl von Scham, während ihre Hand noch auf seinem Arm lag. Leon trat beiseite und nickte knapp. Gemeinsam gingen sie neben der Einstiegsluke in die Hocke. Leon hob die Brechstange auf und rammte ein Ende unter den Deckel. Als er zurückwich, drückte Ada auf die Stange, und mit einem schweren Knirschen kam die dicke Metallplatte hoch. Leon stemmte sich mit dem Rücken dagegen und wuchtete den Deckel zur Seite, machte die Öffnung frei –

– und beide zuckten sie vor dem Geruch zurück, der ihnen aus dem finsteren Loch entgegenschlug, ein erstickender, dumpfer Gestank nach Blut, Pisse und Kotze.

„Bah, was ist *das* denn?", hustete Leon.

Ada ließ sich auf den Fersen nieder und hielt eine Hand vor den Mund gepresst. „Die Leichen aus der Garage, man hat sie wohl hier reingeworfen …"

Ehe Leon fragen konnte, wovon sie sprach, hallte ein Schrei schieren Entsetzens durch die Kellergänge, von der geschlossenen Tür nur schwach gefiltert. Der Schrei nahm kein Ende, eine Männerstimme – doch dann wandelte sich das panische Gekreische plötzlich zu einem gurgelnden Schmerzensschrei.

Der Reporter!

Leons Blick kreuzte den von Ada, und er bemerkte, wie dieselbe erstaunte Erkenntnis über ihr Gesicht huschte – dann sprangen sie beide auf und rannten los, zogen ihre Waffen und sprinteten zur Tür hinaus, noch bevor die Echos erstarben.

Ich hab ihn zurückgelassen, das hätte ich nicht tun dürfen …!

Sie rannten den Korridor hinunter in Richtung des Zellentrakts. Sein Schuldgefühl ließ Leon so schnell wie nie zuvor in seinem

Leben laufen. Jemand oder etwas war zu Bertolucci vorgedrungen – und hatte sich, um das zu schaffen, hinter seinem Rücken vorbeigestohlen.

Sherry stand in Mr. Irons' Büro, rieb ihren Glücksbringer und wünschte sich, dass Claire zurückkäme. Sie war durch ein Dutzend staubiger Tunnel gekrochen, um von dem Monster fortzukommen und um es von Claire wegzulocken, und sie war ziemlich sicher, dass es geklappt hatte – sie hatte es nicht wieder gehört und war zurückgekehrt, nur um feststellen zu müssen, dass Claire verschwunden war. Wenn das Monster Claire gefunden *hätte*, dann wäre sie jetzt tot und zerfetzt.

Aber sie ist nicht hier. Niemand ist hier ...

Sherry saß auf der Kante eines niedrigen Tisches in der Mitte des Zimmers und fragte sich, was sie tun sollte. Sie hatte sich daran gewöhnt, allein zu sein, und nicht einmal bemerkt, wie einsam sie gewesen war – doch das Zusammentreffen mit Claire hatte das geändert. Sherry wollte sie wiedersehen, sie wollte mit anderen Menschen zusammen sein. Sie sehnte sich dermaßen nach ihren Eltern, dass es wehtat. Selbst Mr. Irons wäre ihr recht gewesen, obwohl Sherry ihn nicht mochte. Sie hatte ihn nur ein paarmal getroffen, aber er war komisch, aufgeblasen und falsch – und sein Büro war obendrein noch unheimlich. Dennoch hätte sie auch mit ihm vorlieb genommen, wenn es nur bedeutet hätte, dass sie nicht mehr allein gewesen wäre ...

Schritte. Auf dem Gang draußen vor dem Büro.

Sherry stand auf und rannte zu der offenen Tür, die zurück in den Raum mit den Rüstungen führte. Sie hoffte, dass es sich um Claire handelte, und war bereit, loszurennen und in Deckung zu gehen, falls dem nicht so wäre. Sie duckte sich hinter dem Türrahmen, hielt den Atem an, starrte den ausgestopften Tiger auf dem Gang an und betete im Stillen.

Die äußere Tür wurde geöffnet und geschlossen. Gedämpfte Schritte auf dem Teppich, die sich langsam voranbewegten. Sherry spannte sich, um loszulaufen, und bemühte sich gleichzeitig, genug Mut aufzubringen, um einen Blick zu wagen –

„Sherry?"

Claire!

„Ich bin hier!"

Sie rannte zurück in das Büro, und da war Claire, ihr ganzes Gesicht hellte sich in einem strahlenden Lächeln auf. Sherry flog in ihre ausgebreiteten Arme, war so glücklich, sie zu sehen, dass sie weinen wollte.

„Ich hab dich gesucht", sagte Claire und hielt sie ganz fest. „Lauf mir nicht noch mal so davon, okay?"

Claire kniete vor ihr, immer noch lächelnd – doch Sherry erkannte die Sorge hinter dem Lächeln und in ihren ruhigen grauen Augen.

„Tut mir leid", sagte Sherry. „Ich musste, sonst wäre das Monster gekommen."

„Wie sieht es denn aus?", fragte Claire mit schwindendem Lächeln. „Sieht es – irgendwie rot aus, mit Krallen?"

Sherry schluckte hart. „Die Inside-Out-Wesen! Du hast eines gesehen, stimmt's?"

Unfassbar – Claire grinste und schüttelte den Kopf. „Ja, das ist genau das, was ich gesehen habe, ein Inside-Out-Wesen … das ist eine gute Bezeichnung."

Sie schaute Sherry ernster an und runzelte die Stirn. „‚Eines'? Es gibt noch mehr davon?"

Sherry nickte. „Ja, aber sie sind nichts im Vergleich zu dem Monster. Ich hab es nur einmal gesehen, von hinten, aber es ist ein Mann, ein Riese – "

Claire wirkte alarmiert. „Glatzköpfig? Und trägt er einen langen Mantel?"

„Nein, er hatte Haare, braune Haare. Und einer seiner Arme war ganz … na, vermurkst irgendwie, viel länger als der andere."

Claire seufzte. „Toll. Klingt so, als hätte Raccoon für jeden etwas zu bieten …"

Sie streckte die Hand aus, nahm die von Sherry und drückte sie.

„Ein Grund mehr, dass du bei mir bleiben solltest. Du hast bisher sehr gut auf dich selbst aufgepasst, und du warst sehr tapfer – aber bis wir deine Eltern finden, hab ich das Gefühl, dass es einstweilen meine Aufgabe ist, auf dich aufzupassen. Und wenn das Monster kommt, dann – *dann tret ich ihm in den Arsch*, okay?"

Sherry lachte, ganz überrascht. Es gefiel ihr, dass Claire nicht von oben herab mit ihr redete. Sie nickte, und Claire drückte ihre Hand noch einmal.

„Gut. Wir haben also Zombies, Inside-Out-Wesen und ein Monster. Und einen großen glatzköpfigen Kerl ... Sherry, weißt du, was in Raccoon passiert ist? Wie das alles angefangen hat? Gibt's irgendwas, das du mir sagen könntest, ganz gleich was? Es könnte wichtig sein."

Sherry dachte nach, die Stirn in Falten gelegt. „Na ja, da gab's ein paar Morde im vergangenen Mai oder Juni, glaub ich – zehn Menschen oder so wurden umgebracht. Und dann hörte es auf, aber vor etwa einer Woche wurde wieder jemand angegriffen."

Claire nickte aufmunternd. „Okay. Wurden noch weitere Menschen angegriffen, oder ... was hat die Polizei unternommen?"

Sherry schüttelte den Kopf. Sie wünschte, sie wäre eine größere Hilfe gewesen. „Ich weiß nicht. Direkt bevor dieses Mädchen angegriffen wurde, rief meine Mutter ganz aufgeregt von der Arbeit aus an und sagte mir, dass ich das Haus nicht verlassen könne. Mrs. Willis – das ist unsere Nachbarin – kam rüber und kochte mir Abendessen, und so hörte ich von diesem Mädchen. Mom rief am nächsten Tag wieder an und sagte mir, dass sie und Dad in der Firma festsäßen und eine Zeit lang nicht heimkommen würden – und dann, vor drei Tagen oder so, rief sie wieder an und sagte mir, dass ich hierherkommen solle. Ich ging, um zu fragen, ob Mrs. Willis mit mir kommen wollte, aber ihr Haus war dunkel und leer. Ich schätze, da war die Sache schon ziemlich schlimm."

Claire sah sie aufmerksam an. „Du warst die ganze Zeit über allein? Schon bevor du aufs Revier gekommen bist?"

Sherry nickte. „Ja, aber ich bin oft allein. Meine Eltern sind beide

Wissenschaftler. Ihre Arbeit ist wichtig, und manchmal können sie nicht mittendrin aufhören. Und meine Mutter sagt immer, dass ich sehr selbstständig bin, wenn ich es nur will."

„Weißt du, was für einer Arbeit deine Eltern nachgehen? Bei Umbrella?" Claire behielt das Mädchen immer noch genau im Auge.

„Sie entwickeln Heilmittel für Krankheiten", erklärte Sherry stolz. „Und machen Arzneien und Seren, wie sie in Krankenhäusern verwendet werden …"

Sie verstummte, als sie merkte, dass Claire plötzlich abgelenkt schien, ihr Blick weit entrückt. Es war ein Ausdruck, wie sie ihn schon viele Male in den Gesichtern ihrer Eltern gesehen hatte – und er bedeutete, dass jemand gar nicht mehr richtig zuhörte. Doch sobald sie aufgehört hatte zu reden, richtete sich Claires Aufmerksamkeit wieder auf sie, und sie streckte die Hand aus, um Sherrys Schulter zu tätscheln – und aus irgendeinem albernen Grund brachte das Sherry beinahe wieder zum Heulen.

Weil sie mir eben doch zuhört. Weil sie auf mich aufpassen will.

„Deine Mutter hat recht", sagte Claire sanft, „du bist sehr selbstständig, und dass du es bis hierher geschafft hast, heißt, dass du auch sehr stark bist. Das ist gut, weil wir beide sehr stark sein müssen, um hier rauszukommen."

Sherry spürte, wie ihre Augen groß wurden. „Was meinst du damit? Das Revier verlassen? Aber da sind überall Zombies, und ich weiß nicht, wo meine Eltern sind. Was ist, wenn sie Hilfe brauchen oder nach mir suchen …?"

„Schätzchen, ich bin sicher, dass es deinen Eltern gut geht", sagte Claire rasch. „Wahrscheinlich sind sie noch in der Firma, wo sie sich verstecken – genau, wie du es getan hast –, um auf Leute zu warten, die von außerhalb der Stadt kommen und alles wieder gutmachen …"

„Du meinst, um alle zu töten", sagte Sherry. „Ich bin zwölf, weißt du, ich bin kein Baby mehr."

Claire lächelte. „Entschuldige. Ja, um alle zu töten. Aber bis die Guten kommen, sind wir auf uns gestellt. Und das Beste, was wir tun können, das Klügste, ist, ihnen aus dem Weg zu gehen – diesen Zombies und Ungeheuern so weit wie nur möglich aus dem Weg zu gehen. Du hast recht, die Straßen sind *nicht* sicher, aber vielleicht finden wir ein Auto und …"

Jetzt war es an Claire zu verstummen. Sie erhob sich und ging zu dem großen Schreibtisch auf der anderen Seite des Büros. Im Gehen sah sie sich um.

„Vielleicht hat Chief Irons seine Autoschlüssel hier gelassen oder eine Waffe, etwas, das uns nützlich sein könnte – "

Claire entdeckte etwas auf dem Boden hinter dem Schreibtisch. Sie bückte sich, und Sherry eilte ihr nach, zum einen, um in ihrer Nähe zu bleiben, zum anderen, um zu sehen, was Claire da gefunden hatte. Sie wusste jetzt schon, dass sie Claire nicht noch einmal verlieren wollte, ganz egal, was noch geschah.

„Hier ist Blut", sagte Claire leise, so leise, dass Sherry meinte, sie hätte es gar nicht aussprechen wollen.

„Und?"

Stirnrunzelnd sah Claire an der Wand empor, dann wieder auf den großen, trocknenden roten Klecks auf dem Boden. „Der Fleck ist noch feucht. Und hier sieht er aus wie abgeschnitten. Es müsste doch hier auch was an die Wand gespritzt sein …"

Sie klopfte gegen die dunkle Holzzierleiste, die an der Wand verlief, dann gegen die Wand selbst. Es gab einen hörbaren Unterschied: ein dumpfes Pochen von der Leiste, doch die Wand klang hohl.

„Liegt dahinter ein Raum?", fragte Sherry.

„Ich weiß nicht, es hat den Anschein. Und es würde erklären, wohin er sie … wohin er sich abgesetzt hat. Chief Irons, meine ich."

Während sie anfing, die Fußleisten entlang zu tasten, sah sie zu Sherry empor, strich dann mit den Händen über die Wand und drückte dagegen. „Sherry, sieh dich beim Schreibtisch um, ob du einen Hebel oder einen Schalter finden kannst. Wenn es einen gibt, wäre er wohl irgendwo versteckt, vielleicht in einer der Schubladen …"

Sherry ging hinter den Schreibtisch – und stolperte; ihr Fuß rutschte auf einer Handvoll Bleistifte aus, die sie nicht gesehen hatte. Sie fasste nach der Schreibtischplatte, versuchte, ihr Gleichgewicht zu wahren, landete aber dennoch ziemlich hart auf den Knien.

„Autsch!"

Claire war sofort neben ihr und legte ihr einen Arm um die Schultern. „Bist du in Ordnung?"

„Ja. Ich – hey! Guck mal!"

Ihre geprellten Knie vergessend, deutete Sherry auf einen Schalter unter der oberen Schreibtischschublade, der in eine kleine Metallplatte eingelassen war. Er sah aus wie ein Lichtschalter, musste aber zu der Geheimtür gehören, das wusste sie einfach.

Ich hab ihn gefunden!

Claire streckte die Hand aus und legte den Schalter um – und hinter ihnen glitt ein Teil der Wand reibungslos nach oben, verschwand in der Decke und offenbarte einen schwach beleuchteten Raum, dessen Wände aus großen Ziegelsteinen bestanden. Kühle, feuchte Luft wehte in das Büro. Es war ein geheimer Durchgang, genau wie in irgendwelchen Filmen.

Sie standen auf und traten auf die Öffnung zu. Claire hielt Sherry mit einem Arm zurück und sah zuerst hinein. Der kleine Raum war völlig leer – drei Ziegelwände, ein fleckiger Holzboden. Nur etwa halb so groß wie das Büro. Die vierte Wand wurde von einer großen altmodischen Aufzugtür eingenommen, eine von der Art, die man zur Seite schieben musste.

„Fahren wir damit?", fragte Sherry. Sie war aufgeregt, aber auch ängstlich.

Claire hatte ihre Pistole hervorgeholt. Sie ging neben Sherry in die Hocke und lächelte – aber es war kein freudiges Lächeln, und Sherry wusste, was kam, noch bevor Claire ein Wort gesagt hatte.

„Schätzchen, ich glaube, es ist am sichersten, wenn ich zuerst gehe und mich etwas umsehe und du zunächst hier bleibst – "

„Aber du hast gesagt, wir sollten zusammenbleiben! Du hast gesagt, wir suchen uns ein Auto und verschwinden! Was ist, wenn das Monster kommt und du nicht hier bist, oder wenn du umgebracht wirst?"

Claire umarmte sie, doch Sherry war fast schlecht vor hilfloser Wut. Claire wollte ihr sagen, dass sie sich keine Sorgen machen solle, dass das Monster nicht kommen würde, dass nichts Schlimmes passieren könne – und dann würde sie trotzdem gehen.

Blöde Erwachsenenlügen!

Claire lehnte sich zurück und strich Sherry das Haar aus dem Gesicht. „Ich mach dir keine Vorwürfe, dass du Angst hast. Ich hab auch Angst. Das ist eine schlimme Situation – und ehrlich gesagt, ich weiß nicht, was passieren wird. Aber ich will das Richtige für dich tun, und das heißt, dass ich dich nicht in eine Lage bringen werde, wo du verletzt werden könntest, nicht, wenn ich es vermeiden kann."

Sherry schluckte ihre Tränen hinunter und versuchte es noch einmal. „Aber ich will mit dir gehen … Was, wenn du nicht wiederkommst?"

„Ich werde wiederkommen", sagte Claire fest. „Das verspreche ich. Und wenn – wenn nicht, dann will ich, dass du dich wieder versteckst, wie vorher. Es wird jemand kommen, es wird bald Hilfe eintreffen, und man wird dich finden."

Wenigstens war sie ehrlich. Es gefiel Sherry nicht, ganz und gar nicht, aber immerhin – und Claires Gesichtsausdruck verriet ihr, dass es nichts gab, was sie, Sherry, tun konnte, um ihren Entschluss zu ändern. Sie konnte sich deswegen nun benehmen wie ein Baby, oder sie konnte sich damit abfinden.

„Sei vorsichtig", flüsterte sie, und Claire umarmte sie noch einmal, ehe sie sich erhob und auf den Aufzug zuging. Sie drückte einen Knopf neben der Tür, und es ertönte ein leises, sanftes Summen. Nach ein paar Sekunden tauchte eine Liftkabine auf, die sanft zum Halten kam. Claire zog die Tür auf, trat hinein und wandte sich für einen letzten Blick auf Sherry um.

„Bleib hier, Schätzchen", sagte sie. „Ich bin in ein paar Minuten wieder da."

Sherry zwang sich zu einem Nicken – und Claire ließ die Tür los, die sich daraufhin schloss. Sie drückte einen Knopf im Aufzug, und die Kabine fuhr abwärts. Claires lächelndes Gesicht verschwand aus Sherrys Blickfeld und ließ sie allein zurück in der kalten, dunklen Passage.

Sherry setzte sich auf den staubigen Boden und zog die Knie mit ihren Armen dicht an ihren Körper, schaukelte sanft vor und zurück. Claire war mutig und klug, sie würde bald zurück sein, sie *musste* bald zurück sein …

„Ich will meine Mom", flüsterte Sherry, aber es war niemand da, der sie hörte. Sie war wieder allein, genau das, was sie am allerwenigsten sein wollte.

Aber ich bin stark. Ich bin stark, und ich kann warten.

Sie ließ das Kinn auf ihren Knien ruhen, berührte die Halskette, die ihre Mutter ihr als Glücksbringer gegeben hatte, und wartete darauf, dass Claire zurückkehrte.

SECHZEHN

Annette Birkin saß im Überwachungsraum des Laboratoriums und starrte erschöpft zu der Bildschirmwand über dem Kontrollpult empor. Es kam ihr vor, als sei sie seit Jahren hier, um darauf zu warten, dass William auftauchte, und allmählich glaubte sie, dass er das nie tun würde. Sie würde noch ein wenig länger warten – aber wenn sie ihn nicht bald zu Gesicht bekam, würde sie noch einmal nach ihm suchen müssen.

Gottverdammte Technik …

Es war eine brandneue Anlage, noch keinen Monat alt – fünfundzwanzig Monitore mit einem Erfassungsbereich, der es ihr eigentlich erlauben sollte, jeden Teil der Einrichtung zu überblicken. Eine absolute Verbesserung der Sicherheitsvorkehrungen – sah man davon ab, dass nur elf der Monitore überhaupt funktionierten, und mehr als die Hälfte davon lediglich Statikrauschen zeigte, einen endlosen Tanz elektronischen Schnees. Auf den fünf Monitoren, die Annette noch ein klares Bild lieferten, war alles, was sie sehen konnte – alles, was es zu sehen gab –, verwesende Leichen und gelegentlich ein Re3, entweder beim Fressen oder schlafend …

„Lecker. Du hast sie Lecker genannt, ihrer Zungen wegen …"

Annette hatte gedacht, sie sei über den schlimmsten Schmerz hinweg, aber der einsame Klang ihrer eigenen Stimme in dem kalten, höhlenartigen Raum und die Erkenntnis, dass keine Antwort erfolgen würde – dass es nie mehr eine Antwort geben würde –, weckten eine neuerliche, stechende Woge von Trauer in ihr. William war fort, er war tot, und sie sprach zu niemandem.

Annette senkte den Kopf auf die Konsole und schloss die müden Augen. Wenigstens hatte sie keine Tränen mehr. Sie hatte einen Ozean von Tränen vergossen in den Tagen seit Umbrella gekommen war, um das G-Virus zu holen, und jetzt war sie schlicht zu ausgelaugt, um noch weiterzuheulen. Jetzt gab es nur noch Schmerz, unterbrochen von Anfällen brutalen, hilflosen Zornes darüber, was Umbrella getan hatte.

Noch einen Monat, vielleicht zwei, und wir hätten es ihnen gegeben. Wir hätten es ohne Widerstand übergeben, und William wäre in den Vorstand berufen worden, und wir wären glücklich gewesen. Alle wären glücklich gewesen –

Von einem der leise gestellten Überwachungsmonitore kam ein schwaches Kreischen. Annette sah auf, hoffnungsvoll und furchterfüllt in einem – aber es war nur ein Lecker, eine Etage höher im Operationsbereich. Er hatte sich von der Decke fallen lassen, um sich an einem der Techniker gütlich zu tun, heulte vor sich hin, während er sich in die Eingeweide der Leiche wühlte. Der Tote sah aus wie Don Weller, einer der Laufburschen, aber sie konnte es nicht mit Sicherheit sagen; er sah fast so verstümmelt und unmenschlich aus wie der Re3, der ihn fraß.

Annette Birkin beobachtete den Lecker beim Fressen, beobachtete den kleinen Bildschirm, ohne wirklich etwas zu erkennen. Ihre Gedanken schweiften ab, beschäftigten sich damit, was noch zu tun war. Sie hatte bereits sämtliche Daten auf den Computern gelöscht und die Codes für den Countdown eingegeben; das Labor war bereit, ihr Fluchtweg gesichert. Aber sie konnte die Sache erst zu Ende bringen, wenn sie ihn wiedersah, sah, dass er wieder in der Umbrella-Anlage war. Die Zerstörung des Labors würde nichts bringen, wenn er sich nicht im Explosionsbereich befand – sie würden ihn finden und das Virus aus seinem Blut extrahieren ...

... aber Umbrella wird es nicht bekommen. Eher sterbe ich, bevor ich zulasse, dass sie es kriegen, so wahr mir Gott helfe.

Ihr einziger Trost in dieser wahnsinnigen, entsetzlichen Angelegenheit war, dass Umbrella es nicht geschafft hatte, Williams Synthese in die gierigen Finger zu bekommen. Das hatten sie nicht, und das würden sie nie. Alles, was in die Erschaffung des G-Virus geflossen war, würde unter tausend Tonnen brennenden Gesteins und Holzes begraben werden, inklusive William und all der Monstren, die sie für die Firma erschaffen hatten. Sie würde eine Weile untertauchen, sich Zeit nehmen, um über alles hinwegzukommen und ihre Möglichkeiten abwägen – und dann würde sie das G-Virus an die Konkurrenz verkaufen. Umbrella war der größte, aber nicht der einzige Konzern, der sich mit Biowaffenforschung beschäftigte – und wenn sie mit Umbrella fertig war, würde die Firma nicht mehr die größte sein. Es war keine besonders befriedigende Rache, aber es war alles, was ihr noch blieb.

„Außer Sherry", flüsterte Annette, und der Gedanke an ihre kleine Tochter tat ihr im Herzen weh, eine andere Art von Schmerz zwar, aber nichtsdestotrotz Schmerz. Seit Sherrys Geburt hatte Annette vorgehabt, mehr Zeit mit ihr zu verbringen, sich auf das Kind zu konzentrieren, anstatt auf ihren Anteil an Williams brillantem Wirken. Und doch waren die Jahre fast unbemerkt verstrichen, William war ein ums andere Mal befördert worden, die Arbeit war stetig interessanter und wichtiger geworden – und obwohl sie und William sich und einander versprochen hatten, mehr Anstrengung auf ein Familienleben zu verwenden, hatten sie es doch fortwährend aufgeschoben.

Und jetzt ist es zu spät. Wir werden nie eine Familie bilden, werden nie miteinander Eltern sein. All die Zeit vergeudet, geschuftet für eine Firma, die uns am Ende verkauft hat ...

Es *war* zu spät – es hatte keinen Zweck zu betrauern, was hätte sein können. Alles, was sie jetzt noch tun konnte, war, dafür zu sorgen, dass Umbrella nichts weiter von der Familie Birkin bekam. William war tot, aber es gab immer noch Sherry – dieser Teil von ihm würde weiterleben, und Annette hatte die Absicht, endlich die Mutter zu werden, die sie immer schon hätte sein sollen. Natürlich würde sie warten müssen, bis die Lage sich beruhigt hatte, ehe sie Sherry zu sich holen konnte, wenigstens ein paar Monate, aber das Mädchen würde in Sicherheit sein; die Polizei würde sie zu Williams Schwester bringen, so stand es in ihrer beider Testament ...

... es sei denn, Irons lebt noch. Dieser fette, gierige Bastard könnte einen Weg finden, auch das noch zu vermasseln, wenn er nur den Hauch einer Chance dazu hat.

Annette hoffte, dass er tot war. Auch wenn er nicht unmittelbar verantwortlich dafür war, dass Umbrella Kenntnis über das G-Virus erlangt hatte, so war Brian Irons doch ein widerwärtiger, arroganter Mensch mit der Moral einer Seegurke. Nach Jahren der Treue zur Firma hatte er sich für mickrige hunderttausend Dollar kaufen lassen. Selbst William war überrascht gewesen, und er hatte eine noch geringere Meinung über den Polizeichef gehabt als Annette ...

Auf dem Bildschirm hatte der Re3 seine Mahlzeit beendet. Alles, was von dem Toten jetzt noch übrig war, waren eine leere Hülle, gebogene, blutige Rippen und ein gesichtsloser Schädel. Die ohne Zweifel leuchtenden Farben wurden von der Videoausrüstung nur in matten Grauschattierungen übertragen.

Der Lecker krabbelte aus dem Erfassungsbereich der Kamera und hinterließ eine Spur aus klebriger Flüssigkeit. Dank des T-Virus waren sämtliche Reptilienreihen effiziente Killer, auch wenn die 3er Designmängel aufwiesen – das hervortretende Zerebrum war der offensichtlichste, aber sie hatten auch einen geradezu lächerlich hohen Stoffwechsel; sie satt zu bekommen war ein ständiges Problem gewesen.

Nicht mehr. Jetzt gibt es jede Menge Aas – und zu ihrem Glück winkt ihnen bald ein warmes Abendessen ...

Annette fühlte sich aller Energie beraubt und wollte nicht wieder hinaus in die Einrichtung – aber sie konnte nicht einfach nur darauf hoffen, dass William an einer der funktionierenden Kameras vorbeikommen würde. Sie hatte ihn oben auf Ebene drei gehört, vor zwei Tagen, ihn zuvor jedoch fast doppelt so lange nicht gesehen. Sie konnte nicht mehr warten. Die Leute von Umbrella waren vermutlich schon dabei, sich einen Weg hier herein zu verschaffen – es noch Möglichkeiten, die Türen zu passieren …

Und William könnte auch einen Weg nach draußen gefunden haben. Ich kann es nicht mehr leugnen, ganz gleich, wie sehr ich es möchte.

Westlich des Labors gab es eine leerstehende Versandfirma, die Umbrella aufgekauft hatte, um sicherzustellen, dass die unterirdischen Ebenen geheim blieben. So hatte Umbrella den Komplex überhaupt erst bauen können, ohne Verdacht zu erregen: Ausrüstung und Materialien waren in den Lagerhäusern dieser Fabrik versteckt und der schwere Maschinenlift zum Transport benutzt worden. Obwohl die Zugänge zu der Firma nach wie vor versiegelt gewesen waren, als Annette zum letzten Mal nachgeschaut hatte, bestand doch eine geringe Chance, dass William durchgekommen war – und wenn er erst in die Fabrik gelangte, konnte er es auch in die Kanalisation schaffen.

Annette zwang sich zum Aufstehen und ignorierte die Krämpfe in Beinen und Rücken, während sie die Waffe von der Konsole nahm. Sie kannte sich nicht sonderlich mit Waffen aus, hatte aber schnell herausgefunden, wie man eine benutzte, nachdem –

– nachdem sie gekommen waren, um das G-Virus zu holen, die Männer mit den Gasmasken, die schossen und rannten – und William, der arme William, der in einer Blutlache starb, und ich sah die Spritze nicht, bis es zu spät war.

Sie nahm einen tiefen, bebenden Atemzug, versuchte, die schreckliche Erinnerung zu verdrängen, versuchte, den Zwischenfall zu vergessen, der ihr William genommen und Raccoon in eine Stadt der Toten verwandelt hatte. Es kam nicht mehr darauf an. Der vor ihr liegende Weg würde kein angenehmer sein, und sie musste sich konzentrieren. Entflohene Re3er, im Erst- und Zweitstadium infizierte Menschen, die botanischen Experimente, die Arachniden-Reihe – sie konnte jeder Art von T-Virus-Trägern über den Weg laufen, ganz zu schweigen von den Leuten, die Umbrella geschickt haben mochte.

Und William. Mein Mann, mein Geliebter – der erste menschliche G-Virus-Träger, der nicht mehr wirklich menschlich ist ...

Sie hatte sich geirrt, als sie dachte, sie hätte keine Tränen mehr in sich. Annette stand inmitten des großen, sterilen Raumes, fünf Etagen unter der Oberfläche von Raccoon, und weinte in quälenden Schluchzern, die das Leid ihrer Einsamkeit nicht einmal annähernd zum Ausdruck bringen konnten.

Umbrella würde büßen. Sobald sie wusste, dass William vor dem Zugriff des Konzerns sicher war, würde sie Umbrellas ach so teure Einrichtung zerstören. Sie würde das G-Virus nehmen und fliehen, sie würde dafür sorgen, dass sie verstanden, wie groß der Mist war, den sie gebaut hatten – und zur Hölle mit jedem, der sie aufzuhalten versuchte.

SIEBZEHN

Ada stürmte unmittelbar hinter Leon in den Zellenblock – gerade rechtzeitig, um den Reporter aus seinem Käfig heraustaumeln und zu Boden fallen zu sehen. „Helfen Sie ihm!", rief Leon und rannte an Bertolucci vorbei, um die Zelle zu überprüfen. Ada blieb vor dem schwer atmenden Reporter stehen, ignorierte jedoch Leons Befehl und wartete stattdessen ab, ob was auch immer zu Bertolucci vorgedrungen war aus der offenen Zelle springen würde.

Er befand sich hinter Gittern, wie konnte es dazu nur kommen?

Ada hielt die Waffe in Leons Richtung, der vor der offenen Zelle stand. Ihr Herz hämmerte, und dann sah sie die Bestürzung und die unverhohlene Verblüffung auf Leons jungenhaftem Gesicht. Die Art und Weise, wie er seinen Blick durch die Zelle schweifen ließ, verriet ihr, dass sie leer war – oder der Angreifer war unsichtbar …

Unmöglich. Fang nicht mal an, so was zu denken, lass dich nicht völlig irre machen!

Ada kniete neben dem Reporter nieder und stellte sofort fest, dass er in übler Verfassung war – dem Tode geweiht. Er hatte sich in halb sitzender Position hingekauert, den Kopf gegen das Gitter der Nachbarzelle gelehnt. Er atmete noch, aber sehr mühsam. Ada hatte diesen Ausdruck schon bei anderen gesehen, diesen in die Ferne gerichteten Blick und das Zittern, die Blässe – bezüglich des *Warums* tappte sie jedoch völlig im Dunkeln, und das ängstigte sie. Es gab keine Wunden. Es musste sich um einen Herzinfarkt handeln, vielleicht um einen Schlaganfall …

... aber dieser Schrei!

„Ben? Ben, was ist passiert?"

Sein flackernder Blick heftete sich an ihr Gesicht, und sie sah, dass seine Mundwinkel aufgeplatzt waren, bluteten. Er öffnete den Mund, um zu sprechen, aber alles, was herauskam, war ein rasselndes, unverständliches Krächzen.

Leon ging neben ihnen in die Hocke. Er schaute so verwirrt drein, wie Ada sich fühlte, und beantwortete ihre unausgesprochene Frage mit einem Kopfschütteln – Offenbar gab es keinen Hinweis darauf, was hier geschehen war.

Ada sah zu Bertolucci hinab und versuchte es noch einmal. „Was war los, Ben? Können Sie uns sagen, was passiert ist?"

Die zitternde Hand des Reporters kroch an seinem Körper hoch und blieb auf seiner Brust liegen. Mit sichtlicher Anstrengung schaffte er es, ein einziges Wort zu flüstern.

„... Fenster ..."

Ada war alles andere als beruhigt. Das „Fenster" der Zelle maß kaum dreißig Zentimeter in der Diagonale, etwa fünfzehn in der Breite, und es befand sich fast zweieinhalb Meter über dem Boden; es war nicht mehr als ein Lüftungsloch, das zur Tiefgarage hinauswies. Da konnte nichts hereingekommen sein – jedenfalls nichts, von dem sie gehört oder gelesen hatte, und das hieß, dass es hier Gefahren gab, gegen die sie nicht gewappnet war.

Bertolucci versuchte immer noch zu sprechen. Sowohl Ada als auch Leon lehnten sich weiter vor, bemühten sich, sein schmerzvolles Flüstern zu verstehen.

„... Brust. Brennt, es ... brennt ..."

Ada entspannte sich ein klein wenig. Er hatte etwas gesehen oder gehört, draußen vor der Zelle, etwas, das massive Herzprobleme bei ihm ausgelöst hatte – das konnte sie akzeptieren. Übel für den Journalisten, aber immerhin ersparte es ihr die Mühe, ihn eigenhändig zu töten ...

Plötzlich packte er ihren Unterarm und starrte mit einer Intensität zu ihr empor, die sie überraschte. Sein Griff war schwach, doch in seinen feuchten Augen stand Verzweiflung – Verzweiflung und etwas wie enttäuschtes Leid, ein Ausdruck, der mehr als nur ein wenig Schuldgefühl in ihr auslöste nach dem, was sie gerade gedacht hatte.

„Ich habe nie etwas ... über Irons gesagt", keuchte er, sich regelrecht am Leben festklammernd, um noch alles formulieren zu können, was er wusste. „Er – arbeitet für Umbrella ... die ganze Zeit schon. Die Zombies – sind Umbrella ... Forschung ... und er vertuschte die Morde, aber ich konnte – nicht alles beweisen, und ... sollte meine ... Exklusivstory sein ..."

Bertolucci schloss seine bläulichen Augenlider und atmete flach. Seine Finger glitten von Adas Arm, und sie empfand einen Anflug von Mitleid für ihn. Dieser arme, dumme Trottel – sein großes Geheimnis hatte darin bestanden, dass Umbrella sich mit Biowaffen befasste und Irons auf der Schmiergeldliste des Unternehmens stand. Das wäre durchaus ein Knüller gewesen, aber offenbar hatte er es nicht geschafft, irgendwelche handfesten Beweise zu sammeln.

Er weiß einen Scheißdreck über das G-Virus, hat nie etwas darüber gewusst – und er wird trotzdem sterben. Wenn das keine Ironie des Schicksals ist ...

„Jesus", sagte Leon leise. „Chief Irons ..."

Ada hatte ganz vergessen, wie ahnungslos der junge Cop war. Er war offenbar neu, aber ein paarmal war er ihr so scharfsinnig erschienen, dass es sie ehrlich verblüfft hatte. Der Junge war nicht nur ein „Testosteron-Behälter", er hatte definitiv auch etwas im Oberstübchen!

Hör schon auf damit, er ist nicht viel jünger als du. Der Reporter steht kurz davor, ins Gras zu beißen, und du musst dich auf den Weg machen, anstatt dich um Officer Freundlich zu sorgen.

Bertolucci verkrampfte plötzlich, seine Hände krallten sich in seine Brust, er stöhnte – ein scharfer, gequälter Schrei, aus Agonie geboren. Sein Rücken krümmte sich, seine Finger bogen sich wie Klauen –

– und das Stöhnen verwandelte sich in etwas Flüssiges, als ihm Blut aus dem Mund strömte. Bertolucci würgte und zitterte, seine

Glieder zuckten wie wild, mit jedem quälenden Husten sprühten rote Tröpfchen hervor –

– und Ada sah, wie etwas Rotes auf seinem zerknitterten weißen Hemd erblühte, unter seinen verkrampften Händen, sie hörte das dumpfe, feuchte Knacken brechender Knochen. Sie sprang zurück, während Leon nach den Händen des Reporters fasste. Sie war nicht sicher, was hier passierte, aber was sie definitiv wusste, war, dass dies hier *keine* Folge eines Herzinfarkts war –

– *Grundgütiger Himmel, was IST das?*

Übergangslos erschlaffte Bertolucci, seine Augen rollten nach hinten. Er starrte blicklos ins Nichts. Noch immer quoll Blut über seine aufgesprungenen Lippen, und erneut gab es ein Geräusch, das unvergleichliche Geräusch von Fleisch, das zerfetzt wurde – und unter dem fleckigen Stoff seines Hemdes bewegte sich etwas.

„Zurück!", rief Ada, die Beretta auf den toten Reporter gerichtet, und in dem Sekundenbruchteil, den sie zum Zielen brauchte, brach ein *Ding* aus Bertoluccis blutiger Brust hervor. Ein Ding von der Größe einer Männerfaust, ein blutverschmiertes Ding, in dem sich ein schwarzes Loch zum Maul öffnete, das schrill quietschte und scharfe, rote Zahnstummel entblößte. Es wand sich mit einem peitschenden Mantaschwanz aus dem Leichnam, bespritzte den kalten Beton mit Fetzen weißen Gewebes und Eingeweiden.

Mit dem Schwanz gegen das erkaltende Fleisch des Reporters schlagend, schoss es in einem Schwall von Blut aus dem Körper und fiel zu Boden, wo es pfeilschnell auf die offene Tür zum Gang zuraste, angetrieben von seinem schlängelnden Schwanz und Beinen, die Ada nicht sehen konnte. Es hinterließ eine rote Schmierspur.

Noch ehe sie sich der Waffe in ihrer Hand besann, war das Ding bereits zur Tür hinaus. Zum ersten Mal, seit sie nach Raccoon gekommen war, zum ersten Mal *überhaupt* war sie so total schockiert gewesen, dass sie nicht daran gedacht hatte zu reagieren. Ein Parasit, der aus einer Brust platzte, wie geradewegs einem Science-Fiction-Film entsprungen ...

„War das – hast du gesehen –?", stammelte Leon atemlos.

„Ich hab's gesehen", unterbrach Ada ihn leise. Sie wandte sich um und sah zu Bertolucci hinunter, in sein Gesicht, das erstarrt war in einer blutigen Grimasse des Schmerzes. Und sie dachte: *O mein Gott, seine Kiefer sind aus dem Gelenk gebrochen ...!* Und ihr Blick wanderte weiter zu der klaffenden, nassen Höhlung unterhalb seines Brustbeins.

Die Kreatur war ihm eingesetzt worden – von wem oder was, wusste Ada nicht, und sie *wollte* es auch nicht wissen. Was sie wollte, war, diese Mission zu Ende bringen, so schnell wie möglich, und dann Raccoon so weit hinter sich zu bringen, wie es nur ging. Tatsächlich glaubte sie, dass sie noch nie etwas so sehr gewollt hatte. Als ihr klar geworden war, dass es hier einen T-Virus-Zwischenfall gegeben hatte, hatte sie damit gerechnet, dass sie es mit ein paar absonderlichen Organismen zu tun bekommen würde. Aber der Gedanke, dass ihr einer davon in den Rachen gestopft werden könnte und sich wie ein schleimiger, abnormer Fötus in ihr einnistete, bevor er sich seinen Weg wieder aus ihr herausfraß ... wenn das nicht das Entsetzlichste war, das sie sich überhaupt ausmalen konnte, dann kam es doch zumindest ganz dicht dahinter.

Sie schaute zu Leon hin und gab jeden Vorwand auf zu versuchen, überlegt zu handeln. Sie würde zum Labor gehen, und dieser Entschluss stand nicht zur Diskussion!

„Ich hau hier ab", sagte sie und ohne auf eine Erwiderung zu warten, drehte sie sich um und schritt eilends auf die Tür zu, wobei sie sorgsam darauf achtete, nicht in die Spur zu treten, die das winzige Monster hinterlassen hatte.

„Warte! Hör mir doch zu, ich glaube – Ada? Hey ...!"

Sie trat auf den Korridor hinaus, die Waffe erhoben, doch die Kreatur war verschwunden. Die blutige Spur verlor sich noch vor der Hälfte des Ganges – aber Ada sah, dass sie die Tür zum Zwinger offen gelassen hatten –

– *und der Schacht ist auch offen. Großartig.*

Leon holte sie schon nach ein paar Schritten ein. Er stand vor ihr, verstellte ihr den Weg, und für einen Augenblick dachte Ada, er würde versuchen, sie gewaltsam aufzuhalten.

Tu's nicht. Ich will dich nicht verletzen, aber ich werde es tun, wenn du mich dazu zwingst.

„Ada, geh nicht", sagte Leon; es war kein Befehl, sondern eine Bitte. „Ich – als ich in Raccoon ankam, traf ich auf dieses Mädchen, und ich glaube, sie ist irgendwo im Revier. Wenn du mir hilfst, sie zu finden, könnten wir alle drei zusammen verschwinden. Wir hätten eine viel bessere Chance ..."

„Tut mir leid, Leon, aber das ist ein gottverdammt freies Land. Tu, was du tun musst, viel Glück dabei – aber ich bleibe nicht hier. Ich hab genug. Wenn – *falls* ich hinauskomme, werde ich Hilfe schicken."

Sie wollte sich an ihm vorbeidrängen, hoffte, dass es nicht zu einer Auseinandersetzung kommen würde, und wünschte, sie hätte ihm sagen können, dass er ihr nicht in die Quere kommen solle. Und wie gefährlich es für ihn wäre, es auch nur zu versuchen. Doch da überraschte Leon sie abermals.

„Dann begleite ich dich", erklärte er. Er hielt ihrem Blick stand, eisern, ohne zu blinzeln – und doch voller Angst. „Ich lass dich das nicht allein tun. Ich will nicht, dass noch jemand ... Himmel, ich will nicht, dass dir etwas zustößt!"

Ada starrte ihn an, war nicht sicher, was sie sagen sollte. Jetzt, da Bertolucci tot war, wollte sie Leon in der Kanalisation nicht abhängen müssen; es würde zwar nicht schwierig sein in Anbetracht der Ausdehnung des Netzes ... aber er war einfach so gottverdammt *nett*, so wild entschlossen zu helfen, dass sie es gehasst hätte, ihm etwas Schlimmes antun zu müssen. Die Sache wäre viel einfacher gewesen, wenn er schlicht ein Arschloch mit Macho-Allüren gewesen wäre, aber so ...

Okay, gib deine Tarnung auf. Erzähl ihm, dass du eine Privat-Agentin bist, deren Job es ist, das G-Virus zu stehlen, und dass du keine Begleitung brauchst. Erzähl ihm, wie erleichtert du warst, als dir klar wurde, dass der Reporter im Sterben lag, oder dass du kein

Problem mit dem Töten hast, wenn es für einen guten Zweck ist – wenn du dafür bezahlt wirst beispielsweise. Mal sehen, wie nett und hilfsbereit er dann noch ist.

Das kam natürlich nicht infrage, ebenso wenig wie der Versuch, ihm auszureden, mit ihr zu kommen; es würde keinen Sinn haben. Und ein Teil von ihr, ein Teil, den sie sich nicht eingestehen wollte, hatte es satt, allein zu sein. Der Anblick dieses *Dings*, das aus Bertolucci herausgeplatzt war, hatte sie erschüttert, hatte ihr das Gefühl vermittelt, dass sie nicht so unverwundbar war, wie sie gerne glaubte.

Also lass ihn mitkommen, geh zum Labor und finde dort ein sicheres Plätzchen, wo du ihn zurücklassen kannst.

Leon sah sie aufmerksam an, wartete auf ihre Zustimmung. „Gehen wir", sagte sie, und das Grinsen, das er ihr schenkte, ließ sie sich, obwohl es gewinnend war, noch unbehaglicher fühlen.

Ohne ein weiteres Wort gingen sie in Richtung des Zwingers. Ada fragte sich, was zum Teufel sie hier tat – und ob sie noch imstande sein würde zu tun, was immer auch getan werden musste, um ihren Job zu erledigen.

Claire stand vor der altertümlichen Tür am Ende des dunklen, verliesähnlichen Ganges, in den der Aufzug sie gebracht hatte. Im Revier war es schon unangenehm gewesen, aber gegen die klamme Kälte dieses steinernen Ganges hatten im Revier geradezu sommerliche Verhältnisse geherrscht. Es war, als sei sie in ein mittelalterliches Spukschloss hinabgestiegen.

Sie holte tief Luft und überlegte, wie sie hineingehen sollte. Sie war ziemlich sicher, dass Irons von einem Überraschungsbesuch nicht angetan sein würde, aber der Gedanke, anzuklopfen, erschien Claire albern – und gefährlich obendrein. In Halterungen zu beiden Seiten der schweren Holztür brannten Fackeln, die Tür selbst war mit rostigen Metallbändern beschlagen – und hätte sie zuvor noch den geringsten Zweifel daran gehabt, dass Irons verrückt war, hätten der Anblick der beiden flackernden Fackeln und das Gefühl kalter, lautloser Angst, das den Gang erfüllte, ihre Unsicherheit ausgeräumt.

Ein Geheimgang, ein verborgener, gespenstisch beleuchteter Raum ... Welcher normale Mensch würde sich hier unten aufhalten wollen? Es war nicht die Katastrophe – Irons muss schon lange vor dem Umbrella-Unfall durchgeknallt gewesen sein ...

Eine weitere Gewissheit, obwohl sie keinerlei Beweise dafür hatte – aber als Sherry ihr erzählt hatte, womit ihre Eltern ihren Lebensunterhalt verdienten und was vor ihrer Ankunft auf dem Revier geschehen war, hatte es *klick* in ihr gemacht. Umbrella hantierte mit Krankheitserregern, und die Einwohnerschaft von Raccoon war unbestreitbar an *irgendetwas* sehr *schlimm* erkrankt. Es musste einen Unfall gegeben haben, einen Ausbruch, der diese seltsame Zombie-Pest freigesetzt hatte ...

Schluss mit den Ausflüchten!

Claire nagte an ihrer Lippe, nicht sicher, was sie tun sollte. Sie bezweifelte nicht, dass Irons irgendwo hier unten war, und sie wollte ihm nicht noch einmal über den Weg laufen. Vielleicht sollte sie wieder nach oben, Sherry holen und nach einem anderen Ausweg suchen. Nur weil dieser Bereich geheim war, hieß das nicht, dass er eine Fluchtmöglichkeit bot.

Du schindest immer noch Zeit, und Sherry ist dort oben ganz allein. Und du hast eine Waffe, schon vergessen?

Eine Waffe mit sehr wenig Munition. Wenn das hier Irons' Versteck war, dann bewahrte er hier vielleicht Waffen auf ... oder möglicherweise war es auch nur ein weiterer Gang, der tiefer in die Katakomben des Reviers hineinführte. Wie auch immer, nur hier herumzustehen und sich Fragen zu stellen, würde sie nicht weiterbringen.

Claire legte die Hand auf den Riegel, atmete noch einmal tief ein, und schob ihn zurück. Die schwere Tür schwang langsam und in gut geölten Scharnieren auf. Claire trat zurück, hob die Waffe und –

Jesus Christus!

Ein leerer Raum, so nasskalt und abweisend wie der Gang – aber mit einer Ausstattung, die Claire eine Gänsehaut verursachte. Eine nackte Glühbirne hing von der Decke und beleuchtete den unheimlichsten Raum, den sie je gesehen hatte. In der Mitte stand ein Tisch, fleckig und verschrammt, darauf lagen eine Handsäge und andere Schneidewerkzeuge; ein verbeulter Metalleimer und ein Mopp lehnten an einer feuchtglänzenden Wand neben einer tragbaren Wanne mit getrockneten roten Flecken; Regale, die mit staubigen Flaschen gefüllt waren – und etwas, das wie menschliche Knochen aussah, poliert und bleich, aufgereiht wie makabre Trophäen. All das und der Geruch – ein schwerer, chemischer Gestank, scharf und sauer, der nur einen noch abseitigeren Geruch überdeckte – einen Geruch wie destillierter Wahnsinn …

Nur in den Raum hineinzuschauen, verursachte Claire bereits Übelkeit. „Durchgeknallt" war womöglich die Untertreibung des Jahres, um den Polizeichef zu beschreiben – aber es war niemand da, und das bedeutete, dass es irgendwo hier drinnen einen weiteren Geheimgang geben konnte. Zumindest nach Waffen musste sie suchen.

Claire schluckte und betrat den Raum, froh, dass sie Sherry nicht mitgenommen hatte. Der Anblick dieser privaten kleinen Folterkammer würde schon *ihr* Albträume bescheren, ein Kind durfte man diesem Szenario tunlichst nicht aussetzen –

„Keine Bewegung, kleines Mädchen, oder ich erschieße dich auf der Stelle!"

Claire erstarrte. Jeder Muskel in ihrem Körper erstarrte, als Irons hinter ihr zu lachen begann – hinter der Tür, wo sie vergessen hatte, nachzuschauen.

O mein Gott, o Gott, o Sherry, es tut mir so leid …

Irons tiefes Glucksen steigerte sich ins lautstarke hämische Gelächter eines Irren, und Claire begriff, dass sie sterben würde.

ACHTZEHN

Leon versuchte, nicht zu tief Luft zu holen, als er das untere Ende der Metallleiter erreichte, sich umdrehte und mit der Magnum ins dichte Dunkel zielte. Trübes Wasser schwappte über seine Stiefel, und als sich seine Augen an das schwache Licht gewöhnt hatten, entdeckte er die Quelle des furchtbaren Gestanks.

Teile davon jedenfalls ...

Der unterirdische Tunnel, der sich vor ihm erstreckte, war mit Leichenteilen übersät, menschlichen Leichen, die in Stücke gerissen worden waren. Glieder, Köpfe und Torsos lagen wie wahllos hingestreut in dem steinernen Gang, plätschernd umspült von den wenigen Zentimetern dunklen Wassers, die den Boden bedeckten.

„Leon? Wie sieht's aus?" Adas Stimme drang aus dem Lichtkreis über der Leiter herab und echote hallend um ihn her. Leon antwortete nicht, sein schockierter Blick war auf die schreckliche Szenerie fixiert, sein Gehirn versuchte, die einzelnen Teile aufzuaddieren, um auf eine Gesamtzahl zu kommen.

Wie viele? Wie viele Menschen waren das einmal?

Zu viele, um sie zu zählen. Er sah einen Kopf ohne Gesicht, vom langen Haar wie von einer Wolke umflort. Den enthaupteten Rumpf einer dicken Frau, eine Brust schaukelte auf der gekräuselten Schwärze. Einen Arm, der in die Fetzen einer Polizeiuniform gehüllt war. Ein nacktes Bein, am Fuß noch ein Turnschuh. Eine gekrümmte Hand, die Finger glitschig und weiß.

Ein Dutzend? Zwanzig?

„Leon?" Adas Ton hatte sich verschärft.

„Es – es scheint alles okay zu sein", rief er, um einen festen Klang seiner Stimme bemüht. „Es bewegt sich nichts."

„Ich komme runter."

Er trat von der Leiter weg, um ihr Platz zu machen, und erinnerte sich an etwas, das sie zuvor gesagt hatte, etwas über Leichen, die heruntergeworfen worden waren …

Ada trat von der untersten Sprosse in den finsteren Tunnel, ihre Füße platschten in das trübe Wasser. Leons Augen hatten sich hinreichend auf die Lichtverhältnisse eingestellt, sodass er den angeekelten Ausdruck über ihr Gesicht huschen sehen konnte – Ekel und etwas wie Traurigkeit.

„In der Garage gab es einen Angriff", sagte sie leise. „Vierzehn oder fünfzehn Menschen kamen dabei um …"

Sie verstummte, runzelte die Stirn und trat einen Schritt an ihm vorbei, um einen genaueren Blick auf die abgetrennten und verstümmelten Überreste zu werfen. Als sie weitersprach, klang sie besorgt.

„Ich habe den Angriff nicht gesehen, aber ich glaube nicht, dass die Opfer derart verstümmelt wurden."

Sie schaute nach oben, ließ den Blick über die Tunneldecke streifen und umfasste ihre Neunmillimeter fester. Leon folgte ihrem Blick, sah aber nur algenbewachsenen Stein. Ada schüttelte den Kopf und schaute wieder hinab auf die träge plätschernde See aus zerrissenen Leibern.

„Das waren nicht die – Zombies. Etwas hat sich an diesen Menschen vergangen, *nachdem* sie tot waren."

Leon spürte, wie ihm ein Schauer über den Rücken rann. Das war ungefähr das Letzte, was er hören wollte, während er in dieser feuchten, stinkenden Finsternis stand, umgeben von Leichenteilen.

„Dann ist es also nicht sicher hier unten. Wir sollten umkehren und –"

Ada ging los, watete zwischen den ineinander verhedderten Gliedmaßen hindurch, und das schwappende Geräusch ihrer vorsichtigen Bewegungen klang überlaut in der ansonsten herrschenden Stille.

Verdammt, ignoriert sie eigentlich jeden, oder macht sie das nur mit mir so?

Darauf achtend, wo er hintrat, folgte Leon ihr und streckte die Hand aus, um sie an der Schulter zu fassen. „Lass mich wenigstens vorausgehen, okay?"

„Schön", sagte sie, wobei sie sich fast, aber nicht ganz verärgert anhörte. „Geh voraus."

Er trat vor sie, und sie gingen weiter. Leon versuchte, seine Aufmerksamkeit zwischen der vor ihm liegenden Dunkelheit und den glitschigen Fleischfetzen und Knochen zu seinen Füßen aufzuteilen. Direkt vor ihm machte der Tunnel eine Rechtsbiegung, und die ölige Oberfläche des Wassers reflektierte etwas Licht. Hier lagen auch weniger Leichenteile herum.

Leon hielt inne, um die Remington von der Schulter zu nehmen und zu überprüfen, ob sich eine Patrone in der Kammer befand. Was immer sich an den Toten vergangen hatte, schien sich nicht in der Nähe aufzuhalten, aber er wollte nicht unvorbereitet sein für den Fall, dass es zurückkam.

Ada wartete, ohne etwas zu sagen, doch er konnte ihre Ungeduld spüren – nicht zum ersten Mal fragte er sich, ob hinter ihrer Geschichte mehr steckte, als sie ihm erzählt hatte. Er fürchtete sich, außerdem fror er, er war müde, und er hatte Angst um Claire, die vielleicht immer noch im Revier umherstreifte – er wusste nicht einmal, ob sie noch am Leben war; aber er hatte Ada nicht ruhigen Gewissens allein einer potentiellen Gefahr entgegenspazieren lassen können.

Ada hingegen ... sie war ruhig und beherrscht wie ein altgedienter Soldat, ließ sich nichts anmerken außer einer Art gereiztem Eifer, weiterzumachen – und wenn sie seine Gegenwart überhaupt begrüßte, gab sie sich alle Mühe, dies nicht zu zeigen. Es war nicht so, dass er ihre Dankbarkeit brauchte oder wollte ...

... aber wären die meisten Menschen nicht froh, einen Cop dabei zu haben? Auch wenn es sich um ein Greenhorn wie mich handelt?

Vielleicht nicht, und es war weder die Zeit noch der Ort, um Fragen zu stellen. Leon rief sich innerlich zur Räson und setzte sich wieder in Bewegung, trat vorsichtig über ein zerkautes Stück Fleisch hinweg, das er nicht zu identifizieren vermochte.

„Halt!", flüsterte Ada scharf. „Horch!"

Leon spannte sich, die Remington in der einen, die Magnum in der anderen Hand. Er legte den Kopf schief, um zu lauschen, aber er vernahm nur ein fernes, hallendes Tropfen von Wasser –

– und ein leises Pochen. Ein schnelles, aber zielloses Geräusch, wie gepolsterte Hämmer auf einer gepolsterten Oberfläche. Was es auch sein mochte, es kam näher, kam auf sie zu, von dort, wo der Tunnel vor ihnen nach rechts abbog.

Warum platscht es nicht, warum hören wir kein Wasser –?

Leon wich einen Schritt zurück, hob beide Waffen etwas an, entsann sich, wie Ada zuvor zur Decke hochgeschaut hatte –

– und sah es, sah es und spürte, wie sein Herz mitten im Schlag aussetzte. Eine Spinne von der Größe eines Dobermanns jagte auf halber Höhe der Innenwand über das feuchte Gestein, und ihre borstigen, haarigen Beine verursachten klopfende Geräusche –

Unmöglich!

– und dann wurde rechts neben ihm eine Folge ohrenbetäubender Explosionen laut.

Bamm-bamm-bamm-bamm!

Das Mündungsfeuer von Adas Beretta tauchte den höllischen Tunnel in stroboskopartiges Licht. Die dröhnenden Echos rollten durchs Dunkel, während der riesenhafte, unmögliche Arachnide von der Wand ins tintige Wasser fiel. Das Wesen kroch auf sie zu, war verletzt, zog zwei seiner vielen Beine nach, dunkle Flüssigkeiten rannen aus seinem rundlichen, grotesken Leib. Es schleppte sich über einen abgetrennten Kopf, und der verstümmelte Schädel rollte unter dem geschwollenen, pulsierenden Leib wieder hervor. Leon konnte die glänzenden schwarzen Augen des Untiers sehen, jedes so groß wie ein Tischtennisball, und er drückte den Abzug der Remington, fühlte nicht einmal den Rückstoß des donnernden

Schusses, war ganz und gar auf diesen unfassbaren Arachniden fokussiert.

Die Kugel traf voll, zerriss die alienhafte Fratze in tausend feuchte Fetzen. Die Spinne vollführte einen Rückwärtssalto, schlitterte in aufspritzendem Wasser nach hinten, die dicken Beine zitterten und krümmten sich über dem pelzigen Leib.

Leons Ohren klingelten, sein Herz hämmerte. Er lud eine weitere Patrone in die Kammer. Sein Verstand wollte ihm einreden, dass er *nicht* gerade eine Spinne von dieser Größe umgeblasen hatte – es war physikalisch unmöglich, es konnte nicht sein, weil so ein Wesen unter seinem eigenen Gewicht zusammenbrechen würde, aber …

Ada drängte sich an ihm vorbei, rannte voraus, rief ihm zu: „Komm schon, es könnten noch mehr von der Sorte aufkreuzen!"

Leon folgte ihr. Adas verwegenes Verhalten zwang ihn, sein Entsetzen zurückzustellen. Er sprintete durch die Dunkelheit und sprang über die sanft schaukelnden Fleischbrocken hinweg, vorbei an der toten Spinne, die es in jener Realität, die er vor Raccoon gekannt hatte, nie gegeben hätte.

„Lass deine Waffe fallen", befahl Irons, und die junge Frau gehorchte nach einer Sekunde des Zögerns. Die Browning klapperte zu Boden, und Irons musste dem Drang, abermals aufzulachen, widerstehen. Er konnte kaum fassen, wie dumm sie sich verhielt. Die Umbrella-Killerin war offenbar arrogant geworden, so wie sie in sein Sanktuarium spaziert war, als gehörte es ihr – und wegen ihrer Blasiertheit und Selbstgefälligkeit hatte sie das Spiel verloren.

„Dreh dich um, langsam – und lass deine Hände, wo ich sie sehen kann", verlangte er, immer noch grinsend. Oh, was für ein glorreich leichter Sieg! Umbrella hatte ihn zum letzten Mal unterschätzt.

Wiederum tat das Mädchen, was er verlangte, wandte sich langsam um, die Hände leer und offen. Ihr Gesichtsausdruck war unbezahlbar, ihre adlerhaften Züge zu einer Maske der Angst und des Erschreckens erstarrt. *Das* hatte sie nicht erwartet, sie hatte geglaubt, es sei ein einfacher Job, Brian Irons auszuschalten. Schließlich war er ein gebrochener Mann, ein Schatten seines früheren Selbst, seiner Stadt, seines *Lebens* beraubt ...

„Hast dich geirrt, nicht wahr?", sagte er und spürte, wie die Situation ihren Humor verlor, spürte, wie sich der Zorn wieder rührte. Er hielt die VP 70 weiterhin auf ihr lächerlich junges Gesicht gerichtet; es war beleidigend, dass sie ein Kind hergeschickt hatten, damit es die Dreckarbeit für sie erledigte. Auch wenn es so ein schönes Kind war ...

„Beruhigen Sie sich, Chief Irons", sagte sie, und selbst in seiner Wut gefiel es ihm, die Anstrengung in ihrer sinnlichen Stimme zu hören, die Furcht hinter ihrem sinnlosen Flehen. Er würde es genießen, mehr noch als er es angenommen hatte.

Aber zuerst ein paar Antworten.

„Wer hat dich geschickt? War es Coleman vom Hauptquartier? Oder kamen deine Befehle von höherer Stelle ... aus dem Vorstand vielleicht? Es hat keinen Sinn mehr, mir etwas vorzulügen."

Die mädchenhafte Frau starrte ihn an, die Augen in vorgetäuschter Verwirrung geweitet. „Ich – ich weiß nicht, wovon Sie reden. Bitte, das ist ein Irrtum ..."

„O ja, hier liegt sogar ganz bestimmt ein Irrtum vor", zischte Irons, „aber den hast du begangen. Wie lange hat Umbrella mich beobachtet? Wie lauten deine Befehle genau – solltest du mich auf der Stelle umbringen, oder wollte Umbrella mich erst noch ein bisschen leiden sehen?"

Sie antwortete nicht gleich, überlegte offensichtlich, wie viel sie ihm erzählen sollte. Sie war gut, ihr Ausdruck immer noch sorgsam arrangiert, um lediglich verwirrte Angst zu zeigen, aber er durchschaute sie.

Sie ist gefangen, sie muss wissen, dass ich sie nicht am Leben lassen werde, und sie will die Wahrheit trotzdem verheimlichen, selbst jetzt noch. Jung, aber gut gezogen.

„Ich kam nach Raccoon, um meinen Bruder zu suchen", sagte sie langsam, den Blick ihrer großen grauen Augen auf die Waffe geheftet. „Er gehörte zur S.T.A.R.S.-Organisation, und ich –"

„S.T.A.R.S.? Etwas Besseres fällt dir nicht ein?" Irons lachte bitter auf und schüttelte den Kopf. Die in Raccoon befindlichen S.T.A.R.S.-Leute hatten sich verdrückt, lange bevor alles zum Teufel gegangen war – und seinen letzten Informationen zufolge hatte Umbrella die Organisation längst für die Zwecke der Firma eingespannt und arbeitete daran, diejenigen zu eliminieren, die sich nicht bekehren lassen wollten. Als eine zur Tarnung erfundene Story taugte das, was ihm das Mädchen da auftischen wollte, nicht einmal ansatzweise.

Aber da ist etwas an ihr ...

Aus zusammengekniffenen Augen musterte er ihr blasses, ängstliches Gesicht. „Und wer soll dein Bruder sein?"

„Chris Redfield, Sie kennen ihn – ich bin Claire, seine Schwester. Ich weiß nichts über das, was Umbrella getan hat, und ich wurde nicht hergeschickt, um Sie umzubringen." Sie sprach schnell, trug ihre Geschichte vor, ohne zu stocken.

Sie *sah* wie Redfield aus, um die Augen herum jedenfalls ... warum sie allerdings dachte, dass ihr diese Verbindung helfen könnte, war Irons ein Rätsel. Redfield war ein aufgeblasener, respektloser Emporkömmling, der sich ihm mehrere Male unverhohlen widersetzt hatte; genau gesagt –

„Redfield arbeitete für Umbrella, stimmt's?" Laut ausgesprochen konnte Irons regelrecht sehen, dass es die Wahrheit war – und sein Zorn schwoll einer roten Flut gleich an, eine ätzende Hitze spülte durch seine Adern und weckte Übelkeit in ihm.

Selbst meine eigenen Leute, die ganze Zeit über. Verräterische Umbrella-Marionetten.

„Das Spencer-Anwesen, die Anschuldigungen gegen Umbrella ... es war alles inszeniert, sie ließen ihn Staub aufwirbeln, um – um mich *abzulenken,* damit sie Birkins neues Virus stehlen konnten ..."

Irons machte einen Schritt auf das Mädchen zu, kaum noch imstande, sich zu beherrschen, den Abzug nicht durchzuziehen, entgegen seiner Absicht. Das Mädchen, *Claire,* wich einen Schritt zurück, hielt die Hände hoch, die Handflächen nach außen gebogen, wie um seinen gerechten Zorn abzuwehren.

„Daher also wussten die S.T.A.R.S.-Typen, wie sie aus der Stadt verschwinden konnten", knurrte er. „Man hat sie gewarnt, damit sie die Stadt vor dem T-Virus-Ausbruch verlassen konnten!"

Er tat einen weiteren Schritt nach vorne, doch Claire blieb stehen, ihre Augen weiteten sich noch mehr. „Sie meinen, Chris ist nicht hier?"

Ihr kleines, hoffnungsvolles Flüstern fachte die rote, flammende Hitze, die ihn durchpochte, nur noch mehr an – und das Gefühl war so mächtig, dass es über Zorn hinausging, es bündelte sich zu einem Wunsch auf etwas Brutales und Konkretes. Nicht genug damit, dass er von Umbrella und S.T.A.R.S. betrogen worden war, nicht genug damit, dass er manipuliert, gequält, *gejagt* worden war –

Nein. Nein, ich muss mich auch noch anlügen *lassen von diesem kleinen Mädchen, einer Spionin, einer Mörderin aus einer Familie von Verrätern. Ein Leben im Dienst am Nächsten, ein Leben voller schwer errungener Erfahrungen und Aufopferung ... und das ist mein Lohn.*

„Ein Schlag ins Gesicht", sagte er, seine Stimme so kalt wie diese neue Grausamkeit, die ihn erfüllte und in einen Jäger verwandelte. „Behandelst mich wie einen gottverdammten Idioten. Du hast nicht einmal genug Respekt, um *anständig* zu lügen."

Er streckte die Neunmillimeter vor und ging auf Claire zu, jeder Schritt wohl bemessen und bedacht – und diesmal war ihre Angst echt, er sah es daran, wie sie nach hinten taumelte, wie ihre Lippen bebten, wie ihr junger Busen sich auf so köstliche Weise hob und senkte. Sie war entsetzt, versuchte, sich nach einer Waffe umzuschauen und gleichzeitig ihn im Auge zu behalten und ihm zu entkommen, und doch gelang ihr nichts von all dem, während er weiter auf sie zu ging.

„*Ich* habe die Macht", sagte er, „dies ist *mein* Sanktuarium, meine Domäne. Du bist der Eindringling. Du bist der Lügner, *du* bist das Böse – und ich werde dich lebendig häuten. Ich werde dich zum

Schreien bringen, du Schlampe, du wirst dir wünschen, nie geboren worden zu sein. Was sie dir auch bezahlt haben, es war nicht genug."

Sie drängte sich mit dem Rücken gegen eines der Regale, stolperte über das Bein des Arbeitstisches, stürzte beinahe auf die verborgene Falltür in der Ecke. Irons folgte ihr, spürte, wie diese wunderbare, aufregende Macht in ihm kreiste, fühlte sich erregt von ihrer Hilflosigkeit.

„Bitte, Sie wollen das doch gar nicht tun, ich bin nicht die, für die Sie mich halten!"

Ihr lächerliches Betteln ließ ihn innehalten und auflachen, weckte in ihm den Wunsch, ihr Entsetzen noch zu schüren, sie wissen zu lassen, dass seine Kontrolle absolut war. Sie war eingekeilt zwischen einem Trophäenregal und der verdeckten Grube, und Irons blieb in sicherer Distanz, genoss den Ausdruck in ihren glitzernden, leuchtenden Augen – die Panik eines in die Enge getriebenen Tieres, ein weiches, warmes, machtloses Tier mit zartem, nachgiebigem Fleisch …

Irons leckte sich die Lippen, sein gieriger Blick wanderte über ihre geschmeidige, zarte, ängstlich geduckte Gestalt. Eine weitere Trophäe, ein weiterer Körper, der sich zur Umwandlung anbot … und es war Zeit, zur Sache zu kommen, zu –

„*Kraaackh!*"

Was zum –

Das Brett, das den Einstieg zum Keller verdeckte, flog in die Luft, barst mit einem gewaltigen Krachen, und eines der gezackten Trümmer traf Irons an der Hüfte. Er wankte, begriff nicht – *er* hatte die *Kontrolle*, und doch lief etwas ganz furchtbar schief …

Etwas schlang sich um seinen Knöchel, etwas, das so fest zudrückte, dass er hörte, wie der Knochen zermalmt wurde, er fühlte unvorstellbaren, stechenden Schmerz in seinem Bein hochschießen –

– und sein Blick fing den des Mädchens ein, ihre Augen glommen in neuerlichem Entsetzen, und in diesem Moment des Kontaktes, da die Klarheit in ihn zurückkehrte, wollte er ihr so vieles sagen, wollte ihr sagen, dass er ein guter Mensch war, ein Mann, der nichts verdient hatte von all dem, was ihm zugestoßen war –

– doch der schraubstockartige Griff *zerrte* an ihm, und Irons stürzte, ließ die Waffe fallen, wurde in das Loch gezogen, begleitet von Schmerzen und dem Kreischen der Bestie, die dort unten auf ihn wartete.

NEUNZEHN

In der einen Sekunde stand Irons noch vor ihr, starrte ihr entsetzlich leidvoll in die Augen –
– und in der nächsten war er verschwunden. In ein Loch im Boden gezerrt von einem Arm, auf den Claire nur einen flüchtigen Blick erhascht hatte, einem muskulösen, triefenden Arm mit fußlangen Krallen. Er verschwand peitschend aus ihrem Blickfeld und nahm Irons mit sich in die dunkle Tiefe.

Das Wesen schrie noch einmal, ein mächtiges, kraftvolles Heulen, dessen Lautstärke Irons' entsetztes Kreischen erst gleichkam und dann noch übertraf. Völlig versteinert, konnte Claire nur lauschen. In ihr rangen Schrecken, Erleichterung und Angst um das eigene Leben miteinander, während die schrecklichen Schreie aus dem offenen Loch heraufdrangen und gegen ihr Gehör hämmerten, in diesem kalten, düsteren Kerker, den sich Irons eingerichtet hatte …

… bis seine Schreie, nur ein, zwei Sekunden später, in ein Gurgeln übergingen – und die schlürfenden, schmatzenden, feuchten Laute anschwollen.

In Claire kam Bewegung. Sie nahm die Waffe auf, die Irons fallen lassen hatte, und rannte hinter den Tisch in der Mitte des Raumes. Sie wollte nicht so wie Irons gepackt und fortgezerrt werden.

Es hat ihn umgebracht, es hat ihn umgebracht, und er wollte mich umbringen …!

Die Erkenntnis dessen, was soeben geschehen war, und was hätte geschehen *können*, traf Claire wie ein Hammerschlag und verwandelte ihre Glieder in Gummi. Sie zwang sich, noch ein paar Schritte von der offenen Grube zurückzuweichen, sackte dann gegen eine nassschimmernde Steinmauer und sog die sauer riechende Luft in keuchenden Zügen ein.

Irons hatte vorgehabt, sie zu töten, aber nicht sofort. Sie hatte gesehen, wie sein von Irrsinn gezeichneter Blick über ihren Körper gekrochen war, hatte die gierige Ungeduld in seinem Lachen gehört –

Aus der Ecke kam ein tiefes, grunzendes Geräusch, ein bestialischer Laut, das Grollen eines sattgefressenen Löwen. Claire drehte sich um, hob die schwere Pistole, erstaunt, dass sie überhaupt imstande war, noch mehr Entsetzen zu empfinden –

– und etwas jagte aus dem Loch empor, etwas mit rudernden Armen...

Claire drückte ab. Der Schuss ging fehl. Eine Glasflasche in einem Regal zerbarst, während das *Etwas* zu Boden schlug.

Es war Irons – aber nur ein Stück von ihm. Er war säuberlich halbiert worden, das Ding, von dem er geschnappt worden war, hatte ihn in zwei Teile zerlegt – alles, was sich unterhalb seiner fleischigen Hüfte befunden hatte, war verschwunden. Fetzen zerrissener Haut und Muskelstränge hingen über der triefenden Blutlache, die seine Beine ersetzt hatte.

Claire wich zur Tür zurück, die Waffe noch auf die Öffnung gerichtet und hörte das Wesen, das *Monster,* abermals brüllen – ein widerhallendes Heulen, das in einer Entfernung verklang, die sie sich nicht vorzustellen vermochte. Eine Sekunde später konnte sie es überhaupt nicht mehr hören. Es war fort.

Sherrys Monster. Das war Sherrys Monster!

Langsam schob Claire sich auf den verstümmelten Leichnam von Chief Irons zu, auf die leere, gähnende Schwärze des Loches – aber es war nicht nur Schwärze. Sie bemerkte gedämpftes Licht, das von irgendwoher heraufdrang, genug, um zu erkennen, dass darunter ein weiterer Boden lag – so wie es aussah, das Metallgitter eines Laufstegs –, zu dem eine Leiter hinabführte.

Ein Keller unter *dem Keller ... Ein Weg nach draußen?*

Claire trat von der Öffnung zurück. Ihre Gedanken rasten ungeordnet, versuchten, die Information aufzunehmen und mit dem in Einklang zu bringen, was Irons ihr erzählt hatte. Chris befand sich nicht in Raccoon, die S. T. A. R. S.-Leute waren verschwunden – eine ebenso wunderbare wie auch furchtbare Aussage, hieß es doch, dass Chris zwar in Sicherheit war, aber auch, dass er nicht angelaufen kommen würde, um in die Rolle des großen Retters aus der Not zu schlüpfen. Es *hatte* einen Ausbruch bei Umbrella gegeben, was zumindest die Zombies erklärte – aber was Irons über Birkin gesagt hatte, über Birkins Virus ... war dieser Birkin Sherrys Vater?

Und – die Zombies mögen ja die Folge eines Laborunfalls sein, aber was ist mit all den anderen Geschöpfen, Mr. X oder die Inside-Out-Wesen ...?

Irons' Gerede über Umbrella deutete darauf hin, dass der Unfall zwar unerwartet gekommen, das Pharma-Unternehmen jedoch kein Unschuldslamm gewesen war. Wie hatte er es noch gleich genannt?

„T-Virus", sagte Claire leise und schauderte. „Es gab Birkins neues Virus, und es gab das T-Virus ..."

Die Zombie-Seuche hatte einen Namen. Und man gab etwas, über das man nichts wusste, keinen Namen, was bedeutete –

– was bedeutete, dass sie nicht *wusste*, was es bedeutete. Sie wusste nur, dass Sherry und sie aus Raccoon verschwinden mussten, und dieser neue Keller mochte ein Weg hinaus sein. Es war zumindest keine Sackgasse – das Monster, das Irons getötet hatte, war *irgendwohin* verschwunden.

Und du willst ihm tatsächlich folgen, mit Sherry? Es könnte zurückkommen – und wenn es tatsächlich nach ihr sucht ...

Kein sehr aufbauender Gedanke – aber das war die Vorstellung, hinaus auf die Straßen zu gehen, auch nicht, und das Revier wimmelte bereits von Gott weiß was für Kreaturen. Claire überprüfte das Magazin der Waffe, mit der Irons sie bedroht hatte, und zählte siebzehn Patronen. Nicht genug, um sich den Zombies im Revier zu stellen – aber vielleicht ausreichend, um ein Monster auf Distanz zu halten ...

Es war eine Chance, und sie war entschlossen, sie zu nutzen. Claire atmete tief ein und langsam aus, sammelte sich. Sie musste sich zusammenreißen, wenn schon nicht um ihretwillen, so doch für Sherry.

Sie drehte sich um und sah auf die Überreste des Polizeichefs hinab. Es war eine schreckliche Art zu sterben, aber sie konnte sich nicht aufraffen, Mitleid für ihn zu empfinden. Er war bereit gewesen, sie zu missbrauchen und zu foltern, er hatte gelacht, als sie um ihr Leben gebettelt hatte, und jetzt war er tot; sie freute sich nicht darüber, aber sie würde deswegen auch keine Tränen vergießen. Ihr einziger Gedanke in diesem Zusammenhang war, dass sie ihn zudecken sollte, bevor sie Sherry hier herunterbrachte. Das Mädchen hatte genug Zeugnisse von Gewalt gesehen für ein ganzes Leben.

Wir beide haben das, Kleines, dachte Claire erschöpft und sah sich nach etwas um, das sie über den toten Chief Irons breiten konnte.

Leon holte Ada in dem kalten, industriellen Gang ein, der zum Zugang zur Kanalisation führte, ein paar Schritte von dem gefluteten Sub-Kellergeschoss entfernt. Sie war vorausgerannt, um die Schlüssel zu hinterlegen, mittels derer sie in das Kanalnetz gelangen würden, weil sie keine Lust hatte zu erklären, wie sie daran gekommen war. Sie hatte es gerade geschafft, sie in den Kesselraum zu werfen, bevor hinter ihr Leons Schritte auf den Metallstufen erklangen.

Wenigstens muss ich nicht so tun, als sei ich außer Atem ...

Der Ausdruck auf seinem Gesicht verriet Ada, dass sie ihren neuerlichen Alleingang begründen musste. In der Sekunde, da er den düsteren Korridor betrat, fing sie auch schon an zu reden.

„Entschuldige, dass ich so gerannt bin", sagte sie und schenkte ihm ein nervöses Lächeln. „Ich hasse Spinnen."

Leon musterte sie stirnrunzelnd – und als sie dem forschenden Blick seiner blauen Augen begegnete, wurde Ada bewusst, dass sie sich etwas mehr würde anstrengen müssen. Sie trat einen Schritt auf ihn zu, nicht so nahe, dass es zudringlich gewirkt hätte, aber nahe genug, um ihn die Wärme ihres Körpers spüren zu lassen. Den

Blickkontakt aufrechterhaltend, bog sie den Kopf etwas zurück, um den Größenunterschied zwischen ihnen zu betonen; es war nur eine Kleinigkeit, aber ihrer Erfahrung nach sprachen Männer im Allgemeinen gut auf Kleinigkeiten an.

„Ich schätze, ich hab's nur ziemlich eilig, hier rauszukommen", sagte sie leise. Ihr Lächeln verlor sich. „Ich hoffe, ich habe dir nicht schon wieder Kummer gemacht."

Er senkte den Blick, aber zuvor entdeckte sie darin einen Schimmer von Interesse – er war verwirrt und verunsichert, aber definitiv interessiert – weshalb es sie nur um so mehr überraschte, als er von ihr abrückte.

„Hast du aber. Tu's nicht noch mal, okay? Ich bin vielleicht kein besonders guter Cop, aber ich versuch's – und Gott allein weiß, was uns hier unten noch alles begegnet."

Sein Blick traf wieder den ihren, und leise fuhr er fort: „Ich bin mit dir gegangen, weil ich helfen will, weil ich meinen Job machen will – und das kann ich nicht, wenn du vorausrennst. Außerdem", fügte er mit einem kleinen Lächeln hinzu, „wenn du davonläufst, wer hilft dann *mir*?"

Jetzt war Ada an der Reihe wegzusehen. Leon war ehrlich zu ihr, gab seine Ängste offen zu – und seine Reaktion auf ihren nicht sonderlich subtilen Flirt hatte darin bestanden, dass er zurückwich und ihr erzählte, dass er ein guter Polizist sein wolle.

Interessiert, aber nicht schwanzgesteuert ... und Manns genug, um mir zu sagen, dass er sich seiner Fähigkeiten nicht sicher ist.

Sie kam nicht umhin, das Lächeln zu erwidern, aber es wurde nur ein zittriges Verziehen der Lippen daraus. „Ich werde mein Bestes tun", sagte sie.

Leon nickte, wandte sich um, inspizierte den Gang und stellte die Unterhaltung ein – sehr zu Adas Erleichterung. Sie war nicht sicher, was sie von ihm hielt, war sich aber unangenehm bewusst, dass ihr Respekt vor ihm zunahm – und das war, in Anbetracht der Umstände, nicht gut.

In dem feuchten, schwach beleuchteten Gang gab es nicht viel zu sehen – zwei Türen und eine Sackgasse. Der Kesselraum, in den sie die Schlüssel geworfen hatte – oder vielmehr die Steckschlüssel –, lag direkt vor ihnen, der Zugang zur Abwasserbeseitigung in einer der hinteren Ecken; einem Schild an der Wand zufolge führte die andere Tür in einen Lagerraum.

Ada folgte Leon zu der am nahesten liegenden der beiden Türen, der zum Lager, und blieb zurück, als er sie mit seiner Magnum aufdrückte und hineintrat. Kisten, ein Tisch, eine Truhe; nichts Wichtiges, aber wenigstens kein Krabbelzeug. Nach kurzer Suche kehrte Leon auf den Gang zurück, und sie bewegten sich in Richtung des Kesselraums.

„Wo hast du überhaupt so gut schießen gelernt?", fragte Leon, als sie vor der Tür stehen blieben. „Du bist ziemlich gut. Warst du beim Militär oder so …?"

Sein Ton klang beiläufig, aber sie blieb wachsam.

Netter Versuch, Officer.

Ada lächelte und schlüpfte in ihre sorgfältig geprobte Rolle. „Paintball – ob du's glaubst oder nicht. Als Teenager ging ich mit meinem Onkel zwar ein paarmal auf den Schießstand, hab mich aber nie richtig dafür begeistern können. Vor ein paar Jahren schleifte mich dann ein Arbeitskollege – wir waren beide Kunden einer Kunstgalerie in New York – mit zu einem dieser Survival-Wochenenden, und wir hatten einen Wahnsinnsspaß. Du weißt schon, wandern, klettern, all so was – und Paintball. Es ist toll, wir machen das alle paar Monate … aber ich hätte nie gedacht, dass ich das mal im Ernstfall anwenden müsste."

Sie konnte förmlich sehen, dass er es ihr abkaufte, dass er ihr glauben *wollte*. Wahrscheinlich beantwortete es ein paar Fragen, die zu stellen er gezögert hatte.

„Du bist jedenfalls besser als eine Menge von den Jungs, mit denen ich die Akademie abgeschlossen habe. Echt. Und? Bist du bereit, weiterzumachen?"

Ada nickte. Leon drückte die Tür zum Kesselraum auf, ließ den Blick über die altertümlichen, rostigen Maschinen in dem weitläufigen Raum schweifen, bevor er Ada hineinschob. Sie schaute bewusst nicht nach unten, weil sie wollte, dass Leon das kleine eingewickelte Päckchen fand, das sie erst vor wenigen Augenblicken hineingeworfen hatte.

Zuvor hatte sie nicht richtig in den Raum hineinschauen können. Er hatte die Form eines auf der Seite liegenden H, war mit verrosteten Geländern und zwei großen alten Kesseln ausgestattet, einer auf jeder Seite. Unter der Decke flackerten Leuchtstoffröhren, und die wenigen, die funktionierten, warfen eigenartige Schatten auf die Metallrohre, die an den wasserfleckigen Wänden entlangliefen. Die Tür, die ins Kanalnetz führte, lag in der hinteren linken Ecke, ein massiv aussehendes Schott neben einer eingelassenen Bedientafel.

„Hey –!" Leon ging in die Hocke und hob das Bündel Steckschlüssel auf, die das Schott öffnen würden. „Sieht aus, als hätte hier jemand was verloren …"

Bevor Ada ihr Spielchen abspulen und ihn fragen konnte, was er denn da gefunden habe, hörte sie ein Geräusch. Ein leises Gleiten, das aus der Ecke hinten rechts kam, wohin einer der Kessel die Sicht verwehrte.

Leon hörte es ebenfalls. Schnell stand er auf, ließ das Bündel fallen und hob die Shotgun. Ada richtete ihre Beretta dorthin, wo das Geräusch erklang, und entsann sich, dass die Tür halb offen gestanden hatte, als sie aus dem Sub-Kellergeschoss heraufgekommen war.

O verdammt. Das Implantat.

Sie wusste es, noch bevor es in ihr Blickfeld kroch – und war dennoch schockiert. Der kleine Bursche war gewachsen, und er war *schnell* gewachsen, auf gut das Zwanzigfache seiner vorherigen Größe in nur halb so vielen Minuten – und er wuchs immer noch, in exponentiellem Tempo. In den wenigen Sekunden, die das Wesen brauchte, um sich zur Mitte des Raumes hinzubewegen, wuchs es von der Größe eines kleinen Hundes zu der eines zehnjährigen Kindes.

Die Form der Kreatur hatte sich verändert und tat es noch immer. Das Ding war jetzt nicht mehr die alienhafte Kaulquappe, die sich ihren Weg aus Bertolucci herausgefressen hatte. Der Schwanz war verschwunden, das Wesen, das sich über den rostigen Boden schob, hatte Gliedmaßen entwickelt, Arme reckten sich aus seinem gummiartigen Fleisch. Klauen schossen aus der bräunlichen Haut, die seinen Leib umhüllte, begleitet von einem Geräusch wie von Knorpel, der durchbohrt wurde. Muskulöse Beine entfalteten sich, Sehnen entstanden und bewegten sich unter schnappenden Lauten, während das stockende Kriechen fließender wurde, beinahe katzenhaft geschmeidig ...

Die Shotgun und die Beretta krachten gleichzeitig, eine Folge gewaltiger Donnerschläge, durchsetzt mit dem hohen Jaulen der Neunmillimeter. Die Kreatur verwandelte sich, mutierte noch immer zu humanoider Gestalt – und ihre Reaktion auf die ohrenbetäubenden Schüsse, die Blei in ihr sich windendes Fleisch klatschen ließen, bestand darin, ihr Maul zu öffnen – und zu kotzen. In einem grunzenden, trompetenhaften Aufschrei erbrach das Wesen faulige, grüne Galle –

– die den Boden berührte und anfing, sich zu bewegen. Der Strom, der sich aus dem breiten, flachen Gesicht ergossen hatte, *lebte* – und das Dutzend krabbenartiger Kreaturen, die aus dem klaffenden Maul des Ungeheuers troffen wie Flüssigkeit schien genau zu wissen, wo sich die Gefahr für ihre stinkende, mutierte Gebärmutter befand. Die huschenden, vielbeinigen Tiere schwärmten als lautlose Welle auf Ada und Leon zu, während das Implantat einen großen Schritt nach vorne vollführte. Pulsierende Stränge ragten ihm aus dem unmöglich langen, kräftigen Hals.

Leons Waffe hatte die höhere Durchschlagskraft. „Ich übernehme die Kleinen!", rief Ada, zielte bereits und schoss auf die nächste der winzigen, gallig grünen Krabben. Sie waren schnell, aber Ada war schneller – sie zielte und drückte ab, zielte und drückte ab, und die Babymonster explodierten in kleinen Fontänen dunkler, blutigzäher Flüssigkeit, starben so leise, wie sie zur Welt gekommen waren.

Leon jagte Schuss um Schuss aus seiner Waffe, doch Ada konnte keinen Blick wagen, um zu sehen, wie er sich gegen das Muttertier schlug. Fünf der kriechenden Kleintiere waren noch übrig, noch drei Schuss, und die Beretta war leer!

Sie hörte, wie die Shotgun zu Boden polterte, hörte das dumpfere, aber weniger machtvolle Dröhnen der .50-AE-Geschosse in dem metallenen Raum widerhallen, während sie selbst zwei weitere der spinnenhaften Wesen erledigte, und dann klickte ihre Waffe nur noch. Leer.

Ohne innezuhalten und nachzudenken, ließ Ada die Beretta los und sich zu Boden fallen. Sie packte die Shotgun am Lauf, kam in einer Rolle unterhalb von Leons Schusslinie wieder nach oben und ließ die Waffe hart nach unten sausen. Zwei der mutierten Tiere wurden von dem schweren Kolben zu Brei zerdrückt, aber das dritte, das letzte, sprang unerwartet schnell nach vorne –

– und landete auf Adas Oberschenkel, klammerte sich mit nadelspitzen Klauen fest. Ada ließ das Gewehr fallen, schrie laut auf, als das Tier ihr Bein emporflitzte. Sein warmes, feuchtes Gewicht machte sie rasend vor Ekel.

Runter, schlag's RUNTER!

Sie ließ sich nach hinten fallen, hieb nach dem Wesen, das bereits ihre Schulter erreicht hatte und auf ihr Gesicht zuflitzte, auf ihren Mund –

– und dann wurde sie von Leon gepackt; grob zerrte er sie mit einer Hand hoch, während er mit der anderen nach dem Tier schlug. Ada taumelte gegen ihn, umfasste seine Hüften, um nicht zu fallen. Der Käfer klammerte sich hartnäckig am Stoff ihres Kleides fest, aber Leon hatte es gut im Griff. Er riss es ab und schleuderte das zappelnde Ding mit einem Aufschrei quer durch den Raum.

„Die Magnum!"

Die Waffe hatte sich in Leons Gürtel verheddert. Ada riss sie heraus, sah, wie die Kreatur nahe des riesigen, reglosen Haufens landete, der sie geboren hatte und der von Leon zerschossen worden war –

– und feuerte, schaffte es, einen sauberen Schuss anzubringen, obwohl sie aus dem Gleichgewicht und absolut entsetzt darüber war, wie kurz davor sie gestanden hatte, selbst ein solches Wesen implantiert zu bekommen. Das schwere Geschoss klirrte gegen den Boden, Rostflocken wirbelten hoch – und die Kreatur wurde zu einem hässlichen Fleck an der rückwärtigen Wand. Ausgelöscht ...

Nichts rührte sich mehr. Sie standen beide einen Moment lang einfach nur da, lehnten sich aneinander wie Überlebende eines furchtbaren Unfalls – was sie ja, in gewisser Weise, auch waren. Das ganze Feuergefecht hatte in weniger als einer Minute stattgefunden, und sie waren unversehrt daraus hervorgegangen – aber Ada machte sich nichts vor, wie knapp es gewesen war oder was sie gerade zu zerstören geschafft hatten.

G-Virus.

Sie war sich sicher; das T-Virus hätte keine derart komplexe Kreatur erschaffen können, nicht ohne ein Team von Chirurgen – und sie hatten beide *gesehen*, wie es wuchs! Wie groß, wie mächtig wäre dieses Wesen wohl geworden, wenn sie nicht gerade jetzt hereingekommen wären? Das Ding mochte irgendein frühes G-Experiment gewesen sein, aber was, wenn es die Folge eines Ausbruchs war? Was, wenn es noch mehr davon gab?

Die Kanalisation, das Versandhaus, die unterirdischen Ebenen – dunkle, schattige Orte, verborgene *Orte, wo alles Mögliche gedeihen könnte ...*

Wie die Dinge auch liegen mochten, der Ausflug zu den Labors sah nicht mehr aus wie ein Spaziergang – und Ada war mit einem Mal sehr froh, dass Leon beschlossen hatte, mitzukommen. Da er so gottverdammt darauf beharrte, vorauszugehen, würde sie eine bessere Überlebenschance haben, wenn irgendetwas sie angriff.

„Bist du okay? Hat es dich verletzt?"

Leon stützte sie noch immer mit einem Arm und sah ihr mit tiefempfundener Sorge in die Augen. Ada stellte fest, dass sie ihn riechen konnte, ein sauberer, seifiger Geruch, und schob sich von ihm weg. Sie gab ihm die Magnum zurück und rückte ihr Kleid zurecht, inspizierte es aufmerksam nach Rissen, nur um ihn nicht ansehen zu müssen.

„Danke, ich bin in Ordnung. Alles klar."

Es kam ihr schroffer als beabsichtigt über die Lippen, aber sie war aufgewühlt, und das nicht nur wegen des brutalen Angriffs des Implantats. Sie warf Leon einen Blick zu und wusste nicht recht, was sie empfinden sollte, als sie sah, dass ihre Reaktion ihn getroffen hatte. Er blinzelte langsam, und eine Art Coolness stieg in seinem Blick auf, Zeichen einer Charakterstärke, die sie ihm nicht hatte zugestehen wollen.

„Paintball, ja?", sagte er leise, und ohne ein weiteres Wort wandte er sich ab, um das Päckchen aufzuheben, das sie hier hinterlegt hatte.

Ada sah ihm nach und sagte sich, wie vollkommen lächerlich es war, sich darum zu scheren, was er von ihr hielt. Sie waren im Begriff, eine Reise anzutreten, während der sie ihn womöglich würde abhängen müssen oder zusehen musste, wie er sein Leben opferte, um ihres zu retten …

… oder ich muss ihn selber umbringen. Das wollen wir doch nicht vergessen, Freunde und Nachbarn. Wer gibt also einen Scheißdreck darauf, ob er mich für ein undankbares Miststück hält?

Genau. Sie musste ihm dankbar dafür sein, dass er sie daran erinnert hatte.

Ada bückte sich, um die Shotgun aufzuheben. Sie hatte das Gefühl, ihre Prioritäten besser setzen zu müssen – und spürte in sich eine Leere, wie seit langer, langer Zeit nicht mehr.

ZWANZIG

Mr. Irons war ein sehr böser Mensch gewesen. Ein kranker Mann. Sherry vermutete, dass sie das schon die ganze Zeit gewusst hatte, aber seine geheime Folterkammer zu sehen, die wie die Werkstatt eines wahnsinnigen Arztes wirkte, machte es sehr viel realer. Der Raum war schlicht eklig – Knochen, Flaschen und ein Geruch schlimmer als die Zombies. Vielleicht lag es daran, dass ihr der Anblick des Umrisses auf dem Boden, die unvollständige Körperform unter der blutbefleckten Plane, nicht halb so viel ausmachte, wie Claire gedacht haben mochte. Sherry starrte die Erhebung unter dem Tuch an und fragte sich, was wohl genau geschehen war.

„Komm schon, Schätzchen, gehen wir", sagte Claire, und die erzwungene Heiterkeit in ihrer Stimme verriet Sherry, dass Mr. Irons übel zugerichtet worden sein musste. Claire hatte ihr nur gesagt, dass er sie angegriffen hatte, und dann hatte etwas *ihn* angegriffen, und dass sie eine Chance hatten, in Sicherheit zu gelangen, wenn sie in den Keller hinabstiegen. Sherry war so erleichtert gewesen, Claire überhaupt wiederzusehen, dass sie gar nicht auf den Gedanken gekommen war, Fragen zu stellen.

Das da drunter ist nicht groß genug, um ein ganzer Mensch zu sein ... Ist er aufgefressen worden? Oder in Stücke zerhackt?

„Sherry? Lass uns gehen, okay?"

Claire legte ihr eine Hand auf die Schulter und zog sie sanft fort von dem, was von Chief Irons noch übrig geblieben war. Sherry ließ sich zu dem dunklen Loch in der Ecke führen und entschied, dass es das Beste sei, ihre Fragen für sich zu behalten. Sie dachte daran zu sagen, dass es ihr egal war, ob Mr. Irons tot war, aber sie wollte nicht unhöflich oder respektlos erscheinen. Außerdem versuchte Claire lediglich, auf sie Acht zu geben, und das machte Sherry nun gar nichts aus.

Claire stieg zuerst die Leiter hinab und rief kurz darauf zu Sherry hoch, dass es sicher sei, ihr zu folgen. Sherry trat vorsichtig auf die Metallsprossen und fühlte sich zum ersten Mal seit Tagen richtig glücklich. Sie *taten* etwas, waren dabei, aus dem RCPD-Revier zu verschwinden und die Flucht anzutreten – was sonst auch noch alles passiert sein mochte, *das* zumindest war ein gutes Gefühl.

Claire half ihr die letzten Sprossen hinunter, hob sie hoch und setzte sie auf dem Metallboden ab. Sherry drehte sich und schaute sich um, und ihre Augen weiteten sich.

„Wow", sagte sie, und das Wort entwich flüsternd in die düsteren Schatten und kam, reflektiert von den seltsamen Wänden, ebenso flüsternd zurück.

„Ja", sagte Claire. „Komm."

Claire ging los. Ihre Stiefel verursachten klappernde Echos, und Sherry folgte ihr dichtauf, wobei sie sich immer noch staunend umsah. Hier sah es aus wie im Versteck eines Schurken in einem Spionagefilm. Sie gingen durch eine Art Fabrikgang innerhalb eines Berges oder so. Sie befanden sich auf einem Laufsteg, der von Geländern gesäumt wurde, und von irgendwo aus der Tiefe drang trübes grünes Licht durch den Gitterboden herauf. Linker Hand erstreckte sich eine raue Ziegelwand, rechts hingegen eine richtige Höhlenwand. Sherry konnte riesige, tropfende Steinsäulen sehen, die ins Dunkel aufragten, natürliche Felsformationen, die das schwache, geisterhafte Licht grünlich färbte.

Sherry rümpfte die Nase. So interessant es hier auch war, es roch doch ziemlich faulig. Und es gefiel ihr nicht, wie die kühle Luft den Schall transportierte und alles hohl klingen ließ.

„Was hältst du von diesem Ort?", fragte sie leise.

Claire schüttelte den Kopf. „Ich weiß nicht recht. In Anbetracht des Geruchs und der Örtlichkeit würde ich sagen, wir sind in einem Teil eines Klärwerks."

Sherry nickte, froh, das zu wissen – und noch mehr freute es sie, den Ausgang direkt vor ihnen zu sehen. Der Laufsteg war nicht allzu lang – er machte eine Kehre nach links und am Ende befand sich eine weitere Leiter, die nach oben führte. Als sie dort anlangten, zögerte Claire. Sie spähte hinauf zu der Öffnung über ihnen und dann wieder in die dunkle, leere Höhle, in der sie sich befanden.

„Ich sollte zuerst raufgehen ... wie wär's, wenn du direkt hinter mir hochkletterst, aber auf der Leiter bleibst, bis ich sage, dass alles in Ordnung ist?"

Sherry nickte erleichtert. Eine Sekunde lang hatte sie befürchtet, dass Claire ihr sagen würde, sie solle hier unten bleiben und warten, wie schon einmal.

Auf keinen Fall. Es ist finster, einsam, und es stinkt. Wenn ich ein Monster wäre, dann würde ich mich genau hier herumtreiben ...

Claire stieg empor, schob sich mühelos durch das Loch, und Sherry hangelte sich direkt hinter ihr in die Höhe, das kühle Metall der Stufen fest umfassend. Ein paar Sekunden später streckte Claire ihre langen, schlanken Arme herunter, um ihr hinaufzuhelfen.

Sie befanden sich wieder auf festem Boden, in einem kurzen Gang aus Zement, der nach der Höhle unglaublich hell wirkte. Sherry nahm an, dass sie sich immer noch in dem Klärwerk befanden – der Geruch war zwar nicht so schlimm, aber der Gang wurde links von einem ins Stocken geratenen, schlammigen Fluss begrenzt, etwa dreißig Zentimeter tief und anderthalb oder zwei Meter breit. Das morastige Wasser floss in beide Richtungen ab, an einem Ende in einen niedrigen, abgerundeten Tunnel, am anderen wurde es von einer großen Metalltür aufgehalten. Darüber zog sich eine Art Balkon hin, doch Sherry sah keine Treppe, um dort hinaufzugelangen.

Das heißt also ... pfui Teufel.

„Müssen wir?", fragte sie.

Claire seufzte. „Ich fürchte ja. Aber sieh's von der guten Seite – kein Monster, das bei Verstand ist, würde uns *dadurch* folgen."

Sherry lächelte. Es war nicht sonderlich witzig, aber sie begrüßte, was Claire zu tun versuchte – es war etwas Ähnliches, wie Mr. Irons' Leiche zuzudecken oder ihr zu sagen, dass ihre Eltern wahrscheinlich in Sicherheit seien.

Sie versucht, mich vor dem wirklich schlimmen Ausmaß der Sache zu beschützen …

Das gefiel Sherry, so sehr, dass sie beinahe schon den Moment fürchtete, da Claire sie endgültig verlassen würde. Irgendwann würde sie das nämlich tun – Claire hatte irgendwo anders ein ganz eigenes Leben, eigene Freunde und ihre Familie, und wenn sie Raccoon erst einmal verlassen hatten, würde Claire dorthin zurückgehen, von wo sie kam, und Sherry würde wieder allein sein. Selbst wenn ihre Eltern okay waren, würde sie allein sein … und wenn sie sich auch wünschte, dass sie in Sicherheit und unversehrt waren, freute sie sich doch keineswegs auf das Ende ihrer Zeit mit Claire.

Sie war erst zwölf, aber sie wusste bereits seit einigen Jahren, dass ihre Familie anders als die meisten anderen war. Die Kinder in der Schule hatten Eltern, die Zeit mit ihnen verbrachten, feierten Geburtstagspartys und unternahmen Campingausflüge, hatten Brüder, Schwestern und Haustiere. Sie hatte nie etwas von all dem besessen. Sie wusste, dass ihre Eltern es gut mit ihr meinten und sie liebten – aber manchmal hatte sie das Gefühl, dass sie, ganz gleich, wie leise, brav und selbstständig sie auch war, ihnen trotzdem noch im Wege stand …

„Bist du bereit?"

Claires leise, schöne Stimme holte Sherry zurück aus ihren Gedanken und erinnerte sie daran, dass sie wachsamer sein musste. Sie nickte, und Claire stieg hinab in das dunkle, schmutzige Wasser und fasste nach Sherry, um ihr zu helfen.

Das Wasser war kalt und ölig und reichte Sherry bis zu den Knien; es war eklig, aber nicht zum Erbrechen eklig. Claire deutete mit ihrer neuen Pistole in Richtung der großen Metalltür zu ihrer Linken und sah dabei so angewidert drein, wie auch Sherry sich fühlte.

„Sieht aus, als ob wir –"

Ein lautes Geräusch vom Balkon her schnitt ihr das Wort ab. Sie schauten beide nach oben. Sherry bewegte sich instinktiv näher auf Claire zu, als das Geräusch sich wiederholte. Es klang wie Schritte, aber zu langsam und zu laut, um normal zu sein –

– und dann sah Sherry einen Mann in einem langen, dunklen Mantel auftauchen und spürte, wie ihr Mund vor Angst trocken wurde. Der Mann war ein Riese, vielleicht drei Meter groß, und sein kahler Kopf glänzte so weiß wie der Bauch eines toten Fisches. Des Blickwinkels wegen konnte sie ihn nicht richtig sehen, aber sie sah genug – und sie konnte *spüren*, dass er böse war, dass mit ihm etwas absolut nicht stimmte. Dass er etwas Dunkles an sich hatte. Es ging von ihm aus wie eine Krankheit.

„Claire?", quiekte sie. Ihre Stimme brach, als der hünenhafte Mann den Balkon entlangschritt und sich ihnen zuwandte – langsam, entsetzlich langsam, und Sherry wollte sein Gesicht gar nicht sehen, nicht das Gesicht eines Mannes, der sie so tief zu ängstigen vermochte, indem er lediglich einen Balkon betrat …

„Lauf!"

Claire packte ihre Hand, und sie rannten los, patschten durch das zähflüssige Wasser auf die geschlossene Tür zu. Sherry konzentrierte sich darauf, nicht hinzufallen und zu beten, dass die Tür offen sei –

Sei nicht zugesperrt, sei nicht zugesperrt!

– und darauf, nicht zurückzuschauen, nicht sehen zu wollen, was dieser riesenhafte, böse Mann tat. Die Tür war nicht weit entfernt, aber es schien ewig zu dauern, jede Sekunde dehnte sich, während sie gegen den Widerstand des kalten, öligen Wassers ankämpften.

Sie taumelten auf das Schott zu, und Claire fand den zugehörigen Mechanismus, hieb mit einer Panik auf den Knopf, die Sherrys Furcht noch steigerte. Die Tür teilte sich in der Mitte, eine Hälfte glitt nach oben in die Decke, die andere verschwand unter den sich kräuselnden Wellen.

Sherry schaute nicht hinter sich, aber Claire tat es. Was sie auch sah, es ließ sie die Schwelle mit einem Satz überwinden, wobei sie

Sherry von den Füßen riss und mit in den langen, dunklen Tunnel dahinter zog. Kaum waren sie durch, tastete Claire hektisch über die Wand. Die Tür glitt hinter ihnen zu und hüllte sie in Dunkelheit, durch die Tropfen fielen.

„Beweg dich nicht und sei ganz still", flüsterte Claire, und in dem sehr schwachen Licht, das von irgendwo über ihnen kam, konnte Sherry sehen, dass sie die Waffe von sich gestreckt hielt und versuchte, die dichten Schatten nach möglichen neuen Gefahren zu durchforsten.

Sherry gehorchte. Ihr Herz hämmerte. Sie fragte sich, *was* dieser Mann war – es war der Mann, über den Claire sie zuvor schon befragt hatte, so viel stand fest, aber was *war* er? Menschen wurden nicht so groß, und Claire hatte auch Angst gezeigt –

Klink.

Ein metallischer Laut, leise und gedämpft; er kam von der Wand hinter ihr – und Sherry spürte, wie sich das Wasser um ihre Füße plötzlich bewegte, ein rascher Strömungszug, der an ihren Beinen zerrte und sie aus dem Gleichgewicht brachte.

Sie stolperte und stürzte mit dem Gesicht voran in das kalte, eklige Wasser, während die Strömung stärker wurde und sie nach hinten zog. Sherry schlug um sich, versuchte, Halt zu finden, irgendwo – irgendetwas, an dem sie sich festhalten könnte – und fühlte, wie glitschiger Stein unter ihren tastenden Fingern vorbeistrich, während die Wasser sie forttrugen, fort von Claire.

... kann nicht atmen ...

Sherry trat wild um sich, wand sich, ihre Augen brannten von dem dreckigen Wasser – und dann schaffte sie es, Luft zu holen, als ihr Kopf die Oberfläche jäh durchbrach. Sie erkannte, dass sie in einem Tunnel war, einem pechschwarzen Schacht, nicht größer als die Lüftungsröhren im Revier. Das strudelnde Wasser riss sie mit sich, und Sherry rang in der fauligen Luft keuchend nach Atem, zwang sich, nicht gegen die gnadenlose Macht des rauschenden Wassers anzukämpfen. Irgendwo musste der Tunnel enden – und wo er auch hinführte, sie musste dann bereit sein, loszurennen.

Claire, bitte finde mich, bitte gib mich nicht auf ...
Sie fühlte sich verloren, blind und taub, glitt durch die Finsternis – und immer weiter und weiter weg von der einen Person, die sie vor den Albtraumwesen hätte beschützen können, von denen Raccoon übernommen worden war.

Annette zweifelte nicht mehr daran, dass ihr Mann aus den Laboratoriumsebenen entkommen war. Nicht nur, dass die Hälfte aller Zugänge der Anlage unverschlossen war, auch die Zäune um die Fabrik waren durchbrochen worden – und die Kanäle, die Tunnel, die größtenteils hätten leer sein sollen, wimmelten von menschlichen Trägern, die von draußen gekommen sein mussten. So weit bei vielen der Zellverfall auch schon fortgeschritten war, hatte sie doch fünf von ihnen niederschießen müssen, um sich den Weg von der U-Bahn zu den Operationsräumen in der Kanalisation freizumachen.

Nachdem sie, wie es ihr vorkam, eine Ewigkeit durch das tintige Wasser des labyrinthhaften Kanalnetzes gestapft war, erreichte Annette die Plattform, nach der sie gesucht hatte. Sie betrat den Betontunnel und blickte misstrauisch auf die geschlossene Tür ein paar Meter vor ihr. Verschlossen und unbeschädigt, ein gutes Zeichen – aber was, wenn er hindurchgegangen war, bevor er alle Spuren menschlicher Intelligenz verloren und bevor er sich in ein gewalttätiges Tier, das nicht mehr dachte, verwandelt hatte? Selbst jetzt mochte er noch so etwas wie Erinnerung besitzen – die Wahrheit war, dass sie es nicht wusste. Das G-Virus war noch nicht an Menschen erprobt worden ...

Und wenn er durchgegangen war? Wenn er es bis zum Polizeirevier geschafft hatte?

Nein. Sie konnte und *wollte* diese Möglichkeit nicht in Betracht ziehen. In Hinblick auf das, *was* sie über die progressiven chemophysiologischen Veränderungen wusste – wozu er also imstande sein würde, wenn das Virus funktionierte, wie es sollte –, war die Vorstellung, dass er in Kontakt mit einer nicht infizierten Population geriet ... nun, es war unvorstellbar.

Das Revier ist sicher, dachte Annette entschieden. *Irons mag ja ein inkompetentes Arschloch sein, aber das gilt nicht für seine Cops. Wo William auch sein mag, an ihnen wäre er nicht vorbeigekommen.*

Sie konnte es sich nicht erlauben, irgendetwas anderes zu glauben. Sherry war im Polizeirevier, wenn sie getan hatte, was sie hatte tun sollen – und abgesehen davon, dass sie ihr eigen Fleisch und Blut war (was, wie sie sich in Erinnerung rief, Grund genug war), spielte Sherry eine wichtige Rolle in ihren Zukunftsplänen.

Annette lehnte sich gegen eine kalte, feuchte Wand und war sich bewusst, dass ihr die Zeit davonlief. Trotzdem konnte sie nicht weitergehen, ohne einen Moment lang auszuruhen. Sie hatte darauf gezählt, dass der kodierte Territorialinstinkt William in der Nähe des Labors halten würde, dass ihre lebendige, menschliche Witterung ihn zu ihr locken würde ... aber sie befand sich fast am Ende des in sich abgeschlossenen Bereichs, und alles, was sie gefunden hatte, war ein Dutzend Wege, auf denen er hätte fliehen können.

Und Umbrella wird bald hier sein. Ich muss zurück, ich muss die Pannensicherung aktivieren, ehe sie mich aufhalten können.

William verdiente es, in Frieden zu ruhen – aber darüber hinaus würde die Vernichtung des Wesens, das einmal ihr Mann gewesen war, all ihre Zweifel am Erfolg ihrer Sache ausräumen. Was, wenn sie das Labor in die Luft jagte und entkam, nur um herauszufinden, dass Umbrella ihn geschnappt hatte? All ihr Bemühen – *seine ganze Arbeit* – wäre umsonst gewesen ...

Annette schloss die Augen. Sie wünschte, es gäbe einen einfachen Weg, die Entscheidung zu treffen, die getroffen werden musste. Tatsache war, dass Williams Tod schlicht weniger wichtig war als das Labor zu vernichten. Und es *bestand* eine gute Chance, dass sie ihn nicht finden würden, dass sie nicht einmal von seiner Transformation wussten.

Es ist ja auch nicht so, als bliebe mir eine Wahl. Er ist nicht hier, er ist nirgends.

Annette stemmte sich von der Wand weg und ging langsam auf die Tür zu. Sie würde die letzten paar Tunnel überprüfen, vielleicht nachsehen, ob in den Konferenzräumen Anzeichen von Beschädigung zu finden waren – und dann würde sie zurückgehen. Zurückgehen und zu Ende bringen, was Umbrella begonnen hatte.

Annette drückte die Tür auf –

– und hörte Schritte durch den verlassenen Gang hallen, von irgendwo über ihr. Der Gang hatte die Form eines T, die Geräusche vermengten sich, wodurch es unmöglich war festzustellen, aus welcher Richtung sie kamen – aber es waren die kraftvollen, sicheren Schritte eines nicht infizierten Menschen. Vielleicht stammten sie von mehr als nur einer Person, und das konnte nur eines bedeuten.

Umbrella. Sie sind also da.

Wut kochte in Annette hoch, ließ ihre Hände zittern. Sie fletschte die zusammengebissenen Zähne. Sie mussten es sein, es musste einer ihrer mörderischen Spione sein; außer Irons und einigen Offiziellen der Stadt wusste nur Umbrella, dass diese Tunnel noch in Gebrauch waren – und dass sie zu der unterirdischen Einrichtung führten. Die Möglichkeit, dass es sich um einen unschuldigen Überlebenden des Ausbruchs handeln könnte, kam ihr nicht in den Sinn, ebenso wenig wie der Gedanke, davonzulaufen – sie hob die Waffe und wartete darauf, dass der herzlose, mörderische Bastard auftauchte.

Eine Gestalt trat in ihr Blickfeld, eine Frau in Rot, und Annette schoss.

Aber sie zitterte, schrie innerlich auf, und der Schuss ging zu hoch. Mit einem jaulenden, sirrenden Geräusch prallte die Kugel von der Betonwand ab, und die andere Frau hob selbst eine Waffe.

Annette schoss abermals, doch plötzlich war da noch jemand, eine verschwommene Gestalt, die vor die Frau sprang, sie aus dem Weg stieß. Alles geschah gleichzeitig, und Annette hörte den Schmerzensschrei, den Schrei eines Mannes, und verspürte einen Ausbruch brüllenden Triumphs.

Hab ihn, hab ihn erwischt!

Aber es konnten noch mehr kommen, sie hatte die Frau nicht getroffen – und das waren trainierte Killer.

Annette drehte sich um und rannte. Ihr schmutziger Laborkittel flatterte, ihre nassen Schuhe klatschten auf den Beton. Sie musste zurück zum Labor, und zwar schnell.

Die Frist war um.

EINUNDZWANZIG

Leon blieb stehen, um seinen Schultergurt zu richten, und so ging Ada voran und sann darüber nach, wie verblüffend sicher die ersten paar Tunnel gewesen waren. Wenn ihre Erinnerung sie nicht trog, endete dieser Gang direkt neben dem Kontrollraum der Kläranlage; dahinter befand sich die U-Bahn zur Fabrik, und danach kam dann der Maschinenaufzug in die unterirdische Anlage. Es würde wahrscheinlich schlimmer werden, je näher sie den Labors kamen, aber so problemlos der Trip bislang verlaufen war, fühlte Ada sich optimistisch.

Leon war unangenehm still gewesen, seit sie die Kanalisation betreten hatten. Er sprach nur das Allernötigste – „Pass auf, wo du hintrittst", „Warte mal kurz", „In welche Richtung sollten wir deiner Meinung nach gehen?" … Sie glaubte nicht, dass er sich der Abwehr, die er zeigte, überhaupt bewusst war, aber sie verstand es allmählich besser, in seinem Verhalten zu lesen. Officer Kennedy war mutig und im Oberstübchen mindestens überdurchschnittlich sortiert. Er war ein Meisterschütze – aber er kannte die Frauen nicht. Mit der Zurückweisung seines Versuchs, sie zu trösten, hatte sie ihn verwirrt und verletzt – und jetzt wusste er nicht, wie er mit ihr umgehen sollte. Er hatte beschlossen, sich lieber zurückzuziehen, anstatt eine neuerliche Abfuhr zu riskieren.

So ist es am besten, wirklich. Es hat keinen Zweck, ihn zu reizen, wenn es nicht nötig ist, und es erspart mir die Mühe, sein Ego mit Streicheleinheiten zu überhäufen …

Ada betrat die Wegkreuzung, überlegte, wo es am einfachsten wäre, sich von ihrem Begleiter zu trennen –

– und sah die Frau im selben Moment, als sie schoss.

Bamm!

Ada spürte, wie Betonsplitter gegen ihre nackten Schultern prasselten, als sie auch schon die Beretta hochriss. Eine verschwommene Mischung aus Emotionen und Erkenntnis durchzuckte sie in der winzigen Zeitspanne, die sie brauchte, um zu reagieren: Sie würde nicht in der Lage sein, das Feuer rechtzeitig zu erwidern, der nächste Schuss der Frau würde sie töten, sie empfand Wut auf sich selbst, weil sie so dumm gewesen war ... und dann – Erkennen.

Birkin!

Sie hörte den zweiten Schuss – und dann wurde sie getroffen. Sie fiel auf den kalten Boden, während Leon vor Wut und Überraschung aufschrie. Sein warmer Körper landete auf ihr.

Ada holte tief Luft, war schockiert und erstaunt, als sie begriff, was passiert war, während Leon sich von ihr herunter rollte und seinen Arm umfasst hielt. Sie vernahm hastige Schritte und Leons raues Keuchen und setzte sich auf.

O mein Gott! Ach du Scheiße ...!

Leon hatte eine Kugel abgefangen. Für sie.

Ada kam wacklig auf die Füße, beugte sich über ihn. „Leon!"

Er sah zu ihr auf, die Kiefer vor Schmerzen zusammengepresst. Blut sickerte zwischen den Fingern seiner Hand hindurch, die er gegen die linke Achsel drückte.

„Ich bin – okay", schnaufte er, und obwohl sein Gesicht blass war und seine Augen trüb vor Qual, dachte sie, dass er wahrscheinlich recht hatte. Es tat zweifellos verteufelt weh, aber es würde – *sollte* – ihn nicht umbringen.

Es hätte mich umgebracht. Leon hat mir das Leben gerettet.

Und im Gefolge dieses Gedankens: *Annette Birkin. Noch am Leben ...*

„Diese Frau", stieß sie hervor, und das Schuldgefühl ereilte sie noch im Umdrehen und Losrennen. „Ich muss mit ihr reden!"

Ada hetzte um die Ecke und den Gang hinunter. Die Tür am Ende stand offen. Leon würde es überleben, er würde wieder werden, und wenn sie es schaffte, Annette Birkin einzuholen, dann würde dieser ganze gottverdammte Albtraum vorbei sein. Sie hatte die Aktenfotos studiert und *wusste*, dass es Birkins Frau war – und wenn die Frau nicht zufällig eine Probe bei sich trug, dann wusste sie hundertprozentig, wo eine zu finden war.

Ada rannte durch die Tür und wäre um ein Haar in einem weiteren mit Wasser gefüllten Tunnel gelandet. Sie hielt inne, gerade lange genug, um zu lauschen und die Oberfläche des sich kräuselnden Morasts mit ihren Blicken abzusuchen. Keine spritzenden Laute, und noch immer schwappten Wellen zur linken Seite hin, wo eine an der Wand verschraubte Leiter zu einem Ventilationsschacht hochführte.

Zum Kontrollraum.

Ada sprang ins Wasser und bewegte sich auf die Leiter zu. Es gab einen Gang, der weiter geradeaus führte, aber das war eine Sackgasse; Annette hatte sich bestimmt für die Flucht nach oben entschieden.

Rasch kletterte Ada die Metallsprossen empor und verbot es sich, an Leon zu denken (weil er okay war), während sie in den Schacht spähte und feststellte, dass er leer war. Frau Doktor rannte vermutlich immer noch, aber Ada war nicht scharf darauf, einer weiteren Kugel in die Quere zu kommen.

Sie hastete durch den Schacht, warf einen kurzen Blick an den bewegungslosen, riesigen Ventilatoren am anderen Ende vorbei und kletterte über eine andere Leiter wieder hinunter. Der riesige, zweistöckige Raum, der die Klärmaschinerie beherbergte, war bar allen Lebens, so kalt, industriell und vollgestopft mit Equipment, wie Ada es erwartet hatte. Eine hydraulische Brücke überspannte den Raum, auf die Ebene hochgefahren, auf der Ada herausgekommen war – was bedeutete, dass Annette über die Westleiter hinuntergestiegen sein musste, der einzige andere Weg, der hier herausführte. Ada ging im Geiste die Wegepläne durch, während sie über die

Brücke lief, und erinnerte sich, dass die bewusste Leiter in eine der Abraumgruben des Klär-Zentrums hinabführte –

„Fallen lassen, du *Miststück*!"

Die Stimme erklang hinter ihr. Ada blieb stehen und spürte einen innerlichen Schmerz – den Schmerz einer saftigen Ohrfeige für ihr Ego. Das zweite Mal binnen kürzester Zeit, dass sie verdammten Mist gebaut hatte – aber um nichts in der Welt würde sie Annettes hysterischem Befehl folgen. Die Zielgenauigkeit der Frau war absolut armselig – Ada spannte sich an, machte sich bereit, sich fallen zu lassen, sich herumzudrehen und zu –

Da krachte der Schuss! Die Kugel traf den Boden neben Adas rechtem Fuß und prallte von der rostigen Brücke ab.

Annette hatte sie gestellt. Ada ließ die Beretta fallen, hob die Hände und wandte sich langsam zu der Wissenschaftlerin um.

Jesus, dafür verdiene ich es zu sterben ...

Annette Birkin kam auf sie zu, in ihrer ausgestreckten Hand zitterte eine Browning Neunmillimeter. Der Anblick der bebenden Waffe ließ Ada zusammenzucken – doch sie sah eine eventuelle Chance, als Annette noch näher kam und schließlich stehen blieb, weniger als drei Schritte von ihr entfernt.

Zu nahe. Zu nahe, und sie steht am Rande eines völligen Zusammenbruchs, ist es nicht so?

„Wer bist du? Wie heißt du?!"

Ada schluckte schwer und legte ein gezieltes Stottern in ihre Stimme. „Ada ... Ada Wong. Bitte, schießen Sie nicht, bitte, ich hab nichts getan –"

Stirnrunzelnd trat Annette einen Schritt zurück. „Ada Wong. Den Namen kenne ich – Ada, so hieß Johns Freundin ..."

Adas Mund klappte auf. „Ja, John Howe! Aber – woher wissen Sie das? Wissen Sie, wo er ist?"

Die völlig heruntergekommen wirkende Wissenschaftlerin blickte sie an. „Ich weiß es, weil John mit meinem Mann William zusamenarbeitete. Sie haben natürlich von ihm gehört – William Birkin, der Mann, der für die Erschaffung des T-Virus verantwortlich ist."

Annette leuchtete bei diesen Worten regelrecht auf in einer Mischung aus Stolz und Verzweiflung. Das gab Ada Hoffnung – das war eine Schwäche, die sie ausnutzen konnte. Sie hatte die Unterlagen über William Birkin gelesen, über seinen stetigen Aufstieg in der Umbrella-Hierarchie, die Fortschritte in Virologie und genetischer Sequenzierung ... und über die wissenschaftlichen Ambitionen, die ihn zu einem veritablen Soziopathen gemacht hatten. Es sah aus, als bewege sich seine Frau auf einer ähnlichen Ebene – und das hieß, Mrs. Birkin würde kein Problem damit haben, abzudrücken.

Stell dich dumm und gib ihr keinen Grund zum Zweifeln.

„T-Virus? Was ist – " Ada blinzelte, dann ließ sie ihre Augen groß werden. „Doktor – *Birkin*? Moment mal, *der* Doktor Birkin, der Biochemiker ...?"

Sie sah, wie ein Ausdruck der Freude über Annettes Gesicht huschte – doch dann war er wieder verschwunden, und übrig blieb nur Verzweiflung. Verzweiflung und das Flackern bitteren Irrsinns, tief in ihren blutunterlaufenen Augen.

„John Howe ist tot", sagte Annette kalt. „Er starb vor drei Monaten in der Spencer-Villa. Mein Beileid – aber andererseits ... Sie sind im Begriff, ihm zu folgen, nicht wahr? Sie werden mir das G-Virus nicht wegnehmen, Sie können es nicht haben!"

Ada fing an, am ganzen Leibe zu zittern. „G-Virus? Bitte, ich weiß nicht, wovon Sie reden!"

„Sie wissen es", knurrte Annette. „Umbrella hat Sie geschickt, um es zu stehlen, Sie können mir nichts vormachen! William ist tot, Umbrella hat ihn mir weggenommen. Sie haben ihn gezwungen, es anzuwenden! Sie haben ihn gezwungen ..."

Ihre Stimme wurde schwächer, bis sie schließlich ganz verstummte, und ihr Blick ging mit einem Mal in weite Ferne. Ada spannte sich – doch dann war Annette wieder bei sich, ihre Augen füllten sich mit Tränen, die Waffe wies auf Adas Gesicht.

„Vor einer Woche, da kamen sie", flüsterte sie. „Sie kamen, um es zu holen, und sie erschossen meinen William, als er ihnen die Proben nicht geben wollte. Sie nahmen den Kasten, sie nahmen alle

Endresultate, beide Reihen – bis auf das eine, das er zu behalten geschafft hatte, das G-Virus..."

Annettes Stimme wuchs sich plötzlich zu einem Schreien aus, einem lächerlichen und irgendwie flehenden Schreien. „Er lag im *Sterben*, verstehen Sie nicht? Er hatte keine andere *Wahl*!"

Ada verstand. Sie verstand alles. „Er hat es sich selbst injiziert, stimmt's?"

Die Wissenschaftlerin nickte. Ihr schlaffes, blondes Haar fiel ihr über die Augen, ihre Stimme sank wieder zu einem Flüstern herab. „Es revitalisiert die Zellfunktionen. Es – es veränderte ihn. Ich sah nicht – was er tat, aber ich sah die Leichen der Männer, die versuchten, ihn zu töten, hinterher... und ich hörte die Schreie."

Ada trat einen Schritt auf sie zu, streckte die Arme aus, wie um sie zu trösten, die eigene Miene zu einer Maske des Mitleids geformt – doch Annette stieß die Waffe wieder in ihre Richtung. Nicht einmal in ihrem Kummer ließ sie Ada näher kommen.

Aber das ist fast nah genug...

„Es tut mir so leid", sagte Ada und ließ ihre Arme sinken. „Dieses G-Virus, es ist also ausgebrochen, hat ganz Raccoon befallen..."

Annette schüttelte den Kopf. „Nein. Als die Umbrella-Mörder – aufgehalten wurden, zerbrach der Kasten. Das T-Virus brach aus – die Labor-Mitarbeiter, die von dem freigesetzten Virus befallen wurden, hat man eingeschlossen, aber es gab Ratten, verstehen Sie? Ratten in der Kanalisation..."

Sie hielt inne, ihre Lippen bebten. „... es sei denn, William, mein guter William, hat mit der Reproduktion begonnen. Embryos implantiert, repliziert... dafür sollte es noch nicht an der Zeit sein, aber ich –"

Sie brach ab, kniff die Augen zusammen. Der Irrsinn kam wieder über sie, so sichtbar wie eine über ihr zusammenschlagende Welle. Leuchtendes Rot flackerte in ihren blassen Wangen auf, ihre entzündeten Augen glänzten vor Paranoia.

Mach dich bereit –

„Du kannst es nicht haben!", schrie Annette. Speichel sprühte von ihren aufgesprungenen Lippen. „Er hat sein Leben dafür gegeben, um es vor dir zu schützen, du bist eine Spionin, und du *kannst es nicht haben!*"

Ada duckte sich und sprang, rammte beide Arme gegen die von Annette, drückte die Waffe nach oben und lenkte sie weg von ihnen beiden. Die Browning entlud sich, jagte eine Kugel zur Decke, wo sie abprallte. Sie kämpften um die Waffe. Annette war körperlich schwächer, doch sie wurde angetrieben von Dämonen des Hasses und der Trauer. Der Wahnsinn verlieh ihr zusätzliche Kräfte –

– aber keinen Verstand!

Ada ließ die Waffe unvermittelt los, und Annette stolperte, nicht gefasst auf die unerwartete Reaktion. Sie prallte gegen das Geländer der Brücke, und Ada schlug zu, trieb ihren Ellbogen in Annettes Magen, traf sie hinter dem Gleichgewichtszentrum.

Annette drehte sich halb herum, ihr Mund stand offen vor Überraschung, ein dunkles Loch. Sie ruderte mit den Armen, kämpfte um ihre Balance – und dann kippte sie über das Geländer, ohne jeden Laut, bis das dumpfe *Wump* aufklang, mit dem ihr Körper über sieben Meter tiefer auf dem Boden aufschlug.

„*Scheiße*", zischte Ada, trat ans Geländer und schaute hinab. Da lag sie, mit dem Gesicht nach unten, reglos, die Pistole noch immer mit einer schmalen, weißen Hand umklammert.

Das ist großartig. Du läufst in einen Hinterhalt, nicht nur einmal, sondern gleich zweimal, *verdammt, und dann bringst du das einzige durchgedrehte Miststück um, das dir hätte sagen können, wo sich die Proben befinden!*

Ein leises Stöhnen drang aus der Tiefe empor – und Annette Birkin bewegte sich, krümmte den Rücken, versuchte, sich auf die Seite zu rollen.

Scheiße, scheiße, scheiße!

Ada wandte sich um und rannte über die Brücke, hob dabei die Beretta auf, und eilte auf etwas neben der Lüftungsschachtleiter zu, das wie ein Bedienfeld aussah. Sie musste die Brücke absenken und zu Annette gelangen, ehe diese fortkriechen konnte –

– aber die Schalttafel gehörte zum Ventilator, und als ein weiteres schmerzerfülltes Stöhnen – ein etwas *lauteres* Stöhnen – durch den Raum zu ihr heraufhallte, wusste Ada, dass sie nicht mehr viel Zeit hatte.

Die Müllhalde, ich kann über die Müllhalde gehen und durch einen der Tunnel in einem Bogen wieder zurück!

Noch während sie es dachte, trabte sie bereits auf die Westleiter zu und hoffte, dass diese erbärmliche Wissenschaftlerin schwer genug verletzt war, um noch ein, zwei Minuten am Boden zu bleiben.

Am Ende der Brücke befand sich ein schmaler Balkon, von dem aus sich die Halde überblicken ließ, und die Metallleiter ragte aus einer Öffnung in der äußeren rechten Ecke hinab. Ada stieg so schnell sie konnte hinunter, ließ sich das letzte Stück einfach fallen und landete auf einem Betonabsatz.

Die Müllhalde war ein großer, schachtelartiger Raum. An den Wänden türmte sich Industriemüll – zerbrochene Kisten, rostige Rohre, drahtverkrustete Tafeln und verschimmelte Pappen. Ada trat von dem Vorsprung herunter und hinab in fast metertiefen schwarzen Morast. Der kalte, klebrige Brei stieg ihr bis zu den Oberschenkeln hoch. Es kümmerte sie nicht, sie wollte nur zu Annette Birkin, um ihrem Aufenthalt in Raccoon ein Ende zu machen –

– doch etwas bewegte sich. Unter der undurchsichtigen, stinkenden Flüssigkeit bewegte sich etwas Großes. Vor sich sah Ada etwas durch den Schlamm pflügen, das sie an das Rückgrat eines Reptils erinnerte. Sie sah und hörte, wie im gleichen Moment ein Bretterstapel etwa drei Meter von ihr entfernt ins Wasser kippte.

Das darf doch nicht wahr sein ...

Was es auch sein mochte, es war groß genug, um sie ihre Meinung über die Eile, die sie eben noch an den Tag gelegt hatte, überdenken zu lassen. Ada wich zu dem Absatz zurück und stemmte sich hoch, ohne den Blick von der unbestimmbaren Gestalt zu nehmen, die sich durch den schmatzenden Schlamm wand. Die sich in einem plötzlichen, wüsten Aufspritzen von dunklem Morast erhob und geradewegs auf sie zukam. Ada riss die Beretta hoch und schoss.

In einer Ecke des Konferenzraums gab es eine winzige Aufzugsplattform, ein metallenes Rechteck, mit dem man offenbar nach unten fahren konnte. Claire eilte darauf zu. Stinkendes Wasser lief ihr aus den Kleidern, sie fühlte sich entsetzlich verloren und wollte alles tun, um Sherry zu finden.

Bitte, sei am Leben, Baby, bitte ...

Sie hatte das Abflussloch gefunden, Sherry jedoch nicht – und nach quälend langen Momenten, da sie in das rauschende Wasser geschrien und versucht hatte, sich in das winzige Loch zu zwängen, hatte sie sich schließlich gezwungen, die Bemühungen aufzugeben. Sherry war fort, vielleicht ertrunken, vielleicht auch nicht – aber wenn sich die Strömung nicht plötzlich umkehrte, würde sie auch nicht zurückkommen.

Claire fand die Steuerung für den Lift und drückte einen Knopf. Ein verborgener Motor surrte und der Aufzug senkte sich zentimeterweise durch den Boden, brachte sie wahrscheinlich in einen weiteren leeren Gang, einen anderen leeren, unbekannten Raum – oder schlimmer noch, direkt in die Nähe einer weiteren abnormen Kreatur.

Frustriert ballte sie die feuchten Hände zu Fäusten und wünschte sich, während der Aufzug langsam nach unten glitt, er würde sich schneller bewegen und dass es eine Möglichkeit gäbe, ihre Suche zu beschleunigen. Sie kam sich vor, als renne sie blind umher, wahllos jeden Weg nehmend, der vor ihr auftauchte. Von dem Tunnel aus, in dem Sherry verschwunden war, hatte sie einen schwach beleuchteten Gang gefunden und dann diesen schlichten, irgendwie steril wirkenden Konferenzraum. Es war wie ein endloses Funhouse – minus des Funs –, und Claire fühlte sich ziemlich mies, weil sie Sherry mit hineingenommen hatte; wenn das Mädchen tot *war*, musste sie es auf ihre Kappe nehmen.

Sie gab das sinnlose Nachkarten auf, ehe es noch schlimmer wurde, und zwang sich zur Konzentration. Selbstvorwürfe waren tödlich. Der Aufzug senkte sich in einen Gang. Claire bückte sich, hielt Irons' schwere Waffe nach vorne, während ihre neue Umgebung gleichsam in ihr Blickfeld emporstieg.

Am anderen Ende des betonierten Ganges befand sich ein weiterer Aufzug, ein zweiter Korridor kreuzte diesen, knapp fünfzehn Meter entfernt – und neben der Kreuzung lehnte ein Körper an der Wand, offenbar ein Cop...

Claire verspürte eine Mischung aus Schrecken und Sorge, ihre Augen weiteten sich, als sie die schlaffen Züge des Cops erkannte, seine Haarfarbe, die Statur...

... ist das – Leon?

Noch bevor der Lift den Boden berührte, sprang Claire ab und rannte auf die zusammengesunkene Gestalt zu. Es *war* Leon, und er bewegte sich nicht, entweder war er bewusstlos oder tot ... aber nein, er atmete, und als sie vor ihm in die Hocke ging, hoben sich flatternd seine Lider. Er hielt sich den linken Arm mit der Hand, seine Finger waren voller Blut.

„Claire?" Seine blauen Augen wirkten klar – müde, aber wachsam.

„Leon! Was ist passiert? Bist du okay?"

„Ich wurde angeschossen, muss für einen Moment die Besinnung verloren haben..."

Vorsichtig nahm er seine Hand weg und entblößte ein kleines, fransiges Loch direkt über seiner Achselhöhle, aus dem es rot hervorsickerte. Es sah nach sehr viel Schmerz aus, aber zumindest sprudelte das Blut nicht aus der Wunde.

Zusammenzuckend zog Leon den zerfetzten Stoff seiner Uniform über die Wunde und legte seine Hand wieder darauf. „Tut höllisch weh, aber ich glaube, ich werd's überleben – Ada, wo ist Ada?"

Die letzten Worte stieß er fast verzweifelt hervor. Er versuchte, sich von der Wand wegzustemmen. Mit einem leisen Ächzen sank er zurück, offensichtlich nicht in der Verfassung, sich zu bewegen.

„Bleib ruhig liegen, ruh dich einen Moment aus", sagte Claire. „Wer ist Ada?"

„Ich bin ihr auf dem Revier begegnet", erwiderte er. „Ich konnte dich nicht finden, und wir hörten, dass man aus Raccoon fliehen kann – durch die Kanalisation. Die Stadt ist nicht sicher, es gab eine Art Ausbruch im Umbrella-Labor, und Ada wollte sofort verschwinden. Jemand schoss auf uns, und ich wurde getroffen – Ada verfolgte den Schützen, diesen Gang runter, sie sagte, es sei eine Frau …"

Er schüttelte den Kopf, wie um ihn klar zu bekommen, dann sah er sie mit gerunzelter Stirn an. „Ich muss sie finden. Ich weiß nicht, wie lange ich weggetreten war, aber nicht länger als ein paar Minuten, sie kann noch nicht weit gekommen sein …"

Er wollte sich wieder aufsetzen, doch Claire stoppte ihn und drückte ihn behutsam zurück. „Ich werde gehen. Ich – ich war mit diesem kleinen Mädchen unterwegs, und sie ist irgendwo in der Kanalisation. Vielleicht kann ich sie beide finden."

Leon zögerte – dann nickte er und ergab sich seinem Handicap. „Wie schaut's mit deiner Munition aus?"

„Äh – sieben Schuss in der hier …" Sie klopfte gegen die Pistole, die sie aus dem Streifenwagen mitgenommen hatte und die jetzt in ihrem Gürtel steckte. Diese Wahnsinnsfahrt schien plötzlich eine Million Jahre zurückzuliegen. „… und siebzehn da drin."

Sie hielt Irons' Waffe hoch. Leon nickte abermals, sein Kopf rollte erschöpft nach hinten. „Okay, das ist gut. In ein paar Minuten müsste ich in der Lage sein, dir zu folgen … sei vorsichtig, in Ordnung? Und viel Glück."

Claire stand auf. Sie wünschte, sie hätten mehr Zeit gehabt. Sie wollte ihm von Chris erzählen, von Irons und Mr. X und dem T-Virus, sie wollte herausfinden, was er über Umbrella wusste oder ob er den Weg aus der Kanalisation kannte –

– *aber diese Ada hat es womöglich gerade mit einer Heckenschützin zu tun, und Sherry könnte irgendwo sein. Überall …*

Leon hatte die Augen geschlossen. Claire drehte sich um, ging den Gang hinunter, der sich kreuzte, und fragte sich, ob überhaupt irgendjemand von ihnen auch nur den Hauch einer Chance hatte, diesem Wahnsinn zu entkommen.

ZWEIUNDZWANZIG

Annette tat alles weh. Langsam setzte sie sich auf. Ihr war übel von den Schmerzherden, die um ihre Aufmerksamkeit buhlten. Nacken und Magen taten weh, sie hatte sich das rechte Handgelenk geprellt, beide Knie schienen anzuschwellen – aber am schlimmsten war der scharfe Schmerz in ihrer rechten Seite. Sie glaubte, dass sie sich eine Rippe angeknackst oder sogar gebrochen hatte.

Du schreckliches, schreckliches Weib!

Annette lehnte sich zurück, stützte den schmerzenden Nacken mit ihrer unverletzten Hand, sah jedoch nur Metall und Schatten; Ada Wong, das Umbrella-Miststück, war offenbar davongerannt. Sie hatte vorgegeben, nichts zu wissen, doch Annette war nicht dumm; Ada war wahrscheinlich schon auf dem Weg zum Labor – oder sie war hinter *ihr* her, um ihr den Garaus zu machen.

Umbrella. Umbrella hat das getan ...

Annette stand mühsam auf und nutzte ihren Zorn, um den Schmerz zu überwinden. Sie musste hier raus, musste zu den Labors, bevor die Spione dort eintrafen – aber, verdammt, es tat so höllisch weh! Das stechende Gefühl in ihren Eingeweiden war furchtbar, wie ein Messer, das an ihren Innereien säbelte, und das Labor schien eine Million Meilen entfernt ...

Kann nicht zulassen, dass sie seine Arbeit stehlen.

Sie taumelte in Richtung der Tür des kavernenartigen Raumes, einen Arm gegen ihre schmerzende Brust gedrückt – und blieb stehen, legte den Kopf schief, lauschte.

Schüsse. Sie hallten durch die kühle Luft, kamen aus den angrenzenden Müllhalden – und eine Sekunde später hörte sie ein dröhnendes Zischen, weitere Schüsse, Wasser spritzen ...

Annette grinste – ein hartes, humorloses Grinsen. Vielleicht erreichte sie das Labor ja doch als Erste.

Die Brücke, senk die Brücke ab, lass sie nicht entkommen!

Müde und schmerzgepeinigt stolperte Annette zu der Hydrauliksteuerung und aktivierte die Absenkung der Brücke. Das machtvolle Summen der Brückenmotoren übertönte den Lärm des Kampfes, der nicht weit entfernt tobte. Die Plattform neigte sich nach unten und rastete mit einem schweren *Klank* ein.

Annette drückte sich von der Wand fort und kippte gegen die Konsole bei der Tür. Sie fand die Schalter für den Ventilator und legte sie um, immer noch grimmig lächelnd, während das heulende Startgeräusch hoch über ihr zu einem dumpfen Brüllen anwuchs. Ada war auf der Müllhalde in Schwierigkeiten geraten, und Annette würde nicht zulassen, dass sie einfach so wieder herauskletterte – jetzt, da die Brücke abgesenkt und der Schacht blockiert war, würde sich Miss Wong ihren Weg schon erkämpfen müssen.

Ich hoffe, es ist ein Rudel von Leckern, du Schlampe, ich hoffe, sie reißen dich da drin in Stücke!

Annette wandte sich von der Konsole ab – und fiel. Die Schmerzen und das Schwindelgefühl waren zu stark, ihre geprellten und anschwellenden Knie schlugen auf den Boden und sandten neue Pfeile der Agonie durch ihre Beine.

Die Tür vor ihr ging auf. Annette hob die Waffe, war jedoch nicht imstande zu zielen, verwandt den verbliebenen Rest ihrer Kraft nur darauf zu verhindern, dass sie vor Qual und Enttäuschung aufschrie.

William, es tut so weh, verzeih mir, aber ich kann nicht –

Eine junge Frau ging vor ihr in die Hocke, auf dem verschmierten Gesicht einen Ausdruck von Argwohn und Sorge. Sie trug abgeschnittene Shorts und eine Weste, troff vor Kanalwasser – und hielt eine glänzende, schwere Pistole in der Hand, die sie nicht direkt auf Annette richtete – aber auch nicht von ihr weg.

Noch eine Spionin.

„Sind Sie Ada?", fragte das Mädchen zaghaft und streckte die Hand aus, um sie zu berühren – und das war mehr, als Annette verkraften konnte, vor Mitleid berührt zu werden von einer herzlosen, hintertriebenen Spielfigur der Firma.

„Lass mich, geh weg!", knurrte Annette und schlug schwach nach der ausgestreckten Hand. „Ich bin nicht dein,Mittelsmann', und ich hab es nicht bei mir. Du kannst mich umbringen, aber du wirst es nicht finden."

Die junge Frau wich zurück, einen verwirrten Ausdruck auf dem schmutzigen Gesicht. *„Was* finden? Wer sind Sie?"

Wieder nur Fragen ... Der Zorn verging und ließ Annette wie betäubt zurück. Sie war es müde, Spielchen zu spielen; es tat zu weh, und sie war einfach nicht mehr stark genug, um noch zu kämpfen.

„Annette Birkin", sagte sie erschöpft. „Als ob du das nicht wüsstest ..."

Jetzt bringt sie mich um. Es ist vorbei, es ist alles aus.

Annette konnte es nicht verhindern. Tränen rannen über ihre Wangen, Tränen so sinnlos wie ihr Plan. Sie hatte William enttäuscht, sie hatte als Ehefrau und Mutter versagt und selbst als Wissenschaftlerin. Jetzt war es wenigstens vorbei, jetzt würden zumindest die Qualen ein Ende nehmen ...

„Sind Sie Sherrys Mutter?"

Die Worte des Mädchens lähmten sie, zerrten sie aber zugleich auch aus dem Zustand völliger Erschöpfung, trafen so hart wie ein Schlag ins Gesicht. *„Was?!* Wer ... was wissen Sie von Sherry?"

„Sie ist irgendwo in der Kanalisation", sagte die junge Frau schnell. Verzweiflung klang in ihrer Stimme durch. Sie steckte die Waffe hinter ihren Gürtel. „Bitte, Sie müssen mir helfen, sie zu finden. Sie wurde in einen der Abflussschächte gesogen, und ich weiß nicht, wo ich suchen soll ..."

„Aber ich sagte ihr, dass sie zum Revier gehen muss", jammerte Annette. Die körperlichen Schmerzen waren vergessen, ihr Herz pumpte Wogen entsetzten Unglaubens hervor. „Warum ist sie hier? Es ist gefährlich, sie wird umgebracht werden! Und das G-Virus – Umbrella wird sie finden, sie werden es sich nehmen, warum ist sie *hier*?!"

Die Frau fasste abermals nach ihr, half ihr hoch, und Annette wehrte sich nicht dagegen, war zu schwach und verängstigt, um sich zu wehren. Wenn Sherry in der Kanalisation war, wenn Umbrella sie fand –

Das Mädchen musterte sie aufmerksam, wirkte irgendwie schuldbewusst, ängstlich und hoffnungsvoll zugleich. „Das Revier wurde überrannt – wo führen die Abflüsse hin? Bitte, Annette, Sie müssen es mir sagen!"

Die Wahrheit dämmerte durch ihre Erschöpfung und Angst wie ein Schimmer grellen Lichtes.

Die Abflüsse führen hinaus ins Filterbecken – das genau neben der Fabrik-U-Bahn liegt. Der schnellste Weg zu den Labors.

Es war ein Trick. Das Mädchen benutzte Sherrys Namen, um zu der Einrichtung zu gelangen, um Informationen über das G-Virus zu erhalten. Sherry war noch auf dem Revier, gesund und sicher, und das alles hier war nur eine aufwändige List.

Aber Umbrella kennt den Weg, warum sollte sie danach fragen, wenn sie ihn bereits kennt? Es ergibt keinen Sinn!

Annette hob die Waffe, ihr schmerzendes Handgelenk zitterte. Sie rückte von der Frau ab. Ihre Verwirrung war zu groß, es gab zu viele Fragen – und weil sie sich *nicht* sicher sein konnte, konnte sie nicht abdrücken.

„Keine Bewegung. Folge mir nicht!", fauchte sie. Den Schmerz ignorierend, langte sie nach hinten, um die Tür aufzudrücken. „Ich werde schießen, wenn du versuchst, mir zu folgen!"

„Annette … ich verstehe nicht, ich will doch nur – "

„Halt die Klappe! Halt die Klappe und lass mich in Ruhe, könnt ihr mich nicht einfach alle in Ruhe lassen?!"

Rückwärts ging sie zur Tür hinaus, drückte sie vor dem überraschten und verängstigten Mädchen zu und presste ihren Arm gegen ihre geprellten oder gebrochenen Rippen, kaum dass das Schott geschlossen war.

Sherry ...

Es war eine Lüge, es musste eine Lüge sein – aber es änderte so oder so nichts. Sie konnte es immer noch schaffen, musste zurück zur Einrichtung, um zu beenden, was sie begonnen hatte.

Annette drehte sich um, wankte hinkend und keuchend in die kalte Finsternis des anschließenden Tunnels und ließ sich von jedem schmerzenden Schritt daran erinnern, was Umbrella getan hatte.

Eine kalte, stille Kaverne, die Wände glänzend wie Eis, und ich habe mich verirrt. Ich habe mich verirrt, bin erschöpft, bin so lange gerannt und hatte solche Angst, dass ich mich jetzt hinsetze und ausruhe. So ruhig, so kalt – aber mein Arm tut weh, ich sitze an einer Wand, der Stacheln gewachsen sind, und einer davon wühlt sich in mein Fleisch, durchbohrt mich. Es tut so weh, doch ich muss aufstehen, ich muss jemanden finden, ich muss –

– aufwachen.

Leon öffnete die Augen. Sofort war ihm bewusst, dass er wieder weggetreten gewesen war. Die Erkenntnis ließ ihm den Atem stocken, die plötzliche Angst rüttelte ihn vollends wach.

Ada, Claire – Gott, wie lange ...?

Vorsichtig nahm er die Hand von seinem Arm. Das Blut klebte zäh und dick zwischen seinen Fingern. Es tat weh, aber nicht so heftig wie zuvor – und die Blutung hatte aufgehört, zumindest an der Einschusswunde. Die Fetzen seiner Uniform hatten die Wunde verstopft, einen harten Pfropfen gebildet.

Leon beugte sich vor, fasste nach hinten, um die Stelle zu berühren, an der die Kugel ausgetreten war; wiederum fand er ein verhärtetes, klebriges Stück Stoff im pulsierenden Schmerz der Wunde. Er konnte nicht sicher sein, aber er glaubte, dass die Kugel nur durch das Fleisch gegangen war und den Knochen verpasst hatte – was bedeutete, dass er gottverdammt viel Glück gehabt hatte.

Aber selbst wenn's mir den Arm abgerissen hätte, Ada ist immer noch da draußen – und ich habe Claire hinter ihr hergeschickt. Ich muss ihnen nach.

Er war überzeugt, dass es eher der Schock als der Schmerz oder der Blutverlust gewesen war, was ihm das Bewusstsein geraubt hatte – und er konnte sich nicht mehr Zeit nehmen, um sich zu erholen. Die Zähne zusammengebissen, stemmte sich Leon mit seinem gesunden Arm hoch. Seine Muskeln waren kalt und steif von der klammen Kühle des Betons.

Seine linke Schulter streifte über die Wand, und er keuchte auf, als sich der Schmerz kurzfristig verstärkte, heftig und heiß – aber er verebbte, sank nach ein paar Sekunden wieder herab zu jenem dumpfen Pochen. Leon wartete ab, tief ein- und ausatmend, und rief sich in Erinnerung, dass alles verdammt viel schlimmer hätte kommen können.

Als er endlich auf den Beinen war, entschied er, dass er es schaffen konnte. Er fühlte sich nicht benommen oder schwindlig, und obschon sich Blut am Boden und an der Wand befand, war es doch nicht so viel, wie er befürchtet hatte. Vorsichtig darauf achtend, nicht mit der Wunde irgendwo gegen zu stoßen, drehte sich Leon um und ging, so schnell er eben konnte, den Gang zu der geschlossenen Tür am Ende hinunter.

Hinter der Tür erwartete ihn ein weiterer wasserführender Tunnel, der sich nach beiden Seiten erstreckte. An der Wand links von ihm befand sich eine Leiter, aber er wollte nicht einmal darüber nachdenken, wie er sie hochklettern sollte, ohne seine Wunde aufzureißen – abgesehen davon drehte sich am oberen Ende ein Ventilator. Er machte sich nach rechts auf, stieg in das dunkle Wasser hinab und watete vorwärts, in der Hoffnung, einen Hinweis darauf zu finden, wo Ada oder Claire hingegangen waren.

Dieser Heckenschützin nachjagen ... wie konnte sie das tun, wie konnte sie mich einfach so liegen lassen?

Nach ihrer Konfrontation mit dem kotzenden Monsterding hatte er sich geschworen, keine Mutmaßungen mehr über Ada Wong anzustellen; sie war abwechselnd kokett und unnahbar, und wenn sie das Schießen beim Paintball-Spielen erlernt hatte, dann war er ein Bankdirektor. Aber trotz ihres verwirrenden Verhaltens und ihrer vermutlichen Doppelzüngigkeit mochte er sie. Sie war klug und selbstbewusst, sie war schön – und er hatte angenommen, dass sich hinter dieser widersprüchlichen Fassade eine gute, anständige Person verbarg ...

Aber sie hat dich zurückgelassen, um der Schützin hinterher zu rennen, ließ dich am Boden zurück, mit einer Kugel im Arm. Ja, sie ist großartig – du solltest ihr einen Heiratsantrag machen.

Leon erreichte eine Abzweigung des Tunnels und hörte auf, Adas Verhalten und Handeln durchschauen zu wollen. Stattdessen sagte er sich kurzerhand, dass er sie ja einfach nach ihren Gründen fragen konnte, wenn er sie fand – *falls* er sie fand. Rechterhand war eine verschlossene Tür und so wandte er sich nach links, unbehaglich in die dichter werdenden Schatten spähend, während er weitertrottete. Er hätte Claire nicht allein hinter Ada hergehen lassen dürfen, er hätte sich zusammenreißen und sie begleiten müssen ...

Er blieb stehen, hörte etwas. Schüsse, fern und hohl. Sie kamen von irgendwo vor ihm, verzerrt durch das gewundene Labyrinth aus Tunneln, die das Kanalnetz bildeten.

Die Magnum nach wie vor festhaltend, presste Leon sein Handgelenk auf die Schusswunde und rannte los. Der Schmerz wurde wieder heftiger, verursachte ihm Übelkeit. Mehr als einen schlurfenden Trab brachte er nicht zustande, das Wasser behinderte ihn fast eben so sehr wie das grässliche Beißen der Verletzung – doch als das letzte Echo der Schüsse verklang, brachte er irgendwie die Motivation auf, noch schneller zu laufen.

Links vor ihm befand sich eine schwach beleuchtete Abzweigung des Tunnels. Fahlgelbes Licht fiel von dort auf das sanft schwappende Wasser. Noch bevor er die Stelle erreichte, sah er, dass er eine Wahl würde treffen müssen. Geradeaus lag eine Art Plattform, eine schwere Tür, die in die Ziegelsteine des Tunnelendes eingelassen war. Von der Decke lief Wasser in schmalen Rinnsalen herab.

Eine naheliegende Wahl, nur ...
Leon blieb in dem langgestreckten Fleck aus trübem Licht stehen und sah in die Abzweigung hinein. Eine weitere Tür, aber er hatte keine Zeit mehr für eine langwierige Entscheidungsfindung, die Schüsse konnten von überall her gekommen sein –
Bamm-bamm!
Nach links. Leon sprang aus dem Tunnel, spürte neuerlichen Schmerz, spürte heiße Nässe an seinem Handgelenk, als die Wunde wieder aufbrach. Er achtete nicht darauf, eilte zur Tür und zog sie auf, hörte weitere Schüsse fallen, während er einen breiten, leeren Gang hinunterlief.
Der Korridor, den er betreten hatte, war so düster und kalt wie die Kanäle, aber viel größer, breiter, vermutlich eine Art Transportstraße für schweres Gerät. Der Gang machte eine Biegung nach links, dann noch eine. An der zweiten Ecke standen Kisten und Stahlzylinder in einem Regal, gleich neben einer Art Ladetor.
Acetylen, Oxygen vielleicht ... Großer GOTT, was steckt so viele Kugeln ein, ohne zu sterben?
Er vernahm eine weitere Folge von Schüssen, hörte Wasser aufspritzen – und ein anderes Geräusch, ein tiefes, gutturales *Zischen*, das ihn bis ins Mark erschauern ließ. Seltsam vertraut, aber zu laut, um möglich zu sein.
Eine Million Schlangen, tausend riesige Katzen, irgendein vorzeitlicher, schrecklicher Dinosaurier ...
Er rannte und gab es schließlich auf, das Einschussloch bedeckt halten zu wollen; er musste seinen Arm bewegen, um schneller laufen zu können. Das Ende des Tunnels war nahe. Er sah eine Schalttafel mit blinkenden Lichtern und eine Öffnung links, ein weiteres riesiges Ladetor –
– und blieb gerade noch rechtzeitig stehen, um nicht in die Schusslinie zu laufen, als eine weitere Serie schneller Schüsse aufklang, als Wasser mit donnerndem Krachen hochsprühte und in dichten Strömen herabregnete.
„Aufhören! Ich komme rein!" rief er –

– und hörte Adas Stimme und fühlte sich von Erleichterung überwältigt, vergaß, was da für ein Horror vor ihm liegen mochte.

„Leon!"

Sie lebt!

Mit erhobener Magnum, seine Wunde nunmehr wieder stark blutend, trat Leon vor die offene Tür – und entdeckte Ada auf der anderen Seite des Sees aus aufgewühltem Unrat. Kisten und zerbrochene Bretter schwammen in der wogenden Flüssigkeit. Ada stand auf einem schmalen Betonvorsprung unter einer Leiter, ihre Beretta in das brodelnde Becken gerichtet.

„Ada, was –"

Etwas Riesiges brach aus dem See hervor und fegte Leon von den Füßen, drosch ihn zurück in den Korridor. Es ging so schnell, dass er es erst sah, als er schon durch die Luft flog – sein Verstand vermittelte ihm das Bild, als er zu Boden schlug. Er fiel auf seinen verletzten Arm und schrie auf, vor Schreck über das, was er gesehen hatte, ebenso wie ob der brutalen Schmerzexplosion.

Ein ... Krokodil ...!

Leon kam auf die Füße und stolperte davon – und die Riesenechse, das *Krokodil*, zehn Meter lang, kroch hinter ihm mit einem mächtigen, kehligen Brüllen in den Gang. Der Beton erbebte, als das gigantische Reptil aus seinen angestammten Wassern stieg. Literweise strömte ihm die schwarze Brühe aus dem zähnefletschenden, grinsenden Maul.

Ein Maul so groß wie ich, größer noch ...

Leon rannte, es gab keinen Schmerz mehr, sein Herz hämmerte in extremer Panik. Es würde ihn fressen, es würde ihn in hundert schreiende, blutige Fetzen reißen –

– und die Bestie brüllte wieder auf, ein groteskes, tiefes Röhren, das Leons Knochen erbeben, das ihm den Schweiß aus jeder zitternden Pore brechen ließ –

– und er warf einen Blick zurück und sah, dass er viel, viel schneller war als die grinsende Echse. Sie war immer noch dabei, durch das Ladetor zu steigen, auf kurzen, stämmigen Beinen, und ihr unfassbarer Rumpf war zu groß, um ihn so ohne Weiteres manövrieren zu können.

Benebelt vor Schrecken, wechselte Leon die Waffen. Seine Wunde protestierte, als er die Remington durchlud. Auf wackligen Beinen schlich er rückwärts, erreichte eine Gangbiegung –

– und verschoss alle fünf Patronen, so schnell er sie in den Lauf pumpen konnte. Die schweren Geschosse schlugen in die grauenhafte Schnauze des Monsterkrokodils.

Es brüllte auf, schwang seinen Schädel von einer Seite zur anderen, und Blut ergoss sich eimerweise aus seiner grinsenden Fratze. Aber es kam immer noch näher, bewegte sich geschmeidig voran, zog seinen gepanzerten Schwanz aus dem schleimigen Pfuhl.

Nicht genug, nicht genug Power ...

Leon drehte sich um und rannte wieder los, entsetzt darüber, dass er sich zurückziehen musste. Er hatte Angst, was Ada zustoßen würde, wenn er das Krokodil zurückließ, doch er wusste, dass es weitere fünfzig Schuss brauchen würde, um dieses Ding aufzuhalten – entweder das oder einen Atomschlag, und warum *dachte* er überhaupt noch? Er musste jetzt weg, nur weg, und konnte sich später darum sorgen, was zu tun war.

Halt durch, Ada!

Die Schritte des Giganten dröhnten in seinen Ohren, als er an den Kisten und der Phalanx aus Stahlzylindern vorbeirannte –

– und stehen blieb. Er hatte eine Idee – und als die furchtbare Echse einen weiteren donnernden Schritt tat, machte Leon kehrt und lief zurück.

Lieber Gott, mach, dass das klappt, im Film funktioniert es doch auch immer, bitte, lieber Gott, hilf mir ...

Die fünf glänzenden Zylinder standen auf einem Regal, das in die Wand eingelassen war, und wurden von einem Stahlseil gehalten. An der Seite des Regals befand sich ein Auslöseknopf für das Seil. Leon drückte ihn, und das dicke Tau fiel, eines der losen Enden klatschte zu Boden.

Leon ließ das Gewehr fallen und packte den nächststehenden

Zylinder. Seine Muskeln spannten sich, Blut quoll aus seinem verletzten Arm. Er spürte, wie es in dünnen, tröpfelnden Rinnsalen über seine schweißnasse Brust lief, doch er gab nicht auf, schaukelte auf den Hacken nach hinten, um den Behälter mit komprimiertem Gas herauszuziehen.

Na also ...

Leon sprang zurück, als der silberfarbene Behälter vom Regal zu Boden fiel und ein paar Zentimeter weiterrollte. Er sah auf und stellte fest, dass das Krokodil weitere fünfzehn Meter zurückgelegt hatte – es war so nahe, dass Leon die stumpfen, schmutzigen Löcher in den fünfzehn Zentimeter langen Zähnen sehen konnte, als es abermals brüllte. Leon konnte den nach verwestem Fleisch stinkenden Atem riechen.

Leon stemmte einen Stiefel gegen den Zylinder und drückte so fest er nur konnte; der Behälter rollte träge auf die näher kommende Echse zu. Es war unglaubliches Glück, dass der Boden des Ganges etwas abschüssig war – der über hundert Kilo schwere Zylinder gewann an Geschwindigkeit, während er sich in Richtung des Krokodils bewegte.

Im Zurückweichen riss Leon die Magnum aus dem Gürtel und richtete sie auf den glänzenden Behälter, zwang aber seinen Finger, noch nicht abzudrücken. Das Krokodil stapfte voran. Sein Schwanz hieb so wuchtig gegen die Wände, dass unter jedem dieser brutalen Peitschenschläge Steinstaub herabrieselte. Leon war wie gebannt. Er konnte sich nicht einfach umdrehen und fliehen ...

Komm schon, du Bastard!

Kaum dreißig Meter entfernt kollidierten das Krokodil und der Zylinder miteinander – und da zog Leon endlich den Abzug durch. Der erste Schuss prallte mit einem *Ping* vom Boden vor dem schaukelnden Behälter ab – und das grinsende Maul klaffte auf. Das gewaltige Tier senkte den Kopf, um nach dem Hindernis zu schnappen und es beiseite zu drücken.

Ganz ruhig ...

Leon drückte abermals ab, und –

KA-BUMM!
– wurde zu Boden geschleudert, als der Behälter hochging. In einem Wirbel aus zerreißendem Stahl und entzündeten Gasen wurde der Schädel der Kreatur buchstäblich *ausradiert*, verschwand wie ein geplatzter Ballon. Fast gleichzeitig wurde Leon von einer Woge dampfenden Blutes getroffen, Zahn- und Knochensplitter und zerfetztes, rauchendes Fleisch klatschten auf ihn herab wie eine schwere, nasse Decke.

Würgend, mit klingelnden Ohren und blutendem Arm setzte sich Leon auf, während der kopflose Kadaver zu Boden sackte. Die Beine knickten unter dem Gewicht des Reptilienmonstrums weg.

Leon presste seine blutverschmierte Hand auf die Wunde. Er war erschöpft, ihm war übel vor Schmerzen – und doch fühlte er sich so tief befriedigt wie seit Langem nicht mehr.

„Hab ich dich erwischt, du dämliches Vieh", knurrte er lächelnd.

Als Ada einen Augenblick später den Gang heraufgetrabte, fand sie ihn genau so vor: Sein Werk in benommenem Triumph anstierend, blutig und blutend – und grinsend wie ein kleiner Junge.

DREIUNDZWANZIG

Leon trug ein weißes Unterhemd unter seiner Uniform. Ada riss es in Streifen, verband seinen Arm damit und fertigte ihm eine behelfsmäßige Schlinge, die sie ihm anlegte, nachdem sie ihm sein zerrissenes Hemd wieder übergezogen hatte. Er hatte so viel Blut verloren, dass er benommen war, hilflos fast, und Ada nutzte seinen leichten Schock, um ihm zu berichten. Gleichzeitig versorgte sie ihn – wobei die komplexen Gefühle, die in ihr miteinander rangen, sie selbst irritierten.

„… und ich dachte, sie käme mir bekannt vor. Ich dachte, ich hätte sie durch John kennengelernt, und ich hatte sie fast eingeholt – aber sie muss irgendwie an mir vorbeigekommen sein. Ich verirrte mich in den Tunnels, versuchte, den Weg zurückzufinden …"

Nichts davon war wahr, aber Leon schien es nicht zu bemerken – genauso wenig wie er bemerkt hatte, wie sanft und behutsam sie ihn berührte, oder wie ihre Stimme leicht zitterte, als sie sich zum dritten Mal dafür entschuldigte, dass sie ihn zurückgelassen hatte.

Er hat mir das Leben gerettet. Schon wieder. Und alles, was ich ihm dafür zu geben habe, sind Lügen, berechnende Täuschungsmanöver als Lohn für seine Selbstlosigkeit …

Etwas hatte sich für sie verändert, als er die für sie bestimmte Kugel abgefangen hatte, und sie wusste nicht, wie diese Veränderung rückgängig zu machen war. Schlimmer noch, sie wusste nicht, ob sie sie rückgängig machen *wollte*. Es war wie die Geburt eines neuen Gefühls, eine Emotion, die sie nicht zu benennen vermochte, die sie aber völlig auszufüllen schien; es war beunruhigend, hinterließ Unbehagen – und doch war es nicht gänzlich unangenehm. Seine clevere Lösung des Problems, das dieses nahezu unbesiegbare Krokodil dargestellt hatte – diese Kreatur, die sie lediglich auf Distanz hatte halten können, allen Bemühungen zum Trotz –, hatte dieses namenlose Gefühl sogar noch verstärkt. Das Loch in seinem Arm war nur eine Fleischwunde, aber in Anbetracht des Stromes frischen Blutes auf seiner glatten Brust und seinem Bauch wusste sie, dass es sehr wehgetan haben musste – dass es ihn ausgelaugt, fast *umgebracht* hatte, während er alles daransetzte, ihren Hintern zu retten.

Werd ihn jetzt los, zischte es in ihrem Kopf, *lass ihn hier, lass sein hehres Verhalten nicht deine Aufgabe beeinflussen – den* Job, Ada, *die Mission. Dein* Leben.

Sie wusste, dass es das war, was sie tun musste, es war das einzig *Mögliche* – aber als Leon so gut verarztet war, wie sie es nur vermochte, und sie Lügengebilde erzählt hatte, vergaß sie bequemerweise, auf sich selbst zu hören. Ada half ihm auf die Füße, führte ihn weg von der mit Eingeweide besudelten Stelle, an der das monströse Reptil verendet war, und dabei plapperte sie irgendwelchen Unsinn – dass sie, als sie sich verlaufen hatte, etwas gefunden habe, das wie ein Ausgang aussah.

Annette Birkin war verschwunden. Sobald Leon das Krokodil aus der Müllhalde gelockt hatte, war Ada die Leiter hochgeklettert und hatte nachgeschaut. Sie hatte gesehen, dass Annette noch über genug Verstand verfügt hatte, die Ventilatoren einzuschalten und die Brücke abzusenken, bevor sie davongerannt war. Womit sie Adas andere Fluchtmöglichkeiten wirkungsvoll eliminiert hatte. Die Frau mochte ja eine Psychopathin sein, aber sie war keine Idiotin – und wenn sie auch falsch gelegen hatte, was Adas Quellen anging, hatte sie hinsichtlich ihrer Absichten doch ins Schwarze getroffen. Um die Mission abzuschließen musste Ada so schnell sie konnte ins Labor gelangen, bevor Annette imstande war, irgendetwas ... *Endgültiges* zu unternehmen – und Leon, der schweigende, taumelnde

Leon, würde diese Wegzeit noch einmal um gut die Hälfte verlängern.

Lass ihn hier! Wirf den Ballast ab, du bist keine Krankenschwester, um Himmels willen, das bist nicht mehr du selbst, *Ada!*

„Ich hab Durst", flüsterte Leon. Warm strich sein Atem über ihren Hals. Sie blickte in sein blutverschmiertes, verkniffenes Gesicht und stellte fest, dass es diesmal leichter war, die innere Stimme zu ignorieren. Sie musste ihn verlassen, natürlich, am Ende würden sich ihre Wege trennen müssen –

– *aber noch nicht jetzt.*

„Dann müssen wir etwas Wasser für dich finden", sagte sie und lenkte ihn sanft in die Richtung, in die es sie zog.

Sherry erwachte im Finstern. Sie hatte einen furchtbar bitteren Geschmack im Mund, und an ihren Kleidern zerrte ein kalter, schmieriger Strom. Um sie her herrschte ein Getöse, als stürze der Himmel ein, und einen Moment lang konnte sie sich weder erinnern, was passiert war, noch, wo sie sich befand – und als sie feststellte, dass sie sich nicht bewegen konnte, geriet sie in Panik. Das Donnern ebbte ab und erstarb schließlich vollständig – aber sie steckte in irgendeinem stinkenden Fluss, wurde gegen etwas Kaltes und Nasses gedrückt, und sie war allein.

Sie öffnete den Mund zu einem Schrei – und das brüllende Monster fiel ihr ein, das Monster und dann der riesenhafte, glatzköpfige Mann und schließlich Claire. Der Gedanke an Claire verhinderte ihren Schrei; Claires Bild kam irgendwie einer beruhigenden Berührung gleich, wirkte trostspendend in all dem blinden Entsetzen, und ermöglichte es Sherry nachzudenken.

Ich wurde in ein Abflussloch gesaugt, und jetzt bin ich – irgendwo anders, und schreien wird mir nicht helfen.

Es war ein tapferer Gedanke, ein *starker* Gedanke, und ihn zu denken ließ sie sich schon besser fühlen. Sie drückte sich weg von dem harten Etwas in ihrem Rücken, trat das dunkle Wasser und stellte fest, dass sie gar nicht feststeckte – sie war gegen eine Reihe von

Gitterstäben oder Öffnungen im Fels gepresst worden, und die Kraft der Strömung hatte sie dort festgehalten, festgehalten und womöglich vor dem Ertrinken gerettet. Um sie her floss der eklige Glibber, blubbernd wie jeder gewöhnliche Fluss, nicht mehr annähernd so stark wie zuvor – und der eklige Geschmack in ihrem Mund musste bedeuten, dass sie etwas davon geschluckt hatte ...

Dieser Gedanke weckte auch noch den Rest ihrer Erinnerung. Sie hatte sich von der Strömung mitreißen lassen, sich dann irgendwie gedreht, etwas von der chemisch schmeckenden, widerlichen Flüssigkeit verschluckt und war ausgerastet – *ohnmächtig geworden*, dachte sie.

Zumindest der Lärm hatte aufgehört, was auch immer ihn verursacht haben mochte. Das Geräusch hatte an einen fahrenden Zug erinnert oder einen riesigen Truck; brüllend hatte es sich entfernt ... und jetzt, da sie wacher war, merkte Sherry, dass sie sehen konnte. Nicht sehr viel, aber genug, um zu erkennen, dass sie sich in einem mit Wasser gefüllten Raum aufhielt, und von weit oben fiel ein schwacher Lichtstrahl herab.

Es muss einen Weg hinaus geben. Irgendwer hat diesen Raum gebaut, und diese Leute mussten ja auch hinauskommen ...

Sherry schwamm etwas weiter in den großen Raum hinein, und dabei spürte sie, wie ihre strampelnden Füße über etwas Hartes streiften. Etwas Hartes, Flaches. Sie kam sich dumm vor, dass sie nicht schon eher daran gedacht hatte – holte tief Luft, streckte die Beine nach unten, und dann stand sie. Das Wasser reichte ihr bis zu den Schultern, aber sie konnte stehen.

Die letzten Spuren von Panik wichen von ihr, als sie da in der Mitte des Raumes stand und sich langsam umdrehte. Ihre Augen hatten sich endlich ganz auf das schwache Licht eingestellt – und sie sah die Umrisse einer Leiter an der gegenüberliegenden Wand. Sie hatte noch immer Angst, gar keine Frage, aber der Anblick der schemenhaften Sprossen bedeutete, dass sie einen Weg hinaus gefunden hatte. Sherry paddelte auf die Leiter zu, stolz darauf, wie gut sie sich hielt.

KeinSchreien,keinWeinen.GenauwieClairegesagthat.Ichbinstark.
Sie erreichte die Leiter und hob ihre Knie zur untersten Sprosse hoch, die ein paar Zentimeter über der Wasseroberfläche lag. Sie zog die Füße nach, dann kletterte sie nach oben. Die glitschigen Metallstangen unter ihren Händen ließen sie das Gesicht verziehen. Die Leiter schien kein Ende zu nehmen, und als Sherry einen Blick nach unten riskierte, um zu sehen, wie weit sie schon gekommen war, konnte sie nur einen winzigen, schimmernden Fleck ausmachen, wo das Licht direkt auf die bewegte Wasseroberfläche fiel. Sie konnte auch die Quelle des Lichtes sehen – ein schmaler Schlitz in der Decke, nicht weit über ihr.

Fast oben. Und wenn ich falle, werde ich mir nicht wehtun. Es gibt nichts, wovor ich Angst haben müsste.

Sherry schluckte schwer, wünschte sich, dass dieser Gedanke der Wahrheit entsprach, und schaute wieder nach oben.

Noch ein paar Sprossen, und als sie nach der nächsten fasste, berührte ihre Hand eine unebene Metalldecke. Sie hatte das Gefühl, es geschafft zu haben, und drückte mit einer Hand dagegen –

– aber das Metall bewegte sich nicht. Kein *bisschen*.

„Scheiße", flüsterte Sherry, aber es klang nicht so verärgert, wie sie gehofft hatte; das Wort klang klein und einsam, beinahe wie ein Flehen.

Sie hakte einen Ellbogen um die Leiterstufe, an der sie sich festhielt, berührte ihren Glücksbringer, und versuchte es noch einmal. Diesmal drückte sie richtig fest. Unter Einsatz all ihrer Kräfte meinte sie zu spüren, wie die Decke nachgab, ein wenig nur – und nicht annähernd genug. Sie ließ die Hand sinken, fluchte diesmal im Stillen. Sie saß hier fest.

Minutenlang bewegte sie sich nicht. Sie wollte nicht wieder hinunter ins Wasser, wollte nicht glauben, dass sie *wirklich* festsaß – doch ihre Arme wurden müde. Sie wollte immer noch nicht springen. Schließlich stieg sie wieder hinunter, viel langsamer, als sie heraufgeklettert war. Jeder Schritt nach unten war wie das Eingeständnis einer Niederlage.

Sie hatte etwa ein Drittel der Strecke zurückgelegt, als sie über sich Schritte hörte – ein leichtes Pochen erst, eher ein Vibrieren als sonst etwas, doch dann spaltete sich das Geräusch rasch in einzelne Schritte auf, die lauter wurden, näher kamen – und noch lauter wurden, sich der Decke der Grube näherten, in der Sherry zu sich gekommen war.

Einen Augenblick lang erwog sie, die Schritte nicht zu beachten, dann krabbelte sie doch die Leiter hoch, und beschloss, das Risiko einzugehen. Es war es wert. Es mochte nicht Claire sein, vielleicht nicht einmal irgendjemand, der ihr wohlgesinnt war – aber es konnte ihre einzige Chance sein, hier herauszukommen.

Sie fing schon an zu rufen, noch ehe sie wieder das obere Ende der Leiter erreicht hatte. „Hallo! Hallo, können Sie mich hören? Hallo – hallo!"

Die Schritte schienen innezuhalten, und als Sherry wieder unter der Decke anlangte, immer noch rufend, schlug sie etliche Male mit der Faust gegen das Metall.

„Hallo, hallo, hallo!"

Ein weiterer Hieb mit ihrer schmerzenden Hand – und dann schlug sie in die Luft, und blendendes Licht traf ihr Gesicht.

„Sherry! O mein Gott, Schätzchen, ich bin ja so froh, dass du in Ordnung bist!"

Claire, es *war* Claire. Sherry konnte sie zwar nicht sehen, aber allein der Klang ihrer Stimme überwältigte sie fast vor Freude. Starke, warme Hände halfen ihr hinauf, warme, feuchte Arme schlossen sich fest um sie. Sherry blinzelte und verdrehte die Augen und war allmählich imstande, durch die strahlend weiße Lichtfülle die Umrisse eines weitläufigen Raumes auszumachen.

„Woher wusstest du, dass ich es bin?", fragte Claire, ohne sie loszulassen.

„Wusste ich nicht. Aber ich kam aus eigener Kraft nicht raus, und da hörte ich Schritte …"

Sherry schaute sich in dem großen Raum um, in den Claire sie gezogen hatte, und empfand lähmendes Staunen, dass ihre Freundin sie überhaupt gehört hatte. Der Raum war gewaltig, wurde von einer Reihe schmaler Metalllaufstege diagonal durchzogen – und der Teil des Bodens, aus dem sie geklettert war, befand sich im hintersten Winkel des finstersten Teiles dieses Raumes. Die Platte, die Claire hochgehoben hatte, war nur ein paar Schritte entfernt.

Mann. Wenn ich nicht geklopft hätte, oder wenn sie nur ein bisschen schneller gegangen wäre ...

„Ich bin echt froh, dass du es bist", sagte Sherry fest, und Claire grinste. Sie wirkte so glücklich und erstaunt, wie Sherry sich fühlte.

Claire kniete vor ihr, und ihr Lächeln schwand ein wenig. „Sherry – ich hab deine Mom gesehen. Sie ist okay, sie lebt –"

„Wo? Wo ist sie?", platzte es aufgeregt aus Sherry hervor – doch sie verspürte auch eine Art ängstlicher Verunsicherung, die plötzlich ihre Muskeln verspannte und ihr das Atmen erschwerte.

Sie schaute in Claires besorgte graue Augen und erkannte, dass sie wieder daran dachte zu lügen – dass sie nach dem besten Weg suchte, ihr etwas Unangenehmes beizubringen. Noch vor ein paar Stunden hätte Sherry das vielleicht zugelassen –

– aber jetzt nicht mehr. Wir müssen stark und tapfer sein!

„Sag's mir, Claire. Sag mir die Wahrheit."

Claire seufzte kopfschüttelnd. „Ich weiß nicht, wo sie hingegangen ist. Sie hatte – Angst vor mir, Sherry. Ich glaube, sie hat mich für jemand anders gehalten, jemanden, der böse ist oder verrückt. Sie ist vor mir weggelaufen – aber ich bin ziemlich sicher, dass sie hier entlangging, und ich versuchte, sie wiederzufinden, als ich dich rufen hörte."

Sherry nickte langsam, bemühte sich, die Vorstellung hinzunehmen, dass ihre Mutter sich komisch benommen hatte – *so* komisch, dass Claire die Notwendigkeit sah, es zu beschönigen.

„Und du glaubst wirklich, sie ist hier durchgegangen?", fragte Sherry schließlich.

„Ich kann's nicht sicher sagen. Ich bin auch diesem Cop begegnet, Leon, bevor ich deine Mutter sah. Ich lernte ihn kennen, nachdem ich in der Stadt angekommen war. Er war in einem der Tunnel, durch die ich ging, nachdem du verschwunden warst. Er war verletzt und konnte deshalb nicht mit mir kommen, um nach dir zu suchen – darum bin ich umgekehrt, um ihn zu holen, als deine Mutter verschwunden war. Aber er war –"

„Tot?"

Claire schüttelte den Kopf. „Nein. Nur weg – also ging ich denselben Weg wieder zurück, und meiner Meinung nach kann deine Mom nur diesen Weg genommen haben. Aber wie gesagt, sicher kann ich mir nicht sein..."

Sie zögerte und blickte Sherry nachdenklich an. „Hat dir deine Mom je von einem G-Virus erzählt?"

„G-Virus? Ich *glaube* nicht."

„Hat sie dir je etwas zur Aufbewahrung gegeben, einen kleinen Glasbehälter zum Beispiel, irgendwas in der Art?"

Sherry runzelte die Stirn. „Nein, nichts. Warum?"

Claire stand auf, legte die Hand auf Sherrys Schulter und zuckte zugleich die Achseln. „Es ist nicht weiter wichtig."

Sherry kniff die Augen zusammen, und Claire lächelte wieder. „Wirklich. Komm, sehen wir mal, ob wir herausfinden, wo deine Mom hingegangen ist. Ich wette, sie sucht nach dir."

Sherry ließ Claire vorausgehen und fragte sich, warum sie plötzlich sicher war – fast überzeugt sogar –, dass Claire ihr nicht glaubte, was sie ihr geantwortet hatte... und sie wunderte sich, dass sie es nicht fertig brachte, weiter danach zu fragen.

Der Maschinenaufzug befand sich, ebenso wie die U-Bahn, genau dort, wo Annette ihn verlassen hatte. Ihr Spielraum hatte sich zwar verringert, aber sie war den Spionen immer noch voraus, dieser Ada Wong und ihrer kleinen Freundin...

Lügen! Erzählen mir Lügen, wie sie alle Lügen erzählen, als ob der Verlust von William, das Erleiden solchen Schmerzes und solcher Trauer nicht reichte, sie zu beschämen...

Sie fummelte den Steuerungsschlüssel aus der Tasche ihres zerfetzten Laborkittels und lehnte sich schwer gegen die Kontrollen, als sie den Schlüssel einführte und drehte. Ihre zitternden Finger berührten den Aktivierungsschalter, und eine Reihe von Lichtern erschien auf der Konsole, selbst in der mondlichtdurchwobenen Dunkelheit noch zu hell. Kühle Herbstluft strich über ihren schmerzenden Körper, ein angenehmer, sanfter Wind, der nach Feuer und Krankheit roch ...

... wie Halloween, wie Scheiterhaufen im Dunkeln, wenn sie ihre Toten hinausschafften und das pestzerfressene Fleisch der verseuchten Leichen verbrannten ...

Vier brüllende Sirenen plärrten zum Nachthimmel. Der Blick zu der großen Aufzugskabine signalisierte ihr, dass es Zeit zum Gehen war. Annette wankte die grauen und gelben Stufen hinauf, unfähig, sich zu erinnern, woran sie eben noch gedacht hatte. Es war Zeit zu gehen, und sie war so furchtbar müde. Wie lange war es her, dass sie geschlafen hatte? Auch daran konnte sie sich nicht erinnern.

Hab mir den Kopf gestoßen, was? Oder bin vielleicht auch nur schläfrig ...

Sie war zuvor schon erschöpft gewesen, aber der gnadenlose Schmerz ihrer Verletzungen hatte sie an einen deliranten Ort gesandt, von dem sie sich nie hätte vorstellen können, dass er existierte. Ihre Gedanken wurden begleitet von spiralartigen, unangenehmen Gefühlsausbrüchen, mit denen sie nicht klar kam, jedenfalls nicht in befriedigender Weise. Sie wusste, was zu tun war – das Auslösesystem, das Öffnen des U-Bahn-Schotts, das Verstecken in den Schatten und das Warten auf Heilung –, doch der Rest war zu einer seltsamen, unzusammenhängenden Gruppierung freier Assoziationen geworden, als hätte sie Drogen genommen, die ihre Sinne übersättigt hatten und ihre Gedanken nur häppchenweise vorankommen ließen.

Es war fast vorbei. Das war etwas, an dem sie sich festhalten konnte, eine der wenigen Konstanten in ihrem getrübten Geist. Eine positive und irgendwie magische Feststellung, die sie noch sehen konnte, ganz gleich, wie blind sie wurde. Auf ihrem Weg durch die

Fabrik hatte sie gehustet und gehustet und dann vor Schmerz einen dünnen, sauren Strahl von Galle erbrochen, der dunkle Blasen vor ihren Augen hatte zerplatzen lassen, und die Dunkelheit hatte so lange gedauert, dass sie dachte, sie würde tatsächlich ihr Augenlicht verlieren ...

Es ist fast vorbei.

Den Gedanken umklammernd wie eine verlorene Liebe, fand sie die Luke in den Metallraum und ging hinein. Die Kontrollen – aktiviert. Die Bewegung und das Geräusch von Bewegung hüllten sie ein, als sie sich auf eine weiche Metallpritsche legte und die Augen schloss. Ein paar Sekunden Ruhe, und es war fast vorbei ...

Annette sank ins Dunkel. Die summenden Motoren lullten sie in tiefen, übergangslosen Schlaf. Sie sank tiefer, ihre Muskeln entspannten sich, Schmerzen und Elend lockerten ihren Griff – und für eine scheinbar endlose Zeitspanne fand sie Stille –

– bis ein heulender, schrecklicher Schrei die Dunkelheit zerschnitt, ein Kreischen, so zornig und voller Schmerz, dass es ihr Herz anrührte. Es riss sie ins Leben zurück, keuchend und voller Angst –

– und dann erkannte sie, was sie aus ihrem traumlosen Schlaf gerissen hatte, und ihre Gedanken sammelten sich und gaben ihr eine weitere klare Konstante, an die sie sich klammern konnte.

Es war William. William war heimgekommen, er war ihr gefolgt – und Umbrella würde nichts bekommen, denn das Ding, das ihr Ehemann gewesen war, war zurück in die Sprengzone gekommen.

Der Schrei erklang abermals, und diesmal verhallte er an einem der vielen verborgenen Orten des Labors, während der Aufzug tiefer und tiefer sank.

Annette schloss erneut die Augen, der gerade entstandene Gedanke schloss sich der Sehnsucht von vorhin an, und beides zusammen machte sie endlich glücklich.

William ist heimgekommen. Es ist fast vorbei.

Der dritte Gedanke folgte ganz natürlich, fügte sich hinzu, während sie zurück in ihre Stille glitt, wohl wissend, dass sie nur zu bald wieder aufstehen musste, um die letzte Reise anzutreten. Wenn der Aufzug anhielt, würde sie aufwachen und bereit sein.

Umbrella wird leiden für das, was sie getan haben – und am Ende werden alle sterben.

Lächelnd schlief Annette ein und träumte von William.

VIERUNDZWANZIG

Während er im Kontrollraum saß, wo Ada ihn zurückgelassen hatte, begann Leon, sich allmählich wieder wie er selbst zu fühlen. In einem der staubbedeckten Schränke hatten sie ein Erste-Hilfe-Set gefunden, dazu eine Flasche Wasser. Ada war erst seit etwa zehn Minuten fort, aber inzwischen machte sich das Aspirin bemerkbar, und das Wasser hatte Wunder gewirkt.

Er saß vor einer mit Schaltern bedeckten Konsole und versuchte zusammenzupuzzeln, was nach der Explosion in der Kanalisation geschehen war. Das Letzte, woran er sich wirklich deutlich erinnerte, war, wie das kopflose Krokodil zusammengebrochen und er dann von Benommenheit und Schwäche überwältigt worden war. Ada hatte ihn verbunden und dann durch die Tunnel geführt –

– *und eine U-Bahn, wir fuhren mit einer U-Bahn, ein, zwei Minuten lang* –

– und schließlich in diesen Raum, wo er sich, wie sie gesagt hatte, ausruhen sollte, während sie fortging, um etwas zu überprüfen. Leon hatte protestiert, hatte sie daran erinnert, dass es nicht sicher sei, aber er war noch zu benommen gewesen, um irgendetwas anderes zu tun, als dort sitzen zu bleiben, wo sie ihn hingesetzt hatte. Er hatte sich noch nie so hilflos gefühlt oder so vollkommen abhängig von einer anderen Person. Nachdem er aber etwa die Hälfte des Wassers, das ihm zur Verfügung stand, getrunken hatte, ging es ihm wieder besser. Offenbar führte Blutverlust zu Dehydrierung.

Sie gab mir also das Wasser und ging dann weg, um was ge-

nau zu überprüfen? Und woher wusste sie, wie man hierher gelangt?

Leon war kaum fähig gewesen zu laufen, geschweige denn irgendwelche Fragen zu stellen – doch selbst im Delirium hatte er bemerkt, wie zielstrebig sie gewesen war, wie sie diesen Weg mit unerschütterlicher Präzision gewählt hatte. Woher hatte sie ihre Kenntnisse? Sie war eine Kunsthändlerin aus New York, wie konnte sie *irgendetwas* über das Kanalnetz von Raccoon City wissen?

Und wo ist sie jetzt? Warum ist sie noch nicht wieder zurück?

Sie hatte ihm geholfen, sie hatte ihm höchstwahrscheinlich das Leben gerettet – aber er konnte einfach nicht länger glauben, dass sie diejenige war, für die sie sich ausgab. Er wollte wissen, was sie tat, und er wollte es *jetzt* wissen, und nicht nur, weil sie ihm etwas verheimlichte – Claire war immer noch irgendwo in der Kanalisation, und wenn Ada den Weg aus der Stadt kannte, dann war Leon es Claire schuldig, dass er versuchte, ihn in Erfahrung zu bringen.

Er stand langsam auf, hielt sich an der Lehne des Stuhles fest und atmete tief durch. Er fühlte sich immer noch schwach, aber nicht schwindlig, und sein Arm schmerzte auch nicht mehr so heftig; das mochte am Aspirin liegen. Er zog seine Magnum, ging zur Tür des kleinen, verstaubten Raumes und schwor sich, dass er sich nicht mehr mit vagen Antworten oder gelächelten Abfuhren abspeisen lassen würde.

Er öffnete die Tür und trat hinaus in ein offenes Lagerhaus, das fast groß genug war, um ein Flugzeughangar zu sein. Es war leer, heruntergekommen und lag in dichten Schatten, doch die frische Nachtluft, die hindurch strich, machte es beinahe zu einem angenehmen Ort –

– und da war Ada! Sie trat auf eine erhöhte Plattform außerhalb des Hangars und verschwand hinter etwas, das wie der Teil eines Zuges aussah. Es war ein industrieller Transportaufzug – und den gut geölten Schienen nach zu schließen, die durch das Lagerhaus verliefen, gehörte er zu der aufgegebenen Fabrik, die allem Anschein nach eben doch nicht vollends aufgegeben war.

„Ada!"

Seinen verletzten Arm fest gegen den Körper gedrückt, rannte Leon auf den Lift zu – und verspürte dumpfe Wut, als er das anschwellende Rumoren der Aufzugsmotoren hörte. Das schwere mechanische Geräusch stieg in den klaren Nachthimmel. Ada machte sich aus dem Staub, sie war *nicht* gegangen, um etwas zu „überprüfen" …

Aber sie geht nirgendwohin, bevor sie mir gesagt hat, warum!

Leon rannte ins mondbeschienene Freie, hörte, wie die Tür des Zuges zuschlug. Er streifte eine Steuerkonsole und stieg zu der vibrierenden Metallplattform hinauf, wobei er auf den hell gestrichenen Stufen fast stolperte. Ehe er sein Gleichgewicht wiederfand, setzte sich die Bahn in Bewegung – einen Meter hohe Platten zerfurchten Metalls erhoben sich rings um den Zug, umschlossen die große Plattform, als sie sanft in die Tiefe glitt.

Leon packte nach dem Türgriff, als die Dunkelheit um den summenden Aufzug herum hochspülte. Der Himmel schrumpfte zu einem immer kleiner werdenden sternübersäten Fleck über ihm. Das kühle, bleiche Licht des Mondes und der Sterne wurde rasch ersetzt durch das helle Orange der aufzugseigenen Quecksilberlampen.

Leon stolperte hinein und sah den erschrockenen Ausdruck auf Adas Gesicht, als sie sich von einer Bank erhob, die an einer Seite festgeschraubt war. Sie hob die Beretta halb und senkte sie dann wieder – und er sah einen Anflug von Schuldgefühl, so kurz nur, dass er schon verflogen war, als Leon die Tür geschlossen hatte.

Einen Moment lang sprachen sie beide kein Wort, starrten einander nur an, während die Kabine sich weiter sanft in die Tiefe senkte. Leon konnte fast sehen, wie Ada über eine Ausrede nachsann – und müde, wie er war, entschied er, dass er dazu einfach nicht in der Stimmung war.

„Wo gehen wir hin?", fragte er, ohne sich zu bemühen, den Zorn aus seiner Stimme zu verdrängen.

Ada seufzte, nahm wieder Platz und ließ die Schultern hängen. „Ich glaube, das ist der Weg nach draußen", sagte sie leise. Sie schaute zu ihm auf, ihr dunkler Blick suchte den seinen. „Tut mir leid. Ich hätte nicht versuchen sollen, ohne dich zu verschwinden, aber ich hatte Angst …"

Er konnte echtes Bedauern in ihrer Stimme hören, auch in ihren Augen sehen, und spürte, wie seine Wut etwas nachließ. „Angst wovor?"

„Dass du es nicht schaffen würdest. Dass *ich* es nicht schaffen würde, wenn ich versucht hätte, uns beide in Sicherheit zu bringen."

„Ada, wovon redest du?" Leon ging zu der Bank und setzte sich neben sie. Sie sah auf ihre Hände hinab und fuhr leise fort: „Als ich in der Kanalisation nach dir suchte, fand ich eine Karte. Sie zeigte so was wie ein unterirdisches Laboratorium oder eine Fabrik – und wenn die Karte stimmt, dann gibt es einen Tunnel, der von dort aus der Stadt hinausführt."

Sie sah ihn in ehrlicher Niedergeschlagenheit an. „Leon, ich dachte, du seist nicht in der Verfassung für eine solche Tour – und ich hatte Angst, dass … wenn ich dich mitgenommen hätte und wenn es eine Sackgasse wäre oder wir angegriffen worden wären …"

Leon nickte langsam. Sie hatte versucht, sich zu schützen – und ihn.

„Es tut mir leid", wiederholte sie. „Ich hätte es dir sagen sollen, ich hätte dich nicht einfach so zurücklassen dürfen. Nach allem, was du für mich getan hast, ich – ich war dir zumindest die Wahrheit schuldig."

Das Schuldgefühl und die Scham in ihren Augen waren etwas, das sich nicht vortäuschen ließ. Leon fasste nach ihrer Hand, war bereit, ihr zu sagen, dass er verstand und ihr keine Vorwürfe machte –

– als von draußen ein widerhallender Schlag ertönte. Der ganze Aufzug erzitterte. Es war nur ein leichtes Beben, aber es reichte, um sie beide in Anspannung zu versetzen.

„Wahrscheinlich eine unebene Stelle im Schienenverlauf …", meinte Leon, und Ada nickte, wobei sie ihn mit einer Intensität betrachtete, die ihn sich angenehm unangenehm fühlen ließ. Wärme breitete sich in seinem ganzen Körper aus –

BAMM!

Ada flog von der Bank, wurde zu Boden geschleudert, als ein gewaltiges, gekrümmtes *Ding* die Wand durchschlug, durch die metallene Flanke der Kabine krachte, als bestünde sie lediglich aus Papier. Es war eine Faust, eine Faust mit knöchernen Krallen, jede fast dreißig Zentimeter lang, und von den Klauen tropfte –

„Ada!"

Die riesige Hand zog sich zurück, die blutigen Krallen rissen weitere Löcher in die Metallwand. Leon ließ sich zu Boden fallen, packte Adas schlaffen Körper und zog sie in die Mitte des Vehikels. Ein furchtbarer Schrei schnitt durch die draußen vorbeitreibende Dunkelheit – es war derselbe wütende Schrei, den sie auf dem Revier gehört hatten, nur noch lauter, noch brutaler und noch weniger menschlich als zuvor.

Leon hielt Ada mit seinem gesunden Arm fest, spürte, wie warmes Blut aus ihrer rechten Seite rann, spürte ihr totes Gewicht an seiner sich hebenden und senkenden Brust.

„Ada, wach auf! Ada!"

Nichts. Er legte sie sanft auf den Boden, dann zog er an dem blutigen Loch im Stoff ihres Kleides, direkt über ihrer Hüfte. Blut quoll aus zwei tiefen Stichwunden – unmöglich zu sagen, wie schlimm es war. Er riss die unteren paar Zentimeter ihres kurzen Kleides ab und presste das Material gegen die Wunde …

… und das Monster brüllte abermals, doch der Zorn in seinem kehligen Heulen war nichts im Vergleich zu dem, was Leon empfand, während er in Adas regloses, ausdrucksloses Gesicht hinabsah. Er zog ihr enges Kleid so gut er konnte über den provisorischen Verband, dann stand er auf und schnallte die Remington los.

Ada hatte sich um ihn gekümmert, hatte ihn beschützt, als er sich nicht selbst hatte beschützen können. Grimmig lud Leon die Shotgun, und er verspürte keinerlei Schmerz mehr, als er sich bereit machte, sich dafür zu revanchieren.

Als sie an einem Punkt anlangten, an dem es nicht mehr weiterzugehen schien, war es Sherry, die herausfand, wo ihre Mutter hingegangen sein musste. Sie waren in einen weiteren düsteren, kavernenartigen Raum gegangen, der jedoch nur eine Tür besaß – es schien keinen anderen Ausgang zu geben, es sei denn, Annette war von dem erhöhten Boden gesprungen und durch die lichtlose Leere, die ringsum herrschte, weitergelaufen.

Sie standen am Rande der Dunkelheit, versuchten, in die Schatten hinabzusehen, hatten jedoch kein Glück. Der Raum war fast wie eine Laderampe angelegt: Eine geländergesäumte Plattform verlief von der Tür aus entlang der Rückwand und endete dann abrupt, um einer scheinbar endlosen Leere zu weichen. Entweder war Annette hinuntergeklettert und einen geheimen Pfad durch das Dunkel gegangen, oder Claire hatte sich bezüglich ihres Weges geirrt.

Und was jetzt? Zurückgehen oder versuchen, ihr zu folgen?

Sie wollte nichts von beidem – obwohl zurückzugehen tausendmal verlockender zu sein schien, als in einen pechschwarzen Abgrund hinabzusteigen. Und Leon befand sich vermutlich noch irgendwo hinter ihnen ...

„Könnte es ein Zug sein? Ist das vielleicht ein Bahnhof?", überlegte Sherry laut, und kaum hatte das Mädchen „Zug" gesagt, trat sich Claire in Gedanken herzhaft in den Allerwertesten.

Plattform ... Geländer ... etwa tausend „Rohre" unter der Decke ...

Claire grinste Sherry an und schüttelte den Kopf über ihre eigene Dummheit – ihr Verstand ließ mehr und mehr zu wünschen übrig, gar kein Zweifel.

„Ja, ich glaube schon", sagte sie, „aber du hast es erraten, nicht ich. Mein Hirn befindet sich offenbar im Streik ..."

Die kleine Computerkonsole an einer Seite der Plattform, die sie vorhin noch als unwichtig abgetan hatte, war vermutlich das Steuerboard. Claire ging darauf zu, Sherry folgte ihr und umklammerte abwesend ihren goldenen Anhänger, während sie die Laute beschrieb, die sie im Abflussbecken gehört hatte.

„… und es bewegte sich von mir fort, so wie ein Zug. Es hat mir auch ganz schön Angst gemacht. Es war laut."

Unter dem kleinen Bildschirm der Konsole fanden sich ein Rückruf-Befehlscode und eine Zehnertastatur. Claire gab den Code ein, drückte „Enter" – und der Raum füllte sich mit dem sanften Summen in Gang gesetzter Maschinen: den Geräuschen eines Zuges.

„Du bist ein helles Köpfchen, weißt du das?", sagte Claire, und Sherry strahlte regelrecht, ihr süßes Lächeln vereinnahmte ihr ganzes Gesicht. Claire legte ihr einen Arm um die Schultern, dann gingen sie zurück zum Rand der Plattform, um zu warten.

Nach ein paar Sekunden tauchten die Lichter des Zuges auf. Der winzige Kreis von Helligkeit wurde größer, während sie ihm entgegensahen. Nach all den Mühen, die hinter ihnen lagen, beschloss Claire, in Anbetracht dieser neuen Entwicklung, so optimistisch zu sein, wie sie nur konnte – in erster Linie, um nicht darüber nachzugrübeln, welcher Schrecken als Nächstes auf sie einstürzen mochte. Der Zug würde sie natürlich aus der Stadt hinausbringen, und er würde bestens ausgerüstet sein mit Essen und Wasser; er würde Duschen haben und frische, warme Kleidung –

– halt, streich das. Lieber ein heißes Bad und ein paar von diesen dicken, flauschigen Bademänteln für danach. Und Hausschuhe …

Klar doch … Aber sie würde sich mit allem zufrieden geben, was nichts mit Monstern und Verrückten zu tun hatte. Sie warf Sherry einen Blick zu und bemerkte, dass das Mädchen immer noch den Anhänger rieb.

„Was ist denn da drin?", fragte sie und wollte Sherry wieder zum Lächeln zu bringen. „Hast du da ein Bild von deinem Freund, oder was?"

„Da drin? Oh, das ist kein Medaillon", sagte Sherry, und Claire freute sich, ein schwaches Erröten ihrer Wangen zu bemerken. „Meine Mom gab es mir, es ist ein Glücksbringer – und ich *habe* keinen Freund. Jungs in meinem Alter sind total unreif."

Claire grinste. „Gewöhn dich dran, Schätzchen. So weit ich das beurteilen kann, kommen manche nie aus diesem Stadium raus."

Der Zug war jetzt so nahe, dass sie seine Umrisse ausmachen konnten, ein einzelner Waggon, etwa sieben oder acht Meter lang, fuhr sanft entlang seiner Deckenschienen.

„Was glaubst du, wo der hinfährt?", fragte Sherry, doch bevor Claire antworten konnte, explodierte die Tür zur Plattform.

Das Schott flog nach innen, wurde mit metallischem Kreischen aus den Angeln gehoben und schlug dröhnend zu Boden!

Claire packte Sherry und zog sie an sich, als der riesige Mr. X den Raum betrat, gebückt und zur Seite gebeugt, um sich durch die Öffnung zu zwängen. Sein seelenloser Blick fiel sofort auf sie.

„Geh hinter mich!", rief Claire, zog Irons' Pistole und riskierte einen Blick nach hinten auf den näher kommenden Zug. Zehn Sekunden – sie brauchten noch zehn Sekunden ...

Aber X machte einen Riesenschritt auf sie zu, und sie wusste, dass ihnen so viel Zeit nicht bleiben würde. Sein furchtbares Gesicht wirkte wie versteinert, seine riesigen Hände waren bereits erhoben, und auch wenn er noch gut sechs Meter entfernt war, bedeutete dies bei ihm höchstens vier Schritte –

„Steig in den Zug, sobald er anhält!", schrie Claire und drückte ab.

Vier, fünf, sechs Kugeln schlugen dem Hünen in die Brust. Die siebte traf eine seiner totenbleichen Wangen, doch Mr. X blinzelte nicht einmal, blutete nicht – und blieb nicht stehen. Ein weiterer riesiger Schritt, das rauchende Loch in seinem Gesicht letzter Beweis seiner Unmenschlichkeit. Claire zielte tiefer, *Beine, Knie ...*

Bamm-bamm-bamm!

... und er hielt inne, als die Kugeln ihn trafen. Mindestens ein direkter Treffer ins Knie. Die schwarzen Augen hefteten sich auf Claire, *musterten* sie –

„Da – komm schon!"

Sherry zerrte an ihrer Weste, schrie, und Claire wich nach hinten, drückte wieder ab. Die nächsten beiden Kugeln trafen den Giganten in den Bauch.

Und dann war sie im Zug, und Sherry hatte die Steuerung für die Tür gefunden. Die Tür rauschte zu, Mr. X wurde von dem winzigen

Fenster wie eingerahmt, kam nicht näher, fiel aber auch immer noch nicht um. Starb nicht.

„Mir nach!", rief Claire, blickte auf die Tafel mit blinkenden Lichtern zu ihrer Rechten und wusste, dass die Tür keine Sekunde lang halten würde, falls sich die Schreckensgestalt wieder in Bewegung setzte.

Sie rannte auf das Schaltboard zu, Sherry an ihrer Seite und Gott dankend, dass der Konstrukteur benutzerfreundlich gearbeitet hatte, als der rote Startknopf unter ihrer zitternden Hand nach unten schnappte –

– und sich der Zug in Bewegung setzte, sich von der Plattform entfernte, weg von dem unzerstörbaren Giganten und hinein in die Schwärze.

Annette saß im Mitarbeiter-Schlafquartier auf Ebene vier, wartete darauf, dass das Mainframe auf das Power-up reagierte, und überlegte hin und her, ob sie die P-Epsilon-Sequenz initiieren sollte. Wenn das System einmal ausgelöst war, würden alle Türen der Verbindungskorridore entriegelt und die elektronisch gesteuerten Türen geöffnet. Die Kreaturen, die während der letzten Tage festgesessen hatten, würden frei sein, umherzustreifen, und die meisten von ihnen würden hungrig sein ...

... hungrig und gefährlich, das personifizierte Virus ...

Annette wollte auf ihrem Weg hinaus keiner ... Unannehmlichkeit begegnen, doch als die ersten Codezeilen über den Bildschirm liefen, beschloss sie, die Sequenz nicht einzuleiten. Das P-Epsilon-Gas war ohnedies nur ein Experiment, etwas, das ein paar der Mikrobiologen ausgetüftelt hatten, um das Umbrella-Schadensbegrenzungsteam zu besänftigen. Wenn es funktionierte, würde es die Re3er ausschalten plus sämtliche menschliche Träger, die beim ursprünglichen Ausbruch infiziert worden waren, die erste Welle also, und ihr somit Sicherheit auf dem Weg zum Fluchttransporttunnel garantieren. Aber die Spione waren im Anmarsch, und Annette wollte ihnen die Sache nicht auch noch erleichtern. Sie hatte gehört, wie der Aufzug zurückgerufen worden war, als sie zum Synthesis-Labor gewankt war – was in Ordnung war, großartig; sie kamen gerade rechtzeitig zum Finale, und Annette wollte, dass sie um ihr Leben kämpfen mussten, während sie im Eiltempo aus der Anlage verschwand, weg von der Explosion, die die Multimilliarden-Dollar-Einrichtung verschlingen würde ...

Sie wird brennen, alles wird brennen, und ich werde dieses Albtraums ledig sein. Endspiel – und ich gewinne. Umbrella verliert, ein für alle Mal! Diese heimtückischen, mörderischen Bastarde!

Sie fühlte sich gut, wach und aufmerksam, und sie litt kaum Schmerzen. Sie hatte vorgehabt, bei ihrer Rückkehr geradewegs zum nächsten Computerterminal zu gehen, um die Pannensicherung zu aktivieren, noch bevor sie die Probe an sich gebracht hatte, aber sie war kaum imstande gewesen, auch nur geradeaus zu schauen, als sie aus dem Aufzug getaumelt war. Sie hatte gefürchtet, etwas zu vergessen – oder, schlimmer noch, hinzufallen und nicht mehr aufstehen zu können. Ein Abstecher zum Medizinschrank im Synthesis-Labor hatte all das behoben; der furchtbare Schmerz war schon jetzt nur mehr eine vage Erinnerung, genau wie die bizarren, irreführenden Gedanken, die es so schwer gemacht hatten, sich zu konzentrieren. Wenn ihre kleine Cocktail-Spritze nachließ, würde sie für diesen vorübergehenden Aufschub büßen, aber für die nächsten paar Stunden war sie so gut wie neu – nein, noch *besser* sogar.

Epinephrin, Endorphin, Amphetamine ... meine Güte!

Annette wusste, dass sie high war, dass sie ihre Fähigkeiten nicht überschätzen sollte, aber warum hätte sie sich nicht glücklich fühlen sollen? Sie grinste den kleinen Computer vor sich an und tippte die Codes ein, ihre Finger flogen über die Tasten. Sie hatte das Gefühl, ihre Zähne würden zerspringen, als das synthetische Adrenalin durch ihre geweiteten Adern pulste. Sie hatte es zurück zum Labor geschafft, William war wiedergekommen, und die Probe, die allerletzte lebensfähige G-Virus-Probe in der Einrichtung, steckte in ihrer Tasche. Sie hatte sie in einem der Sicherungskästen versteckt, bevor sie sich auf die Suche nach William gemacht hatte, und sie auf dem Weg zum Personalraum wieder an sich genommen ...

... *76E, 43L, 17A, Pannensicherungs-Zeit ... 20, Audiowarnung/ Stromabschaltung 10, persönliche Autorisation, 0001Birkin ...*

Das war's. Annette konnte nicht aufhören zu grinsen, wollte auch gar nicht aufhören. Leicht strich sie über die „Enter"-Taste, der Triumph toste als heiße, flüssige Freude durch ihren tauben, mitgenommenen Körper. Ein leichter Druck, und es gab nichts auf der Welt, was es stoppen konnte. In zehn Minuten würden die aufgezeichneten Warnungen abgespielt werden, der Transport-Aufzug würde abgeschaltet sein und die Einrichtung von der Oberfläche abschneiden. In fünfzehn Minuten würde der Audio-Countdown beginnen – fünf Minuten, um die minimale Sicherheitsdistanz mit dem Zug zu erreichen, weitere fünf und –

Mir bleiben vom Drückend er Taste bis hin zur Explosion exakt 20 Minuten. Mehr als genug Zeit, um zum Tunnel zu gelangen und den Zug in Gang zu setzen, ganz gleich, was ausgebrochen ist. Genug Zeit, um mich im Eiltempo von der tickenden Uhr zu entfernen, unter den Straßen der Stadt, durch die abgelegenen Gebirgsausläufer in den Randbezirken von Raccoon. Genug Zeit, um das Ende der Gleise zu erreichen, das Privatgrundstück zu betreten, mich umzudrehen – und zu sehen, wie Umbrella alles verliert.

Wenn die Uhr auf null sprang, würden die Plastiksprengstoffladungen im Zentral-Energiespeicher des Laboratoriums aktiviert werden. Selbst wenn elf der zwölf Sprengladungen nicht hochgingen, würde diese eine Explosion ausreichen, um die Sekundärladungen zu zünden, die in die Wände eingebaut waren – Umbrellas Pannensicherungssystem war so angelegt, dass es alles in den Untergang riss. Das Labor würde sich in ein Inferno verwandeln, in der toten Stadt eruptieren, auf Meilen hin sichtbar – und sie würde dort sein, wo sie es sehen konnte, sie würde wissen, dass sie getan hatte, was sie konnte, um die Dinge doch noch in Ordnung zu bringen.

Ich tue das für dich, William ...

Der Gedanke war bittersüß. Eine Zeit lang hatte sie ihre Beziehung als Mann und Frau nicht gerade – *genossen*. William war so genial, verschrieb sich seiner Arbeit dermaßen, dass die Freuden von Synthesis und Entwicklung an die Stelle der ehelichen Freuden getreten waren. Sie hatte gelernt, auch für sich selbst sein Genie in den Vordergrund zu stellen, sich daran zu erfreuen, ihn zu unterstützen, ohne sich in die Niederungen von Beziehungskrisen hinabzubegeben – jetzt aber, da ihr Finger über dem Ende von allem ruhte, ertappte sie sich plötzlich bei dem sehnlichen Wunsch, dass in den letzten paar Jahren mehr zwischen ihnen gewesen wäre, mehr als nur ihre Bewunderung seines unglaublichen Talents und seine Dankbarkeit für ihre treue Assistenz …

Das ist unser letzter Kuss, Liebster. Das ist mein Beitrag zu deinem Werk, mein letzter Liebesdienst an das, was wir teilten.

Ja, das war richtig, genau so war ihr *Feeling*. Annette drückte die Taste mit singendem Herzen und sah, wie der fixierte Code in leuchtendem Grün auf dem Monitor erschien.

„Mit allem Respekt reiche ich hiermit meine Kündigung ein", sagte sie leise – und fing an zu lachen.

FÜNFUNDZWANZIG

Die Dunkelheit glitt an der sich bewegenden Plattform vorüber, metallische Finsternis in trüb orangefarbenes Licht getaucht, und was die Wand der Kabine auch durchschlagen haben mochte, es war verschwunden. Leon hatte die Grenzen des engen Raumes zweimal abgeschritten und dabei nichts gesehen und nichts gehört, außer dem sanften Brummen der laufenden Motoren.

Als die Kreatur schließlich in den Schatten auf dem Dach aufheulte und Leon die Shotgun hochriss, lähmte ihn förmlich, was er da erblickte. In der Sekunde, die er brauchte, um es wirklich zu *sehen*, verging sein von Rache gespeister Zorn, weggeblasen wie Staub, und an seine Stelle trat absolut markerschütternde Furcht.

Heilige Scheiße!

Das Ding kreischte immer noch, den Kopf nach hinten gelegt, und der brutale, gurgelnde Schrei klang in der sich bewegenden Dunkelheit wie die Stimme der Hölle. Es war einmal ein Mensch gewesen, irgendwann – es hatte Arme und Beine, Kleidungsfetzen hingen ihm noch vom klobigen Leib –, doch alles Menschliche an dem Wesen hatte sich gewandelt, war *noch im Wandel begriffen*, während es seine Wut in die kalte Schwärze brüllte. Und Leon konnte es nur anstarren.

Der Körper des Wesens wirkte wie geschwollen und wulstig von seinen merkwürdigen Muskeln, die nackte Brust wie aufgeblasen, aufgebläht, in diesem endlosen Schrei. Der rechte Arm war zehn Zentimeter länger als der linke, aus der pulsierenden Hand ragten die fleckigen Knochenkrallen. Und der knollige, sich bewegende Tumor im rechten Bizeps der Kreatur sah aus wie ein Augapfel von der Größe eines Esstellers, er ruckte feucht hin und her, wie suchend –

– und auch der Schrei veränderte sich, wurde tiefer, rauer, das verheerte Gesicht fiel vornüber und *schmolz* regelrecht in die Brust hinein. Wie heißes Wachs, wie in einem filmischen Effekt floss der Schädel der Kreatur in ihren Oberkörper, verschwand in der entzündeten Haut, als sauge diese ihn gierig auf –

– und gleichzeitig formte sich ein anderes Gesicht, wuchs, stieg mit einem entsetzlichen Knacken wie von brechenden Fingern aus dem Nacken des Wesens hervor. Geschlitzte Augen platzten auf, ein knochiges, rotes Loch öffnete sich als Mund, nahm den wüsten Schrei mit neuer Stimme auf –

– und Leon drückte ab, aus purer Verleugnung. Er leugnete die unheilige Existenz dieses Monsters.

Der Schuss traf die Kreatur in die Brust. Dickes, purpurnes Blut spritzte hervor, schnitt den Schrei des Ungeheuers ab – und das war alles, was der Treffer anrichtete. Das neue Gesicht wandte sich Leon zu, der birnenförmige Kopf neigte sich –

– und dann sprang die Kreatur auf die Plattform herab, landete halbgebückt auf Beinen, deren Umfang dem von Leons Brustkorb gleichkam. Sie machte einen hüpfenden, ungelenken Schritt nach vorne und war nahe genug, dass Leon den seltsamen, chemischen Geruch wahrnehmen konnte, der ihrer glänzenden Haut entstieg – und er sah, dass die Brustwunde aufgehört hatte zu bluten, dass das eigenartige Fleisch die winzigen Löcher *fraß*.

Die Kreatur hob ihre gewaltige Klaue, und Leon taumelte nach hinten, lud das Gewehr durch und feuerte, während die Krallen herabkamen –

– und Funken stoben vom Metallgeländer auf, als der Schuss in den Bauch der Kreatur schlug und weitere purpurne Flüssigkeit aus ihrem Leib spritzte. Der schwere Treffer aus kaum noch nennenswerter Entfernung schien das hünenhafte Ungeheuer kalt zu lassen. Es tat einen weiteren Schritt, und Leon wich zurück, lud durch –

– und stolperte auf den Stufen, die zum Transportraum hinaufführten, stolperte und fiel auf den Arsch. Der Schuss ging weit über den patronenförmigen Kopf der Kreatur hinweg. Ein Schritt noch, und sie würde über ihm sein –

Tot! Ich bin tot!

– doch das Wesen vollzog diesen einen Schritt nicht. Stattdessen wandte es sich zum Geländer um, den bizarren Kopf schiefgelegt, die rudimentären Nasenlöcher gebläht –

– und lautlos, beinahe anmutig, sprang es über den Rand der Plattform hinweg ins vorbeiziehende Dunkel!

Einen Moment lang rührte Leon sich nicht. Er konnte nicht, war zu sehr damit beschäftigt zu begreifen, dass das Monster ihn nicht getötet hatte. Es hatte etwas gerochen oder gespürt, es hatte den Angriff abgebrochen, den es mit ziemlicher Sicherheit gewonnen hätte – und war aus dem in Bewegung befindlichen Aufzug gesprungen.

Ich bin nicht tot. Es ist weg, und ich bin nicht tot.

Er wusste nicht, warum, und wagte es nicht einmal, den Grund auch nur erraten zu wollen. Es reichte ihm, dass er noch lebte – und ein bisschen später, nicht mehr als ein paar Sekunden, sagten ihm seine aufgewühlten Gedanken und Sinne, dass der Aufzug langsamer, dass der Schacht heller wurde, die Schwärze zu einem Grau verwusch.

Leon kam mühsam auf die Beine und ging, um nach Ada zu sehen.

Sherry hatte das Monster von Weitem gehört, von irgendwo tief aus dem riesigen Loch, und hatte sich mehr gefürchtet, als bei der Begegnung mit dem Riesen – Claire nannte ihn Mr. X – in der Bahnhaltestation. Claire hatte gesagt, wahrscheinlich stecke das Monster nicht einmal dahinter, und dass es vermutlich irgendein Maschinenproblem sei, doch Sherry war davon nicht überzeugt, auch wenn das Geräusch so weit weg und seltsam geklungen hatte, dass es etwas anderes gewesen sein *konnte* …

… aber was, wenn nicht? Was, wenn Claire sich irrt?

Sie standen in der kühlen Dunkelheit vor einem Lagerhaus, standen über dem großen Loch im Boden und warteten darauf, dass die mechanischen Geräusche verklangen. Der fast volle Mond stand tief am Himmel, und anhand des blauen Lichtes am Horizont wusste Sherry, dass es sehr früh am Morgen war; sie fühlte sich jedoch nicht müde. Sie hatte Angst, war nervös, und obwohl Claire ihre Hand hielt, wollte sie nicht hinunter in das schwarze Loch, wo das Monster lauern konnte.

Nach, wie ihr vorkam, langer Zeit verstummte der brummende Lärm der Maschinen, und Claire trat vom Loch zurück – dem Aufzugschacht, wie sie sagte – und wandte sich wieder dem Lagerhaus zu.

„Lass uns mal sehen, ob wir den … Sherry?"

Sherry machte keine Anstalten, ihr zu folgen. Sie starrte in das Loch hinab, hielt sich an ihrem Glücksbringer fest und wünschte sich, so tapfer zu sein wie Claire – aber das war sie nicht, sie wusste, dass sie das nicht war, und sie wollte nicht hinabsteigen in diese Finsternis.

Ich kann nicht, ich kann nicht da runter, ich bin NICHT wie Claire, und es ist mir egal, ob meine Mom dort hinuntergegangen ist, es ist mir völlig gleichgültig!

Sherry spürte etwas Warmes auf ihrem Rücken und schaute auf. Erstaunt sah sie, dass Claire ihre Weste ausgezogen hatte und nun über ihre, Sherrys, Schultern streifte.

„Ich will, dass sie dir gehört", sagte Claire, und trotz ihrer Angst empfand Sherry einen plötzlichen Anflug konfusen Glücks.

„Aber – warum? Das ist deine, und du wirst frieren …"

Claire überging ihren Einwand für den Moment und half ihr, die Weste anzuziehen. Sie war ihr zu groß und etwas schmutzig, aber Sherry fand, dass die Weste das Coolste war, das sie je getragen hatte.

Für mich. Sie will, dass sie mir *gehört.*

Claire ging vor ihr in die Knie, jetzt nur noch mit einem dünnen schwarzen T-Shirt und Shorts bekleidet. Sie sah Sherry sehr ernst an, während sie ihr die Weste vor der Brust schloss.

„Ich will, dass du sie trägst, weil ich weiß, dass du Angst hast", sagte sie fest. „Und ich hatte diese Weste lange Zeit, und wenn ich sie anhabe, dann hab ich das Gefühl, dass ich echt taff bin. Als ob nichts mich stoppen könnte. Mein Bruder hat eine Lederjacke mit demselben Muster auf dem Rücken, und *er* ist taff – aber er hat die Idee von mir."

Plötzlich lächelte sie, ein müdes, warmes Lächeln, das Sherry das Monster vergessen ließ, für den Augenblick wenigstens.

„Und jetzt gehört sie dir, und jedes Mal wenn *du* sie trägst, sollst du daran denken, dass ich dich für die beste Zwölfjährige halte, die es je gab."

Sherry erwiderte das Lächeln und schmiegte sich an den ausgebleichten, pinkfarbenen Jeansstoff. „Und es ist ein Bestechungsversuch, hm?"

Claire nickte, ohne zu zögern. „Ja. Und es ist ein Bestechungsversuch. Also, was meinst du?"

Seufzend fasste Sherry nach ihrer Hand, dann kehrten sie in das Lagerhaus zurück, um nach der Steuerung für den Aufzug zu suchen.

Ada erwachte, als Leon sie behutsam auf einer knarrenden Liege absetzte. Sie erwachte mit pochendem Kopfweh und Schmerzen in der Seite. Ihr erster Gedanke war, dass sie angeschossen worden war – doch als sie die Augen öffnete und ihr Blick sich auf Leons besorgtes, bleiches Gesicht richtete, erinnerte sie sich.

Ich glaube, er wollte mich gerade küssen – und dann ...

„Was ist passiert?"

Leon strich ihr das Haar aus der Stirn und lächelte schwach. „Ein Monster, das ist passiert. Dasselbe, das Bertolucci erwischt hat, glaube ich. Es hat mit seiner Klaue die Wand des Aufzugs durchschlagen und dich umgehauen. Du hast dir den Kopf angestoßen, nachdem es – dich mit seiner Kralle verletzt hatte."

Das Virus!

Ada versuchte, sich aufzusetzen, um sich die Wunde anzusehen, doch die Kopfschmerzen zwangen sie wieder zurück. Sie fasste nach oben, berührte vorsichtig die pochende Stelle über ihrer linken Schläfe und zuckte unter dem Gefühl der klebrigen Kruste zusammen.

„Hey, ruhig liegen bleiben", mahnte Leon. „Die Wunde ist nicht allzu schlimm, aber du hast einen ziemlich schweren Hieb einstecken müssen…"

Ada schloss die Augen und versuchte, sich zu sammeln. Wenn sie infiziert war, dann gab es nichts, was sie jetzt dagegen tun konnte – was für eine Ironie: Falls es Birkin *war*, der sie verletzt hatte, und er noch eine Gefahr darstellte, dann würde sie sich auf extrem persönliche Art und Weise die begehrte G-Virus-Probe beschafft haben…

Tief durchatmen, reiß dich zusammen. Du bist nicht mehr im Aufzug, was sagt dir das?

„Wo sind wir?", fragte sie und schlug die Augen auf.

Leon schüttelte den Kopf. „Ich bin nicht sicher. Wie du gesagt hast, es ist ein unterirdisches Labor oder irgendeine Fabrik. Die Kabine ist gleich da draußen. Ich brachte dich in den nächstbesten Raum."

Ada drehte den schmerzenden Kopf weit genug, um kleine Fenster über einem vollgestellten Tisch sehen zu können, die auf den Transporterbereich hinauswiesen.

Muss Ebene vier sein, wo der Aufzug hält…

Das Hauptlabor zur Synthese-Herstellung lag auf Ebene fünf. Leon sah so aufrichtig zu ihr herab, seine strahlend blauen Augen leuchteten so schmerzhaft sanft, dass Ada für ein paar Sekunden erwog, die Mission abzubrechen. Sie konnten es gemeinsam hinunter zum Fluchttunnel schaffen, sie konnten in den Zug springen und aus der Stadt verschwinden. Sie konnten weglaufen, weit, weit weg –

– und was dann? Rufst du Trent an und bietest ihm eine Rückzahlung an? Klar doch. Dann kannst du vielleicht Leons Eltern kennenlernen, kriegst einen Ring, ihr kauft euch ein Häuschen mit einem hübschen Zaun, bekommt ein paar Kinder… du könntest Häkeln lernen und seine Füße massieren, wenn er nach einem schweren

Tag heimkommt, an dem er wieder mal Betrunkene eingelocht und Verkehrssünder gestoppt hat. Und wenn sie nicht gestorben sind ...

Ada schloss die Augen, konnte ihn nicht ansehen, als sie sprach.

„Mein Kopf tut ziemlich weh, Leon, und der Tunnel, den ich auf dieser Karte sah – ich weiß nicht, wo genau er ist ..."

„Ich werde ihn finden", sagte er sanft. „Ich werde ihn finden, und dann komme ich zurück und hole dich. Mach dir keine Sorgen, okay?"

„Sei vorsichtig", flüsterte sie, und dann spürte sie, wie seine weichen Lippen ihre Stirn streiften, hörte, wie er aufstand und zur Tür ging.

„Bleib hier, ich bin bald wieder da", sagte er. Die Tür öffnete und schloss sich, und dann war sie allein.

Er kommt schon klar. Er wird sich auf der Suche nach dem Tunnel verlaufen, er wird zurückkommen, er wird sehen, dass ich weg bin, und mit dem Aufzug zurück zur Oberfläche fahren ... Ich werde die Probe finden und fliehen, und dann ist alles vorbei.

Ada zählte in Gedanken bis sechzig, dann setzte sie sich langsam auf. Das Pochen in ihrem Schädel ließ sie das Gesicht verziehen, ein böses Hämmern, aber es schwächte sie nicht; sie hatte sich im Griff.

Draußen erklang ein Geräusch. Ada stand auf und ging zu einem der kleinen Fenster. Sie erkannte das Geräusch, noch bevor sie hinausschaute, und ihr Mut sank ein wenig. Der Transportaufzug bewegte sich nach oben, war vermutlich von einem Umbrella-Team zurück in die Fabrik gerufen worden ...

... das heißt, ich habe nicht viel Zeit. Und wenn sie ihn finden –

Nein, Leon würde klar kommen. Er war ein Kämpfer, er hatte ein Gespür dafür, Gefahren auszuweichen, er war stark und anständig – und er brauchte in seinem Leben niemanden wie sie. Sie war verrückt gewesen, das auch nur einen Moment lang in Betracht zu ziehen. Es war Zeit, die Sache zu Ende zu bringen, zu tun, weswegen sie gekommen war, sich daran zu erinnern, wer sie war – eine freischaffende Agentin, eine Frau, die bedenkenlos stahl oder tötete, um einen Auftrag auszuführen, eine coole, effiziente Diebin, die stolz sein konnte auf eine Karriere ohne Fehlschläge. Ada Wong holte sich immer, was sie wollte, und es bedurfte mehr als ein paar Stunden mit einem blauäugigen Cop, um sie das vergessen zu lassen.

Ada zog die Schlüsselkarten und den Hauptschlüssel aus ihrer Tasche und öffnete die Tür, sagte sich, dass sie das Richtige tat – und hoffte, dass sie es zur rechten Zeit auch glauben würde.

SECHSUNDZWANZIG

Annette steckte in Schwierigkeiten.

Der Weg hinunter in den Frachtraum war nicht schlimm gewesen; sie war nur einem einzigen Träger begegnet, einem im Erststadium befindlichen, und hatte ihm mit dem ersten Schuss ein Loch in den fahlen, welken Schädel geblasen. Sie war unter einem schlafenden Re3er vorbeigegangen, doch das Wesen hatte sich nicht gerührt in seiner Schlafstatt aus Lumpen, und es schien, als hätten die anderen Kreaturen, die in den Schatten der Einrichtung lauerten, noch gar nicht gemerkt, dass sie frei waren. Entweder das, oder es waren mehr von ihnen zu Brei zerfallen, als Annette angenommen hatte ... wie auch immer, sie würde fort sein, ehe sie sich darüber Sorgen machen musste.

Sie hatte es in weniger als drei Minuten bis zum Frachtraum geschafft und den Keycode mit einem Gefühl, etwas Großes geleistet zu haben, eingegeben. Das durch die Injektion ausgelöste Hochgefühl ließ nach, aber sie fühlte sich immer noch gut –

– bis das Schott zum Frachtraum sich weigerte aufzugehen. Annette hatte den einfachen Code ein zweites Mal eingegeben, sorgfältiger diesmal – doch wieder nichts. Es war eine der wenigen Türen in der Einrichtung, die sich nach der Pannensicherungs-Auslösung nicht automatisch öffneten, aber es hätte kein Problem damit geben dürfen – in dem Schlitz unter den Kontrollen war eine Verifikations-Disk, die immer dort war, obgleich Umbrella darauf bestanden hatte, dass nur die Bereichsleiter Zutritt haben sollten –

– und als Annette das überprüfte, hatte sie festgestellt, dass die Disk natürlich nicht da war, dass sie sich nicht dort befand, wo sie hätte sein sollen. Jemand hatte sie herausgenommen.

Annette stand vor der verschlossenen Luke in dem leeren Gang und spürte, wie die ersten Ausläufer von Panik sich um ihren Verstand rankten, eine Hysterie, die sie nicht überwältigen durfte.

Das Labor wird hochgehen, und ich habe jetzt vier, fast fünf Minuten verschwendet – wo ist die gottverdammte Disk?!

„Ruhig, bleib ganz ruhig, du bist okay, alles ist in Ordnung …"

Ein sanftes Echo, ein Flüstern der Vernunft innerhalb des glänzenden Ganges. Sie brauchte nur den Aufzug von einer anderen Ebene aus zu nehmen; sie hatte den Hauptschlüssel, sie hatte eine Waffe, sie hatte Zeit. Nicht sehr viel, aber genug.

Tief durchatmend ging Annette zurück zu dem Gang, der zur Treppe führte. Sie rief sich in Erinnerung, dass alles gut war, dass es wirklich nichts ausmachte und dass Umbrella büßen würde, ganz gleich, ob sie lebend hier herauskam oder nicht. Sie wollte nicht sterben, sie *würde* nicht sterben, doch die glänzenden, blutbesudelten Korridore und die vormals sterilen Labors würden auf jeden Fall in Flammen aufgehen, es gab also keinen Grund zur Panik.

Doch als sie nach rechts abbog und rasch den Verbindungsgang hinabging, mit lauten, in der Stille hallenden Schritten, krachte vor ihr ein Deckenpaneel herunter –

– und ein Re3er, ein Lecker, stürzte zu Boden und gierte nach ihrem Blut.

Nein!

Annette drückte ab, traf aber nur eine Schulter des Wesens, als es vorsprang und eine ungestalte Kralle ausstreckte, um nach ihr zu schlagen. Sie spürte einen scharfen, rotglühenden Schmerz in ihrem Unterarm und schoss abermals, geschockt und ungläubig –

– und die zweite Kugel fuhr der Kreatur in die Kehle. Sie brüllte, Blut spritzte ihr aus dem zerfetzten Hals, ihr trompetenhafter Schrei war ein verstümmeltes, spuckendes Kreischen, während sie von neuem auf Annette zusprang.

Die dritte Kugel klatschte in das graue Gelee des Gehirns. Das Wesen kam spasmisch zuckend zum Halt, nur Zentimeter von Annettes zitternden Beinen entfernt.

Sie keuchte, als ihr klar wurde, wie knapp es gewesen war. Sie schaute auf ihren blutenden Arm hinab, auf die dicken Kratzer, die durch ihren Laborkittel hindurchgegangen waren –

– und etwas gab nach. Etwas in ihrem Kopf.

Ihr rasender Verstand, ihr hämmerndes Herz, das Blut und der Lecker, Williams Lecker, tot vor ihr auf dem Boden – all diese Dinge wirbelten und tanzten, drehten sich zu einem Kreis, der sich schloss und auf einen einzigen, lähmend simplen Gedanken hinauslief. Ein Gedanke, der allem Sinn verlieh.

Es gehört ihnen nicht.

Es war so klar, so glasklar. Vor dem Schmerz konnte sie nicht davonlaufen, weil der Schmerz sie überall finden würde, wohin sie auch floh; sie hatte den Beweis, er rann ihren Arm hinab. William hatte es begriffen, aber er hatte sich verloren, ehe er es erklären, ehe er ihr sagen konnte, was sie wirklich tun musste. Sie musste ihre Angreifer *konfrontieren* und sicherstellen, dass sie begriffen, *dass das G-Virus nicht ihnen gehörte.*

Aber werden sie das begreifen? Können sie es begreifen?

Vielleicht, vielleicht auch nicht. Doch Annette war derart überwältigt von der profunden Simplizität der Wahrheit – und sie musste es einfach versuchen, musste versuchen, ihnen die Augen zu öffnen. Es war Williams Arbeit. Es war seine Hinterlassenschaft, und jetzt gehörte es ihr – sie hatte das schon zuvor gewusst, aber erst jetzt *wusste* sie es, es war ein Lichtstrahl in ihrem Geist, der alles andere belanglos machte.

Nicht ihnen. Mir.

Sie musste sie finden, es ihnen sagen, und wenn sie die Wahrheit einmal akzeptiert hatten, würden sie sie in Ruhe lassen müssen – und dann, wenn dann noch Zeit blieb, würde sie ihrer Wege gehen können.

Aber erst einmal brauchte sie noch eine Injektion. Lächelnd, die

Augen groß und stier, stieg Annette über den Lecker hinweg und ging zur Treppe.

Leon glaubte, Schüsse gehört zu haben.

Er befand sich in einer Art Operationssaal, dem ersten Raum am Ende des ersten Ganges, den er genommen hatte, nachdem Ada hinter ihm zurückgeblieben war. Er sah von dem Haufen zerknüllter Papiere auf, die er gefunden hatte, horchte – aber das ferne Krachen wiederholte sich nicht, und so widmete er sich wieder seiner Suche. Rasch durchblätterte er die Seiten, in der verzweifelten Hoffnung etwas anderes zu finden als endlose Listen mit Zahlen und Buchstaben unter dem Umbrella-Briefkopf.

Komm schon, irgendwo in all dem Zeug muss doch auch was Nützliches stehen ...

Er wollte *raus*, er wollte Ada holen und verdammt noch mal hier *raus*. Der ausgeweidete Leichnam, der verkrümmt in der Ecke lag, war schon Grund genug, aber es war mehr als nur das – mit der Luft in diesem Raum, im Gang draußen vor dem Raum und, darauf hätte er gewettet, in jedem anderen Raum dieser Einrichtung *stimmte* etwas nicht. Sie stank nach Tod, aber schlimmer noch, die Atmosphäre war geprägt von etwas noch Dunklerem, etwas Amoralischem – etwas Bösem.

Hier wurden Experimente durchgeführt, sie haben Tests vorgenommen und weiß Gott was noch – und sie haben eine Zombieseuche kreiert, den monströsen Dämon, der Ada angriff, sie haben eine ganze Stadt umgebracht. Was immer sie auch zu tun vorhatten, *sie haben das Böse praktiziert.*

Das Böse im ganz großen Stil. Die Transportvorrichtung hatte sie in eine geheime Umbrella-Anlage gebracht, und die war groß. Anhand der Zahlen an den Wänden wusste Leon, dass er sich auf der vierten Etage befand, was immer das auch hieß – und der Laufsteg, den er genommen hatte, um zu diesem seltsamen Operationsraum zu gelangen, eines von drei zur Wahl stehenden Zielen, hatte sich über zwanzig oder fünfundzwanzig Meter offenen Raumes erstreckt. Der Boden darunter verlor sich im Dunkeln. Er wusste nicht, wie tief er und Ada vorgedrungen waren, und es war ihm im Grunde auch egal; was er wollte, war eine Karte, so eine wie Ada sie in der Kanalisation gefunden hatte, ein klares, einfaches Diagramm mit einem Pfeil, der auf *Ausgang* zeigte.

Aber hier ist nichts dergleichen ...

Enttäuscht schob Leon die nutzlosen Papiere beiseite – und sah eine Computerdisk auf dem Stahltisch, die unter dem Stapel von Ausdrucken verborgen gelegen hatte. Er nahm sie auf und runzelte die Stirn. „Für Frachtraum-Verifikation", stand in verschmierten Druckbuchstaben auf dem Etikett.

Seufzend ließ Leon die Disk in seine Tasche rutschen und rieb mit der rechten Hand seine schmerzenden Augen; sein linker Arm war nun praktisch wieder nutzlos, nachdem er Ada aus dem Aufzug getragen hatte. Er wollte nicht nach einem Computer suchen, um nachzusehen, was auf der Disk war, er wollte nicht von Raum zu Raum marschieren und nach dem Ausgang fahnden, nur um zu sehen, mit was für Grausamkeiten Umbrella herumgespielt hatte, bevor sie den Laden dichtgemacht hatten. Er war müde, er hatte Schmerzen und er sorgte sich um Ada ...

Auf dem Weg zur Tür beschloss er zurückzugehen, um mit ihr zu reden. Er wollte sie beruhigen, wollte ihr sagen, dass er den Weg hinaus finden würde, aber diese Anlage war einfach zu verflucht groß; wenn sie wenigstens die Richtung wüsste oder sich an die Etagennummer erinnern könnte ...

Leon öffnete die Tür, trat hinaus auf den Gang –

– und vor ihm stand eine Frau und richtete eine Neunmillimeter auf seine Brust. Die Unbekannte blutete. Dünne, rote Ströme liefen von einem ihrer Arme herab und tropften auf den schmutzig weißen Laborkittel – und ihre Miene, der seltsame, großäugige, gläserne Ausdruck, der über ihre Züge spielte, sagte ihm, dass es eine sehr schlechte Idee wäre, irgendeine plötzliche Bewegung zu machen.

Jesus, wer ist das?

„Du hast meinen Mann umgebracht", sagte die Frau, „du und dein

Partner und das Mädchen auch – ihr alle, ihr wolltet auf seinem Grab tanzen, aber *ich habe Neuigkeiten für dich!"*

Sie war high von irgendetwas, er konnte es an ihrer hohen, bebenden Stimme hören und daran sehen, wie sie zitterte. Er ließ seine Hände zu beiden Seiten reglos herabhängen und hielt seine Stimme leise und ruhig.

„Ma'am, ich bin Polizist, und ich bin hier, um zu helfen, okay? Ich will Ihnen bestimmt nichts tun, ich will nur – "

Die Frau schob ihre blutige Hand in ihre Tasche und hielt etwas hoch, ein Glasröhrchen, das mit einer purpurnen Flüssigkeit gefüllt war. Sie grinste wild, hob es über ihren Kopf, die Waffe unverändert auf seine Brust gerichtet.

„Hier ist es! Das willst du doch, nicht wahr? Hör mir zu, *hörst du mich? Es gehört nicht euch!* Verstehst du, was ich sage? *William* hat es erschaffen, und ich habe ihm dabei geholfen, und es gehört nicht euch!"

Leon nickte, sagte langsam: „Es gehört mir nicht, Sie haben recht. Es gehört Ihnen, ganz richtig – "

Die Frau hörte nicht einmal zu. „Ihr glaubt, ihr könnt es euch nehmen, aber ich werde euch aufhalten, ich werde nicht zulassen, dass du es mir wegnimmst – es ist noch viel Zeit, Zeit genug, um dich zu töten und Ada und jeden anderen, der versucht, es mir wegzunehmen!"

Ada ...!

„Was wissen Sie über Ada?", schnauzte Leon und machte einen halben Schritt auf die Wahnsinnige zu, nun keineswegs mehr ruhig. „Haben Sie sie verletzt? Reden Sie!"

Die Frau lachte, ein humorloses, irrsinniges Gackern. „Umbrella hat sie geschickt, du dämlicher Idiot! Ada Wong, Miss Lieb-sie-und-tritt-ihr-in-den-Arsch höchstpersönlich! Sie verführte John, um an das G-Virus zu gelangen, aber es gehört auch nicht ihr! Es ist *nicht*, es ist NICHT FÜR EUCH BESTIMMT, ES IST MEIN – "

Ein gewaltiger Stoß erschütterte den Boden, ließ Leon zu Boden stürzen – ein grollendes Vibrieren, das die Wände zum Wackeln brachte.

Rohre und Verputz krachten von der Decke nieder, ein starker Träger streckte die Frau mit einem dumpfem Laut nieder. Leon bedeckte seinen Kopf, als Betontrümmer und weiße Gipsbrocken auf ihn herabhagelten –

– und dann war es vorbei. Leon setzte sich auf, starrte die Frau erschrocken an. Sie bewegte sich nicht. Der Metallträger, der sie getroffen hatte, hing noch an der Decke fest, einer ihrer Arme war darunter eingeklemmt –

– und plötzlich plärrte eine kühle, klare Stimme aus Lautsprechern, die irgendwo in der Wand verborgen sein mussten – eine weibliche Stimme, ruhig und durchsetzt vom rhythmischen Blöken einer Alarmsirene.

„Die Selbstzerstörungssequenz wurde aktiviert. Die Selbstzerstörungssequenz kann nicht abgebrochen werden. Das gesamte Personal muss die Einrichtung sofort verlassen. Die Selbstzerstörungssequenz wurde aktiviert. Dieses Programm kann nicht abgebrochen werden. Das gesamte Personal muss die Einrichtung sofort verlassen …"

Leon mühte sich auf die Beine und machte einen schnellen Schritt auf die gestürzte Frau zu. Er fasste hinunter, pflückte den Glaszylinder aus ihrer ausgestreckten Hand und schob ihn in seinen Mehrzweckgürtel. Er wusste nicht, wer sie war, aber sie war zu irre, um irgendetwas Belangloses in einem Teströhrchen bei sich zu tragen.

Ada – er musste zu Ada, und sie mussten hier raus. Das Blöken der Alarmsirene röhrte durch die hallenden Gänge, jagte ihn zur Tür hinaus und auf den Laufsteg. Die teilnahmslos klingende Frauenstimme verfolgte ihn mit der ständigen Wiederholung ihrer Warnung.

Die aufgezeichnete Stimme sagte nicht, wie viel Zeit noch bis zur Zerstörung blieb, aber Leon war sich ziemlich sicher, dass er nicht in der Nähe sein wollte, wenn die Frist ablief.

SIEBENUNDZWANZIG

Die Fahrt den kalten, dunklen Aufzugschacht hinab endete im Quietschen hydraulischer Bremsen – und dann in plötzlicher Stille, als der Antrieb abschaltete. Sie saßen fest, irgendwo in dem scheinbar endlosen Tunnelsystem.

„Claire? Was – "

Claire hielt einen Finger an ihre Lippen, um Sherry zu bedeuten, still zu sein – und hörte von draußen etwas, das wie ein Alarm klang, ein sich wiederholendes, plärrendes Hupgeräusch. Eine Stimme schien sich auch hineinzumengen, doch Claire hörte nur ein schwaches Murmeln.

„Komm, Schätzchen, ich glaube, die Fahrt ist zu Ende. Mal sehen, wo es uns hinverschlagen hat, okay? Und bleib dicht bei mir."

Sie verließen die Kabine und traten auf die Plattform hinaus, wo die fernen Geräusche nicht mehr so fern klangen – und von irgendwo hinter dem Lift strömte Licht. Claire nahm Sherrys Hand, und sie gingen schnell um den Aufzug herum. Sie wollte nicht, dass sich das Mädchen sorgte, aber sie war sich ziemlich sicher, dass es tatsächlich ein Alarm *war*, den sie da hörten. Zweifellos sprach auch jemand über diesem rhythmischen Quäken, und Claire wollte wissen, was gesagt wurde.

Der Aufzug hatte dicht unterhalb eines Wartungstunnels gestoppt, das Licht, das Claire bemerkt hatte, rührte von einer Glühbirne, die von einem Gitter geschützt war und von der Tunneldecke herabhing. Eine Tür gab es nicht, dafür aber eine Art Kriechboden von annehmbarer Größe am Ende der kurzen Passage. Er würde genügen müssen.

Entweder das, oder wir klettern an die Oberfläche zurück, ist ja nur etwa eine Meile bis dorthin ...

Keine Chance. Claire hob Sherry hinauf, dann kletterte sie ihr nach, setzte sich an die Spitze und ging gebückt zu dem dunklen Loch. Die blökenden Geräusche wurden lauter, je näher sie diesem niedrigen Gang kamen. Das Murmeln wurde zur Stimme einer Frau. Claire bemühte sich, einzelne Worte herauszufiltern, hoffte, dass sie etwas wie „Störung des Aufzugs" und „vorübergehend" aufschnappen würde – aber sie verstand noch immer nichts. Sie mussten den Aufzug hinter sich lassen und konnten nur hoffen, dass sie es zugunsten von etwas Besserem taten.

Seufzend drehte Claire sich um. „Sieht mir ganz danach aus, als müssten wir zwei in der anstrengendsten und gebücktesten Gangart weiter, Kind. Ich geh voraus, und dann – "

Sherry kreischte auf, als hinter ihnen etwas auf dem Dach der Aufzugskabine landete und es mit dem Geräusch zerreißenden Metalls durchschlug. Claire packte sie und zog sie zu sich heran. Der Atem stockte ihr –

– und eine Hand, nein, *zwei* Hände tauchten aus dem Loch im Dach auf. Zwei dicke Arme, in Schatten gehüllt, und dann schob sich das leuchtende Weiß von Mr. X' gewaltigem Schädel wie ein toter Mond in einer sternenlosen Nacht aus dem ramponierten Aufzug.

Claire drehte sich um und schob Sherry auf die Dunkelheit des Kriechbodens zu. Ihr Herz hämmerte, ihr Körper war mit einem Mal schweißnass und glitschig.

„Geh! Geh, ich bin direkt hinter dir!"

Sherry verschwand in der sich krümmenden Schwärze, flitzte wie eine verschreckte Maus außer Sicht. Claire schaute nicht zurück, sie hatte zu viel Angst, um sich umzudrehen, während sie Sherry in das Loch folgte und ihr gnadenloser Verfolger sicher schon aus dem beschädigten Aufzug kletterte, um seine erbarmungslose Jagd fortzusetzen – aus welchem Motiv heraus auch immer.

Ada hatte aus den Schatten der Stelle, an der sich die drei Laufstege trafen, Bruchstücke von Annettes kreischender Tirade mitbekommen. Sie hatte sich gezwungen, Leon nicht zu Hilfe zu eilen, sich aber geschworen, diesen Entschluss noch einmal zu überdenken, sollte sie Schüsse hören –

– doch dann war das Labor heftig erschüttert worden, und eine teilnahmslose Bandstimme hatte ihre Endlosschleife begonnen.

Scheiße!

Ada hielt sich wankend auf den Beinen, voller Wut auf die Wissenschaftlerin. Ein Teil von ihr sehnte sich schmerzlich nach Leon, und sie wusste, was geschehen war: Annette hatte die „Pannensicherung" aktiviert, was bedeutete, dass ihnen vermutlich weniger als zehn Minuten blieben, um sich aus Dodge zu verdrücken …

Leon kennt den Weg nicht!

Unwichtig. Wenn sie sich die Probe holen wollte, die Annette gewiss bei sich trug, musste sie es *jetzt* tun. Leon war nicht ihr Problem, er war nie ihr Problem gewesen, und sie konnte jetzt nicht aufgeben – nicht nach der Hölle, durch die sie gegangen war, um Trents kostbares Virus in ihren Besitz zu bringen.

Ada entfernte sich einen Schritt vom Hauptverbindungspaneel, das die drei Laufstege miteinander verband – und hörte dröhnende Schritte auf sich zukommen, Schritte, die zu schwer waren, um von Annette zu stammen. Sie glitt zurück in die Schatten, herum zu dem Steg, der nach Westen führte, und drückte sich gegen den Rahmen des Kreuzungspunkts.

Eine Sekunde später rannte Leon vorbei, wahrscheinlich dorthin zurück, wo er glaubte, dass sie auf ihn wartete. Ada holte tief Luft – und entließ sie wieder, während sie Leon aus ihren Gedanken verbannte. Dann eilte sie über die Südbrücke, um Annette zu suchen.

Ada war weg.

„… wurde aktiviert. Die Selbstzerstörungssequenz …"

„Halt's Maul, *halt's Maul!*", zischte Leon. Hilflos stand er inmitten des Raumes, sein Magen verkrampft, seine Hände zu Fäusten geballt.

Sie musste in Panik geraten und davongerannt sein, als sie den Alarm gehört hatte. Wahrscheinlich stolperte sie jetzt durch die riesenhafte Einrichtung, verirrt und benommen, und vielleicht suchte sie nach ihm, während diese verdammte Stimme ihre Litanei unentwegt wiederholte, während die Sirenen plärrten und heulten.

Der Transportaufzug!

Leon wandte sich um, rannte wieder zur Tür hinaus und sah, dass die Kabine verschwunden war – wo der Aufzug vorhin noch gewesen war, gähnte jetzt ein großes, leeres, tiefes Loch. Leon war zu sehr darauf konzentriert gewesen, zu Ada zu gelangen. Ihm war nicht einmal aufgefallen, dass der Lift nicht mehr da war.

Wir müssen diesen Tunnel finden, wir müssen! Ohne den Aufzug sitzen wir hier fest!

Mit einem frustrierten Stöhnen machte Leon kehrt und rannte zurück zu den Laufstegen. Und er betete, dass er Ada fand, bevor es zu spät war.

Der niedrige Durchlass endete abrupt vor einem Durchgang, hinter dem in zwei Meter Tiefe ein leerer Tunnel verlief. Mit dröhnenden Ohren, ihr Mund staubtrocken, umfasste Sherry die Ränder des rechteckigen Loches, schloss die Augen und sprang.

Sie schwang sich über den Gang hinaus und ließ los, landete geduckt und stürzte, als ihr rechtes Bein nachgab. Es tat weh, aber sie spürte es kaum, kroch auf Händen und Knien weiter, um den Weg freizumachen, und sah gleichzeitig zu dem Loch hinauf –

– und da war Claire. Ihr Kopf kam zum Vorschein, aus großen, sorgenvollen Augen überzeugte sie sich davon, dass sie, Sherry, okay und dass der Gang leer und sicher war … nur dass eben Alarmglocken schrillten, eine Frau über die Sprechanlage plapperte und Mr. X unterwegs war.

Claire streckte ihren Arm mit der Waffe so weit herab, wie sie konnte. „Sherry, nimm das mal, ich kann mich nicht umdrehen."

Sherry stand auf und langte nach oben, packte den Lauf und war erstaunt, wie schwer die Waffe war, als Claire sie losließ.

„Richte sie nirgendwohin", keuchte Claire, und dann *tauchte* sie förmlich aus dem Loch, krümmte ihren Körper und landete mit tief eingezogenem Kopf auf der Schulter. Sie vollführte einen halben Purzelbaum, dann stießen ihre Beine gegen die Betonwand.

Noch bevor Sherry auch nur fragen konnte, ob sie in Ordnung war, kam Claire auf die Beine, nahm die Waffe und deutete auf die Tür am Gangende.

„Renn!", sagte sie und lief selbst los. Mit einer Hand drückte sie gegen Sherrys Rücken, während sie der Tür entgegeneilten und während die Bandstimme sie anwies zu verschwinden, sie darüber informierte, dass die Selbstzerstörungssequenz aktiviert worden war ...

Hinter ihnen drang das Geräusch berstenden Metalls durch den blökenden Sirenenlärm, und Sherry rannte vor Schreck noch schneller.

ACHTUNDZWANZIG

Annette kroch unter dem zermalmenden Gewicht des kalten Metalls hervor, die Waffe noch immer in der Hand, aber dafür war das G-Virus verschwunden. Als sie den Mund öffnete, um ihrem Zorn mit einem Schrei Luft zu machen, und um die Götter zu verfluchen wegen der Ungerechtigkeit der furchtbaren Not, die sie litt, lief Blut in einem dicken Streifen klumpigen Speichels über ihre Lippen.

Gehört mir mir mir ...

Irgendwie schaffte sie es, auf die Beine zu kommen.

Ada sagte sich, dass sie Leon Kennedys Wohlwollen ohnehin nicht verdiente. Sie hatte es nie verdient gehabt.

Vergib mir.

Als er aus dem Bereich der Transportbucht über den Laufsteg zurückrannte und nach rechts abbog, wie blind vor Angst um sie, trat sie aus den Schatten und richtete die Beretta auf seinen Rücken.

„Leon!"

Er kreiselte herum, und Ada spürte, wie ihr die Kehle eng wurde ob der Erleichterung, die sich über sein Gesicht legte – und sie bemühte sich, nichts mehr zu empfinden, als seine Freude in Bitternis umschlug und sein Lächeln verschwand.

O Jesus, vergib mir!

„Ich habe auf dich gewartet", sagte sie und empfand keinen Stolz darüber, wie glatt und fest ihre Stimme klang. Wie kalt.

Der Alarm plärrte, die mechanische Stimme war fast so kalt wie die von Ada, während sie ihnen zu x-ten Male mitteilte, dass sich das Pannensicherungsprogramm nicht wieder abschalten ließ. Ada hatte nicht die Zeit, die er gebraucht hätte, sich an die Vorstellung zu gewöhnen, dass sie ein ebensolches Monster war wie das Birkin-Ding oder die seelenlosen Zombies.

„Das G-Virus", sagte sie. „Gib es mir."

Leon bewegte sich nicht. „Sie hat die Wahrheit gesagt", erwiderte er, ohne Zorn, aber mit mehr Schmerz, als Ada hören wollte. „Du arbeitest für Umbrella."

Ada schüttelte den Klopf. „Nein. Für wen ich arbeite, braucht dich nicht zu kümmern. Ich – ich …"

Zum ersten Mal seit Jahren, seit sie ein sehr junges Mädchen gewesen war, spürte Ada das Brennen von Tränen – und plötzlich hasste sie ihn dafür, dass er sie dazu brachte, sich selbst zu hassen.

„Ich hab's versucht!", heulte sie, ihre Fassung verlierend unter dem wilden Sturzbach von Wut, der sie überwältigte. „Ich habe versucht, dich zurückzulassen, in der Fabrik! Und du musstest es der Birkin ja abnehmen, nicht? Du konntest nicht einfach die Finger davon lassen!"

Ada sah Mitleid auf seinem Gesicht und spürte, wie die Wut verging, fortgespült auf einer Welle von Leid – Leid darüber, was sie verloren hatte, mit ihm; Leid um den Teil ihrer Selbst, den sie vor langer, langer Zeit verloren hatte.

Sie wollte ihm von Trent erzählen. Über die Missionen in Europa und Japan, davon, wie sie zu dem geworden war, was sie heute war, von jedem Ereignis in ihrem elenden, erfolgreichen Leben, das sie schließlich hierher geführt hatte – wo sie eine Waffe auf den Mann richtete, der sie gerettet hatte. Der Mann, der ihr vielleicht etwas hätte bedeuten können, zu einer anderen Zeit, an einem anderen Ort.

Die Uhr tickte.

„Gib's her", verlangte sie. „Zwing mich nicht, dich zu töten."

Leon starrte ihr in die Augen und sagte einfach nur: „Nein."

Eine Sekunde verging, eine weitere.

Ada senkte die Beretta.

Leon wappnete sich für den Schuss, für die Kugel aus Adas Waffe, die ihn töten würde –
– doch sie ließ die Waffe langsam sinken, ihre Schulter sackten herab, eine Träne rann ihr über die porzellanbleiche Wange.
Leon entließ den angehaltenen Atem, fühlte Zuvieles auf einmal, ein Durcheinander aus Traurigkeit und Verrat – und Mitleid für den qualvollen Widerstreit in ihrem schönen dunklen Blick –
– und in den Schatten hinter ihr fiel ein Schuss. Adas Augen wurden groß, ihr Mund klappte auf, als sie vornüber stürzte, und die Waffe polterte zu Boden. Ada prallte gegen das Geländer und kippte darüber hinweg.
„Ada, nein!"
Er rannte und sprang, und irgendwie erwischte sie das Geländer, während er ihr Handgelenk packte. Ihr Körper baumelte über der bodenlosen Schwärze, Blut lief aus ihrer hängenden, zertrümmerten Schulter.
„Ada, halt dich fest!"

„Mir", flüsterte Annette, „es ist *mein*."
Sie hob die Waffe abermals, hatte vor, auch den anderen zu erschießen, sich wiederzuholen, was ihr gehörte, sie alle für ihren Verrat bezahlen zu lassen –
– doch die Waffe war zu schwer, sie fiel, und Annette fiel mit ihr. Zusammen stürzten sie auf das dunkle Metall, ins Dunkel – das Dunkel wirbelte in ihrem Geist hoch und nahm ihr endlich die Schmerzen.
William –
Es war ihr allerletzter Gedanke, bevor sie einschlief.

Die Tür öffnete sich in einen Raum, der mit brüllenden Maschinen gefüllt war. Das Heulen und Zischen der summenden, ratternden Giganten übertönte das Schrillen des Alarms.
Claire rannte, zog und schob Sherry mit, suchte verzweifelt nach einem Ausweg im Bewusstsein, dass das Monster ganz nahe war.

Was will er? Warum uns?

Da, eine Plattform in der Ecke, knapp zwei Meter über dem Boden, ein Kistenstapel direkt daneben geschoben.

„Da lang!", schrie Claire, und sie rannten vorbei an den Reihen bebender Metallkonsolen. Hitze strömte aus den Maschinen, während Claire das Mädchen hinaufschob und dann hinterherkletterte.

Ein berstendes Geräusch! Sie drehte sich um und sah, wie die gigantische Kreatur sich ihren Weg durch die Tür brach, in die brüllende Hitze trat und suchte, suchte ...

Am Ende der Plattform befand sich ein Doppelschott aus Metall. Sie stürzten darauf zu. Claire dachte nur daran, hier wegzukommen, und wie man ein Wesen vernichtete, das all dies überlebt hatte ...

Die Tür war unverschlossen. Sie stürmten auf eine weitere Plattform hinaus. Die Hitze in dem schattenerfüllten Raum war sengend, furchtbar –

– und es war eine Sackgasse. Claire erkannte es, bevor sie ein halbes Dutzend Schritte weit in die riesige Halle hineingerannt waren. Sie befand sich auf der Übersichtsplattform einer Gießerei, die kochende Hitze stieg von den schweren Schmelzbecken unter ihnen hoch.

Sie hatte zwölf Schuss, verteilt auf zwei Waffen.

Claire wankte an den Rand der Plattform, Sherry war neben ihr, das leuchtende Orange des geschmolzenen Metalls badete sie in seinem fiebrigen Schein. Da unten war genug Hitze, um *alles* zu verbrennen.

Wie? Wie bringe ich ihn dazu, dass er springt?

„Sherry, geh da rüber!"

Claire deutete zur entferntesten Ecke der Plattform, doch Sherry schüttelte den Kopf, ihr kleines Gesicht zitterte vor Angst.

„Tu es! Los!", rief Claire, und mit einem Schrei des Entsetzens rannte Sherry los, ihr Medaillon schlug gegen die Aufschläge der offenen Jeansweste –

... kein Medaillon ...

– und Sherry schrie, und Claire wandte sich um, und Mr. X kam.

Er betrat die Plattform, so steif, riesenhaft und unmöglich wie bei ihrer ersten Begegnung. Das unheimliche orangene Licht machte ihn noch mehr zum Albtraum. Claire stand wie ein Fels, rammte Irons' Waffe in den Bund ihrer Shorts. Ihr soeben gefasster, halbgarer Plan spulte sich in ihrem angsterfüllten Kopf ab. Er würde wahrscheinlich nicht funktionieren, aber sie musste es versuchen!

Er greift nach mir, ich springe über das Geländer, halte mich fest, er fällt –

Mr. X richtete seinen leeren Blick auf sie, während er mit bodenerschütternden, gemessenen Schritten vorwärts ging, die schwarzen Einschusslöcher in seinem Gesicht und Hals nur dunkle Dellen in diesem weichen, furchtbaren Kürbislicht.

Und dann wandte er sich Sherry zu, riss die Fäuste empor und stürmte auf sie zu.

„Hey! Hey, ich bin *hier*!", schrie Claire, doch er hörte sie nicht, sah sie nicht, sein ganzes monströses Sein fixierte sich auf das verängstigte, schluchzende Mädchen, das sich an die gegenüberliegende Wand kauerte, ihr Medaillon umklammerte …

Und Claire begriff, was er wollte. Was Sherry und Annette gesagt hatten, fügte sich in einem Blitz der Erkenntnis zusammen und bildete die Antwort.

G-Virus, trenne sie voneinander, Glücksbringer …

Kein Medaillon.

„Sherry, er will die Halskette! Wirf sie zu mir her!"

Wenn sie sich irrte, waren sie beide tot. Mr. X näherte sich dem Mädchen, verwehrte Claire die Sicht auf Sherry –

– und der Anhänger, der G-Virus-Anhänger, den Annette Birkin ihrer kleinen Tochter wie einen Fluch auferlegt hatte, kam durch die erhitzte Dunkelheit geflogen und fiel genau vor Claires Füßen zu Boden.

Mr. X wirbelte herum, folgte der Bahn des geworfenen Anhängers mit seinen schwarzen Augen und vergaß Sherry in der Sekunde, da die Halskette ihre Hand verließ. Es stimmte also.

Braves Mädchen!

Claire hob sie auf, winkte dem Monster damit zu, fühlte einen Anflug unglaublicher Wut und hämischer Freude, als der aufgedunsene Riese mit unerschütterlicher Absicht auf sie zuhielt, die Fäuste wieder erhoben, seinen leblosen Blick auf den glitzernden Anhänger geheftet.

„Willst du das?", spottete Claire. Die Worte entsprangen ihrem Zorn – Zorn ob der verschwendeten Kugeln, der Angst, die sie und Sherry durchgemacht hatten. „Ja? Dann komm und hol's dir, du verdammter, hirnloser *Freak*!"

Das Monster war keine anderthalb Meter mehr entfernt, als Claire sich umdrehte und die Kette in den blubbernden, brennenden, heißen Pool warf, wo sie im geschmolzenen Eisen verschwand –

– und das Superwesen, das sie während dieser endlosen Nacht terrorisiert hatte, lief schnurstracks in das Geländer, die Metallstangen brachen unter seinem übermächtigen Ansturm –

– und so stürzte Mr. X lautlos in das riesige Becken. Eine große Welle zischenden Metalls schwappte über die geschwärzten Ränder, spontane Flammeneruptionen tanzten über die dunkle Gestalt seines Körpers, während er unter der Oberfläche des Schmelzsees verschwand.

Triumph, süß und wunderbar – und dann veränderte sich die kühle Bandstimme plötzlich, zerstörte die Freude des Anblicks, wie Mr. X sich ein Lavabad gönnte.

Über dem Schrillen der mechanischen Sirenen, war zu hören:

„Sie haben fünf Minuten, um den Mindestsicherheitsabstand zu erreichen. Das verbleibende Personal ist angehalten, die Einrichtung sofort zu verlassen. Bitte melden Sie sich an der untersten Plattform. Ich wiederhole, bitte melden Sie sich an der untersten Plattform. Ich wiederhole ..."

Sherry trat neben Claire, und sie packte die Hand des Mädchens. Dann rannten sie los.

Der Schmerz war unvorstellbar. Ada schloss die Augen und fragte sich, ob sie daran sterben würde.

„Ada, halt dich fest! Halt dich einfach nur fest, ich zieh dich hoch!"

Durch die dröhnenden Sirenen hindurch, die ihre Ohren malträtierten, hörte Ada den Beginn des Countdowns, der alles hier zerstören würde. Fünf Minuten ...

Wenn er versucht, mich zu retten, sterben wir beide.

Leons Griff war kräftig, die Entschlossenheit in seiner panischen, flehenden Stimme fast so stark wie ihr eigener Wille. Fast, aber nicht ganz.

Ada wandte ihr Gesicht nach oben und dem seinen zu, sah, dass er trotz allem noch wollte, dass sie überlebte, er wollte ihr hochhelfen und sie davontragen, in Sicherheit, mit ihr fliehen.

Diesmal nicht. Nicht ich ...

Ihr Leben war erfüllt gewesen von Selbstsucht, hatte sich um Egoismus und Gier gedreht. Sie hatte viele Menschen sterben sehen, und irgendwo unterwegs hatte sie die Fähigkeit, sich um andere zu sorgen, verloren – hatte sich gesagt, dass selbst das Bemühen darum Zeitverschwendung und ein Zeichen von Schwäche sei.

Und ich habe mich geirrt. Ich war selbstsüchtig, habe mich geirrt, und jetzt ist es zu spät.

Nicht *zu* spät. Was auch unter ihr liegen mochte, die Entscheidung war gefallen.

„Leon – geh runter, nach Westen, finde den Frachtraum vorbei an der Reihe ... von Plastikstühlen. Du brauchst die Disk, sie ist in meiner ... Tasche – "

„Ada, ich hab sie! Fracht-Disk, richtig? Ich hab sie, ich hab sie gefunden – sprich nicht, halt dich nur fest, lass mich dir helfen!" Er hantierte am Geländer, versuchte, seinen Griff zu verstärken.

Zu reden, strengte fürchterlich an, aber sie musste es zu Ende bringen, musste es ihm sagen, bevor die Zeit um war.

„Der Code ist 345. Geh zum Aufzug, Leon. Fahr damit nach unten. Die U-Bahn ... Tunnels führen nach draußen. Musst ... Vollgas geben ... und pass auf Birkin auf, den G-Träger, er – er verändert sich inzwischen. Kapiert?"

Leon nickte. Seine strahlend blauen Augen erfüllten sie regelrecht.

„Lebe", sagte sie, und das war ein gutes Wort, ein Wort, mit dem man abtreten konnte. Sie war müde, und die Mission war erfüllt, und Leon würde leben.

Sie ließ das Geländer los, und Leon schrie ihren Namen, und der Laut folgte ihr hinab ins Dunkel wie ein bittersüßer Abschied.

NEUNUNDZWANZIG

Sherry hatte Angst, doch Mr. X war tot. Er musste schon die ganze Zeit über das Monster gewesen sein, nicht jenes im Polizeirevier, sondern das *echte* Monster, das alles daran gesetzt hatte, sie in Fetzen zu reißen …

Ihr blieb jedoch keine Zeit, darüber nachzudenken, denn Claire rannte dorthin zurück, von wo sie gekommen waren, und zerrte sie mit sich durch den Maschinenraum, durch den Gang mit dem Kriechboden und um eine Ecke –

– und Sherry schrie, als ein Zombie auf sie zuwankte, eine tote, weiße Kreatur aus schmutzigen Knochen. Doch Claire hob ihre Waffe und schoss, und der trockene weiße Kopf löste sich auf. Die stöhnende bleiche Kreatur ging zu Boden, und dann zog Claire Sherry auch schon über den Toten hinweg und lenkte sie auf die Tür am Gangende zu.

Es war ein Aufzug. Sherry brach an einer der Kabinenwände zusammen, nachdem Claire sie hineingezogen hatte. Sie versuchte, zu Atem zu kommen, während Claire die Steuerung bediente. Nach dem Tempo ihrer Flucht vor Mr. X, war die Abwärtsbewegung des Aufzugs nur ein Kriechen, ein leise summendes Kriechen.

„Wir schaffen es", keuchte Claire, „es dauert nicht mehr lange."

Sherry nickte, doch ihr Herz hämmerte noch heftiger, als die seelenlose Stimme ihnen sagte, dass sie noch vier Minuten hatten, um sich in Sicherheit zu bringen.

Leon hatte das Gefühl, vergessen zu haben, wie man aufstand und davonging. Das Bild von Adas gefasstem, schönem Gesicht in der Sekunde, bevor sie losließ, verfolgte ihn ...

Sie ist tot. Ada ist tot ...

Die Starre wich. Er griff nach der Beretta, und neue Trauer überkam ihn, als er sie aufhob. Die Waffe war noch warm von ihrer Berührung – und sie war leicht, um gut die Hälfte zu leicht, weil sie nicht geladen war. Es steckte nicht einmal ein Magazin drin. Sie hatte nie vorgehabt, ihn zu verletzen; sie hatte gelogen, hatte die ganze Zeit über gelogen, aber sie hatte nie vorgehabt, ihm wehzutun.

„... vier Minuten, um den Mindestsicherheitsabstand zu erreichen. Das verbleibende Personal muss die Einrichtung sofort verlassen. Melden Sie sich an der unteren Plattform ..."

Vier Minuten. Er hatte vier Minuten, um sich so weit zu entfernen, dass er Adas letzten Wunsch erfüllen konnte.

Leon stand auf, drehte sich zur Tür um – und hielt inne, fasste in seine Tasche und holte das Glasröhrchen hervor, das mit der purpurnen Flüssigkeit gefüllt war. Er wusste, dass er keine Zeit zu verlieren hatte, aber es brauchte nur eine Sekunde, um mit dem Arm auszuholen und die Probe so heftig von sich zu schleudern, wie er nur konnte – er wollte sie so weit wie möglich von sich entfernt wissen.

Wenn das Laboratorium, das für all die Toten verantwortlich war, in Flammen aufging, sollte das G-Virus mit verbrennen.

„Ja!"

Die Aufzugstür öffnete sich – und da war ein Zug, eine geheime U-Bahn in glänzendem Silber. Still und dunkel stand sie da, es war nicht die eingeschaltete, betriebsbereit wummernde Maschine, die Claire zu sehen erhofft hatte, aber es war trotzdem das schönste Fluchtfahrzeug, das sie je erblickt hatte, ganz bestimmt.

Sherry hielt sich an Claires Arm fest, als sie zur vorderen Tür der U-Bahn, die drei Waggons besaß, rannten. Die plärrenden Sirenen erklangen unverändert, echoten durch den Tunnel aus Beton. Die ausdruckslose Stimme der Frau, diese Stimme, die Claire nun schon seit geraumer Zeit hasste, informierte sie, dass ihnen noch drei Minuten blieben, um den *Mindestsicherheitsabstand* zu erreichen.

Sie eilten an Bord. Claire stellte fest, dass es keine Sitze gab, nur eine weite, leere Fläche, wo die Passagiere stehen konnten. Der Führerstand befand sich links.

„Dann wollen wir die Show mal starten", sagte Claire, und der strahlende Ausdruck von Hoffnung auf Sherrys verschmutztem, erschöpftem Gesicht brach ihr ein klein wenig das Herz.

O Baby ...

Claire wandte rasch den Blick ab, sprang die Stufen zum Führerstand hinauf und schwor sich im stillen, dass sie, falls der Zug nicht funktionierte, Sherry eigenhändig durch den Tunnel tragen würde – sie würde alles tun, was nötig war, um diese zerbrechliche Hoffnung in den Augen des Mädchens nicht verlöschen zu sehen.

Der Code und die Verifikations-Disk, die er im Operationssaal gefunden hatte, öffneten die Tür, genau wie Ada es gesagt hatte. Dahinter lag ein kurzer Gang. Es waren noch drei Minuten Zeit. Leon rannte den kalten Korridor hinab, durch eine weitere überbreite Tür, an der ein Lebensgefahr-Symbol prangte, und fand sich im Frachtraum wieder.

Er hatte keine Zeit, stehen zu bleiben und sich richtig umzusehen. Er war darauf fixiert, zum Aufzug zu gelangen, ehe die Bandstimme ihm mitteilte, dass er unmöglich noch lebend aus der Einrichtung entkommen könne. Leon rannte zur Rückseite des weiten, seltsam rot getönten Raumes, fand die Steuerung für den großen Lagerhausaufzug und schlug auf den Knopf, bereit, hineinzuspringen und von hier zu verschwinden –

– doch es passierte nichts, abgesehen davon, dass eine Reihe winziger Lichter – etwa *zwanzig* winzige Lichter über der Aufzugtür – in absteigender Folge zu blinken begannen. Langsam.

Leon streckte die Hand aus und hieb abermals auf den Knopf. Er empfand etwas wie tauben Unglauben, während der Aufzug nach unten kroch und zwischen den einzelnen Etagen scheinbar minutenlang verweilte, während die Sirenen dröhnten und der Countdown zur Zerstörung des Labors mehr und mehr dem Ende entgegentickte.

„Jesus!" Er drehte sich um, hatte das Gefühl, brüllend um sich schlagen zu müssen, wenn er noch länger zum Warten verdammt war –

– und zum ersten Mal sah er den Raum, in dem er sich befand, richtig. Die beiden hohen, breiten Regale, die an den Längsseiten des Saales verliefen, beinhalteten eine ganz besondere Art von „Lagergut" – obwohl das halbe Dutzend riesiger Glasbehälter, die sich auf beiden Regalen türmten, nichts anderes enthielt als klare, rote Flüssigkeit, verursachte der Anblick Leon eine Gänsehaut. Jeder Zylinder war so groß, dass ein erwachsener Mensch hineingepasst hätte, und er fragte sich, wofür sie gemacht worden waren.

Egal, sie werden in ein paar Minuten eh in die Luft gehen, genau wie ich, wenn sich dieses gottverdammte Ding nicht BEEILT ...!

Er wandte sich wieder dem Aufzug zu, fast froh über seine Wut und Frustration; so hatte er wenigstens etwas, das er neben der Trauer empfinden konnte.

Die Decke über dem Fahrstuhl fing an zu beben und zu klappern ... Leon wich zurück, richtete seine Magnum auf das massive Metalldeckenteil, als es auch schon herabkrachte, und –

– das Monster aus dem Transportlift landete vor ihm, dieselbe dämonische Kreatur, die Ada verletzt hatte, die ihn hätte töten sollen!

Birkin ...?

So, wie das Wesen seinen eigenartigen Kopf zurückwarf und heulte, sein bösartiges, barbarisches Gebrüll das Alarmgeplärre noch übertönte, hegte Leon jedenfalls keinen Zweifel daran, dass es nur gekommen war, um zu Ende zu bringen, was es vorhin begonnen hatte.

Die U-Bahn war bereit, war startklar – es schien lediglich, als habe der Öffnungsmechanismus für das Tunneltor nicht funktioniert: Inmitten der grünen Lichter auf der Konsole brannte ein rotes, das darauf beharrte, dass das Tor manuell geöffnet werden musste.

Zwei Minuten, um den Mindestsicherheitsabstand zu erreichen. *Schaffen es nicht, das schaffen wir nie ...*

„Bleib hier", sagte Claire und ging hinaus, um den Auslöser zu finden, und hoffte, dass dies kein echtes Problem darstellte.

Leon drehte sich um und stürmte davon, als das Monster auf ihn zukam. Jeder der mächtigen Schritte des Ungeheuers dröhnte durch den saalartigen Raum, und die Echos der fürchterlichen Schreie hallten noch immer von den Wänden wider.

Denk nach!

Die Shotgun hatte nicht genügt, er musste das Ding an einer wirklich verwundbaren Stelle treffen. *Die Augen, nimm die Magnum!*

Leon war wieder an der Tür. Er wirbelte herum und drückte ab, die Magnum auf das Gesicht der Kreatur gerichtet –

– aber dieses Gesicht veränderte sich wieder, die Kinnlade sackte herab, fiel buchstäblich ab, als das Wesen schrie. Große, gezackte Dornen von Zähnen oder Klauen schoben sich aus den Überresten des Maules, aus der pulsierenden Brust – und als ein weiterer Schrei aus der mutierenden Kehle des Monstrums hervorbrach, sah Leon, wie sich links und rechts zwei neue Arme entfalteten. Die Glieder schnappten an ihren Platz, die Ellbogen rasteten ein, klauenbewehrte Finger wuchsen wie fette Würmer aus den Enden.

Bamm-bamm-bamm!

Die Treffer saßen dicht beieinander, schlugen in die dünne, gedehnte Haut über dem linken geschlitzten Auge des Ungetüms. Es brüllte auf, diesmal vor Schmerz, und Leon sah, wie Knochensplitter und eiterfarbene Flüssigkeit hervorspritzten. Ein schmaler Strom dunklen Blutes verhüllte den gelben Augapfel des Monsters.

Es warf den Kopf vor und zurück, versprühte noch mehr Flüssigkeit, hockte sich hin wie ein entarteter Frosch –

– und sprang in die Luft, hüpfte hoch und nach rechts und landete mit einem tierhaften Grunzen auf einem der über zwei Meter hohen Regale.

O Scheiße, wie hat es das gemacht …?

Leon konnte die Augen des Monsters nicht sehen, nur seinen Rücken, als es zusammensank – und es veränderte sich abermals. Leon konnte die feuchten, *knackenden* Laute hören – und sehen, wie sich die knöchernen Stacheln durch das purpurne Fleisch des Rückens bohrten.

Er wollte nicht sehen, wozu es wurde, doch der Aufzug war noch immer nicht angekommen, und er hatte gerade noch zwei gottverdammte *Minuten*.

Leon ergriff ein neues Magazin und rammte es in die Waffe, dann schoss er auf das, was er sehen konnte – einen Umriss mit sechs Beinen, eine Gestalt, die nicht länger auch nur annähernd menschlich wirkte.

Der Schuss traf eine der muskulösen Schultern, und die Kreatur sprang. Wie ein wildes, spinnenhaftes Tier hüpfte sie wieder zu Boden und landete ein paar Schritte vor Leon. Aus der Brust des Wesens war ein Wall seltsamer Zähne geworden, Pfähle, die sich unter dem Hecheln des Ungeheuers öffneten und schlossen – und als es wieder aufbrüllte, war es das Brüllen eines Dämons, war es wie nichts, was Leon jemals zuvor gehört hatte – wie die Todesschreie von tausend verdammten Seelen.

Leon versenkte zwei Kugeln in dem Gewirr sich bewegender *Zähne* und stolperte davon – und durch den steten Lärm der Sirenen hindurch hörte er endlich das helle, muntere *Ping*, mit dem der Aufzug eintraf.

Claire rannte zum vorderen Ende des Zuges, besah sich die Hebel- und Schalterreihen, die in die Wand eingelassen waren, runzelte die Stirn, fand den rotweißen Hebel in weniger als zehn Sekunden und rammte ihn nach unten. Von irgendwo vor dem Zug hörte sie ein Knirschen von Metall. Sie machte kehrt, um zurück zur Tür zu laufen –

– als sie abermals metallische Geräusche hörte, das kreischende Getöse von Stahl, der verbogen und aus seiner Form gedroschen wurde; es klang irgendwo hinter der U-Bahn auf, irgendwo im hinteren Bereich des Tunnels ...

Nein, unmöglich.

Sie starrte zum hinteren Ende des Zuges, durch das Metallgitter eines geschlossenen Tores, das zurück ins Dunkel führte – und hörte ein Geräusch wie von Knochen auf Beton, ein mahlender, schwerer Laut, der sich einmal wiederholte und dann noch einmal.

Schritte.

Claire rannte auf die Tür zu. Sie wusste, dass es nicht Mr. X sein konnte, das war unmöglich, denn er war geschmolzen, tot, sie hatten das G-Virus nicht mehr in ihrem Besitz ...

Da erhaschte sie einen Blick auf Bewegung hinter den Gitterstäben, etwa zehn Meter entfernt. Einen Blick auf etwas Großes. Rauchfetzen kräuselten sich durch die Dunkelheit – und dazu der bittere, stickige Geruch von Verbranntem.

Es trat aus den Schatten auf das Ende des Zuges zu, hob seine verkohlten, gewaltigen Fäuste –

WOAMMM!

– und der Waggon erbebte förmlich, als Claire erkannte, dass es Mr. X *war* ... oder was von ihm noch existierte ... und dass er ganz gewiss ein Dämon geradewegs aus der Hölle war!

Während der Fahrt im Aufzug hatte sie all ihre Munition in ein Magazin geladen. Elf Schuss standen ihr noch zur Verfügung. Das konnte unmöglich ausreichen, aber es war alles, was noch blieb.

Claire hob Irons' Pistole und fragte sich, ob dies das Ende war.

Leon rannte um das Regal zu seiner Rechten herum und hielt wieder auf den Fahrstuhl zu. Direkt hinter ihm waren galoppierende Schritte, die er nicht aufzuhalten vermochte.

Noch eine Kehre, zurück durch den Mittelteil –

– und etwas traf ihn in den Rücken. Er wurde nach vorne geschleudert und zu Boden, als die Bestie ihn gleichsam rammte. Heißes, gummiartiges Fleisch schmetterte ihn zu Boden.

Leon rollte sich herum. Es war auf ihm, die tropfenden Zähne bereit, sich in seinen Kopf zu graben, die dicken Beine nagelten ihn fest. Der augenhafte Tumor war immer noch da, er öffnete sich auf der Schulter des Monsters, *starrte* Leon *an* –

– und der stieß den Lauf seiner Waffe gegen das geifernde Kinn und drückte ab. Schreiend jagte er dem *Ding* die großkalibrigen Geschosse in den zustoßenden Schädel.

Die Bestie kreischte auf, fuchtelte mit den Armen, kippte seitlich von Leon herunter. Blitzschnell kam er hoch und rannte weiter, schnurstracks auf den offenen Lift zu. Das gewaltige, absurde Tier heulte immer noch, als Leon sich in den Aufzug warf und sich umdrehte, den Knopf, der mit „Abwärts" markiert war, drückte –

– und sah, wie das Monster sich schüttelte, wie es sich veränderte, schrie und Knochen, Fleisch und Blut spuckte, sich ebenfalls umwandte und auf den Aufzug zuhielt. Mit jedem staksenden Schritt wurde es schneller, die Tür schloss sich grausam langsam, die schreckliche Kreatur flog jetzt beinahe heran –

– und Leon, die Shotgun in Händen, lud durch und drückte ab. Der Schuss traf die gewölbte Brust des Ungeheuers, warf es zurück –

– und die Tür schloss sich. Leon fuhr nach unten. Ihm blieb nur noch eine einzige lächerliche Minute.

DREISSIG

WOAMMM!
Sherry spürte, wie der Zug rings um sie her heftig erbebte.
Claire!
Sie rannte zur Tür, erinnerte sich zwar daran, dass Claire gesagt hatte, sie solle hierbleiben, aber es scherte sie nicht. Sie wusste nicht, was es war oder was sie tun konnte, um zu helfen, aber sie konnte nicht einfach nur *herumstehen* –
WOAMMM!
Der Waggon schaukelte von neuem, ein weiteres lautes, hämmerndes Krachen dröhnte durch die schale Luft. Der Boden erzitterte unter ihren Füßen. Sherry erreichte die Tür und hieb auf den Schalter, um sie zu öffnen. Ihr Herz raste, Schweiß rann durch den Schmutz auf ihrem Gesicht.

Die Tür glitt auf – und da war Claire. Sie richtete ihre Pistole auf etwas, das Sherry nicht sehen konnte, etwas am Ende des Waggons.

Claires Blick huschte zu ihr, und ihre geschrienen Worte bebten vor Angst und Panik.

„Komm nicht raus! Mach die Tür zu!"

Sherry fasste nach den Kontrollen und zögerte aus Sorge um Claire. Sie wollte sehen, was da war …

Nur ein schneller Blick!

Sie reckte ihren Kopf vor, suchte nach der Ursache für Claires Angst, nach dem, was da auf den Zug eindrosch. Ein Geruch wie von Chemikalien und verbranntem Fleisch hatte sich über die schwach beleuchtete Plattform gelegt, ausgehend von –

Sherry schrie auf, als sie es sah, als sie das abgerissene, verkohlte Monster sah, das die U-Bahn zum Wanken brachte, nur durch eine Barriere aus Gitterstäben von ihnen getrennt. Sie sah, wie seine riesigen Fäuste gegen die Stahlwandung des Zuges hämmerten, aber es war das Gesicht des Monsters, von dem sie den Blick nicht abwenden konnte.

Mr. X.

Die Haut war ihm vom Gesicht gebrannt, vom ganzen Leib. Rauch stieg von dem geschwärzten, geschmolzenen Klumpen seines Schädels auf, doch die Augen waren noch lebendig – rot und schwarz und dampfend von beißendem Qualm zwar, aber immer noch sehr lebendig.

„Sherry! Mach schon, *los!*", schrie Claire, ohne den Blick von dem rauchenden Ungeheuer zu nehmen, von seinem furchtbaren, riesigen Körper, der mit metallisch roten Muskeln bedeckt war, so rot und verbrannt wie seine schrecklichen Augen.

Sherry hieb auf den Knopf, und die Tür schloss sich, während Claire anfing zu schießen.

Der Aufzug fuhr abwärts, aber nicht so, wie Leon es erwartet hatte, und nicht annähernd so schnell, wie es nötig gewesen wäre. Die breite Plattform glitt einen schrägen Tunnel hinab, wie ein Schlitten. Neongitter auf schwarzen Wänden glitten vorüber. *Langsam.*

„... noch vierzig Sekunden, um den Mindestsicherheitsabstand zu erreichen ..."

„Los, los, los!", keuchte Leon. Die zunehmende Angst, die auf sein Hirn einwirkte, ließ ihn alle Schmerzen in seinem Körper vergessen. Die Stimme hatte aufgehört, ihm zu sagen, dass er sich an der unteren Plattform melden solle, machte nur noch Durchsagen in zehnsekündigen Abständen. So sehr er die wiederholten Aufforderungen zum Verlassen des Gefahrenbereichs auch verflucht hatte, es war weit schlimmer, sie nicht mehr zu hören. Die Stille zwischen den Ansagen verriet ihm, dass er es gar nicht mehr zu versuchen brauchte.

So weit geschafft, und dann sterbe ich wegen eines lahmen Aufzugs ... Damit konnte er sich nicht abfinden. Er hatte zu viel durchgemacht. Der Autounfall, Claire, die Flucht und die Monster und Ada und Birkin ... er *musste* es schaffen, sonst war alles umsonst gewesen.

Unter der abwärts gleitenden Plattform schien kein richtiger Boden zu existieren, sonst hätte er es zu Fuß probiert – der Aufzug schien sich mittels einer Mechanik, die Leon sich nicht einmal entfernt vorstellen konnte, in Rinnen zu bewegen, die zu beiden Seiten in die Dunkelheit gefräst waren.

„... zwanzig Sekunden, um ..."

Leon begann zu zittern. Die Anspannung, die seine Muskeln erfasst hatte und sie verhärtete, erschwerte ihm das Atmen. Wie groß war der Mindestsicherheitsabstand? Wenn diese kalte, unmenschliche Stimme bis null gezählt hatte, wie lange dauerte es dann noch bis zur Explosion?

Vollgas, sie sagte Vollgas ...

Der Zug würde schnell sein müssen. Und er hatte noch zehn Sekunden, um ihn zu erreichen.

Der merkwürdige Aufzug setzte seine sanfte, gemächliche Reise hinab ins Dunkel fort.

Die Tür glitt zu, und Sherry war in Sicherheit. Für den Augenblick wenigstens. Claires Gedanken jagten sich auf Hochtouren, gingen blitzschnell ihre Optionen durch.

Darf nicht zulassen, dass er den Zug aus den Gleisen hebelt!

Sie wusste, dass sie nicht darauf hoffen konnte, das Ungetüm zu verletzen, aber vielleicht war sie in der Lage, es lange genug abzulenken, sodass sie entkommen konnten. Sie wünschte, Sherry die einfache Steuerung des Zuges gezeigt zu haben, wünschte, dass der Zug schon in Bewegung wäre und Sherry in Sicherheit brächte –

– *aber das hab ich nicht und wir müssen los, JETZT.*

Die Banddurchsage zählte die letzten zehn Sekunden, die noch blieben, um den Mindestsicherheitsabstand zu erreichen. Als die rauchenden Überreste von Mr. X der verbeulten U-Bahn-Wandung einen weiteren Hammerschlag versetzten, zielte Claire auf seinen mutierten Schädel und drückte ab.

Fünf Schüsse. Vier davon klatschten in das bizarre Material, das sein Fleisch war, etwa dort, wo sich bei einem Menschen die Ohren befanden. Die fünfte Kugel ging fehl, und als das explosionsartige Donnern durch die Schatten der kalten Plattform hallte, wandte sich das Ding, dem sie den Namen Mr. X verpasst hatte, langsam zu ihr um.

Was ist denn jetzt?

Die aufgezeichnete Frauenstimme lenkte Claire für einen Sekundenbruchteil ab, als Mr. X einen Schritt auf sie zumachte, einen schwerfälligen, monströsen Schritt, der ihn aus den Schatten trug.

„... drei. Zwei. Eins. Sie müssen den Mindestsicherheitsabstand jetzt erreicht haben. Selbstzerstörung in fünf Minuten. Noch fünf Minuten bis zur Detonation."

Die Alarmsirenen plärrten unvermindert, aber die Stimme war verstummt. Claire hätte es ohnedies nicht bemerkt, ihr schreckgeweiteter Blick war ganz auf das Ungeheuer fixiert. Es war der Gestalt gewordene Albtraum. Seine nach wie vor menschlichen Konturen verstärkten diesen Eindruck nur noch, wie eine Verhöhnung der Wirklichkeit, der Vernunft. Trotz der verkohlten, qualmenden Flecke, die den Großteil seines Körpers bedeckten, hatte sein widernatürliches Fleisch nichts von seiner Elastizität eingebüßt – das rötliche Material unter den Verbrennungen beugte und straffte sich wie echtes Muskelgewebe. Das Wesen sah aus wie ein gehäuteter Riese, der unter einem brennenden Gebäude hervorgekrochen war – und wenn es bei dem Bad in geschmolzenem Metall Schaden genommen hatte, so konnte Claire es nicht erkennen.

Ein weiterer, mächtiger Schritt, die Kreatur hob die Arme, das Gittertor wurde herausgerissen, und die Eisenstäbe krachten auf den Beton.

Wenigstens ist es langsam, immerhin etwas.
Es war das Einzige, was für sie zu Buche schlug. Claire eilte auf die U-Bahn-Tür zu, hatte immer noch Angst, aber das qualmende Ungeheuer war langsam, stark zwar, aber offenbar nicht imstande, sich wirklich geschmeidig zu bewegen –
– doch plötzlich ging Mr. X nicht mehr einfach nur, er beugte die Hüften, beugte die Knie –
– und stieß sich mit einem dynamischen Satz vom Boden ab, so kraftvoll, dass er dabei Furchen in den Beton riss. Deformierte Füße katapultierten das Wesen auf Claire zu, die noch in vollem Lauf war.
Ohne zu denken, wich Claire nach rechts aus und startete hinter dem geduckt springenden Ungeheuer durch, rannte so schnell sie nur konnte. Es erwischte sie dennoch beinahe, seine Reflexe waren schneller als schnell – als hätte der Verlust seiner Hülle es irgendwie befreit, als hätte das flüssige Metall es abgeschält bis auf den Kern seiner Kräfte.
Als Claire über das zerborstene Tor in die Schatten sprang, hörte sie das Kreischen, wie Finger, die nicht aus Fleisch waren, über den Beton scharrten. Sie sah, dass Mr. X einen seiner gewaltigen Arme hochgerissen hatte und dort ins Leere schlug, wo sie eine Sekunde zuvor noch gewesen war. Er hatte vor, sie *aufzuschlitzen*.
Aber warum? Ich habe kein G-Virus mehr, es besteht kein Grund –
Claire rannte tiefer in die hallende Finsternis, während die Bandstimme sie ruhig informierte, dass ihnen noch vier Minuten Zeit blieben.

„Noch vier Minuten bis zur Detonation …"
Scheiße scheiße scheiße!
Gerade als Leon dachte, der Frust würde ihm einen Schlaganfall bescheren, kam der Aufzug endlich zum Halten. Er riss am Griff einer dicken Metalltür, spannte seine Muskeln, um loszurennen –
– und die Tür öffnete sich in der Wand eines Ganges, eines sterilen Betonkorridors, der erhellt wurde von flackernden Deckenleuchten.

Es gab keine Hinweise, die Leon verraten hätten, welchen Weg er nehmen sollte.

Links oder rechts?

Die paar Sekunden, die er zögerte, konnten ihn das Leben kosten – *falls* er überhaupt noch eine Chance hatte.

Er hatte einmal gehört, dass Menschen, wenn sie vor die Wahl gestellt werden, sich instinktiv für die Richtung entschieden, die ihrer dominierenden Hand entsprach. In Anbetracht des lausigen Glücks, das ihm in dieser langen, langen Nacht in Raccoon beschieden gewesen war, entschied er sich jedoch, die andere Richtung zu wählen.

Er war Rechtshänder – also links. Leon rannte los. Seine Stiefel hämmerten über den Boden, und er fragte sich, ob sich alle Mühe überhaupt noch lohnte.

Nicht weit hinter dem zerstörten Tor erkannte Claire einen Übergang, der über die Schienen hinwegführte. Die nach oben führende Treppe lag in tiefe Schatten gehüllt.

Claire hörte das Stampfen von Mr. X, als er ihr folgte, jeder seiner raumgreifenden Schritte ein brutaler Hieb mutierten Fleisches auf Zement. Das Entsetzen trieb sie voran, ihre Füße berührten kaum den Boden, es war ihr egal, ob sie in der tiefer werdenden Dunkelheit mit dem Gesicht voraus gegen eine Wand rennen würde. Vielleicht wäre das sogar am besten; ihr Verfolger war wahnsinnig stark, er war schnell, es war unmöglich, ihn zu töten – sie hatte keine Chance, wenn er sie erwischte.

Und die Schritte wurden lauter, schneller, Claire hörte das reißende Kratzen klauenbewehrter Pranken, die den Beton aufpflügten. Sie hatte vielleicht noch eine Sekunde, bis diese Klauen in ihr wühlen würden –

– und sie wich wieder nach rechts aus, warf sich in etwas wie ein dunkles Loch direkt neben der Treppe. Mr. X jagte vorbei, ein gigantischer, hochaufragender Schemen. Claire fühlte sogar den Windzug seiner sich bewegenden Hand über ihr Bein streichen, als sie auf den kalten Boden prallte.

Stechender Schmerz schoss durch ihren Arm, ihr Ellbogen war hart aufgeschlagen. Sie achtete nicht darauf, sprang wieder hoch, suchte im Dunkeln nach dem Monster.

Kann ihn nicht sehen. Sieht er mich?

Ihre Hand fand rechts eine schräge Wand, hinter sich und links spürte sie Beton. Sie befand sich in dem Raum unter der Treppe, und sie hatte keine Ahnung, wo der unglaublich leise Mr. X war; alle Schatten würde ihr nichts nützen, wenn er im Dunkeln sehen konnte.

Claire fuhr mit den Händen über die Wände, fand einen Schalter und drückte ihn. Die Konsistenz der Schatten veränderte sich, als trübes Licht von oben herabsickerte – und sie sah das Monster, keine fünfzehn Schritte entfernt, gerade, als es sich umdrehte. Sein roter Blick strich über die verlassene Plattform –

– und fand Claire. Fixierte sie. Das einzige Geräusch war ein leises Knacken, das von dem immer noch rauchenden Fleisch ausging – bis die Kreatur einen Schritt in Richtung der Treppe tat und der Beton unter einem ihrer purpurnen Beine knirschte.

Noch sechs oder sieben Schuss übrig – schieß auf die Augen!

Schnell trat Claire aus den Schatten. Sie hob Irons' Waffe, drückte ab und wich zur Treppe zurück.

Bamm-bamm-bamm!

All dem zum Trotz positionierte sich Mr. X für einen weiteren Angriff. Die Kugeln schlugen in sein zerschmolzenes Gesicht, zwei prallten von dem Material seines Schädels ab, als handele es sich um ein schützendes Visier.

… bamm-bamm …

Claire war an der Treppe, stieg seitwärts eine Stufe hoch. Die Kugeln richteten nichts aus, Mr. X machte sich bereit, mit weiten Sätzen loszuhetzen. Er würde bei ihr sein, bevor sie sich umdrehen konnte, bevor sie es schaffte, die Treppe zu überwinden.

Ich werde sterben …

… aber wenigstens werde ich ihn vorher verletzen!

Mr. X machte zwei kraftvolle Schritte, halbierte die Distanz zu ihr, während Claire zielte, entschlossen, mit den letzten Schüssen etwas zu bewirken. Sie würde sterben, doch ihr Bedauern galt nur Sherry, ihr einziger Wunsch war, dass es ihr gelänge, den *Albtraum X* außer Gefecht zu setzen, bevor er das Mädchen umbrachte.

Sie schoss, und das linke Auge des Monsters explodierte. Ein Schwall tintiger Flüssigkeit spritzte über sein schreckliches, unmenschliches Gesicht.

Ja!

Mr. X wankte nach rechts, blieb zwar nicht stehen, kam aber nicht mehr schnurstracks auf sie zu – doch er würde immer noch am Fuß der Treppe anlangen. Sie musste versuchen, das andere Auge zu erwischen, und sie hatte noch etwa zwei Sekunden!

Claire nahm ihr Ziel aufs Korn und –

Klick!

Es war kein Schuss mehr übrig, und das Ungeheuer prallte gegen das untere Ende der Treppe. Der Geruch verbrannten Fleisches spülte über Claire hinweg, als es seine gewaltigen Hände hochriss, und sein riesenhafter, schrecklicher Körper war alles, was sie sehen konnte.

Claire rollte die Steinstufen hinunter, krümmte sich zusammen, schrie, als Mr. X' raue, klauenbewehrte Pranke über ihren linken Oberschenkel fuhren – und eine ferne Stimme ihr mitteilte, dass ihr noch drei Minuten bis zum Ende ihres Lebens blieben.

EINUNDDREISSIG

Er war den falschen Weg gegangen. Biegungen und Abzweigungen des kalten, leeren Ganges hatten Leon schließlich zu einem Lagerraum geführt – der sich als Sackgasse erwies.

„… noch drei Minuten bis zur Detonation …"

Leon wandte sich zurück in die Richtung, aus der er gekommen war, und mit, wie ihm schien, letzter Kraft zwang er sich zu einem taumelnden Lauf. Er war zu erschöpft, um Enttäuschung zu empfinden, um sich seines drohenden Todes wegen zu sorgen, um sich zu wünschen, dass alles anders sein möge; es bedurfte all seiner Energie, um einfach nur in Bewegung zu bleiben.

Er würde es schaffen oder nicht – wie es auch ausgehen mochte, er glaubte nicht, dass es ihn überraschen würde.

Claire erreichte den Fuß der Treppe und richtete sich auf. Blut rann ihr in heiß pulsierendem, stechendem Schmerz das Bein hinab. Sie taumelte zur Seite, offenbar war nichts gebrochen –

– aber sie wusste, dass ihr zerschundenes Bein nur der Anfang dessen war, was Mr. X ihr antun würde, nur der Auftakt für den *wahren* Schmerz.

Das Ungetüm war immer noch über das Treppengeländer gebeugt, doch als sie forttaumelte, auf das zerstörte Tor zur Plattform zu, stieß es sich ab. Mr. X drehte seinen gewaltigen Leib in ihre Richtung, und aus der Schwärze seiner leeren Augenhöhle troff dunkle, blutige Flüssigkeit. Er würde seine veränderten Sinne kompensieren, dessen war sie sich sicher – er würde sie kompensieren, sich neu orientieren und ihr aufs Neue nachjagen – und er würde sie abschlachten, weil er eine gnadenlose Maschine war. Es gab nichts, was sie tun konnte, um ihn aufzuhalten.

Wenn ich Glück habe, werde ich durch die Explosion sterben.

Claire stolperte über das Gitter des Tores, konnte sich kaum aufrecht halten. Blut sprühte zu Boden, als sie ein weiteres Mal taumelnd stehen blieb.

Bitte, mach, dass es schnell geht ...

„Hier! Benutz das!"

Claire kreiselte herum, sah, dass Mr. X sich für seinen tödlichen Schlag in Positur brachte – und sah weit oben die Silhouette, auf der Konstruktion über den Schienen. Die Stimme einer Frau, die Konturen einer Frau. Die schemenhafte Gestalt warf etwas herab –

Wer ist *das ...?*

– das über den Beton klapperte und zwischen Claire und Mr. X landete. Es war Metall, es war silbern – sie hatte so etwas schon in Filmen gesehen ... Es war ein *Maschinengewehr!*

Claire rannte darauf zu. Eine weitere letzte Hoffnung, eine weitere Chance, so klein sie auch sein mochte, dass sie und Sherry überleben würden.

Claire erreichte die Waffe, ließ sich fallen, sah, wie sich Mr. X auf sie zuschob, und das Dröhnen seiner Schritte ließ den Boden erbeben.

Sie nahm die schwere Waffe auf, stieß sich vom Boden ab, rollte auf den Rücken, und ihre zitternde Hand fand den Abzug. Ihr Körper bewegte sich so, dass sie die Waffe in Anschlag bringen konnte. Gegen den Boden gestemmt, legte sie die Arme um das kalte Metall und zielte.

Bitte ... bitte ...!

Das Monster war nur noch einen Schritt weit entfernt, als sich der Kugelhagel krachend aus der Waffe entlud, eine rasselnde, ratternde Serie winziger Explosionen, die Claires Körper durchschüttelte – und in die Eingeweide der Bestie einschlug. Die schiere Gewalt so vieler Kugeln stoppte das Monster inmitten seiner Bewegung – und drängte es zurück.

Tattatattatatta ...

Claire spürte, wie sich das vibrierende Metall rüttelnd aus ihrem Zugriff befreien wollte, also packte sie es noch fester. Der Kolben der Waffe hämmerte in irrsinnigem Rhythmus gegen den Boden. Noch immer klatschten die Kugeln in den Bauch der Kreatur, so schnell und so viele, dass Claire ihre eigenen keuchenden Schreie der Wut, des Schmerzes und der Erregung nicht mehr hörte.

Mr. X versuchte trotz allem, sich nach vorne zu bewegen, aber etwas Seltsames geschah, etwas Seltsames und zugleich ... Herrliches. Seine Eingeweide wurden von dem endlosen Geschossstrom *zerfetzt*, der Mittelteil seines Körpers sank ein, und schwarze Flüssigkeit ergoss sich aus der fransigen, wachsenden Wunde über die untere Hälfte des Leibes. Mr. X' Mund stand offen, ein leeres Loch, genau wie seine Augenhöhle – und wie aus der Augenhöhle quoll auch hier eine zähe Flüssigkeit hervor und bedeckte sein mitleidloses Gesicht.

Tattatattatat ...

Claire gab nicht nach, lenkte den Bleihagel, sah zu, wie die Kreatur versuchte, der pulsierenden, krachenden Endlossalve zu widerstehen. Sah zu, wie sie blutete. Sah zu, wie sie zu – *kondensieren* schien, wie ihr klobiger Körper sich krümmte, ihr Torso nach unten sank.

Noch immer flogen die Kugeln. Mr. X hob die Arme –

– und zerfiel in zwei Hälften.

Claire nahm den Finger vom Abzug, als der Oberkörper des Ungeheuers zu Boden kippte, ein feuchtes *Waschsch* schweren Fleisches, und seine Beine nachgaben und zur Seite fielen. Aus beiden Hälften ergoss sich noch mehr von seinem eigenartigen Blut. Pfützen glänzender Schwärze bildeten sich um die monströsen Teile seines zerbrochenen Leibes, bildeten stinkende Lachen. Die Kreatur war tot – und selbst wenn sie es nicht war, kam es darauf nicht mehr an. Wenn das Ungetüm sich nicht so schnell über den Boden ziehen konnte, wie Claire rannte, war ihr Kampf mit dem schaurigen Mysterium namens Mr. X endlich vorbei ...

Zum Teufel damit, du hast keine Zeit – BEWEG DICH!

Claire kam binnen einer Sekunde auf die Beine, ignorierte das Schmatzen des Blutes in ihrem Stiefel und den Schmerz, der es verursacht hatte. Ihr Blick suchte die obere Plattform nach ihrer unbekannten Retterin ab. Doch da war niemand mehr, und sie wusste nicht, ob eine weitere Minute vertickt war; die aufgezeichnete Stimme war im MG-Feuer untergegangen.

„Hey!", rief Claire, während sie rückwärts zur U-Bahn zurückwich. „Wir müssen jetzt los!"

Keine Antwort, kein Laut, nur das Klingeln in ihren Ohren und das Echo ihrer zitternden Worte. Wenn sie Sherry retten wollte, dann ...

Claire drehte sich um und rannte.

„... zwei Minuten bis ..."

Leon zwang sich, schneller zu gehen. Der gewundene Tunnel war ein verwaschenes, graues Etwas, das an seiner schmerzenden, atemlosen Wahrnehmung vorbeiwirbelte. Er hatte den Überblick verloren über all die Abzweigungen und Biegungen des Ganges, und seine Hoffnung nahm rasant ab. Eine Stimme weit hinten in seinem Schädel sagte ihm, dass es vielleicht am besten wäre, stehen zu bleiben, sich hinzusetzen und auszuruhen –

– doch dann hörte er es, und das winzige, verzweifelte Flüstern in ihm wurde von dem Geräusch übertönt.

Dem Geräusch schwerer Maschinen, die zum Leben erwachten, irgendwo vor ihm, unweit ...

Der Zug! Schneller!

Seine Beine wie weit entfernt und gummiartig, seine Lungen pumpend, sein Herz hämmernd ... egal, was er tat, es war vorbei.

ZWEIUNDDREISSIG

Claire stürmte in den Zug, ein riesiges Gewehr in Händen, ein Bein blutbedeckt, und hielt kaum inne, um den Türschließer zu drücken, ehe sie zur Fahrerkabine weiterrannte. Sherry wusste, dass sie in Schwierigkeiten steckten, dass es knapp werden würde, deshalb verschwendete sie keine Zeit auf Fragen. Sie folgte Claire, grenzenlos erleichtert, dass sie okay war, behielt es jedoch für sich.

Okay, sie ist okay, und jetzt verschwinden wir ...

Eine leise, blecherne Version der Bandstimme und der Sirenen schepperte aus dem Armaturenbrett des winzigen Raumes.

„... zwei Minuten bis zur Detonation ..."

Claire hatte das komisch geformte Gewehr fallen lassen und drückte Knöpfe, betätigte Schalter; ihre Aufmerksamkeit war ganz auf die Konsole gerichtet. Plötzlich hüllte ein mächtiges mechanisches Brummen sie ein, ein anschwellendes heulendes Rumpeln, das Claire mit den Zähnen knirschen ließ. Sherry konnte nicht sagen, ob es ein Lächeln war, aber *sie* lächelte, als sie spürte, wie ein Ruck durch den Zug ging und er sich in Bewegung setzte, fort von der Plattform.

Claire drehte sich um, sah Sherry hinter sich stehen und versuchte zu lächeln. Sie legte eine Hand auf Sherrys Schulter, sagte aber nichts – und so schwieg Sherry ebenfalls und wartete, was geschehen würde.

Der Zug wurde allmählich schneller, glitt an schwach erhellten Gängen und Plattformen vorbei. Der Tunnel vor ihnen war dunkel und hoffentlich leer. Die Wärme von Claires Hand erinnerte Sherry daran, dass sie Freunde waren, dass, was auch passieren würde, Claire ihre Freundin war –

– und sie sah einen Mann, einen Polizisten, vor ihnen in ihr Blickfeld taumeln, und dann glitt der Zug an ihm vorbei. Seine Augen waren groß und suchend und verzweifelt in dem schmutzigen Gesicht.

„Claire!"

„Ich sehe ihn –"

Claire wandte sich um und rannte aus der Kabine. Ihre Schritte klapperten durch den Waggon, sprinteten zur Tür. Sie drückte den Öffner, und die Tür glitt auf. Die dröhnenden, mahlenden Geräusche der U-Bahn wogten von draußen herein.

„Leon!", schrie sie. „Beeil dich!"

Sie zuckte zurück, als eine Wand vorbeiglitt, wirbelte herum und wirkte ebenso verzweifelt wie dieser Mann – Leon. Nach einer weiteren Sekunde drehte sie sich erneut um und schloss die Tür.

„Hat er es geschafft?", fragte Sherry, und noch während ihr die Worte aus dem Mund kamen, wurde ihr bewusst, dass Claire das unmöglich wissen konnte.

Claire kam zu ihr und legte einen Arm um sie, während der Zug schneller wurde, und ihr Gesicht verkrampfte sich vor Sorge –

– und die Bandstimme sagte ihnen, dass ihnen noch eine Minute blieb –

– und die hintere Tür des Waggons öffnete sich. Leon wankte herein, seinen Arm in einen zerfetzten, fleckigen Verband gewickelt, sein Haar mit dunkler, getrockneter Schmiere verklebt, seine Augen strahlend blau in der Maske aus Dreck.

„Vollgas!", rief er. Claire nickte, und Leon stieß heftig den Atem aus. Er taumelte auf sie zu, der Zug ruckte hin und her, raste jetzt raketenhaft durch den Tunnel. Leon legte seinen Arm um Claire, und sie drückte sich fest an ihn.

„Ada?", flüsterte Claire. „Ann – die Wissenschaftlerin?"

Leon schüttelte den Kopf, und Sherry sah, dass er fast weinte.

„Nein. Ich konnte nicht – nein ..."

„… dreißig Sekunden bis zur Detonation. Neunundzwanzig … achtundzwanzig …"

Die Frauenstimme zählte weiter, die Zahlen schienen doppelt so schnell zu kommen, als sie es sollten, und Sherry vergrub ihr Gesicht in Claires warmer Seite und dachte an ihre Mom. An Mom und Dad. Sie hoffte, dass sie es geschafft hatten, dass sie irgendwo in Sicherheit waren –

– *aber das sind sie vermutlich nicht. Sie sind wahrscheinlich tot.*

Sherry konnte Claires Herz klopfen hören, und sie umarmte ihre Freundin fester; sie würde später darüber nachdenken.

„… fünf, vier, drei, zwei, eins. Sequenz komplett. Detonation."

Eine Sekunde lang herrschte völlige Stille. Der Alarm hatte endlich aufgehört, und die rumpelnde Bewegung des dahinrasenden Zuges war alles, was zu hören war –

– doch dann gab es eine Explosion, ein gedämpftes Geräusch, ein *Schuump*, das anschwoll, gewaltig wurde.

Sherry schloss die Augen. Plötzlich erbebte der Zug ganz fürchterlich, und sie wurden alle auf den Metallboden geworfen. Grelles, brennendes Licht flackerte durch das Fenster herein, Lärm wie von einem Autounfall wurde um sie her laut, schwere *Wumps* regneten auf das Dach nieder –

– und der Zug fuhr weiter. Er fuhr weiter, und das Licht verging, und sie waren nicht tot.

Der blendende Blitz löste sich auf, verging, und Leon spürte, wie die Anspannung von seinem Körper abfiel. Er rollte sich auf die Seite und sah, wie Claire sich aufsetzte und nach der Hand des Mädchens neben ihr fasste.

„Okay?", fragte Claire die Kleine, und das Kind nickte. Beide wandten sie sich ihm zu, ihre Gesichter drückten aus, was sie empfanden – Schock, Erschöpfung, Fassungslosigkeit, Hoffnung.

„Leon Kennedy, das ist Sherry Birkin", sagte Claire. Sie sprach die Worte behutsam aus, legte eine leichte Betonung auf „Birkin". Er verstand die Message auch ohne ihren scharfen Blick und gab ihr mit einem Nicken zu verstehen, dass er Bescheid wusste. Dann lächelte er dem Mädchen zu.

„Sherry, das ist Leon", fuhr Claire fort. „Wir sind uns begegnet, kurz nachdem ich in Raccoon eingetroffen war."

Sherry erwiderte sein Lächeln, ein müdes, zu erwachsenes Lächeln, das fehl am Platze schien; sie war zu jung, um so zu lächeln.

Noch eine verdammte Untat, die Umbrella anzulasten ist – einem Kind die Unschuld zu stehlen ...

Ein paar Sekunden lang saßen sie einfach so am Boden, starrten einander an, und das Lächeln schwand aus ihren Gesichtern. Leon wagte kaum zu hoffen, dass es wirklich vorbei war – dass sie das Entsetzen tatsächlich hinter sich ließen. Abermals sah er eine Widerspiegelung seiner Gefühle auf Sherrys sorgenvoll gefurchter Stirn und in Claires müden grauen Augen –

– und als sie das ferne Quietschen von Metall hörten, das von irgendwo aus dem hinteren Teil des Zuges zu ihnen drang, bemerkte er keinerlei Überraschung. Ein reißendes Kreischen – gefolgt von einem schweren, irgendwie verstohlenen *Wump* – und dann nichts mehr.

Hätte wissen müssen, dass es nicht vorbei ist ...

„Ein Zombie?", flüsterte Sherry, und ihre Worte gingen fast unter im dumpfen Rattern des rasenden Zuges.

„Ich weiß es nicht, Schätzchen", sagte Claire leise, und jetzt erst sah Leon, dass ihr linkes Bein aufgerissen war – Blut quoll aus mehreren Kratzern; er war bisher zu verblüfft gewesen über seine ... über *ihre* knappe Flucht, um es eher zu bemerken.

„Wie wär's, wenn ich mal nachsehe?", meinte Leon. Er hatte Claires Stichwort verstanden, hielt seine Stimme leise und gleichmäßig. Es brachte nichts, Sherry noch mehr zu verängstigen. Er stand auf und wies mit einem Nicken auf Claires Bein.

„Sherry, warum bleibst du nicht hier bei Claire und hältst ihr Bein im Auge? Vielleicht finde ich ja etwas Verbandsmaterial, während ich mich da hinten umschaue. Pass auf, dass sie sich nicht bewegt, okay?"

Sherry nickte, ihr kleines Gesicht angespannt vor Entschlossenheit, und auch für diesen Ausdruck war sie zu jung. „Geht klar."

„Ich bin gleich wieder da", sagte Leon, wandte sich dem rückwärtigen Bereich des schwankenden Raumes zu, betete, dass es nichts weiter war, und wusste es doch längst besser, als er nach der Remington griff und losging.

Leon öffnete die Tür. Die Geräusche des fahrenden Zuges verstärkten sich eine Sekunde lang, bis die Tür sich hinter ihm wieder schloss. Von ihrer Position am Boden aus konnte Claire nicht sehen, wie er den nächsten Waggon betrat, und sie wünschte sich, sie wäre in der Lage gewesen, mit ihm zu gehen – denn *wenn* sich noch etwas anderes im Zug befand, war Sherry nicht sicher, dann war keiner von ihnen sicher ...

So darfst du nicht denken, es ist nichts. Es ist vorbei!
So wie es mit Mr. X vorbei war?

„Was soll ich tun?", fragte Sherry und erlöste Claire damit von den entmutigenden Gedanken. „Fest drücken, richtig?"

Claire nickte. „Normalerweise ja, nur dass wir beide ziemlich schmutzig sind, und ich glaube, das Blut gerinnt schon. Lass uns abwarten, ob Leon mit etwas Sauberem zurückkommt ..."

Sie verstummte, ihre Gedanken kehrten zurück zu Mr. X. Irgendetwas nagte in ihr, aber sie war zu benommen von dem Blutverlust.

Das G-Virus. Er war hinter dem G-Virus her.

Warum aber *war* Mr. X dann zur U-Bahn-Plattform gekommen? Warum sonst hätte er versuchen sollen, in den Zug zu gelangen, wenn nicht weil –

Claire kam mühsam hoch, bekämpfte das Schwindelgefühl in ihrem Kopf und den pochenden Schmerz in ihrem Bein.

„Hey, nicht bewegen", sagte Sherry, ein Ausdruck tiefer Sorge in den Augen. „Leon sagte, du sollst ruhig liegen bleiben!"

Sie hätte es vielleicht geschafft, ihre physischen Probleme zu überwinden, aber Sherry am Rande einer Panik zu sehen, das war zu viel. *Wenn eine G-Virus-Kreatur an Bord war, wenn das der Grund* war, weshalb Mr. X gekommen war, würde Leon sich dieser Sache allein stellen müssen. Sie konnte Sherry nicht verlassen. Wenn Leon nicht zurückkam, musste sie herausfinden, wie man ihren Waggon abkoppelte oder den Zug stoppte, damit sie aussteigen konnten, ehe das Wesen zu ihnen vordrang ...

Claire schaltete ihr Denken ab und zwang sich, Sherry zuliebe, zu einem Lächeln. „Ja, Ma'am. Ich wollte mich nur vergewissern, dass er durch den zweiten Waggon gekommen ist ..."

Sie konnte Erleichterung über Sherrys Gesicht huschen sehen. „Oh. Vergiss es. Ich kümmere mich jetzt um *dich*, und ich sage dir, du bleibst ruhig liegen."

Claire nickte abwesend, hoffte, dass sie sich irrte, hoffte, dass Leon gleich wieder zurückkommen würde –

Bamm! Bamm! Bamm!

Das Krachen der Remington war laut und deutlich. Sherry packte ihre Hand, als zwei weitere Schüsse die Hoffnung aus Claires benebeltem Kopf bliesen. Und der Zug raste weiter durch das Dunkel.

Der zweite Waggon war leer – noch immer derselbe weite, offene Raum, durch den Leon den Zug betreten hatte. Staubiger Stahl und sonst nicht viel. Wer dieses Fluchtvehikel auch entworfen hatte, er hatte offensichtlich geplant, die Umbrella-Mitarbeiter wie Ölsardinen hineinzupacken.

Sind aber nur wir drei – und unser blinder Passagier ...

Es war nichts zu sehen, trotzdem ging Leon langsam weiter. Vorsichtig durchforstete er die dunklen Ecken und wappnete sich für was auch immer sich im letzten Wagen befinden mochte. Was es auch war, es konnte nicht so schlimm sein wie das Ding, das ihn zuvor angesprungen hatte, das Birkin-Ding – wenn es das denn gewesen war. Der Gedanke, dass die Kreatur irgendetwas mit Claires junger Freundin zu tun hatte, war zutiefst beunruhigend, obszön geradezu. Ein Monster und eine Wahnsinnige, beide tot, beide die Eltern eines kleinen Mädchens ...

Er erreichte das hintere Ende des düsteren, schaukelnden Waggons, spähte durch die Tür und verdrängte alle anderen Gedanken, während er versuchte, im letzten Wagen irgendetwas auszumachen. Da war Dunkelheit und sonst nichts.

Verdammt.

Vielleicht gab es ja nichts zu sehen, aber er musste nachschauen. Er spürte, wie sein Herz frisches Adrenalin durch seinen Körper zu pumpen begann, spürte, wie die Müdigkeit von ihm wich. Nichts, es war bestimmt nichts, aber er hatte ein ungutes *Gefühl*. Etwas *stimmte* nicht.

Leon holte tief Luft und öffnete die Tür, trat hinaus ins Freie, zwischen die Waggons, in die laute, peitschende Brise, und hielt sich am Geländer fest. Das Rattern des Zuges übertönte das Pochen seines Herzens, als er sich auf den letzten Wagen zubewegte, die Tür öffnete und ins Dunkel trat.

Augenblicklich hob er das Gewehr, all seine Sinne drängten ihn zu rennen, als die Tür hinter ihm zuglitt. Er fasste nach hinten, tastete nach einem Lichtschalter. Dunkelheit. Aber da war ein kräftiger Geruch nach Bleichmittel oder Chlor, und da war ein leises *feuchtes* Geräusch, das Geräusch von Bewegung …

In der Mitte des Waggons flackerte eine einzelne nackte Glühbirne auf, nachdem Leon einen Schalter gefunden hatte, und eine Sekunde lang glaubte er, den Verstand verloren zu haben.

Da war … ein Ding. Eine Kreatur, die nicht einmal entfernt menschlich war, bis auf einen seltsamen, pulsierenden Tumor, der ihr aus einer Seite ragte, ein glatter Ball, der sehr nach einem Auge aussah.

Birkin.

Die Kreatur war ein riesiger, langgestreckter dunkler *Klumpen* schleimiger Materie, der sich über die Breite des Waggons erstreckte. Leon vermochte nicht zu sagen, wie groß das Gebilde war. Aus dem Birkin-Ding ragten dicke Stränge. Tentakel aus feuchtem, elastischem Schleim hingen an allen möglichen Stellen des Raumes vor dem Monster – an der Decke, den Wänden, am Boden. Und während Leon sie ansah, zog sich die fremdartige Bestie nach vorne, die dunklen Gliedmaßen kontrahierten, brachten die Körpermasse ein paar Fuß weiter nach vorne.

Nein, er war nicht verrückt. Er sah es tatsächlich, sah diese brackigen, sich bewegenden Farben, schwarz, grün und purpurn, in den Tentakeln, als sie sich wieder streckten. Das dickflüssige Material saugte sich irgendwie am Metall des Wagens fest, zog den Klumpen noch ein Stück weiter. Der Leib selbst war kaum mehr als ein klaffender Rachen, eine feuchte Höhle, die noch Zähne hatte.

Es würde ihn, Leon, ziemlich bald erreicht haben, wenn er sich nicht aus seiner Erstarrung löste.

Er zielte in das riesige Loch des Mauls und drückte ab, lud durch, schoss, lud, schoss –

– und dann war die Shotgun leer, und das gigantische, halbflüssige *Ding* bewegte sich immer noch stetig voran.

Leon wusste nicht, wie es zu töten war, wusste nicht, ob die Kugeln es überhaupt verletzt hatten. Seine Gedanken rasten auf der Suche nach einer Antwort, nach einer Lösung, die das entsetzliche Leben des G-Virus-Monsters hätte beenden können. Er wäre imstande gewesen, den letzten Waggon abzuhängen, die Bolzen und Ketten zu zerschießen, die diesen Wagen mit dem anderen verbanden, *wenn* er denn die Kupplung fand –

– aber dann wäre es immer noch am Leben und würde sich weiter verändern in der Schwärze des Tunnels, es würde zu etwas Neuem werden ...

Die hingestreckte, elastische Masse der formlosen Gestalt bewegte sich zentimeterweise voran. Leon fasste nach dem Türöffner. Er musste versuchen, den Waggon abzuhängen, es blieb ihm keine andere Wahl.

Es sei denn ...

Er zögerte, dann zog er seine Magnum aus dem Holster und richtete sie auf das unmögliche Gebilde. Auf den seltsamen Tumor, der aus einem Schlitz in dem gummiartigen Fleisch lugte, dieses *Auge*, das Teil *jeder* Gestalt gewesen war, die Birkin bislang angenommen hatte. Er zielte sorgfältig und –

– *BAMMM!*

Die Wirkung zeigte sich umgehend und war absolut. Das schwere Geschoss durchschlug die feuchte Kugel – und ein zischendes, kreischendes Heulen entfuhr dem zahnbewehrten Rachen, unirdisch, wie das Heulen von etwas Mechanischem oder Wahnsinnigem. Die Ranken unförmiger Substanz schrumpften, wurden schwarz, vertrockneten –

– und das Ding implodierte, zog sich in sich selbst zurück, verdorrte zu einer dampfenden, schwarzen Masse von weniger als einem Viertel ihrer ursprünglichen Größe. Wie ein Strandball, aus dem man die Luft herausließ, verschrumpelte und schrumpfte der geleeartige Klumpen, kollabierte, wurde flacher und verlor sich geifernd in einer großen Lache blubbernden Schleimes.

„Saug dich *daran* fest", sagte Leon leise. Die letzten Blasen zerplatzten, die Lache war nur mehr ein totes, unbeseeltes Etwas. Er betrachtete es ein paar Augenblicke lang und dachte an gar nichts – dann machte er sich schließlich auf, um zu den anderen zurückzukehren und ihnen zu sagen, dass es vorbei war.

Mein erster Arbeitstag, dachte er.

„Ich will eine Gehaltserhöhung", murmelte Leon zu sich selbst und konnte sich ein Grinsen nicht verkneifen, ein müdes, sonniges Grinsen, das rasch verging ... doch in den wenigen Sekunden, die es währte, fühlte Leon sich so gut wie lange nicht mehr.

Leon war zurück. Er hatte einen Overall gefunden, den er in Streifen riss und benutzte, um Claires Bein zu verbinden. Alles, was er gesagt hatte, war, dass sie jetzt in Sicherheit waren, obwohl Sherry gesehen hatte, wie er und Claire einen Blick gewechselt hatten – einen dieser „Wir-sollten-nicht-gerade-jetzt-darüber-reden"-Blicke. Sherry war zu müde, um sich deswegen gekränkt zu fühlen.

Sie kuschelte sich in Claires Arme. Claire strich ihr übers Haar, und sie schwiegen alle drei. Es gab nichts zu sagen, jedenfalls für eine Weile nicht. Sie waren am Leben und in einem Zug, der durch die Dunkelheit donnerte – und von irgendwo nicht weit voraus sickerte weiches Licht zu ihnen, durch das Fenster des Führerstands, und Sherry fand, dass es sehr nach Morgen aussah.

EPILOG

Zehn Meilen außerhalb der Stadt sahen sie die Folgen der Explosion, eine schwarze, sich aufblähende Rauchwolke, die ins frühe Morgenlicht emporstieg und über Raccoon hing wie ein furchtbarer Sturm –

– *oder wie ein böser Traum*, dachte Rebecca, *ein sich wiederholender Albtraum. Umbrella.*

Sie sprach es nicht laut aus, weil es nicht nötig war. John und David hatten zwar den Albtraum in der Spencer-Villa nicht miterlebt, aber sie waren in der Einrichtung von Caliban Cove gewesen und hatten gesehen, wozu Umbrella fähig war. Sie wussten Bescheid.

Niemand sagte etwas, als David aufs Gas trat. Seine Knöchel am Lenkrad traten weiß hervor. Diesmal riss John keine Witze darüber, was geschehen sein mochte. Sie wussten alle, dass es schlimm war. Bevor Jill, Chris und Barry nach Europa abgereist waren, hatte Jill ihnen ein Telegramm geschickt, in dem sie ihren Verdacht über einen weiteren Unfall geäußert und sie gebeten hatte, die Sache im Auge zu behalten. Als die Telefonleitungen nicht mehr funktionierten, hatten sie das SUV beladen und Maine verlassen, um nachzusehen, was getan werden konnte. Die einzige offene Frage war, wie viele Menschen diesmal gestorben waren.

Vielleicht hört es jetzt endlich auf. Eine Explosion wie diese … kann Umbrella nicht so ohne Weiteres vertuschen, nicht wenn es so schlimm ist, wie es aussieht.

John brach das Schweigen schließlich, seine tiefe, weiche Stimme klang untypisch gedämpft. „Hat da jemand den Nothebel umgelegt?"

David seufzte. „Wahrscheinlich. *Wenn* es einen Ausbruch gegeben hat, gehen wir da nicht rein. Wir fahren um die Stadt herum und rufen dann Hilfe aus Latham. Umbrella schickt sicher ein eigenes Aufräumkommando hinein."

Rebecca nickte, genau wie John. Sie gehörten im Prinzip nicht mehr zu S.T.A.R.S., aber David war einmal Captain gewesen, und das aus gutem Grund.

Sie verfielen wieder in angespanntes Schweigen. Während die von der Dämmerung berührten Bäume am Fahrzeug vorbeiwischten, fragte sich Rebecca, was sie wohl finden würden –

– als sie auch schon die Menschen sah, die auf die Straße wankten und mit den Armen winkten.

„Hey –", setzte sie an, doch David ging bereits auf die Bremse und verlangsamte den Wagen, während sie sich den drei abgerissen aussehenden Fremden näherten. Ein Cop mit einem verbundenen Arm und eine junge Frau in Shorts, beide hielten Waffen in den Händen, und ein kleines Mädchen in einer pinkfarbenen Weste, die ihm viel zu groß war. Sie waren nicht infiziert oder zeigten zumindest keinerlei Anzeichen, die Rebecca aufgefallen wären – aber sie sahen trotzdem furchtbar aus. Mit ihren zerfetzten Kleidern und ihren Gesichtern, die bleich und schockiert waren unter den Masken aus Dreck, wären sie locker als wandelnde Leichen durchgegangen.

„Ich rede mit ihnen", sagte David sanft, aber bestimmt mit seinem trockenen britischen Akzent, und dann stoppten sie neben den Überlebenden von Raccoon.

David öffnete sein Fenster und stellte den Motor ab. Der junge Cop trat vor, während die Frau einen schmutzigen Arm um die Schultern des Mädchens legte.

„Es hat einen Unfall gegeben in der Stadt", sagte der Cop, und obwohl sie unübersehbar müde und verletzt waren und Hilfe dringend nötig hatten, lag Misstrauen in seiner Stimme, ein vorsichtiger

Unterton, der erahnen ließ, wie übel ihnen mitgespielt worden war. „Ein schrecklicher Unfall. Sie sollten da nicht hin, es ist nicht sicher."

David runzelte die Stirn. „Was für ein Unfall, Officer?"

Die junge Frau antworte, ihr Mund ein schmaler Strich der Verbitterung. „Ein Umbrella-Unfall", sagte sie, und der Cop nickte, und das kleine Mädchen vergrub sein Gesicht an der Hüfte der Frau.

John und Rebecca wechselten einen Blick, und David entriegelte per Knopfdruck die Türen.

„Wirklich? Das sind für gewöhnlich die schlimmsten", sagte er ruhig. „Wir würden Ihnen gerne helfen, wenn Sie möchten, oder wir könnten Hilfe rufen …"

Es war eine Frage. Der Cop blickte die Frau an, dann sah er David einige Herzschläge lang an. Er musste in Davids Gesicht etwas gefunden haben, von dem er das Gefühl hatte, ihm trauen zu können, denn er nickte langsam. Dann bedeutete er der Frau und dem Mädchen mit einer Geste, zu ihm zu kommen.

„Danke", sagte er, und die Erschöpfung brach sich endlich Bahn. „Wenn Sie uns mitnehmen könnten, das wäre großartig."

David lächelte. „Steigen Sie ein. John, Rebecca – würdet ihr ihnen bitte behilflich sein …?"

John schnappte sich ein paar Decken, Rebecca griff nach ihrer Sanitätsausrüstung, sorgsam darauf achtend, die Gewehre neben dem Radkasten nicht aufzudecken.

Ein Umbrella-Unfall …

Rebecca fragte sich, ob sie wussten, wie glücklich sie sich schätzen durften, dies überlebt zu haben – doch ein weiterer Blick in die drei erschöpften, niedergeschmetterten Gesichter überzeugte sie, *dass* sie es vermutlich wussten.

Sie begannen zu reden, noch ehe David den Wagen gewendet hatte – und binnen sehr kurzer Zeit stellten sie fest, dass sie vieles, vieles gemeinsam hatten. Während das Kind einschlief, fuhren sie den Weg zurück, den sie gekommen waren, und ließen die brennende Stadt hinter sich zurück.

DIE AUTORIN

S. D. (Stephani Danielle) Perry schreibt – aus Freude wie auch zum Broterwerb – Multimedia-Romanadaptionen in den Genres Fantasy, Science Fiction und Horror, darunter etliche *Aliens*-Romane sowie die Buchfassungen von *Timecop* und des Thrillers *Virus*. Unter dem Namen Stella Howard schrieb sie einen Originalroman zur Fernsehserie *Xena*. Die *Resident Evil*-Bücher sind ihr erster Ausflug in den Bereich der Videospiel-Romane. Zusammen mit ihrem Ehemann und einer Vielzahl von Haustieren lebt S. D. Perry in Portland, Oregon.

DAS TOR ZUR UNTERWELT

S. D. PERRY

Für meinen Lektor
Marco Palmieri

Auf je Tausend, die an den Blättern des Bösen zupfen,
kommt einer, der an der Wurzel hackt.

— HENRY DAVID THOREAU

PROLOG

Associated Press, 6. Oktober 1998

TAUSENDE TOTE
DURCH FEUERSBRUNST IN BERGSTÄDTCHEN
RÄTSELHAFTE ERKRANKUNG KÖNNTE
EINE ROLLE SPIELEN

NEW YORK, NY – Das abgeschiedene Bergstädtchen Raccoon City, PA, wurde von Bundes- und Staatsbehörden offiziell zum Katastrophengebiet erklärt. Unterdessen setzen die Löschmannschaften den Kampf gegen die letzten Flammenherde fort, und die Zahl der Toten steigt von Stunde zu Stunde. Man geht mittlerweile davon aus, dass bislang mehr als siebentausend Menschen in dem gewaltigen Feuersturm umkamen, der am Morgen des 4. Oktobers, einem Sonntag, über Raccoon hinwegtobte. Hinsichtlich der Opferzahl spricht man von der schlimmsten Katastrophe in den USA seit Beginn des Industriezeitalters, und während nationale Hilfsorganisationen und Vertreter der internationalen Presse zu den Blockaden rings um die immer noch brennenden Häuserruinen der Stadt strömen, haben sich die entsetzten Freunde und Verwandten der Einwohner von Raccoon im nahen Latham versammelt, wo sie auf Neuigkeiten warten.

Terrence Chavez, Leiter der National Disaster Control (NDC) und Koordinator der konzertierten Aktion von zahlreichen Lösch- und Notfallteams, gab gestern Nacht eine Stellungnahme an die Presse ab. Er erwarte, wenn es zu keinen unvorhersehbaren Komplikationen komme, dass die letzten Brandherde noch vor Mitte der Woche gelöscht seien, es jedoch Monate dauern könne, bis die Ursache der Katastrophe klar und geklärt sei, ob Brandstiftung vorliege. Chavez sagte: „Allein das Flächenausmaß des Schadens rückt die Ermittlungen in die Nähe der berühmten Suche nach der Stecknadel im Heuhaufen. Aber wir werden die Ursache finden, koste es, was es wolle."

Heute Morgen um 6 Uhr wurden 78 Bürger gerettet; über ihre Namen und ihre Verfassung wurde jedoch nichts bekannt. Man brachte sie zur Beobachtung und/oder Behandlung in eine geheim gehaltene bundesstaatliche Einrichtung. In ersten Berichten der HazMat-Teams geht man davon aus, dass eine unbekannte Erkrankung, nicht allein die Feuersbrunst, für die unfassbare Zahl von Opfern verantwortlich sein könnte. Infizierte Einwohner seien womöglich, infolge der Krankheit, nicht in der Lage gewesen zu fliehen. Weiter vermutet man, dass die Krankheit bei einigen Infizierten zu Gewaltpsychosen geführt haben könnte. Mitarbeiter privater und bundesstaatlicher Seuchenkontrollzentren haben eine Ausweitung der Quarantänegrenze verlangt. Wenn auch noch keine offizielle Stellungnahme vorliegt, so sind doch einige Schilderungen von psychischen und physischen Abnormitäten „durchgesickert". Ein Angehöriger einer Steuerbehörde sagte: „Einige dieser Leute sind nicht einfach verbrannt oder an einer Rauchvergiftung gestorben. Ich sah Menschen, die durch Schuss- und Stichwunden und andere Formen von Gewaltanwendung starben. Ich sah Menschen, die offensichtlich krank oder tot waren oder im Sterben lagen, lange, bevor das Feuer überhaupt ausbrach. Das Feuer war schlimm, *furchtbar*, aber es ist nicht die einzige Katastrophe, die sich hier zutrug, darauf würde ich wetten."

Raccoon City war schon zu Beginn dieses Jahres in die Schlagzeilen geraten, als eine Serie ungewöhnlicher Morde die Stadt erschütterte. Dabei handelte es sich um scheinbar unmotivierte Bluttaten von extremer Brutalität; in einigen Fällen lag auch Kannibalismus vor. Die in der Umgebung Raccoons beheimateten Lokalzeitungen spekulieren bereits über etwaige Verbindungen zwischen den elf ungelösten Morden des vergangenen Sommers und den Gerüchten von einer Massenpsychose vor dem Ausbruch des alles verzehrenden Feuers.

Mr. Chavez wollte die Gerüchte weder bestätigen noch dementieren und sagte nur, dass man große Sorgfalt auf die Untersuchung der Tragödie legen werde ...

Nationwide Today, Morgenausgabe, 10. Oktober 1998

ZAHL DER TOTEN IN RACCOON STEIGT WEITER SUCH- UND RETTUNGSMANNSCHAFTEN VERSTÄRKEN BEMÜHUNGEN

NEW YORK, NY – Die offizielle Zahl der Toten liegt jetzt bei knapp unter 4500. Derweil durchkämmt man die geschwärzten Ruinen von Raccoon City immer noch nach weiteren Opfern jener Apokalypse, die sich am frühen Morgen des vergangenen Sonntags ereignete. Während eine Nation trauert, arbeiten mehr als sechshundert Männer und Frauen daran, die Gründe der völligen Zerstörung eines einst friedvollen Städtchens aufzudecken. Örtliche Rettungsorganisationen, Wissenschaftler, Soldaten, Bundesagenten und Forschungsteams aus der freien Wirtschaft haben sich zu einer Demonstration von Entschlossenheit zusammengetan, vereinen ihre Ressourcen und akzeptieren delegierte Verantwortlichkeiten, um die Wahrheit ans Licht zu bringen.

NDC-Direktor Terrence Chavez, offizieller Leiter der Aktion, wird durch Spitzenforscher von Seuchenkontrollzentren aus aller Welt unterstützt sowie durch Vertreter der nationalen Sicherheit mehrerer bundesstaatlicher Behörden. Ebenfalls an den Untersuchungen beteiligt ist ein Team von Mikrobiologen von Umbrella, Inc., dem pharmazeutischen Unternehmen, das die Möglichkeit einer Verbindung zwischen dem firmeneigenen Chemielabor am Rande der Stadt und der rätselhaften Infektion, die inzwischen allgemein als „Raccoon-Syndrom" bezeichnet wird, erforschen will.

Erste Diagnosen dieser Krankheit seien vage und nicht schlüssig gewesen, sagt Dr. Ellis Benjamin, Leiter des Umbrella-Teams, „aber wir sind überzeugt, dass die Einwohner von Raccoon mit *irgendetwas* infiziert wurden, entweder versehentlich oder mit Vorsatz. Im Moment wissen wir nur, dass es nicht durch die Luft übertragen zu werden scheint und dass es im Endstadium zu rapidem Zellverfall kam, der im Tod endete. Wir wissen noch immer nicht, ob es bakteriell oder viral war und um welche Symptome es sich handelte, aber wir werden nicht ruhen, bis wir unsere sämtlichen Mittel ausgeschöpft haben. Auf welche Ergebnisse wir auch stoßen mögen und ob nun Umbrella die Katastrophe mit verschuldet hat oder nicht – wir sehen uns dazu verpflichtet, diese Angelegenheit lückenlos aufzuklären. Es ist das Mindeste, was wir tun können, in Anbetracht dessen, was unser Unternehmen den Menschen von Raccoon verdankt." Umbrella schuf allein im Werk Raccoon City fast tausend Arbeitsplätze.

Die 142 Überlebenden werden nach wie vor an einem geheim gehaltenen Ort zwecks Beobachtung und Befragung unter Quarantäne gehalten. Ihre Namen wurden noch immer nicht veröffentlicht, allerdings hat das FBI eine Stellungnahme über ihren gesundheitlichen Zustand herausgegeben. 17 Überlebende erlitten demnach leichte Verletzungen, befinden sich aber in stabilem Zustand, 79 sind nach operativen Eingriffen immer noch in kritischer Verfassung und 46 Überlebende wurden zwar nicht verletzt, erlitten aber schwere psychische Zusammenbrüche. Es gibt bislang keinerlei Erkenntnis, dass diese Menschen von dem Syndrom befallen sind. Die Stellungnahme enthielt jedoch Aussagen von Überlebenden, von denen die Existenz der Infektion bestätigt wird.

General Martin Goldmann, der die militärischen Operationen in der verheerten Stadt überwacht, hegt die Hoffnung, dass alle, die noch als vermisst gelten, innerhalb der nächsten sieben Tage gefunden werden. „Wir haben bereits vierhundert Leute da draußen, die rund um die Uhr nach Überlebenden suchen und Identitäten überprüfen – und ich erhielt gerade die Meldung, dass am Montag noch zweihundert Männer und Frauen hinzukommen werden ..."

Fort Worth Bugler, 10. Oktober 1998

MÖGLICHE VERSTRICKUNG STÄDTISCHER MITARBEITER IN RACCOON-TRAGÖDIE

FORT WORTH, TX – Neues Beweismaterial, das Aufräummannschaften in Raccoon City, PA, entdeckten, deutet darauf hin, dass kein Geringerer als Brian Irons, Polizeichef von Raccoon, und einige Mitglieder der Special Tactics and Rescue Squad (S.T.A.R.S.) Schuld an der Verbreitung des „Raccoon-Syndroms" tragen – jener Krankheit also, die für den Großteil der bislang entdeckten 7200 Toten verantwortlich gemacht wird.

Bei einer Pressekonferenz, die Umbrella-Teamleiter Dr. Ellis Benjamin am frühen gestrigen Abend einberief und an der FBI-Sprecher Patrick Weeks, NDC-Direktor Terrence Chavez und Dr. Robert Heiner teilnahmen, informierte Weeks darüber, dass Indizienbeweise annehmen ließen, die Katastrophe in Raccoon City sei Folge eines terroristischen Aktes gewesen, der auf entsetzliche Weise außer Kontrolle geraten sei. Das daraus resultierende Großfeuer, das die Kleinstadt nahezu komplett ausgelöscht hat, könnte der Versuch Irons' oder eines seiner Komplizen gewesen sein, die verheerenden Auswirkungen des Virus-Ausbruchs zu vertuschen.

Weeks zufolge wurden in den Trümmern des RCPD-Gebäudes Unterlagen gefunden, die auf Irons als den Rädelsführer eines Komplotts zur Übernahme des Umbrella-Chemiewerks am Stadtrand hindeuten. Angeblich sei Irons wegen der Suspendierung des eingeschalteten S.T.A.R.S.-Teams, Ende Juli, wütend auf die Stadtverantwortlichen gewesen. Dazu war es gekommen, nachdem das

Team die Untersuchung mehrerer Mordfälle verpatzt hatte. Hierbei wiederum handelt es sich um die inzwischen ausführlich belegten Kannibalenmorde, denen im vergangenen Frühsommer elf Menschen zum Opfer fielen. Die Raccoon-Abteilung von S.T.A.R.S. wurde nach einem Hubschrauberabsturz in der letzten Juliwoche, bei dem sechs Mitglieder der Organisation ums Leben kamen, suspendiert. Die fünf überlebenden S.T.A.R.S.-Angehörigen wurden ohne Gehaltfortzahlung von ihren Aufgaben befreit, nachdem Beweise auf einen Missbrauch von Drogen oder Alkohol im Zusammenhang mit dem Absturz hinwiesen – und während Irons die Suspendierung seiner Eliteeinheit öffentlich befürwortete, legen die gefundenen Dokumente nahe, dass Irons die Absicht hatte, Bürgermeister Devlin Harris und einigen Mitgliedern des Stadtrats mit der Freisetzung extrem volatiler und gefährlicher Chemikalien zu drohen, sollte man gewissen finanziellen Forderungen nicht nachkommen. Weeks erklärte weiter, dass Irons auch in der Vergangenheit schon durch emotionale Labilität aufgefallen sei und dass die Unterlagen – die Korrespondenz zwischen dem Polizeichef und einem Komplizen – Irons' Plan enthüllten, ein Lösegeld von Raccoon zu erpressen und dann außer Landes zu fliehen. Der Komplize wird darin nur „C.R." genannt, es gibt aber auch Hinweise auf „J.V.", „B.B." und „R.C." – die Initialen von vier der fünf suspendierten S.T.A.R.S.-Mitglieder.

Terrence Chavez sagte: „Davon ausgehend, dass diese Dokumente echt sind, hatten Irons und seine Crew vor, das Umbrella-Werk Ende September zu stürmen, was exakt mit der von Dr. Heiner beschriebenen Zeitlinie zur vollständigen Verbreitung des Raccoon-Syndroms übereinstimmen würde. Wir gehen derzeit davon aus, dass die Übernahme stattfand und sich ein unerwarteter Unfall mit katastrophalen Folgen ereignete. Gegenwärtig wissen wir nicht, ob Mister Irons oder einer der S.T.A.R.S.-Angehörigen noch am Leben ist aber wir suchen nach ihnen, um sie zu vernehmen. Wir haben eine landesweite Fahndung ausgeschrieben sowie sämtliche internationalen Flughäfen und Grenzkontrollen alarmiert. Wir fordern jeden, der Informationen über diesen Fall besitzt, auf, sich an uns zu wenden."

Dr. Heiner, ein namhafter Mikrobiologe und Mitglied von Umbrellas Biohazardous Materials Division, hielt fest, dass die genaue Zusammensetzung der Chemikalien, die in Raccoon freigesetzt wurden, womöglich nie zu ermitteln sein wird. „Es ist offensichtlich, dass Irons und seine Leute nicht wussten, womit sie es zu tun hatten – und da Umbrella fortwährend neue Varianten von Enzymsynthesen, bakteriellen Wachstumsmedien und viralen Repressoren entwickelt, war die tödliche Mischung mit an Sicherheit grenzender Wahrscheinlichkeit eine zufällige. Mit der möglichen Kombination von Stoffen, deren Zahl in die Millionen geht, ist die Chance, die exakte Raccoon-Syndrom-Mixtur wieder herzustellen, verschwindend gering."

Der S.T.A.R.S.-Direktor war für eine Stellungnahme nicht zu erreichen, aber Lida Willis, regionale Sprecherin der Organisation, ließ verlauten, dass man „entsetzt und bestürzt" sei über das Ausmaß der Katastrophe und jeden verfügbaren Agenten für die Suche nach den verschwundenen S.T.A.R.S.-Angehörigen abstellen sowie jeden Kontakt offen legen würde, den sie innerhalb der Organisation noch haben könnten.

Ironischerweise wurden die enthüllenden Dokumente von einer Umbrella-eigenen Suchmannschaft gefunden …

EINS

„Los, los, *los!*", schrie David. John gab Gas und drosch den Minivan durch eine enge Kurve, während Schüsse die kalte, nächtliche Stille über Maine erschütterten.

John hatte die beiden Limousinen einen Augenblick zuvor ausgemacht, und dem Team war kaum Zeit geblieben, sich zu bewaffnen. Egal wer sich ihnen da an die Fersen geheftet hatte – Umbrella oder S.T.A.R.S. oder die örtlichen Cops –, es lief auf das Gleiche hinaus, denn alle steckten mit Umbrella unter einer Decke …

„Häng sie ab, John!", rief David und schaffte es irgendwie, selbst dann noch ruhig und beherrscht zu klingen, als die Kugeln das Heck des Vans durchsiebten.

Es liegt an seinem Akzent – er klingt immer, als säße er irgendwo zum gemütlichen Plausch … aber wo, zum Teufel, ist die Falworth Street?

John war verwirrt, seine Gedanken wirbelten wild durcheinander. Im Einsatz zeigte er normalerweise den anderen, wo es lang ging, aber überraschende Attacken wie diese waren einfach nicht sein Ding.

An der Falworth rechts und dann Richtung Landebahn – Grundgütiger, noch zehn Minuten, und wir wären weg gewesen!

Es war zu lange her, dass John aktiv an Kampfeinsätzen teilgenommen hatte, und in eine waschechte Autoverfolgungsjagd war er eigentlich noch nie verwickelt gewesen. So gesehen machte er seine Sache mehr als ordentlich, aber es war und blieb ein gottverdammter *Minivan* ...

Bamm! Bamm! Bamm!

Im Fond des Vans erwiderte jemand das Feuer, indem er aus dem offenen Heckfenster hinausschoss. Im engen Wageninnern brüllten die Entladungen der Neunmillimeter so laut wie die Stimme eines zornigen Gottes, die es John noch mehr erschwerte, sich zu konzentrieren.

Noch zehn verdammte Minuten!

Ganze zehn Autominuten waren sie von der Landebahn entfernt, wo der gecharterte Flieger auf sie wartete. Es war wie ein schlechter Witz – wochenlang hatten sie sich versteckt und abgewartet, waren kein noch so geringes Risiko eingegangen, nur um dann auf dem Weg aus diesem verfluchten Land heraus erwischt zu werden ...

John hielt das Steuer fest umklammert, während sie die 6th Street hinunterschossen. Der Van war zu schwer, um die Limousinen abzuhängen. Selbst ohne die fünf Insassen und mit einem noch größeren Waffenarsenal an Bord wäre das wuchtige, sperrige Fahrzeug nicht geeignet gewesen, einen Stich zu machen. David hatte ihn wegen seiner Unauffälligkeit gekauft, wegen nichts anderem, und dafür büßten sie jetzt. *Damit* ihre Verfolger abschütteln zu können, wäre einem Wunder gleichgekommen. Ihre einzige reelle Chance bestand darin, auf ein größeres Verkehrsaufkommen zu stoßen und darin unterzutauchen. Es wäre gefährlich gewesen, aber von der Straße abgedrängt und erschossen zu werden, würde noch um einiges unangenehmer sein.

„Clip!", schrie Leon, und John warf einen Blick in den Rückspiegel, wo er den jungen Cop neben David am Heckfenster kauern sah. Sie hatten die Rücksitze herausgenommen, um mehr Platz für die Waffen zu haben – aber das hieß auch: keine Sicherheitsgurte. Wenn John eine Kurve nur etwas zu schnell nahm, würden seine Kameraden das Fliegen lernen.

Bamm! Bamm!

Die Verfolger in den Limousinen gaben zwei weitere Schüsse ab,

Kaliber .38, wie John vermutete. Er trat das Gaspedal des vibrierenden Vans noch weiter durch, während Leon das Feuer aus einer Neunmillimeter Browning erwiderte. Leon Kennedy war ihr bester Schütze. David hatte ihn wahrscheinlich angewiesen, auf die Reifen der Verfolger zu zielen.

Bester Schütze nach mir *jedenfalls. Wie, zum Teufel, soll ich diese Typen hier in Exeter, Maine, abhängen, noch dazu unter der Woche um 23 Uhr?* Hier *gibt's kein Verkehrsgewühl – nirgends!*

Eine der Frauen warf Leon ein Magazin zu. John blieb keine Zeit, sich zu vergewissern, welche der beiden. Er riss das Lenkrad nach rechts und fuhr Richtung Innenstadt. Eine qualmende Reifenspur blieb auf dem Asphalt zurück. Der Van schwankte um die Ecke der Falworth Street und raste weiter Richtung Osten. Die Landebahn lag im Westen, aber John ging davon aus, dass sich keiner von ihnen noch großartig darum sorgte, das Flugzeug pünktlich zu erreichen.

Eins nach dem anderen. Erst mal die Killer abschütteln, die Umbrella auf uns losgelassen hat. Unwahrscheinlich, dass in der Maschine genug Platz für sie und *uns wäre ...*

John bemerkte roten und blauen Widerschein im Außenspiegel, erkannte, dass jetzt mindestens eines der Verfolger-Fahrzeuge ein Blinklicht auf dem Dach hatte. Vielleicht handelte es sich um Cops – was wirklich übel gewesen wäre. Umbrella hatte ganze Arbeit geleistet, den Spieß umzudrehen. Wahrscheinlich glaubte inzwischen jeder Polizist im Land, dass ihr kleines Team zumindest *mit* dafür verantwortlich war, was in Raccoon passiert war. Selbst das S.T.A.R.S. wurde von Umbrella benutzt – einige aus den höheren Etagen der Organisation waren übergelaufen, und die Außenagenten ahnten vermutlich noch immer nicht, dass ihre Firma zur Marionette eines Pharmakonzerns verkommen war.

Was es noch schwieriger macht, dagegenzuhalten.

Keiner aus ihrem improvisierten Team wollte, dass Unschuldige verletzt wurden. Von Umbrella irregeleitet zu werden war kein Verbrechen und wenn sich in den Limousinen Cops befanden ...

„Keine Antennen – keine Sirene – keine Cops!", behauptete Leon, und John wollte schon erleichtert durchatmen, als vor ihnen aus dem Nichts eine Absperrung auftauchte – und ein Baustellenschild.

John sah das weiße Oval eines Männergesichts über einer orangefarbenen Weste. Eine Hand hielt ein Schild, auf dem „Langsam fahren" stand.

Dann ließ der Mann das Schild fallen und warf sich zur Seite. Es hätte komisch aussehen können, wären sie nicht mit achtzig Sachen ihrem Verderben entgegengerast …

… und hätten sie nicht höchstens noch drei Sekunden vom Zusammenprall mit dem Hindernis getrennt.

„Festhalten!", brüllte John, und Claire stemmte sich mit beiden Beinen gegen die Innenwandung des Vans, sah, wie David Rebecca festhielt und Leon nach Halt suchte.

Der Van kreischte, ruckte und bockte wie ein Wildpferd, drehte sich seitwärts …

… und Claire *spürte* Luft unter der rechten Seite des Vans, als ihr Körper nach links gedrückt wurde und ihr Nacken schmerzhaft gegen den Radkasten stieß.

O verdammt!

David rief etwas, aber Claire verstand es im Quietschen der Bremsen nicht, verstand nicht, bis David nach rechts tauchte und Rebecca sich direkt neben ihn warf und …

… der Van mit einem furchtbaren Krachen zurück auf die kurzzeitig freischwebenden Reifen fiel.

John schien ihn wieder unter Kontrolle zu bekommen. Aber das durchdringende Kreischen blockierender Bremsen verriet, dass das reines Wunschdenken war.

Etwas explodierte.

Die Detonation, in der Metall und Glas zerfetzt wurden, erfolgte so nah hinter ihnen, dass Claires Herz einen Takt übersprang. Sie drehte sich um, blickte mit den anderen zum Heck hinaus und sah, dass eines der Autos in eine Baustellenabsperrung gerast war – ein

Hindernis, in das sie wahrscheinlich selbst um ein Haar geknallt wären.

Claire erhaschte nur einen kurzen Blick auf eine zerquetschte Motorhaube, auf zerborstene Fenster und eine Säule öligen Rauches, dann versperrte ihr der zweite Wagen, der um die Kurve kreischte, die Sicht, und die Jagd ging weiter.

„Das tut mir aber leid", rief John ihnen zu. Sein Tonfall klang aber eher gegenteilig. Das Adrenalin ließ ihn regelrecht ausgelassen wirken.

In den paar Wochen, seit sie und Leon sich den auf der Flucht befindlichen Ex-S.T.A.R.S.-Mitgliedern angeschlossen hatten, war ihr klar geworden, dass John über praktisch alles Witze riss. Es war sein liebenswertester und zugleich nervtötendster Charakterzug.

„Seid ihr alle in Ordnung?", fragte David. Claire nickte und sah, wie Rebecca sich ihr anschloss.

„Hab 'nen Schlag abgekriegt, bin aber so weit okay", meldete sich Leon und rieb sich den Arm mit schmerzverzerrter Miene. „Ich glaube nicht ..."

BAMM!

Was immer Leon nicht glaubte, wurde von einem Stoß, der mit ungeheuerlicher Wucht ins Heck des Vans krachte, abgeschnitten. Immer noch fast einen Block entfernt, hatte der Beifahrer der Limousine eine Schrotflinte auf sie abgefeuert – ein paar Zentimeter höher und der Kugelhagel wäre durch das Fenster hereingekommen.

„John, Planänderung!", rief David, als der Van einen Schlenker vollführte. Seine ruhige, Respekt einflößende Stimme erhob sich über den Lärm des Motorengebrülls. „Sie haben uns genau im ..."

Bevor er ausreden konnte, vollzog John einen harten Linksschwenk. Rebecca fiel nach hinten und prallte fast auf Claire. Der Van jagte jetzt eine eigentlich ruhige Vorstadtstraße entlang.

„Festhalten!", schrie John nach hinten.

Kühle Nachtluft peitschte durch den Van, dunkle Häuser flogen vorüber, während John noch mehr Gas gab. Leon und David luden in der Deckung der Türverkleidung bereits nach. Claire tauschte einen Blick mit Rebecca, die offensichtlich genauso unglücklich über ihre Situation war wie sie selbst.

Rebecca Chambers war eine Ex-S.T.A.R.S.-Angehörige; sie hatte mit Claires Bruder Chris zusammengearbeitet und kürzlich eine Umbrella-Operation mit David und John bestritten – beide ebenfalls ehemalige S.T.A.R.S.-Mitglieder. Die junge Frau verfügte über eine medizinische Ausbildung und beachtliche Kenntnisse in Biochemie. Aber Treffsicherheit war nicht ihre Stärke, selbst Claire war eine bessere Schützin. Aber Claire war auch die Einzige im Van, die auf keine richtige Ausbildung verweisen konnte.

Es sei denn, es zählt, dass ich in Raccoon überlebt habe.

Claire schauderte unwillkürlich, während John scharf nach rechts abbog und einen weiten Bogen um einen geparkten Truck machte. Die Limousine machte Boden gut.

Raccoon City ... Die Blessuren an Claires Körper waren noch nicht einmal verheilt, und sie wusste, dass Leon immer noch die Schulter wehtat, und jetzt ...

BAMM!

Eine weitere Schrotladung, aber sie ging fehl und flog weit über den Van hinweg.

„Planänderung!", rief David erneut. Sein britischer Akzent wirkte inmitten des Chaos beruhigend, klang wie die Stimme der puren Vernunft und Logik. Kein Wunder, dass er Captain bei S.T.A.R.S. gewesen war.

„Macht euch auf einen Aufprall gefasst. John, bring unseren Wagen nach der nächsten Biegung zum Halten. *Vollbremsung* – verstanden?"

David zog die Knie an und presste die Schuhe gegen die Karosserie des Vans. „Wenn sie uns unbedingt haben wollen, sollen sie uns kriegen."

Claire rutschte zur Seite und stemmte sich gegen die Rücklehne des Beifahrersitzes, die Knie angewinkelt und den Kopf nach unten gebeugt. Rebecca rückte dichter an David heran, und Leon rutschte nach hinten, sodass sein Kopf sich nahe dem von Claire befand. Ihre Blicke trafen sich, und Leon lächelte schwach.

„Wird schon gut gehen", sagte er, und trotz ihrer Befürchtungen lächelte Claire zurück. Nachdem sie das wahnwitzige Geschehen in Raccoon City und die mörderischen Umbrella-Geschöpfe überlebt hatten – ganz zu schweigen von der geheimen Umbrella-Einrichtung, die in die Luft geflogen war –, erinnerte ein simpler Autounfall fast an ein Sonntagspicknick …

Ja, red dir das nur ein, wisperte es in ihrem Schädel – und dann dachte sie gar nichts mehr, weil der Van um eine Kurve schlingerte und John das Bremspedal, wie befohlen, durchtrat.

Und dann rasten auch schon die gut anderthalb Tonnen ihres Verfolgerfahrzeugs auf sie zu.

David atmete tief ein und aus, entspannte seine Muskeln so gut er konnte. Von hinten kam das Kreischen von Bremsen rasch näher –

– und *wham!*, brutale Bewegung, das Gefühl einer unvorstellbaren Erschütterung, eine Sekunde, die sich eine end- und lautlose Ewigkeit hinzuziehen schien –

– und der Lärm folgte unmittelbar darauf: berstendes Glas und das Geräusch einer Blechdose, die zerdrückt wird, nur millionenfach verstärkt. David wurde nach vorne und wieder zurückgeworfen, hörte, wie Rebecca ein ersticktes Keuchen ausstieß –

– dann war es vorbei und John trat bereits aufs Gas, während David auf die Knie rollte und seine Beretta hob. Er warf einen Blick zum Heck hinaus und sah, dass die Limousine sich nicht mehr bewegte und verdreht über der dunklen Straße lag, der Kühlergrill und die Scheinwerfer zertrümmert und beim Teufel. Die zusammengesackten, schattenhaften Gestalten hinter dem Glas, über das sich Spinnennetzmuster zogen, waren so reglos wie das zerstörte Auto.

Nicht, dass es uns besser ergangen wäre …

Der billige grüne Minivan, den er extra für ihre Fahrt zum Flugfeld gekauft hatte, besaß keine Stoßstange mehr, ebenso wenig Heckleuchten, ein hinteres Nummernschild oder, so nahm er an, irgendeine Möglichkeit, die Heckklappe zu öffnen; die Tür war eine verdrehte und zermalmte Masse nutzlosen Metalls.

Kein großer Verlust. David Trapp verachtete Minivans und es war ja nicht so, dass sie vorhatten, das Fahrzeug mit nach Europa zu nehmen. Wichtig war, dass sie noch lebten und dass sie es – für den Moment wenigstens – geschafft hatten, dem endlos langen Arm von Umbrellas Zorn zu entkommen.

Während sie sich von dem zerstörten Auto entfernten, drehte David sich um und betrachtete die anderen, wobei er reflexartig eine Hand ausstreckte, um Rebecca aufzuhelfen. Seit der verhängnisvollen Mission in dem Umbrella-Labor an der Küste fühlte er sich der jungen Frau sehr verbunden, genau wie John. Der Rest des Teams hatte nicht überlebt –

Er schüttelte den Gedanken ab, bevor er sich festsetzen konnte, und rief John zu, dass sie einen Bogen schlagen und wieder in Richtung ihres ursprünglichen Zieles fahren, sich dabei aber abseits der Hauptstraßen halten sollten. Es war Pech gewesen, dass man sie ausgemacht hatte, gerade als sie verschwinden wollten – aber es war auch nicht allzu überraschend gekommen. Umbrella hatte Exeter schon vor zwei Monaten unter die Lupe genommen, gleich, nachdem sie aus Caliban Cove zurückgekehrt waren. Es war nur eine Frage der Zeit gewesen.

„Netter Trick, David", sagte Leon. „Den muss ich mir merken fürs nächste Mal, wenn ich von Umbrella-Killern gejagt werde."

David nickte unbehaglich. Er mochte Leon und Claire, aber er wusste nicht recht, wie es ihm gefiel, dass nun noch zwei weitere Leute den Anführer in ihm sahen. Bei John und Rebecca konnte er es verstehen, immerhin hatten sie zuvor zu S.T.A.R.S. gehört – aber Leon war ein Polizeirekrut aus Raccoon und Claire eine Collegeschülerin, die zufällig Chris Redfields kleine Schwester war. Nachdem er sich entschieden hatte, sich von S.T.A.R.S. zu trennen, als er deren Verbindung zu Umbrella herausfand, hatte er nicht erwartet, weiterhin die Führung übernehmen zu müssen, er hatte es nicht gewollt –

– aber die Entscheidung lag nicht bei mir ... Er hatte die anderen nicht um ihre Gefolgschaft gebeten oder sich als Entscheidungsträger angeboten – und es war auch egal; so hatten sich die Dinge nun einmal ergeben. Im Krieg blieb einem nicht immer der Luxus der Wahl.

David schaute die anderen an, ehe er zum Heck hinausspähte und zusah, wie die Häuser und Gebäude in der kalten Dunkelheit vorbeiglitten. Die Stimmung schien etwas gedämpft; so war es immer nach einem Adrenalinrausch. Rebecca lud Magazine und packte die Waffen weg, Leon und Claire saßen ihr gegenüber und nah beieinander, ohne zu reden. Die beiden waren für gewöhnlich wie an den Hüften miteinander verwachsen und immer noch so dicke wie in dem Moment, da David, John und Rebecca sie vor nicht ganz einem Monat außerhalb von Raccoon aufgelesen hatten, schmutzig und angeschlagen nach ihrem Zusammentreffen mit Umbrella. David glaubte nicht, dass zwischen den beiden eine romantische Beziehung bestand, jedenfalls noch nicht, es lag wahrscheinlich mehr an dem Albtraum, den sie geteilt hatten. Die Erfahrung, ums Haar gemeinsam zu sterben, konnte zwei Menschen sehr eng aneinander binden.

So weit David wusste, waren Claire und Leon die einzigen Überlebenden der Raccoon-Katastrophe, die von dem Umbrellaschen Ausbruch des T-Virus wussten. Das Kind, das bei ihnen gewesen war, hatte nur eine ganz leise Ahnung gehabt; Claire hatte die Kleine sorgfältig vor der Wahrheit abgeschirmt. Sherry Birkin brauchte nicht zu wissen, dass ihre Eltern für die Erschaffung der mächtigsten Biowaffen von Umbrella verantwortlich waren – sie sollte ihre Mutter und ihren Vater lieber als anständige Menschen in Erinnerung behalten ...

„David? Stimmt was nicht?"

Er löste sich von seinen abschweifenden Gedanken und nickte Claire zu. „Entschuldigung. Ja, ich bin okay. Ehrlich gesagt habe ich an Sherry gedacht – wie geht es ihr?"

Claire lächelte und David war einmal mehr beeindruckt davon, wie sie strahlte, wenn Sherrys Name fiel. „Es geht ihr gut, sie gewöhnt sich ein. Kate ist ganz anders als ihre Schwester, ein definitives Plus. Und Sherry mag sie."

David nickte abermals. Sherrys Tante hatte einen netten Eindruck gemacht, aber darüber hinaus würde sie in der Lage sein, Sherry zu beschützen, sollte Umbrella beschließen, das Mädchen aufzuspüren. Kate Boyd war eine äußerst kompetente Anwältin, eine der besten in Kalifornien. Umbrella wäre gut beraten, sich von dem einzigen Kind der Birkins fernzuhalten.

Zu dumm, dass das nicht auch für uns gilt – das würde die Sache doch gleich viel einfacher machen …

Rebecca war fertig damit, das reichlich beeindruckende Waffenlager neu zu organisieren. Sie rutschte herüber, um neben David zu sitzen, und strich sich eine lose Haarsträhne aus der Stirn. Ihre Augen waren viel älter als der Rest ihres Gesichts: Kaum neunzehn, hatte sie bereits zwei Umbrella-Vorfälle durchgemacht. Theoretisch hatte Rebecca mehr Erfahrung mit dem Pharmazie-Unternehmen als sie alle.

Einen Moment lang sagte sie nichts, starrte nur hinaus auf die vorbeiziehenden Straßen. Als sie endlich sprach, tat sie es mit leiser Stimme, und ihr scharfer Blick musterte David eingehend.

„Glaubst du, dass sie noch leben?"

Er machte sich nicht die Mühe, die Angelegenheit schönfärben zu wollen. So jung sie auch sein mochte, das Mädchen hatte ein Talent dafür, Leute zu durchschauen.

„Ich weiß es nicht", sagte er, sorgsam darauf bedacht, dass es die anderen nicht hörten. Claire wollte unbedingt ihren Bruder wiederfinden. „Ich bezweifle es. Wir hätten inzwischen von ihnen hören müssen. Entweder fürchten sie, aufgespürt zu werden, oder …"

Rebecca seufzte. Weder überrascht noch froh. „Ja. Selbst wenn sie nicht zu uns durchkommen konnten – Texas hat immer noch den Scrambler laufen, oder?"

David nickte. Texas, Oregon, Montana – alle offenen Kanäle zu S.T.A.R.S.-Mitgliedern, denen man noch trauen konnte, und sie hatten seit mehr als einem Monat keine Nachricht mehr erhalten. Die Letzte stammte von Jill, David kannte sie auswendig. Mehr noch, sie hatte ihn wochenlang Tag für Tag verfolgt.

„Heil und gesund in Österreich. Barry und Chris verfolgen Spur im Umbrella-Hauptquartier, sieht vielversprechend aus. Macht euch bereit."

Bereit, zu ihnen zu stoßen, die wenigen wartenden Truppen zu alarmieren, die er und John hatten zusammentrommeln können. Bereit, Umbrellas *wirkliches* Hauptquartier zu stürmen, die Macht hinter all dem. Bereit, gegen das Böse loszuschlagen, an dessen Quelle.

Jill, Barry und Chris waren nach Europa gereist, um herauszufinden, wo sich die wahren Drahtzieher von Umbrellas heimlichen Machenschaften verbargen. Sie hatten mit ihrer Suche im internationalen HQ in Österreich begonnen – und waren prompt verschwunden.

„Kopf hoch, Kinder", rief John von vorne, und David wandte den Blick von Rebeccas nicht lächelndem Gesicht ab und schaute hinaus, wo er sah, dass sie das Flugfeld bereits erreicht hatten.

Was auch immer mit ihren Freunden geschehen war, sie würden es herausfinden, und zwar sehr, sehr bald.

ZWEI

An Bord des winzigen Flugzeugs schnallte sich Rebecca in ihrem winzigen Sitz fest, schaute aus dem Fenster und wünschte sich, dass David einen Jet gechartert hätte. Einen riesigen, stabilen *Kann-unmöglich-unsicher-sein-weil-er-so-verdammt-groß-ist*-Jet. Von ihrem Platz aus sah sie die Propeller an der Tragfläche des Flugzeugs – *Propeller*, wie in einer Kindergeschichte.
Ich wette, dieses Baby sinkt wie ein Stein, falls es mal mit ein paar Hundert Meilen pro Stunde vom Himmel plumpst und ins Meer platscht!
„Nur damit du Bescheid weißt, das ist die Sorte Flugzeug, in der Rockstars und dergleichen umkommen. Kaum haben sie vom Boden abgehoben, haut ein mächtiger Windstoß sie gleich wieder runter."
Rebecca sah auf in Johns grinsendes Gesicht. Er lehnte sich über die Sitzreihe vor ihr und hatte die kräftigen Arme über den Kopfstützen verschränkt. Er brauchte wahrscheinlich zwei Sitze für sich allein – John war nicht einfach nur groß, er war riesig wie ein Bodybuilder, 110 Kilo Muskeln, verpackt in eine 1,98-Statur.
„Wir können von Glück reden, wenn wir überhaupt abheben, wo wir doch deinen fetten Arsch mit hochstemmen müssen", versetzte Rebecca und wurde mit einem betroffenen Aufblitzen in Johns dunklen Augen belohnt. Er hatte sich auf seiner letzten Mission vor knapp drei Monaten ein paar Rippen gebrochen und einen Lungenflügel angestochen und war noch nicht wieder im Stande,

die Hanteln zu schwingen. So kräftig und machomäßig John auch sein mochte, hatte Rebecca ihn längst durchschaut. Sie wusste, wie verdammt eitel er war, auf sein Aussehen bedacht, und dass er es absolut *hasste*, auf sein Workout verzichten zu müssen.

Johns Grinsen wurde breiter, das tiefe Braun seiner Haut kräuselte sich. „Ja, hast wahrscheinlich recht. Ein paar Hundert Fuß vom Boden hoch und *woamm!* – das war's dann."

Sie hätte ihm nie sagen sollen, dass das erst der zweite Flug war, den sie unternahm (auf dem ersten hatte sie David im Zuge der Caliban-Cove-Mission nach Exeter begleitet). Das war eine Angelegenheit genau nach Johns Geschmack, um sie tüchtig hochzunehmen.

Das Flugzeug begann zu vibrieren, die Motoren heulten auf und verfielen dann in ein tiefes Brummen, das Rebecca zwang, die Zähne zusammenzubeißen. Sie wollte sich um keinen Preis gegenüber John anmerken lassen, wie nervös sie war. Sie schaute wieder zum Fenster hinaus und sah, wie Leon und Claire auf die Metalltreppe zuliefen. Offenbar waren alle Waffen verladen.

„Wo ist David?", fragte Rebecca.

John hob die Schultern. „Redet mit dem Piloten. Wir haben nur den einen, weißt du, irgendein Freund von 'nem Freund von 'nem Typen aus Arkansas. Sind nicht viele Piloten dazu bereit, Typen wie uns nach Europa reinzuschmuggeln, schätze ich …"

John lehnte sich weiter vor und senkte die Stimme zu einem Flüstern. Sein Grinsen schwand. „Ich hab gehört, er trinkt. Wir konnten ihn billig anheuern, weil er mal eine Fußballmannschaft in 'ne Bergflanke geschmettert hat."

Rebecca lachte kopfschüttelnd. „Du hast gewonnen. Ich *habe* Angst, zufrieden?"

„Zufrieden. Mehr wollte ich nicht", erwiderte John sanft und drehte sich um, während Leon und Claire die kleine Kabine betraten. Sie gingen bis zur Mitte des Flugzeugs und nahmen auf der anderen Gangseite Platz. David hatte behauptet, der Bereich über den Tragflächen sei der sicherste. Aber die große Wahl blieb einem nicht – es gab nur zwanzig Sitze insgesamt.

„Schon mal geflogen?", fragte Claire und beugte sich in den Gang vor. Sie wirkte ebenfalls leicht nervös.

Rebecca zuckte die Achseln. „Einmal. Und du?"

„Einige Male, aber immer mit großen Verkehrsmaschinen, DC 747 oder 727, hab's vergessen. Ich weiß nicht mal, was das hier für ein Ding ist."

„Es ist eine DHC 8 Turbo", sagte Leon. „Glaube ich. David hat es irgendwann mal erwähnt ..."

„Ein Killer ist das, sonst nichts!" Johns tiefe Stimme schwebte über den Sitzen. „Ein Stein mit Flügeln!"

„John, Süßer ... halt endlich die Klappe", sagte Claire freundlich.

John gluckste, offenbar erfreut, ein neues Opfer gefunden zu haben, mit dem er seine Spielchen treiben konnte.

David erschien im vorderen Teil der Kabine. Er trat aus dem von einem Vorhang abgetrennten Bereich, der zum Cockpit führte, und John verstummte. Alle Aufmerksamkeit richtete sich auf David.

„Sieht aus, als könne es losgehen", sagte er. „Captain Evans, unser Pilot, hat mir versichert, dass alle Systeme einwandfrei funktionieren und wir gleich starten werden. Er hat uns gebeten, sitzen zu bleiben, bis er uns Bescheid gibt. Ähm – die Toilette befindet sich direkt hinter dem Cockpit, und hinten, am Ende des Gangs, steht ein kleiner Kühlschrank mit Sandwiches und Getränken ..."

Er verstummte, erweckte aber den Eindruck, als wollte er noch etwas hinzufügen, das ihm nur nicht einfiel. Ein zerstreuter Professor. Diesen Eindruck von ihm hatte Rebecca in den vergangenen paar Wochen oft genug gewonnen. Er schien sich in der eigenen Haut nicht wohlzufühlen und wirkte stark verunsichert. Aber seit dem Tag, als Raccoon in die Luft geflogen war, hatten sie alle mehr oder minder schon einmal so aus der Wäsche geschaut ...

Weil sie zu dem, was sie taten, nicht im Stande hätten sein sollen. Aber sie waren es. Es hätte das Ende markieren sollen, aber es ist nicht vorbei. Wir wissen es und haben die Hosen gestrichen voll. Nur zugeben will es keiner!

Als die ersten Meldungen über die Katastrophe durch die Zeitungen gegangen waren, hatten sie noch alle fest geglaubt, dass Umbrella diesmal nicht in der Lage sein würde, seine Spuren zu verwischen. Der Ausbruch im Spencer-Anwesen war ein begrenztes Desaster gewesen, kein Problem, die Sache zu vertuschen, nachdem die Villa und die umliegenden Gebäude ein Raub der Flammen geworden waren. Die Einrichtung in Caliban Cove hatte sich auf Privatgrund befunden und lag zu abgeschieden, als dass jemand davon hätte erfahren können – und wieder hatte Umbrella die Scherben zusammengefegt und den Mantel des Schweigens darüber gedeckt.

Raccoon City allerdings ... Tausende von Menschen waren gestorben – und Umbrella war mit blütenreiner Weste aus der Sache hervorgegangen, nachdem das Unternehmen falsche Beweise gestreut und hauseigene Wissenschaftler zur Lüge angehalten hatte. Eigentlich hätte dies absolut unmöglich sein sollen. Und dass es doch passiert war, hatte sie alle entmutigt. Welche Chance hatte eine Handvoll Flüchtlinge gegen einen Multimilliarden-Dollar-Konzern, der eine ganze Stadt samt ihrer Bewohner vernichten und ungestraft davon kommen konnte?

David hatte sich entschieden, nichts mehr zu sagen. Er nickte knapp und kam dann nach hinten, um sich ihnen anzuschließen. Neben Rebeccas Sitz blieb er stehen.

„Brauchst du etwas Gesellschaft?"

Rebecca sah ihm an, dass er versuchte, ihr eine Stütze zu sein – aber sie sah auch, dass er völlig erschöpft war. Er war in der vorigen Nacht lange beschäftigt gewesen, hatte jedes Detail ihrer Reise doppelt überprüft.

„Nein, ich bin okay", sagte sie und lächelte zu ihm hoch, „und ich habe ja noch John, der mir moralischen Beistand leistet."

„So ist es, Baby", rief John laut. David nickte und drückte ihre Schulter leicht, ehe er zu den hinteren Sitzen weiterging.

Er braucht seine Ruhe. Wie wir alle. Und es ist ein langer Flug – aber warum habe ich das blöde Gefühl, dass wir keine Verschnaufpause erhalten werden?

Es waren die Nerven, das war alles.

Das Motorengeräusch wurde lauter, ging in eine höhere Tonlage über. Mit einem stotternden Ruckeln setzte sich das Flugzeug in Bewegung. Rebecca umklammerte die Armlehnen zu beiden Seiten, schloss die Augen und dachte, dass sie, wenn sie schon den Mumm hatte, Umbrella die Stirn zu bieten, ganz bestimmt auch einen Flug überleben würde.

Und selbst wenn nicht, war es zu spät, um es sich jetzt noch anders zu überlegen – sie waren unterwegs, und es gab kein Zurück mehr.

Sie waren erst seit zwanzig Minuten in der Luft, aber Claire nickte bereits ein, halb gegen Leons Schulter gelehnt. Leon war ebenfalls müde, wusste aber, dass er nicht so ohne Weiteres Schlaf finden würde. Zum einen hatte er Hunger, und zum anderen war er noch immer unsicher, ob er das Richtige tat.

Toller Zeitpunkt, um darüber nachzugrübeln, jetzt, wo du so ziemlich in der Pflicht stehst, kommentierte eine innere Stimme sarkastisch. *Vielleicht kannst du sie ja einfach bitten, dich in London oder so abzusetzen. Du könntest in einem Pub abhängen, bis sie fertig sind ... oder tot.*

Leon ermahnte sich, seine Lage endlich zu akzeptieren und seufzte leise. Er *stand* in der Pflicht. Was Umbrella getan hatte, war nicht einfach nur kriminell, es war *böse* – oder jedenfalls so böse, wie es ein paar geldgierige Arschlöcher aus der Industrie nur sein konnten. Sie hatten Tausende getötet, Biowaffen entwickelt, die *Milliarden* töten konnten, hatten seine sorgfältig geplante Zukunft ausgelöscht und waren verantwortlich für den Tod von Ada Wong, einer Frau, die er geachtet und gemocht hatte. Sie hatten einander durch so manche herbe Situation geholfen in jener schrecklichen Nacht in Raccoon – ohne sie wäre er nie mit dem Leben davongekommen.

Leon glaubte an das, was David und seine Leute taten, und es war nicht so, dass er Angst hatte, ganz und gar nicht ...

Er seufzte abermals. Er hatte verdammt viel über alles nachgedacht, seit er und Claire und Sherry aus der brennenden Stadt herausgetaumelt waren, und der einzige Grund, der ihm dazu einfiel, dass sich etwas in ihm immer noch dagegen sträubte, das zu akzeptieren, was er tat, war so dämlich, dass er ihn am liebsten weit von sich geschoben hätte. Aber es rumorte unentwegt in ihm. Sich gegen Umbrella zu stellen war das Richtige – es war nur so, dass er sich ... nicht *qualifiziert* genug dafür fühlte.

O ja, das ist ziemlich dämlich!

Vielleicht war es das – aber es bremste ihn aus, ließ ihn sich unsicher fühlen, und er musste sich unablässig damit auseinander setzen.

David Trapp hatte bei S.T.A.R.S. Karriere gemacht, nur um dann zusehen zu müssen, wie die Organisation unter Umbrellas Kontrolle geriet. Er hatte zwei Freunde bei einer Mission verloren, während der sie in ein Testlabor für Biowaffen eingedrungen waren, und dasselbe traf auf John Andrews zu. Rebecca Chambers hatte gerade erst bei S.T.A.R.S. angefangen, aber sie war eine Art wissenschaftliches Wunderkind mit tief reichendem Interesse an den Machenschaften von Umbrella. Das und die Tatsache, dass sie mehr hinter sich hatte als sonst jemand, machten ihr nie ermüdendes Engagement verständlich. Claire wollte ihren Bruder finden, die einzige Familie, die sie noch hatte; ihre Eltern waren tot, und die beiden standen sich nahe. Chris, Jill und Barry hatte Leon nie kennengelernt, aber er war sicher, dass auch sie triftige Gründe hatten. Er wusste, dass Barry Burtons Frau und Kinder bedroht worden waren, Rebecca hatte es erwähnt.

Und was war mit ihm selbst, mit Leon Kennedy? Er war ahnungslos in alles hineingestolpert, ein Polizist, der frisch von der Akademie kommend auf dem Weg zu seinem ersten Arbeitstag war – den er zufällig beim Raccoon City Police Department hatte antreten sollen. Es gab Ada in seiner Biografie, ja – aber er hatte sie nicht einmal einen halben Tag gekannt, und sie war getötet worden, als sie ihm gerade gestanden hatte, dass sie eine Agentin war, die man geschickt hatte, um eine Probe eines Umbrella-Virus zu stehlen.

Ich habe also einen Job verloren und eine mögliche Beziehung zu einer Frau, die ich kaum kannte und der ich nicht trauen konn-

te. *Natürlich sollte Umbrella gestoppt werden ... aber gehöre* ich *hierher?*

Er hatte sich entschieden, ein Cop zu werden, weil er Menschen helfen wollte, aber er hatte immer gemeint, das würde bedeuten, für Ruhe zu sorgen – betrunkene Autofahrer schnappen, Kneipenschlägereien schlichten, Ganoven hinter Schloss und Riegel bringen. Nicht einmal in seinen wildesten Träumen hatte er damit gerechnet, in eine internationale Verschwörung verstrickt zu werden, eine Spionage-Infiltrations-Sache mit einer Riesenfirma, die Kriegsmonster produzierte, als größtem Widersacher. Das war Verbrechen in einem Stil, dem er sich nicht gewachsen fühlte ...

Und du glaubst wirklich, das sei der wahre Grund, Officer Kennedy?

In genau diesem Moment murmelte Claire in ihrem leichten Schlaf etwas, kuschelte ihren Kopf an seinen Arm, bevor sie wieder verstummte und sich nicht mehr bewegte – aber Leon auf beunruhigende Weise einen weiteren Aspekt seiner Verbindung zu den Ex-S.T.A.R.S.-Angehörigen bewusst machte: Claire.

Claire war ... nun, sie war eine unglaubliche Frau. In den Tagen nach ihrer Flucht aus Raccoon City hatten sie viel darüber gesprochen, was geschehen war – über die Erfahrungen, die sie beide für sich und gemeinsam gemacht hatten. Zu der Zeit war es ihm vorgekommen wie ein Austausch von Informationen, um die eigenen Wissenslücken zu füllen – sie hatte ihm von ihrem Zusammentreffen mit Chief Irons erzählt und der Kreatur, die sie Mr. X nannte, und er hatte ihr alles über Ada gesagt und das entsetzliche *Ding*, das einst William Birkin gewesen war. So hatten sie eine fortlaufende Geschichte wie ein Puzzle zusammengesetzt, einander Informationen geliefert, die wichtig für die auf der Flucht befindliche Gruppe waren.

Rückblickend jedoch erkannte er, dass diese langen, ausschweifenden Unterhaltungen noch aus einem anderen Grund von Bedeutung waren – sie waren ein Mittel gewesen, das Gift all dessen aus ihnen herauszusaugen, was ihnen widerfahren war, so, als redete man sich einen bösen Traum von der Seele.

Wenn ich alles für mich hätte behalten müssen, dachte Leon, *wäre ich wahrscheinlich durchgedreht.*

Wie auch immer, die Gefühle, die er jetzt für Claire empfand, waren komplizierter Natur – Wärme, Seelenverwandtschaft, Vertrauen, Respekt und andere, für die er noch keinen Namen hatte. Das machte ihm Angst, weil er noch nie jemandem so starke Gefühle entgegengebracht hatte – und weil er nicht wusste, wie viel davon echt und wie viel nur so etwas wie eine post-traumatische Stressreaktion war.

Hör auf, dir selbst etwas vorzumachen. Was du wirklich befürchtest, ist doch, dass du nur ihretwegen hier bist, und es gefällt dir nicht, was das über dich aussagt.

Leon nickte innerlich, sah ein, dass dies die Wahrheit war, der wahre Grund hinter seiner Unsicherheit. Er hatte stets geglaubt, dass *Wollen* okay war – aber *Brauchen*? Die Vorstellung, von irgendeinem neurotischen Zwang dazu getrieben zu werden, Claire Redfields Nähe zu suchen, behagte ihm überhaupt nicht.

Und was ist, wenn es kein Brauchen ist? Vielleicht ist es Wollen, und du weißt es nur noch nicht!

Angesichts seiner albernen Versuche einer Selbstanalyse verdüsterte sich seine Miene, und er entschied, dass es wohl das Beste sei, die Grübelei einfach einzustellen. Es spielte keine Rolle, warum er in die Sache verwickelt war, er *war* es – er konnte gemeinsam mit anderen die Fetzen fliegen lassen, und Umbrella verdiente es, dass man *gegen* das Unternehmen die Fetzen fliegen ließ, und zwar ordentlich! Jetzt musste er jedenfalls erst einmal pinkeln, und dann würde er etwas essen und versuchen, ein wenig zu schlafen.

Behutsam löste sich Leon von Claires warmem, schwerem Kopf und gab sich dabei alle Mühe, sie nicht aufzuwecken. Er schlüpfte in den Gang und warf einen Blick auf die anderen. Rebecca starrte aus ihrem Fenster, John blätterte in einem Bodybuilding-Magazin, David döste. Es waren alles gute Menschen, und dieser Gedanke machte ihm das Ganze ein bisschen leichter.

Das sind die Guten. Zum Teufel, ich *bin einer von den Guten. Wir kämpfen für Wahrheit, Gerechtigkeit und weniger Viruszombies auf der Welt!*

Die Toilette lag vorne. Leon ging darauf zu, wahrte die Balance, indem er im Vorbeigehen jeden Sitz berührte, und fand, dass das stete Dröhnen der Maschine ein beruhigendes Geräusch darstellte. Es erinnerte an einen Wasserfall ...

Doch dann wurde der Vorhang im vorderen Teil der Kabine aufgeschoben, und ein Mann trat hervor; ein großer, lächelnder Mann in einem teuer aussehenden Trenchcoat. Er war nicht der Pilot, aber sonst hätte sich doch niemand an Bord des Flugzeugs befinden sollen ...

Leon spürte, wie ihm der Mund trocken wurde vor beinahe panischer Angst, und das obwohl der dünne, lächelnde Mann nicht bewaffnet zu sein schien.

„Hey!", rief Leon und wich einen Schritt zurück. „Hey, wir haben Besuch!"

Der Mann grinste mit funkelnden Augen. „Leon Kennedy, nehme ich an?", sagte er leise, und plötzlich war Leon sicher, dass dieser Mann, wer auch immer er sein mochte, Ärger bedeutete. Ganz großen Ärger ...

DREI

John war auf den Beinen, noch bevor Leon seine Warnung ganz ausgesprochen hatte. Er sprang in den Gang hinaus und trat mit einem einzigen Schritt vor Leon.

„Wer zum Teufel …?", schnappte John, die Schultern gestrafft und bereit, den dünnen Mann in zwei Hälften zu brechen, falls dieser auch nur verdächtig blinzelte.

Der Fremde hob seine blassen, langfingrigen Hände und wirkte, als könnte er seine Freude kaum zügeln – was John nur noch argwöhnischer machte. Er hätte den Kerl locker zu Hackfleisch verarbeiten können, worüber zum Teufel *freute* dieser sich also dermaßen?

„Und Sie sind John Andrews", sagte der Mann. Seine Stimme war tief und ruhig und so erfreut wie seine Miene. „Ehemaliger Kommunikationsexperte und Scout für die Exeter-S.T.A.R.S.-Division. Es ist nett, Sie kennenzulernen – sagen Sie, wie geht's Ihren Rippen? Immer noch empfindlich?"

Scheiße, wer ist der Typ? John hatte sich auf der Caliban-Cove-Mission zwei Rippen gebrochen und eine dritte angeknackst, aber er kannte den Fremden nicht – woher zum Teufel kannte der Fremde *ihn*?

„Mein Name ist Trent", sagte der Mann unumwunden und nickte Leon und John zu. „Ich nehme an, Ihr Mister Trapp kann meine Identität bestätigen …?"

John warf einen raschen Blick nach hinten und sah, dass David und die Mädchen direkt hinter ihnen waren. David nickte kurz mit angespannter Miene.

Trent. Gottverdammt! Der mysteriöse Mr. Trent!
Derselbe Mr. Trent, der Jill Valentine mit Karten und Hinweisen versorgt hatte, kurz bevor die Racccoon-S.T.A.R.S. Umbrellas ursprünglichen T-Virus-Ausbruch in der Spencer-Villa entdeckt hatten. Derselbe Trent, der David in einer regnerischen Augustnacht ein ähnliches Paket übergeben hatte, mit Informationen über Umbrellas Einrichtung in Caliban Cove, wo Steve und Karen ermordet worden waren. Und derselbe Trent, der die ganze Zeit über seine Spielchen mit den S.T.A.R.S.-Angehörigen getrieben hatte – mit *Menschenleben.*

Trent lächelte unverändert und hielt immer noch seine Hände hoch. John bemerkte einen Ring aus schwarzem Stein an einem der schlanken Finger, der einzige Spleen, den Mr. Trent zu pflegen schien. Das Schmuckstück sah schwer und teuer aus.

„Was zum Teufel wollen Sie?", knurrte John. Geheimnisse und Überraschungen gefielen ihm generell nicht, und der Umstand, dass Trent von seiner gewaltigen Größe völlig unbeeindruckt blieb, behagte ihm auch nicht. Die meisten Leute wichen zurück, wenn er ihnen entgegentrat – Trent hingegen wirkte amüsiert.

„Mister Andrews, wenn Sie bitte …?"
John rührte sich nicht, blickte nur in Trents dunkle, kluge Augen. Trent erwiderte den Blick ausdruckslos, und John sah kühle Selbstsicherheit in diesen wachsamen Augen; ein Ausdruck, der fast, aber nicht ganz, gönnerhaft wirkte.

So groß und raubeinig John auch sein mochte, er war kein gewalttätiger Mensch – doch dieser selbstsichere, fröhliche Ausdruck weckte in ihm den Wunsch, dass dieser Mr. Trent eine saftige Abreibung verpasst bekäme. Nicht zwangsläufig von ihm, aber von *irgendjemandem.*

Wie viele Menschen sind gestorben, nur weil er beschloss, das Feuer ein bisschen zu schüren?
„Es ist in Ordnung, John", sagte David ruhig. „Ich bin sicher, dass

Mister Trent nicht hier stehen und sich vorstellen würde, wenn er vorhätte, uns zu schaden."

David hatte recht, ob es John nun gefiel oder nicht. Er seufzte innerlich und trat beiseite, entschied jedoch, dass die Situation ihm definitiv nicht gefiel – unter Berücksichtigung des Wenigen, das er über diesen Mann wusste, gefiel sie ihm *ganz und gar nicht*.

Ich werd' dich im Auge behalten, Freundchen ...

Trent nickte, als hätte es nie eine Frage gegeben, und ging an John vorbei. Er hatte für jeden ein Lächeln übrig und bedeutete ihnen mit einer Geste, auf einer Seite der Kabine Platz zu nehmen. Er zog seinen Trenchcoat aus und legte ihn beiseite, bewegte sich langsam und mit Bedacht. Offenbar war er sich bewusst, dass jede hastige Bewegung seiner Gesundheit abträglich sein konnte. Unter dem Mantel trug er einen schwarzen Anzug, eine schwarze Krawatte und Schuhe. John kannte sich mit Mode nicht aus, aber die Schuhe waren von Assante. Trent hatte zumindest Geschmack und einen verdammten Haufen Geld, wenn er es sich leisten konnte, ein paar Riesen für Schuhwerk zu verjubeln.

„Das Ganze dürfte ein klein wenig dauern", sagte er. „Bitte, machen Sie es sich doch bequem." Er lächelte und kam auf einer der Sessellehnen gegenüber ihrer Gruppe zum Sitzen. Er bewegte sich mit einer glatten Eleganz, die zur Folge hatte, dass John sich noch unwohler fühlte. Trent hatte etwas von jemandem, der irgendeine Art von speziellem Training durchlaufen hatte – Martial Arts vielleicht ...

Die anderen saßen oder lehnten gegen die Sitze, und ausnahmslos alle musterten den uneingeladenen Gast, wirkten über sein Auftauchen mindestens so unfroh, wie John zumute war. Trent studierte im Gegenzug auch sie.

„Mister Andrews, Mister Kennedy, Mister Trapp und ich haben uns bereits miteinander bekannt gemacht ..." Trent sah zwischen Rebecca und Claire hin und her und ließ seinen glitzernden Blick schließlich auf Claire ruhen.

„Claire Redfield, ja?" Es kam etwas zögerlicher, was nicht überraschend war. Rebecca und Claire hätten Schwestern sein können, beide brünett, beide gleich groß, und altersmäßig lagen sie nur ein paar Monate auseinander.

„Ja", sagte Claire. „Weiß der Pilot, dass Sie an Bord sind?"

John runzelte die Stirn. Es ärgerte ihn, dass er die Frage nicht selbst gestellt hatte. Das war eine wichtige Frage, und sie war ihm nicht eingefallen. Wenn der Pilot Mr. Trent an Bord gelassen hatte, dann …

Trent nickte und fuhr sich mit blasser Hand durchs zerzauste schwarze Haar. „Ja. Mehr noch: Captain Evans ist ein Bekannter von mir. Als mir klar wurde, dass Sie … auf Reisen gehen würden, arrangierte ich es, dass er zur rechten Zeit am rechten Ort war. Das war viel einfacher als es vielleicht klingt, wirklich."

„Warum?", fragte David, und in seine Stimme mengte sich eine Schärfe, die John bisher nur in Kampfsituationen bei ihm gehört hatte. Der Captain stand kurz davor, ernsthaft in Rage zu geraten. „Warum haben Sie das getan, Mister Trent?"

Trent schien ihn nicht zu hören. „Es ist mir bewusst, dass Sie sich um Ihre Freunde auf dem Kontinent sorgen, aber lassen Sie mich Ihnen versichern, dass sie bei bester Gesundheit sind. Wirklich, für Sie besteht kein Grund zur Sorge …"

„*Warum?*" Davids Stimme klang jetzt schneidend.

Trent blickte ihn an, dann seufzte er. „Weil ich nicht möchte, dass Sie nach Europa gehen, und Captain Evans als Ihren Piloten zu engagieren bedeutet, dass Sie es nicht tun werden. Sie können nicht. Eigentlich müssten wir jetzt jeden Moment umkehren."

Claire starrte ihn an, spürte, wie sich ihr Magen verkrampfte und wie diese Verkrampfung sich in lodernde, hilflose Wut verwandelte.

Chris! Ich werde Chris nicht sehen können …

John drückte sich vom Sitz weg, an dem er gelehnt hatte, und packte Trents Arm, ehe Claire auch nur den Mund aufmachen konnte – ehe irgendjemand sich wieder so weit gefasst hatte, um etwas auf Trents Eröffnung zu erwidern.

„Sagen Sie Ihrem ‚Bekannten', dass er schön brav in die von *uns* gewünschte Richtung weiterfliegen soll!", stieß John hervor und sah Trent finster an. Am Zittern von Johns Händen meinte Claire zu erkennen, dass er Trent locker hätte den Arm brechen können – und sie stellte fest, dass sie das für gar keine so üble Idee hielt.

Trent trug einen Ausdruck leichten Unbehagens zur Schau, mehr nicht. „Es tut mir leid, Ihre Pläne zu stören", sagte er, „aber wenn Sie mir zuhören, werden Sie mir, glaube ich, zustimmen, dass es so am Besten ist – das heißt, wenn Sie Umbrella wirklich Einhalt gebieten wollen."

Am Besten? Chris ... Wir müssen Chris helfen und den anderen, was soll dieser Scheiß?

Claire wartete darauf, dass die anderen übergangslos in Aktion treten, das Cockpit stürmen, Mr. Trent an einen Sessel fesseln und ihn zu einer Erklärung zwingen würden – aber sie blieben alle still, sahen einander und auch Trent voller Schrecken und Wut an – aber auch mit Interesse, verhaltenem Interesse zwar, aber nichtsdestotrotz Interesse. John lockerte seinen Griff und blickte in Erwartung eines Befehls zu David.

„Ich hoffe, Ihre Geschichte ist gut, Mister Trent", sagte David kühl. „Ich bin mir im Klaren darüber, dass Sie uns in der Vergangenheit ... geholfen haben. Aber diese Art von Einmischung ist nicht das, was wir an Hilfe wollen oder brauchen."

Er nickte John knapp zu, wonach dieser Trent widerwillig losließ und zurücktrat. Aber nicht weit zurück, wie Claire bemerkte.

Wenn Trent überhaupt beunruhigt gewesen war, ließ er es sich durch nichts anmerken. Er nickte David zu und begann mit seiner tiefen, melodischen Stimme zu sprechen.

„Ich gehe davon aus, Sie wissen alle, dass Umbrella, Inc., Einrichtungen in aller Welt unterhält, Fabriken und Anlagen, die Tausende von Menschen beschäftigen und alljährlich Hunderte von Millionen Dollar erwirtschaften. Die meisten davon sind legitime pharmazeutische und Chemieunternehmen und für unser Gespräch ohne Bedeutung, abgesehen davon, dass sie recht profitabel arbeiten.

Das Geld, das Umbrellas legale Firmen abwerfen, erlaubt diesem Moloch die Finanzierung weniger bekannter Unternehmungen – Unternehmungen, auf die Sie und die Ihren zu treffen kürzlich das Pech hatten.

Diese Unternehmungen fallen in einen Bereich, den man *White Umbrella* nennt, und die meisten haben mit Biowaffenforschung zu tun. Es gibt nur wenige, die umfassend über White Umbrellas Geschäfte Bescheid wissen, aber diese Wenigen sind außerordentlich mächtig. Mächtig und entschlossen, alle nur möglichen Unerfreulichkeiten zu kreieren. Chemische Waffen, tödliche Seuchen ... Die T- und G-Virusserien, die in jüngster Zeit so viel Ärger bereitet haben."

Das *ist eine Untertreibung erster Güte*, dachte Claire gehässig, war aber dennoch fasziniert, endlich etwas Verbindliches darüber zu erfahren, womit sie es zu tun hatten ...

„Warum?", fragte Leon. „Chemische Kriegsführung ist nicht so profitabel. Jeder, der eine Zentrifuge und etwas Gärtnereibedarf hat, kann sich eine Biowaffe bauen."

Rebecca nickte. „Und die Art von Arbeit, die sie machen, genetische Redistribution mit schnell fusionierenden Virionen – das ist wahnsinnig teuer und der Umgang damit so gefährlich wie mit nuklearem Abfall. Schlimmer noch."

Trent schüttelte den Kopf. „Sie tun es, weil sie es tun können. Weil sie es wollen." Er lächelte schwach. „Wenn man reicher und mächtiger ist als sonst jemand auf der Welt, dann fängt man, sich zu langweilen."

„Wem wird langweilig?", fragte David.

Trent sah ihn einen Augenblick lang an, ignorierte die Frage aber unverhohlen und sprach weiter. „Gegenwärtig konzentriert sich White Umbrella auf ‚bioorganische Soldaten', wenn Sie so wollen – individuelle Abarten von existierenden Gattungen, fast ausnahmslos genetisch verändert. Allen wurde irgendeine Virusvariation injiziert, die sie brutal, stark und schmerzunempfindlich machen soll. Die Art und Weise, in der sich diese Viren in Menschen ausbreiten – die ‚Zombie'-Reaktion, mit der Sie konfrontiert wurden – ist lediglich ein unerwarteter Nebeneffekt. Die Viren, die Umbrella erschafft, sind auf nichtmenschliche Verwendung ausgelegt, zum gegenwärtigen Zeitpunkt jedenfalls."

Claire war interessiert, aber sie wurde auch ungeduldig. „Und wann kommen wir zu dem Teil, der erklärt, warum Sie hier sind und warum Sie nicht wollen, dass wir nach Europa fliegen?", fragte sie, ohne sich die Mühe zu machen, die Wut aus ihrem Tonfall zu verbannen.

Trent schaute sie an. Mit einem Mal lag Mitgefühl in seinen dunklen Augen, und ihr wurde klar, dass er wusste, warum sie wütend war; dass er sämtliche Gründe kannte, weshalb sie nach Europa wollte. Sie merkte es daran, wie er sie ansah. Seine Augen sagten ihr, dass er es begriffen hatte – und plötzlich fühlte sie sich zutiefst unwohl.

Er weiß alles, nicht wahr? Alles über uns ...

„Nicht alle Einrichtungen von White Umbrella sind gleich", fuhr er fort. „Einige befassen sich ausschließlich mit Daten, andere nur mit der chemischen Umsetzung. In einigen werden die Gattungen gezüchtet oder operativ zusammengesetzt – und in ein paar wenigen werden diese Probeexemplare getestet. Und das bringt uns dazu, weshalb ich hier bin und es lieber sähe, wenn Sie Ihre Pläne aufschieben würden.

In Utah, direkt nördlich der Salzebenen, steht in diesen Augenblicken eine Umbrella-Testeinrichtung unmittelbar davor, den Betrieb aufzunehmen. Momentan ist sie nur mit einer kleinen Crew aus Technikern und ... Spezies-Betreuern besetzt. Dem Zeitplan nach soll sie in etwa drei Wochen voll betriebsbereit sein. Der Mann, der die Vorbereitungen überwacht, ist eine der Schlüsselfiguren von White Umbrella. Reston, sein Name. Die Aufgabe sollte eigentlich von einem anderen Kollegen übernommen werden, einem verachtenswerten, kleinen Mann namens Lewis. Aber Mister Lewis hatte einen unglücklichen und nicht gänzlich ungeplanten Unfall ... und nun hat Reston das Sagen. Und weil er einer der wichtigsten Leute hinter White Umbrella ist, hat er ein kleines schwarzes Buch in seinem Besitz. Es gibt nur drei dieser Bücher, und es wäre nahezu unmöglich, eines der beiden anderen in die Hände zu bekommen ...„

„Und was steht da drin?", schnappte John. „Kommen Sie auf den Punkt!"

Trent lächelte John an, als hätte dieser höflich gefragt. „Jedes dieser Bücher ist eine Art Generalschlüssel. Sie enthalten die vollständigen Codes zur Programmierung jedes Mainframes in sämtlichen Einrichtungen von White Umbrella. Mit diesem Buch könnte man unter Umständen in jedes Labor und jede Testeinrichtung eindringen und hätte auf alles Zugriff, von persönlichen Daten bis hin zu Finanzunterlagen. Man würde die Codes natürlich ändern, wenn das Buch gestohlen wird – aber wenn sie nicht alles verlieren wollen, was sie gespeichert haben, werden sie Monate dafür brauchen."

Einen Moment lang sprach niemand. Das einzige Geräusch war das stete Brummen des Flugzeugs.

Claire sah die anderen an, sah ihre nachdenklichen Mienen und dass sie Trents indirekt formuliertes Angebot tatsächlich in Erwägung zogen – und sie erkannte, wie unwahrscheinlich es gerade geworden war, dass sie doch noch mit dieser Maschine nach Europa fliegen würden.

„Aber was ist mit Chris und mit Jill und mit Barry? Sie sagten, sie seien okay – woher wissen Sie das?", fragte Claire und David registrierte ihre unverhohlene Verzweiflung.

„Es würde sehr lange dauern zu erklären, wie ich an meine Informationen gelange", sagte Trent sanft. „Und wenn ich auch sicher bin, dass Sie das nicht hören wollen, fürchte ich doch, dass Sie mir einfach vertrauen müssen. Ihr Bruder und seine Gefährten befinden sich nicht in unmittelbarer Gefahr. Sie brauchen Ihre Hilfe im Moment nicht – aber die Chance, Restons Buch zu bekommen, überhaupt in dieses Labor einzudringen, wird in weniger als einer Woche vorbei sein. Noch gibt es keine speziellen Sicherheitsvorkehrungen, die Hälfte der Systeme läuft nicht einmal – und so lange Sie sich von dem Testprogramm fern halten, werden Sie sich auch nicht mit den erschaffenen Kreaturen auseinander setzen müssen."

David wusste nicht, was er davon halten sollte. Es klang gut, es klang nach genau der Gelegenheit, auf die sie gehofft hatten ... Aber genau danach hatte auch Caliban Cove geklungen. Und viele andere Dinge seither.

Und was das Vertrauen Mister Trent gegenüber angeht ...

„Welches Interesse haben Sie an dieser Sache?", fragte David. „Warum wollen Sie Umbrella schaden?"

Trent zuckte die Achseln. „Nennen Sie es ein Hobby."

„Ich meine es ernst", sagte David.

„Ich auch." Trent lächelte, und in seinen Augen blitzte immer noch jener bizarr schelmische Humor. David hatte ihn zuvor nur einmal gesehen, hatte nicht mehr als ein Dutzend Worte mit ihm gewechselt, aber Trent wirkte jetzt ebenso merkwürdig beglückt auf ihn wie damals. Was es auch war, das ihn antrieb, es bereitete ihm offenkundig eine Menge Vergnügen.

„Warum geben Sie sich so rätselhaft?", fragte Rebecca. David nickte und sah, dass die anderen ebenso reagierten. „Das Zeug, das sie Jill und David gegeben haben – alles nur Rätsel und Fingerzeige. Warum haben Sie uns nicht einfach gesagt, was wir wissen müssen?"

„Weil Sie es herausfinden mussten", sagte Trent. „Oder vielmehr, es war nötig, dass Sie es ganz allein herauszufinden *schienen*. Wie ich schon sagte, es gibt nur sehr wenige Menschen, die wissen, was White Umbrella tut. Wenn es aussieht, als wüssten Sie zu viel, könnte das auf mich zurückfallen."

„Warum gehen Sie dieses Risiko dann jetzt ein?", fragte David. „Oder anders gefragt, warum brauchen Sie uns überhaupt? Sie haben offensichtlich eine Verbindung zu White Umbrella – warum gehen Sie nicht an die Öffentlichkeit oder sabotieren sie von innen heraus?"

Trent lächelte wieder. „Ich gehe das Risiko ein, weil es an der Zeit ist, ein Risiko einzugehen. Und was den Rest angeht ... alles, was ich sagen kann, ist, dass ich meine Gründe habe."

Er redet und redet, und wir wissen trotzdem immer noch nicht, was zum Teufel er eigentlich tut – und warum ... Wie bringt er das nur fertig?

„Warum verraten Sie uns nicht ein paar dieser Gründe, Trent?" David sah, dass nichts von all dem John wirklich behagte. Er sah ihren blinden Passagier finster an und erweckte dabei den Eindruck, als müsse man es ihm ausreden, den Mann hier und jetzt niederzuschlagen.

Trent antwortete nicht. Stattdessen rutschte er von der Sitzlehne, nahm seinen Mantel auf und wandte sich an David.

„Es ist mir natürlich klar, dass Sie die Sache besprechen wollen, ehe Sie Ihre Entscheidung treffen", sagte er. „Wenn Sie mich entschuldigen, ich nutze die Gelegenheit, unseren Piloten aufzusuchen. Wenn Sie sich dagegen entscheiden, Restons Buch zu beschaffen, werde ich Ihnen nicht im Wege stehen. Ich sagte vorhin zwar, dass Sie keine Wahl hätten, aber da zeigte sich nur meine dramatische Seite, nehme ich an – es gibt immer eine Wahl."

Damit drehte Trent sich um, ging in den vorderen Bereich der Kabine und verschwand, ohne einen Blick zurück zu werfen, hinter dem Vorhang.

VIER

John brach das Schweigen etwa zwei Sekunden, nachdem Trent die Kabine verlassen hatte.

„Zum Teufel damit", sagte er so stocksauer, wie Rebecca ihn noch nie erlebt hatte. „Ich weiß nicht, wie ihr das seht, aber mir gefällt's nicht, wenn man so mit mir spielt – ich bin nicht als Mister Trents Diener hier, und ich trau ihm nicht. Ich sage, wir bringen ihn dazu, dass er über Umbrella redet und uns erzählt, was er über unser Team in Europa weiß – und wenn er uns noch eine einzige nichts sagende Antwort gibt, sollten wir diesen undurchschaubaren Arsch zur Tür raustreten!"

Rebecca wusste, dass er mächtig in Rage war, aber sie konnte es sich einfach nicht verkneifen. „Ja, John, aber wie geht's dir *wirklich*?"

Er blickte in ihre Richtung – und dann grinste er, und irgendwie löste das die Spannung für sie alle. Es war so, als erinnerten sie sich alle gleichzeitig wieder daran, wie man atmete. Der unerwartete Besuch ihres geheimnisvollen Gönners hatte es vorübergehend fast unmöglich gemacht, sich an *irgendetwas* zu erinnern.

„Wir kennen also Johns Meinung", sagte David. „Claire? Ich weiß, du machst dir Sorgen um Chris …"

Claire nickte langsam. „Ja. Und ich will ihn wiedersehen, so bald wie möglich …"

„Aber?", half David ihr auf die Sprünge.

„Aber – ich glaube, er sagt die Wahrheit. Dass sie okay sind, meine ich."

Leon nickte. „Ich auch. John hat recht damit, dass dieser Trent schwer zu fassen ist – doch ich denke nicht, dass er gelogen hat. Er hat uns nicht viel verraten, aber ich hatte nicht den Eindruck, dass er uns mit dem, *was* er gesagt hat, verscheißern wollte."

„Rebecca?" David wandte sich ihr zu.

Sie seufzte kopfschüttelnd. „Sorry, John, aber ich stimme zu. Ich denke, er ist glaubwürdig. Er hat uns schon vorher geholfen, auf seine eigene seltsame Weise, und die Tatsache, dass er hier ist, unbewaffnet, sagt auch etwas ..."

„Ja, dass er ein Blödmann ist", brummelte John düster, und Rebecca schlug ihm leicht auf den Arm. Plötzlich wurde ihr bewusst, ganz intuitiv, warum John sich so sehr weigerte, Trents Wort zu akzeptieren.

Trent ließ sich nicht von ihm einschüchtern.

Sie kannte John gut genug, um zu wissen, dass Trents Gleichmütigkeit ihn innerlich zur Weißglut treiben musste.

Rebecca grinste ihn an, wählte ihre Worte mit Bedacht und sagte in lockerem Ton: „Ich glaube, es passt dir nur nicht, dass er vor deiner großen Schreckgestalt keinen Bammel hat, John. Die meisten Leute würden sich in die Hose machen, wenn du so vor ihnen stündest."

Das waren die richtigen Worte gewesen. John zog nachdenklich die Stirn in Falten, dann hob er die Schultern. „Na ja, vielleicht. Aber ich trau ihm immer noch nicht."

„Ich glaube, das sollten wir alle nicht", meinte David. „Für jemanden, der unsere Hilfe will, behält er furchtbar viel für sich. Die Frage ist: Suchen wir diesen Reston auf, oder bleiben wir bei unserem ursprünglichen Plan?"

Einen Moment lang schwiegen alle, und Rebecca konnte sehen, dass niemand es aussprechen und niemand bestätigen wollte, dass es, wenn Trent die Wahrheit sagte, keinen Grund gab, nach Europa zu gehen. Sie wollte es auch nicht sagen – irgendwie kam es ihr wie ein Verrat an Jill, Chris und Barry vor. Als würden sie sagen: „Wir haben was Besseres zu tun, als euch zu retten!"

Aber wenn sie uns nicht brauchen ...

Rebecca beschloss, dass sie ebenso gut den Anfang machen konnte. „Wenn es mit dieser Einrichtung so wenig Probleme gibt, wie er sagt ... wann bekämen wir dann je wieder so eine Chance?"

Claire nagte an ihrer Unterlippe, wirkte unglücklich. Hin- und hergerissen. „Wenn wir dieses Codebuch fänden, hätten wir etwas, das wir nach Europa mitnehmen könnten. Etwas, das wirklich entscheidend sein könnte."

„*Wenn* wir das Buch finden", warf John ein, aber Rebecca sah ihm an, dass er sich an die Idee zu gewöhnen begann.

„Es könnte ein Wendepunkt sein", sagte David ruhig. „Es würde unsere Chancen von eins zu einer Million auf vielleicht eins zu ein paar Tausend erhöhen."

„Ich muss zugeben, es wäre nett, die privaten Akten von Umbrella an die Presse zu verteilen", sagte John. „All ihre beschissenen kleinen Geheimnisse downloaden und an sämtliche Zeitungen im Land rausgeben ..."

Sie nickten alle, und obwohl sie dachte, es würde etwas länger dauern, um an der Vorstellung Gefallen zu finden, wusste Rebecca, dass die Entscheidung bereits getroffen war.

Es sah ganz so aus, als würden sie nach Utah fliegen.

Wenn sie erwartet hatten, Trent würde sich ob dieser Nachricht glücklich zeigen, wurden sie zutiefst enttäuscht. Als David ihn in die Kabine zurückrief und ihm mitteilte, dass sie sich diese neue Testeinrichtung vorknöpfen wollten, nickte Trent lediglich, mit demselben rätselhaften Lächeln auf seinem gefurchten, wettergegerbten Gesicht wie zuvor.

„Hier sind die Koordinaten der Anlage", sagte er und zog ein Stück Papier aus seiner Tasche. „Außerdem sind mehrere numerische Codes aufgelistet. Einer davon gewährt den Zutritt – das Tastenfeld könnte allerdings schwierig zu finden sein. Es tut mir leid, dass ich es nicht weiter eingrenzen konnte."

Leon sah zu, wie David das Papier entgegennahm und Trent dann wieder hinausging, um dem Piloten Bescheid zu sagen. Und dabei fragte er sich, warum er nicht aufhören konnte, an Ada zu denken. Seit Trents kleiner Rede über White Umbrella wurde Leon von Erinnerungen an Ada Wongs Fähigkeiten und ihre Schönheit und von den Echos ihrer tiefen, sinnlichen Stimme heimgesucht. Es geschah nicht bewusst, jedenfalls anfangs nicht. Es war nur so, dass etwas an diesem Mann ihn an Ada erinnerte; vielleicht sein überragendes Selbstvertrauen oder sein leicht listiges Lächeln ...

... und am Ende, bevor diese Verrückte sie erschoss, warf ich ihr vor, eine Umbrella-Spionin zu sein – und sie sagte, das wäre sie nicht und dass es mich nichts anginge, für wen sie arbeitet ...

Obwohl er und Claire erst ziemlich spät in den Widerstandskampf gegen Umbrella eingestiegen waren, hatte man sie doch sorgfältig darüber unterrichtet, was die anderen über den mächtigen Gegner wussten und welche Rolle Trent in der Vergangenheit gespielt hatte. Die einzige Konstante war – abgesehen davon, dass seine Informationen sehr schwer zu durchschauen waren –, dass er alle möglichen Dinge zu wissen schien, die niemand sonst wusste.

Fragen kann ja nicht schaden.

Als Trent zurück in die Kabine kam, sprach Leon ihn an.

„Mister Trent", begann er vorsichtig und behielt ihn genau im Auge, „in Raccoon City lernte ich einer Frau namens Ada Wong kennen ..."

Trent blickte ihn an, sein Gesicht gab nichts preis. „Ja?"

„Ich habe mich gefragt, ob Sie irgendetwas über sie wissen, für wen sie gearbeitet hat. Sie war hinter einer Probe des G-Virus her ..."

Trent hob die Augenbrauen. „War sie das? Und hat sie eine gefunden?"

Leon studierte Trents dunkle, wieselflinke Augen und fragte sich, warum er das Gefühl hatte, als würde Trent die Antwort bereits kennen. Das konnte er natürlich nicht, denn Ada war getötet worden, unmittelbar bevor das Labor explodierte.

„Ja, das hat sie", sagte Leon. „Am Ende aber – opferte sie sich, sozusagen, anstatt die Wahl zu treffen, ob sie jemanden töten oder die Probe verloren geben sollte."

„Und waren Sie dieser Jemand?", fragte Trent ruhig.

Leon war sich bewusst, dass die anderen zusahen, und es überraschte ihn ein wenig, dass ihm das ganz und gar nichts ausmachte. Vor einem Monat noch wäre ihm eine so persönliche Unterhaltung peinlich gewesen.

„Ja", sagte er, fast trotzig. „Das war ich."

Trent nickte langsam, lächelte ein wenig. „Dann scheint es mir, dass Sie nicht mehr über sie zu wissen brauchen. Über ihren Charakter oder ihre Motive."

Leon war nicht sicher, ob Trent der Frage auswich oder ihm ehrlich sagte, was er dachte – aber was es auch war, die schlichte Logik seiner Antwort verschaffte Leon ein gutes Gefühl. Obwohl er die Antwort im Grunde schon die ganze Zeit über selbst gekannt hatte. Welche Psychologie er auch anwenden mochte, Trent beherrschte sie meisterhaft.

Er ist ruhig, kultiviert und verdammt unheimlich auf seine eigene, stille Weise ... Ada hätte Gefallen an ihm gefunden.

„... so gerne ich noch mit Ihnen plaudern würde, ich habe einige Dinge mit unserem Piloten zu besprechen", sagte Trent. „Wir werden Salt Lake in fünf oder sechs Stunden erreichen."

Damit nickte er ihnen zu und verschwand wieder hinter dem Vorhang.

„Ist sich wohl zu fein, um beim Fußvolk zu sitzen", brummte John, der seine ursprüngliche Ablehnung offenbar noch nicht völlig überwunden hatte. Leon schaute die anderen an, sah in nachdenkliche und beunruhigte Mienen, und er bemerkte, dass Claire ein bisschen den Eindruck machte, als wolle sie ihre Meinung ändern.

Leon ging dorthin, wo sie an einem der Sitze lehnte, die Arme fest verschränkt, und berührte ihre Schulter.

„Denkst du an Chris?", fragte er sanft.

Zu seiner Überraschung schüttelte sie den Kopf und lächelte ihn nervös an. „Nein. Ich habe an die Spencer-Villa gedacht und an den Sturm auf Caliban Cove und daran, was in Raccoon passierte. Ich habe daran gedacht, dass nichts, was mit Umbrella zu tun hat, je einfach ist – egal, ob Trent sagt, dass es ganz einfach sein wird oder nicht. Die Dinge werden immer kompliziert, wenn Umbrella darin verwickelt ist. Man sollte eigentlich meinen, dass wir das inzwischen wüssten …"

Sie verstummte, dann schüttelte sie den Kopf, als versuchte sie, ihn klar zu bekommen. Dann schenkte sie ihm ein weiteres, strahlenderes Lächeln. „Ach, was rede ich da eigentlich? Ich geh mir jetzt ein Sandwich holen. Möchtest du auch was?"

„Nein, danke", sagte er abwesend. Er dachte noch darüber nach, was sie gesagt hatte, als sie bereits davonging – und fragte sich mit einem Mal, ob ihr kleiner Ausflug nach Utah der unwiderruflich letzte Fehler sein würde, den sie je machen konnten.

Steve Lopez, der gute alte Steve – sein Gesicht so leer und weiß wie ein Blatt Papier – stand inmitten des seltsamen, riesigen Labors, stand da und richtete seine Halbautomatik auf sie und befahl ihnen, ihre Waffen fallen zu lassen …

… und der Schmerz und die heiße Wut trafen John wie ein Hurrikan, als ihm klar wurde, was geschehen war: dass Karen tot war, dass man Steve in einen der Zombiesoldaten dieser verrückten Arschlöcher verwandelt hatte …

… und John brüllte: ‚Was habt ihr mit ihm gemacht?' Er dachte nichts, wirbelte nur herum, feuerte auf die gesichtslose Drohne hinter ihnen. Die Kugel durchschlug sauber ihre linke Schläfe, und die kalte Luft stank nach Tod, als die Kreatur fiel …

… und dann dieser Schmerz! Schmerz, der ihn durchraste, als Steve, Stevie, sein Freund und Kamerad, ihn in den Rücken schoss. John fühlte Blut von seinen Lippen tropfen, fühlte, wie er sich drehte, fühlte mehr Schmerz, als er geglaubt hatte, fühlen zu können. Steve hatte auf ihn geschossen. Der wahnsinnige Doktor hatte ihn mit dem Virus infiziert, und Steve war nicht mehr Steve, und die Welt drehte sich, brüllte …

‚John, John, wach auf, du hast ...'

„... einen Albtraum. Hey, Großer ..."

John setzte sich auf, seine Augen waren geweitet und sein Herz wummerte. Er fühlte sich verwirrt und verängstigt. Die kühle Hand auf seinem Arm gehörte Rebecca. Die Berührung war sanft und beruhigend, und ihm wurde bewusst, dass er wach war, dass er geträumt hatte und jetzt wach war.

„Scheiße", murmelte er, ließ sich in seinen Sitz sacken und schloss die Augen. Sie waren immer noch im Flugzeug. Das sanfte Dröhnen der Maschine und das Zischen komprimierter Luft beseitigten auch den letzten Rest seiner Verwirrung.

„Bist du okay?", fragte Rebecca. John nickte und machte ein paar tiefe Atemzüge, ehe er die Augen wieder öffnete.

„Hab ich – hab ich geschrien oder so?"

Rebecca lächelte ihm zu, musterte ihn genau. „Nein. Ich kam nur zufällig gerade von der Toilette zurück und sah dich zappeln wie einen Hasen. Es sah nicht aus, als hättest du viel Spaß ... Hoffe, ich habe dich nicht bei irgendwas Vergnüglichem gestört."

Die letzten Worte waren beinahe eine Frage. John zwang sich zu einem Grinsen und mied das Thema. Stattdessen blickte er hinaus in die vorbeiziehende Dunkelheit. „Drei Tunfischsandwiches vor dem Schlafengehen waren keine gute Idee, schätze ich. Sind wir bald da?"

Rebecca nickte. „Wir beginnen gerade mit dem Landeanflug. Fünfzehn, zwanzig Minuten, meint David."

Sie musterte ihn immer noch genau; ihre Miene verriet Wärme und Sorge, und John wurde sich bewusst, dass er ein Idiot war. Diesen Scheiß für sich zu behalten garantierte nur, dass man den Verstand verlor.

„Ich war in dem Labor", sagte er, und Rebecca nickte. Mehr brauchte er nicht zu sagen. Sie war selbst dort gewesen.

„Ich hatte erst vor ein paar Tagen einen Albtraum, gleich, nachdem wir beschlossen hatten, Exeter zu verlassen", sagte sie leise. „Einen echt furchtbaren. Es war so eine verrückte Mischung aus dem Spencer-Labor und der Bucht."

John nickte und dachte, was für eine bemerkenswerte junge Frau sie doch war. Auf ihrer ersten S.T.A.R.S.-Mission hatte sie einem Haus voller Umbrella-Monster gegenübergestanden und dennoch hatte sie sich entschieden, mit ihnen zu kommen, um die Bucht zu überprüfen, als sie von David gefragt worden war.

„Du hast's echt drauf, Becca. Wenn ich ein paar Jahre jünger wäre, ich glaub, ich wär' verliebt", sagte er und freute sich über ihre Reaktion: Sie wurde rot und lächelte dabei. Sie war wahrscheinlich ein gutes Stück schlauer als er, aber sie war auch ein Teenager – und wenn er sich recht an seine damalige Zeit erinnerte, dann widerstrebte es Mädchen im Teenageralter, wenn sie zu hören bekamen, wie cool sie waren.

„Halt die Klappe", sagte sie. Der Klang ihrer Stimme zeigte ihm, dass er sie wahrhaftig gründlich in Verlegenheit gebracht hatte – und dass es ihr nichts ausmachte.

Ein Moment behaglichen Schweigens senkte sich zwischen sie, und die letzten Reste des Albtraums schwanden, während der Kabinendruck schwankte, weil das Flugzeug tiefer ging. In ein paar Minuten würden sie in Utah sein. David hatte bereits vorgeschlagen, dass sie ein Hotel aufsuchen und dort zu planen anfangen sollten, und dass sie die Sache morgen Nacht in Angriff nehmen würden.

Rein, das Buch schnappen – und dann nichts wie raus. Ganz einfach ... aber war der Plan für die Bucht nicht ziemlich genau derselbe gewesen?

John beschloss, dass er gleich nach der Landung noch ein paar Takte mit Trent reden würde. Er war einverstanden mit der Mission, damit, das Buch zu holen und ein paar Ladungen Sand ins Umbrella-Getriebe zu streuen – aber er war noch immer nicht zufrieden mit Trents reichlich selektiver Informationsvergabe. Ja, der Mann half ihnen – aber warum benahm er sich dabei so seltsam? Und warum hatte er ihnen nicht verraten, was ihr Team in Europa tat oder wer White Umbrella leitete oder wie er es fertig gebracht hatte, dass sie *seinen* Piloten anheuerten?

Weil er auf irgend so 'nem Machttrip ist, das ist es. Wahrscheinlich ein Kontrollfreak!

Das schien ihm nicht ganz stimmig, doch John fiel kein besserer Grund ein, weshalb ihr Mr. Trent so ein Möchtegern-Geheimagent-Spion sein sollte. Vielleicht wurde er ja etwas mitteilsamer, wenn man ihm ein bisschen den Arm verdrehte …

„John – ich weiß, dass du ihn nicht abkannst, aber glaubst du, er hat recht, dass diese Sache ein Kinderspiel ist? Ich meine, was ist, wenn dieser Reston nicht aufgibt? Oder was – was, wenn irgendwas anderes passiert …?"

Rebecca versuchte, professionell und abgeklärt zu klingen, unbekümmert, doch der sorgenvolle Ausdruck tief in ihren hellbraunen Augen verriet sie.

Irgendwas anderes. Etwas wie ein Virusausbruch, etwas wie ein verrückter Wissenschaftler, etwas wie Biomonster, die frei kommen … Wie genau das eben, was immer *im Dunstkreis von Umbrella passiert!*

„Wenn's nach mir geht, ist das Einzige, was schieflaufen wird, dass Reston sich einscheißen und es fürchterlich stinken wird", sagte er und wurde abermals mit einem Grinsen der jungen Frau belohnt.

„Du bist ein Armleuchter", sagte sie, und John zuckte die Achseln und dachte, wie einfach es war, das Mädchen zum Lächeln zu bringen – und er fragte sich, ob es eine so gute Idee war, ihre Hoffnung zu wecken.

Wenige Augenblicke später setzte das kleine Flugzeug sanft auf und zum ersten Mal benutzte der Pilot die Bordsprechanlage. Er wies sie an, sitzen zu bleiben, bis die Maschine stoppte, und schaltete dann ab, ohne sich mit dem üblichen Scheiß aufzuhalten – dass er hoffe, sie hätten den Flug genossen, oder welche Temperatur draußen herrschte. Dafür immerhin war John dankbar. Das kleine Flugzeug rollte über die Piste und kam schließlich sanft zum Stehen. Das Team erhob und streckte sich und zog die Mäntel über.

Sobald er hörte, wie sich der Ausstieg öffnete, trat John an Rebecca vorbei und ging in den vorderen Teil der Kabine, entschlossen, Trent nicht aussteigen zu lassen, bevor sie eine Gelegenheit zum Plauschen bekommen hatten. Er drängte sich durch den Vorhang, und ein kalter Wind blies in den kleinen Durchgang hinter dem Cockpit …

… und John stellte fest, dass er zu spät kam. Nur der Pilot, Evans, stand in der Tür zum Cockpit.

Irgendwie hatte Trent es geschafft, sich in den paar Sekunden davonzustehlen, die John brauchte, um die winzige Maschine zu durchqueren. Die Metalltreppe, die man von außen an das Flugzeug herangeschoben hatte, war verlassen – und obwohl John zwei Stufen auf einmal nehmend hinunterstürmte und den Boden in weniger als zwei Sekunden erreichte, war außer demjenigen, der die Treppe gebracht hatte, nichts und niemand zu sehen auf dem sich scheinbar endlos hinziehenden Rollfeld.

Als er den Flughafenbediensteten nach Trent fragte, beharrte er darauf, dass er, John, die erste Person sei, die den Flieger verlassen hatte.

„Hurensohn!", presste John hervor, aber es war ohnehin egal, denn sie waren in Utah. Trent hin, Trent her, sie waren angekommen – und da es schon nach Mitternacht war, blieb ihnen weniger als ein Tag, um sich auf ihren Einsatz vorzubereiten.

FÜNF

Jay Reston war froh. Mehr noch, er war so glücklich wie seit langer Zeit nicht mehr, und wenn er gewusst hätte, dass es so guttun würde, wieder an der Front mitzumischen, hätte er es schon vor Jahren getan.
Mitarbeiter führen – die Sorte, die sich wirklich die Hände dreckig macht. Dinge in Gang setzen und zusehen, wie sich die Resultate entfalten, ein Teil des Prozesses sein. Mehr zu sein als nur ein Schatten, mehr als etwas Namenloses, Dunkles, das es zu fürchten gilt ...
Diesen Gedanken nachzuhängen, ließ ihn sich wieder stark und lebendig fühlen. Er war noch keine fünfzig, er sah sich selbst noch nicht einmal im mittleren Alter, aber wieder in den Gräben zu arbeiten, machte ihm bewusst, wie viel ihm über die Jahre entgangen war.

Reston saß im Kontrollraum, dem Puls des *Planeten*, die Hände hinter dem Kopf verschränkt und seine Aufmerksamkeit auf die Wand aus Bildschirmen fixiert. Auf einem der Monitore arbeitete ein Mann im Overall an Bäumen in Phase eins, versah die künstlichen Pflanzen mit einer weiteren grünen Schicht. Der Mann hieß Tom Sonstwas, er gehörte zum Bautrupp, aber der Name war nicht wichtig. Wichtig war, dass Tom die Bäume strich, weil Reston es ihm persönlich beim morgendlichen Briefing aufgetragen hatte.

Auf einem anderen Bildschirm rekalibrierte Kelly McMalus die Temperaturkontrolle der Wüste, ebenfalls auf Restons Geheiß hin. McMalus war die leitende Betreuerin der Skorps, jedenfalls bis das feste Personal kam. Alle, die derzeit im *Planeten* arbeiteten, waren nur vorübergehend hier, eine von Whites neueren Richtlinien, um Sabotageakten vorzubeugen. Wenn erst einmal alles lief, würden die neun Techniker und das halbe Dutzend „vorläufiger" Forscher – eigentlich brillante Spezies-Führer, auch wenn er sie nie direkt so genannt hätte – versetzt werden.

Der *Planet* ... Eigentlich hieß die Einrichtung „B. O. W. Envirotest A", aber Reston hielt *Planet* für einen weit besseren Namen. Er war nicht sicher, wer ihn geprägt hatte, nur dass er bei einem der morgendlichen Briefings aufgekommen und hängen geblieben war. Dass er die Testeinrichtung in seinen Updates an das Hauptteam *Planet* nannte, ließ ihn sich nur noch mehr als Teil des Prozesses fühlen.

„Heute wurde das Videosystem installiert, es gibt allerdings ein paar Probleme mit den Mikrofonen, deshalb ist die Audiotechnik noch nicht angeschlossen. Ich werde dafür sorgen, dass das so schnell wie möglich erledigt wird. Der Letzte der Ma3Ks traf ein, die Spezies sind alle unbeschädigt. Insgesamt gehen die Dinge sehr gut voran, wir erwarten, dass der Planet *Tage vor dem geplanten Termin betriebsbereit ist ..."*

Reston lächelte, als er an seine letzte Unterhaltung mit Sidney dachte. Hatte er da einen Hauch von Neid in Sidneys Stimme gehört, einen Anflug von Traurigkeit? Er, Reston, war jetzt Teil eines „Wir"; ein Wir, das Envirotest A mit einem Spitznamen belegte. Nach dreißig Jahren des Delegierens hatte sich die Überwachung der letzten Vorbereitungen für ihre bislang innovativste und teuerste Einrichtung letztendlich als Segen erwiesen. Und wenn er daran dachte, wie er erfahren hatte, dass Lewis' Auto von einer Klippe gestürzt war – der Unfalltod des Mannes war vermutlich das Beste, was dieser je für Umbrella geleistet hatte, denn die unmittelbare Folge davon war, dass *er*, Reston, nun die Geburt des *Planeten* überwachte.

Auf einem der Bildschirme wurde ein weiterer Techniker sichtbar. Der Mann trug einen Werkzeugkasten und ein aufgerolltes

Seil: Cole, Henry Cole, der Elektriker, der an der Sprechanlage und dem Videosystem gearbeitet hatte. Er befand sich im Hauptkorridor, der zwischen den Quartieren der Einrichtung und dem Testbereich verlief und auf den Fahrstuhl zuführte. Reston hatte tags zuvor festgestellt, dass einige der Oberflächenkameras nicht funktionierten. Bei keiner der Kameras im *Planeten* war bislang der Ton angeschlossen, doch die Bildschirme für das oberirdische Gelände zeigten in gewissen Abständen nur minutenlanges statisches Rauschen, und er hatte Cole gebeten, sich darum zu kümmern ...

... aber erst nachdem er mit der Sprechanlage fertig ist, nicht vorher. Wie soll ich mit den Leuten in Verbindung bleiben, wenn mein Interkom nicht funktioniert?

Selbst der Anflug von Verärgerung über den Techniker war erfrischend. Anstatt einen Knopf zu drücken, um einen Jasager zu beauftragen, die Reparatur vorzunehmen, würde er sich der Sache selbst annehmen müssen.

Reston stemmte sich von der Konsole weg, streckte sich im Aufstehen und warf einen letzten Blick auf die Reihe von Monitoren, um sich gegebenenfalls in Erinnerung zu rufen, worum er sich außerdem noch zu kümmern hatte, wenn er schon mal draußen war.

Interkom ... Videosystem ... Die Brücke in Drei muss verstärkt werden, das hat jedoch keine Priorität. Aber wir sollten wirklich etwas mit den Farben in der Stadt machen, sie sind immer noch zu monoton ...

Reston durchschritt den elegant gestalteten Kontrollraum, ging vorbei an der Reihe nobler Ledersessel, die so neu waren, dass ihr üppiger Geruch noch in der kühlen, gefilterten Luft schwebte. Die Sessel standen vor einer Wand von hochauflösenden Bildschirmen. In weniger als einem Monat würden die Spitzenforscher, -wissenschaftler und -administratoren, die das Herz von White Umbrella bildeten, sowie die beiden größten Finanziers des Programms hier sitzen. Sogar Sidney und Jackson würden hier sein, um den ersten Lauf des Testprogramms mit anzusehen.

Und Trent, dachte Reston hoffnungsvoll. *Eine Einladung zum ersten Testlauf wird er bestimmt nicht ausschlagen.*

Reston trat auf die Druckplatte vor der Tür, und das dicke Metallschott glitt flüsternd auf. Er trat hinaus in den breiten Korridor, der den *Planeten* der Länge nach durchlief. Der Kontrollraum lag nicht weit von dem Fabrikaufzug entfernt, fast direkt gegenüber, aber der Elektriker war bereits zur Oberfläche unterwegs. Im Laufe der Woche würden vier Fahrstühle in einem der anderen Oberflächengebäude funktionieren, aber im Moment gab es nur diesen einen. Er würde warten müssen, bis Cole ausgestiegen war.

Reston drückte den Rückrufknopf, zupfte die Manschetten seines Jacketts zurecht und dachte daran, wie er die Tour führen würde. Es war eine ganze Weile her, dass Jay Reston sich Tagträumereien hingegeben hatte. Doch in der kurzen Zeit hier war es zu einem seiner liebsten Zeitvertreibe geworden, sich den Tag auszumalen, an dem er die anderen begrüßen und durch jene Einrichtung führen würde, die er gemanagt und in eine reibungslos laufende Maschinerie verwandelt hatte. Von den an den Fingern einer Hand abzählbaren Leuten, die White Umbrella leiteten und die großen Entscheidungen trafen, war er der Jüngste, der Aufnahme in den inneren Kreis gefunden hatte – und wenn Jackson ihm auch oft versichert hatte, er sei so wertvoll wie jeder andere, hatte er doch bei mehr als nur einer Gelegenheit gemerkt, dass er der Letzte war, den man konsultierte. Den man *berücksichtigte*.

Aber nach dieser Sache hier nicht mehr. Nicht, nachdem sie gesehen haben, dass ich es auch ohne ein Dutzend Assistenten, die mir aufs Wort folgen, geschafft habe, den Planeten *zum Laufen zu bringen – ohne Pannen und noch vor dem Termin. Ich möchte sehen, wie Sidney das auch nur halb so gut hinbekommen hätte ...*

Sie würden natürlich bei Nacht kommen und wahrscheinlich in mehreren Gruppen. Er würde veranlassen, dass sie am Eingang von den Spezies-Betreuern begrüßt und zu den Aufzügen geführt würden (zu den neuen, nicht zu der schmutzigen Monstrosität, die er gleich benutzen musste). Auf der Fahrt nach unten würden die

Besucher alles über die effizienten, eleganten Unterkünfte erfahren, über das in sich geschlossene Luftaufbereitungssystem, den Operationsbereich – über alles, was den *Planeten* zu ihrer bis dato brillantesten Innovation machte. Von den Fahrstühlen aus würde er sie zum Kontrollraum geleiten und ihnen die umliegenden Räumlichkeiten und die aktuelle Reihe von Schöpfungen, von denen es wie immer jeweils acht geben würde, erläutern. Dann wieder hinaus und nordwärts, dorthin, wo der Testbereich begann.

Wir gehen geradeaus durch alle vier Phasen, dann besichtigen wir die Autopsie und das Chemielabor. Wir müssen natürlich kurz haltmachen, um einen Blick auf Fossil zu werfen. Und dann geht es weiter durch den Aufenthaltsbereich – wo es Kaffee und Gebäck geben wird, vielleicht Sandwiches – und schließlich in einem Bogen zurück zum Kontrollraum, um bei den ersten Tests zuzusehen. Natürlich nur Spezimen gegen Spezimen – menschliche Experimente würden den Dingen einen Dämpfer verpassen …

Ein leiser Ton lenkte seine Aufmerksamkeit auf sein unmittelbares Vorhaben zurück und zeigte ihm die Rückkehr des Liftes an. Die Tür öffnete sich. Das Schott glitt zur Seite, und Reston trat in die große Kabine. Die verstärkte Stahlplattform klirrte dumpf unter seinen Füßen. Staub wölkte von dem Metall hoch und legte sich über den Glanz seiner polierten Schuhe.

Reston seufzte, drückte den Schalter, der dafür sorgen würde, dass er an die Oberfläche gelangte, und dachte an all die Dinge, mit denen er sich hatte herumschlagen müssen, seit er vor gerade mal zehn Tagen im *Planeten* eingetroffen war. Es *ging* voran, aber es war ihm nie bewusst gewesen, wie viele Unannehmlichkeiten man erdulden musste, um eine dieser Anlagen betriebsbereit zu machen – die lauwarmen Mahlzeiten, der fortwährende Zwang, selbst dem kleinsten Detail Aufmerksamkeit zu widmen, und der *Dreck*: Überall lag er; dünne Schichten von Handwerkerstaub klebten im Haar und an der Kleidung, verstopften die Filter … Selbst im Kontrollraum hatte er alle möglichen zusätzlichen Vorsichtsmaßnahmen treffen müssen, damit der Dreck nicht in das Zentralterminal eindrang. Er musste mit drei verschiedenen Programmierern arbeiten, um das Mainframe zum Laufen zu bringen, eine weitere von Umbrellas Vorkehrungen, um zu verhindern, dass einer von ihnen zu viel wusste – aber wenn das System abstürzte ...

Reston seufzte abermals und tätschelte das kleine, flache Rechteck in seiner Innentasche, während der Lift summend nach oben fuhr. Er hatte die Codes; wenn das System abstürzte, würde er einfach neue Programmierer zu Hilfe rufen müssen. Ein Rückschlag, aber doch keine Katastrophe. Raccoon City, ja, das war eine Katastrophe – und Grund genug für ihn, dafür Sorge zu tragen, dass mit dem *Planeten* alles glatt ging.

Wir brauchen das hier. Nach dem Sommer, den wir hatten, dem Ausbruch und der Einmischung dieser S.T.A.R.S.-Typen und dem Verlust von Birkin, brauchen wir ... brauche ich *das hier!*

Der Beschluss war zwar einstimmig gefasst worden, aber es waren Restons Leute gewesen, die nach Raccoon gegangen waren, um Birkins G-Virus zu holen – eine Aktion, die den Verlust ihres führenden Wissenschaftlers und von Ausrüstung, Raum und Manpower im Wert von einer Milliarde Dollar zur Folge gehabt hatte. Es war natürlich nicht seine Schuld, niemand warf ihm das vor – aber es war für sie alle ein schlimmer Sommer gewesen, und eine Anlage vom Typ Envirotest A am Laufen zu haben, würde die Wogen beträchtlich glätten.

Er dachte darüber nach, was Trent gesagt hatte, bevor Reston sich auf den Weg zum *Planeten* gemacht hatte – dass es keinen Grund zur Sorge gebe, so lange sie nur nicht den Kopf verloren. Ein Allgemeinplatz, aber aus Trents Mund klang es wie die Wahrheit. Es war seltsam – man hatte Trent eingeschaltet, damit er als Troubleshooter fungierte, und in weniger als sechs Monaten war er zu einem der am meisten geachteten Mitglieder ihres Zirkels geworden. Nichts vermochte Trent zu erschüttern, der Mann war wie aus Eis. Sie konnten von Glück reden, dass sie ihn hatten, vor allem in Anbetracht ihrer jüngsten Pechsträhne.

Der Aufzug hielt an. Reston straffte die Schultern, und allein der

Gedanke, den Mann nach seiner Pfeife tanzen zu lassen, ließ ihn wieder lächeln und alle Sorgen für den Augenblick verdrängen.

Nur ein armes Arbeiterlein, dachte er beschwingt – und trat hinaus, um sich der Sache anzunehmen.

SECHS

Der Halbmond warf blassblaues Licht vom klaren Himmel über die weite, offene Ebene und ließ die Nacht noch kälter wirken, als sie es war.

Und das ist scheißkalt, dachte Claire. Sie zitterte trotz der auf Hochtouren laufenden Heizung des Mietwagens. Es war wieder ein Minivan, und obwohl sie sich alle drei im Heck aufhielten, überaus aktiv waren, Waffen überprüften und Magazine aufmunitionierten, schienen sie nicht annähernd genug Wärme zu erzeugen, um die eisige Luft, die durch die dünne Metallhülle hereinsickerte, auszugleichen.

„Hast du die 380er?", fragte John an Leon gewandt, der ihm die Munitionsschachtel reichte, bevor er damit fortfuhr, ihre Hüfttaschen zu packen. David saß am Steuer, Rebecca checkte ihre Position via GPS. Wenn Trents Koordinatenangaben stimmten, mussten sie sich ihrem Ziel jetzt nähern.

Claire schaute hinaus auf die fahle Landschaft, die an der Staubpiste vorbeizog, scheinbar endlose Meilen von Nichts unter dem weiten Himmel, und sie schauderte abermals. Es war eine öde, verlassene Gegend, die Straße, auf der sie sich befanden, kaum mehr als ein Schmutzstreifen, der aus dem Nirgendwo kam – perfekte Bedingungen für Umbrella.

Der Plan war einfach: Den Van etwa eine halbe Meile von der Stelle entfernt parken, die Trents Koordinaten markierte, sämtliche Waffen, die sie hatten, mitnehmen und sich dann so leise wie möglich auf das Gelände stehlen …

„… wir suchen dieses Einlasstastenfeld, von dem Trent gesprochen hat, probieren die Codes aus und gehen rein", hatte David gesagt, „lange nach Einbruch der Dunkelheit. Mit etwas Glück wird der Großteil der Arbeiter schlafen. Wir müssen nur die Personalunterkünfte finden und die Leute zusammentreiben. Wir werden sie einsperren und nach Mister Restons Buch suchen. John, du und Claire, ihr werdet unsere Gefangenen bewachen, während wir anderen suchen. Das Buch wird wahrscheinlich in den Operationsräumen sein oder in Restons Privatquartier. Wenn wir es in, sagen wir, zwanzig Minuten nicht gefunden haben, werden wir Mister Reston selbst danach befragen müssen – als letztes Mittel, um nicht auf Trent zu verweisen. Mit dem Buch in der Hand verlassen wir die Einrichtung auf demselben Weg, wie wir reingegangen sind. Fragen?"

Bei der Planung im Hotel hatte die Sache ganz einfach geklungen – und da ihnen kaum Informationen zur Verfügung standen, hatte es auch kaum Fragen gegeben. Jetzt allerdings, da sie durch eine endlose, eisige Wüstenei fuhren und versuchten, sich auf die Konfrontation einzustimmen – jetzt schien es nicht mehr annähernd so einfach. Es war eine beängstigende Aussicht, einen Ort zu betreten, an dem keiner von ihnen je zuvor gewesen war, um dort nach einem Gegenstand zu suchen, der nicht größer war als ein Taschenbuch.

Und: Wir haben es mit Umbrella zu tun. Und: Wir müssen einem Haufen Techniker eine Scheißangst einjagen und am Ende vielleicht einem von den großen Jungs massiv zu Leibe rücken.

Zumindest gingen sie gut bewaffnet in den Einsatz. Es schien, als hätten sie doch etwas aus ihren Begegnungen mit Umbrella gelernt – dass es nämlich eine sehr gute Idee war, ein verdammt großes Arsenal an Waffen mitzunehmen. Zusätzlich zu den Neunmillimeter-Handfeuerwaffen und mehreren Clips, die sie alle bei sich trugen, hatten sie zwei M-16-A1-Schnellfeuergewehre – eins für John, eins für David – und ein halbes Dutzend Splitterhandgranaten. Nur für den Fall der Fälle, hatte David gesagt.

Für den Fall, dass alles in die Hose geht. Für den Fall, dass wir irgendeine bizarre, mörderische Kreatur in die Luft jagen müssen – oder hundert davon ...

„Kalt?", fragte Leon.

Claire wandte sich vom Fenster ab und sah ihn an. Er war mit den Hüftpacks fertig und hielt ihr eines hin. Sie nahm es und nickte als Antwort auf seine Frage. „Dir nicht?"

Grinsend schüttelte er den Kopf. „Thermo-Unterwäsche. Die hätte ich in Raccoon brauchen können ..."

Claire lächelte. „*Du* hättest die brauchen können? Ich bin doch in Shorts herumgerannt, du hattest wenigstens deine Uniform."

„Die mit Echsengedärm verschmiert war, ehe ich halb durch die Kanalisation war", sagte er, und sie war froh, dass er zumindest versuchte, sich darüber lustig zu machen.

Es geht ihm allmählich besser – uns beiden.

„Also, Kinder", sagte John streng. „Wenn ihr nicht aufhört, kehren wir um ..."

„Fahr langsamer", sagte Rebecca vorne. Ihre leise Stimme brachte sie alle zum Schweigen. David ging vom Gas, der Van kroch nur mehr dahin.

„Sieht so aus als ob ... Die Einrichtung liegt etwa eine halbe Meile südöstlich unserer momentanen Position", sagte Rebecca.

Claire holte tief Luft, sah, wie John eines der Gewehre aufnahm und wie Leon die Lippen zu einer dünnen Linie zusammenpresste, als David den Van zum Stehen brachte. Es war an der Zeit. John öffnete die Seitentür, und die Luft war wie Eis, trocken und bitterkalt.

„Hoffe, die haben den Kaffee aufgesetzt", schnaubte John, sprang in die Dunkelheit hinaus und langte nach hinten, um seine Tasche zu nehmen. Rebecca packte ein paar medizinische Dinge ein und als sie und David ausstiegen, legte Leon seine Hand auf Claires Schulter.

„Bist du bereit?", fragte er leise, und Claire dachte, wie süß er doch war – sie hatte überlegt, ihm dieselbe Frage zu stellen. In der Zeit seit Raccoon waren sie einander ziemlich nahe gekommen – und wenn sie auch nicht sicher war, glaubte sie doch, ein paar Hinweise darauf gefunden zu haben, dass er nichts dagegen hätte, wenn sie einander *noch* näher kämen. Sie wusste noch immer nicht recht, ob das eine gute Idee war …

… und jetzt ist nicht die Zeit, um das zu entscheiden. Je eher wir dieses Codebuch in die Finger kriegen, desto eher kommen wir nach Europa. Zu Chris.

„So bereit, wie's nur geht", antwortete sie. Leon nickte und sie kletterten hinaus in die frostige Nacht, um sich den anderen anzuschließen.

David beorderte John ans Ende, übernahm selbst die Führung und verbannte alle negativen Gedanken aus seinem Kopf, während sie in die Richtung ausschritten, in der Trents Angaben zufolge die Testeinrichtung lag. Es war nicht einfach: Sie gingen quasi *nackt* hinein, hatten nicht einmal einen Tag Zeit zum Planen gehabt, keine Grundrisszeichnung, keine Ahnung, wie Reston aussah und mit welchen Sicherheitsvorkehrungen sie rechnen mussten.

Die Liste unserer Unzulänglichkeiten ist endlos, und trotzdem nehme ich diese Leute mit hinein. Weil ich zurücktreten kann, wenn wir Erfolg haben. Umbrella wäre dann so gut wie tot, und niemand wird mehr zu mir aufsehen wollen, nie wieder.

Das war ein Gedanke, der ihm Halt gab – ein friedlicher Ruhestand. Wenn die Ungeheuer, die hinter White Umbrella steckten, erst einmal der Gerechtigkeit überantwortet waren, würde er keine größere Verantwortung mehr tragen müssen, als zu essen und sich zu waschen. Vielleicht würde er sich noch zu einer Zimmerpflanze durchringen …

„Ich glaube – ein paar Grad nach links", sagte Rebecca von hinten, womit sie ihn aufschreckte und seine Konzentration wieder auf Kurs brachte. Sie hatte nur geflüstert, doch die Nacht war so kalt und klar, die Luft so absolut reglos, dass jeder Schritt, jeder Atemzug die Welt auszufüllen schien.

David führte sein Team durch die Dunkelheit und wünschte, dass sie ihre Lampen hätten benutzen können. Sie mussten der Anlage jetzt allmählich näher kommen. Aber trotzdem sie ganz in Schwarz gekleidet waren, machte er sich Sorgen, dass man sie entdecken könnte, bevor sie drin waren – was immer das auch genau bedeuten mochte. Von Trent hatten sie nichts darüber erfahren, wie die Einrichtung aussah. Mit dem Licht des nicht einmal halben Mondes würden sie die Anlage jedenfalls erst dann sehen, wenn sie unmittelbar davorstanden ...

Da!

Eine Verdichtung der Schatten, direkt vor ihnen. David hob die Hand, als Zeichen für die anderen, langsamer zu werden. Er sah ein zerbeultes Metalldach, auf dem sich das Mondlicht brach. Dann einen Zaun und dann eine Handvoll Gebäude, allesamt dunkel und still.

David ließ sich im Gehen in die Hocke nieder, bedeutete den anderen, seinem Beispiel zu folgen, und hielt das Schnellfeuergewehr fest an seine Brust gedrückt. Sie krochen näher heran, nahe genug, um die einsame Ansammlung einstöckiger Bauten hinter einem niedrigen Zaun zu sehen.

Fünf, sechs Gebäude, kein Licht, keine Bewegung – nach vorne hin jedenfalls ...

„Unterirdisch", flüsterte Rebecca, und David nickte. Vermutlich. Sie hatten mehrere Möglichkeiten durchgesprochen, und dies schien die wahrscheinlichste. Selbst im fahlen Licht konnte er sehen, dass die Gebäude alt, schmutzig und abgenutzt waren. Vorne lag eine kleinere Konstruktion, dahinter fünf lange, niedrige Bauten in einer Reihe, alle mit schrägen Metalldächern. Die Anlage war sicher weitflächig genug, um eine Art Testgelände darzustellen, die Gebäude wirkten groß wie Flugzeughangars. Aber in Anbetracht der Lage der Einrichtung – einsam, inmitten der Wüste – und der Abnutzungserscheinungen, tippte er auf unterirdisch.

Das war gut und schlecht zugleich. Gut, weil sie es eigentlich schaffen sollten, ohne größere Probleme auf das Gelände zu gelangen – schlecht, weil Gott allein wusste, welche Art von Überwachungssystem man installiert hatte. Sie würden sich beeilen müssen.

Immer noch gebückt, drehte David sich zu seinem Team um. „Wir müssen im Eiltempo rein", sagte er leise, „und geduckt bleiben. Wir klettern über den Zaun, halten auf das Gebäude zu, das dem vorderen Tor am nächsten liegt – gleiche Reihenfolge, ich an der Spitze, John als Schlusslicht. Wir müssen den Eingang so schnell wie möglich finden. Achtet auf Kameras, und jeder nimmt seine Waffe in die Hand, sobald wir auf dem Gelände sind."

Nicken in der Runde, grimmige, entschlossene Gesichter. David wandte sich um und bewegte sich auf den Zaun zu, den Kopf eingezogen, die Muskeln angespannt. Zwanzig Meter. Die Luft biss ihm in die Lungen, ließ ihm den dünnen Schweißfilm auf der Haut gefrieren. Zehn Meter. Fünf ... und er konnte die „Kein Durchgang"-Schilder sehen, die am Zaun aufgestellt waren. Und als sie das Tor erreichten, machte David ein Schild aus, dem zufolge vor ihnen die in Privatbesitz befindliche „Wetterüberwachungs- und -beobachtungsstation #7" lag. Er schaute auf und entdeckte auf zwei Gebäuden die runden Silhouetten von Satellitenschüsseln, dazu die vielen dünnen Striche von Antennen, die auf einem davon in die Höhe ragten.

David berührte den Zaun mit dem Lauf der M-16, dann mit seiner Hand. Nichts, und es gab auch keinen Stacheldraht, keine Sensorlinien, die er gesehen hätte, und keine Alarmstolperdrähte.

Klar, keine Wetterstation wäre damit ausgerüstet. Umbrella ist an seinen Fronten so spartanisch, wie es der Wirklichkeit einer harmlosen Einrichtung entspräche.

Er hängte sich das Gewehr über die Schulter, fand Halt an dem starken Draht und zog sich hoch. Es waren nur etwas über zwei Meter. Innerhalb von fünf Sekunden war er oben, stieg hinüber und sprang auf der anderen Seite des Zaunes zu Boden.

Rebecca war die Nächste. Sie kletterte schnell und mühelos hinauf, ein geschmeidiger Schatten im Dunkeln. David fasste nach oben, um ihr zu helfen, doch sie landete bereits behände neben ihm, fast ohne zu straucheln. Sie zog ihre Waffe, eine H&K VP70, und drehte sich, um die Dunkelheit zu sondieren, während David sich wieder dem Zaun zuwandte.

Leon rutschte oben fast ab, aber David half ihm, indem er die Hand des jungen Mannes packte. Als er unten war, nickte er David dankbar zu und machte sich bereit, Claire herüber zu helfen.

So weit, so gut ...

David durchforstete die Schatten um sie herum, während John draußen hochkletterte. Sein Herz hämmerte, all seine Sinne befanden sich in höchster Alarmbereitschaft. Es war nichts zu hören außer dem sanften Klirren des Zaunes, nichts rührte sich in der Schwärze.

Er warf einen Blick nach hinten, als John mit einem dumpfen Laut auf dem Boden aufkam. Dann nickte er in Richtung des vorderen, kleineren Gebäudes. Wenn er eine Tarnfassade hätte errichten sollen, hätte er den tatsächlichen Eingang irgendwo versteckt, wo niemand danach suchen würde – in einer Besenkammer im hintersten Teil des letzten Gebäudes, unter einer Falltür im Dreck –, aber Umbrella war zu anmaßend, zu selbstgefällig, um sich um derlei simple Vorsichtsmaßnahmen zu scheren.

Der Eingang liegt bestimmt im ersten Gebäude, weil sie glauben, ihn so clever versteckt zu haben, dass niemand ihn finden wird. Denn wenn es etwas gibt, worauf wir zählen können, dann darauf, dass Umbrella sich für zu schlau hält, als dass man ihnen etwas am Zeug flicken könnte ...

Hoffte er. Wiederum gebückt bewegte sich David auf das Gebäude zu und betete, dass, wenn sie denn von Kameras beobachtet wurden, niemand diese Kameras beobachtete.

Es war spät, aber Reston war nicht müde. Er saß im Kontrollraum, nippte an einer Porzellantasse mit Brandy und dachte müßig darüber nach, was morgen auf dem Plan stand.

Er würde natürlich seinen Bericht erstatten. Cole hatte es immer noch nicht geschafft, die Sprechanlage zu reparieren, aber die Videokameras schienen alle einwandfrei zu funktionieren. Der Ca6-Betreuer, Les Duvall, wollte, dass sich einer der Mechaniker um ein Steckschloss am Release-Käfig kümmerte – und dann war da noch die Stadt. Die Ma3Ks konnten nicht wirklich zeigen, wozu sie fähig waren, wenn die einzigen Farben braun und ziegelrot waren …

Muss die Bauarbeiter morgen nach Vier schicken. Und nachsehen, wie die Av1er mit den Sitzstangen zurechtkommen.

Auf der Kontrolltafel vor ihm leuchtete ein rotes Licht auf, begleitet von einem leisen mechanischen Blöken. Das war das sechste oder siebte Mal in dieser Woche; Cole musste auch das reparieren. Der Wind, der von der Ebene her wehte, konnte heftig sein – an einem schlimmen Tag rüttelte er so hart an den Türen der Oberflächengebäude, dass sämtliche Sensoren ansprachen.

Trotzdem, gut, dass ich hier war …

Wenn der *Planet* erst einmal voll besetzt war, würde immer jemand da sein, um die Sensoren zurückzusetzen, aber im Augenblick war er der Einzige, der Zutritt zum Kontrollraum hatte. Wäre er im Bett gewesen, hätte ihn der leise, aber durchdringende Alarm, der jetzt gerade in seinem Privatzimmer anschlug, zum Aufstehen gezwungen.

Reston fasste nach dem Schalter, blickte auf die Reihe von Monitoren zu seiner Linken, mehr der Form halber als in der Erwartung, etwas zu sehen …

… und gefror in der Bewegung, während er auf den Bildschirm starrte, der ihm den Zutrittsraum fast eine Viertelmeile über seinem momentanen Aufenthaltsort zeigte, aus der Perspektive der Deckenkamera in der südöstlichen Ecke.

Vier, fünf Leute waren zu sehen. Sie hatten ihre Taschenlampen eingeschaltet und waren alle in Schwarz gekleidet. Die dünnen Lichtbalken strichen über staubige Konsolen, Wände voller meteorologischen Equipments – und beleuchteten die Waffen, die sie bei sich trugen. Metall blitzte auf. Pistolen und Gewehre.

O nein!

Fast eine volle Sekunde lang empfand Reston Furcht und Verzweiflung, ehe er sich darauf besann, wer er war. Jay Reston war nicht zu einem der mächtigsten Männer des Landes – vielleicht sogar der Welt – geworden, weil er leicht in Panik verfiel.

Er griff unter das Schaltpult, nach dem schmalen Handapparat, der in einem Schlitz neben dem Stuhl steckte und ihn direkt mit den Privatbüros von White Umbrella verband. Sobald er ihn abnahm, war die Leitung offen.

„Hier ist Reston", sagte er und konnte die stählerne Härte in seiner Stimme hören, hören und spüren. „Wir haben ein Problem. Ich möchte, dass Trent verständigt wird, und ich möchte, dass Jackson mich sofort anruft – und schicken Sie umgehend ein Team los. Ich erwarte es in *minus* zwanzig Minuten."

Während er sprach, starrte er auf den Bildschirm, auf die *Eindringlinge*, und presste die Kiefer zusammen. Seine anfängliche Furcht verwandelte sich in Zorn. Die flüchtigen S.T.A.R.S.-Mitglieder – bestimmt ...!

Es war einerlei. Selbst wenn sie den Zugang fanden, fehlten ihnen doch die Codes – und wer sie auch waren, sie würden dafür büßen, ihm auch nur eine Sekunde lang Kummer bereitet zu haben.

Reston ließ den Hörer in den Schlitz zurückgleiten, verschränkte die Arme, beobachtete, wie sich die Fremden lautlos über den Bildschirm bewegten, und fragte sich, ob sie auch nur die leiseste Ahnung hatten, dass sie binnen einer halben Stunde tot sein würden.

SIEBEN

Das Gebäude war kalt und finster, aber das leise Summen einer laufenden Maschine durchbrach die Stille, und dem lauschte Rebecca über das Pochen ihres Herzens hinweg. Der Bau war nicht allzu groß, vielleicht zehn auf sechs Meter, aber es war ein einzelner Raum und mithin groß genug, um sich unsicher darin zu fühlen, verletzbar. Ringsum blinkten kleine Lichter in zufälliger Folge, wie Dutzende von Augen, die sie aus den Schatten beobachteten.

Mann, ich hasse das!

Rebecca ließ den Strahl ihrer Taschenlampe über die Westwand des Gebäudes streichen, suchte nach irgendetwas Auffälligem und versuchte zugleich, das Gefühl des Unwohlseins zu unterdrücken. In Filmen spazierten Privatdetektive und Cops, die gerade in ein Haus eingedrungen waren, immer seelenruhig herum und suchten nach Beweisen, als gehörte ihnen die Bude. Im wirklichen Leben war es beängstigend, irgendwo einzubrechen, wo man absolut *nicht* sein sollte. Sie wusste, dass sie im Recht, dass sie die Guten waren, aber ihre Handflächen waren trotzdem feucht, ihr Herz hämmerte, und sie wünschte sich verzweifelt, dass es eine Toilette gäbe, die sie benutzen könnte. Ihre Blase war scheinbar auf die Größe einer Walnuss geschrumpft.

Muss warten, es sei denn, ich will auf Feindesboden pinkeln ...

Das wollte sie nicht.

Rebecca lehnte sich nach vorne, um die vor ihr befindliche Maschine genauer in Augenschein zu nehmen, eine aufrecht stehende, mit Knöpfen bedeckte Apparatur von der Größe eines Kühlschranks. Auf dem Etikett an der Vorderseite stand „OGO Relais", was immer das auch sein mochte. So weit sie es beurteilen konnte, war der Raum voll von großen, klobigen Maschinen, die wiederum voller Schalter waren. Wenn die anderen Gebäude auch so ausgestattet waren, würden sie die ganze Nacht brauchen, um Trents versteckte Codeschalttafel zu finden.

Jeder von ihnen hatte sich eine Wand vorgenommen, und John untersuchte die Tische in der Mitte des Raumes. Vermutlich war irgendwo im Gebäude eine Überwachungskamera installiert, was nur zu noch größerer Eile Anlass gab – auch wenn sie alle hofften, dass die Minimalbesetzung der Anlage bedeutete, dass niemand Wache schob. Wenn sie *sehr* viel Glück hatten, war das Alarmsystem vielleicht noch nicht einmal angeschlossen.

Nein, das wäre ein Wunder. Wir können von Glück reden, wenn wir hier lebendig und unverletzt rein- und wieder rauskommen, ob mit oder ohne Buch!

Seit sie sich von ihrem Van entfernt hatten, hatte Rebeccas innerer Alarm eine regelrechte Nervenkrise eingeläutet. In ihrer kurzen Zeit bei S.T.A.R.S. hatte sie gelernt, dass es wichtig war, seinem inneren Gespür zu vertrauen, wichtiger vielleicht noch als eine Waffe zu haben. Der Instinkt veranlasste einen Menschen, Kugeln auszuweichen oder sich zu verstecken, wenn der Feind in der Nähe war, ließ ihn wissen, wann es an der Zeit war abzuwarten oder zu handeln.

Das Problem ist nur: Woher weiß man, ob es der Instinkt ist oder ob man einfach nur eine Scheißangst hat?

Sie wusste es nicht. Was sie wusste, war, dass sie kein gutes Gefühl hatte bei ihrem nächtlichen Überfall. Sie fror und war nervös, ihr Magen tat weh, und sie konnte die Vorahnung nicht abschütteln, dass etwas Schlimmes passieren würde.

Andererseits sollte sie wohl auch Angst haben – sie alle sollten das. Was sie taten, war gefährlich. Und sich einzugestehen, dass etwas Schlimmes passieren könnte, war nicht etwa paranoid, sondern realistisch ...

… aber hallo. Was ist denn das?

Direkt neben der OGO-Maschine war etwas, das wie ein Wasserboiler aussah, ein großes, rundes Gerät mit einer Sichtscheibe an der Vorderseite. Hinter dem kleinen Rechteck aus Glas befand sich eine Spule mit Diagrammpapier, bedeckt von dünnen schwarzen Linien, die ihr nichts sagten – was ihr jedoch ins Auge fiel, war der Staub auf dem Glas. Es schien derselbe fein pudrige Schmutz zu sein, der über dem ganzen Raum zu liegen schien … nur, dass das eben nicht der Fall war. Eine Schmierspur zog sich durch den Staub, ein feuchter Streifen, den ein Finger hinterlassen haben konnte.

Ein Schmierstreifen auf Staub?

Wenn jemand mit der Hand über das staubige Glas gefahren wäre, hätte er ihn abgewischt. Rebecca berührte ihn, zog die Stirn kraus – und spürte die raue Oberfläche des Staubes, die dünnen Grate und Wirbel unter ihren Fingern. Er war aufgemalt oder –gesprayt, und das hieß: Er war falsch.

„Ich hab vielleicht was", flüsterte sie und berührte das Fenster an der Stelle, wo der Schmierstreifen war. Das Fenster schnappte auf, schwang zur Seite …

… und dahinter lag ein funkelndes Metallrechteck, eine Zehnertastatur, die in eine extrem unstaubig aussehende Fläche eingelassen war. Das Diagrammpapier war auch getürkt, nur ein Teil des Glases.

„Bingo", flüsterte John hinter ihr, und Rebecca trat zurück. Sie empfand einen Anflug von Aufregung, als die anderen sich um sie scharten und sie die Spannung aller spürte. Ihr gemeinsamer Atem bildete eine kleine Wolke in dem eiskalten Raum und erinnerte Rebecca daran, wie sehr sie fror.

Zu kalt … Wir sollten zurück zum Van gehen, zurück zum Hotel, um ein heißes Bad zu nehmen …

Sie erkannte die Verzweiflung ihrer inneren Stimme. Es lag nicht an der Kälte, es lag an diesem *Ort*.

„Genial", sagte David leise und trat mit hochgehaltener Taschenlampe vor. Er hatte sich Trents Codes eingeprägt, elf insgesamt, jeweils achtstellig.

„Ist bestimmt der Letzte, wirst sehen", wisperte John. Rebecca hätte vielleicht gelacht, wäre sie nicht so verängstigt gewesen.

John verstummte, während sie David zusahen, wie er die ersten Ziffern eingab, und Rebecca gestand sich ein, dass sie nicht allzu enttäuscht gewesen wäre, wenn sie nicht funktioniert hätten.

Jackson hatte angerufen und Reston in ruhigem, kultiviertem Tonfall darüber informiert, dass zwei Vier-Mann-Teams per Hubschrauber aus Salt Lake City unterwegs waren. „Zufällig hatte unsere Zweigstelle gerade ein paar Truppen zu Entertainmentzwecken eingeladen", hatte er gesagt. „Dafür müssen wir uns bei Trent bedanken. Er schlug vor, einen Teil unserer Security schon vor der großen Eröffnung zu versetzen."

Reston hatte sich gefreut, das zu hören, war aber weniger glücklich über die Tatsache, dass *sie* hier waren – drei bewaffnete Männer und zwei Frauen, die mitten in der Nacht im Eingangsbereich des *Planeten* herumschnüffelten ...

„Sie können nicht hinein, Jay", hatte Jackson ihn beruhigt. „Sie kennen den Zugangscode nicht."

Reston hatte seine Erwiderung darauf hinuntergeschluckt und ihm stattdessen gedankt. Jackson Cortlandt war vermutlich der herablassendste und arroganteste Hurensohn, dem Reston je begegnet war, aber er war auch außerordentlich fähig – und extrem grausam, wenn es die Situation erforderte. Den letzten Mann, der Jackson in die Quere gekommen war, hatte man seiner Familie per Post zugeschickt – in Einzelteilen. Dem Seniormitglied gegenüber etwas in der Art von „Ach, ohne Scheiß?" an den Kopf zu werfen, kam in etwa dem Sprung von einem Hochhaus gleich.

Jackson hatte dann klar gemacht, dass er den Anruf zwar begrüßte, es jedoch besser fände, wenn Jay sich künftig selbst um derlei Angelegenheiten kümmere – und dass er, wenn er sich die Mühe gemacht hätte, über innere Angelegenheiten auf dem Laufenden zu bleiben, von den Teams in SLC gewusst hätte ... Es gab nicht ausdrücklich etwas auf die Finger, aber Reston verstand den Hinweis auch so. Er legte auf und kam sich vor, als sei er streng gemaßregelt worden. Und den fünf Eindringlingen zuzusehen, wie sie das gesamte Gebäude durchkämmten, verstärkte seine Anspannung noch zusätzlich.

Keine Codes, kein Zugang! Selbst wenn sie die Steuerung finden ...

Zwanzig Minuten. Alles, was er zu tun hatte, war, zwanzig Minuten zu warten, eine halbe Stunde höchstens. Reston holte tief Luft und stieß sie langsam wieder aus ...

... und vergaß, wieder einzuatmen, als er sah, wie einer der Eindringlinge, ein Mädchen, gegen das Fenster vor dem Tastenfeld drückte. Sie hatten es gefunden, und er wusste immer noch nicht, wer sie waren und wie sie überhaupt von der Existenz des *Planeten* erfahren hatten. Aber die Art und Weise, in der einer der Männer vortrat und anfing, Nummern einzugeben, ließ befürchten, dass zwanzig Minuten verdammt zu lang sein könnten, um auf Hilfe zu warten.

Er rät nur, gibt willkürlich irgendwelche Zahlen ein. Etwas anderes ist nicht möglich!

Reston sah dem großen, dunkelhaarigen Mann dabei zu, wie dieser weiter Ziffernfolgen eintippte, und dachte daran, was Trent bei ihrer jüngsten Zusammenkunft gesagt hatte: Dass es bei White Umbrella eine undichte Stelle geben könnte.

Ein Informationsleck, auf oberster Ebene. Jemand, der die Zugangscodes kennen könnte ...

Er griff abermals nach dem Telefon, hielt dann aber inne. Jacksons unterschwellige Warnung ließ ihn in Schweiß ausbrechen. Er selbst musste sich darum kümmern, er selbst musste verhindern, dass sie eindrangen – aber seine Leute schliefen alle, und es gab kein Interkom. In seinem Zimmer befand sich zwar eine Waffe, aber wenn sie den Code *hatten*, blieb ihm keine Zeit, um ...

... automatischer Override!

Reston wandte sich vom Bildschirm ab und ging auf die Tür zu, tadelte sich selbst, während er aus dem Kontrollraum eilte. Hinter einer versteckten Tafel neben dem Aufzug gab es einen Schalter zum manuellen Override. Er konnte den Fahrstuhl hier unten festsetzen, selbst wenn sie die Zugangsnummern besaßen ...

... und die Teams werden eintreffen und unsere kleine Einbrecherbande auflesen, und ich werde die Sache gemeistert haben.

Er lächelte – ein Lächeln ganz ohne Humor – und fing an zu rennen.

Nervös sah Leon zu, wie David eine andere Zahlenreihe eintippte, und hoffte, dass ihre Anwesenheit noch nicht entdeckt worden war. Er hatte keine Kamera gesehen, aber das hieß nicht, dass es keine gab. Wenn Umbrella gewaltige unterirdische Labors bauen und Monster erschaffen konnte, dann konnten diese Leute auch eine Videokamera verstecken.

David drückte eine letzte Taste, und dann gab es ein Geräusch und zugleich eine Bewegung – das leise Zischen einer versteckten Hydraulik, das ferne Summen eines Motors. Ein riesiges Stück Wand rechts des Tastenfelds glitt nach oben. Synchron hoben alle fünf ihre Waffen – und senkten sie wieder, als sie das dicke Maschendrahttor und den finsteren, leeren Aufzugschacht dahinter entdeckten.

„Verdammt!", sagte John mit einem Anflug von Ehrfurcht, und Leon musste ihm zustimmen. Das Segment maß drei Meter in der Breite, war voller Apparaturen und doch innerhalb von zwei Sekunden in der Decke verschwunden. Von was für einem Mechanismus es auch bewegt wurde, er war außerordentlich leistungsfähig.

„Was ist das?", flüsterte Rebecca, und eine Sekunde später vernahm auch Leon es, ein fernes Summen. Offenbar hatte der Zugangscode auch den Lift gerufen. Sie konnten hören, wie er hochkam, hörten das lauter werdende Geräusch eines gut geölten Mechanismus in der eisigen Schwärze des Schachtes. Die Kabine stieg schnell empor, war aber immer noch weit unten. Leon fragte sich nicht zum ersten Mal, wie zum Teufel Umbrella es geschafft hatte, so etwas zu bauen. Das Labor in Raccoon war auch riesig gewesen, mit Gott weiß wie vielen Etagen, allesamt tief unter der Oberfläche der Stadt gelegen.

Sie müssen mehr Geld haben als Gott. Und einen verdammt fähigen Architekten.

„Wir könnten ein Warnsystem oder einen Alarm ausgelöst haben", sagte David leise. „Vielleicht ist die Kabine nicht leer."

Leon und die anderen nickten. Sie warteten in angespanntem Schweigen, und John hielt sein Gewehr auf das Maschengittertor gerichtet.

Reston fand die flache, fugenlos eingelassene Platte und löste sie ohne Probleme ...

... aber der Schalter war mit einem Schloss versehen, ein dünner Metallstab, der oben drin steckte und verhinderte, dass der Schalter heruntergedrückt werden konnte. Erst als Reston das Schloss sah, fiel es ihm wieder ein – eine weitere Vorsichtsmaßnahme von Umbrella, eine, die ihm jetzt ungeheuer blöde erschien.

Die Schlüssel! Alle Arbeiter haben sie, und auch ich habe ein Set erhalten, bevor ich kam ...

Reston fuhr sich mit den Händen durchs Haar, zermarterte sich das Hirn, fühlte Verzweiflung und Qual in sich erwachen.

Wo habe ich die gottverdammten Sicherheitsschlüssel hingetan?

Als er Sekunden später hörte, wie der Aufzug nach oben gerufen wurde, verkniff er sich mit Mühe einen Aufschrei. Sie hatten den Code! Sie hatten Waffen, sie waren zu fünft, und sie hatten den Code!

Dauert zwei Minuten, bis er oben ist. Habe noch Zeit, und die Schlüssel sind ...

Nichts. Sein Kopf war leer, und die Sekunden vertickten. Er hatte den Rückrufknopf bereits gedrückt, aber der Lift würde nicht wieder herunterkommen, wenn oben jemand das Tor öffnete. Die Meuchelmörder oder Saboteure, oder was zum Teufel sie auch waren, mussten das Tor bereits geöffnet haben und jetzt sahen sie zu, wie der Aufzug nach oben fuhr, warteten ...

... oder vielleicht werfen sie auch ein paar Pfund Plastiksprengstoff in den Schacht – oder ...

Der Kontrollraum! Die Schlüssel sind im Kontrollraum!

Reston drehte sich um und rannte los, über den breiten Korridor, drei Meter nach rechts und die schmale Abzweigung außerhalb des Kontrollraums hinunter. An seinem ersten Tag im *Planeten* hatte ihm einer von den Bauleuten alle internen Schlösser gezeigt – zum Ersatzgenerator, zum Medikamentenschrank im OP-Bereich …

Er hatte während dieser Führung die ganze Zeit über gegähnt und die Schlüssel dann im Kontrollraum in eine Schublade geworfen, in der Annahme, dass er sie nie brauchen würde.

Er stürmte durch die Tür, beschloss, dass er sich auch noch später dafür in den Arsch treten konnte, die Schlüssel vergessen zu haben, und fragte sich, wie die Dinge binnen so kurzer Zeit derart außer Kontrolle hatten geraten können. Vor gerade mal zehn Minuten hatte er noch Brandy getrunken, sich entspannt …

… und in weiteren zehn Minuten könnte ich tot sein!

Reston legte einen Zahn zu.

Der Aufzug war groß, mindestens drei Meter breit und vier tief. John blinzelte, als sich der Lift in ihr Blickfeld schob. Das harte Licht einer nackten Glühbirne unter der Decke war nach ihrem langen Aufenthalt im Dunkeln fast blendend grell.

Wenigstens ist er leer. Jetzt müssen wir nur aufpassen, dass wir nicht in einen Hinterhalt geraten und umgelegt werden, wenn wir unten ankommen.

Der Fahrstuhl kam sanft zum Halten. Die Verriegelung des Maschendrahttors öffnete sich, und das Tor glitt in die Wand. John befand sich dem Lift am nächsten. Er warf David einen Blick zu, der ihm mit einem Nicken zu verstehen gab, den Lift zu checken.

„Erdgeschoss – Schuhe, Herrenbekleidung, Umbrella-Arschlöcher", sagte John, ohne sich sonderlich daran zu stören, dass er dafür keinen Lacher erntete. Jeder hatte seine eigene bevorzugte Methode, mit Stress umzugehen. Außerdem war sein Sinn für Humor höher entwickelt.

Wohl etwas zu hoch für die anderen, dachte er und suchte die

Wände des Aufzugs nach irgendetwas Ungewöhnlichem ab. Na ja, vielleicht nicht wirklich zu hoch für sie – es war eher so, dass sie keinen *Sinn* hatten für seinen feingeistigen Witz.

Er hielt sich selbst bei Laune, das war wichtig, es verhinderte, dass er zusammenklappte oder sich in ein Wrack verwandelte.

Der Aufzug schien in Ordnung zu sein, staubig zwar, aber sicher. John trat vorsichtig hinein, Leon direkt hinter ihm ...

... und dann hörte John ein Geräusch, im selben Moment, als an der Schalttafel des Liftes ein rotes Licht zu blinken begann.

„Still!", zischte John und hob seine Hand, weil er nicht wollte, dass noch jemand einstieg, bis er wusste, was das Licht zu bedeuten hatte ...

... und hinter ihm schloss sich das Maschengittertor!

Der Riegel schnappte ein. John kreiselte herum, sah, dass Leon mit ihm in der Kabine war, sah, wie Claire und Rebecca von der anderen Seite her auf das Tor zusprangen und David zum Tastenfeld rannte.

Von oben kam ein schabendes *Klick!*, und Leon, der weiter vorne stand, rief Claire und Rebecca zu: „Zurück!"

Rief es, weil das Wandstück herunterkam, herab*raste*. Die beiden Frauen stürzten nach hinten. John erhaschte im Dunkel einen letzten Blick auf ihre entsetzten, bleichen Gesichter ...

... dann war die Tür zu, und obwohl niemand etwas angerührt hatte, fuhr der Aufzug in die Tiefe. John ging vor der Schalttafel in die Hocke, drückte Knöpfe und stellte fest, worauf das blinkende Rotlicht hinwies.

„Manueller Override", grunzte er und stand auf. Er sah den jungen Cop an und wusste nicht recht, was er noch sagen sollte. Ihr „einfacher Plan" war gerade total in die Hose gegangen.

„Scheiße!", keuchte Leon. John nickte und fand, dass der Junge damit den Nagel ziemlich genau auf den Kopf getroffen hatte.

ACHT

„Scheiße!", zischte Claire, hilflos und verängstigt. Sie wollte so lange gegen das Wandstück schlagen, bis es die beiden freigab ...

Eine Falle! Es war eine Falle – ein Hinterhalt!

„Hör doch ... er fährt runter", sagte Rebecca, und dann hörte Claire es auch. Sie drehte sich um und sah, wie David das Keypad bearbeitete. In der anderen Hand hielt er die Taschenlampe. Sein Gesicht war grimmig.

„David ...", setzte Claire an und verstummte, als David ihr einen Blick zuwarf, ein Blick, der ihr befahl, sich zurückzuhalten. Er hielt kaum inne mit der Zahleneingabe und richtete seine Aufmerksamkeit wieder auf die Steuerung.

Claire wandte sich an Rebecca, die nervös an ihrer Unterlippe nagte, während sie David zusah.

„Er muss alle Codes ausprobieren", flüsterte sie Claire zu, und sie nickte. Sie fühlte sich krank vor Sorge, wollte darüber reden, was sie tun konnten, verstand aber, dass David sich konzentrieren musste. Sie ging einen Kompromiss ein, beugte sich vor, um Rebecca flüsternd zu antworten – wenn sie nur schweigend da gestanden hätte in der eisigen Dunkelheit, hätte sie den Verstand verloren.

„Meinst du, es war Trent?"

Rebecca runzelte die Stirn, dann schüttelte sie den Kopf. „Nein. Ich glaube, wir haben einen stillen Alarm ausgelöst oder so etwas. Ich habe gesehen, wie ein Licht im Aufzug blinkte, bevor sich das Tor schloss."

Rebecca klang so verängstigt, wie sie selbst es war, ganz genau so *entsetzt*, und Claire dachte daran, wie nahe sie und John einander gekommen sein mussten. So nahe wie Leon und sie vielleicht. Claire fasste instinktiv nach ihrer Hand. Rebecca nahm sie und drückte sie fest, während sie David beobachteten.

Komm schon, einer der Codes muss den Fahrstuhl doch öffnen, ihn zurückbringen ...!

Einige angespannte Sekunden vergingen, dann hörte David auf, Tasten zu drücken. Er richtete die Taschenlampe nach oben. Der Widerschein reichte gerade dafür aus, dass sie einander sehen konnten.

„Scheint so, als würden die Codes nicht funktionieren, wenn der Lift benutzt wird", sagte er. Seine Stimme klang ruhig und unbesorgt, aber Claire konnte sehen, dass seine Kiefer zusammengepresst waren und seine Wangenmuskeln zuckten.

„Ich werde es gleich noch mal probieren und dann noch mal – aber da jemand anderes Zugriff auf die Hauptsteuerung des Aufzugs zu haben scheint, sollten wir anfangen, andere Möglichkeiten in Betracht zu ziehen. Rebecca – such nach einer Kamera, überprüfe die Ecken und die Decke. Wenn wir eine Weile hier bleiben müssen, brauchen wir unsere Ruhe. Claire, sieh nach, ob du irgendwelche Werkzeuge findest, die wir benutzen könnten, um durch die Wand zu gelangen – Brecheisen, Schraubenzieher, irgendetwas. Wenn die Codes nicht funktionieren, werden wir versuchen müssen, uns mit Gewalt Einlass zu verschaffen. Fragen?"

„Nein", sagte Rebecca, und Claire schüttelte den Kopf.

„Gut. Tief durchatmen und anfangen."

David kehrte zurück zum Keypad, und Rebecca ging in die Ecke, wo sie ihre Taschenlampe zur Decke richtete. Claire holte tief Luft, drehte sich und schaute auf den staubigen Tisch in der Mitte des Raumes. An beiden Seiten befanden sich übereinander liegende Schubladen. Sie öffnete die erste, schob Papiere und sonstigen Kram beiseite und befand, dass David selbst unter Druck noch mächtig was auf dem Kasten hatte.

Brecheisen, Schraubenzieher, irgendetwas ... Sei vorsichtig, bitte sei vorsichtig und lass dich nicht umbringen ...!
Claire zwang sich zu einem weiteren tiefen Atemzug, dann öffnete sie die nächste Schublade und setzte ihre Suche fort.

John übernahm die Führung, der Leon nur allzu gern folgte. Er mochte zwar Raccoon überlebt haben, aber der Ex-S.T.A.R.S.-Soldat war seit etwa neun Jahren ständig im Einsatz – und er hatte noch jedes Mal die Oberhand behalten.
„Runter", sagte John, ging in die Hocke, legte sich auf den Bauch und wickelte sich den Riemen der M-16 fest um den muskulösen Arm. „Wenn es ein Hinterhalt ist, werden sie hoch zielen, wenn die Tür aufgeht – wir schießen auf ihre Knie. Wirkt wie Zauberei."
Leon legte sich neben ihn, stützte seinen rechten Arm mit der linken Hand ab, seine Neunmillimeter auf das Tor gerichtet. Draußen glitt die Finsternis vorüber. Nichts war zu sehen außer dem metallverkleideten Schacht. „Und wenn nicht?"
„Stehen wir auf, du übernimmst die rechte Seite, ich die linke. Bleib in der Kabine, wenn's geht. Wenn du merkst, dass du auf eine Wand zielst, dreh dich um und halt tief."
John warf ihm einen Blick zu – und, unfassbar, ein breites Grinsen legte sich über sein Gesicht. „Stell dir bloß vor, was für einen Spaß den anderen entgeht. Wir dürfen ein paar Umbrella-Typen zu Klump schießen und die hängen da oben im Dunkeln fest und haben nichts anderes zu tun, als zu frieren."
Leon war etwas zu angespannt, um zurückzulächeln, obwohl er es versuchte. „Ja, manche haben das Glück eben für sich gepachtet."
John schüttelte den Kopf, sein Grinsen schwand. „Es gibt nichts, was wir tun könnten, außer das Spiel mitzuspielen", sagte er. Leon nickte und schluckte. John mochte ja verrückt sein, aber in dem Punkt zumindest hatte er recht. Sie waren nun mal, wo sie waren, und sich zu wünschen, es sei anders, würde nichts daran ändern.
Schadet jedenfalls nicht, es zu versuchen. Herrgott, ich wünschte, wir wären nicht in dieses Ding gegangen ...

Der Aufzug fuhr weiter nach unten, und sie verfielen beide in Schweigen, warteten. Leon war froh, dass John kein schwatzhafter Typ war. Er riss gerne Witze, aber es war offensichtlich, dass er eine gefährliche Situation nicht auf die leichte Schulter nahm. Leon sah, dass er tief durchatmete, die M-16 betrachtete und sich auf das vorbereitete, was immer auch kommen mochte.

Leon atmete selbst ein paarmal durch, versuchte sich in seiner liegenden Position zu entspannen ...

... und der Aufzug stoppte. Ein sanftes *Ping!* ertönte, ein Läuten, und das Maschengittertor bewegte sich, verschwand in der ihm bestimmten Wandöffnung. Gleichzeitig hob sich eine fensterlose äußere Tür. Weiches Licht fiel zu ihnen herein ...

– doch niemand war draußen. Eine glatte Betonwand, etwa sechs Meter entfernt, ein glatter Betonboden. Graue Leere.

Steh auf, los!

Leon kam auf die Beine, sein Herz raste. Neben ihm tat John lautlos und noch schneller dasselbe. Sie tauschten einen Blick und taten beide einen Schritt aus dem Aufzug heraus. Leon schwenkte seine VP70 nach rechts, bereit zu schießen ...

... aber da war nichts. Wieder nichts. Ein breiter Korridor, der eine Meile lang schien; die schwache Geruchsmischung aus Staub und einem industriellen Desinfektionsmittel in der kühlen Luft. Kühl, aber keineswegs kalt. Verglichen mit der Oberfläche herrschte hier unten Sommer. Der Gang war gut fünfzig Meter lang, vielleicht länger. Es gab ein paar Abzweigungen, runde Lampen, die in regelmäßigen Abständen an der Decke angebracht waren, keine Hinweisschilder – und auch kein Anzeichen von Leben.

Wer hat uns dann heruntergeholt? Und warum, wenn man nicht vorhatte, uns mit ein paar Kugeln in Empfang zu nehmen?

„Vielleicht sind sie ja alle beim Bingospielen", meinte John leise. Leon sah nach hinten und stellte fest, dass Johns Seite des Korridors, abgesehen von der Anordnung einiger Seitengänge, mit seiner identisch war. Und genauso leer.

„Was jetzt?", fragte Leon.

„Mich darfst du nicht fragen, David ist das Gehirn unseres Haufens", sagte John. „Ich bin nur der Schöne."

„Herrgott, John", sagte Leon frustriert. „Du bist hier der Ältere – also hör auf, ja?"

John hob die Schultern. „Okay. Ich denke Folgendes: Vielleicht war's gar keine Falle. Vielleicht ... Denn wenn es eine Falle gewesen *wäre*, hätten sie versucht, uns alle zu schnappen. Und wir steckten jetzt mitten im schönsten Feuergefecht."

Und das Timing. Der Aufzug war nur ein paar Sekunden oben – als hätte jemand gewusst, dass wir ihn hochrufen würden.

„Jemand wollte verhindern, dass wir einsteigen, richtig?", meinte Leon, ohne wirklich zu fragen. „Um uns daran zu hindern, herunterzukommen."

John nickte. „Eine Zigarre für den Mann. Und wenn das stimmt, dann heißt das, dass sie Angst vor uns haben. Ich mein', es gibt keine Aufpasser hier, richtig? Wer uns auch runterbrachte, hat sich wahrscheinlich in einen Raum mit 'nem Schloss verdrückt. – Und was wir jetzt machen? Ich bin für Vorschläge offen. Es wäre nett, wenn wir uns unserem Team wieder anschließen könnten, aber wenn wir nicht herausfinden, wie der Aufzug in Gang zu setzen ist ..."

Leon runzelte die Stirn, überlegte, erinnerte sich daran, dass er zum Polizisten ausgebildet worden war, bevor Raccoon seine Karriere so ziemlich zunichte gemacht hatte.

Benutze die Mittel, die du hast!

„Sichere den Bereich", sagte er langsam. „Gleicher Plan wie zuvor, jedenfalls was den ersten Teil angeht. Wir nehmen die Angestellten fest, dann befassen wir uns mit dem Aufzug. Um Reston kümmern wir uns später ..."

John hob plötzlich die Hand und brachte ihn, den Kopf zur Seite geneigt, zum Verstummen. Leon lauschte, hörte jedoch nichts. Es vergingen ein paar Sekunden, dann senkte John seine Hand wieder. Er zuckte die Achseln, doch seine dunklen Augen blieben wachsam, und er hielt das Schnellfeuergewehr fest umschlossen.

„Gute Idee", sagte er schließlich. „Wenn wir die verdammten Angestellten *finden*. Willst du nach links oder rechts?"

Leon lächelte schwach, als ihm plötzlich einfiel, wie er sich das letzte Mal für eine Richtung hatte entscheiden müssen. Er war im Untergeschoss des Umbrella-Labors in Raccoon nach links gegangen und in eine Sackgasse gelaufen; denselben Weg zurückzugehen hätte ihn fast das Leben gekostet.

„Rechts", sagte er. „Links weckt ein paar üble Assoziationen in mir."

John lupfte eine Augenbraue, sagte aber nichts. Seltsamerweise schien er zufrieden mit Leons Begründung.

Vielleicht weil er verrückt ist. Verrückt genug, um in einer Situation wie dieser schlechte Witze zu reißen, jedenfalls.

Zusammen schritten sie den langen, leeren Korridor entlang und wandten sich nach rechts, bewegten sich vorsichtig. John sicherte nach hinten, Leon prüfte jede Abzweigung und hielt nach Anzeichen von Bewegung Ausschau. Der erste Seitengang lag links von ihnen, keine fünf Meter vom Fahrstuhl entfernt.

„Warte", sagte John, tauchte in den kurzen Gang und ging rasch auf eine einzelne Tür am Ende zu. Er rüttelte an der Klinke, dann eilte er wieder zurück und schüttelte den Kopf.

„Dachte, ich hätte vorhin was gehört", sagte er. Leon nickte und dachte daran, wie einfach es für jemanden wäre, sie zu töten.

In einem zugesperrten Raum verstecken, warten, bis wir vorbei sind, dann herauskommen und – peng...

Übler Gedanke. Leon ließ ihn fahren, und sie setzten ihren Weg den Gang hinab langsam fort, schwenkten mit ihren Waffen über jeden Quadratzoll. Leon stellte fest, dass die Thermo-Unterwäsche keine gute Idee gewesen war; Schweiß begann an seinem Körper hinabzurinnen, und er fragte sich, wie die Dinge so schnell so verdammt schieflaufen hatten können.

Reston hatte eine Idee.

Im Kontrollraum verborgen, die Tür einen Spaltbreit geöffnet, war er fast in Panik geraten, als er sie über Dinge hatte reden hören, die sie nicht hätten wissen dürfen. Als er gehört hatte, wie einer von ihnen seinen Namen erwähnte, war ihm die Panik wie Galle in der Kehle hochgestiegen und hatte ihm den Verstand mit Visionen seines eigenen entsetzlichen Todes vernebelt. Dann hatte er die Tür geschlossen, zugesperrt und sich dagegen sinken lassen, während er versuchte, nachzudenken und seine Möglichkeiten durchzugehen.

Als einer von ihnen an der Tür rüttelte, hätte er um ein Haar aufgeschrien. Aber er hatte es geschafft, stillzuhalten, nicht das geringste Geräusch zu verursachen, bis der Eindringling weitergegangen war. Danach brauchte er ein paar Augenblicke, um sich wieder zu sammeln, sich in Erinnerung zu rufen, dass dies etwas war, mit dem er fertig werden konnte. Seltsamerweise war es der Gedanke an Trent, der ihm dabei half. Trent wäre nicht in Panik geraten. Trent hätte genau gewusst, was zu tun wäre – und ganz bestimmt wäre er nicht flennend zu Jackson gelaufen und hätte um Hilfe gebettelt.

Dennoch hätte er das Telefon einige Male fast abgenommen, während er die Monitore beobachtete und zusah, wie die beiden Männer seine Mitarbeiter in Angst versetzten. Sie waren effizient, anders als ihre täppischen Kollegen, die oben immer noch herauszufinden versuchten, wie der Aufzug in Gang zu setzen war. Nachdem sie den Bereich der Unterkünfte erreicht hatten, brauchten die beiden Männer nur fünf Minuten, um die Arbeiter zusammenzutreiben. Es kam ihnen zugute, dass fünf noch wach waren und in der Cafeteria Karten spielten, drei von der Bau-Crew und die beiden Mechaniker. Der junge Weiße passte auf sie auf, während der andere zu den Schlafquartieren ging, den Rest weckte und sie in die Cafeteria marschieren ließ, wo er sie mit vorgehaltener Waffe in die Mitte des Raumes dirigierte.

Reston war enttäuscht von dem glanzlosen Auftritt seiner Leute; es befand sich kein einziger Kämpfer darunter, und er fürchtete sich noch immer sehr. Wenn erst einmal die Teams aus der Stadt einträfen, würde ihm etwas zur Verfügung stehen, mit dem er arbeiten konnte. Aber bis dahin konnten alle möglichen schlimmen Dinge passieren.

‚Um Reston kümmern wir uns später ...‘ Was geschieht, wenn sie merken, dass ich nicht unter ihren Gefangenen bin? Was wollen sie? Was könnten sie wollen, außer ein Lösegeld für mich zu erpressen oder mich umzubringen?

Er war drauf und dran gewesen, Sidney anzurufen, der Tatsache zum Trotz, dass Jackson davon erfahren würde – aber er hätte die Missbilligung seines Kollegen riskiert, seinen Platz im inneren Kreis aufs Spiel gesetzt, wenn er dafür nur diese Invasion überlebte ...

Er griff bereits nach dem Telefon, als ihm auffiel, dass jemand fehlte. Reston brachte sein Gesicht näher an den Monitor, der die Cafeteria zeigte, runzelte die Stirn und vergaß das Telefon. In der Mitte des Raumes hatte man vierzehn Leute zusammengetrieben, die beiden Bewaffneten standen etwas entfernt.

Wo ist der andere? Wer ist der andere?

Reston streckte die Hand aus, berührte den Bildschirm und hakte die Gesichter der verschlafen aussehenden Geiseln ab. Die fünf Bauarbeiter. Die zwei Mechaniker. Der Koch, die Spezies-Betreuer, alle sechs ...

„Cole", murmelte er mit geschürzten Lippen.

Der Elektriker, Henry Cole. Er fehlt.

Eine Idee begann Gestalt anzunehmen, aber sie hing davon ab, wo Cole sich tatsächlich befand. Reston drückte die Schaltknöpfe der Bildschirme, begann zu hoffen, eine Möglichkeit zu finden, nicht nur zu überleben, sondern zu – *gewinnen*. Als *Sieger* aus der Sache hervorzugehen.

Es gab zweiundzwanzig Bildschirme im Kontrollraum, aber fast fünfzig Kameras, die im *Planeten* sowie in der „Wetterstation" an der Oberfläche installiert waren. Der *Planet* war unter dem Gesichtspunkt totaler Videoüberwachung gebaut worden, der Grundriss dementsprechend simpel; vom Kontrollraum aus konnte man fast jede Stelle eines jeden Korridors, Raumes und der Umgebung einsehen. Die Kameras waren an den Schlüsselpunkten angebracht. Um jemanden zu finden, musste man nur den richtigen Knopf drücken, um zwischen den Ansichten zu wechseln.

Reston checkte zuerst die Testbereiche, jedes Kamera-Set in den Phasen eins bis vier, hatte aber kein Glück. Als Nächstes versuchte er es im Wissenschaftsbereich, in den Operationsräumen, im Chemielabor, sogar in der Stasiskammer – auch dort entdeckte er niemanden.

In den Unterkünften kann er nicht sein, da haben sie sicher jeden herausgeholt ... und er hat keinen Grund, an der Oberfläche zu sein ...

Plötzlich grinste Reston und rief die Kameras in und um die Haltezellen auf. Cole und die beiden Mechaniker hatten die Zellen benutzt, um Ausrüstung bereitzulegen, Drähte, Werkzeuge und verschiedene Maschinenteile.

Da!

Cole saß zwischen Zelle eins und neun auf dem Boden und wühlte, die dürren Beine von sich gestreckt, in einer Kiste mit kleinen Metallteilen.

Reston schaute wieder in die Cafeteria, sah, dass die beiden bewaffneten Männer sich zu beraten schienen, während sie die nutzlose, zusammengedrängte Gruppe von Arbeitern im Auge behielten. An der Oberfläche hämmerten die anderen drei immer noch auf das Tastenfeld ein und suchten nach etwas ...

Die Idee gewann an Form; die Möglichkeiten dämmerten ihm eine nach der anderen, jede interessanter und aufregender als die vorhergehende. Die Daten, die er sammeln konnte, der Respekt, den er sich verdienen würde – er konnte sich seines Problems entledigen und sich zugleich profilieren.

Ich könnte die Videobänder zusammenschneiden, hätte etwas, das ich meinen Besuchern nach der Tour zeigen könnte – und wäre Sidney nicht erledigt, *wenn Jackson sähe, was ich erreicht, wie ich die Sache gedeichselt habe? Zur Abwechslung werde ich einmal der Goldjunge sein ...*

Reston erhob sich, immer noch grinsend, von seinem Platz an der Konsole – nervös, aber hoffnungsvoll. Er musste sich beeilen, und er musste Cole gegenüber alle Register seiner Schauspielkunst ziehen. Kein Problem, schließlich hatte er dreißig Jahre damit zugebracht, sie zu entwickeln, sie zu kultivieren ... Bevor er zu Umbrella kam, war er Diplomat gewesen.

Es würde funktionieren. Sie wollten Reston – und er würde dafür sorgen, dass sie ihn bekamen.

NEUN

Cole kramte lustlos in einer Kiste mit bipolaren Transistoren und dachte, was er doch für ein Idiot war. Eigentlich hätte er schlafen sollen. Es musste fast Mitternacht sein. Er hatte sich den ganzen Tag lang für Mr. Blue den Arsch aufgerissen, und in sechs Stunden musste er besagten Arsch wieder aus dem Bett schwingen, um weiterzumachen. Er war müde, und er hatte es satt bis obenhin, dass man auf ihm herumhackte, nur weil der letzte sorglose Blödmann, der mit einem Werkzeugkasten durch den *Planeten* spaziert war, alles verbockt hatte.

Es ist nicht meine *Schuld*, dachte er mürrisch, *dass dieser Idiot die Leiter an den* MOSFETs *nicht angeschlossen hat, bevor er sie installierte.* Und *seine Außenstrippen sind Mist, er hat nicht mit der Induktionsladung des* Planeten *gerechnet ... Unfähiger Wichser ...!*

Vielleicht war er zu hart, aber ihm war nicht nach Versöhnlichsein, nicht nach dem Tag, der hinter ihm lag. Mr. Blue hatte ihm ausdrücklich aufgetragen, sich zuerst die Kameras an der Oberfläche vorzunehmen – und dann hatte er ihn wieder hinuntergejagt und steif und fest behauptet, er habe ihm gesagt, er solle sich zuerst um das Interkom-System kümmern.

Cole wusste, dass Reston ein Haufen Scheiße war – wie eigentlich alle anderen, die im *Planeten* arbeiteten –, aber er war auch einer der Bosse, ein echtes Schwergewicht. Wenn er sagte: „Spring!", dann sprang man, und es gab nie eine Diskussion darüber, wer nun im Recht war. Cole arbeitete erst seit einem Jahr für Umbrella, aber in diesem Jahr hatte er mehr Geld verdient als in den fünf Jahren davor zusammengenommen. Er würde nicht derjenige sein, der Mr. Blue (so nannten sie ihn wegen des blauen Anzugs, den er ständig trug) verärgerte und sich dafür einbuchten ließ.

Bist du dir da sicher? Nach allem, was du in den vergangenen Wochen gesehen hast?

Cole stellte die Schachtel mit den Transistoren ab und rieb sich die Augen. Sie fühlten sich heiß an und juckten. Er schlief nicht besonders gut, seit er seine Arbeit im *Planeten* aufgenommen hatte. Es war nicht so, dass er ein mitfühlender Typ gewesen wäre; er gab eigentlich einen Scheiß drauf, was die Leute von Umbrella mit ihrem Geld anstellten. Aber …

… *aber es ist schwer, an diesem Ort gute Gefühle zu haben. Er ist* unangenehm. *Die reinste Freakshow.*

In seinem Jahr bei Umbrella hatte er die Energieversorgung eines Chemielabors an der Westküste angeschlossen, ein paar neue Schutzschalter für einen Thinktank an der anderen Küste installiert und ansonsten eine Menge Wartungsarbeiten ausgeführt, wo immer sie ihn eben hinschickten. Die Bezahlung war unglaublich gut, der Job nicht zu schwer, und die Leute, mit denen er für gewöhnlich zusammenarbeitete, waren ganz in Ordnung – meist gewöhnliche Arbeiter, die dasselbe taten wie er. Und alles, was er tun musste, war zu versprechen, nach Feierabend nicht über das zu reden, was er sah. Er hatte bei seiner Einstellung einen entsprechenden Vertrag unterschrieben und nie ein Problem damit gehabt. Aber damals hatte er ja auch den *Planeten* noch nicht gekannt.

Wenn Umbrella ihn zu einem Job rief, erklärten sie ihm gar nichts. Es hieß nur: „Reparieren Sie das!", und man reparierte es und wurde bezahlt. Selbst innerhalb der Crew wurden Gespräche über Sinn und Zweck der jeweiligen Örtlichkeit absolut missbilligt. Doch Gerüchte machten die Runde, und Cole wusste genug über den *Planeten*, um in Erwägung zu ziehen, eventuell künftig nicht mehr für Umbrella zu arbeiten.

Da waren zum einen die Kreaturen, die Versuchstiere. Er hatte sie zwar noch nicht gesehen – auch nicht das Ding, das sie Fossil nannten, den eingefrorenen Freak –, aber er hatte sie gehört, einige Male schon. Einmal, mitten in der Nacht, einen kreischenden, heulenden Laut, der ihm das Mark hatte gefrieren lassen; ein Geräusch wie das eines schreienden Vogels.

Und dann war da dieser Tag in Phase zwei gewesen: Er hatte eine Videokamera neu abgestimmt, als er ein seltsames Rattern hörte, wie Fingernägel, die auf hohles Holz trommelten – aber das Geräusch war auch animalisch gewesen. Lebendig. Cole hatte aufgeschnappt, dass die Tiere extra für Umbrella gezüchtet wurden, irgendwelche genetischen Kreuzungen für Studienzwecke – aber Kreuzungen *wovon*? All die Kreaturen hatten auch abstruse, unangenehme Spitznamen. Er hatte die Wissenschaftler mehr als nur einmal darüber reden hören.

Daks. Skorps. Spucker. Jäger. Klingt nach 'nem lustigen Haufen – für einen Horrorfilm.

Cole rappelte sich auf, streckte seine müden Muskeln und hing immer noch unerfreulichen Gedanken nach. Da war Reston, natürlich; der Kerl war ein Tyrann erster Güte und von der Sorte, die viel Macht und wenig Geduld besitzt. Cole war es gewohnt, mit leitenden Angestellten zu arbeiten, aber Mr. Blue stand viel zu weit oben in der Nahrungskette, als dass Cole sich dabei noch wohlgefühlt hätte. Der Mann war verdammt einschüchternd.

Aber das ist nicht das Schlimmste, oder?

Er seufzte, ließ den Blick über die Zellen schweifen, die den Raum säumten, sechs auf jeder Seite. Nein, das Schlimmste befand sich direkt vor ihm.

Jede Zelle war mit einer Liege, einer Toilette, einem Waschbecken – und Fesselvorrichtungen an den Wänden und am Bett ausgestattet. Und der Zellenblock war weniger als sieben Meter vom „Foyer" der ersten „Phase" entfernt, wo die Türen Schlösser nur auf der Außenseite hatten.

Nach diesem Job werd ich ernsthaft über meine Prioritäten nachdenken. Ich hab genug gespart, um mir eine Pause leisten und mir über meine Zukunft klar werden zu können ...

Cole seufzte abermals. Das war gut, er würde es im Auge behalten – für später. Jetzt allerdings musste er versuchen, etwas Schlaf zu bekommen. Er drehte sich um, ging zur Tür und schaltete das Licht aus, schon während er sie öffnete …

… und da war Reston. Er eilte gerade um die Ecke, wo der Hauptkorridor in Richtung der Aufzüge abbog, und wirkte über die Maßen aufgebracht.

Verdammt, was jetzt?

Reston entdeckte ihn und *rannte* förmlich auf ihn zu, sein blauer Anzug ungewohnt zerknittert, sein erschrockener Blick nach links und rechts huschend.

„Henry!", keuchte er und blieb schwer atmend vor ihm stehen. „Gott sei Dank. Sie müssen mir helfen. Da sind zwei Männer, Killer, sie sind eingebrochen und versuchen mich umzubringen – ich brauche Ihre Hilfe!"

Cole war von Restons Verhalten ebenso verblüfft wie von dem, was er sagte. Er hatte Blue nie auch nur ungekämmt gesehen oder ohne jenes kleine, blasierte Lächeln, das allein den unfassbar Reichen vorbehalten war.

„Ich …*was*?"

Reston holte tief Luft und stieß sie langsam wieder aus. „Es tut mir leid. Ich bin nur … Jemand ist in den *Planeten* eingedrungen. Es sind zwei Männer hier, die nach *mir* suchen. Sie wollen mich umbringen, Henry. Ich habe sie wieder erkannt, von einem vereitelten Anschlag auf mein Leben vor knapp sechs Monaten. Sie haben oben einen Mann an der Tür postiert, und ich sitze in der Falle. Sie werden mich finden und …"

Er brach ab, keuchte und … versuchte er etwa, nicht zu *weinen*? Cole starrte ihn an und dachte: *Er hat mich Henry genannt.* „Warum wollen die Sie umbringen?", fragte er.

„Ich leitete voriges Jahr die Übernahme einer Verpackungsfirma – der Mann, dessen Unternehmen wir aufgekauft haben, war labil, er schwor, es mir heimzuzahlen. Und jetzt sind sie hier. Im Moment sperren sie alle in der Cafeteria ein – aber sie sind nur hinter mir her. Ich habe zwar Hilfe angefordert, aber die wird nicht rechtzeitig eintreffen. Bitte, Henry – werden Sie mir helfen? Es – es wird Ihr Schaden nicht sein, das verspreche ich Ihnen. Sie werden nie wieder arbeiten müssen, Ihre *Kinder* werden nie arbeiten müssen ...!"

Das unverhohlene Flehen in Restons Augen war irritierend; es hielt Cole davon ab zu erwähnen, dass er gar keine Kinder hatte. Der Mann war entsetzt, sein zerfurchtes Gesicht zuckte, das graumelierte Haar stand ihm vom Kopf ab. Selbst ohne das finanzielle Angebot hätte Cole ihm geholfen.

Vielleicht.

„Was soll ich tun?"

Reston zeigte ein schiefes Lächeln der Erleichterung und streckte sogar die Hand aus, um Coles Arm zu ergreifen. „Danke, Henry. Vielen Dank. Ich – ich bin nicht sicher. Wenn Sie ... Die wollen nur mich! Wenn Sie sie also irgendwie ablenken könnten ..."

Er runzelte die Stirn, seine Lippen bebten, dann sah er an Cole vorbei zu dem kleinen Raum, der den Zugang zu den „Umwelten" markierte.

„Dieser Raum! Er hat ein Schloss an der Außenseite und führt nach Eins – wenn Sie diese Männer zu sich locken und sich nach Eins stehlen könnten ... Dann würde ich sie einsperren und den ganzen Raum dicht machen, sobald Sie wieder draußen wären. Sie könnten direkt nach Vier durchgehen und hinaus in den medizinischen Bereich, den ich für Sie öffnen würde, sobald die Kerle in der Falle sind!"

Cole nickte unsicher. Das sollte klappen, nur ...

„Werden die nicht merken, dass ich nicht Sie bin? Ich meine, die haben doch bestimmt ein Bild von Ihnen oder irgendwas, nicht wahr?"

„Die werden keinen Unterschied feststellen. Die werden Sie nur für eine Sekunde sehen, wenn sie um die Ecke kommen, und dann werden Sie weg sein. Sobald sie hineingehen, drücke ich auf die Steuerung – ich kann mich im Zellenblock verstecken."

Restons blasse Augen glänzten von unvergossenen Tränen. Der

Bursche war verzweifelt – und was Pläne anging, so war das kein übler.

„Ja, okay", sagte Cole und der Ausdruck von Dankbarkeit im Gesicht des älteren Mannes war beinahe rührend.

Beinahe. Wenn er ein anständiger Mensch wäre, dann wäre dem so.

„Das werden Sie nicht bereuen, Henry", sagte Reston, und Cole nickte; er wusste nicht, was er sonst tun oder sagen sollte.

„Ihnen wird nichts passieren, Mister Reston", sagte er schließlich voll Unbehagen. „Keine Sorge."

„Ich bin sicher, Sie haben recht, Henry", erwiderte Reston, drehte sich um und tauchte ohne ein weiteres Wort in den dunklen Zellenblock.

Cole stand eine Sekunde lang da, dann zuckte er innerlich die Achseln und bewegte sich auf den kleinen Raum zu, nervös, aber auch ein wenig sauer. Mr. Blue mochte Angst haben, aber er war immer noch ein ziemliches Arschloch.

Kein ‚Machen Sie sich bloß keine Sorgen, Henry' oder ‚Seien Sie nur vorsichtig'. Nicht einmal ein ‚Viel Glück. Ich hoffe, die erschießen nicht Sie aus Versehen' ...

Er schüttelte den Kopf und trat in den kleinen Raum. Wenn er dem großen Blue half, würde er vermutlich bald ausschlafen, vielleicht sogar seinen Job im *Planeten* und bei Umbrella ein für alle Mal aufgeben können. Bei Gott, er sehnte sich nach etwas Ruhe – er hatte verdammt schlecht geschlafen ...

Rebecca fand die Kamera schließlich. Eine Linse, nicht größer als ein 25-Cent-Stück, war in der südwestlichen Ecke versteckt, nur zwei Fingerbreit unterhalb der Decke. Sie hatte David herbeigerufen, und er hatte die Optik mit seiner Hand abgedeckt und gewünscht, eine sorgfältigere Überprüfung vorgenommen zu haben, ehe er sein Team hereingeführt hatte. Er war nachlässig gewesen, und John und Leon waren genau deshalb verschwunden.

Claire hatte beim Herumwühlen eine Rolle Klebeband gefunden, viel mehr aber auch nicht. David klebte das Loch zu und fragte sich, was sie tun sollten. Es war kalt, so kalt, dass er nicht wusste, wie lange sie sich noch auf ihre Reflexe verlassen konnten. Die Codes funktionierten nicht. Sie benötigten mehr, als ihnen zur Verfügung stand, um den versiegelten Zugang zu öffnen, und zwei Mitglieder seines Teams steckten irgendwo in der Einrichtung unter ihnen, vielleicht verwundet, vielleicht bereits im Sterben liegend ...

... oder infiziert. Infiziert, so wie Steve und Karen infiziert wurden – verdammt und ihrer Menschlichkeit beraubt!

„Hör auf", sagte Rebecca zu ihm, und er stieg von dem Tisch herunter, den sie in die Ecke geschoben hatten. Er ahnte, was sie meinte, war aber nicht bereit, es zuzugeben. Rebecca verstand es, ihn selbst in den schlimmstmöglichen Zeiten aus der Reserve zu locken.

„Womit soll ich aufhören?"

Rebecca trat auf ihn zu, starrte in sein Gesicht hoch und schirmte ihre Taschenlampe mit einer ihrer kleinen Hände ab. „Du weißt, was ich meine. Du hast diesen Ausdruck im Gesicht, ich seh's doch. Du redest dir ein, dass das deine Schuld ist. Dass sie noch hier wären, wenn du etwas anders gemacht hättest."

Er seufzte. „Ich begrüße deine Sorge, aber das ist nicht der passende ..."

„Ist es doch", unterbrach sie ihn. „Wenn du dir Selbstvorwürfe machst, denkst du nicht mehr klar. Wir sind nicht mehr bei S.T.A.R.S. – und du bist niemandes Captain mehr. Es ist nicht deine Schuld."

Claire war zu ihnen herübergekommen. Ihre grauen Augen blickten forschend, der Sorge zum Trotz, die ihre schmalen Züge immer noch verkniffen wirken ließ. „Du glaubst, das sei deine Schuld? Ist es nicht. Das denk ich nicht."

David hob die Hände. „Allmächtiger, na gut! Es ist nicht meine Schuld, und wir können gemeinsam analysieren, wofür ich verantwortlich bin, *falls* und *sobald* wir hier rauskommen. Aber können wir uns im Augenblick bitte darauf konzentrieren, was noch an Arbeit vor uns liegt?"

Die beiden jungen Frauen nickten, und noch während er zwar froh war, die Therapiesitzung beendet zu haben, bevor sie richtig losgehen konnte, wurde ihm klar, dass er gar nicht wusste, was als Nächstes für sie anstand – welche Aufgaben er ihnen zuweisen sollte über das hinaus, was sie bereits getan hatten. Oder wie sie diese Krise lösen sollten, was er sagen und *wie* er es sagen sollte. Es war ein scheußlicher Augenblick – er war es gewohnt, etwas zu haben, gegen das er kämpfen konnte, etwas, auf das er reagieren oder schießen oder für das er planen konnte. Aber ihre Situation schien statisch, unveränderlich. Es gab keinen klaren Weg, dem sie hätten folgen können, und das war noch schlimmer als die Schuld, die er aufgrund seiner mangelnden Voraussicht empfand.

Und genau in diesem Moment hörte er das ferne Geräusch eines näherkommenden Hubschraubers, das ferne Knattern, das nichts anderes sein konnte – und obwohl es die Unentschlossenheit jäh beendete, wäre ihm alles andere lieber gewesen.

Außer dem Gelände gibt es nichts, was uns Deckung böte. Wir schaffen es nie bis zurück zum Van, wir haben zwei, drei Minuten …

„Wir müssen raus hier", sagte David, und während sie auf die Tür zurannten, ging er in Gedanken die Punkte durch, die sie tun mussten, um überhaupt noch den Hauch einer Chance zu haben.

Die Arbeiter waren ein Kinderspiel gewesen. Es hatte ein paar Augenblicke der Anspannung gegeben, als er sie im Dunkeln von ihren Liegen in den Unterkünften hochgescheucht hatte, aber die Sache war ohne Zwischenfall verlaufen. Dennoch hatte John auf ein paar von ihnen besonders Acht gegeben, als er sie in die Cafeteria trieb, wo Leon auf die Kartenspieler aufpasste – vor allem auf zwei ziemlich große Männer, die aussahen, als litten sie unter Machismo, und auf einen mageren, nervösen Kerl mit tief liegenden Augen, der sich unaufhörlich seine Lippen leckte. Es war wie eine zwanghafte Angewohnheit – alle paar Sekunden schoss seine Zunge hervor, flatterte zwischen seinen Lippen und verschwand dann wieder. Unheimlich.

Aber es hatte keine Probleme gegeben. Vierzehn Männer und keiner war offenbar gewillt, den Helden zu spielen, nachdem John ihnen mit kühler Logik beigekommen war. Er hatte es kurz und einfach gehalten: ‚Wir sind hier, um etwas zu suchen, wir haben nicht vor, jemanden zu verletzen, wir wollen nur, dass Sie uns aus dem Weg bleiben, während wir uns zurückziehen. Machen Sie keine Dummheiten, und Sie werden nicht erschossen.'

Entweder die Vernunft oder die M-16 hatte bewirkt, die Männer davon zu überzeugen, dass es am Besten war, nicht darüber zu streiten.

John stand an der Tür, die auf den großen Korridor hinausführte, und beobachtete die unglücklich dreinschauende Gruppe, die in der Mitte des großen Raumes um einen langen Tisch herum saß. Ein paar wirkten ärgerlich, ein paar verängstigt, die meisten einfach nur müde. Niemand sprach, was John nur recht war. Er wollte sich keine Sorgen darüber machen müssen, dass jemand versuchte, einen Aufstand anzuzetteln.

Trotz seiner Zuversicht, dass alles unter Kontrolle war, machte es ihn doch froh, als er das leichte Klopfen an der Tür hörte. Leon war vielleicht fünf Minuten weg gewesen, aber es kam ihm viel länger vor. Er kehrte mit einer langen Kette und ein paar Drahtkleiderbügeln zurück.

„Schwierigkeiten?", fragte Leon leise, und John schüttelte den Kopf, ohne die schweigende Gruppe aus den Augen zu lassen.

„Waren alle brav", sagte er. „Wo hast du die Kette gefunden?"

„Ein Werkzeugkasten – in einem der Räume."

John nickte, dann hob er seine Stimme und sagte in ruhigem Ton: „Okay, Herrschaften, wir machen gleich den Abflug. Wir danken Ihnen für Ihre Geduld …"

Leon stieß ihn an. „Frag, ob Reston hier ist", flüsterte er.

John seufzte. „Du meinst, sie würden es uns sagen, wenn er da wäre?"

Der jüngere Mann hob die Schultern. „Es ist einen Versuch wert, oder nicht?"

Sind schon seltsamere Sachen passiert ...
John räusperte sich und richtete das Wort wieder an die Gruppe: „Ist ein Mann namens Reston hier? Wir haben nur eine Frage an ihn, wir werden ihm nichts tun."

Die Männer starrten sie an, und John fragte sich, nur eine Sekunde lang, ob sie wussten, was sie hier taten – ob sie wussten, was Umbrella tat. Sie sahen nicht wie Schwerverbrecher aus, sondern wie ein Haufen ehrlicher Malocher. Wie Männer, die tagsüber hart arbeiteten und abends gerne ein paar Bierchen zischten. Wie ... wie *Männer* eben.

Und wie würden Schwerverbrecher aussehen? Diese Leute sind Teil des Problems, sie arbeiten für den Feind. Sie werden uns nicht helfen ...

„Blue ist nicht da." Ein großer, bärtiger Mann in T-Shirt und Boxershorts antwortete, einer von denen, die John besonders im Auge behalten hatte. Seine Stimme war schroff und gereizt, sein Gesicht noch vom Schlaf verquollen.

Überrascht tauschte John einen Blick mit Leon und stellte fest, dass der Rekrut ebenso verblüfft wirkte. „Blue?", fragte John. „Ist das Reston?"

Ein Mann mit längerem Haar und ölverschmierten Händen, der am Ende des Tisches saß, nickte. „Ja. Und für Sie heißt er *Mister Blue*."

Der Sarkasmus saß. Innerhalb der Gruppe wurden ein paar düstere Blicke getauscht – und ein paar kicherten.

Reston ist eine der Schlüsselfiguren, hat Trent gesagt. Und so ziemlich jeder hasst seinen Boss ... Aber so sehr, dass sie gegenüber Terroristen schlecht über ihn redeten?

Reston musste *wirklich* unbeliebt sein.

„Arbeitet sonst noch jemand hier, der sich nicht in diesem Raum befindet?", fragte Leon. „Wir möchten nicht überrascht werden ..."

Die Andeutung war offenkundig, aber ebenso offenkundig war, dass sie aus den hier versammelten Angestellten nichts mehr herausbekommen würden. Sie mochten Reston hassen, aber anhand der verschränkten Arme und der finsteren Mienen erkannte John, dass sie über keinen der ihren reden würden. *Wenn sich überhaupt noch sonst jemand in der Anlage befand, was er bezweifelte.* Trent hatte gesagt, es sei eine kleine Besetzung …

… was bedeutet, dass es wahrscheinlich Reston war, der uns herunterbrachte, und das bedeutet auch, dass wir zwei Fliegen mit einer Klappe schlagen könnten, falls wir ihn finden – wir kriegen das Buch und bringen ihn dazu, den Aufzug wieder in Gang zu setzen. Wir sperren Reston in einen Schrank, kehren zu David und den Mädchen zurück und verdrücken uns, noch ehe etwas Unerwartetes passieren kann.

John nickte Leon zu. Rückwärts bewegten sie sich zur Tür. John wurde bewusst, dass er nicht einfach so gehen wollte, dass er etwas wie Mitgefühl für diese Männer verspürte, die er aus dem Bett gezerrt hatte. Nicht viel, aber ein klein wenig schon.

„Wir werden diese Tür absperren", sagte John, „aber Sie werden okay sein, bis die Firma jemanden schickt. Sie haben zu essen … und wenn ich Ihnen einen kleinen Rat geben darf, dann hören Sie mir genau zu: Umbrella, das sind nicht die *Guten*. Was immer sie ihnen bezahlen, es ist nicht genug. Es sind *Mörder*."

Die ausdruckslosen Blicke folgten ihnen, bis sie aus dem Raum heraus waren. Leon schloss die Doppeltür und machte sich daran, das provisorische Schloss anzubringen: Er zog die Kette durch die Griffe und bog die Kleiderbügel zurecht. John ging die paar Schritte bis zur Ecke und schaute den langen, grauen Gang hinunter, den sie vom Fahrstuhl aus betreten hatten. Sie konnten ihren einmal begonnenen Weg fortsetzen, um nach Reston zu suchen. Nicht weit hinter dem Unterkunftsbereich machte der Gang eine Biegung.

Aber dort ist er nicht, dachte John und erinnerte sich des Geräusches, das er gehört hatte, als sie hier unten angelangt waren. *Er ist irgendwo dort, von wo wir hergekommen sind.*

Leon hatte die Tür gesichert und kam zu ihm. Er wirkte etwas blass, aber immer noch fit. „Also, suchen wir jetzt nach Reston?"

„Ja", antwortete John und fand, dass sich der Junge in Anbetracht der Umstände ziemlich gut hielt. Er besaß nicht viel Erfahrung, aber er war klug, hatte Mut, und er klammerte sich nicht an seiner Waffe fest. „Hältst du noch durch?"

Leon nickte. „Ja. Es ist nur – meinst du, die sind okay dort oben?"

„Nein, ich schätze, die frieren sich den Arsch ab, während sie auf uns warten", grinste John und hoffte, dass dem so war – dass Reston nach der Festsetzung des Aufzugs nicht die Hunde losgelassen hatte, oder was immer es hier auch für ein Gegenstück dazu geben mochte.

Oder Unterstützung angefordert hat ...

„Bringen wir's hinter uns", sagte John, und Leon nickte. Dann marschierten sie den Gang wieder hinunter, um herauszufinden, was hier eigentlich vorging.

ZEHN

Sie traten hinaus in die Finsternis des Areals. Das Knattern des Hubschrauberrotors kam näher. Rebecca machte die Lichter der Maschine eine knappe halbe Meile nordwestlich von ihnen aus, sah, dass sie in der Luft schwebte und ein Scheinwerfer hinab auf die wüstenartige Ebene leuchtete.

Der Van. Sie haben den Van entdeckt.

Claire sah es ebenfalls, David hingegen schaute zu den lagerhausähnlichen Gebäuden hinter ihnen, während er sein Gewehr von der Schulter nahm und sich mit aufmerksamem Blick den Grundriss einprägte. Im fahlen Mondlicht konnte Rebecca selbst ihn kaum erkennen.

„Sie werden außerhalb des Zaunes landen müssen", sagte David. „Folgt mir und bleibt dicht bei mir." Er trabte in die Dunkelheit davon. Hinter ihnen nahm das Geräusch des Helikopters stetig zu.

Gott, ich hoffe, er sieht besser als ich, dachte Rebecca. Sie hielt ihre Neunmillimeter fest umklammert. Das Metall fühlte sich kalt an unter ihren tauben Fingern. Zusammen mit Claire lief sie David nach, der auf eines der dunklen Gebäude zuhielt, das zweite von links in der Fünferreihe. Warum er es ausgesucht hatte, wusste sie nicht, aber David würde einen Grund haben – den hatte er immer.

Sie rannten in die schwarze Schneise zwischen dem ersten und dem zweiten Gebäude, über hart gebackenen, trockenen Boden, der sich vor ihnen über eine unbestimmbare Strecke hinzog. Die eisige Luft brannte in Rebeccas Lungen und quoll in Dampfwolken hervor, die sie nicht sehen konnte. Das *Wackawacka!* des Hubschraubers übertönte ihre Schritte und erstickte das meiste von dem, was David sagte, als er stehen blieb. Zu beiden Seiten befand sich je eine Tür.

„... verstecken, bis wir ... können nicht ... zurück ..."

Rebecca schüttelte den Kopf, und David gab es auf. Er wandte sich nach links und richtete seine Waffe auf die Tür des ersten Gebäudes. Rebecca und Claire traten hinter ihn, und Rebecca fragte sich, was er vorhatte. Wenn die Leute im Hubschrauber landeten, um sie zu suchen – was sie bestimmt tun würden –, war die kugeldurchsiebte Tür mehr als verräterisch. Sie schien aus einem hochverdichteten Kunststoff gefertigt zu sein, war ansonsten aber nicht weiter auffällig – sie hatte einen Griff und ein Schlüsselloch anstatt eines Kartenlesers. Das Gebäude selbst bestand aus einer Art Gips, war schmutzig und staubig und von keiner bestimmten Farbe; zumindest konnte Rebecca keine erkennen. Der Bau hinter ihnen sah genauso aus. Und beide hatten keine Fenster.

Der Suchscheinwerfer des Helikopters strich über den Zaun an der Vorderseite des Areals. Die Helligkeit durchbrach das kalte Dunkel wie eine strahlende Flamme. Staubwirbel stiegen im Licht auf, ließen es schmutzig wirken, und Rebecca nahm an, dass ihnen noch etwa eine Minute blieb, bevor es sie fand. Das Gelände war nicht sonderlich groß.

Bamm-bamm-bamm-bamm-bamm!

Der Großteil des Geräusches wurde vom Dröhnen des Hubschraubers verschluckt. Selbst in der Dunkelheit konnte Rebecca die Reihe von Löchern erkennen, die sich in der Nähe des Griffes konzentrierten. David machte einen Schritt nach vorne und versetzte der Tür einen kräftigen Tritt, dann einen zweiten – und sie flog nach innen; ein schwarz in der Wand klaffendes Loch.

Der Strahl des Suchscheinwerfers bewegte sich über das Gelände. Der Bauch des Hubschraubers hing fast unmittelbar über ihnen, während das Licht die andere Seite des ersten Gebäudes beleuchtete. Der Motor donnerte, wirbelte Staubwolken auf, und Rebecca hatte das Gefühl, dass sich der Tod näherte – nicht einfach nur Tod, sondern *der* Tod, ein legendäres Ungeheuer von gnadenloser Macht und unbarmherzig in seiner Absicht …

David drehte sich um, packte sowohl sie als auch Claire und schob sie mit festem Griff auf die Tür zu. Sobald sie drinnen waren, bedeutete er ihnen, stehen zu bleiben und zu warten. David zog seine Pistole und sprintete über die offene Fläche, blieb dicht bei dem zweiten Gebäude stehen, drehte sich und …

… und BAMM*!*

Das Neunmillimetergeschoss war lauter als das .223er des Gewehrs, aber dennoch kaum hörbar, während der Helikopter anfing, *ihre* Schneise auszuleuchten. Die Tür knallte nach innen und David sprang durch die Öffnung, gerade als das blendende Licht den Boden zwischen ihnen erreichte. Eine halbe Sekunde später und das Licht hätte ihn erfasst. Die leeren Patronenhülsen aus seinen Waffen waren gottlob nicht zu sehen in den wirbelnden Partikeln, die auf- und über sie hinweggepeitscht wurden und das Atmen erschwerten. Rebecca drehte sich um, sah, dass Claire ihr schwarzes Sweatshirt vor ihr Gesicht gezogen hatte, und folgte ihrem Beispiel. Das Fleece filterte die kalte, staubige Luft, und trotz des ohrenbetäubenden Lärms konnte Rebecca ihr Herz in den Ohren schlagen hören, rasend schnell und angstvoll.

Eine Sekunde später war das Licht vorbei. Eine weitere Sekunde danach schien sich der Staub zu senken; ganz genau war es schwer zu erkennen im Finstern. Die plötzliche Abwesenheit von Licht bedeutete, dass ihre Augen sich erst umstellen mussten …

„Seid ihr in Ordnung?"

Rebecca schrak zusammen, als David ihr praktisch direkt ins Gesicht brüllte, nur als Schatten vor ihr erkennbar. Claire entfuhr ein leiser Aufschrei.

„Sorry!", rief David. „Kommt mit! Ins andere Gebäude!"

Kaum im Stande, etwas zu sehen, taumelte Rebecca hinaus. Claire war direkt neben ihr. David kam ihnen nach, legte ihnen seine Hände gegen den Rücken und dirigierte sie auf das zweite Gebäude zu.

Der Helikopter entfernte sich immer noch von ihnen, von Nord nach Süd, aber bald würde es nichts mehr geben, was die Besatzung in Augenschein nehmen konnte – und dann würden sie landen und mit der Suche am Boden beginnen. Dass der Hubschrauber zu Umbrella gehörte, lag auf der Hand. Die einzige Frage war, wie viele Gegner damit gekommen waren und ob man sie erst gefangen nehmen oder einfach töten wollte.

Als sie durch die Tür des zweiten Gebäudes stürzten, dämmerte Rebecca, was David getan hatte. Die Umbrella-Schergen würden die erste, von Kugeln durchlöcherte Tür sehen und annehmen, dass ihre Opfer sich dort versteckten.

Und bei der hier hat er nur durch das Schlüsselloch geschossen. Sie werden es zwar herausfinden, aber es verschafft uns etwas mehr Zeit ...

Hoffte sie. Die Dunkelheit war fast so kalt wie draußen und roch nach Staub. Ein schwaches Licht flackerte auf. David schirmte seine Taschenlampe mit einer Hand ab und ließ gerade genug Licht durch, damit sie sehen konnten, dass sie von Kisten umgeben waren. Große, kleine, aus Karton und Holz, in Regalen gestapelt und auf dem Boden stehend, teilweise gestapelt bis hinauf unter die schräge Decke. In dem kurzen Moment, da David das Licht durch den weiten Raum wandern ließ, erkannten sie, dass es Tausende sein mussten.

„Ich sehe zu, was ich wegen der Tür und des Lichts machen kann", sagte David. „Sucht uns ein Versteck. Mehr können wir nicht tun, bis wir wissen, wie viele es sind und was sie vorhaben. Sie könnten Nachtsichtgeräte haben, also bringt uns ein Versteck am Boden nichts ein – irgendwo weit oben und in einer Ecke. Regale wären am besten. Verstanden?"

Sie nickten beide, und das Licht ging aus und ließ sie in völliger Dunkelheit versinken. Zuvor hatte sie wenigstens Konturen und Schatten ausmachen können, jetzt konnte Rebecca nicht einmal mehr ihre Hand vor Augen sehen.

„Welche Ecke?", flüsterte Claire, als verbiete die kühle Schwärze, in der sie dastanden, jedes laute Wort.

Rebecca streckte den Arm aus, fand Claires Hand und führte sie zu ihrem Rücken, wo sie sie festhielt. „Links. Wir gehen nach links, bis wir gegen irgendetwas stoßen."

Hinter sich, wo David seine Vorbereitungen traf, hörte sie leise Bewegung. Rebecca atmete tief ein, streckte die Hände aus und begann, sich voranzutasten.

Alle Türen, die von dem langen Korridor wegführten, waren verschlossen, mit Ausnahme einer Gerätekammer hinter dem Aufzug. Darin hatten sie absolut nichts von Interesse gefunden, es sei denn, Regale voller Klopapier und Styroporkaffeebecher wären interessant gewesen. Sie probierten den Fahrstuhl noch einmal, ohne Glück, und es schien sich kein Sicherungskasten oder Override-Schalter in der Nähe zu befinden. Das war nicht überraschend, aber Leon verspürte dennoch einen schmerzhaften Stich. Die anderen Drei machten sich wahrscheinlich inzwischen echte Sorgen ...

... und du etwa nicht? Was, wenn dort oben irgendwas schiefgelaufen ist? Vielleicht liegt der „Test"-Bereich dieser Anlage oberirdisch. Und vielleicht hat Reston dort oben ein paar von Umbrellas Monsterkriegern befreit, und genau in diesem Moment ist Claire vielleicht ...

„Was meinst du? Wenn wir auf noch eine verschlossene Tür stoßen, benutzen wir unsere Granaten, okay? Ich hab zwei Stück", sagte John. Er sah verärgert aus. Gerade hatten sie die neunte Tür entlang des stillen Korridors probiert und waren fast an der nördlichsten Biegung angelangt. So weit sie wussten, hatten sie Reston bereits passiert, oder den Durchgang, der sie zu ihm geführt hätte.

„Lass uns wenigstens nachsehen, was hinter der Ecke liegt, bevor wir anfangen, Sachen in die Luft zu jagen", meinte Leon, obwohl auch er die Geduld verlor. Es war nicht so, dass es ihm etwas ausmachte, Umbrella-Eigentum zu beschädigen, aber das war einfach nicht vorrangig – Vorrang hatte die Wiedervereinigung des Teams. Sie hatten bereits beschlossen, dass sie, wenn sie Reston nicht bald fänden, zurück zur Cafeteria gehen und versuchen würden, einen der Arbeiter dazu zu bringen, den Aufzug zu reparieren und auf Reston zu pfeifen. Die Mission würde ein Fehlschlag sein, aber wenigstens wären sie alle am Leben und könnten den Kampf ein andermal fortsetzen.

Vorausgesetzt, wir *sind noch alle am Leben ...*

Sie erreichten die Ecke und blieben stehen. John hob die M-16 und senkte die Stimme. „Ich geb dir Deckung?"

Leon nickte und rückte näher an die Wand. „Auf drei. Eins ... zwei ...*drei* ..."

Er machte einen Ausfallschritt von der Wand weg, ließ sich in die Hocke sinken und richtete seine Halbautomatik in die westliche Abzweigung des Korridors, während John die Gewehrmündung um die Ecke stieß. Der Gang hier war viel kürzer, nicht länger als zwanzig Meter, und endete in einem offenen, türlosen Raum. Auf der linken Seite gab es eine Tür ...

... und jemand bewegte sich an der Öffnung am Gangende vorbei. Die huschende Gestalt eines Mannes.

Reston.

Leon sah ihn, einen dünnen Kerl, nicht allzu groß. Er trug Jeans und ein blaues Arbeitshemd. *Mr. Blue*, genau, wie sie gesagt hatten ...

„Stehen bleiben!", rief John, und Reston drehte sich um, erschrocken – und unbewaffnet. Er sah die M-16 und sprang von der breiten Türöffnung weg, hielt vielleicht auf einen Ausgang zu ...

... und Leon rannte los, mit rudernden Armen um Tempo zu gewinnen, doch John überholte ihn spielerisch leicht in vollem Sprint. Wie der Blitz waren sie im Innern des Raumes, und da war Reston, der verzweifelt gegen eine Tür auf der rechten Seite drückte. Er warf einen entsetzten Blick über die Schulter, als sie in den Raum stürmten, seine Augen waren vor Panik geweitet.

„Sie geht nicht auf!", schrie er. Seine Stimme war am Rand der Hysterie. *„Öffnen Sie die Tür!"*

Mit wem redet er?

„Geben Sie auf, Reston", knurrte John ...

... und hinter ihnen krachte eine Metallplatte vor die Öffnung, sperrte sie mit einem heftigen, schweren Klang ein. Leon schaute nach unten, sah, dass der Boden aus Stahl bestand – und verspürte den ersten Stich von Unruhe.

Reston kreiselte herum. Er hatte die Hände erhoben, seine schmalen Züge waren furchtverzerrt. „Ich bin es nicht, ich bin nicht Reston", sprudelte es aus ihm heraus, sein blasses Gesicht glänzte vor Schweiß.

Und hinter ihnen erschien ein weiteres Gesicht am Fenster der Metalltür. Es wurde durch das dicke Plexiglas verzerrt, aber das Grinsen war offensichtlich. Ein älterer Mann, in einen dunkelblauen Anzug gekleidet.

Oh verdammt!

Der Mann sah kurz weg, streckte eine Hand nach oben, um etwas zu berühren, das Leon nicht sehen konnte – und eine weiche, kultivierte Stimme drang aus einem Deckenlautsprecher in den Raum.

„Tut mir leid, Henry", sagte der Mann mit vom Glas verzerrten Gesichtsbewegungen. „Und erlauben Sie mir, dass ich mich vorstelle. Ich bin Jay Reston. Und wer immer Sie sind, ich bin *sehr* erfreut, Sie kennenzulernen. Willkommen beim Testprogramm des *Planeten*."

Leon sah John an, der sein Gewehr immer noch auf den beinahe hysterischen Henry gerichtet hielt. John erwiderte den Blick, und Leon sah, wie die Erkenntnis in seinen dunklen Augen heraufdämmerte, gerade als auch er begriff.

Kein Zweifel, sie steckten verdammt tief in der Scheiße.

Ja!

Reston lachte ausgelassen. Die Bewaffneten saßen in der Falle und die drei an der Oberfläche wurden wahrscheinlich bereits von den Teams eingesammelt – er hatte sich um die Situation gekümmert, und er hatte sie mit Bravur gemeistert.

Natürlich macht es keinen Spaß, wenn niemand da ist, der es zu schätzen weiß ... aber andererseits habe ich ein Publikum, das von mir wie gefesselt ist, oder?

„Laut Zeitplan sind es bis zu unserer Betriebsbereitschaft noch dreiundzwanzig Tage", sagte Reston mit breitem Lächeln, und er stellte sich schon den Ausdruck in Sidneys aufgedunsenem Gesicht vor. „Zu diesem Zeitpunkt wollte ich den Jungfernlauf unseres sorgfältig ausgearbeiteten Programms vor einer Gruppe außerordentlich wichtiger Leute moderieren. Es sollten nur Züchtungen beteiligt sein, wir hatten zunächst nicht vor, Menschen durch die Phasen zu schicken, geschweige denn *Soldaten*. Aber jetzt, dank Ihnen, werde ich in der Lage sein, meiner kleinen Gesellschaft vorzuführen, wofür unsere Lieblinge erschaffen wurden. Inzwischen werden Ihre Freunde an der Oberfläche abserviert worden sein, bedauerlicherweise – aber ich glaube, Sie drei werden ausreichen. Ja, Sie werden sich ganz prima machen."

Reston lachte wieder, er konnte es einfach nicht unterdrücken. „Sie sollten Henry vielleicht umbringen, bevor es losgeht, weil er Sie nur behindern wird – und schließlich hat *er* Sie in die Falle gelockt, nicht wahr?"

„Du Bastard!"

Henry Cole stemmte sich von der Wand ab, raste auf die Tür zu und trommelte mit den Fäusten dagegen. Das fünf Zentimeter dicke Metall klapperte nicht einmal im Rahmen.

Immer noch grinsend, schüttelte Reston den Kopf. „Es tut mir *leid*, Henry. Wir werden Sie schrecklich vermissen. Sie haben die Arbeit am Interkom-System nicht beendet, nicht wahr? Auch die am Audiosystem nicht ... aber zumindest haben Sie *dieses* hier angeschlossen, wofür ich Ihnen nicht genug danken kann. Verstehen Sie mich gut da drinnen? Irgendein statisches Rauschen?"

Was immer für ein Dämon von dem Elektriker Besitz ergriffen hatte, er ließ von ihm ab, und der Mann brach schwer atmend an der Tür zusammen. Der größere der beiden bewaffneten Männer, der stämmige, dunkelhäutige mit dem Gewehr, trat mit bedrohlicher Miene auf das Fenster zu.

„Sie werden uns nicht dazu bringen, irgendwelche Tests für Sie zu durchlaufen", sagte er, und seine tiefe Stimme bebte vor Zorn.

„Bringen Sie uns ruhig um, wir sind nämlich nicht allein – und Umbrella geht unter, egal ob wir dabei sind, um es mit anzusehen oder nicht!"

Reston seufzte. „Nun, Sie haben recht, dass Sie nicht dabei sein werden. Aber was den Rest angeht ... Sie gehören zu diesen S. T. A. R. S.-Leuten, nicht wahr? Sie und Ihre armselige Kampagne bedeuten uns nichts – Sie sind Moskitos, ein Ärgernis. Und Sie *werden* teilnehmen ..."

„Nimm *daran* teil", spie der andere hervor und fasste sich in den Schritt. Selbst durch das dicke Plexiglas war die obszöne Geste unmissverständlich.

Vulgär. Die jungen Leute heutzutage, keinen Respekt vor den Überlegenen ...

„John, warum setzt du nicht eine dieser Splittergranaten ein?", fragte der andere Mann gelassen und Reston seufzte abermals.

„Die Wände bestehen aus verputztem Stahl und die Tür hält sehr viel mehr aus als das, was Sie bei sich haben könnten. Sie würden sich allenfalls selbst in die Luft sprengen. Das wäre zu schade – aber tun Sie, was Sie nicht lassen können."

Darauf schien ihnen keine klugscheißerische Bemerkung mehr einzufallen. Niemand sprach, doch Reston konnte immer noch Coles krampfhaftes Keuchen hören, das aus der Sprechanlage drang. Er war es ohnedies müde, sie aufzustacheln. Die Oberflächenteams würden sich bald im Kontrollraum melden, und er sollte dann wirklich dort sein.

„Wenn die Herren mich entschuldigen möchten", sagte er. „Ich habe mich um andere Angelegenheiten zu kümmern – zum Beispiel muss ich unsere Schoßtierchen in ihr neues Zuhause lassen. Aber seien Sie ganz beruhigt, ich werde Ihr Debüt bezeugen. Versuchen Sie, es wenigstens durch zwei der Phasen zu schaffen, wenn Sie können."

Reston trat von dem Fenster weg an die Steuertafel zur Linken und gab den Aktivierungscode ein. Einer der Männer fing an zu brüllen, dass sie *nicht* mitmachen würden, dass er sie *nicht* zwingen könne ...

… und dann drückte Reston den großen grünen Knopf, der zugleich die Luke nach Eins öffnete – und entließ Tränengas aus den Luftschächten der hohen Decke in den Vorraum. Er trat wieder ans Fenster, weil es ihn interessierte zu sehen, wie effektiv der Prozess verlaufen würde.

Binnen Sekunden senkte sich ein weißer Nebel von oben herab und umhüllte die drei Männer. Er hörte Schreie und Husten, und eine Sekunde später vernahm er, wie sich die Luke schloss, was hieß, dass sie hindurch waren. Nachdem die Druckplatten im Boden nun von ihrem Gewicht befreit waren, gab es ein leises Zischen, weil das Entlüftungssystem sich eingeschaltet hatte, um den Nebel in weniger als einer Minute aus dem Raum zu saugen.

Nett. Er musste daran denken, dem Architekten, der das empfohlen hatte, zu danken.

„Ich werde es mir notieren", sagte Reston zu sich selbst. Er strich sein Revers glatt, wandte sich wieder der Steuerung zu und war ganz begierig darauf zu sehen, wie gut sich die Männer gegen die neuesten Zuwächse der großen Umbrella-Familie behaupten würden.

ELF

Cole blieb nichts anderes übrig, als den Killern hinterherzustolpern. Er würgte, ihm war übel, und in seiner Brust wühlten Angst und Hass. Reston hatte ihn dem Tod überantwortet, der Mann hatte diese Mörder sogar ermuntert, ihn umzubringen – er wusste nicht einmal mehr, ob sie überhaupt Mörder *waren*, und er wusste nicht, wer diese „Stars" sein sollten – er wusste gar nichts mehr, nur noch, dass seine Augen brannten und er keine Luft bekam.

Lass es wenigstens schnell passieren, mach es schnell und schmerzlos …

Durch die Luke gelangten sie nach Eins, hinter ihnen schnappte die Tür zu. Cole fiel nach hinten gegen das kühle Metall, rang nach Atem; klebrige Tränen sickerten unter seinen geschlossenen Lidern hervor. Er wollte nicht sehen, wie sie abdrückten, er wollte nicht bangen müssen, bevor er starb. Nur sterben zu müssen war schon schlimm genug.

Vielleicht lassen sie mich einfach hier.

Die leise Hoffnung, die ihm dieser Gedanke bescherte, wurde augenblicklich ausgelöscht, als sich eine große, raue Hand um seinen Arm schloss und ihn schüttelte.

„Hey, aufwachen!"

Widerwillig und heftig blinzelnd öffnete Cole seine tränenden Augen. Der große Schwarze starrte auf ihn herab und sah so sauer aus, als wolle er gleich auf ihn einprügeln. Sein Gewehr war auf Coles Brust gerichtet.

„Wollen Sie uns erklären, was es mit diesem verdammten Ort auf sich hat?"

Cole sackte in sich zusammen. Seine Stimme war nur ein Stammeln. „Phase eins. W-wald."

Der Mann verdrehte die Augen. „Ja, Wald, *das* seh ich auch. Aber warum?"

Jesus, ist der groß!

Der Kerl hatte noch Muskeln *auf* den Muskeln. Cole schüttelte den Kopf. Er war sicher, dass er gleich übel zusammengeschlagen werden würde, wusste aber nicht recht, was der Mann eigentlich von ihm wollte.

Der andere Mann trat einen Schritt auf sie zu. Er sah eher aufgebracht als verärgert aus. „John, Reston hat auch ihn reingelegt. Wie heißen Sie noch mal? Henry?"

Cole nickte, verzweifelt bemüht, niemanden zu provozieren. „Ja, Henry Cole. Reston sagte mir, Sie seien hier, um ihn zu töten, und er trug mir auf, mich da reinzustellen. Er wollte Sie nur einsperren. Ich schwöre bei Gott, ich wusste nicht, was er wirklich vorhatte…"

„Langsam", sagte der kleinere Mann. „Ich bin Leon Kennedy, das ist John Andrews. Wir sind nicht hergekommen, um Reston zu töten…"

„Sollten wir aber", grummelte John und sah sich um.

Leon fuhr fort, als hätte John gar nichts eingeworfen. „… oder sonst jemanden. Wir wollen nur etwas, das sich angeblich in Restons Besitz befindet, das ist alles. Also – was können Sie uns über dieses Testprogramm sagen?"

Cole schluckte und wischte sich über das nasse Gesicht. Leon schien es ehrlich zu meinen…

… und wie sehen deine Alternativen hier aus? Du kannst erschossen oder zurückgelassen werden, oder du arbeitest mit diesen Typen zusammen. Sie haben Waffen und Reston sagte, die Test-Viecher wurden gezüchtet, um Menschen zu attackieren und … o Scheiße … wie bin ich bloß in diesen Schlamassel geraten?

Cole schaute sich in Eins um, erstaunt darüber, wie anders es ihm nun vorkam, da er darin eingesperrt war, wie – bedrohlich. Die hoch aufragenden künstlichen Bäume, das Unterholz aus Plastik und herumliegendes synthetisches Gehölz – in dem gedämpften Licht und der feuchten Luft, mit den dunklen Wänden und der bemalten Decke vermittelte es einem fast das Gefühl eines richtigen Waldes bei Dämmerung.

„Ich weiß nicht allzu viel", sagte Cole, den Blick auf Leon gerichtet. „Es gibt vier Phasen – Wald, Wüste, Gebirge, Stadt. Alle sind sie in etwa so groß wie zwei Footballfelder nebeneinander, die genauen Abmessungen habe ich vergessen. Es heißt, sie sollen das künftige Zuhause für diese Versuchstierkreuzungen sein. Man wird sie sogar mit Lebendfutter ernähren, Mäuse, Kaninchen und so. Umbrella testet irgendwelches Seuchenkontrollzeug, und die Versuchstiere sollen ein ähnliches Kreislaufsystem haben wie Menschen, irgendwas in der Art. Sie seien gutes Studienmaterial ..."

Er verstummte, hatte die Blicke bemerkt, die die beiden Männer tauschten, als er von den Testkreaturen gesprochen hatte.

„Und das glauben Sie wirklich, Henry?", fragte John. Er sah nicht mehr sauer aus, seine Miene wirkte jetzt ausdruckslos.

„Ich ...", begann Cole, dann schloss er den Mund und dachte nach. Über die unglaubliche Bezahlung und die Keine-Fragen-Politik. Über die Fragen von den Leuten, die die Aufsicht über die Jobs führten ...

‚Macht es Ihnen Freude, hier zu arbeiten? Haben Sie das Gefühl, dass man Ihnen genug dafür bezahlt?'

... und über die Gefängniszellen ... und die Fesselvorrichtungen.

„Nein", sagte er und verspürte einen Anflug von Scham ob seiner bisherigen Ignoranz. Er hätte es wissen sollen, er *hätte* es auch gewusst, wenn er nur den Mut besessen hätte, genauer hinzuschauen. „Nein, das tu ich nicht. Nicht mehr."

Beide Männer nickten, und mit Erleichterung nahm Cole zur Kenntnis, dass John sein Gewehr etwas zur Seite bewegte und anderswo hin richtete.

„Und wissen Sie, wie man hier rauskommt?", fragte John.

Cole nickte. „Ja, sicher. Die Phasen haben Verbindungstüren, jeweils in den sich diagonal gegenüberliegenden Ecken. Sie sind nur eingeschnappt, keine Schlüssel oder so – bis auf die letzte, die Vier, die ist von außen verriegelt."

„Dann liegt die Tür, zu der wir wollen, also in dieser Richtung?", fragte Leon und deutete nach Südwesten. Sie waren in der Nordostecke. Von ihrem Standort aus war die gegenüberliegende Wand nicht einmal zu sehen, so dicht war der falsche Wald. Cole wusste, dass es zumindest eine Lichtung von nennenswerter Größe gab, aber es lag dennoch ein ziemlicher Marsch vor ihnen.

Cole nickte.

„Können Sie uns etwas über diese Versuchstiere sagen? Wie sehen sie aus?", fragte John.

„Ich habe sie nie gesehen, ich war nur hier, um mich um die Elektrik zu kümmern – Kameras, Leitungen und all den Kram." Hoffnungsvoll sah er von einem zu anderen. „Aber wie schlimm können sie schon sein … oder?"

Ihre Mienen waren entmutigend. Cole wollte gerade fragen, was *sie ihm* sagen konnten, da erfüllte ein lautes, metallenes Rasseln die feuchte Luft, als würde ein riesiges Tor hochgezogen. Es kam von hinten, von der Westwand her, wo Cole die Tierpferche wusste …

… und eine Sekunde später schnitt ein schrilles, durchdringendes Kreischen durch die Luft – ein langer, schmetternder Ton, in den bald ein weiterer einfiel, und dann noch einer und dann zu viele, um sie noch unterscheiden zu können.

Es war auch ein schlagendes Geräusch zu hören, so machtvoll, dass Cole es erst nicht einzuordnen wusste – und als er es endlich konnte, war ihm selbst ein bisschen nach Schreien zumute.

Flügel. Das Geräusch riesiger Flügel, die die Luft teilten.

Sie befanden sich fünf Meter über dem Boden, auf einem Doppelstapel aus Holzkisten, in einer Ecke des Lagerhauses. Schon die leiseste Bewegung brachte die Türme leicht ins Schwanken, und das verstärkte Claires Unwohlsein enorm.

Nicht genug, dass John und Leon verschwunden sind und wir uns vor ein paar Umbrella-Gangstern verstecken – nein, wir müssen auch noch auf dem Berge Wackelau wie in einer pechschwarzen Gefriertruhe festsitzen. Wenn einer von uns auch nur zu kräftig niest, fallen wir runter.

„Das ist echt das Letzte", flüsterte sie, sowohl um die angespannte Stille zu durchbrechen, als auch um Dampf abzulassen. Der Hubschrauberlärm war verstummt, aber sie hatten draußen noch niemanden gehört.

Es überraschte Claire zu spüren, wie Rebecca neben ihr zitterte, und dazu ein gedämpftes Kichern zu vernehmen. Die junge Biochemikerin versuchte es zu unterdrücken und schaffte es nicht ganz. Claire grinste, verrückterweise erfreut.

Ein paar Sekunden vergingen, dann schaffte es Rebecca zu sagen: „Ja. Du hast ja so was von recht." Und dann mussten sie beide ihr Lachen unterdrücken. Die Kisten schwankten leicht.

„*Bitte*", sagte David; er klang gereizt. Er befand sich auf dem zweiten Kistenstapel, auf der anderen Seite von Rebecca.

Claire und Rebecca beruhigten sich, und abermals senkte sich Stille über sie.

Sie warteten in der nordöstlichen Ecke, lagen beide auf dem Bauch, ihre Pistolen auf die gegenüberliegende Wand gerichtet, grob in Richtung der anderen Tür. Laut David gab es zwei. Er lag nach Süden gewandt da und behielt den Zugang im Auge, durch den sie hereingekommen waren.

Das Kichern hatte Claire ein wenig entspannt. Sie fror immer noch, hatte immer noch Angst um Leon und John, aber ihre Lage schien ihr nicht mehr ganz so furchtbar. Übel zwar, ganz bestimmt, aber sie hatte sich schon in wesentlich schlimmeren Situationen befunden.

In Raccoon war ich auf mich allein gestellt. Ich musste auf Sherry Acht geben, Mr. X war uns auf den Fersen, wir mussten uns unseren Weg durch einen Haufen Zombies bahnen und hatten uns total verirrt. Jetzt habe ich wenigstens eine Ahnung davon, womit wir es zu tun haben. Nicht mal eine Armee von bewaffneten Fieslingen ist so schlimm wie nicht zu wissen, was Sache ist ...

Außerhalb des Lagerhauses – ein Geräusch. Jemand zog an der Tür, die sie und Rebecca im Auge behielten. Ein schnelles Rütteln, und dann wieder Stille – nur glaubte Claire jetzt, Schritte zu hören, die draußen über den Boden tappten.

Sie überprüfen die Türen. Und wenn Davids Verriegelung nicht überzeugend ist oder sie zufällig genauer hinsehen ...

Zumindest war es David, der ihnen Deckung gab. Er war erstaunlich cool und effizient und von so messerscharfem Verstand, wie sie es zuvor noch nie erlebt hatte. Es war, als wüsste er einfach, was zu tun war – augenblicklich, ganz gleich, was geschah. Selbst jetzt. David hatte gesagt, dass die anderen den Bereich vermutlich schnurgerade in Teams durchkämmen, am einen oder anderen Ende anfangen und jedes Gebäude überprüfen würden.

Ein militärischer Stratege, und was für einer.

Claire ging für sich selbst noch einmal durch, was er ihnen gesagt hatte; es war weniger ein Plan als vielmehr eine Was-wäre-wenn-Liste. Dennoch, einfach *etwas* zu haben, auf das sie sich konzentrieren konnte, war schon eine gehörige Erleichterung.

Wenn nur ein Team hereinkommt, drei Mann oder weniger, verhalten wir uns ruhig, bewegen uns nicht, bis sie wieder verschwinden. Dann gehen wir zur Tür gegenüber der, durch die sie hereingekommen sind, und warten. Wenn wir sie auf der anderen Seite hören, gehen wir raus und rennen zum Zaun. Wenn sie hereinkommen und uns entdecken, schießen wir. Die anderen nehmen wir uns der Reihe nach vor, wenn sie durch die Tür kommen, dann klettern wir hinunter und rennen los.

Wenn es zwei oder mehr Teams sind, warten wir, bis David die Granate wirft, dann schießen wir. Dasselbe gilt, wenn sie Nachtsichtgeräte haben; die Granate wird sie blenden. Wenn es ihnen gelingt, das Feuer zu erwidern, klettern wir hinten runter und nutzen die Kisten als Deckung ...

Die weiteren Alternativen verschwanden aus Claires Kopf, als sie hörte, wie an der anderen Tür gerüttelt wurde. Erst gerüttelt – dann ein Tritt.

Die Tür flog auf. Ein Rechteck aus blassem Licht erschien in der Schwärze. Der helle Strahl einer Taschenlampe stach durch das Dunkel, glitt über eine Wand aus Kisten und kehrte dann zur Tür zurück.

Ein leises *Klick* – dann ein geflüsterter Fluch.

„Was?" Eine andere Stimme, ebenfalls im Flüsterton.

„Das Licht funktioniert nicht." Eine Pause, dann: „Na ja, komm weiter. Wahrscheinlich sind sie sowieso im anderen Gebäude, hier sind sie nicht ganz durchs Schloss gekommen."

Gott sei Dank. Gut gemacht, David.

Die beiden vermuteten nicht, dass die, die sie suchten, hier waren.

Ein zweiter Strahl tauchte auf, und Claire konnte hinter den zwei hellen Lichtern ganz vage menschliche Silhouetten ausmachen. Den Stimmen nach zu schließen handelte es sich um zwei Männer. Sie bewegten sich nach vorne, die Lichtstrahlen tanzten über die Stapel aus Kartons und Kisten.

Ruhig bleiben, nicht bewegen, abwarten.

Claire schloss die Augen, weil sie nicht wollte, dass sich einer der beiden Männer beobachtet fühlte. Sie hatte einmal gehört, dass dies der Trick beim Verstecken sei – nicht hinzusehen.

„Ich nehme mir den Südbereich vor", flüsterte eine der Stimmen, und Claire fragte sich, ob die Typen ahnten, wie gut offener Raum den Schall trug.

Wir können euch hören, ihr Hohlköpfe.

Ein komischer Gedanke, aber sie hatte Angst. Die Zombies hatten wenigstens keine Schusswaffen gehabt ...

Die Lichter trennten sich, eines bewegte sich von ihnen fort, das andere wurde in ihre Richtung gedreht. Zumindest wurde es tief gehalten. Wer immer die Lampe auch führte, ihm war offenbar nicht klar, dass Menschen auf Kisten klettern konnten.

Ist mir nur recht, beeilt euch und macht, dass ihr hier rauskommt. Lasst uns hier verschwinden, ohne kämpfen zu müssen!

David hatte gesagt, dass sie zurückkommen würden, um John und Leon zu holen, wenn Umbrella verschwunden war. Er hatte gesagt, dass man wahrscheinlich eine Wache aufstellen würde, vielleicht zwei, aber dass es wesentlich einfacher wäre, eine Wache auszuschalten als einen ganzen Trupp ...

... und da leuchtete ein Licht in Claires Gesicht – der blendende Strahl traf ihre Augen.

„Hey!" Ein überraschter Ausruf von unten und dann ...

BAMM!

Ein Schuss fiel, und sie hörte und spürte, wie unter ihr etwas nachgab, und Rebecca keuchte, als der Kistenturm sich nach hinten neigte.

Claire schlug mit dem Rücken gegen die Wand, und sie langte nach der schwankenden Kiste, auf der sie gelegen hatten. Von draußen drang ein Chor von Schreien herein. Davids Waffe spie donnernd orangefarbenes Mündungsfeuer ...

... und mit einem Krachen stürzte der ganze Kistenstapel ein. Claire fiel haltlos ins Dunkel.

Als er das machtvolle Schlagen von Flügeln und das Kreischen hörte, spürte John, wie seine Haut kalt wurde. Er mochte Vögel nicht, hatte sie nie gemocht, und auf einen Schwarm von *Umbrella*-Vögeln zu treffen, in einem sterilen, surrealen Wald, das ...

„Das darf ja wohl nicht wahr sein!", brummte er und hob die M-16, den Kunststoffkolben fest gegen seine Schulter gedrückt. Leons Waffe war ebenfalls nach oben gerichtet. Die Decke lag hoch über ihnen. Dort endeten die höchsten Bäume und schufen ein tiefes Dämmerblau. Die Höhe der Bäume reichte von drei bis etwa acht oder zehn Meter – und John sah, dass ganz oben „Sitzäste" angebracht waren, jeder vom Umfang eines Basketballs.

Der Vogel muss aber verdammt große Füße haben, wenn er das *zum Landen braucht ...*

Die schrillen Schreie hatten aufgehört, und John hörte auch den Flügelschlag nicht mehr – aber er fragte sich, wie lange es dauern würde, bis die Vögel beschlossen, nach Beute Ausschau zu halten.

„Müssen Pterodaktylen sein", flüsterte Cole mit krächzender Stimme. „Daks."

„Soll das ein Witz sein?", schnaufte John und sah am Rande seines Gesichtsfeldes, wie der magere Umbrella-Arbeiter den Kopf schüttelte.

„Vielleicht keine echten, es ist nur ein Spitzname, den ich aufgeschnappt habe." Cole klang eindeutig entsetzt.

„Lasst uns diese Tür suchen", meinte Leon und drang bereits in den falschen, düsteren Wald vor.

Amen.

John setzte ihm nach, vier, fünf Meter, versuchte nach oben zu schauen und zugleich darauf zu achten, wo er hintrat. Er stolperte fast umgehend, trat mit einem Stiefel gegen einen Plastikstein und schaffte es nur mit Mühe und Not, eine Bauchlandung zu vermeiden.

„So wird das nichts", sagte er. „Cole – Henry."

Er warf einen Blick nach hinten und sah, dass Cole noch immer vor der Luke kauerte, das blasse, wieselartige Gesicht zum Himmel gerichtet.

Zur Decke, verdammt!

Leon war stehen geblieben, wartete und spähte zu den ausladenden Ästen empor. „Ich geb euch Deckung", sagte er.

John ging zurück, wütend und frustriert und von ernstlichem Unbehagen erfüllt. Sie steckten in der Klemme. David und die Mädchen konnten oben gerade um ihr Leben kämpfen, und er würde keine Zeit damit verplempern, einen verängstigten Umbrella-Saftsack aufzumuntern. Dennoch konnten sie ihn nicht zurücklassen, zumindest nicht einfach so.

„Henry. Hey, Cole." John streckte die Hand aus und tippte ihm gegen den Arm, und endlich sah Cole ihn an. Seine hellbraunen Augen waren glasig vor Angst.

John seufzte und empfand etwas Mitleid mit dem Kerl. Er war

ein *Elektriker*, Teufel noch mal, und es schien, als sei Ignoranz das einzige Verbrechen gewesen, dessen er sich schuldig gemacht hatte.

„Hören Sie, ich verstehe ja, dass Sie sich fürchten, aber wenn Sie hier bleiben, werden Sie umgebracht. Leon und ich, wir hatten beide schon mit solchen Umbrella-Schoßtierchen zu tun. Ihre beste Chance besteht darin, mit uns zu kommen – und außerdem könnten wir Ihre Hilfe gebrauchen. Sie wissen mehr über diesen Ort als wir. Okay?"

Cole nickte zitternd. „Ja, okay. Sorry. Ich – ich hab nur Angst."

„Willkommen im Club. Vögel sind mir nicht geheuer. Das Fliegen ist ja cool, aber sie sind so seltsam, haben diese Perlenaugen und diese schuppigen Füße – und haben Sie schon mal 'nen Geier gesehen? Die haben Köpfe wie 'n Hodensack." John schauderte gespielt und sah, wie Cole sich ein bisschen entspannte und sogar ein zittriges Lächeln versuchte.

„Okay", sagte Cole noch einmal, fester diesmal. Sie gingen dorthin zurück, wo Leon stand und immer noch die Luft über ihnen im Auge behielt.

„Henry, da wir die Waffen haben, wie wär's, wenn Sie vorausgingen?", schlug John vor. „Leon und ich werden aufpassen, und wir brauchen freie Bahn, damit wir nicht über irgendwas stolpern. Glauben Sie, das schaffen Sie?"

Cole nickte, und obwohl er immer noch ungesund blass wirkte, konnte John doch sehen, dass er sich zusammenreißen würde. Für eine Weile jedenfalls.

Ihr Führer setzte sich vor Leon, hielt in grob südwestliche Richtung und schlug einen ungeraden Weg durch den merkwürdigen Wald ein. Sie folgten ihm, und John wurde rasch klar, dass Coles Führung keinen großen Unterschied machte.

Wenn ich nicht schaue, wo ich hintrete, werd ich stolpern, dachte John müde, als er zum sechsten Mal gegen einen abgebrochenen „Ast" trat. *Da führt kein Weg dran vorbei.*

Die Daks, wie Cole sie nannte, hatten sich weder gezeigt noch einen weiteren Laut von sich gegeben. *Auch recht*, dachte John –

durch einen Plastikwald zu latschen erforderte schon genug Aufmerksamkeit. Es war ein bizarres Gefühl, die echt wirkenden Bäume und das Unterholz zu sehen, die Luftfeuchtigkeit zu spüren – aber zugleich festzustellen, dass es keine Gerüche nach Erde oder Pflanzen gab, keinen Wind und keine winzigen Geräusche von Bewegung, keine Insekten. Es war ein traumhaftes Erlebnis – und ein sehr nervös machendes.

John bewegte sich weiter vorwärts, den Blick auf das Gewirr von Ästen über ihnen fixiert. Dann blieb Cole stehen.

„Wir sind ... nun, da ist so eine Art Lichtung", sagte er.

Leon wandte sich um und sah John mit gerunzelter Stirn an. „Sollen wir sie umgehen?"

John trat vor und spähte durch die scheinbar zufällig angeordneten Bäume auf die vor ihnen liegende Lichtung. Ihr Durchmesser betrug mindestens fünfzehn Meter, aber John wollte doch lieber einen Umweg in Kauf nehmen – von einem im Sturzflug befindlichen Pterodaktylus attackiert zu werden klang *überhaupt* nicht spaßig.

„Ja. Henry, nach rechts. Wir werden ..."

Der Rest seiner Worte ging unter, als jenes hohe Kreischen von neuem durch den künstlichen Wald schmetterte und ein braungrauer Schemen in die Lichtung niederstieß, auf sie zuflog, mit ausgefahrenen, fußlangen Klauen.

John sah eine Flügelspannweite von drei oder dreieinhalb Metern, die ledrigen Schwingen mit gekrümmten Haken besetzt. Er sah einen kreischenden, zahnbewehrten Schnabel und einen schlanken, länglichen Schädel, sah flache, schwarze Augen glänzen, groß wie Untertassen ...

... und er und Leon eröffneten das Feuer, als das Wesen die Linie der Kunstbäume vor ihnen erreichte und seine gewaltigen Klauen in das Hartplastik hieb. Es hielt sich fest, breitete seine riesigen, membranartigen Schwingen aus und rang um sein Gleichgewicht ...

... und *Bamm-bamm-bamm!* wurden Löcher in dünne Haut gestanzt. Bäche wässrigen Blutes rannen aus den Wunden. Das Tier *schrie*, und das in solcher Nähe, dass John die Schüsse nicht mehr hörte, gar nichts mehr hören konnte, weil sie von dem trillernden, hohen Kreischen zugedeckt wurden – und dann fiel die Kreatur, landete auf dem dunklen Boden, zog ihre Flügel an ...

... und näherte sich ihnen auf den Ellbogen! Wie eine Fledermaus, bewegte sich das Wesen ruckartig durch die zerfetzten Bäume, quetschte sein Kreischen in kurzen, scharfen Stößen hervor. Hinter der Kreatur stieß eine zweite auf die Lichtung herab, peitschte geruchlosen Wind zu ihnen herüber, als sie ihre breiten Schwingen schloss. Ihr langer, spitzer Schnabel öffnete sich und enthüllte Zähne.

Das ist übel, übel, übel ...

Das Tier, das auf sie zukam, war kaum noch anderthalb Meter entfernt, als John auf den zuckenden Kopf zielte, auf das glänzende runde Auge, und abdrückte.

ZWÖLF

Der Größere, John, richtete sein Schnellfeuergewehr auf den Av1 und entfesselte ein wahres Inferno. Wie ein Strom der Vernichtung trafen die Geschosse den gebogenen Schädel des Daks und sprengten die andere Seite gleichsam heraus. Dunkle Flüssigkeit spritzte über die frisch gestrichenen Bäume. Beide Augen zerplatzten wie Wasserballons.

Verdammt. Niedriger Schwellenwert. Liegt an den Hohlknochen…

Reston beobachtete, wie der andere Mann seine Waffe auf einen zweiten Dak richtete, der auf der Lichtung gelandet war. Selbst ohne Klanguntermalung bekam Reston mit, wie die Pistole drei-, viermal ruckte und das Spezimen in die schmale Brust traf. Der schlanke Hals des Daks bog sich unkontrolliert vor und zurück, ein schlangenartiger Totentanz, ehe er blutend zu Boden ging.

Reston sah keine weiteren Tiere niedergehen, doch die drei Männer zogen sich zurück, tauchten wieder in den Wald ein. Der arme Cole wirkte völlig fertig, sein Mund war zu einem stummen Heulen geöffnet. Das strähnige braune Haar klebte ihm schweißnass am Kopf, seine Glieder zitterten.

Geschieht ihm recht, weil er das Audiosystem nicht angeschlossen hat! Der fehlende Ton war ärgerlich, aber Reston glaubte nicht, dass die Aufzeichnungen darunter leiden würden. Die Leute wussten ja, wie sich Schüsse und Schreie anhörten.

Die Drei bewegten sich in westlicher Richtung aus dem Erfassungsbereich der Kamera. Reston schaltete um auf eine andere, von der im Baum befindlichen zu einer an der Nordwand. Klar, dass Cole versuchte, sie zu der Verbindungstür zu führen – obwohl er sich offenbar nicht erinnerte, dass jetzt eine zweite, größere Lichtung auf ihrem Weg lag. Für den Augenblick allerdings hatten sich auch die Daks zurückgezogen. Im Allgemeinen wurden sie von offenen Flächen angelockt. Die bewaffneten Männer hatten nur zwei getötet, was bedeutete, dass noch sechs gesunde Geschöpfe sie auf der „Wiese" willkommen heißen würden.

Reston hatte sämtliche Kreaturen in ihre Habitate entlassen, gleich nachdem der Anruf von Sergeant Steven Hawkinson, dem Mann, der die Aktion an der Oberfläche leitete, hereingekommen war. Hawkinson hatte Reston nur darüber informiert, dass zwei Umbrella-Teams – neun Männer, er selbst mitgerechnet – das Gelände durchkämmten, und dass das Fahrzeug der Flüchtigen entdeckt worden sei. Die Drei befanden sich immer noch auf dem Areal, es sei denn, sie verfügten über ein zweites Fahrzeug, was jedoch höchst unwahrscheinlich war. Reston hatte Hawkinson mitgeteilt, dass die Kamera am Eingang zugeklebt worden war, und ihn um Meldung gebeten, sobald sich etwas Neues ergab. Dann hatte er es sich bequem gemacht, um die Show zu genießen.

Er schenkte sich einen weiteren Brandy ein, während er zusah, wie sich die drei langsam zwischen den Bäumen hindurchbewegten, John mit nach oben gerichteter Waffe, der andere die Schatten um sie herum durchforstend …

Er braucht auch einen Namen. Wir haben Henry, John und – Red? Sein Haar ist *leicht rötlich.*

Wie dem auch sei, es würde genügen, genau wie „Dak" für die Av1er taugte. Es bestand natürlich keine Verbindung zu Pterodaktylen – und das „Av" stand für „Aves", das lateinische Wort für Vögel –, aber tatsächlich ähnelten die Daks noch am ehesten Fledermäusen. Es gab nur schon zu viele in der Säugetierreihe. Auf Jacksons persönliche Aufforderung hin hatten die Spezieszüchter ein paar neue Klassifizierungen hinzugefügt, um für Klarheit zu sorgen. Dabei hatten sie auf einige der sekundären Spender des Genpools dieser Reihe zurückgegriffen. Wie die Spucker, die eher Schlangen ähnelten als Ziegen, aber als Ca6er bezeichnet wurden, abgeleitet von „Capra", weil sie paarhufig waren ...

... und die Daks sehen *nun mal aus wie Pterodaktylen oder zumindest wie das moderne Bild, das wir von ihnen haben,* dachte Reston, den Blick auf den Bildschirm gerichtet, der den Käfigzugang zeigte. Zwei der Tiere befanden sich noch darin. Der stromlinienförmige, muskulöse Körper und der schmale Schnabel, der Knochenkamm auf dem Kopf, die sehnigen Flügel ... Sie wirkten in der Tat auf archaische Weise höchst elegant. Die beiden in der „Hinter-den-Kulissen"-Höhle waren unübersehbar erregt, aufgescheucht von all dem Tumult. Sie krochen auf ihren zusammengefalteten Flügeln vor und zurück und pendelten mit ihren Köpfen hin und her. Reston wusste nicht sehr viel über den biologischen Aspekt, aber er wusste, dass sie sich bei der Jagd von Bewegung und Geruch leiten ließen, und dass es nur zwei dieser Tiere bedurfte, um ein Pferd in weniger als fünf Minuten zu töten.

Wenn man auf sie schießt, verlieren sie viel von ihrer Effizienz.

Aber das war nicht wirklich von Belang, denn die Av1er waren für Dritte-Welt-Szenarien erschaffen worden, für Länder, in denen es immer noch mehr Macheten als Gewehre gab. Bedauerlich war nur, dass sie so rasch starben; die Betreuer würden enttäuscht sein über die Verluste – aber letztendlich wären sie ohnehin irgendwann Waffentests unterzogen worden.

Apropos ...

Die drei Männer gerieten aus dem Erfassungsbereich der Nordkamera und näherten sich der Lichtung. Dort würden die Daks ins Spiel kommen. Reston lehnte sich vor, um dabei zuzusehen, und ihm wurde bewusst, dass die Szenen, die er hier aufzeichnete, seinen Aufstieg bedeuteten – aber auch ungeachtet dieser Tatsache hätte er sich geradezu königlich amüsiert.

David eröffnete das Feuer, als der Lichtstrahl des Verfolgers sie fand. Ein Schuss ...

... und links von ihm regnete es Holzsplitter, die gegen seinen Arm prasselten. Zunächst war er nur darauf bedacht, den Schützen auszuschalten, damit der Beschuss aufhörte, aber dann wurde ihm siedend heiß bewusst, dass sie drauf und dran waren abzustürzen – dass die beiden jungen Frauen mit voller Wucht auf dem Beton zerschmettert werden würden, wenn er nicht sofort etwas *unternahm*!

Und dann geschah es auch schon wie befürchtet, die Holzlatten unter ihm verschwanden urplötzlich und ließen ihn ins kalte Dunkel stürzen.

David hielt seine Waffe fest, drückte die Arme durch und beugte die Knie in der halben Sekunde des blinden freien Falls, bevor seine Knie auf Karton trafen, auf eine unsichtbare Schachtel, die unter seinem Gewicht zerdrückt wurde, seinem Sturz aber die ärgste Wucht nahm.

Sofort kam er auf die Beine, wandte sich dem anderen Taschenlampenstrahl zu, der in der geschätzten Mitte des Lagerhauses aufflammte. Der erste Mann war bereits ausgeschaltet. Keine Zeit, nach Rebecca zu sehen, nach Claire – die lauten Rufe von draußen hatten sie schon fast erreicht.

Der Mann mit der Taschenlampe ging unter der kurzen Salve zu Boden, die David aus der M-16 abfeuerte. Die flachen Echos der Schüsse dröhnten durch die Gassen zwischen den Kisten, und als die Taschenlampe fiel, ging ein einzelnes schmerzvolles und zugleich überraschtes Grunzen damit einher. David richtete die Waffe auf die offene Tür.

Na, dann zeigt euch mal!, dachte er.

Dann zerstoben seine Gedanken in einem ohrenbetäubenden Krachen.

Maschinenpistolenfeuer von draußen!

Er vollführte einen Schwenk mit der eigenen Waffe über die Tür ... aber niemand kam herein.

David bewegte sich nach links und jagte einen Feuerstoß aus seiner Waffe, ohne damit zu rechnen, jemanden zu treffen. Die Kugeln schlugen nutzlos in den Türrahmen. Er musste seinen Freunden Zeit verschaffen und wenn es nur ein paar Sekunden waren.

„*Uuuh.*" Leises Stöhnen einer weiblichen Stimme, hinter ihm.

„Rebecca! Claire! Gebt mir ein Lebenszeichen!" Er legte alle Eindringlichkeit, zu der er fähig war, in sein Flüstern und ließ dabei das fahle, leere Rechteck der offenen Tür keine Sekunde aus den Augen.

„Hier! Claire, meine ich ... Bin okay, aber ich glaube, Rebecca ist verletzt ..."

Verdammt!

David spürte, wie sein Herz einen Takt übersprang, und er wich einen Schritt nach hinten. Seine Gedanken rasten, Furcht krampfte ihm den Magen zusammen. Seit dem ersten Schuss war noch keine halbe Minute vergangen, aber das Umbrella-Team würde, wenn es etwas taugte, das Gebäude inzwischen umstellt haben. Sie mussten hier raus, bevor sich die Angreifer endgültig organisiert hatten.

„Claire, komm her zu mir, folge meiner Stimme – du musst die Tür sichern. Wenn du jemanden siehst, und wenn's nur ein Schatten ist, *schieß*. Hast du das verstanden?"

Während er sprach, hörte er, wie sie sich raschelnd bewegte. Als sie näher kam, streckte er die Hand nach ihr aus und berührte ihren Arm.

„Warte", sagte er und feuerte noch eine Garbe ab, die in die Wand neben der Tür drosch. Dann, während der Kugelhagel aus Maschinenpistolen erwidert wurde, reichte er Claire die M-16. Eine Salve peitschte ziellos ins Dunkel.

„Kannst du damit umgehen?"

„Ja ..." Ihre Stimme klang ängstlich, aber doch halbwegs gefasst.

„Gut. Wenn ich sage, dass wir uns in Richtung der Westtür bewegen, gibst du uns Deckung."

Er wandte sich bereits der Ecke zu, in der Rebecca lag, hörte ein weiteres gedämpftes Murmeln, das von großen Schmerzen kündete, und konzentrierte sich darauf. Er bewegte sich schnell, fiel auf die Knie und tastete nach der Verletzten. Er spürte etwas Seidiges,

Rebeccas Haar, dann strich er mit beiden Händen über ihren Kopf, suchte nach der klebrigen Wärme von Blut.

„Rebecca, kannst du sprechen? Weißt du, wo du verletzt bist?"

Ein Husten – und dann spürte er ihre Finger an seinem Arm und wusste, noch bevor sie antwortete, dass sie leidlich in Ordnung war.

„Am Hinterkopf", sagte sie leise, aber deutlich. „Möglicherweise eine Gehirnerschütterung. Hab mir höllisch das Steißbein geprellt. Arme und Beine scheinen okay zu sein …"

„Ich helfe dir auf. Wenn du nicht laufen kannst, werde ich dich tragen. Aber wir müssen jetzt los …"

Wie um Davids Worten Nachdruck zu verleihen, gab der Schütze draußen eine weitere Salve ab.

Und dann ein Ruf, der ihn zum Aufbruch mahnte.

„Volle Deckung!"

David sprang aus der Hocke in den Stand, wirbelte herum, warf sich von hinten auf Claire und zischte: „Mach die Augen zu!" Gleichzeitig schloss er seine eigenen Lider für den Fall, dass sie eine Blendgranate hereinwarfen, und betete, dass es kein Schrapnell sein würde …

Das dumpfe Krachen eines Granatwerfers, gefolgt von einem lauten Knall und einem fauchenden Geräusch, verriet ihm, dass sie nun mit Gas gegen sie vorgingen. Er rutschte von Claire weg, spürte, wie sie sich neben ihm aufsetzte, und hörte ihren keuchenden, schweren, angsterfüllten Atem.

Gott! Lass es kein Sarin oder Soman sein! Mach, dass sie uns lebend haben wollen!

Binnen Sekunden fing Davids Nase an zu laufen, seine Augen tränten heftig, und er wurde von einer Woge der Erleichterung überrollt. Kein Nervengas. Sie hatten CN- oder CS-Tränengas eingesetzt. Das Umbrella-Team wollte sie lediglich ausräuchern.

„Zur Westtür!", schnappte David, und Claire keuchte eine Bestätigung. Die chemische Mischung verbreitete sich rasch in der kalten Luft, eine effektive, aber gottlob nicht tödliche Waffe.

David drehte sich wieder um und spürte eine Hand über seinen Brustkorb streichen.

„Ich kann laufen", versicherte Rebecca hustend, doch David warf sich trotzdem ihren Arm über die Schultern und marschierte los in Richtung der Tür. Er bewegte sich so schnell er konnte durch die Schwärze. Claire keuchte zunehmend lauter, aber sie schaffte es und hielt mit ihnen mit.

David eilte vorwärts, plante im Gehen, versuchte nicht zu tief einzuatmen. Vor beiden Türen würden Leute warten.

Aber wie nahe? Bestimmt stehen sie direkt davor, warten darauf, ihre um Luft ringenden Opfer zu überwältigen!

Er hatte eine Idee. Als sie die Wand erreichten, angelte er sich aus seinem Hüftpack die glatte, runde Splittergranate heraus und zog den Stift.

„Claire, Rebecca – hinter mich!"

Im Dunkeln ohnehin schon blind, waren die Tränen ein zusätzliches Handicap. Er zog seine Neunmillimeter, schwenkte die Waffe – und fand die Tür.

BAMM*!*

Er stanzte ein Loch seitlich in die Tür, entriegelte sie damit und hörte draußen die überraschten Aufschreie von Männern. Ohne innezuhalten, riss David die Tür auf …

Wie weit ist es bis zum Zaun? Fünfzig Meter? Sechzig?

… und schleuderte die Granate ins Freie.

Dann schloss er sie, so schnell er konnte, presste sich mit seinem Gewicht dagegen und dankte Gott, dass sie so überaus massiv war.

Und dann …

Die Tür kämpfte förmlich mit ihm, als die Explosionsgewalt dagegen schmetterte; Dreck und Splitter hämmerten wie ein tollwütiges Tier dagegen, das mit seinen Klauen Einlass begehrte. David hielt stand, der Kampf währte, bei aller Brutalität, nur eine Sekunde. Das Donnern der M68 wich schmerzvollem Stöhnen und Heulen, kaum vernehmbar über dem Klingeln in seinen Ohren und dem Orgeln seiner nach Atem schnappenden Lungen.

„Nach rechts sichern – und ab nach links!", rief David, zerrte die Tür auf und beschrieb mit der H&K einen waagrechten Bogen. Im fahlen Mondlicht sah er durch den Tränenschleier nur drei Männer – alle am Boden, alle verletzt und schreiend und noch am Leben.

Kevlar. Vielleicht sogar Ganzkörperschutz ...

Sie würden damit rechnen, dass sie zur Vorderseite flohen, zu ihrem Fluchtfahrzeug, daher wandte sich David nach links. Er fixierte seinen tränenverschleierten Blick auf den dunklen Zaun, während hinter ihm Claire und Rebecca hustend heraustaumelten.

„Zaun!", sagte er so laut, wie er es wagen konnte, griff nach hinten und legte den Arm um Rebeccas Hüfte. Sie stolperten über einen der gefallenen Männer, der sein blutendes Gesicht in den Händen barg, und wandten sich torkelnd zur Flucht, Claire unmittelbar hinter ihnen. Sie schloss schnell zu ihnen auf, die M-16 auf die Front des Gebäudes gerichtet.

Gutes Mädchen! Wir könnten es schaffen – über den Zaun und in einem Bogen weg vom Van, hinaus in die Wüste ...

Sie rannten, verringerten die Distanz viel schneller, als David es gehofft hatte. Der Zaun lag nur zehn Meter von der Rückseite des Gebäudes entfernt, in dem sie gewesen waren; aus genau diesem Grund hatte er sich für dieses entschieden. Die anderen lagen zur Vorderseite hin, zu weit entfernt, und das Erste wäre zu offensichtlich gewesen.

Sie hatten den Zaun beinahe erreicht, als hinter ihnen im Dunkeln jemand eine Maschinenpistole abfeuerte, aus der Deckung der anderen Gebäudeseite heraus.

Zumindest eines der Umbrella-Teams war also logisch vorgegangen und näherte sich von dort.

Claire hatte die Sache im Griff. Sie erwiderte das Feuer. Das Rattern zweier Schnellfeuerwaffen vermengte sich zu einem explosiven Duett. Der unsichtbare Schütze war entweder getroffen oder duckte sich, als das donnernde Lied wieder zum Solo wurde.

Claire durchlöcherte die Finsternis mit .223-Geschossen.

Rebecca wird Hilfe brauchen.

„Claire! Rauf und rüber!", rief David, während er die Hand nach der M-16 ausstreckte. Sie überließ sie ihm, drehte sich um und erklomm den Zaun mit verblüffender Leichtigkeit.

„Rebecca, los!" David zog den Abzug durch und hielt ihn gedrückt, jagte Kugel um Kugel durch die kalte Nacht, hörte, wie das Feuer von scheinbar überall her und umgehend erwidert wurde – von drei, vielleicht vier Schützen …

… und hinter ihm ertönte ein gellender Schrei. Er kam von Rebecca, die das Metallgitter noch nicht überwunden hatte. Ein paar warme Tropfen spritzten in Davids Gesicht, und er hörte auf zu schießen, sprang vor, um Rebecca aufzufangen, bevor ihre Hände loslassen konnten.

„Ich übernehme!", rief Claire auf der anderen Seite. Sie schoss durch den Maschendrahtzaun, die Neunmillimetergeschosse dröhnten laut, doch Davids Puls schien sie noch zu übertönen. Rebecca war blass. Sie keuchte heiser, litt offensichtlich unter großen Schmerzen – aber sie schaffte es, sich am Zaun festzuhalten und sogar noch ein wenig höher zu klettern, als David sie nach oben schob.

Er hob sie über das obere Ende, und als Claire die Hände ausstreckte, um zu helfen, drehte David sich um und schoss wieder auf die Angreifer, die sich immer noch in den Schatten verbargen. Sein Zorn trocknete auch die letzten der chemisch verursachten Tränen.

Verdammte Bastarde – sie ist noch ein halbes Kind!

Der M-16 ging die Munition aus. David sprang, und dann war Rebecca endlich zwischen ihnen. Sie lehnte sich schwer gegen seine Schulter, und gemeinsam taumelten sie hinaus in die eisige, finstere Wüstennacht.

DREIZEHN

Zehn Minuten nach dem Angriff erkannte Leon, dass Cole ganz offenbar nicht mehr in der Verfassung war, sie zu führen. Der Umbrella-Arbeiter taumelte, hielt die Richtung, in die sie mussten, nur noch grob – und selbst das mehr zufällig als gezielt.

Und das, nachdem wir wissen, dass sie auch vom Boden aus angreifen können ...Verdammt, John und ich dürfen nicht beide den Himmel im Auge behalten!

„Henry, warum lässt du nicht mich ein paar Minuten lang die Führung übernehmen?", fragte Leon und warf dabei einen Blick nach hinten zu John. John nickte. Er machte selbst keinen sonderlich guten Eindruck, wirkte extrem angespannt. Sein Blick zuckte wie rasend mal hierhin, mal dorthin, während seine Hände die M-16 umklammert hielten.

Vielleicht denkt er an die anderen. Daran, dass sie „abserviert" worden sein könnten.

„Ja, okay, das wäre – okay", nickte Cole. Seine Erleichterung war nicht zu übersehen. Er fuhr sich durch das braune verschwitzte Haar und beeilte sich, hinter Leon zu gelangen. John bildete noch immer das Schlusslicht.

Leon war nervös, aber er hatte nicht annähernd so viel Angst wie zuvor, jedenfalls nicht um sich und seine Begleiter. Die Vögel, diese Daks, waren unangenehm und gefährlich, aber es bedeutete eine Erleichterung, sie gesehen zu haben – sie waren nicht so schrecklich, wie seine Vorstellungskraft ihn nach jenen ersten grausigen Schreien glauben gemacht hatte. Monster, die der Kopf gebar, waren stets schlimmer als die Wirklichkeit, und die Daks waren nicht sehr robust. So lange er und John Acht gaben, sollte es zu schaffen sein.

Sie bewegten sich in südliche Richtung, also korrigierte Leon den Kurs wieder, so weit es nötig war. Er meinte, erste Blicke auf die gegenüberliegende Wand werfen zu können. Die Anlage machte jede Orientierung schwer. Die Bäume standen nicht allzu nah beieinander, aber so verstreut, dass der Wald dicht schien, wenn man ihn mit Blicken zu durchdringen versuchte. Die dicke Bodenabdeckung – sie bestand aus irgendeinem Kunststoff – gab unter dem Körpergewicht nicht nach, aber das Material wies Schrägen und Steigungen auf, die es noch schwieriger gestalteten, ein Gefühl für die Größe des Raumes zu entwickeln.

Das ist verrückt, so maßlos übertrieben – so ganz und gar Umbrella.

Es war wie die riesige Laboranlage unter Raccoon, komplett mit eigener Gießerei und privater U-Bahn – unglaublich, wenn er es nicht mit eigenen Augen gesehen hätte. Und von den Ex-S.T.A.R.S.-Angehörigen wusste er, dass es an der Küste von Maine eine abgeschiedene Bucht gab, die von einem Team aus Virus-Zombies bewacht wurde, sowie eine „verlassene" Villa im Wald, das Spencer-Anwesen. Es war mit Geheimnissen, Schlüsseln, Codes und Durchgängen nur so überfrachtet, erinnerte an die Kulisse eines Agentenfilms, von dem nie jemand geglaubt hätte, sie könne auch in realer Ausführung existieren.

Und jetzt das – simulierte Umwelten unter den kahlen Salzebenen von Utah. Wie hatte Reston diesen Ort genannt? Den *Planeten*. Es war eine extravagante, dekadente, unmoralische Verschwendung, einfach absurd und lächerlich, nur dass …

… nur dass wir darin festsitzen, und Gott allein weiß, was uns als Nächstes hier blüht!

Leon ging weiter und versuchte, nicht daran zu denken, was Claire und die anderen gerade durchmachen mochten. Reston hatte offensichtlich angenommen, der Rest des Teams sei geschnappt worden.

Aber er *wusste* es nicht. Er wusste auch nicht, wie einfallsreich Claire und Rebecca waren und was David für ein genialer Stratege war. Sie alle waren Umbrella schon einmal entkommen, und es gab keinen Grund zu glauben, dass sie es nicht erneut schaffen könnten.

Leon war so damit beschäftigt, sich selbst aufzumuntern, dass er die Lichtung erst bemerkte, bis sie praktisch davor standen, kaum fünf Meter davon entfernt. Er blieb stehen, dachte an den letzten Angriff – und schalt sich dafür, nicht aufgepasst zu haben.

„Lasst uns umkehren und außen herum gehen", sagte er – und dann hörte er das Schlagen von Flügeln und wusste, dass es schon zu spät war. Aus den Schatten über der offenen Fläche lösten sich zwei, drei der Vögel von Sitzstangen und rauschten auf die runde Lichtung herab.

Scheiße!

Eines der Tiere begann zu kreischen, und dann waren andere da, über ihnen, versteckt in den unmöglichen Bäumen, und sie stimmten in den Gesang ein, eine ohrenbetäubende, entsetzliche Kakofonie aus Lärm, der wie mit Nadeln in die Ohren stach. Leon wich zurück. John war plötzlich neben ihm und richtete sein Gewehr auf die freie Fläche voraus.

Das erste Wesen flog auf die Bäume zu und drehte sich seitwärts, als wollte es zwischen ihnen hindurchfliegen. In letzter Sekunde zog es hoch, so schnell, dass sie keinen Schuss anbringen konnten. Als die Kreatur nach oben segelte, entdeckte Leon zwei weitere am Boden, die ihre sehnigen Leiber auf gefalteten Schwingen vorwärts zogen.

Der Lärm! Er tat weh, war so schrill und schrecklich wie tausend schreiende Säuglinge, und Leon spürte mehr, als dass er sah, wie die Neunmillimeter Kugeln ausspie. Der schwere Stahl bäumte sich in seiner Hand auf. Die Vögel verstummten, als dem, der am nächsten war, eine Kugel durch den gebogenen Hals fuhr. Ein fransiges Loch entstand unmittelbar über seiner schmalen Brust, Fetzen graubrauner Haut erblühten daraus wie eine dunkle Blume. Dünnes Blut sprudelte aus der Wunde, doch das zweite Wesen kletterte bereits über den zuckenden Leib hinweg, unbeirrbar in seiner Angriffslust. Leon zielte und ...

„Hey, hey, ach du Scheiße!"

Coles hysterischer Aufschrei lenkte Leon ab. Er verriss den Schuss nach links und verfehlte. John eröffnete das Feuer auf den zweiten Dak. Die ratternde Salve zerfetzte das Tier. Leon kreiselte herum und sah Cole nach hinten stolpern. Ein weiterer dieser fiesen Vögel jagte auf ihn zu.

Wie ist der an uns vorbeigekommen?

Leon zielte. Der Dak war keine anderthalb Meter mehr von Cole entfernt, und gerade als Leon abdrückte, fegte eine weitere Kreatur direkt von oben herab. Auf die kurze Distanz durchschlug das Geschoss die Brust des Vogels und trat durch ein faustgroßes Loch am Rücken wieder aus. Der Dak war tot, noch bevor er zusammengekrümmt zu Boden ging. Der andere tat einen machtvollen Flügelschlag. Die Spitzen der gewaltigen Schwingen streiften über den Boden – dann flog er davon.

„Henry, hinter mich!", rief Leon und blickte nach oben, wo er einen weiteren Dak von einer Reihe von Sitzstangen direkt über ihnen herunterstoßen sah. Das Tier legte seine Flügel an und hielt geradewegs auf ihn zu.

Er brauchte Hilfe. „John ...!"

Nur ein paar Fuß vom Boden entfernt breitete der herabjagende Vogel seine ledrigen Flügel aus und setzte in einer überraschend eleganten Landung auf. Er wandte sich Leon zu und torkelte vorwärts. Hinter Leon prasselten die Kugeln – und verklangen plötzlich. Er hörte John fluchen, hörte, wie die M-16 zu Boden polterte.

Der vor Leon befindliche Dak öffnete seinen langen Schnabel und kreischte – ein wütender, hungriger Laut. Auf seinen gebogenen Flügeln glitt das Tier so schnell vorwärts, wie Leon zurückweichen konnte. Die Kreatur wand sich hin und her, und Leon hatte nicht genug Munition, um sie verschwenden zu können. Er musste einen *sicheren* Schuss anbringen. Er ...

Da sprang das Biest! Ein grotesker, plötzlicher Hüpfer, der die Distanz auf Fußlänge verringerte. Mit einem weiteren schrillen Kreischen stieß das Geschöpf seinen Kopf nach vorne, der offene Schnabel schloss sich um Leons Knöchel. Selbst durch das dicke Stiefelleder spürte er die nagelartigen Zähne, spürte er die Kraft in den Kiefern, doch ehe er schießen konnte, war John zur Stelle. Er stampfte auf den schlangenartigen Hals des Daks, zielte mit seiner Pistole ...

Das Geschoss durchschlug das Rückgrat des Tieres. In seinem glatten Rücken explodierte ein Wirbel. Bleiche Knochensplitter und wässriges Blut spritzten hervor. Der Dak ließ Leons Knöchel los, und obwohl sein Hals immer noch zuckte, lag sein Körper nun still, blutüberströmt, aber reglos.

Wie viele – wie viele mögen noch übrig sein?

„Komm schon!", rief John. Er nahm das Gewehr auf und wandte sich zur Flucht. „Zur Tür, wir müssen zur Tür!"

Sie rannten. Über die Lichtung, Cole dicht hinter ihnen, verfolgt von Flügelschlägen, und über ihnen schrie eine weitere schrille Stimme.

Zurück zwischen die Bäume, in den leblosen Wald. Sie stolperten über Äste und wichen den knorrigen Plastikstämmen aus.

Die Wand ... Da ist die Wand!

Und da war die Tür, eine breite Metallluke mit einem Riegel, der rechts unten angebracht war ...

... und Leon hörte, nicht weit davon entfernt, das gellende Kreischen in seinen Ohren und spürte den Windstoß über seinen Nacken fahren ...

Seine Beine gaben nach, er sank zu Boden und fühlte jähen Schmerz, als etwas ein Büschel seines Haarschopfs packte und es ihm aus der Haut des Hinterkopfes riss.

„Pass auf!", schrie Leon, als er aufschaute und den riesigen Vogel auf John, der die Tür fast schon erreicht hatte, zuschießen sah, Cole daneben.

John drehte sich um, ohne zu straucheln. Er hob die Pistole und drückte ab – ein Volltreffer. Der Dak fiel, als bestünde er aus Blei, sein winziges Gehirn hatte sich mit einem Mal verflüssigt.

Cole hantierte an der Tür, John zielte immer noch über Leons Kopf hinweg, und Leon hörte ein weiteres Kreischen wie vor Zorn, irgendwo hinter sich ...

Die Tür glitt auf. Leon rannte, John gab ihm Deckung, während er hinter Cole her taumelte, aus dem kühlen, dunklen Wald hinein in blendende Hitze. John war direkt hinter ihnen, schlug die Luke zu ...

... und dann lag Phase zwei vor ihnen.

Rebecca rannte, außer Atem, erschöpft und ohne stehen bleiben, ohne sich ausruhen zu können. David und Claire rannten mit ihr, stützten sie, aber sie spürte trotzdem, dass jeder einzelne Schritt all ihrer Willenskraft bedurfte. Ihre Muskeln wollten nicht länger kooperieren. Sie war verwirrt, ihr Gleichgewichtssinn gestört, in ihren Ohren hatte sich ein stetes Klingeln eingenistet. Sie war verletzt, und sie wusste nicht, wie schlimm – nur, dass sie angeschossen worden war, dass sie sich irgendwann den Kopf gestoßen hatte und dass sie nicht stehen bleiben konnten, bis sie ein beträchtliches Stück von der Anlage entfernt waren.

Es war dunkel, zu dunkel, um zu sehen, wie der Boden verlief, und es war kalt. Jeder Atemzug stach wie ein Dolch aus Eis in ihre Kehlen, ihre Lungen. Rebeccas war völlig durcheinander; sie wusste, dass sie eine Gehirnfunktionsstörung erlitten hatte, war aber nicht sicher, welcher Art. Während sie dahintorkelte, wurde sie von den verschiedenen Möglichkeiten und deren Konsequenzen heimgesucht. Sie verging fast vor Sorge. Mit der Kugel selbst verhielt es sich einfacher – der heiße, pochende Schmerz verriet ihr, wo sie saß. Es tat schrecklich weh, aber sie glaubte nicht, dass es sich um eine Fraktur handelte, und es floss auch kein Blut aus der Wunde. Andere Dinge bereiteten ihr mehr Sorge.

Schuss durch den linken Gesäßmuskel, steckt im Ischium fest, so ein Glück aber auch ... Schock oder Gehirnerschütterung? Gehirnerschütterung oder Schock?

Sie musste stehen bleiben, ihren Puls fühlen, ihre Ohren auf

Blut hin untersuchen ... oder auf CSF, was etwas war, woran sie nicht einmal denken wollte. Selbst in ihrem verwirrten Zustand wusste sie, dass blutende Cerebrospinalflüssigkeit so ziemlich die schlimmste Folge eines Schlages gegen den Kopf war.

Nach, wie ihr vorkam, sehr langer Zeit und mehr Richtungswechseln als sie zählen konnte, wurde David langsamer, bedeutete Claire, ebenfalls ihr Tempo zu drosseln und Rebecca auf dem Boden abzusetzen.

„Auf die Seite!", keuchte Rebecca. „Die Kugel sitzt links."

Vorsichtig betteten David und Claire sie auf den kalten, flachen Erdboden, beide keuchend und um Atem ringend, und Rebecca war noch nie so froh gewesen, sich hinlegen zu können. Als David sie umdrehte, erhaschte sie einen flüchtigen Blick auf den schwarzen Himmel: Die Sterne waren fantastisch, klar und eisig hoben sie sich gegen den tiefschwarzen Ozean des Alls ab ...

„Taschenlampe", sagte sie, als ihr abermals bewusst wurde, in welch merkwürdige Bahnen ihre Gedanken abdrifteten. „Muss nachsehen."

„Sind wir weit genug weg?", fragte Claire, und es dauerte einen Moment, bis Rebecca begriff, dass sie mit David sprach.

O Scheiße, das ist nicht gut ...

„Ich denke schon. Und wir sehen ja, wenn sie kommen", erwiderte David und schaltete seine Taschenlampe ein. Der Strahl traf ein paar Zentimeter vor Rebeccas Gesicht auf den Boden.

„Rebecca, was können wir tun?", fragte er. Sie hörte die Sorge in seiner Stimme, und dafür liebte sie ihn. Sie waren wie eine Familie, seit der Bucht schon; David war ein guter Freund und ein guter Mensch.

„Rebecca?" Diesmal klang er furchtsam.

„Ja, entschuldige", sagte sie und fragte sich, wie sie ihnen erklären sollte, was sie spürte, was mit ihr los war. Sie entschied, dass es am besten sein würde, einfach mit Reden anzufangen und es sie herausfinden zu lassen.

„Schaut euch mein Ohr an", sagte sie. „Sucht nach Blut oder einer klaren Flüssigkeit. Ich glaube, ich habe eine Gehirnerschütterung. Ich scheine meine Gedanken nicht in den Griff zu bekommen. Das andere Ohr auch. Ich wurde angeschossen, und ich denke, die Kugel steckt im Ischium. Im Becken. Zum Glück. Sollte nicht allzu sehr bluten. Ich kann die Wunde desinfizieren und verbinden, wenn ihr mir meine Tasche gebt. Da ist Verbandsmull drin, und das taugt, aber die Kugel könnte mein Rückgrat in Mitleidenschaft gezogen haben oder tiefer und durch meine Oberschenkelarterie gegangen sein. Viel Blut wäre ein schlechtes Zeichen, erst recht, da ich als einziger Sanitäter auch der Patient bin …"

Während sie sprach, ließ David das Licht über ihr Gesicht streifen, dann hob er ihren Kopf sanft an und sah auf der anderen Seite nach, bevor er ihn in seinen Schoss bettete. Seine Beine waren warm, die Muskeln zuckten von den Strapazen.

„Da ist ein bisschen Blut in deinem linken Ohr", sagte er. „Claire, nimm bitte Rebeccas Tasche. Rebecca, du brauchst nicht mehr zu reden, wir versorgen dich schon. Versuch dich auszuruhen, wenn du kannst."

Kein CSF, dem Himmel sei Dank!

Rebecca wollte die Augen schließen, schlafen, aber vorher musste sie ihnen alles sagen. „Die Gehirnerschütterung scheint nur leicht zu sein, das erklärt die Verdrängung, den Tinnitus, meinen mangelnden Gleichgewichtssinn – dauert vielleicht nur ein paar Stunden, vielleicht aber auch ein paar Wochen. Dürfte nicht allzu schlimm sein, aber ich sollte mich nicht bewegen. Bettruhe. Fühl meinen Puls, an meiner Schläfe. Wenn du ihn nicht findest, könnte ich unter Schock stehen – Wärme, Beine hoch …"

Sie holte Luft und stellte fest, dass die Dunkelheit nicht mehr nur da draußen war. Sie war müde, sehr, sehr müde, und eine Art neblige Schwärze schränkte ihr Blickfeld ein.

Das ist alles, habe ihnen alles gesagt …
John. Leon.

„John und Leon", sagte Rebecca, darüber entsetzt, dass sie die beiden auch nur einen Moment lang vergessen hatte. Mühsam versuchte sie sich aufzurichten. Die Erkenntnis traf sie wie ein Schlag ins Gesicht. „Ich kann laufen, ich bin okay, wir müssen zurück ..."

David berührte sie kaum, doch irgendwie gelangte ihr Kopf wieder auf seinen Schoß zurück. Dann zog Claire Rebeccas Hemd hinten hoch, drückte gegen ihre Hüfte – und schickte neue Schmerzwogen durch ihren Körper. Rebecca drückte die Augen zu, versuchte, tief ein- und auszuatmen, versuchte, überhaupt zu atmen.

„Wir werden zurückgehen", sagte David, und seine Stimme schien von weit her zu kommen, vom Rand eines Brunnenschachts, in den Rebecca hineinstürzte. „Aber wir müssen warten, bis der Hubschrauber verschwindet, vorausgesetzt, das tut er überhaupt – und du brauchst Zeit, um dich zu erholen ..."

Wenn er noch etwas sagte, hörte Rebecca es schon nicht mehr. Sie schlief ein und träumte, dass sie ein Kind war, das im kalten, kalten Schnee spielte.

Vor ihnen lag die Wüste.

Es waren keine Tiere zu sehen, sie mussten sich auf der anderen Seite der Düne befinden. Aber Cole meinte zu wissen, welche Geschöpfe zu Phase zwei gehörten. Noch bevor John und Leon auch nur einen Schritt machen konnten und bevor das Klingeln aufhörte, das die schrecklichen Schreie der Daks in Coles Ohren verursacht hatten, plapperte er schon drauf los.

„Wüste! Phase zwei ist eine Wüste, also müssen hier die Skorps sein! Skorpione – verstehen Sie?"

John zog ein gebogenes Magazin aus seiner Hüfttasche und blinzelte mürrisch in das künstliche Sonnenlicht, das von oben herabbrannte. Es mussten an die 40 Grad Celsius in dem Raum herrschen, und inmitten der weißen Wände und der gleißenden Helligkeit fühlte es sich noch viel heißer an. Leon ließ den Blick über den funkelnden Sand vor ihnen schweifen, dann wandte er sich an Cole, mit einem Ausdruck, als hätte er gerade etwas Saures zerkaut.

„Wunderbar. Das ist einfach großartig. ‚Skorps'? Skorps und

Daks ... was gibt's sonst noch hier unten, Henry, können Sie sich daran erinnern?"

Für eine einzige Sekunde setzte Coles Verstand aus. Er nickte, zermarterte sich das Gehirn. Der Schweiß, der seinen ganzen Körper bedeckt hatte, war in der knochentrockenen Hitze bereits verdunstet.

„Nun – das sind ... das sind Spitznamen: Daks, Skorps ... Jäger! Jäger und Spucker! Die Trainer hatten all diese Spitznamen ..."

„Süß! Wie Schnuffi oder Purzelchen", unterbrach John und wischte sich mit dem Handrücken über die Stirn. „Und wo sind diese Viecher?"

Alle drei schauten sich in Phase zwei um, schauten auf die gewaltige Sanddüne, die sich in der Mitte des Raumes auftürmte und unter dem riesigen Netz aus Höhenlampen unter der Decke glitzerte. Sie war acht bis zwölf Meter hoch und verwehrte ihnen die Sicht auf die Südwand sowie auf die Tür in der dort befindlichen rechten Ecke. Sonst gab es nichts zu sehen.

Cole schüttelte den Kopf, aber er sagte nichts. Die Skorps waren sonst wo, und sie mussten die glänzende, sengende Sanddüne überwinden, um zum Ausgang zu gelangen.

„Was stellten die anderen Phasen dar? Gebirge und Stadt? Haben Sie sie je gesehen?", fragte Leon.

„Drei ist wie ein ... wie sagt man noch gleich ... Chasma, auf einem Gipfel. Wie eine Gebirgsschlucht, so ungefähr, sehr felsig. Und Vier ist eine Stadt – ein paar Blocks einer Stadt jedenfalls. Ich musste die Videoanschlüsse in allen Phasen überprüfen, als ich herkam."

John schaute nach oben und in die Runde, die Augen wegen des harten Lichts zusammengekniffen. „Ach ja, richtig, Video ... Wissen Sie noch, wo sie sind? Die Kameras?"

Warum will er das wissen? Cole zeigte nach links, auf das kleine gläserne Auge, das in gut drei Metern Höhe in die weiße Wand eingelassen war. „Hier gibt es fünf davon – das ist die Nächste ..."

Mit einem breiten Grinsen hob John beide Hände und streckte

die Mittelfinger in die Kamera. „Leck mich, Reston!", sagte er laut, und Cole entschied, dass er John mochte, sehr sogar. Leon auch, klar, und das nicht nur, weil die beiden seine einzige Chance waren, hier herauszukommen. Was auch immer ihr Motiv sein mochte, sie standen offensichtlich auf der richtigen Seite. Und die Tatsache, dass sie in einer Lage wie dieser noch Witze machen konnten …

„Haben wir einen Plan?", fragte Leon, den Blick immer noch auf die Wand aus gelbweißem Sand gerichtet.

„Wir gehen da lang", sagte John und zeigte nach rechts, „und dann wird geklettert. Wenn wir etwas sehen, erschießen wir es."

„Genial, John. Kannst du das aufschreiben? Weißt du, ich …"

Leon brach mitten im Sprechen ab, und dann hörte Cole es auch. Ein klapperndes Geräusch. Ein Geräusch, als würden Krallen auf hohles Holz trommeln – dasselbe Geräusch, das ihm aufgefallen war, als er vergangene Woche eine der Kameras repariert hatte.

Ein Geräusch wie von Klauen, die sich öffnen und schließen. Wie klickende Mandibeln …

„Skorps …", sagte John leise. „Sollen Skorpione nicht nachtaktiv sein?"

„Wir haben es hier mit *Umbrella* zu tun, schon vergessen?", entgegnete Leon. „Du hast zwei Granaten, ich hab eine …"

John nickte, dann sagte er: „Weißt du, wie man mit einer Halbautomatik umgeht?"

Der große Soldat behielt die Düne im Auge, deshalb brauchte Cole einen Moment, bis er merkte, dass John mit ihm sprach.

„Oh. Ja. Ich hab noch nie eine *benutzt*, aber ich war mit meinem Bruder ein paarmal auf dem Schießstand, vor sechs oder sieben Jahren …" Er sprach genau so leise, wie die anderen beiden es taten, und lauschte diesem seltsamen Geräusch.

John sah ihn direkt an, so als versuche er, Cole besser einzuschätzen – dann nickte er und zog eine schwer aussehende Pistole aus seinem Hüftholster. Mit dem Griff voran reichte er sie Cole.

„Das ist eine Neunmillimeter, fasst achtzehn Schuss. Ich hab noch mehr Clips, falls sie dir ausgehen. Du kennst alle Sicherheitsregeln für den Umgang mit Waffen? Richte sie auf niemanden, wenn du nicht vorhast, ihn umzubringen, schieß nicht auf mich oder Leon – all diesen Kram eben?"

Cole nickte und nahm die Waffe entgegen. Sie *war* schwer – und obwohl er immer noch mehr Angst hatte als je zuvor in seinem vierunddreißigjährigen Leben, vermittelte ihm das massive Gewicht der Waffe in den Händen doch ein unglaubliches Gefühl der Erleichterung. Er klaubte aus seinem Gedächtnis zusammen, was ihm sein kleiner Bruder über Sicherheitsregeln beigebracht hatte, und fummelte an der Pistole herum, um nachzusehen, ob sie geladen war, bevor er den Blick wieder auf John richtete.

„Danke", sagte Cole und meinte es auch genau so, wie er es sagte. Er hatte diese beiden Männer in eine Falle gelockt, und sie gaben ihm eine Waffe – gaben ihm eine *Chance*.

„Schon gut. Ist ja nur, damit wir neben unseren eigenen Ärschen nicht auch noch auf deinen aufpassen müssen", sagte John; auf seinen Lippen lag ein schwaches Lächeln. „Kommt! Raus hier!"

John an der Spitze und Leon hinter Cole, so setzten sie sich in Bewegung, Richtung Osten. Sie bewegten sich langsam durch die eintönige Umgebung. Der Sand war richtiger Sand; er verlagerte sich unter ihren Füßen, und zusammen mit der sengenden Hitze bescherte er ihnen ein Gefühl wie bei einem Marsch durch eine reale Wüste.

Sie hatten erst ein kurzes Stück zurückgelegt, als Leon stehen blieb.

„Thermounterwäsche", brummte er und schob seine Pistole ins Holster, bevor er sein schwarzes Sweatshirt über den Kopf streifte und es sich um die Hüften schlang. Darunter trug er ein dickes weißes Hemd. „Konnte ja nicht ahnen, dass wir in der Sahara landen würden …"

Sie hörten es alle. Nur einen Augenblick bevor sie es sahen – bevor sie *sie* sahen, drei von ihnen, die sich auf dem Kamm der Düne aufreihten. Winzige Rinnsale aus Sand rieselten unter ihren vielen Beinen hervor, jedes so dick und kräftig wie ein abgesägter Baseballschläger. Sie hatten Krallen, riesige Greifklauen, die schmal und schwarz und an der Innenseite gezackt waren, und lange, in Segmente gegliederte Leiber, die in Schwänzen ausliefen, die nach oben und über ihre Rücken gebogen und an der Spitze mit Stacheln besetzt waren. Fiese, tropfende Stacheln, ein jeder mindestens dreißig Zentimeter lang.

Die drei sandfarbenen Kreaturen – jede anderthalb bis zwei Meter lang und etwa einen Meter hoch – begannen zu klappern. Die schmalen, spitzen, stoßzahnähnlichen Auswüchse unter den runden Arachnidenaugen schlugen gegeneinander und erzeugten dieses seltsame rhythmische Klicken, das die Männer zuvor schon gehört hatten ...

... und dann glitten die drei Ungetüme zu ihnen herab. Perfekt ausbalanciert flitzten sie mühelos über den sich bewegenden Sand.

Und auf dem Kamm der Düne tauchten drei weitere von ihnen auf.

VIERZEHN

„Hölle!", schnaubte John und wurde sich nicht einmal bewusst, etwas gesagt zu haben, während er die M-16 hochriss und das Feuer eröffnete.

Bamm-Bamm-Bam-Bamm ...!

Und dem ersten der Skorpiondinger entwich ein seltsamer, trockener Zischlaut, als die Kugeln in den gekrümmten Körper hämmerten – wie Luft, die aus einem riesigen Reifen gelassen wird. Eine dicke weiße Flüssigkeit platzte aus den Wunden, die in dem insektoiden Gesicht entstanden waren; ein Gesicht mit triefenden Stoßzähnen und Spinnenaugen; ein Gesicht mit einem schwarzen, formlosen Loch als Maul. Sich windend, mit erhobenen Klauen, fiel das Tier auf die Seite, zuckte wild und wühlte sich so sein eigenes Grab in den heißen Sand.

Auch Leon und Cole schossen. Das Donnern der Pistolen übertönte jedes weitere Zischen, ließ noch mehr von dem eiterartigen Blut aus dem zweiten und dritten Skorp hervortreten. Die gallertartige Flüssigkeit quoll wie Erbrochenes aus den Schusswunden, aber es kamen noch drei weitere dieser Wesen von dort oben herunter ...

... und auch die erste Kreatur, die John mit Kugeln durchsiebt hatte, erhob sich plötzlich wieder. Unsicher zwar, aber sie *tat* es. Aus den Öffnungen quoll diese zähe weiße Schmiere, und als das Biest den ersten Schritt auf sie zu machte, sah John, dass die Flüssigkeit an der Luft hart wurde. Sie verschloss die Wunden so gründlich wie Gips einen Schaden in einer Wand!

„*Los, los, los!*", rief John, als die beiden anderen Geschöpfe, die Leon und Cole erlegt hatten, anfingen, sich ebenfalls zu bewegen; ihre Wunden verkrusteten bereits. Und das zweite Trio war schon halb die Düne herunter, kam unaufhaltsam näher.

Müssen hier raus!

Es gab immer noch zwei „Umwelt-Simulationen", und sie hatten bereits Minimum ein Drittel ihrer Munition verballert. Dieser Gedanke schoss John in dem Sekundenbruchteil durch den Kopf, den er brauchte, um die Skorps mit einem Kugelhagel einzudecken, während Leon und Cole in östliche Richtung rannten.

John versuchte nicht einmal, auch nur eines der sechs Tiere zu erledigen; er wusste jetzt, dass es keinen Unterschied gemacht hätte. Die Salve sollte sie nur aufhalten, bis die beiden anderen Männer in Sicherheit waren. Johns Verstand suchte fieberhaft nach einem Ausweg, derweil diese unmöglichen Tiere ihre gezahnten Klauen schwenkten, sich durch den Sand bewegten und noch mehr ihres bizarren „Klebers" absonderten.

Eine Granate! Aber wie erwische ich sie alle, wie vermeiden wir es, uns selbst Splitter einzufangen?

Der nächste Skorp befand sich vielleicht vier Meter vor ihm, als John sich umdrehte und losrannte. Er bewegte sich so schnell er konnte durch die sengende Hitze. Sein Adrenalinspiegel war hoch, es kochte regelrecht in ihm. Leon und Cole waren ihm fünfzig Meter voraus. Sie taumelten durch den Sand. Leon rannte seitwärts, um das Gelände vor und hinter ihnen im Auge zu behalten, die Pistole schwenkte er dabei stets in Blickrichtung.

John riskierte einen Blick nach hinten und sah, dass die Skorpionkreaturen noch immer näher kamen. Ihre wespenartigen Leiber wirkten bedrohlich, ihre bizarr langen, auf- und zuschnappenden Klauen hatten sie erhoben. Außerdem gewannen sie an Tempo, wurden mit jedem hopsenden Schritt schneller; eine Horde untoter Insekten, die Ausschau nach ihrem Mittagsmahl hielten …

Horde … Sie bewegen sich in einer Horde …

Wahrscheinlich würde sich ihnen keine bessere Chance bieten.

John ließ das Gewehr los, um die Hände frei zu bekommen. Es baumelte am Riemen um seinen Hals und ging, obwohl er seine Flucht fortsetzte, auf diese Weise nicht verloren. Er rammte eine Hand in seine Tasche und holte eine der Granaten hervor, riss den Stift heraus, drehte sich um und trabte rückwärts weiter. Er versuchte, die Entfernung abzuschätzen. Sein fieberhaft arbeitender Verstand spielte den Ablauf eines M68-Wurfs durch. Die Skorps befanden sich zwanzig, fünfundzwanzig Meter hinter ihm.

Impakt-Zünder. Scharf zwei Sekunden nach dem Aufprall – sechs Sekunden Zeit zum Rückzug ...

„Granate!", schrie er und schleuderte den runden Gegenstand von sich. Er betete, dass sich seine Einschätzung als richtig erweisen würde. Gleichzeitig drehte er sich um und sprang. Die Granate war immer noch in der Luft, als er in den Dünenhang eintauchte.

John *schwamm* förmlich hinein, schob sich mit all seiner beachtlichen Muskelkraft voran, grub sich blind und atemlos in den heißen Sand. Unter der Oberfläche war der Sand kühler. Er ergoss sich über sein Gesicht, versuchte ihm in Nase, Mund und Ohren zu dringen, aber er konnte an nichts anderes denken als daran, seine Beine anzuziehen – und daran, was die herumirrenden Metallsplitter mit menschlichem Fleisch anzurichten vermochten.

Ein letztes, verzweifeltes Treten und ...

WOAMMMM*!*

... um ihn herum geriet alles in Bewegung. Ein unglaublicher Druck drosch gegen die sich bewegende Wand, in die er eingebettet lag. Er spürte, wie das auf ihm lastende Gewicht niedergedrückt, wie ihm die Luft aus den Lungen gepresst wurde, und er brauchte alle Kraft, um eine Hand zu seinem Gesicht zu bringen und sie vor seinen Mund zu stülpen. Flach atmend fing er an, sich wieder hervorzuwühlen.

Leon! Ob sie es geschafft haben, sich rechtzeitig in Deckung zu bringen? Ob es geklappt hat, wie ich es mir vorgestellt habe?

John kämpfte gegen den immer noch nachrutschenden Strom glatter Körner an, holte noch einmal Luft, bevor er beide Hände benutzte, um den schweren Sand beiseite zu schieben. Binnen weniger Sekunden hatte er sich befreit, der Sand floss wie breite Rinnsale von ihm ab, seine gereizten Augen tränten. Mit einer Hand wischte er sich darüber, dann hob er die M-16 und hielt als Erstes Ausschau nach der Gefahr ...

... die keine mehr war. Die Granate musste direkt vor den Ungeheuern aufgetroffen sein. Von den sechs mutierten Skorpionen, die sich an ihre Fersen geheftet hatten, waren vier völlig zerfetzt worden. John sah eine immer noch zuckende Klaue in einer weißen Pfütze im Sand liegen; ein Schwanz samt Stachel ragte aus dem Hang der Düne; in der Nähe ein Bein und noch ein weiteres ... Der Rest war nicht mehr zu identifizieren, große, feuchte Batzen, über die Umgebung verteilt.

Die beiden Skorps am Ende der Horde waren noch im Ganzen erhalten, würden sich aber ganz sicher nicht mehr erheben. Die Körper waren zwar intakt, doch die Augen und die Mäuler, die seltsamen Mandibeln – kurz: die *Gesichter* – waren verschwunden.

Buchstäblich weggerissen. Das lässt sich auch mit diesem weißen Teufelszeugs nicht mehr reparieren!

„John!"

Er wandte sich um und sah Leon und Cole, die auf ihn zuschritten. Staunen lag auf ihren Gesichtern. John erlaubte sich einen kurzen Augenblick zügellosen Stolzes, während er ihnen entgegensah. Er war genial gewesen – Timing, Zielgenauigkeit, *alles* hatte gestimmt.

Na ja. Ein wahrer Soldat lässt sich für einen gut gemachten Job nicht loben – es genügt ihm, wenn er selber weiß, was er geleistet hat ...

Als sie bei ihm anlangten, hatte er sich wieder im Griff. Außerdem hatte er genug damit zu tun, sich ihre Lage neu vor Augen zu halten. Sie befanden sich auf einem Testgelände, das von Psychopathen ersonnen worden war, und sie wurden ganz offenkundig von einem verrückten Umbrella-Mitarbeiter auf Herz und Nieren geprüft. Ihr Team war zerschlagen, ihnen stand nur eine begrenzte Munitionsmenge zur Verfügung, und es gab keinen Ausweg – jedenfalls keinen, der einem Spaziergang gleichkam.

Wir sind so ziemlich für'n Arsch. Dir selbst auf die Schulter zu klopfen bringt in etwa so viel, wie einem Toten Aspirin zu verabreichen – es ist völlig sinnlos.

Dennoch tat es gut, die vage Hoffnung in den verschwitzten Gesichter der beiden anderen Männer zu sehen ... Hoffnung konnte täuschen, aber sie war selten etwas Schlechtes.

„Es könnte noch mehr von den Dingern geben", sagte John und wischte Sand von der M-16. „Lasst uns von hier verschwinden..."

... klickklickklick ...

Sie erstarrten ausnahmslos, sahen einander an. Dieses unverwechselbare Geräusch! Es war nicht sehr nahe, aber irgendwo jenseits der Düne existierte noch mindestens einer der Skorps ...

David hatte ein sich bewegendes Licht ausgemacht, vielleicht eine Viertelmeile südwestlich ihrer Position, aber es war nicht näher gekommen. Wäre die Kälte nicht gewesen, glaubte Claire, hätte sie sich vielleicht erleichtert gefühlt. Die Chance, dass jemand sie in diesen endlosen Meilen aus Dunkelheit fand, lagen nahezu bei Null. Die Umbrella-Typen hatten es verbockt. Selbst mit dem Suchscheinwerfer des Hubschraubers – den sie offenbar nicht einzusetzen gedachten – wäre es reines Glück gewesen, wenn sie das flüchtige Trio aufgespürt hätten ...

... obwohl – vielleicht wäre es ja unser *Glück, gestellt zu werden. Vielleicht hätten sie Decken und Kaffee, heiße Schokolade, Glühwein ...*

„Wie geht's dir, Claire?"

Sie bemühte sich, das Klappern ihrer Zähne zu unterdrücken, doch es gelang ihr nicht. Es war jetzt mindestens eine Stunde vergangen, wahrscheinlich mehr. „Ich friere wie verrückt, David, und du?"

„Auch. Gut, dass wir warm angezogen sind, was?"

Wenn es ein Witz sein sollte, konnte sie nicht darüber lachen.

Claire kuschelte sich enger an Rebecca und fragte sich, wann sie auch noch das letzte Gefühl in ihren Gliedern verlieren würde. Schon jetzt waren ihre Hände taub, und ihr Gesicht fühlte sich an, als gefriere es zu einer Maske, obwohl sie fast unablässig ihre Position wechselte. David befand sich auf Rebeccas anderer Seite; die drei drängten sich so dicht aneinander wie nur möglich, in Löffelchenstellung. Rebecca war nicht wieder aufgewacht, doch ihr Atem ging langsam und gleichmäßig. Wenigstens sie konnte sich etwas erholen.

Wenigstens eine von uns ...

„Sollte nicht mehr lange dauern", meinte David. „Zwanzig, vielleicht fünfundzwanzig Minuten. Sie werden ein, zwei Männer postieren und dann abziehen."

„Ja, das hast du schon mal gesagt", erwiderte Claire. „Wie kommst du auf diese Zeitschätzung?" Ihre Lippen fühlten sich an wie schockgefrostet.

„Perimetersuche – vielleicht im Umkreis einer Viertelmeile – und wenn ich davon ausgehe, dass sie im Höchstfall noch sechs einsatzfähige Männer haben, wobei ich eher auf vier tippe ..."

„Warum?"

Davids Stimme zitterte vor Kälte. „Drei wurden zur Hintertür des Gebäudes geschickt, zwei haben wir drinnen ausgeschaltet – und den Geräuschen nach zu schließen würde ich sagen, dass vorne drei bis sieben waren. Also acht bis zwölf Männer insgesamt. Mehr hätten nicht in den Hubschrauber gepasst, mit weniger hätten sie nicht beide Eingänge sichern können."

Claire war beeindruckt. „Und warum zwanzig bis fünfundzwanzig Minuten?"

„Wie gesagt, sie werden einen bestimmten Umkreis der Anlage durchkämmen, bevor sie uns aufgeben. Die Größe des Areals, eine viertel oder halbe Meile dazu, plus die Zeit, die ein durchschnittlicher Mensch braucht, um ein Viertel dieser Strecke zurückzulegen. Wir haben dieses Licht vor ungefähr einer Stunde gesehen, und da höchstwahrscheinlich jeder eine Richtung übernommen und dieses

Segment dann abgesucht hat ... na ja, macht zwanzig bis fünfundzwanzig Minuten. Das schließt die Zeit mit ein, die man bräuchte, um auch den Van zu durchsuchen. Das ist jedenfalls meine Schätzung."

Claire spürte, wie ihre eisigen Lippen ein Lächeln probten. „Du verarschst mich, oder? Das saugst du dir doch aus den Fingern."

David klang schockiert. „Tu ich *nicht*. Ich habe es mehrere Male durchgespielt, und ich glaube ..."

„Ich hab nur Spaß gemacht", sagte Claire. „Echt."

Eine Weile herrschte Stille, dann kicherte David; das leise Geräusch drang mühelos durch das kalte Dunkel. „Natürlich. Entschuldige. Ich glaube, die Temperatur beeinträchtigt meinen Sinn für Humor."

Claire zog die rechte Hand unter Rebeccas Hüfte hervor und schob stattdessen die linke darunter. „Nein, es tut mir leid. Ich hätte dich nicht unterbrechen dürfen. Sprich weiter, das ist wirklich interessant."

„Da gibt es nicht mehr viel zu sagen", meinte David, und sie hörte das leise, aber heftige Klappern seiner Zähne. „Sie werden ihre Verletzten in ärztliche Obhut schaffen wollen, und Umbrella möchte sicher nicht, dass man einen ihrer Hubschrauber bei Tageslicht über den Salzebenen herumfliegen sieht. Sie werden also eine Wache zurücklassen und abziehen."

Sie hörte, wie er seine Lage veränderte, und spürte, wie sich dabei auch Rebeccas Körper bewegte. „Das wird jedenfalls der Moment sein, da auch wir losziehen. Erst zurück auf das Gelände, ein wenig Sabotage betreiben – und dann sehen wir schon, was passiert ..."

Die Art und Weise, in der seine Stimme verklang, der gezwungen lockere Humor in seinem Tonfall, der die Verzweiflung kaum zu übertünchen vermochte – beides verriet ihr genau, was er dachte.

Was wir beide denken.

„Und Rebecca?", fragte sie leise. Sie konnten sie nicht hier lassen, sie würde erfrieren, und mit einer bewusstlosen Frau im Schlepp zu versuchen, wieder auf das Gelände vorzudringen und ein paar bewaffnete Männer zu überwältigen ...

„Ich weiß es nicht", antwortete David. „Vorhin hat sie ... nun, sie sagte, dass sie sich womöglich innerhalb von ein paar Stunden erholen würde, wenn sie sich ausruhen könnte."

Claire sparte sich eine Antwort darauf. Das Offensichtliche festzustellen brachte nichts ein.

Sie verfielen in Schweigen. Claire lauschte auf Rebeccas leisen Atem und dachte an Chris. Davids Zuneigung für Rebecca war einfach – es war wie die Liebe zwischen Vater und Tochter. Oder zwischen Bruder und Schwester. An Chris zu denken war jedenfalls eine Möglichkeit, sich die Zeit zu vertreiben.

Was tust du in diesem Augenblick, Chris? Trent sagte, du seiest in Sicherheit, aber für wie lange? Gott, ich wünschte, du wärst nicht zu dem Einsatz in der Spencer-Villa abkommandiert worden. Oder für Raccoon überhaupt. Für Wahrheit und Gerechtigkeit zu kämpfen ist ziemlich krass, Bruder ...

„Du schläfst doch nicht ein, oder?", fragte David. Er hatte sie das jedes Mal gefragt, wenn sie für mehr als eine Minute nicht miteinander geredet hatten.

„Nein, ich denke an Chris", sagte sie. Die Worte zu formulieren fiel ihr schwer, aber sie dachte, es sei zumindest besser, als ihre Lippen zusammenfrieren zu lassen. „Und ich wette, du wünschst allmählich, wir wären doch nach Europa geflogen."

„Ich schon", meldete sich Rebecca mit schwacher Stimme. „Ich hasse dieses Wetter ..."

Rebecca!

Claire grinste, wobei sie nicht wirklich in der Lage war, es auch zu spüren, aber das war ihr in diesem Moment egal. Sie umarmte das Mädchen, während David sich aufsetzte und nach der Taschenlampe tastete – und obwohl sie fror, obwohl sie von ihren Freunden, von jeder Fluchtmöglichkeit abgeschnitten waren und einer ungewissen Zukunft entgegensahen, hatte Claire doch das Gefühl, dass es nun definitiv bergauf ging.

Der Anruf kam unmittelbar nachdem John sechs der Ar12er in die Luft gesprengt hatte.

Bis dahin hatte Reston sich Popcorn gewünscht. Das Verteidigungssystem der Skorps funktionierte genau wie die vorhergesagten Werte es erwarten ließen. Die Schäden des Exoskeletts wurden sogar schneller behoben, als sie es gehofft hatten. Womit sie aber *nicht* gerechnet hatten, war die Empfindlichkeit des Bindegewebes zwischen den Arachnidsegmenten!

Eine Granate. Eine gottverdammte Granate!

Der Wunsch nach Popcorn war gestorben wie die Ar12er. Es waren noch zwei übrig, die in der Südwestecke herumwuselten, aber Reston setzte nicht mehr viel Vertrauen in sie – und wenngleich es sich hierbei um wichtige Informationen handelte, war er doch nicht sicher, ob Jackson erfreut gewesen wäre, wenn er sie ihm übermittelt hätte.

Er würde wissen wollen, warum ich ihnen nicht erst ihre Sprengsätze abgenommen habe. Warum ich alle Spezies befreit habe. Warum ich Sidney nicht angerufen habe, um ihn wenigstens um Rat zu fragen. Und keine Antwort, die ich ihm geben könnte, würde ihm gefallen ...

Als das Handy klingelte, zuckte Reston auf seinem Stuhl zusammen – er war ganz sicher, dass es Jackson war. Dieses absurde Gefühl verging, als er das Telefon ergriff, aber es hatte ihm einen Moment Zeit verschafft – und seine Vorfreude darauf geweckt, dass seine Testobjekte Phase drei nicht überleben würden.

„Reston."

„Mister Reston, hier ist Sergeant Hawkinson, White Ground Team eins-sieben-null ..."

„Ja, ja", seufzte Reston, während er zusah, wie Cole und die beiden S.T.A.R.S.-Mitglieder sich neu formierten. „Was passiert da oben?"

„Wir ...", Hawkinson holte tief Luft, „... Sir, ich bedaure, Ihnen mitteilen zu müssen, dass es eine Auseinandersetzung mit den Eindringlingen gab und sie vom Gelände fliehen konnten." Er sprach hastig, es war ihm hörbar unangenehm.

„*Was?*" Reston stand auf und stieß beinahe seinen Stuhl um. „Wie konnte das passieren?"

„Sir, sie saßen im Lagerhaus in der Falle, aber es gab eine Explosion, zwei meiner Männer wurden erschossen und drei weitere schwer ..."

„Das interessiert mich nicht!" Reston tobte, konnte nicht fassen, dass derart unfähige Leute für ihn arbeiteten. „Ich will hören, dass Sie *nicht* gerade elend versagt haben, dass Ihre Eliteteams *nicht* gerade drei Leute haben entkommen lassen und dass Sie mich *nicht* angerufen haben, um mir zu sagen, *dass Sie sie nicht finden können!*"

Einen Moment lang war es still am anderen Ende, und Reston *hoffte*, dass dieser Versager ihm widersprechen würde, um ihm noch mehr Grund zu geben, ihm das Leben zur Hölle zu machen.

Stattdessen klang Hawkinson angemessen zerknirscht. „Natürlich, Sir. Es tut mir leid, Sir. Ich werde mit dem Hubschrauber nach SLC zurückfliegen und ein paar unserer neuen Rekruten herbringen, um unsere Suchparameter auszuweiten. Ich lasse meine letzten drei Männer als Wachen hier, je einen auf der Ost- und Westseite des Geländes, den dritten beim Fluchtfahrzeug. Ich bin in – in neunzig Minuten zurück, Sir, und wir *werden* Sie finden. Sir?"

Reston kräuselte die Lippen. „Sorgen Sie dafür, *Sergeant*. Wenn nicht, kostet es Sie Ihren wertlosen Arsch."

Er unterbrach die Verbindung und warf das Telefon zurück auf die Konsole. Wenigstens hatte er das *Gefühl*, etwas getan zu haben, um die Sache voranzutreiben. Ein kräftiger Griff an die Eier wirkte Wunder. Hawkinson würde von nun an über Glasscherben kriechen, um mit Ergebnissen aufwarten zu können, und genau so sollte es sein.

Reston nahm wieder Platz und schaute den Testobjekten dabei zu, wie sie sich über die Sanddüne schleppten. Cole hatte jetzt eine Schusswaffe und führte die Gruppe auf die Verbindungstür zu. Reston fragte sich, ob John und Red eine Ahnung hatten, wie nutzlos Cole war. Wahrscheinlich nicht, wo sie ihm doch eine Waffe gegeben hatten ...

Als sie den Kamm der Düne erreichten und sich auf der anderen Seite an den Abstieg machten, rückten die beiden Skorps endlich an. Entgegen seines zuvor gefassten Vorsatzes sah Reston doch wieder aufmerksam zu, hielt sich an einem winzigen Hoffnungsfetzen fest – der Hoffnung, dass es hier enden möge, dass die Männer gestoppt würden. Es war nicht so, dass er an den Ca6ern in Drei gezweifelt hätte, *sie* würden die Männer ganz bestimmt nicht davonkommen lassen ...

... aber was, wenn doch, hmm? Was, wenn sie überleben und es nach Vier schaffen und einen Weg hinaus finden? Was wirst du Jackson dann sagen, was wirst du auf deiner Tour erzählen, wenn keine Spezies mehr übrig sind, die man beobachten kann? Dann wird es dich *deinen* Arsch kosten, nicht wahr?

Reston ignorierte das flüsternde Stimmchen und konzentrierte sich stattdessen auf den Bildschirm. Die beiden Skorps bewegten sich schnell voran, ihre Klauen und Stacheln erhoben, ihre leichten, insektoiden Leiber zum Angriff bereit ...

... und die drei Männer eröffneten das Feuer, eine lautlose Schlacht! Die 12er duckten sich und fintierten, dann fielen sie im Kugelhagel. Restons Hände waren zu Fäusten geballt, doch er merkte es nicht einmal. Seine Aufmerksamkeit galt einzig den beiden niedergestreckten Skorps, er wollte sehen, ob sie wieder angriffsbereit waren, bevor die Männer die Tür erreichten ...

... doch John und Red bewegten sich überraschend auf die Tiere *zu*, statt von ihnen weg, zielten mit ihren Waffen ...

... und schossen ihnen die Augen aus. Sie taten es schnell und effizient. Und obwohl sich die beiden Skorps bereits wieder bewegten, als die Männer auf die Tür zuhielten, konnten die geblendeten Wesen nur noch wild um sich schlagen. Eines der beiden fand ein Ziel – mit einer gelenkigen Bewegung stieß es seinen außerordentlich giftigen Stachel in den Rücken des anderen. Der vergiftete 12er fuhr herum und rammte dem anderen eine seiner gezackten Klauen in den Bauch, pfählte ihn. Das Tier wand sich kraftlos, lebte noch, war jedoch nicht mehr in der Lage, sich wirklich zu bewegen oder etwas zu sehen – sterbend war es mit seinem toten Artgenossen verbunden.

Reston schüttelte langsam den Kopf, angewidert von der Zeit- und Geldverschwendung, von den Millionen von Dollars und Arbeitsstunden, die man in die Entwicklung der Bewohner der Phasen eins und zwei investiert hatte.

Und diese Information wird Jackson wollen. Aber wenn die Testobjekte erst einmal tot und ihre Freunde geschnappt sind, werde ich die Dinge ins rechte Licht setzen können. Da einige unserer Geldgeber kommen werden, könnte eine derart armselige Vorstellung unserer „preiswürdigen" Spezies teuer werden. Besser, es schon jetzt herausgefunden zu haben ...

Ja, er würde die Sache schaukeln können. Red entriegelte gerade die Verbindungstür, hinter der Drei lag. Wenn sie keine Kiste voll Granaten bei sich hatten, würden sie in ein paar Minuten tot sein.

Reston atmete tief ein und rief sich in Erinnerung, wer die Kontrolle besaß, wer hier die Fäden zog. Hawkinson würde sich um die Situation an der Oberfläche kümmern, und Jackson würde zufriedengestellt sein. Die drei Musketiere standen unmittelbar davor, geblendet, niedergetrampelt und aufgefressen zu werden. Es gab keinen Grund zur Sorge.

Reston atmete vernehmlich aus, brachte ein etwas unbehagliches Grinsen zustande und zwang sich, endlich zu entspannen. Dabei wählte er die Bildschirme an, die ihm das Ca6-Habitat zeigen sollten.

„Sagt der Welt Lebwohl!", zischte er und schenkte sich noch einen Brandy ein.

FÜNFZEHN

Aus der fürchterlichen Backofenhitze der gleißenden Skorpionwüste traten sie in den kalten Schatten eines Berggipfels. Sie blieben an der Tür stehen, verschafften sich einen ersten Eindruck ihrer neuesten Feuerprobe, und Leon fragte sich, ob sie es in diesem grauen Raum mit Jägern oder Spuckern zu tun bekommen würden.

Grau war der verwinkelte Berg, der vor ihnen aufragte. Grau waren auch die Wände und die Decke sowie der gewundene Pfad, der sich westwärts schlängelte und den „Gipfel" der Erhebung säumte. Selbst das struppige Gras zwischen den unförmigen Felsblöcken war grau. Der Berg sah ziemlich echt aus, grob behauene Granitbrocken mit Beton vermischt, passend gefärbt und zu gezackten Klippen und Spitzen geformt. Der Gesamteindruck entsprach dem eines einsamen, kahlen, windgepeitschten Gebirgskamms.

Nur dass es hier keinen Wind gibt – und keine Gerüche. Genau wie in den anderen beiden Räumen, absolut keine Gerüche.

„Vielleicht ziehst du lieber dein Sweatshirt wieder über", meinte John, doch Leon war schon dabei, den Knoten um seine Hüften zu lösen. Die Temperatur war um mindestens fünfzehn Grad gefallen, und der Schweiß, der ihm in Phase zwei aus den Poren getreten war, gefror ihm fast auf der Haut.

„Wohin gehen wir?", fragte Cole. In seinen geweiteten Augen flackerte Nervosität.

John deutete schräg durch den Raum, in südwestliche Richtung. „Wie wär's mit der Tür?"

„Ich glaube, er meinte, auf welchem *Weg*", sagte Leon. Er sprach leise, wie die anderen auch. Es musste nicht sein, dass sie die Bewohner auf sich aufmerksam machten. Wahrscheinlich würden sie früh genug aufeinander treffen.

Die Drei wägten ihre Alternativen ab: Sollten sie den grauen Pfad nehmen oder den grauen Berg ersteigen?

Jäger oder Spucker ... Leon seufzte lautlos. Sein Magen verkrampfte sich, und er fürchtete schon jetzt, was ihnen auch als Nächstes begegnen würde. Wenn sie es schafften, hinauszukommen, und wenn sie Reston fanden, würde er dem guten Mr. Blue kräftig in den Arsch treten. Das widersprach zwar der Haltung, die ihn dazu veranlasst hatte, Polizist zu werden, aber da hatte er auch noch nicht Umbrella auf der Rechnung gehabt.

„Hinsichtlich der besseren Verteidigungsmöglichkeit würde ich sagen, wir nehmen den Pfad", meinte John, den Blick auf die raue Oberfläche des Hanges gerichtet. „Wenn wir da raufklettern, könnten wir uns in eine Falle manövrieren."

„Ich glaube, es gibt eine Brücke", sagte Cole. „Ich habe nur an einer der Kameras hier drinnen gearbeitet, an dieser dort ..."

Er zeigte nach rechts oben, in die Ecke. Leon konnte sie nicht einmal sehen – die Wände waren über fünfzehn Meter hoch und ihre eintönige Farbe verschmolz mit der Decke. So entstand eine Art optischer Täuschung, die den Raum endlos weit erscheinen ließ.

„Ich stand auf einer Leiter, von der aus ich ein bisschen hinüberschauen konnte", fuhr Cole fort. „Auf der anderen Seite gibt es eine Schlucht, über die eine Hängebrücke führt."

Während Cole sprach, öffnete Leon seine Tasche und sah nach, wie viel Munition er noch hatte. „Wie sieht's mit der M-16 aus?"

„Noch etwa fünfzehn drin", antwortete John, auf das gebogene Magazin klopfend. „Außerdem hab ich noch zwei volle Magazine mit je dreißig Schuss ... zwei Clips für die H&K und noch eine Granate. Und du?"

„Sieben Schuss in der Waffe, drei Clips, eine Granate. Henry, hast du mitgezählt?"

Der Umbrella-Arbeiter nickte. „Ich denke schon – fünf Schüsse, ich hab fünfmal abgedrückt."

Er sah aus, als wollte er noch etwas hinzufügen, sein Blick pendelte zwischen Leon und John hin und her, und schließlich senkte er ihn hinab auf seine schmutzigen Arbeitsstiefel. John sah Leon an, der mit den Achseln zuckte. Sie wussten eigentlich nichts über Henry Cole, außer dass er so wenig hierher gehörte wie sie selbst.

„Hört mal ... ich weiß, dass das weder die rechte Zeit noch der rechte Ort ist, aber ich möchte euch nur sagen, dass es mir leidtut. Ich meine, mir war klar, dass hier irgendwas faul ist. Mit Umbrella. Und ich wusste, dass Reston ein totales Arschloch ist, aber wenn ich nicht so gierig oder dumm gewesen wäre, hätte ich euch nie in diese Lage gebracht."

„Henry", sagte Leon, „du hast es nicht gewusst, okay? Und glaub mir, du bist nicht der Erste, der reingelegt wurde ..."

„Ganz richtig", unterbrach John. „Ernsthaft. Die Schlipsträger sind hier das Problem, nicht Leute wie du."

Cole sah nicht auf, aber er nickte. Seine mageren Schultern sackten wie vor Erleichterung nach unten. John reichte ihm noch ein Magazin und nickte in Richtung des Pfades, während Cole den Clip in seine Gesäßtasche schob.

„Auf geht's", sagte John, womit er zwar beide meinte, doch er sprach an Cole gewandt. Leon bemerkte in seiner tiefen Stimme einen aufmunternden Ton, der vermuten ließ, dass er anfing, den Umbrella-Arbeiter zu mögen. „Wenn alle Stricke reißen, können wir uns nach Zwei zurückziehen. Bleibt dicht zusammen, verhaltet euch still und versucht, auf die Köpfe oder Augen zu schießen – vorausgesetzt, sie haben Augen."

Cole lächelte schwach.

„Ich bilde die Nachhut", sagte Leon, und John nickte, ehe er von der Luke weg trat und sich nach links wandte. Die kühle Luft war so still wie vorhin, als sie hereingekommen waren; es gab keine Geräusche außer denen, die sie selbst verursachten. Leon bildete das Schlusslicht, Cole trottete langsam vor ihm her.

Der Pfad war gefurcht, als hätte jemand einen Rechen durch den Beton gezogen, bevor er getrocknet war. Rechts lag der „Gipfel". Der Weg erstreckte sich über fast fünfundzwanzig Meter und bog dann scharf nach Süden ab, wo er hinter einem zerklüfteten Hügel verschwand.

Sie waren etwa fünfzehn Meter weit gegangen, als Leon hinter ihnen das Kullern von Geröll hörte, das den Abhang herunterkam.

Überrascht drehte er sich um und sah das Tier nahe der Gipfelspitze, zehn Meter über ihnen. Er sah es und war nicht sicher, was er sah, nur dass es sich bewegte, auf seinen vier kräftigen Beinen die Hügelflanke herab*hüpfte* wie eine Bergziege.

Wie eine gehäutete *Ziege. Wie ... wie ...*

... wie nichts, was er je gesehen hatte! Und dieses Etwas hatte den Boden fast schon erreicht, als sie ein feuchtes, rasselndes Geräusch auffingen, das irgendwo vor ihnen erklang; ein Geräusch, das an einen verschleimten Rachen erinnerte, den sich jemand freiräusperte – oder an einen Hund, der mit dem Maul voll Blut knurrte.

Sie saßen in der Falle. Der Fluchtweg war ihnen abgeschnitten, und die Schreckenslaute kamen von beiden Seiten auf sie zu.

Auf das Gelände zurückzugelangen war bemerkenswert einfach. Rebecca brauchte Hilfe, um über den Zaun zu steigen, aber mit jeder verstreichenden Minute schien es ihr besser zu gehen. Gleichgewichts- und Koordinationssinn schienen wieder ins Lot zu kommen. Davids Erleichterung war größer, als er zugegeben hätte, und im gleichen Maße freute er sich über Umbrellas Wache. Drei Männer, zwei am Zaun und ein weiterer beim Van – das war lächerlich.

Sie hatten sich auf den Rückweg gemacht, kaum dass der Hubschrauber gestartet war, und sich dabei Richtung Süden gehalten. Leise bewegten sie sich seither durch die Dunkelheit und dehnten ihre eingefrorenen Muskeln. Als sie bis auf ein paar Hundert Meter heran gewesen waren, hatte David die anderen kurz verlassen, um die Lage zu sondieren. Dann war er zurückgekommen und hatte die beiden zitternden Frauen über den Zaun und auf das Areal geführt.

David wusste, dass sie, bevor sie daran denken konnten, die Wachen auszuschalten, der Kälte entkommen und an einen sicheren Ort gelangen mussten. Dort würden sie ihr Vorgehen besprechen und Rebeccas Verfassung neu einschätzen. Er wählte dafür das augenfälligste der Gebäude aus, das mittlere. Es war mit zwei Satellitenschüsseln und einer Reihe von Antennen ausgestattet und an einer Seite verlief eine isolierte Leitung nach unten. Wenn er recht hatte und es sich um die Funkzentrale handelte, war das genau der Platz, den sie sich wünschten.

Und wenn ich mich irre, gibt es noch zwei andere Bauten, die wir uns ansehen können. Der eine wird ein Generatorraum sein, der irgendeine Art von Wärmeregulierung haben muss. Ich kann sie dort zurücklassen und die Sabotage allein vornehmen ...

Sie überkletterten den Zaun von Süden her. David war erstaunt, wie dürftig Umbrella auf ihre Rückkehr vorbereitet war. Die beiden Männer, die das Gelände bewachten, waren an der Vorder- und der Rückseite des Gebäudes postiert, als bestünde keinerlei Gefahr, dass jemand aus einer anderen Richtung anrücken könnte. Als sie den Zaun überwunden hatten, führte David sein Team zur Rückwand des letzten Gebäudes in der Reihe, dann bedeutete er ihnen, die Köpfe zusammenzustecken.

„Mittleres Gebäude", flüsterte er. „Sollte unverschlossen sein, wenn es das ist, wofür ich es halte. Aber die Lampen werden eingeschaltet sein. Ich werde hineingehen und euch dann ein Zeichen geben, mir zu folgen. Wenn ihr Schüsse hört, kommt so schnell rein, wie ihr könnt. Haltet euch dicht an den Gebäuden und geduckt, wenn wir die freie Fläche überqueren. Alles klar?"

Claire und Rebecca nickten. Rebecca stützte sich auf Claire. Von einem Humpeln abgesehen, schien es ihr gut zu gehen. Sie hatte gesagt, dass ihr noch schwindlig sei und dass ihr der Kopf schmerze, aber die wirren und sprunghaften Gedanken, die David zuvor so beunruhigt hatten, schienen aufgehört zu haben.

David drehte sich um und schob sich an der Wand des Baues entlang, der dem Zaun am nächsten lag. Er hielt sich in den Schatten und warf regelmäßige Blicke nach hinten, um sich zu vergewissern, dass die beiden Frauen den Anschluss nicht verloren. Sie erreichten das Ende, das nach Westen wies, und schlüpften um die Ecke; David zuerst, um nachzusehen, wo die Westwache stand. Es war fast zu dunkel, um etwas zu erkennen, aber vor den Metallmaschen des Gitters waren die Schatten an einer Stelle dichter – dort musste sich der Wachposten aufhalten. David hob die M-16 und richtete sie auf ihn, bereit zu schießen, falls sie entdeckt würden.

Zu dumm, dass wir ihn nicht gleich erschießen können ...

Aber ein Schuss würde die anderen alarmieren, und während die Wächter am Zaun David keine Sorgen bereiteten, konnte der am Van postierte zu einem Problem werden – er war weit genug entfernt und in der Lage, eine Funkwarnung abzusetzen, ehe er herkam, um nach dem Rechten zu sehen.

Bei den beiden hier wird es leicht sein, aber wie sollen wir uns an ihn heranpirschen?

Es gab keine Deckung, und wenn der Kerl am Van sie kommen sah ...

Das konnte warten – sie hatten noch genug zu erledigen, bevor sie sich Sorgen wegen der Wachen machen mussten. David hielt sich geduckt und schickte Claire und Rebecca mit einer Geste hinüber, die M-16 auf die schemenhafte Gestalt am Zaun gerichtet. Er hielt die Luft an, als sie über die offene Fläche huschten, aber sie schafften es, fast ohne ein Geräusch zu verursachen.

Sobald sie drüben waren, folgte ihnen David. Sein jahrelanges Training ermöglichte es ihm, sich so lautlos wie ein Phantom zu bewegen. Als sie vom Schatten des Gebäudes geschluckt wurden, entspannte sich David ein klein wenig; das Schlimmste war vorbei. Zum mittleren Gebäude konnten sie durch die dichte Finsternis des Korridors zwischen den Bauten gelangen.

Binnen weniger als einer Minute erreichten sie den Kreuzungspunkt. David bedeutete den Frauen, zurückzubleiben, ging selbst weiter und blieb vor der geschlossenen Tür ihres Ziels stehen. Er berührte das eisige Metall des Griffs, drehte ihn und nickte sich selbst zu, als er das leise *Klick* des unversperrten Schlosses hörte.

Dann ist es die Funkzentrale. Der Teamführer hat die Tür für die postierten Männer offen gelassen, damit sie auf eine Satellitenverbindung zugreifen können, falls wir zurückkommen.

Nur eine Vermutung, aber wohl zutreffend.

Es war Zeit, für ein bisschen Glück zu beten. Wenn drinnen das Licht brannte, würde das Öffnen der Tür wie ein Leuchtfeuer auf jeden wirken, der auch nur zufällig in ihre Richtung blickte. Die Wachen hatten durch den Zaun nach draußen gesehen, als David die Lage checkte, aber das musste nicht viel zu sagen haben.

Er holte tief Luft und drückte die Tür auf, bemerkte, dass das Licht drinnen schwach war – dann war er auch schon hineingeschlüpft und hatte die Tür hinter sich geschlossen. Er lehnte sich dagegen und zählte bis zehn, dann entspannte er sich, atmete dankbar die warme Luft, während er den Blick durch das Innere schweifen ließ.

Man hatte das lagerhausähnliche Gebäude offenbar in einzelne Zellen unterteilt, und der Raum, den er betreten hatte, war vollgepackt mit Computer-Equipment. Dicke Kabel liefen über Boden und Wände; Verbindungen zu den Schüsseln oben auf dem Dach.

Das ist alles, was diese Einrichtung mit der Außenwelt verbindet ...

David drückte den Wandschalter. Das Deckenlicht erlosch. Dann öffnete er grinsend die Tür, damit Rebecca und Claire zu ihm hereinkommen konnten.

„Zurück, an die Wand!", rief Leon, und Cole gehorchte, noch ehe er wusste, warum. Die träge rasselnden Geräusche schienen von irgendwo über ihnen zu kommen.

Und dann sah er die Kreatur langsam von hinten auf sie zukommen, wodurch ihnen der Rückweg abgeschnitten wurde. Mit Mühe unterdrückte er einen Schrei. Das Tier blieb fünf oder sechs Meter entfernt stehen, und Cole schien es immer noch nicht richtig wahrzunehmen – es war einfach zu bizarr.

Großer Gott, was ist *das?*

Es war vierbeinig, paarhufig, wie ein Widder oder eine Ziege, und es hatte in etwa dieselbe Größe, aber es besaß kein Fell, keine Hörner, nichts, was auch nur vage einer natürlich gezeugten Kreatur geähnelt hätte. Der schlanke Leib war mit winzigen, rötlich braunen Schuppen überzogen – wie Schlangenhaut, aber stumpf statt glänzend. Auf den ersten Blick sah es aus, als sei das Ding mit getrocknetem Blut überzogen. Der Kopf war irgendwie amphibisch, glich dem eines Frosches. Ein ohrenloses, flaches Gesicht, kleine dunkle Augen, die an den Seiten hervorquollen, ein zu breit geratenes Maul. Aus dem vorstehenden Unterkiefer, dem Kiefer einer Bulldogge, ragten spitze Zähne hervor, und der Schädel war ebenfalls mit schuppenförmigen Krusten aus getrocknetem Blut bedeckt.

Das Ding öffnete sein Maul, entblößte oben und unten scharfe Zähne, alle im hinteren Teil des Mauls – und jenes schreckliche ölige Rasseln drang aus der Finsternis seines Rachens. Andere fielen in diesen bizarren Laut ein, irgendwo auf der anderen Seite des künstlichen Berggipfels, als erwiderten sie einen Ruf.

Und dieser Ruf schwoll an, wurde lauter und tiefer, als das Ding den Kopf hob und seine abscheuliche Fratze der Decke zuwandte ...

... und in einer plötzlichen, ruckartigen Bewegung ließ es den Kopf wieder sinken und spuckte in ihre Richtung. Ein dicker, teerähnlicher Klumpen aus rötlichem, zähflüssigem *Zeug* flog über die weite offene Fläche auf sie zu, auf Leon ...

... und Leon riss den Arm nach oben, um es abzublocken, während John zu schießen begann, von der Wand wegtrat und das Ungeheuer – *den Spucker* – mit Kugeln eindeckte.

Der Schleim traf Leons Arm. Der Batzen wäre genau in sein Gesicht geklatscht, wenn er es nicht rechtzeitig abgeschirmt hätte. Als Reaktion auf den Kugelhagel, drehte sich der Spucker um und *sprang* den Berg hinauf – in langen, mühelosen Sätzen, die das Tier binnen Sekunden zum Gipfel brachten. Es zeigte weder Panik noch Schmerz oder sonst eine Regung, lief etwa sechs Meter zurück, sprang dann flink wieder zu Boden und blieb vor der Verbindungsluke stehen. Als *wüsste* es, dass es damit ihren Fluchtweg verstellte.

Und es hat nicht mal gezuckt, heilige Scheiße!

Das vielfältige Geschrei, das außerhalb ihres Blickfelds ertönte, wurde zwar nicht lauter, es entfernte sich aber auch nicht. Die gurgelnden Stimmen verstummten, eine nach der anderen. Vielleicht beruhigten sich die Wesen, weil sie kein Ziel vor Augen hatten. Plötzlich war es wieder still, so ruhig wie in dem Moment, als sie hereingekommen waren.

„Was war denn *das*, verflucht und zugenäht?", fragte John und zerrte ein neues Magazin aus seiner Tasche. Seine Miene drückte vollkommene Fassungslosigkeit aus.

„War nicht mal verletzt", flüsterte Cole. Er hielt die Neunmillimeter so fest, dass seine Finger taub zu werden begannen. Er bemerkte es kaum, sah nur zu, wie Leon den dicken, nassen, kastanienbraunen Schleimbatzen an seinem Ärmel berührte …

… und vor Schmerz stöhnte, seine Hand so schnell zurückzog, als hätte er sie sich gerade verbrannt.

„Das Zeug ist toxisch", sagte er. Hastig wischte er sich seine Finger am Sweatshirt ab und hielt sie hoch. Die Spitzen seines linken Zeige- und seines Mittelfingers hatten sich rot verfärbt, wie entzündet. Umgehend steckte er seine Pistole in den Gürtel und zog das schwarze Shirt aus. Dabei vermied er jede Berührung mit dem ätzenden Glibber, und ließ das Kleidungsstück auf den Boden fallen.

Cole war übel. Wenn Leon den Arm nicht instinktiv hochgerissen hätte …

„Okay-okay-okay!", schnaufte John mit gefurchter Stirn. „Das ist übel, wir müssen so schnell wie möglich hier raus … Du sagtest, es gibt eine Brücke?"

„Ja, sie führt über den, äh, Graben", sagte Cole rasch. „Er ist so um die sechs, sieben Meter breit – wie tief, hab ich nicht gesehen."

„Kommt", sagte John. Er ging mit schnellen Schritten in die Richtung, wo der Pfad eine Biegung machte und sich ihren Blicken entzog. Cole folgte, Leon war unmittelbar hinter ihm. John blieb etwa drei Meter vor der Biegung stehen, drückte sich wieder gegen die Wand und sah Leon an.

„Willst du Deckung geben oder soll ich?", fragte Leon leise.

„Ich", sagte John. „Ich gehe zuerst und lenke ihre Aufmerksamkeit auf mich. Du, Henry, hältst dich direkt hinter Leon – und Kopf runter, kapiert? Lauft hinüber zur Tür – und, wenn ihr könnt, helft mir ..."

Johns Miene war düster. „... wenn ihr nicht könnt, dann eben nicht."

Cole fühlte einen mittlerweile nur zu vertrauten Anflug von Scham. *Sie beschützen mich, sie kennen mich nicht einmal und ich habe sie in diese Lage gebracht ...* Wenn er etwas tun konnte, um sich für ihr Vertrauen und ihre Unterstützung zu revanchieren, würde er es tun, aber er war mit einem Mal ganz sicher, dass es ihm nie gelingen würde, die Sache wirklich wieder gutzumachen. Er verdankte diesen Männern sein *Leben*, inzwischen sogar mehr als nur einmal.

„Bereit?", fragte John.

„Warte ..." Leon machte kehrte und lief dorthin zurück, wo er das Sweatshirt hingeworfen hatte. Der Spucker an der Luke stand reglos wie eine Statue, beobachtete sie. Leon nahm das Shirt auf, eilte zurück und zog ein Taschenmesser aus seinem Hüftpack. Er schnitt den besudelten Ärmel ab, ließ ihn fallen, dann reichte er den Rest an John.

„Wenn du still stehst, halte dein Gesicht bedeckt", sagte Leon. „Da Kugeln ihnen offenbar nichts anhaben können, brauchst du nichts zu sehen, wenn du schießt. Wenn wir drüben sind, schreie ich. Und wenn es nicht sicher ist, werde ich ..."

Die rasselnden, gebieterischen Rufe hoben wieder an und ließen Cole aus irgendeinem Grund an Grillen denken – an das beinahe mechanisch klingende *Rii-rii-rii* von Zikaden in einer heißen Sommernacht. Er schluckte hart und versuchte sich einzureden, dass er bereit war.

„Die Zeit ist um", sagte John. „Macht euch bereit ..."

Er hielt das Sweatshirt hoch, dann grinste er Leon zu dessen Erstaunen an. „Mein Bester, du solltest dir ein wirksameres Deodorant leisten – du stinkst ja wie toter Hund!"

Ohne eine Antwort abzuwarten, streifte John das Shirt über den Kopf und hielt es unten hoch, sodass er den Boden sehen konnte. Er rannte, das Gesicht nach unten gewandt, hinaus in den offenen Raum, während die Anspannung von Cole und Leon Besitz ergriff.

Und dann erklang auch schon ein hektisches *Patpatpatpat!* – und plötzlich troffen lange Fäden des giftigen roten Rotzes von dem schwarzen Stoff vor Johns Gesicht. Er gab ihnen ein Handzeichen, und Leon rief: „Jetzt!"

Cole rannte, den Kopf nach unten geneigt, sodass er im Rennen nur die Stiefel von Leon sah, der vor ihm lief, verschwommenen grauen Felsboden und seine eigenen dürren Beine.

Zu seiner Linken vernahm er einen gurgelnden Schrei und duckte sich entsetzt noch tiefer. Und dann war er auf der Brücke. Flache Holzleisten bewegten sich unter seinen Füßen, mit dünnen Seilen aneinander gebunden. Er sah die V-förmige Schlucht darunter, sah, dass sie *tief* war, dass sie sich fünfzehn, zwanzig Meter unter dem *Planeten* in den Erdboden gegraben hatte ...

... und schon stand er wieder auf grauem Boden, noch bevor ihm etwas wie Höhenangst überhaupt in den Sinn kommen konnte. Er rannte, dachte, wie wunderbar es doch war, dass alles, woran er zu denken brauchte, Leons Stiefel waren, und sein Herz hämmerte gegen sein Brustbein.

Sekunden oder Minuten später, er wusste es nicht, wie viel Zeit verstrich, wurden die vorauseilenden Stiefel langsamer, und Cole wagte es aufzusehen. Die Wand – da war die Wand, und dort war die Luke! Sie hatten es geschafft!

„John, los!", schrie Leon, rannte ein paar Schritte zurück, die Pistole erhoben und schussbereit. *„Los!"*

Cole drehte sich um, sah, wie John sich die schwarze Kapuze vom Kopf riss, sah, wie sich die Horde Spucker lose vor ihm formierte, und hörte sechs, sieben von ihnen wieder ihre Schreie ausstoßen.

John stürmte durch ihre Reihen und mindestens zwei der Biester spuckten, aber er war schnell, schnell genug, dass ihn nur ein klein wenig von dem aggressiven Schleim an der Schulter erwischte – jedenfalls so weit Cole es sehen konnte. Die monströsen Kreaturen setzten ihm hüpfend hinterher, nicht ganz so schnell wie er, aber beinahe.

Lauf, lauf, lauf!

Cole richtete die Neunmillimeter auf die Spucker, bereit abzudrücken, sobald er der Auffassung war, einen sicheren Schuss ansetzen zu können.

John erreichte die Brücke …

… und verschwand.

Denn die Brücke stürzte ein und riss John mit in die Tiefe!

SECHZEHN

John spürte, wie die Brücke leicht absackte, etwa eine halbe Sekunde bevor die Seile rissen. Instinktiv streckte er die Arme aus, immer noch im Rennen und im Glauben, dass er es schaffen würde …
… und dann fiel er. Seine Knie krachten in eine sich bewegende Wand aus Holzlatten, seine Hände schlossen sich in dem Moment, da sie etwas Festes spürten …
… und alles, was er hörte, war ein Geräusch, das klang wie *Woosch!* Dann schlugen die Knöchel seiner rechten Hand gegen Fels, und er baumelte über einem Abgrund, eine lose Holzlatte in seiner Linken. Er hatte es geschafft, eines der Stücke zu greifen, die noch mit der nun herabhängenden Brücke verbunden waren. Beide Seile, mit denen die Konstruktion am Nordrand der Schlucht befestigt gewesen war, waren gerissen.

John ließ die nutzlose Latte fallen und hörte, wie sie und weitere Teile, die sich gelöst hatten, am Boden der Schlucht aufschlugen. Er griff nach oben, um mehr Halt zu finden …
… und plötzlich tauchte ein Klumpen roten Schleimes vor ihm auf, weniger als eine Handspanne neben seinem Gesicht, und rutschte an einem zerschmelzenden Tau die Schluchtwand hinab.

Gequirlte Kacke …!

Dann feuerte jemand aus einer Neunmillimeter, und das anschwellende Rasseln von Kreaturen, die sich zum Spucken bereitmachten, machte ihm endgültig klar, dass er unbedingt aus diesem Schlamassel herausmusste.

Er fasste wieder nach oben, seine Bizepse spannten sich, dehnten den Stoff seines Sweatshirts, als er eine der Latten packte und sich daran hochzog. Über ihm ertönten weitere Schüsse, näher jetzt, und ein Ruf von Leon, der überlagert wurde, als noch mehr Schüsse dröhnten.

Haut rein, Jungs, ich komme!

Hand über Hand zu klettern war die Hölle, besonders mit blutenden Knöcheln und einem Schnellfeuergewehr um den Hals, aber John fand, dass er sich ganz gut machte, griff hinauf nach dem nächsten Halt ...

... und heiße Nässe traf den Rücken seiner rechten Hand, und es tat *weh*, es war wie Säure, brannte höllisch ...

... und er ließ los, schleuderte die glibberige Masse von sich und wischte sich die Hand wie wild am Sweatshirt ab. Mit der Linken hielt er sich mit Müh und Not an der wackelnden Brücke fest. Der Schmerz war wie flüssiges Feuer, zum Verrücktwerden. Er tat, was er konnte, um dem natürlichen Instinkt zu widerstehen, die brüllende Wunde mit der anderen Hand zu umklammern – und so, wie seine Finger zu kribbeln anfingen, würde er sich darüber nicht mehr lange Gedanken machen müssen.

„Da ist er!"

Ein krächzender, hysterischer Schrei, direkt über ihm. John legte den Kopf in den Nacken und sah Cole am Rand der Schlucht kauern, sein Arbeitshemd über die Nase hochgezogen, sein Blick verzweifelt und angstvoll.

„John, gib mir deine Hand!", schrie er und langte so weit nach unten, wie er nur konnte. Betonkrümel lösten sich unter seinen wegrutschenden Stiefeln. Falls er noch mehr sagte, ging es in einer weiteren Salve explodierender Schüsse unter, mit denen Leon die Spucker auf Distanz zu halten versuchte.

John brauchte nur einen Sekundenbruchteil, um auf Coles Befehl zu reagieren, und in diesem Augenblick begriff er, dass er herauskommen würde. Henry Cole maß ganze eins zweiundsiebzig und wog fünfundsiebzig Kilo, wenn er triefnass war. Mit Klamotten.

Und mehr noch, er schaute aus wie eine durchgeknallte Schildkröte, den Kopf in den „Panzer" seines Hemdes eingezogen.

Das ist einfach zu gottverdammt komisch. Komisch und auf eine idiotische Weise rührend, und obgleich seine Hand immer noch wehtat wie blöd, hatte er für eine oder zwei Sekunden vergessen, den Schmerz zu spüren.

John grinste, ignorierte Coles zitternde Finger und zwang sich dazu, sich darauf zu konzentrieren, sich mit seiner verletzten Hand nach oben zu ziehen. Hinter ihm erklangen weitere dieser rasselnden Laute, aber im Moment kamen keine weiteren Spuckbomben geflogen.

„Sag Leon, er soll die Granate benutzen!", keuchte er, und Cole wandte sich um und schrie über ein weiteres Donnern von Leons Pistole hinweg: „Granate! John sagt, benutz eine Granate!"

„Noch nicht!", gab Leon zurück. „Geht erst in Deckung!"

Zwei weitere Klumpen flogen über die Schlucht, einer davon traf Coles Stiefel, der andere ging nur Zentimeter an Johns schweißnassem Gesicht vorbei.

Leg 'nen Zahn zu, John!

Mit einem letzten, von tief unten kommenden Knurren packte John das oberste Holz und zog sich hinauf, zog und drückte dann nach unten, brachte seine Knie hoch, um hinauszuklettern.

„Alles klar, hau ab!"

Cole, die verrückte Schildkröte, brauchte keinen weiteren Ansporn. Er rannte los, während Leon John weiter Deckung gab und dieser geduckt auf ihn zurannte. Johns verletzte Hand stieß in seine Tasche, um seine letzte Granate hervorzuholen – er hatte den Pin bereits gezogen, als sie sichtbar wurde, und sah, dass auch Leon seine Granate in der Hand hielt.

„Mach!", rief John, als er Leon erreichte. Leon lehnte sich nach hinten und schleuderte den Sprengkörper in hohem Bogen in Richtung der Spucker. Dann rannten sie beide. John warf einen Blick zurück und sah, dass drei, vier der Tiere bereits in die Schlucht gesprungen waren.

Es blieb keine Zeit, darüber nachzudenken. John warf tief, warf so hart, wie er konnte, und seine Granate verschwand in der Kluft, als die von Leon vor den anderen landete …

… und dann warfen sie sich nach vorne und rollten weiter. Die Explosionen erfolgten fast synchron, KA-WAMM-WAMM!, dann das Geräusch pulverisierten Gesteins, das herabregnete, ein unglaublich hohes Quietschen, das von irgendwoher kam …

„Ihr habt sie erwischt! Ihr habt sie erwischt!"

Cole stand vor ihnen, einen Ausdruck ungenierter Freude und ein gerütteltes Maß an Ehrfurcht im schmalen Gesicht. John setzte sich auf, Leon war neben ihm. Beide drehten sie sich um, um ihr Werk zu betrachten.

Sie hatten sie nicht alle getötet. Zwei der vier Tiere auf der anderen Seite waren noch fast unversehrt und am Leben – aber blind und zerschmettert, ihre Beine zersplittert. Schwarze Flüssigkeit verhüllte, was von ihren Gesichtern noch übrig geblieben war, während sie wütend quietschten, ein Laut wie der eines Meerschweinchens, auf das jemand tritt. Die anderen zwei mussten sich in unmittelbarer Nähe der Explosion befunden haben – sie waren nur mehr blutende, zerrissene Säcke; Knochen stachen aus den feuchten Haufen wie … wie *gebrochene* Knochen. Aus der von Menschenhand erschaffenen Schlucht drangen noch mehr dieser quietschenden Schreie, doch nichts sprang heraus, um anzugreifen. Es war vorbei, in jeder Hinsicht.

John kam auf die Füße und betrachtete seinen Handrücken. Obwohl es sich so anfühlte, war die Haut doch nicht weggeschmolzen. Es hatten sich ein paar Blasen gebildet, und das Fleisch sah versengt aus, aber er blutete nicht.

„Bist du okay?", fragte Leon. Er stand da und klopfte sich die Kleidung ab, seine jugendlichen Züge wirkten auf John jetzt weit weniger jugendlich.

Ich werd' ihn nie mehr Anfänger nennen.

John hob die Schultern. „Glaub, ich hab mir 'nen Fingernagel abgebrochen, aber ich werd's überleben."

Er sah, dass Cole sie immer noch anstrahlte. Sein Körper zitterte unter den Nachwirkungen des Adrenalins. Ihm schienen die Worte zu fehlen, und plötzlich erinnerte sich John ganz deutlich daran, wie er sich nach seiner ersten Schlacht gefühlt hatte, der ersten, in der er sich tapfer geschlagen hatte. Wie hilflos aufgewühlt er gewesen war. Wie unfassbar *lebendig*.

„Henry, du bist ein Komiker", sagte John und tätschelte mit seiner Hand lächelnd die Schulter des kleineren Mannes.

Der Elektriker grinste unsicher, und dann machten sie sich alle drei auf den Weg nach Phase vier, ließen das wütende Quietschen der sterbenden Tiere hinter sich zurück.

Als sich der Staub senkte und die drei Männer immer noch quicklebendig waren, schlug Reston aus Ärger und aufkeimender Furcht mit der Faust auf die Konsole. Seine Magen machte einen Hüpfer, seine Augen waren riesengroß vor Unglauben.

„Nein, nein, *nein*! Ihr blöden Ärsche, ihr seid *tot*!"

Die Worte kamen ihm etwas undeutlich über die Lippen, aber er war zu geschockt, um sich dessen bewusst zu werden, zu außer sich. Die Jäger würden sie nicht überleben, das wusste er …

… aber die Ca6er hätten sie doch auch nicht überleben dürfen?!

Reston konnte nicht glauben, dass sie es so weit geschafft hatten. Er konnte nicht glauben, dass sie von den vierundzwanzig Spezimen, auf die sie getroffen waren, alle bis auf einen einzigen Dak tot oder sterbend hinter sich gelassen hatten. Und am allerwenigsten konnte er glauben, dass er die Sache hatte weiterlaufen lassen, dass sein Stolz und sein Ehrgeiz ihm verboten hatten, was er von Anfang an hätte tun *müssen*.

Es war nicht so, dass er es nicht mit ihnen hätte aufnehmen können; er gehörte zum inneren Kreis, verfügte über jede Menge eigene Macht …

Aber ich hätte wenigstens mit Sidney reden sollen oder sogar mit Duvall.

Nicht, um ihren Rat zu erfragen, lediglich um sicher zu gehen.

Er hätte nicht zur vollen Verantwortung gezogen werden können, wenn er mit einem der anderen, älteren Mitglieder in den Dialog getreten wäre ...

Es war nicht zu spät. Er würde einen Anruf machen, seinen Plan erläutern, erklären, dass er ein paar Bedenken hatte. Er konnte sagen, dass sich die Eindringlinge erst in Zwei befanden, das würde helfen, die Videozeiten konnte er später dementsprechend manipulieren ... Und die Jäger *waren* vorher getestet worden, gewissermaßen jedenfalls, zwar nicht die 3Ker, aber die 121er. Auf dem Spencer-Anwesen waren ein paar befreit worden und aufgrund der Daten, die man gefunden hatte, *wusste* er, dass die drei Männer in Vier ums Leben kommen würden. Und selbst wenn nicht, würden sie nicht in der Lage sein, herauszukommen – und mit der Verstärkung aus dem Hauptsitz, würde er sich weit gehend auf der sicheren Seite befinden ...

Überzeugt, dass dies die richtige Entscheidung war, griff Reston unter die Konsole und hob das Telefon ab.

„Umbrella, Special Divisions und ..."

... und *Stille*. Die sanfte Frauenstimme am anderen Ende der Leitung wurde mitten im Satz abgeschnitten, nicht einmal ein statisches Rauschen war zu hören.

„Hier ist Reston", sagte er scharf und spürte, wie sich eine kalte Hand um sein Herz legte und zudrückte. „Hallo? Hier ist Reston!"

Nichts. Dann fiel ihm plötzlich auf, dass sich das Licht im Raum verändert hatte. Es war heller geworden. Er drehte sich auf seinem Stuhl um, hoffte verzweifelt, dass es nicht das war, was es zu sein schien ...

... und auf der Bildschirmreihe, die die Oberfläche gezeigt hatte, war jetzt nur noch wirbelnder Gries zu sehen. Alle sieben Monitore waren offline – und schon Sekunden später, bevor Reston auch nur verdauen konnte, was geschehen war, wurden alle sieben völlig schwarz.

„Hallo?", flüsterte er in das tote Telefon; sein Whiskeyatem prallte heiß und bitter gegen die Sprechmuschel.

Stille. Nichts als Stille.
Er war allein.

Andrew „Killer" Berman fror zum Gotterbarmen. Er fror, und ihm war langweilig, und er fragte sich, warum sich der Sarge überhaupt damit aufgehalten hatte, einen Mann am Van zu postieren. Die Bösen kamen nicht zurück, sie waren längst weg – und selbst *wenn* sie beschlossen, zurückzukehren, würden sie todsicher nicht versuchen, zu ihrem Fahrzeug zu gelangen. Das wäre Selbstmord gewesen.

Entweder hatten sie einen zweiten Wagen, oder sie sind irgendwo da draußen in den Ebenen steif gefroren. Das ist totaler Schwachsinn.

Andy zog den Schal über beide Ohren, dann veränderte er den Griff um die M41. Fünfzehn Pfund Gewehr klang nicht nach viel, aber er stand schon gottverdammt lange hier. Wenn der Sarge nicht bald zurückkam, würde er für eine Weile in den Van steigen, seine Beine ausruhen, der Kälte entfliehen – man bezahlte ihm nicht so viel, dass er sich hier im Dunkeln die Eier dafür abgefroren hätte.

Er lehnte an der Heckstoßstange und fragte sich abermals, ob Rick okay war. Die anderen Jungs, die von der Splittergranate in Stücke gerissen worden waren, hatte er nicht näher gekannt, aber Rick Shannon war sein Kumpel, und er war blutüberströmt gewesen, als man ihn in den Helikopter geladen hatte.

Wenn diese Arschlöcher zurückkommen, werd' ich ihnen zeigen, was blutüberströmt heißt!

Andy grinste höhnisch und dachte, dass man ihn nicht ohne Grund „Killer" nannte. Er war ein verdammt ausgezeichneter Schütze, der beste in seinem Team, das Ergebnis lebenslanger Rehjagd.

Und er fror, langweilte sich, war müde und gereizt. Scheißpflicht. Wenn die drei Pimmelgesichter auftauchten, würde er einen Besen fressen.

Das dachte er immer noch, als er die leise, flehende Stimme aus dem Dunkeln kommen hörte.

„Helfen Sie mir, bitte – nicht schießen, bitte helfen Sie mir, ich bin angeschossen …!"

Eine keuchende, weibliche Stimme. Eine *sexy* Stimme und Andy packte seine Taschenlampe, richtete sie hinaus in die Finsternis und fand die Besitzerin der Stimme, keine zehn Meter entfernt.

Eine junge Frau, in eng anliegendes Schwarz gekleidet, taumelte auf ihn zu. Sie war unbewaffnet und dem Anschein nach verwundet. Sie belastete hauptsächlich ein Bein, ihr blasses Gesicht wirkte offen und verletzlich im hellen Licht.

„Hey, stehen bleiben", sagte Andy, aber nicht wirklich barsch. Sie war *jung*, er war erst dreiundzwanzig, aber sie sah noch jünger aus, gerade mal volljährig vielleicht. Und sie war eine *bestens bestückte* Volljährige.

Andy senkte die Maschinenpistole ein wenig und dachte, wie nett es doch wäre, einer Lady in Not zu helfen. Sie mochte zu den drei Verbrechern gehören, wahrscheinlich sogar, aber offensichtlich stellte sie keine Gefahr für ihn dar – er konnte sie einfach festhalten, bis der Hubschrauber zurückkehrte. Und vielleicht würde sie sich dankbar für seine Hilfe erweisen …

… und, hey, den Helden zu spielen ist eine gute Möglichkeit, Punkte zu machen – im großen Stil. Nette Jungs mögen zwar meist als Letzte ins Ziel kommen, aber sie werden unterwegs wenigstens oft gevögelt!

Sie hinkte auf ihn zu, und Andy nahm den Taschenlampenstrahl von ihrem Gesicht, weil er sie nicht blenden wollte. Er legte genau den richtigen Ton von Aufrichtigkeit in seine Stimme – die Puppen standen auf diesen Scheiß –, trat einen Schritt auf sie zu und hielt eine Hand vorgestreckt.

„Was ist passiert? Hier, lassen Sie sich helfen …"

Von der Seite her traf ihn etwas Dunkles, Schweres, warf ihn zu Boden und raubte ihm den Atem. Ehe er wusste, was geschah, schien *ihm* ein Licht ins Gesicht und die M41 wurde ihm aus den Händen gewunden, während er nach Luft rang.

„Keine Bewegung – dann werde ich *nicht* schießen", sagte ein

Mann, ein Engländer, und Andy spürte die kalte Mündung einer Waffe seitlich am Hals. Er erstarrte, wagte keinen Muskel mehr zu rühren.

So eine Scheiße!

Andy schaute auf, sah das Mädchen, das die Waffe hielt – *seine* Waffe – und auf ihn herabblickte. Jetzt wirkte sie nicht mehr so hilflos.

„Miststück!", fauchte er, und sie lächelte achselzuckend.

„Sorry. Aber wenn es dir ein Trost ist: Deine beiden Freunde sind auch drauf reingefallen."

Von hinten hörte er eine weitere Frauenstimme, leise und amüsiert. „Und, hey, du darfst dich aufwärmen. Der Generatorraum ist schön kuschelig."

Killer war nicht amüsiert, und als sie ihn auf die Beine zogen und in Richtung des Areals dirigierten, schwor er sich, dass er zum letzten Mal eine Tussi unterschätzt hatte – und wenn er auch nicht mehr vorhatte, einen Besen zu fressen, würde er sich *daran* ganz sicher erinnern, wenn er sich das nächste Mal zu langweilen glaubte.

SIEBZEHN

Phase vier war tatsächlich eine Stadt, und Leon befand, dass es fraglos das Seltsamste war, was er bislang zu Gesicht bekommen hatte. Die ersten drei Phasen waren bizarr gewesen, unwirklich, aber es hatte sich auch um offensichtliche Nachahmungen gehandelt – der sterile Wald, die weißen Wände der Wüste, der skulptierte Berg. Keinen Augenblick lang hatte er dort vergessen, dass die Umgebung künstlich errichtet worden war.

Hier allerdings ... Hier sieht alles so aus, wie es aussehen soll!

Phase vier bestand aus mehreren Blocks einer nächtlichen Stadt. Eine *wirkliche* Stadt, auch wenn keines der Gebäude höher als drei Stockwerke war, aber es gab Straßenlaternen, Bordsteine, Läden und Wohnhäuser, geparkte Autos und asphaltierte Straßen. Sie waren von einem Berg heruntergestiegen und in Hometown, USA, gelandet!

Nur zwei Dinge stimmten nicht, auf den ersten Blick zumindest: die Farben und die Atmosphäre. Die Gebäude waren alle entweder ziegelrot oder dunkelbraun. Sie sahen unfertig aus, und die paar geparkten Autos, die Leon entdeckte, schienen ausnahmslos schwarz zu sein – mit absoluter Sicherheit war es in den dichten Schatten schwer auszumachen.

Und die Atmosphäre ...

„Gespenstisch", sagte John leise. Leon und Cole nickten. Den Rücken an die Tür gelehnt, ließen sie ihre Blicke über die stille Stadt schweifen und empfanden sie als völlig entnervend.

Wie ein schlechter Traum, einer von der Sorte, in dem man sich verirrt zu haben glaubt und niemanden finden kann und alles falsch zu sein scheint …

Es war nicht wie eine Geisterstadt, es war nicht die Stimmung eines verlassenen Ortes, eines Ortes, der seinen Sinn verloren hatte – nein, denn hier hatte nie jemand gelebt, und es würde nie jemand hier leben. Über die Straßen waren niemals Autos gefahren, an den Ecken hatten niemals Kinder gespielt, nichts *Lebendiges* hatte diese Stadt je sein Zuhause genannt … und dieses leere, leblose Gefühl war, was es so gespenstisch machte.

Die Tür hatte sich zu einer Straße hin geöffnet, die von Osten nach Westen verlief und direkt links von ihnen als Sackgasse vor einer mitternachtsblau gestrichenen Wand endete. Von ihrem Standort aus konnten sie eine breite, gepflasterte Straße hinabsehen, die nach Süden führte, irgendwo in unbestimmbarer Ferne im Dunkeln endete und unterwegs andere Straßen kreuzte. Das weiche Licht der Straßenlampen warf lange Schatten und war gerade hell genug, dass man etwas sehen konnte, aber zu dunkel, um wirklich etwas deutlich zu erkennen.

Vor ihnen stand ein Auto vor einem zweistöckigen, braunen Gebäude. John ging zu dem Wagen und klopfte auf die Motorhaube. Leon konnte das hohle Geräusch unter seiner Hand hören – eine hohle Attrappe.

John kehrte zurück, wobei er die Schatten aufmerksam durchforstete.

„Also … Jäger", sagte er, und Leon wurde von einer plötzlichen Erkenntnis übermannt, die beinahe so unheimlich war wie die leblosen Häuserblocks, die sich vor ihnen erstreckten.

„Die Spitznamen lassen sich unserer Erfahrung nach alle auf einen wahren Kern zurückleiten", sagte er und ließ den Clip aus seiner Halbautomatik gleiten, um die darin befindlichen Kugeln zu zählen. Fünf waren noch übrig, und er hatte nur noch ein volles Magazin. Aber John hatte noch ein paar – nein, er hatte nur noch eins, Cole hatte das andere. Und wenn Leon sich nicht irrte, dann hatte John nur noch ein volles Magazin für die M-16–30 Kugeln plus das, was noch im Gewehr war.

Keine Granaten und fast keine Munition mehr ...

„Und?", fragte Cole, und John antwortete; seine Augen wurden schmäler, während er sprach, seine Miene noch wachsamer, als er die dichte Dunkelheit jeder Ecke und jedes Fensters mit Blicken absuchte. „Denk mal nach. Pterodaktylen, Skorpione, spuckende Viecher ... *Jäger.*"

„Ich – oh!" Cole blinzelte und schaute sich mit neuer Angst um. „Das ist nicht gut."

„Du sagst, der Ausgang ist verriegelt?", fragte Leon.

Cole nickte, und John schüttelte gleichzeitig den Kopf.

„Und ich Arsch hab die letzte Granate benutzt", sagte er leise. „Dann haben wir keine Chance, die Tür aufzusprengen."

„Wenn du's nicht getan hättest, wären wir schon tot", sagte Leon. „Und wahrscheinlich hätte es sowieso nicht funktioniert, nicht, wenn es sich um ein ähnliches Setup wie am Eingang handelt."

John seufzte schwer, nickte jedoch. „Schätze, darüber können wir uns den Kopf zerbrechen, wenn es so weit ist."

Einen Moment lang waren alle still, ein zutiefst unangenehmes Schweigen, das Cole schließlich brach.

„Also ... Augen und Ohren offen halten und dicht zusammenbleiben", sagte er zaghaft; es war eher eine Frage als eine Feststellung.

John hob die Brauen und grinste. „Nicht schlecht. Hey, was stellst du mit deinem Leben an, wenn wir's schaffen, hier rauszukommen? Hättest du Lust, dich dem guten Zweck anzuschließen und Umbrella die Hölle heiß zu machen?"

Cole lächelte nervös. „Frag mich noch mal, wenn wir draußen sind."

Sie brachen in Richtung Süden auf, schritten langsam die Straßenmitte entlang, und die dunklen Gebäude schienen sie dabei aus gläsernen Augen zu beobachten.

Obwohl die Gruppe versuchte, sich leise und unauffällig zu bewegen, schien die leere Stadt, schien der Asphalt die Geräusche ihrer

Stiefel und selbst ihre Atemzüge überlaut zurückzuwerfen. Keines der Gebäude war beschildert oder mit Dekoration versehen, und hinter den Fensterscheiben brannte nirgends Licht, wie Leon feststellen konnte. Das bedrückende Gefühl von Leblosigkeit weckte unangenehme Erinnerungen an die Nacht, in der er durch Raccoon gefahren war, um seine erste Schicht beim Raccoon City Police Department anzutreten – nachdem Umbrella den Virus freigesetzt hatte.

Nur rochen die Straßen dort nach Tod, und Zombies streiften durch die Dunkelheit, Krähen fraßen von Leichen – es war eine Stadt im Todeskampf.

Etwa auf halbem Weg zum Ende des Blockes hob John die Hand, und Leon klinkte sich wieder in die Gegenwart ein.

„Moment mal", sagte John und trabte zu einem der „Läden" auf der linken Seite hinüber, ein Bau mit einer gläsernen Front, der Leon an eine Konditorei erinnerte, von der Art, die immer Hochzeitstorten im Schaufenster hatte. John spähte durch das Glas hinein, dann probierte er die Tür. Zu Leons Überraschung öffnete sie sich. John beugte sich kurz hinein, schloss sie wieder und lief zurück.

„Keine Theken oder sonst was, aber es ist ein richtiger Raum", sagte er mit leiser Stimme. „Es gibt eine Rückwand und eine Decke."

„Vielleicht verstecken sich die Jäger in einem davon", meinte Leon.

Ja, und sie haben mehr Angst vor uns als wir vor ihnen – wäre das nicht schön? So viel Glück sollten wir mal haben.

„Das ist es!", rief Cole – viel zu laut, weshalb er seine Stimme augenblicklich senkte und gleichzeitig errötete. „Ich meine, so kommen wir vielleicht raus. Die, äh, Tiere wurden alle in Käfigen oder Zwingern oder so hinter den Rückwänden festgehalten. Ich weiß nicht, wie es bei den anderen Phasen ist, aber es gibt einen Gang, der um Vier herum läuft. Ich hab die Tür dazu gesehen, sie liegt ungefähr sechs oder sieben Meter von der Südwestecke entfernt. Sie muss einfacher zu öffnen sein als der Ausgang – ich meine, sie ist wahrscheinlich abgeschlossen, aber nicht zwangsläufig noch zusätzlich gesichert."

John nickte, und Leon fand, dass es weitaus vernünftiger schien, es dort zu probieren, als an einer Tür, die von außen verriegelt war.

„Gut", sagte John, „gute Idee. Sehen wir mal, ob wir ..."

Etwas bewegte sich. Etwas in den Schatten eines zweistöckigen, braunen Gebäudes auf der rechten Seite; etwas, das John verstummen und sie alle ihre Waffen in die Dunkelheit richten ließ, angespannt und alarmiert.

Zehn Sekunden vergingen, zwanzig – aber was immer es war, es schien absolut stillzuhalten. Oder ...

Oder wir haben gar nichts gesehen.

„Da ist nichts", flüsterte Cole, und Leon ließ die Neunmillimeter unsicher sinken.

Und dann schrie das Etwas, das sie nicht sehen konnten! Ein schrilles, schreckliches Kreischen, wie von einem schrecklichen Vogel, wie von einem wilden Tier in blinder Wut ...

... und die Dunkelheit selbst bewegte sich! Leon konnte es immer noch nicht deutlich erkennen. Es war wie ein Schatten, wie ein Teil eines Gebäudes, der in Bewegung geriet – aber er sah die winzigen, leuchtenden Augen, hell und mehr als zwei Meter über dem Boden, und die dunklen, gezackten Klauen, die beinahe den Asphalt berührten. Und als es auf sie zusprang, immer noch kreischend, wurde ihm bewusst, dass es ein Chamäleon war.

Reston eilte zum Kontrollraum zurück. Das Gewicht der Handfeuerwaffe an seiner Hüfte ließ ihn sich ein wenig besser fühlen. Er hätte sich noch besser gefühlt, wenn er es rechtzeitig geschafft hätte, noch zuzuschauen, wie die Jäger die drei Männer abschlachteten. Aber er würde sich auch damit zufrieden geben, nur ihre Leichen zu sehen.

Das wäre vollkommen ausreichend, kein Problem – so lange sie nur sterben.

Reston wollte einen Drink, er wollte zurück in den Kontrollraum, sich einschließen und darauf warten, dass Hawkinson zurückkam.

Einen Moment lang schwebte er am Rande der Hysterie, als ihm einfiel, dass die Funkverbindung ausgefallen war. Aber es hatte sich nichts geändert, nicht wirklich. Der Fahrstuhl war immer noch abgeschaltet, und der unfähige Sergeant würde in Nullkommanichts mit dem Hubschrauber zurück sein. Wenn das Trio an der Oberfläche die Außenleitungen durchgeschnitten hatte – woran er im Grunde nicht zweifelte –, würde Hawkinson sich um sie kümmern. Und wenn es sich, so unwahrscheinlich es ihm auch erschien, um ein technisches Problem handelte, würde man einen neuen Elektriker herschicken, wenn er nicht seinen morgendlichen Bericht erstattete.

Nicht in der Lage zu sein, Verbindung mit seinen Kollegen aufzunehmen, war der beunruhigende Teil gewesen, doch Reston hatte befunden, dass sich dies auch zu seinem Vorteil auswirken konnte – wer würde nicht davon beeindruckt sein, dass er unter derart nervenaufreibenden Umständen die Sache dennoch gedeichselt hatte? Unter den herrschenden Bedingungen war es seine einzige Möglichkeit gewesen, die Eindringlinge im Testbereich festzusetzen. Niemand würde ihm deswegen Vorwürfe machen – oder kaum jemand zumindest.

Die .38er aus seinem Zimmer zu holen hatte ihn überdies beruhigt. Reston hatte den Revolver in erster Linie mit in den *Planeten* genommen, weil er ein Geschenk von Jackson war. Und obwohl er sehr wenig von Waffen verstand, wusste er doch immerhin, dass er bei der .38er nur den Abzug zu drücken brauchte. Die schwere Handfeuerwaffe schoss praktisch wie von selbst, man musste sich nicht einmal mit einem Sicherungshebel herumplagen …

Reston befand sich auf halber Strecke zum Kontrollraum, als ihm einfiel, dass er die Arbeiter aus der Cafeteria hätte befreien sollen – er war direkt an der versperrten Tür vorbeigelaufen, zweimal, und hatte nicht daran gedacht. Zu viel Brandy vielleicht.

Etwa einen Herzschlag lang erwog er, umzukehren, doch dann entschied er, dass sie verdammt noch mal warten konnten. Sicherzustellen, dass die 3Ker taten, worin ihre Aufgabe bestand, war momentan wichtiger. Außerdem hatte er ohnehin vor, den ganzen wertlosen Haufen zu feuern, sobald der Kontakt zum Hauptsitz wieder hergestellt war – keiner von ihnen hatte auch nur versucht, den *Planeten* oder seinen Arbeitgeber zu beschützen.

Kontrollraum – geradeaus auf der rechten Seite. Reston fiel in einen leichten Trab, bog um die Ecke zum Seitengang und eilte durch die Tür. Auf einem der Bildschirme bewegte sich etwas, und er hastete zum Stuhl, gleichermaßen aufgeregt und begierig zu sehen, wie die Männer umkamen. Es war nichts, dessen er sich hätte schämen müssen, schließlich waren *sie* im Unrecht …

Aber sie waren nicht tot, keiner von ihnen, auch wenn Reston sah, dass es jetzt nur noch eine Frage von Augenblicken sein konnte. Alle drei Männer schossen auf einen der Jäger – und gerade sprang ein zweiter ins Bild, immer noch so schwarz wie das Auto, neben dem er gestanden haben musste.

Red kreiselte nach rechts, schoss auf die neue Gefahr, doch der 3Ker ließ sich nicht von ein paar läppischen Kugeln beeindrucken. Mit einem einzigen gewaltigen Sprung überwand er die Distanz zwischen ihnen, sechs Meter mit einem mächtigen Satz. Sie schafften sogar an die zehn, wie Reston aus den vorläufigen Berichten wusste …

… und nun schoss auch Cole auf die Kreatur, während John unvermindert auf die erste feuerte, die bereits das dunkle Grau des Asphalts angenommen hatte. Sie hatte eine Menge Kugeln von allen drei Männern einstecken müssen. Während Reston zusah, drehte sie sich um, sprang aus dem Erfassungsbereich der Kamera und verschwand damit vom Monitor.

Das zweite Wesen war immer noch tiefschwarz, perfekt auszumachen, als es einen muskulösen Arm hob, um nach den Kugeln zu schlagen, die in seinen Leib hämmerten. Die riesige, nackte, geschlechtslose Gestalt mit dem abfallenden Reptilienschädel und den fast zehn Zentimeter langen Krallen warf den Kopf zurück und heulte auf. Reston kannte den Laut, obwohl er ihn nicht hören konnte. Sein Verstand ergänzte den Ton zu dem still schreienden Geschöpf auf dem Bildschirm, das anfing, mit der Straße zu verschmelzen;

die Farbtöne stimmten nahezu vollkommen überein, während es abermals den Arm schwang und Red damit zu Boden schlug.

Ja!

John trat vor seinen gestürzten Kameraden und feuerte auf das verblassende Monster, während Cole Red auf die Beine zerrte und beide dann nach hinten rückten. Die beiden sprachen miteinander ...

... und dann rannten sie aus dem Bild, südwärts.

War das Wesen verletzt worden? John hörte auf zu schießen und von irgendwoher floss Blut, bedeckte das Gesicht des 3Ker, seine Brust.

Die Augen! Er muss die Augen getroffen haben. Verdammt!

Die Kreatur wankte und fiel, nicht tödlich verwundet, aber doch so schwer, dass sie für eine Weile außer Gefecht gesetzt war.

John wandte sich um und folgte seinen Gefährten. Es waren keine weiteren Jäger in Sicht – zumindest glaubte Reston das. Nicht, dass es darauf angekommen wäre, die Männer waren auch so schon so gut wie tot. Sie konnten es unmöglich durch die Stadt schaffen, ohne attackiert zu werden. Es gab nichts, wo sie sich verstecken konnten. Nur, um sicherzugehen, aktivierte Reston dennoch das Schloss der Verbindungstür, die zurück nach Drei führte.

Keine Zufluchten mehr, Gentlemen!

Sie waren noch nicht wieder auf dem Monitor erschienen, der die Straße südlich des Erfassungsbereichs der ersten Kamera zeigte. Stirnrunzelnd schaltete Reston auf eine andere Kamera um, die an einer Gebäudefassade befestigt war ...

... und sah, wie sich eine Tür schloss. Die Männer suchten Schutz in einem der Läden. Reston schüttelte den Kopf. Dieser Schutz würde fünf Minuten Bestand haben, ganz gewiss nicht länger. Die 3Ker hatten die Kraft, die ganze Stadt einzureißen, wenn sie es wollten, und verließen sich beim Jagen hauptsächlich auf ihren Geruchssinn. Sie würden die verängstigten Männer in ihrem Versteck aufspüren und ihrem lästigen, nutzlosen Dasein ein Ende bereiten.

In dem Gebäude, das sie betreten hatten, gab es keine Kamera. Reston musste warten, bis sie wieder auftauchten, oder darauf, dass die Jäger sie herausschleiften. Er grinste. Seine Zähne knirschten vor Ungeduld aufeinander, und er fragte sich, warum die 3Ker so verdammt lange brauchten. Es war an der Zeit, den Test zu beenden und den *Planeten* wieder in Stand zu setzen.

Aber die Jäger würden ihn nicht enttäuschen. Er musste eben nur noch ein paar Minuten warten.

Sie fanden den Zugang im rückwärtigen Teil des mittleren Gebäudes, hinter dem Generatorraum, wo sie die drei wutschäumenden Wachen deponiert hatten. Es war ein reiner Zufallstreffer, da sie nur nach den Kontrollen gesucht hatten, um den Lastenaufzug im Eingangsgebäude wieder in Gang zu setzen.

Es existierten vier davon, eine Reihe von Fahrstühlen in einer mit Teppich ausgelegten Nische in der Westwand. Die Aufzüge waren nicht in Betrieb, aber es gab einen Zwei-Personen-Lift im ersten Schacht, den sie öffneten. David und Claire hielten die Tür mit einiger Anstrengung auf. Obwohl sie müde war und sich nicht wohlfühlte, weckte der Anblick der winzigen Plattform, die an ihrem eigenen Rollensystem aufgehängt war, in Rebecca das Verlangen, laut aufzulachen.

Sie werden nie vermuten, dass wir kommen – wir werden uns wie Schatten hineinstehlen.

„Sieht aus, als hätte jemand vergessen, die Hintertür zuzusperren", meinte David, ein Ausdruck von Triumph im müden Gesicht.

Claire blickte zweifelnd auf das kleine Rechteck aus Metall. „Passen wir da alle rein?"

David antwortete nicht gleich, sondern drehte sich nach Rebecca um. Sie wusste, was er vorschlagen würde, und begann, nach einem brauchbaren Argument zu suchen, noch ehe er den Mund aufmachte.

Der Hubschrauber könnte zurückkommen. Wird er wahrscheinlich auch. Wenn sie verletzt sind, brauchst du mich. Was, wenn sich die Wachen befreien?

„Rebecca – ich brauche eine ehrliche Einschätzung deiner Verfassung", sagte David mit unbewegter Miene.

„Ich bin müde, mir tut der Kopf weh und ich hinke – aber ihr braucht mich da unten, David! Ich mag nicht hundertprozentig fit sein, aber ich stehe auch nicht am Rand eines Zusammenbruchs, und du hast selbst gesagt, dass wahrscheinlich schon ein weiteres Team unterwegs ist ..."

David hob lächelnd die Hände. „Schon gut, wir gehen alle. Es wird eng werden, aber das Gewicht sollte kein Problem darstellen, ihr seid ja beide schlank ..."

Er trat hinein, zog seine Taschenlampe und richtete den Lichtkegel auf die Aufhängungskabel und dann auf das schlichte Steuerungskästchen, das am halbhohen Geländer des Aufzugs befestigt war. „Ich denke, es wird gehen. Sollen wir?"

Rebecca und dann Claire traten in den Fahrstuhlschacht. Die provisorische Plattform füllte nur ein Viertel des dunklen Raumes. Über und unter ihnen war kalte Leere, und das Geländer verlief nur an einer Seite. Claire drängte sich unbehaglich gegen die Metallstange. Alle drei standen sie dicht zusammengepfercht.

„Ich wünschte, ich hätte ein Pfefferminzbonbon", murmelte Claire.

„*Ich* wünschte, du hättest ein Pfefferminzbonbon", sagte Rebecca, und Claire kicherte. Rebecca konnte die Bewegung von Claires Brustkorb an ihrem Arm spüren – ja, sie waren zusammengepfercht.

„Und los geht's", sagte David, dabei drückte er den Steuerknopf.

Mit einem lauten Rumpeln und Brummen setzte sich der Aufzug abwärts in Bewegung. Der Lärm war so laut, dass Rebecca anfing, ihren Versuch eines Überraschungsangriffs mit aller angebrachten Skepsis zu betrachten. Dazu war der Lift auch überaus langsam; er schien nur zentimeterweise nach unten zu gleiten, allenfalls halb so schnell wie ein normaler Fahrstuhl.

Gott, das kann ja ewig dauern ...!

Allein der Gedanke ließ Rebecca sich sterbensmüde fühlen. Der Motorenlärm verschlimmerte ihre Kopfschmerzen. Jetzt, da sie still stand, merkte sie, wie krank sie sich wirklich fühlte. Und während das helle Rechteck der offen stehenden Tür nach oben glitt und schrumpfte und sie ins Dunkel hinabfuhren, war Rebecca plötzlich heilfroh, dass sie so eng aneinander gedrängt waren. Es gab ihr einen Grund, sich schwer an David zu lehnen, und mit geschlossenen Augen versuchte sie, sich noch etwas länger zusammenzureißen.

ACHTZEHN

Sie steckten in Schwierigkeiten. Sie drängten in das Gebäude und bewegten sich durch die Dunkelheit zur rückwärtigen Wand hin, schwitzend und keuchend, und Cole erwartete jeden Moment, dass die dünne Tür hinter ihnen aufflog.

Und dann strömen sie schreiend herein und reißen uns mit ihren Klauen in Fetzen, bevor wir sie auch nur sehen!

„Hab 'nen Plan", schnaufte John, und Cole fühlte ein Fünkchen Hoffnung, eine Hoffnung, die genau bis zu Johns nächstem Satz anhielt.

„Wir rennen wie die Teufel zur Rückwand!", sagte er wild entschlossen.

„Bist du irre?", erwiderte Leon. „Hast du gesehen, wie der eine *gesprungen* ist? Wir haben keine Chance, ihnen davonzulaufen …"

John holte tief Luft und fuhr schnell fort: „Du hast recht, aber du und ich, wir sind beide gute Schützen, wir könnten ein paar der Straßenleuchten entlang des Weges ausschießen. Selbst wenn sie im Dunkeln sehen können, wär's wenigstens eine Ablenkung und würde sie vielleicht ein bisschen verwirren."

Leon sagte nichts, und obwohl er sein Gesicht nicht deutlich ausmachen konnte, sah Cole doch, wie er sich die Schulter rieb, dort, wo der Hieb der Kreatur ihn getroffen hatte. Langsam und bedächtig, als ziehe er Johns Idee tatsächlich in Betracht.

Die sind beide völlig verrückt geworden!

Cole mühte sich, das unverhohlene Entsetzen aus seiner Stimme zu verbannen. „Gibt's nicht noch eine andere Möglichkeit? Ich meine, wir könnten doch ... wir könnten raufklettern und über die Dächer fliehen."

„Die Gebäude sind alle unterschiedlich hoch", sagte John. „Und ich glaube nicht, dass sie dazu gebaut sind, viel Gewicht zu tragen."

„Wie wär's denn, wenn wir ..."

Leon unterbrach ihn leise. „Wir haben nicht genug Munition, Henry."

„Dann gehen wir zurück nach Phase drei, denken drüber nach und ..."

„Wir sind näher an der Südwestecke", sagte John, und Cole wusste, dass sie recht hatten, wusste es und hasste es zutiefst. Dennoch suchte er nach einer Alternative, versuchte, sich einen anderen Weg zu überlegen. Die Jäger waren schrecklich, sie waren das Schrecklichste, was Cole je gesehen hatte ...

... und irgendwo da draußen schrie einer von ihnen. Der kreischende, wütende Laut dröhnte durch die dünnen Wände, und Cole wurde klar, dass sie keine Zeit hatten, um sich einen besseren Plan auszudenken.

„Okay, ja, okay", sagte er und dachte, das Mindeste, was er tun könne, sei, es zu schlucken und sich dem Unvermeidlichen zu stellen, als habe er tatsächlich Mut.

Ich werde sie nicht runterziehen, dachte er, holte tief Luft und straffte seine Schultern ein bisschen. Wenn es denn eben sein musste, würde er sich vor ihnen nicht die Blöße geben, sich in einen flennenden Feigling zu verwandeln – und er würde ihre Chancen nicht schmälern, indem er ihnen zur Last wurde.

Cole zog den Clip, den John ihm gegeben hatte, aus der Tasche und tauschte ihn fahrig gegen den leeren aus. Sein Herz schlug hart. Und es überraschte ihn ein wenig, dass er sich jetzt, da er seine Entscheidung gefällt hatte, tapferer fühlte.

Ich könnte durchaus sterben, sagte er zu sich selbst und wartete auf den Ansturm des Schreckens – aber er kam nicht. Ohne John und Leon *wäre* er bereits tot, und vielleicht war dies seine Chance, einen von beiden oder alle beide davor zu bewahren, verletzt zu werden.

Ohne ein weiteres Wort bewegten sie sich zu dritt auf die Tür zu. Cole dachte, dass sich sein Leben in den vergangenen paar Stunden mehr verändert hatte als in den letzten zehn Jahren – und dass er froh über diese Veränderung war, ganz unabhängig davon, wie sie zustande gekommen war. Er fühlte sich erstmals in sich stimmig. Er fühlte sich *wirklich*.

„Fertig …", sagte John, und Cole atmete tief ein. Leon grinste ihm im weichen Licht, das durchs Fenster fiel, zu.

„… los!"

John riss die Tür auf, und sie rannten hinaus auf die Straße, während um sie herum die wilden Schreie der Jäger die Nacht erschütterten.

Restons Augen funkelten. Er beugte sich vor und starrte angespannt auf den Bildschirm. Die selbstmörderische Entscheidung der Gruppe entzückte ihn. Zu dritt stürmten sie wie Wahnsinnige ins Dunkel hinaus. Wie Tote, die nicht genug Grips hatten, in ihrer Bewegung innezuhalten.

Sie rannten nach Süden, John voraus, Red und Cole dicht hinter ihm. Von einem Gehsteig zu ihrer Rechten sprang ein Jäger heran, um sie in Empfang zu nehmen.

Und Licht blitzte auf, weiß und orangefarben, hoch über ihnen. Brennendes Glas regnete wie Flitter auf die Straße herab. Eine der Straßenlaternen … Sie hatten eine der Straßenlaternen ausgeschossen, und der 3Ker schien durchzudrehen, als das zerbrochene Glas auf ihn herabprasselte. Der Jäger, dessen Farbe von rot zu grau wechselte, fuhr herum, rasend und brüllend, suchte den Angreifer …

… und ignorierte dabei die flüchtenden Männer. Alle drei sprinteten vorbei, hoben die Waffen und schossen in den Himmel. Sie feuerten auf weitere Laternen, und Reston sah einen zweiten Jäger auf die Straße hinausspringen, fast unsichtbar als Schatten unter Schatten …

… und Cole, Henry *Cole*, täuschte links an und schlug rechts zu, rammte den Lauf seiner Waffe gegen den Schädel des vornüber gebeugten 3Kers …

… und Flüssigkeit versprühte nach überallhin; Hirn und Blut ergossen sich in einem Schwall aus der Schläfe des Wesens, als der Elektriker aus nächster Nähe schoss. Die Arme und Beine des Jägers zuckten, schlugen um sich, doch er war bereits tot. Cole sprang beiseite, rannte weiter und schloss zu den anderen auf, während weitere Straßenleuchten explodierten und Glas in zuckenden Blitzen aus weißem Licht umherflog.

„Nein", flüsterte Reston und war sich gar nicht bewusst, gesprochen zu haben – aber er war sich sehr wohl darüber im Klaren, dass die Sache ganz fürchterlich aus dem Ruder lief.

John rannte, hielt inne, um zu schießen, rannte weiter. Die brutalen Schreie jagten sie, der Glasregen und der Geruch von brennendem Metall schien aus allen Richtungen gleichzeitig auf sie zuzukommen …

… und er sah eines der Wesen auf der Straße, auf der Kreuzung vor ihnen die zum Käfig führte; er sah die seltsamen blitzenden Augen und das offene schwarze Loch des brüllenden Mauls …

Spar dir die Munition, Herrgott, es sieht genauso aus wie die Straße!

… und John rannte weiter, schnurstracks auf die Kreatur zu, zielte, während hinter ihm die Schüsse der Pistolen dröhnten. Das brüllende Ungeheuer war keine zehn Meter mehr von ihm entfernt, als er abdrückte.

Jetzt!

Eine kurze Salve, genau bemessen, direkt in das heulende, widernatürliche Gesicht …

… doch das Monster fiel nicht, und obwohl John ihm ausgewichen war, reichte der Abstand nicht ganz. Das verzerrte Gesicht des Wesens tauchte nur Zentimeter von seinem entfernt auf, sichtlich mit Blut besudelt, und es holte mit einem unmöglich langen Arm aus und drosch ihn gegen John.

Der Hieb krachte gegen seine linke Brusthälfte, und John rechnete damit, zerquetscht und durch die Luft geschleudert zu werden, den Körper zerschmettert zu bekommen – doch die Kugeln mussten die Kreatur geschwächt haben, denn John konnte zwar spüren, wie sich sein Brustmuskel vor Schmerz zusammenzog – der Schlag war brutal hart gewesen –, aber er hatte schon härtere Hiebe weggesteckt. Er geriet ins Wanken, fiel aber nicht, und dann war er vorbei und bog nach links ab, Richtung Westen.

Er warf einen Blick nach hinten, sah, dass die anderen noch bei ihm waren, und schaute nach vorn …

Dort ist es!

Weniger als einen Block entfernt endete die Straße an der gestrichenen Wand – und etwa anderthalb Meter über dem Boden befand sich eine Öffnung, ein Loch, das an die drei Meter breit und mindestens dreieinhalb hoch war …

… und zu seiner Rechten klang ein weiterer Schrei auf. Er konnte den getarnten Jäger nicht sehen, aber – *bamm-bamm!* – jemand, Leon oder Cole, schoss auf ihn, und das Kreischen wurde rasend vor Wut. John hob die M-16 und schoss eine weitere Straßenlaterne aus.

Zehn Sekunden und wir sind da!

Doch ein dunkelblaues Wandsegment begann sich von oben über die Öffnung zu senken, langsam aber stetig.

In ein paar Sekunden, so viel war sicher, würde es keinen Fluchtweg mehr geben.

Reston drückte wie wild auf das Zwingerschloss. Das Tor kroch in seiner Führung so langsam wie eine gottverdammte Schnecke nach unten. Restons Hände waren schweißnass. Seine Trunkenheit machte sich bemerkbar, ihn schwindelte. Ungläubig dachte er: *Nein, nein-nein-nein …!*

Zwar hatte er Zwei und Drei geschlossen, aber vorhin war hier noch ein Jäger drin gewesen, deshalb hatte er die Tür vorerst offen gelassen und dann vergessen – und jetzt war das Tier weg und die drei Männer waren drauf und dran zu entkommen. *Ihm* zu entkommen und dem Tod, der ihnen bestimmt war.

Schneller!

John warf einen Blick hinter sich, schrie; Red folgte ihm auf den Fuß, Cole war fast an seiner Seite …

… und nicht einmal sieben Meter hinter ihnen war ein Jäger. Er machte Boden gut, sein massiver Körper wechselte zwischen Braun und der Farbe des Asphalts, seine Krallen kratzten Furchen in die Straße.

Töte sie, tu es, spring, töte!

John schaffte es zu der Öffnung, Seine Hände schlugen gegen den unteren Rand, und in einer eleganten, verschwommenen Bewegung setzte er hindurch. Eine Hand schoss hervor, und Red war da, ergriff sie, wurde binnen eines Augenblicks hineingerissen …

… und dort war Cole. Er würde es auch schaffen, das Schott würde sich nicht rechtzeitig schließen, und da waren Hände, die sich ihm entgegenstreckten …

… und dann ließ der Jäger hinter ihm seine Arme niederfahren, seine Klauen fetzten in Coles Rücken, durch das Hemd und die Haut, durch Muskeln, vielleicht durch Knochen.

Die anderen zogen Cole hinein, und das Tor schloss sich vollends.

Cole schrie nicht, als sie ihn absetzten, obwohl er höllische Schmerzen haben musste. So sanft sie nur konnten legten sie ihn auf den Bauch. Leon war ganz schlecht vor Mitleid, als er die zerfetzte Masse sah, die einmal Coles Rücken gewesen war.

Er stirbt.

Binnen Sekunden lag Cole in einer Lache seines eigenen Blutes. Durch die Fetzen seines durchnässten, roten Hemdes konnte Leon das zerrissene Fleisch sehen, die zerfetzten Muskelfasern und darunter das glatte Glänzen von Knochen. Von zerschmettertem Knochen. Die Wunde bestand aus zwei langen, gezackten Rissen, beide begannen über den Schulterblättern und endeten am unteren Teil seines Rückens. Tödliche Wunden.

Cole atmete flach und keuchend, seine Augen waren geschlossen, seine Hände zitterten. Er war bewusstlos.

Leon sah John an, sah seine betroffene Miene, schaute weg. Es gab nichts, was sie für Cole tun konnten.

Sie befanden sich in einem riesigen, nach Raubtier riechenden Käfig aus Maschendraht, am Ende eines langen Ganges aus Beton, der offenbar über die gesamte Länge der vier Testbereiche verlief. Es war ziemlich dunkel, nur ein paar wenige Lichter brannten und tauchten den Zwinger in Schatten. Die Käfige waren durch Trennwände mit großen Fenstern unterteilt, und Leon konnte nur die neben ihnen liegende Zelle sehen, das Zuhause der Spucker. Sie war mit dicker Klarsichtplastikfolie umhüllt, der Boden mit Knochen übersät.

Der Käfig der Jäger war leer, mindestens zehn Meter breit und doppelt so lang. Entlang der Gitterwände reihten sich ein paar niedrige Tröge. Es war ein kalter und einsamer Ort, ein Ort, wie geschaffen zum Sterben, aber zumindest war Henry ohne Bewusstsein und spürte keinen ...

„Dreht ... mich um", flüsterte Cole. Seine Augen waren offen, seine Lippen zitterten.

„Hey, lieg still", sagte John sanft. „Du kommst wieder in Ordnung, Henry, bleib einfach nur, wo du bist – nicht bewegen, okay?"

„Gequirlte ... Scheiße!", sagte Cole. „Dreht mich um, ich ... ich sterbe ..."

John tauschte einen Blick mit Leon, der widerstrebend nickte. Er wollte Cole nicht noch mehr Schmerzen bereiten, aber er wollte ihm auch seinen letzten Wunsch nicht verweigern – er starb, sie sollten ihm alles geben, was sie nur konnten.

Langsam und vorsichtig hob John Cole an und drehte ihn um. Cole stöhnte, als sein Rücken den Boden berührte, seine Augen wurden groß und verdrehten sich, aber nach einem kurzen Moment schien er etwas Erleichterung zu verspüren. Vielleicht die Kälte ... oder vielleicht war er schon über den Punkt hinaus bis zu dem man Schmerzen fühlte und wurde taub.

„Danke", flüsterte er. Auf seinen blassen Lippen zerplatzte eine Blutblase.

„Henry, versuch dich auszuruhen", sagte Leon leise. Ihm war nach Weinen zumute. Der Mann hatte so sehr versucht, tapfer zu sein und mit ihnen mitzuhalten.

„Fossil", sagte Cole, den Blick auf Leon geheftet. „In der Röhre. Die ... Jungs sagten – wenn es rauskäme, würde es – würde es alles ... zerstören. Im ... Labor. Westen. Verstanden?"

Leon nickte. Er verstand vollkommen. „Eine Umbrella-Kreatur im Labor. Fossil. Du willst, dass wir sie rauslassen."

Cole schloss die Augen, sein wächsernes Gesicht war so reglos, dass Leon dachte, es sei vorbei – aber Henry sprach noch einmal, so leise, dass sie sich über ihn beugen mussten, um ihn zu hören.

„Ja", presste er hervor. „Gut."

Henry Cole schöpfte ein letztes Mal Atem, stieß ihn aus – und seine Brust hob sich nie wieder.

Nur Minuten nach Coles Tod fanden die beiden Männer heraus, wie sie aus dem Käfig der Jäger entkommen konnten. Reston starrte den Bildschirm an, empfand nichts, gar nichts, fest entschlossen, keine Überraschung mehr in sich aufkeimen zu lassen. Sie waren einfach nicht menschlich, das war alles. Wenn er das erst einmal akzeptiert hatte, gab es nichts mehr, was ihn noch erstaunen konnte.

Die Futtertröge steckten in langen, schmalen Lücken des Stahlgitters, sodass die Betreuer die Spezies füttern konnten, ohne den Käfig betreten zu müssen. Die Tröge standen an der Außenseite weit genug vor, dass man das Futter einfach hineinwerfen konnte, und die Tiere nahmen es sich von ihrer Seite aus. Grund zur Sorge, dass die 3Ker versuchen könnten, die Futterbehälter hineinzuziehen oder hinauszudrücken, bestand nicht, da die Lücken für ihre Körper viel zu schmal waren.

Aber nicht für menschliche Körper ... oder für sie, *was immer sie auch sein mögen.*

John und Red fingen an, gegen einen Trog zu treten, und als er nach außen zu rutschen begann, nahm Reston seinen Revolver auf, erhob sich und wandte sich von den Monitoren ab. Es hatte keinen Sinn, weiter nur zuzusehen. Er hatte versagt, die Tests des *Planeten* hatten sich als zu einfach erwiesen, und er würde hart bestraft werden für das, was er getan hatte. Vielleicht sogar getötet. Aber er war nicht bereit zu sterben, noch nicht – und nicht durch *ihre* Hand.

Aber der Aufzug, die Leute an der Oberfläche ...

Auch nach oben zu gehen, barg keine Sicherheit in sich. Das Areal wimmelte inzwischen wahrscheinlich von diesen S.T.A.R.S.-Soldaten. Sie würden ihn abfangen und warteten sicher schon darauf, dass ihre beiden Jungs ihn hinaustrieben ...

Kann nicht nach oben gehen. Kann sie nicht umbringen. Nicht genug Zeit ... Die Cafeteria!

Seine Angestellten würden ihm helfen. Wenn er sie erst befreit und ihnen die Sache erklärt hatte, würden sie sich um ihn scharen und ihn vor jeglichem Schaden bewahren. Die Einzelheiten musste er natürlich noch ausklügeln, aber darüber konnte er unterwegs nachdenken.

Muss jetzt los. Sie werden bald draußen sein – draußen sein und nach mir suchen. Werden vielleicht versuchen, Cole zu rächen. Versuchen, mich dafür büßen zu lassen, wo ich doch nur meinen Job getan habe. Getan habe, was jeder Mann an meiner Stelle getan hätte ...

Irgendwie bezweifelte er, dass sie das verstehen würden. Reston ging hinaus und feilte bereits an seinem Plan. Und fragte sich, warum alles so schrecklich schiefgegangen war.

NEUNZEHN

Sie traten aus dem Zwinger hinaus auf einen steril sauberen Gang und wandten sich nach links, nach Westen. Rasch bewegten sie sich den verlassenen Korridor entlang. Keiner von ihnen sprach. Es gab auch nichts zu sagen, bevor sie nicht das fanden, was Cole *Fossil* genannt hatte, und bis sie entscheiden konnten, ob er den richtigen Einfall gehabt hatte.

Zum ersten Mal, seit sie den *Planeten* betreten hatten, war John nicht nach Späßen zumute. Cole war letztlich doch ein anständiger Kerl gewesen; er hatte sein Bestes gegeben, um wieder gutzumachen, dass er sie in das Testprogramm gelockt hatte; er hatte getan, was sie ihm gesagt hatten – und jetzt gab es ihn nicht mehr, war er brutal abgeschlachtet worden, in Blut und Qual auf dem Boden eines Käfigs krepiert!

Reston. Reston würde dafür bezahlen, und wenn die beste Chance, ihn zu erwischen, darin bestand, ein Umbrella-Monster freizusetzen, dann sollte es John recht sein. Es würde eine angemessene Sühne werden ...

Pfeifen wir auf das Codebuch. Wenn Fossil so eine fiese Type ist, wie Cole es zu glauben schien, befreien wir ihn und lassen die Arbeiter gehen. Soll er diesen Ort auseinander nehmen. Soll er sich Reston schnappen!

Der Gang machte eine Kehre nach rechts, dann verlief er wieder geradeaus, weiter nach Westen. Als sie um die Ecke bogen, sahen sie die Tür auf der rechten Seite – und irgendwie *wusste* John aus einem Bauchgefühl heraus, dass es sich um das Labor handelte, von dem Cole gesprochen hatte. Er spürte es einfach.

Und so war es auch, fast jedenfalls. Nachdem sie einen Neunmillimeter-Schlüssel benutzt hatten, öffnete sich die Metalltür in ein kleines Laboratorium mit Arbeitstischen und Computern, das wiederum zu einem Operationssaal führte, in dem alles aus chromschimmerndem Stahl und aus Porzellan bestand. Die Tür in der rückwärtigen Wand des OPs war diejenige, von der Cole gewollt hatte, dass sie sie fanden – und als sie die Kreatur sahen, verstand John, warum er darauf bestanden hatte, ihnen von ihr zu erzählen, noch mit seinen letzten keuchenden Atemzügen. Wenn das Wesen auch nur halb so bösartig war, wie es aussah, dann war der *Planet* Geschichte.

„Grundgütiger!", schnappte Leon, und John fiel nichts ein, was er dem noch hätte hinzufügen können. Langsam bewegten sie sich auf den riesigen Zylinder zu, der in der Ecke des großen Raumes stand, vorbei an dem metallenen Autopsietisch und den Tabletts mit glänzenden Instrumenten. Schließlich blieben sie vor der Röhre stehen. Die Lichter im Raum waren ausgeschaltet, aber ein Punktstrahler an der Decke war auf den Behälter gerichtet und beleuchtete das *Ding*.

Fossil.

Die Röhre war fünf Meter hoch, mindestens drei im Durchmesser und mit einer klaren, roten Flüssigkeit gefüllt – und eingehüllt in diese Flüssigkeit, verbunden mit Schläuchen und Drähten, die durch die obere Abdeckung verliefen, war da dieses Monster. Dieser ... Albtraum.

John konnte sich vorstellen, dass sich der Name Fossil auf sein Aussehen bezog – es war eine Art Dinosaurier, wenn auch keiner, wie er in grauer Vergangenheit über die Erde gestapft war. Der Körper der gut drei Meter großen, bleichen Kreatur leuchtete aufgrund der roten Flüssigkeit, die es umgab, rosa. Das Geschöpf hatte keinen Schwanz, aber die dicke, raue Haut und die mächtigen Beine eines Sauriers. Es war offenbar dafür geschaffen, aufrecht zu gehen, und obwohl es die kleinen Augen und die schwere, abgerundete Schnauze eines Fleischfressers hatte, eines Tyrannosaurus Rex oder

Velociraptors, besaß es auch lange Arme mit dicken Muskeln und Hände mit schlanken Greiffingern. So unmöglich es auch sein mochte, dieses *Ding* sah aus wie eine Kreuzung aus Mensch und Dinosaurier.

Was haben sie sich nur dabei gedacht? Warum ... tut jemand so etwas?

Das Wesen schlief entweder, oder es lag in einer Art Koma. Es gab keinen Zweifel, dass es lebte. Eine kleine, durchsichtige Maske, die die schlitzförmigen Nasenöffnungen der Kreatur bedeckte, war mit einem dünnen Schlauch verbunden, und um die dicke Schnauze war ein Plastikband gebunden, damit die gewaltigen Kiefer geschlossen blieben. John konnte sie zwar nicht sehen, aber er zweifelte nicht daran, dass das breite, geschwungene Maul des Geschöpfs mit tückischen Zähnen bestückt war. Die perlenartig hervorstehenden Augen waren von einem inneren Lid bedeckt, einer dünnen Schicht violettfarbener Haut, und die beiden Männer konnten sehen, wie sich die mächtige Brust langsam hob und senkte und wie der riesige Körper sich in dem roten Schleim sacht hin und her bewegte.

An der Wand neben Fossil, über einem kleinen Monitor, auf dem lautlos grüne Linien von einer Seite zur anderen verliefen und verblassten, hing ein Klemmbrett. Leon nahm es an sich und blätterte in den darauf befestigten Seiten, während John nur starrte –fasziniert und angewidert zugleich. Eine der spinnenartigen Hände zuckte, und die zwanzig Zentimeter langen Finger krümmten sich zu einer lockeren Faust.

„Hier steht, dass es in dreieinhalb Wochen zur Autopsie ansteht", sagte Leon, sein Blick flog über eines der Blätter. „,Spezimen bleibt in Stasis' ... blablabla ...,wenn ihm vor der Sektion eine tödliche Dosis Hyptheion injiziert wird.'"

John schaute nach hinten auf den Autopsietisch, sah die zusammengeklappten Stahlplatten auf jeder Seite und drei darunter verstaute Knochensägen. Der Tisch war so konstruiert, dass er auch für größere Tiere Platz bot.

„Warum hält man es überhaupt am Leben?", fragte John und

wandte sich wieder dem schlafenden Fossil zu. Es war schwer, es nicht anzusehen – die Kreatur war einfach unwiderstehlich in ihrer fantastischen Scheußlichkeit, eine Anomalie, die alle Aufmerksamkeit auf sich zog und bannte.

„Vielleicht, damit die Organe frisch bleiben", meinte Leon. Dann holte er tief Luft. „Also ... tun wir es?"

Das ist die Eine-Million-Dollar-Frage, nicht wahr? Wir werden zwar die Codes nicht mehr in unseren Besitz bringen – aber Umbrella wird einen weiteren Spielplatz für seine wahnsinnigen Ideen verlieren. Und vielleicht auch einen Verwalter.

„Ja", sagte John. „Ja, ich glaube, wir sollten es tun."

Die Männer hörten ihm schweigend zu. Mit nachdenklichen Gesichtern ließen sie den Schrecken auf sich wirken, der in den *Planeten* eingefallen war.

Die Invasion von oben ... sein Hilferuf ... wie ihn die bewaffneten Männer niedergeschlagen hatten, nachdem sie Henry Cole kaltblütig umgebracht hatten ...

Sie stellten keine Fragen, saßen nur da, tranken Kaffee – jemand hatte ihn gemacht – und sahen ihm beim Sprechen zu. Niemand bot ihm eine Tasse an.

„... und als ich wieder aufgewacht war, kam ich hierher", sagte Reston und fuhr sich mit zitternder Hand durchs Haar, wobei er angemessen zusammenzuckte. Das Zittern musste er nicht vortäuschen. „Ich ... sie sind immer noch da draußen, irgendwo, vielleicht legen sie Sprengsätze, ich weiß es nicht ... aber wir können sie aufhalten, wenn wir *zusammenarbeiten*."

Er konnte in ihren leeren Augen sehen, dass es nicht funktionierte. Sein Bericht spornte sie nicht zum Handeln an. Er beherrschte den Umgang mit Menschen nicht sonderlich, aber er verstand es gut, in ihnen zu lesen.

Sie kaufen es mir nicht ab, muss wieder auf Henry zu sprechen kommen ...

Restons Schultern sanken herab, ein Beben schlich sich in seine Stimme. „Sie haben ihn einfach erschossen", sagte er und senkte, vor Mitleid wie gelähmt, den Blick. „Er bettelte, flehte sie an, ihn am Leben zu lassen, und sie – sie erschossen ihn trotzdem."

„Wo ist die Leiche?"

Reston hob den Blick und sah, dass Leo Yan gesprochen hatte, einer der beiden Betreuer der 3Ker. Yans Stimme und Mimik verriet keinerlei Emotion. Die Arme verschränkt, lehnte er sich gegen die Tischkante.

„Was?", fragte Reston. Er gab sich verwirrt, wusste jedoch genau, wovon Yan redete. *Denk nach, verdammt, daran hättest du schon längst denken sollen!*

„Henry", sagte jemand, und Reston sah, dass es Tom Sonstnochwas war, einer vom Bautrupp. Seine barsche Stimme klang unverhohlen skeptisch. „Sie haben ihn erschossen, und dann haben sie Sie niedergeschlagen – demnach wäre er also noch im Zellenblock, ja?"

„Ich – ich weiß es nicht", antwortete Reston. Ihm war fiebrig heiß, er fühlte sich dehydriert vom vielen Brandy. Er fühlte sich, als würde er die unerwartete Frage nicht verkraften können. „Ja, muss er wohl, es sei denn, sie haben ihn aus irgendeinem Grund fortgeschafft. Ich war ganz durcheinander, als ich zu mir kam. Mir war schwindlig, ich wollte umgehend zu Ihnen, um sicherzustellen, dass keiner von Ihnen verletzt wurde. Ich habe nicht nachgeschaut, ob er noch dort ist …"

Sie starrten ihn an, ein Meer harter Gesichter, die nun nicht mehr so neutral wirkten wie zuvor. Reston entdeckte Unglauben und Respektlosigkeit darin, Wut – und in einigen Blicken bemerkte er etwas, das Hass sein mochte.

Was habe ich getan, um eine solche Verachtung zu wecken? Ich bin ihr Manager, ihr Arbeitgeber, ich bezahle ihre gottverdammten Löhne!

Einer der Mechaniker erhob sich vom Tisch, wandte sich an die anderen und ignorierte Reston dabei völlig. Es war Nick Frewer, der unter den Männern die größte Beliebtheit zu genießen schien.

„Wer ist dafür, dass wir von hier verschwinden?", fragte Nick. „Tommy, du hast die Schlüssel für den Truck?"

Tom nickte. „Klar, aber nicht für das Tor und nicht für den Lagerschuppen."

„Die hab ich", sagte Ken Carson, der Koch. Er stand ebenfalls auf, und dann erhoben sich die meisten, streckten sich und gähnten, leerten ihre Tassen.

Frewer nickte. „Gut. Geht alle packen und seid in fünf Minuten am Aufzug …"

„Halt!", rief Reston. Er konnte nicht glauben, was er da hörte, dass sie ihrer moralischen Pflicht entsagen wollten, ihrer *Verantwortung*. Und dass sie *ihn* ignorierten. „An der Oberfläche sind noch mehr – die werden euch umbringen! Ihr müsst mir helfen!"

Nick drehte sich um und sah ihn an. Sein Blick war ruhig, aber auch unerträglich herablassend. „Mister Reston, wir müssen gar nichts. Ich weiß nicht, was hier wirklich läuft, aber ich glaube, Sie sind ein Lügner – und ich mag zwar nicht für jeden hier sprechen, aber ich weiß, dass *ich* nicht gut genug bezahlt werde, um Ihren Leibwächter zu spielen."

Plötzlich lächelte er, seine blauen Augen funkelten. „Abgesehen davon, sind diese Typen nicht hinter *uns* her."

Nick wandte sich ab und stapfte davon, und Reston erwog für einen Moment, ihn zu erschießen – aber er hatte nur sechs Kugeln und zweifelte nicht daran, dass die anderen sich gegen ihn wenden würden, wenn er einen der ihren verletzte. *Arbeiterklassenpack!* Er dachte daran, ihnen zu sagen, dass ihr Leben keinen Pfifferling mehr wert sei, dass er ihren Verrat niemals vergessen würde – aber er verzichtete darauf, wollte seinen Atem nicht vergeuden. Außerdem hatte er keine Zeit.

Versteck dich!

Das war alles, was ihm noch übrig blieb.

Reston wandte sich von den Aufsässigen ab und eilte hinaus. In Gedanken suchte er nach sicheren Zufluchtsorten, verwarf sie aber nacheinander als zu offensichtlich, zu ungeschützt …

... bis ihm doch noch eine vielversprechende Idee kam: die Fahrstühle, gleich neben den medizinischen Einrichtungen! Das war ein perfektes Versteck. Niemand würde auf den Gedanken kommen, in einer leeren Liftkabine, die nicht einmal in Betrieb war, nachzusehen. Er konnte eine davon aufstemmen und würde darin Schutz finden. Wenigstens für eine Weile, bis ihm etwas Besseres einfiel, das er sonst noch tun konnte.

Reston wandte sich, trotz der kühlen, fahlen Stille hier im Hauptkorridor schwitzend, nach rechts und fing an zu rennen.

Nach einer Fahrtzeit, die ihnen wie Stunden vorkam, hinab in die Dunkelheit, in der kalten Enge des ohrenbetäubend lauten Wartungsaufzugs, hielten sie unten an.

Oder oben – kommt ganz darauf an, wie man's betrachtet, dachte Claire abwesend und spähte durch die Öffnung nach unten, während Davids Taschenlampenstrahl über das Interieur glitt und der dröhnende Motor allmählich auslief und verstummte. Sie waren auf einer Fahrstuhlkabine gelandet, die bis auf eine Stehleiter, die man zur Seite geschoben hatte, leer war.

Sie verließen das Metallrechteck, und Claire war erleichtert, wieder auf einer halbwegs festen Oberfläche zu stehen. In einem offenen Aufzugschacht nach unten zu fahren, wo eine einzige falsche Bewegung genügte, um sich zu Tode zu stürzen, entsprach nicht ihrer Vorstellung von einem Vergnügen.

„Meint ihr, es hat uns jemand gehört?", fragte sie und sah, wie Davids Silhouette mit den Schultern zuckte.

„Wenn sie sich innerhalb eines Umkreises von dreihundert Metern um dieses Ding befinden, dann ja", sagte er. „Wartet, ich hole die Trittleiter ..."

Während David sich hinsetzte, sich an den Rändern der Öffnung abstützte und sich dann hinabließ, schaltete Claire ihre eigene Taschenlampe ein. Als er die kleine Leiter zurechtrückte, knipste auch Rebecca ihre Lampe an, und Claire erhaschte einen Blick auf ihr Gesicht.

„Hey, bist du okay?", fragte sie besorgt. Rebecca sah krank aus, viel zu blass und mit dunklen, violetten Halbkreisen unter den Augen.

„Mir ging's schon besser, aber ich werd's überleben", sagte sie leichthin.

Claire war davon nicht sonderlich überzeugt, aber bevor sie nachhaken konnte, rief David von unten: „In Ordnung – lasst eure Füße herabhängen, ich dirigiere sie auf die Leiter und heb euch dann herunter."

Claire bedeutete Rebecca, den Anfang zu machen. Sie beruhigte sich damit, dass Rebecca, wenn sie nicht mehr weiter konnte, schon den Mund aufmachen würde. Doch während David ihr nach unten half, wurde Claire bewusst, dass *sie selbst* an Rebeccas Stelle sich diese Blöße nicht geben würde.

Ich würde helfen und nicht zurückgelassen werden wollen. Ich würde weitermachen, und wenn es mich umbrächte ...

Claire schob den Gedanken beiseite und ließ sich durch das Fahrstuhldach hinabgleiten. Rebecca war nicht so starrköpfig wie sie selbst; außerdem war sie Medizinerin. Nein, wenn sie sagte, sie sei okay, dann war sie es auch.

Als sie unten ankam, nickte David Claire zu und gemeinsam zerrten sie an den kalten Metalltüren. Rebecca hielt ihre Halbautomatik locker auf die sich verbreiternde Lücke gerichtet. Als sie es geschafft hatten, die schweren Türhälften weit genug auseinander zu ziehen, trat David als Erster hinaus. Nach einer Weile gab er ihnen das Zeichen, ihm zu folgen.

Wow!

Claire wusste nicht recht, was sie genau erwartet hatte, aber diesen schwach beleuchteten, grauen Betonkorridor bestimmt nicht. Er erstreckte sich nach rechts, wo er vor einer Tür endete, und links bog er sechs oder sieben Meter vom Aufzug entfernt scharf nach Osten ab. Claire war sich nicht sicher, was die Richtungen anging, aber sie wusste, dass sich der Fahrstuhl, in dem Leon und John festgesessen hatten, im Südosten der Anlage befand – vorausgesetzt, er führte senkrecht nach unten.

Es war vollkommen still, nichts rührte sich. David neigte den Kopf nach links, um ihnen zu bedeuten, dass sie in diese Richtung gehen würden. Claire und Rebecca nickten.

Wir könnten ebenso gut beim Aufzug anfangen. Vielleicht finden wir heraus, wohin Leon und John gegangen sind …

Claire warf Rebecca einen weiteren Blick zu. Sie wollte sie nicht anstarren, aber sie war in Sorge um sie. Rebecca sah wirklich nicht gut aus, und als sie auf die Gangbiegung zuging, ließ sich Claire absichtlich etwas zurückfallen. Sie fing Davids Blick auf, nickte kaum merklich in Richtung der jungen Medizinerin und runzelte die Stirn.

David zögerte, dann erwiderte er das Nicken, und Claire stellte fest, dass ihm Rebeccas Verfassung keineswegs entgangen war. Immerhin.

Rebecca, die die Biegung bereits erreicht hatte, stieß plötzlich einen spitzen, hohen Schrei aus, und sie sahen nur noch, wie ein Mann in blauem Anzug vorsprang, sie packte, ihr die Waffe aus der Hand schlug und seinen eigenen Revolver an ihren Kopf setzte. Er schlang den Arm brutal um ihren Hals, riss sie herum, sodass sein verschwitztes Gesicht in Claires und Davids Richtung zeigte, und formte, den Finger am Abzug, ein zittriges Grinsen.

„Ich bring sie um! Ich tu's! Zwingt mich nicht, es zu tun …!"

Als Rebecca nach seinem Arm griff, drückte er noch fester zu. Seine Hände zitterten, der Blick seiner blauen Augen schoss zwischen David und Claire hin und her. Rebeccas Lider senkten sich ein wenig, ihre Hände sanken wieder herab, und Claire erkannte, dass sie am Rande eines Kollaps stand.

„Ihr werdet mich nicht töten, bleibt mir vom Leib! Weg mit euch, oder ich bring sie um!"

Er drückte Rebecca die Revolvermündung an den Kopf und ließ keinen Zweifel daran, dass er, wenn David oder Claire auch nur die kleinste falsche Bewegung machten, abdrücken würde.

Hilflos mussten sie zusehen, wie der Irre einen Bogen um sie beschrieb und Rebecca mit sich zur Tür am Ende des Ganges zerrte.

ZWANZIG

Es war erschreckend einfach, Fossil aus der Stasis zu holen. Binnen kürzester Zeit war Leon in das Überwachungsprogramm eingedrungen und hatte herausgefunden, wie man den riesigen Zylinder abließ. Dem digitalen Zähler zufolge, der auf dem Bildschirm erschien, würde es nur knappe fünf Minuten dauern, nachdem der Befehl eingegeben worden war.

Mann, jeder, der hier arbeitet, hätte das tun können, jederzeit. Für so eine paranoide Firma geht Umbrella ganz schöne Risiken ein ...

„Hey, sieh dir das an", sagte John. Leon wandte sich von dem kleinen Computer ab und musterte das Ungeheuer aufmerksam. Selbst nachdem er die Hölle von Raccoon überlebt hatte, nachdem er gegen Zombies und Mammutspinnen und sogar gegen einen Riesenalligator gekämpft hatte, war dies doch das seltsamste Wesen, das er je gesehen hatte.

John stand vor der gegenüberliegenden Wand und schaute zu einem laminierten Bild empor. Als Leon näher kam, sah er, dass es sich um eine Karte des *Planeten* handelte; jeder Bereich war ordentlich gekennzeichnet. Die Testeinrichtung hatte einen sehr einfachen Grundriss, im Wesentlichen bestand sie aus einem riesigen Korridor, der um die vier Phasen herumlief; die meisten Räume und Büros lagen in Seitengängen, die vom Hauptkorridor abzweigten.

John tippte auf ein kleines, östlich gelegenes Rechteck, direkt gegenüber dem Wartungsaufzug. „Hier steht,Test-Kontrollraum'", sagte er. „Liegt auf dem Weg hinaus."

„Du glaubst, Reston hat sich dort verschanzt?", fragte Leon.

John hob die Schultern. „Wenn er uns im Testprogramm beobachtet hat, dann muss er dort gewesen sein – was mich interessiert, ist, ob er vielleicht sein kleines schwarzes Buch liegen ließ …"

„Kann nicht schaden, nachzusehen", meinte Leon. „Es dauert ungefähr fünf Minuten, bis die Röhre leer ist, wir hätten also ausreichend Zeit – vorausgesetzt, der Fahrstuhl macht uns keinen Strich durch die Rechnung."

John drehte sich um und fasste Fossil ins Auge. Das Ungeheuer schlief immer noch in seinem Gel-Bad. „Du glaubst, das Ding wacht tatsächlich auf?"

Leon nickte. Die Statusdaten, die in dem simplen Überwachungsprogramm aufgelistet waren, schienen alle zu stimmen. Herzfrequenz und Respiration ließen auf Tiefschlaf schließen. Es gab keinen Grund zur Annahme, dass Fossil nicht aufwachen würde, wenn das warme Nährbad vollständig abgelassen war.

Und wahrscheinlich erwacht er frierend, stinksauer und … verdammt hungrig!

„Ja", sagte er. „Und glaub mir, wir sollten nicht mehr hier sein, wenn es so weit ist."

John lächelte leicht. Es war nicht sein übliches Grinsen, aber immerhin ein Lächeln. „Dann lass uns gehen", sagte er leise.

Leon kehrte zum Computer zurück, badete im blassroten Licht der Stasisröhre. Fossil schwamm friedvoll darin, ein schlafender Riese. Eine Monstrosität, erschaffen von monströsen Menschen, und ein sinnloses Dasein fristend an einem Ort, der für den Tod gebaut worden war.

Mach sie alle fertig!, dachte Leon und drückte die „Enter"-Taste.

Der Timer begann zu laufen – sie hatten genau fünf Minuten.

David nahm an, dass sie es wahrscheinlich mit Reston zu tun hatten, auch wenn er sich dessen nicht sicher sein konnte. Er überlegte fieberhaft, wie er Rebecca aus der Gewalt dieses Mannes befreien konnte, doch als sich der Verrückte im blauen Anzug rückwärts der

Tür näherte, wurde David klar, dass er nichts, absolut gar nichts tun konnte.

Noch nicht jedenfalls.

„Haut einfach ab! Lasst mich in Frieden!", rief der mutmaßliche Reston, und dann war er verschwunden. Genau wie Rebecca. Der apathische Ausdruck, mit dem sie ihre Freunde die ganze Zeit angesehen hatte, bevor sich die Tür hinter ihr schloss, entsetzte David zutiefst.

„Was sollen wir tun?"

Er sah Claire an, bemerkte die Nervosität und die Furcht in ihrem Gesicht und zwang sich, tief ein- und langsam wieder auszuatmen. Wenn sie in Panik verfielen, würden sie gar nichts verrichten können. Schlimmer noch ...

... es könnte Rebeccas Tod bedeuten!

„Wir müssen vor allem Ruhe bewahren", sagte er, obwohl er sich selbst alles andere als ruhig und besonnen fühlte. „Wir kennen den Grundriss dieser Anlage nicht, wir können keinen Bogen schlagen, um uns ihm von hinten zu nähern ... Also müssen wir uns an seine Fersen heften."

„Aber er ..."

„Ich weiß, was er gesagt hat", unterbrach David. „Aber im Moment gibt es keine Alternative. Wir warten, bis sie in sicherer Entfernung sind, dann folgen wir ihnen und suchen nach einer Möglichkeit."

Und hoffen, dass er nicht so labil ist, wie er aussieht.

„Claire – wir können uns nicht erlauben, irgendein Geräusch zu verursachen. Vielleicht wäre es besser, wenn du hier bleiben würdest ..."

Claire schüttelte den Kopf, in ihren grauen Augen lag ein Ausdruck von großer Entschlossenheit. „Ich kann das", sagte sie in festem und klarem Ton, in dem nicht der geringste Selbstzweifel schwang. Und obwohl sie keine spezielle Ausbildung genossen hatte, war längst der Beweis von ihr erbracht worden, dass sie schnell und zuverlässig war.

David nickte, und sie gingen zur Tür, um zu warten. *Zwei Minuten, es sei denn, wir hören, wie sie hinausgehen. Wir müssen die Tür einen Spaltbreit aufmachen, damit wir Geräusche auffangen können ...*

Er zwang sich zu einem weiteren tiefen Atemzug und verfluchte sich dafür, zugelassen zu haben, dass Rebecca sie begleitete. Sie war erschöpft und verletzt, sie würde nicht im Stande sein, sich zu wehren, wenn Reston beschloss, den Arm noch etwas fester um ihren Hals zu legen.

Verdammt, halte durch, Rebecca. Wir sind in deiner Nähe, und wir können notfalls die ganze Nacht darauf warten, dass er einen Fehler begeht, dass wir unsere Chance bekommen!

Also warteten sie wie besprochen. David betete, dass dieser Kerl Rebecca nichts antun würde, und er schwor, dass er ihm die Leber bei lebendigem Leib herausschneiden und sie ihn verspeisen lassen würde, wenn er es doch tat.

Sie suchten nach dem Aufzug, rannten den grauen Gang zwar nicht entlang, aber ließen sich auch nicht übermäßig Zeit. Die Cafeteria war leer, und eine kurze Durchsuchung der Schlafräume ließ John zu der befriedigenden Erkenntnis gelangen, dass die Männer verschwunden waren. Es gab deutliche Hinweise darauf, dass sie ihre Sachen in aller Eile gepackt und sich dann abgesetzt hatten.

Hoffentlich ist wenigstens Reston noch hier ...

Während sie den Hauptkorridor in nördlicher Richtung entlangliefen, beschloss John, Mr. Blue niederzuschlagen, falls er sich noch im Kontrollraum aufhielt. Ein Hieb gegen die Schläfe würde reichen, und wenn er nicht wieder aufwachte, bevor Fossil herumzustreifen begann ... nun ja, dann war es eben Pech.

Sie passierten eine schmale Abzweigung, die den Kontrollraum mit dem Hauptgang verband, beide keuchend und beide in dem Bewusstsein, dass sie einen funktionierenden Aufzug tausendmal dringender brauchten als eine Gelegenheit, sich mit Reston zu beschäftigen. Wie Leon schon gesagt hatte: Wenn der große

Showdown im *Planeten* begann, war es besser, nicht mehr hier zu sein.

Die Öffnung in der Wand und das Lämpchen über dem „In Betrieb"-Symbol genügten, um John wie ein Kind grinsen zu lassen. Erleichterung überflutete ihn wie eine kühle Woge. Mit ihrem Entschluss, Fossil freizulassen, bevor sie ihren Fluchtweg gesichert hatten, waren sie ein hohes Risiko eingegangen.

Leon drückte den Rufknopf und wirkte ebenso erleichtert. „Zwei oder zweieinhalb Minuten", sagte er, und John nickte.

„Nur ein kurzer Blick", sagte er und kehrte zu dem schmalen Durchgang auf der anderen Seite des Ganges zurück. Leon besaß keine Munition mehr, aber John hatte noch ein paar Schuss in seiner M-16, für den Fall, dass Reston irgendetwas Dummes tun würde.

Sie eilten zur Tür am Ende des Ganges und fanden sie unverschlossen. John ging zuerst hindurch, ließ die Mündung des Gewehrs durch den dahinterliegenden, großen Raum schweifen, dann pfiff er ehrfürchtig angesichts der Einrichtung.

„Heilige Scheiße!", sagte er leise.

Vor einer nur aus Bildschirmen bestehenden Wand reihte sich schwarzer Ledersessel an Ledersessel. Dazu dunkelroter, weicher Teppich; eine silberglänzende Konsole, schlank und hypermodern; dahinter ein Tisch, wie aus weißem Marmor gefertigt.

Wenigstens müssen wir nicht in irgendwelchem Gerümpel herumstöbern!

Es gab nur einen Kaffeebecher und einen chromfarbenen Flachmann auf der Konsole. Keine Papiere, kein Bürokram, keine persönlichen Gegenstände, keine Bücher, in denen Geheimcodes festgehalten waren …

„Ich denke, wir sollten verschwinden", sagte Leon. „Ich habe keine Uhr und würde mich nur ungern um ein paar Minuten verschätzen."

„Okay. Lass uns …"

Auf einem der Wandmonitore bewegte sich etwas, in der Mitte der zweiten Reihe von oben. John trat näher an den Bildschirm heran und fragte sich, wer zum Teufel das sein konnte. *Die Arbeiter haben sich verdrückt und trotzdem sind da zwei Leute. Kann eigentlich nicht sein.*

„Verdammt!", fluchte John und spürte, wie sein Magen nach unten sackte – ein Übelkeit erregender Ruck, der kein Ende zu nehmen schien. Sein entsetzter Blick klebte an der Monitorscheibe.

Reston mit einer Schusswaffe. Er zerrte Rebecca durch irgendeinen Gang, seinen Arm immer noch um ihren Hals geschlungen. Rebeccas Füße schleiften halb über den Boden, ihre Arme hingen schlaff herab.

„Claire!"

John wandte den Blick ab und sah Leon auf einen anderen Monitor starren, wo David und Claire zu sehen waren, bewaffnet. Sie gingen einen anderen dieser eintönigen Korridore entlang.

„Können wir die Röhre wieder auffüllen?", schnappte John, dessen Eingeweide immer noch schlingernde Bewegungen zu vollführen schienen. Beim Anblick ihrer Freunde verspürte er mehr Angst als in der ganzen zurückliegenden Nacht.

Dieser elende Bastard hat Becca!

„Ich weiß nicht", sagte Leon, „wir können es versuchen, aber auf jeden Fall müssen wir *sofort* los."

John trat von der Wand zurück und suchte die Bildschirme nach einer Darstellung des Laborbereichs ab. Die Erschöpfung fiel von ihm ab, als frisches Adrenalin in seinen Kreislauf pumpte.

Da! Ein dunkler Raum, ein einzelnes Licht in der Ecke, das auf die Röhre gerichtet war, auf das sich bewegende, um sich schlagende *Ding* darin.

Binnen Sekunden wühlten sich triefende Hände durch die klare Materie, zerrissen, zertrümmerten sie, und dann stieg ein muskelstrotzendes, bleiches Reptilienbein hervor.

Zu spät.

Fossil war frei.

Einundzwanzig

Die Kreatur – ein Tyrant der Serie ReH1a, besser bekannt als Fossil – wurde allein von ihrem Instinkt getrieben, und sie hatte nur eines im Sinn: Fressen. Ihr ganzes Handeln wurde von diesem Urdrang beherrscht. Wenn sich etwas zwischen Fossil und seinem Futter befand, zerstörte er es. Wenn etwas angriff und ihn am Fressen zu hindern versuchte, tötete Fossil es. Er kannte keinen Fortpflanzungstrieb, denn Fossil war ein Unikat.

Fossil erwachte hungrig. Er witterte Nahrung, fing elektrische Ladungen auf, die in der Luft schwirrten, Gerüche, entfernte Wärme – und zerstörte das Ding, das ihn festhielt. Die Umgebung war Fossil nicht vertraut, aber das war nicht von Belang – es gab Futter, und er hatte Hunger.

Mit seinen drei Metern Körpergröße und einem Gewicht von rund fünfhundert Kilo, hielt ihn die Barriere, die zwischen ihm und dem Futter stand, nicht lange auf. Dahinter befand sich eine weitere Wand und dahinter noch eine – und das tief gehende Wahrnehmen und der Geruch des Futters waren sehr nahe, so nahe, dass Fossil von etwas überwältigt wurde, das für seine Begriffe einer Emotion am nächsten kam: Er *wollte* – ein Drang, der über Hunger hinaus ging, eine machtvolle Erweiterung seines Instinkts, die ihn zu noch schnellerer Bewegung antrieb. Fossil fraß nahezu alles, aber lebendes Futter weckte in ihm stets das Wollen.

Die letzte Wand, die ihn vom Futter fernhielt, war dicker und härter als alle vorherigen, aber nicht dick und hart genug, um Fossil dauerhaft stoppen zu können. Er wühlte sich durch die Schichten des Materials und gelangte an einen seltsamen Ort, wo es nichts Organisches gab, außer dem sich bewegenden, kreischenden Futter.

Das Futter rannte auf ihn zu, war schwer zu sehen, roch aber sehr stark. Das Futter hob eine Klaue und schlug nach Fossil, schrie in seiner Lust auf Angriff und Töten. Fossil erkannte das anhand des Geruchs. Innerhalb von Sekunden war Fossil von Futter umringt und wieder *wollte* er. Die Tiere, die ihm Futter waren, heulten und schrien, tanzten und hüpften, und Fossil griff zu und schnappte sich das, das ihm am nächsten war.

Das Futter hatte scharfe Krallen, doch Fossils Haut war dick. Fossil biss ins Futter, riss einen großen Batzen aus dem sich windenden Körper und war zufrieden. Sein Daseinszweck war erfüllt, so lange er kaute und schluckte, heißes Blut in seinen Rachen rann, heißes Fleisch zwischen seinen Zähnen zerrissen wurde.

Die anderen Futtertiere griffen weiter an und machten Fossil das Fressen leicht. In kurzer Zeit fraß Fossil alle Futtertiere, und sein Metabolismus verwertete das Futter fast ebenso schnell und gab Fossil die Kraft, immer mehr Futter zu suchen. Es war ein extrem simpler Prozess, und er setzte sich so lange fort, wie Fossil wach war.

Als er mit dem dunklen, höhlenartigen Raum, der das schreiende Futter beherbergt hatte, fertig war, leckte sich Fossil das Blut von den Fingern, öffnete seine Sinne und suchte nach dem nächsten Mahl. Binnen Sekunden wusste er, dass es mehr gab, dass es lebte und sich ganz in seiner Nähe befand.

Fossil *wollte*. Fossil hatte Hunger.

ZWEIUNDZWANZIG

Das Mädchen war krank, ihre Haut fühlte sich klamm an, und ihre Versuche, sich ihm zu entwinden, waren lächerlich schwach. Reston wünschte, er wäre sie losgeworden, hätte sie einfach von sich stoßen und davonlaufen können, aber das wagte er nicht. Sie war seine Garantie, um die Reihen der Angreifer an der Oberfläche unbehelligt zu passieren – sie würden niemanden töten, der zu ihnen gehörte.

Dennoch hätte er sich gewünscht, dass das dumme Mädchen nicht so krank gewesen wäre. Die Kleine hielt ihn auf, war kaum im Stande zu gehen und ließ ihm keine andere Wahl, als sie mit sich zu schleppen, erst durch den Korridor nach Norden, dann nach Osten, in Richtung der Verbindungstür zum Zellenblock. Von den Zellen war es noch ein Fußmarsch von knapp zwei Minuten bis zum Wartungsaufzug.

Fast da. Ist fast vorbei, diese unmögliche, unglaubliche Nacht – ist nicht mehr weit ...

Er war ein wichtiger Mann, er war respektiertes Mitglied einer Gruppe, die über mehr Geld und Macht verfügte als die meisten Länder. Er war Jay Wallingford Reston – und da war er nun und wurde in seiner eigenen Einrichtung gejagt, gezwungen, eine *Geisel* zu nehmen, einem kranken Mädchen die Waffe an den Kopf zu halten und sich wie ein gemeiner Dieb davonzuschleichen. Das war absurd, einfach unfassbar.

„Zu ... fest", flüsterte das Mädchen mit heiserer, erstickter Stimme.

„Zu dumm aber auch", antwortete er zynisch und zerrte seine Geisel weiter, hielt sie im Würgegriff, ihren schlanken Hals in seiner Armbeuge. Daran hätte sie denken sollen, bevor sie in den *Planeten* eingedrungen war.

Er zog sie durch die Tür, die in den Zellenblock führte, und fühlte sich mit jedem Schritt, den er machte, besser. Jeder Schritt brachte ihn dem Entkommen näher, dem Überleben. Er würde sich nicht von einer Gruppe scheinheiliger, selbstgerechter, visionsloser Gangster abknallen lassen – eher würde er sich selbst umbringen.

An den leeren Zellen vorbei, erreichten sie fast die Tür – als das Mädchen stolperte. Die junge Frau stürzte so schwer gegen ihn, dass es ihn beinahe umgerissen hätte. Sie hielt sich an ihm fest, versuchte sich wieder aufzurichten, und in Reston stieg ein an Irrsinn grenzender Zorn auf, blindwütige Rage.

Verdammtes Miststück! *Ich sollte dich hier und jetzt abknallen, dein scheiß Gehirn über die Wände verteilen …!*

Doch bevor er dem Drang abzudrücken nachgeben konnte, bekam er sich wieder in die Gewalt. Der vorübergehende Verlust seiner Selbstbeherrschung beunruhigte ihn nachhaltig. Es wäre ein Fehler gewesen, sie umzubringen, und ein kostspieliger dazu.

„Mach das noch mal, und ich leg dich um!", drohte er kalt. Dann trat er gegen die Tür, die in den Hauptgang führte.

Er war angetan von der Gnadenlosigkeit in seiner Stimme, denn er hatte wie ein Mann geklungen, der nicht zögern würde, seine Drohung auch in die Tat umzusetzen, falls es sein musste – und er hatte nicht nur so geklungen. Er war zu allem entschlossen.

Durch die Tür und in den Gang hinaus …

„Lass sie los, Reston!"

John und Red standen an der Ecke, beide richteten ihre Waffen auf *ihn*. Sie verstellten ihm den Weg zum Fahrstuhl.

Sofort riss Reston das Mädchen zurück. Sie mussten wieder in den Zellenblock, wo er überlegen konnte, wie es weitergehen sollte.

„Vergessen Sie das ganz schnell!", warnte Red. „Sie sind direkt hinter Ihnen. Wir haben gesehen, wie sie Ihnen folgten. Sie sitzen in der Falle!"

Verzweifelt drückte Reston die Waffenmündung gegen den Kopf des Mädchens. *Ich habe die Geisel, sie können nicht ... sie* müssen *mich gehen lassen!*

„Ich mach sie kalt!" Er wich weiter zurück, bewegte sich auf den Vorraum zum Testlabor zu. Das Mädchen hielt sich torkelnd auf den Beinen.

„Und dann machen wir dich kalt", erwiderte John, und in seiner tiefen Stimme klang nicht der Hauch eines Zweifels. „Wenn du ihr wehtust, tun wir *dir* weh. Lass sie los, und wir verschwinden."

Reston erreichte die geschlossene Metalltür, streckte die Hand nach dem Kontrollfeld aus und drückte den Knopf, der Tor und Luke nach Eins öffnete.

„Ihr könnt unmöglich erwarten, dass ich das glaube", fauchte er, während das Metallschott nach oben glitt. Es war nur noch ein einziger Dak am Leben, und er hatte den Käfig offen gelassen. *Ich kann klettern, ich kann ihnen immer noch entkommen, es ist nicht zu spät!*

In diesem Moment öffnete sich die Tür zum Zellenblock, und die beiden anderen traten heraus – traten zwischen die bewaffneten Männer und ihn, und er handelte instinktiv, ohne nachzudenken. Er ergriff seine Chance.

Reston stieß seine Geisel brutal von sich, schleuderte sie seinen vier Widersachern entgegen, sprang in derselben Bewegung nach links und traf die Luke mit der Schulter. Die Tür nach Eins flog auf, und er war hindurch, warf sie hinter sich zu. Es gab einen Riegel, und er schob ihn vor. Das metallische Klicken löste eine Welle von Erleichterung in ihm aus.

Er war sicher, dass sie ihm nichts anhaben konnten, so lange er den Lichtungen fernblieb.

Starke Hände fingen sie auf, noch bevor sie zu Boden fallen konnte ... und sie war wieder in der Lage zu atmen ... und John und Leon waren am Leben ...

Die Erleichterung stieg wie ein warmer Strom in Rebecca auf und ließ sie sich noch schwächer fühlen. Der würgende Griff hatte ihr den größten Teil der Kraft geraubt. Mehr noch, jetzt, da sie darüber nachdachte, fühlte sie sich wie der personifizierte Tod – oder wie *Scheiße auf einem Cracker*, ein Ausspruch, den sie in ihrer Kindheit geliebt hatte ...

Claire hielt sie fest – es waren Claires starke Hände, die sie spürte – und alle scharten sich um sie herum. John hob sie mühelos auf. Rebecca schloss die Augen und überließ sich entspannt ihrer Erschöpfung.

„Bist du in Ordnung?", fragte David und sie nickte, erleichtert und froh, dass sie wieder zusammen waren, dass niemand Schaden genommen hatte ...

Niemand außer mir zumindest.

... und sie wusste, dass sie wieder in Ordnung kommen würde, wenn sie nur Gelegenheit bekam, sich ein wenig auszuruhen.

„Wir müssen hier raus, *jetzt*", sagte Leon. In seinem Tonfall lag eine Dringlichkeit, die Rebecca veranlasste, die Augen zu öffnen. Das behagliche, schläfrige Gefühl war wie weggeblasen.

„*Warum?*", fragte David in ebenso scharfem Ton.

John drehte sich um und trug Rebecca mit schnellen Schritten den Gang hinunter. Über die Schulter rief er zurück: „Wir erklären es euch auf dem Weg nach oben, aber wir müssen weg – so schnell wie möglich, kein Witz!"

„John?", fragte sie, und er schaute zu ihr herab, schenkte ihr ein kleines Lächeln. Doch seine dunklen Augen sagten etwas anderes.

„Uns passiert nichts", behauptete er, „entspann dich einfach, fang an, dir Geschichten auszudenken, mit denen du uns erzählst, wie deine Kriegsverletzungen zustande kamen."

Sie hatte ihn nie so beunruhigt gesehen und fing an, ihm zu berichten, was sie verletzt hatte, als irgendwo vor ihnen ein gewaltiges Donnern erklang, ein Geräusch, als würden Wände eingerissen, Glas zerspringen ... Als poltere ein Elefant durch einen Porzellanladen.

John kreiselte alarmiert herum und rannte den Weg zurück, den sie gekommen waren. Rebecca hörte Claire keuchen und David ausrufen: „O mein Gott!" – beides in atemloser Fassungslosigkeit, und sie spürte, wie ihr müdes Herz vor Angst zu trommeln begann.

Etwas ungeheuer Bedrohliches kam auf sie zu.

DREIUNDZWANZIG

Gottverdammt, wir sind nicht schnell genug!
In einer Wolke aus Staub und Geröll, aus zerborstenem Beton und Verputz prallte Fossil wie eine Höllenvision dem Fahrstuhl gegenüber in den Gang. Seine Schnauze und seine Hände waren rot; grelle Farbspritzer glänzten auf seiner kränklich weißen Haut; sein riesenhafter, unmöglicher Körper füllte den Korridor in seiner Breite und Höhe komplett aus.

„Clip!", schrie Leon, ohne den Blick von dem Ungeheuer zu nehmen, das immer noch gut dreißig Meter von ihnen entfernt war und doch nicht annähernd weit *genug*. Er zog seine leere H&K und warf den Munitionsclip aus und bemerkte kaum, dass es Claire war, die ihm einen neuen reichte.

Fossil machte einen Schritt auf sie zu ...

... und David löste die M-16 aus. Die Salve dröhnte durch den langen Gang.

Fossil machte den nächsten riesigen Schritt nach vorne, als Leon den frischen Clip einrasten ließ. Plötzlich war John neben ihm und schnappte sich eines von Davids Gewehrmagazinen. Claire befand sich auf der anderen Seite neben David. Sie alle nahmen die Kreatur ins Visier.

Leon zielte auf das rechte Auge des Monsters und drückte ab. Das Brüllen seiner Neunmillimeter ging im Lärm der anderen Entladungen unter. Sie schossen alle fast gleichzeitig.

Bamm-Bamm-Bamm ...!

Die einzelnen Detonationen vermischten sich zu einem ohrenbetäubenden Crescendo. Fossil neigte den Kopf zur Seite, als hätte etwas seine Neugier geweckt. Dann tat er einen weiteren Schritt hinein in das ihm entgegenschlagende Bleigewitter.

„*Rückzug!*", rief David, und Leon wich einen Schritt nach hinten, entsetzt darüber, dass an Fossil keine Verletzungen sichtbar wurden. Wenn sie ihm überhaupt Schmerzen zufügten, dann vermochte Leon es nicht zu sehen. Aber mehr – mehr konnten sie nicht tun. Er versuchte noch einmal, das Auge zu treffen …

… und hörte, wie Claire etwas schrie. Er warf ihr einen Blick zu, sah, wie sie eine Granate hervorholte und David reichte.

„Los, los, los!", rief David. John packte Leons Arm, und sie machten kehrt, rannten los. Claire blieb dichtauf, und Leon betete, dass die Distanz groß genug war, um den Splittern zu entrinnen.

Claire rannte, von Entsetzen und dem Gedanken getrieben, dass sie noch nie auch nur etwas Vergleichbares gesehen hatte. Ein blutverschmierter, fischbäuchiger Albtraum, ein geschwungenes Grinsen aus tückisch scharfen Zähnen und Hände, deren viel zu lange Finger rot besudelt waren.

Was ist das? Wie kann so etwas existieren?

„Granate!", schrie David, und Claire stieß sich vom Boden ab, als versuchte sie zu fliegen und sah in dieser einen Sekunde, in der sie in der Luft hing, Rebeccas blasses, erschöpftes Gesicht. Das Mädchen kauerte immer noch dreißig Meter entfernt an der hinteren Wand …

Da kam die Druckwelle der Explosion. Ein warmer Körper prallte gegen Claires Rücken. John befand sich zu ihrer Rechten. Dann schlugen sie alle zu Boden. Claire versuchte, den heftigen Sturz mit der Schulter abzufangen, landete stattdessen aber hart auf ihrem Arm.

Ah, verdammt!

David hatte sich über sie geworfen, entweder absichtlich oder von der Druckwelle erfasst, und als sie sich aufsetzte und zu ihm umdrehte, verzerrte er das Gesicht vor Schmerz zu einer Grimasse. Sie sah zwei, drei dunkle Metallstücke aus seinem Rücken ragen. Sie pinnten den schwarzen Stoff buchstäblich an seiner Haut fest. Claire streckte die Hand aus, um ihm zu helfen ...

... und sah, dass das Monster immer noch stand. Es strich sich mit den Händen über Brust und Bauch, über die schwarzen Flecken, die die Splittergranate hinterlassen hatte. Ein paar Scherben waren in sein Fleisch eingedrungen, aber die Art und Weise, wie es einen weiteren Schritt auf sie zu machte, sprach eher dafür, dass es völlig unversehrt war. Das Ungeheuer öffnete sein Maul mit dem kräftigen Echsengebiss und enthüllte Reste von Fleisch unbekannter Herkunft, die zwischen den gezackten Zähnen hingen. Lautlos machte es einen weiteren Schritt vorwärts, grinste sein Kannibalenlächeln, und Claire bildete sich ein, das blutige Fleisch in seinem Atemstrom riechen zu können – oder was immer in seinen Eingeweiden ruhte und dort vor sich hin rottete ...

REISS DICH ZUSAMMEN*!*

Sie kämpfte sich auf die Beine, ignorierte den Schmerz in ihrem Arm und langte hinunter, um Davids ausgestreckte Hand zu ergreifen und ihn hochzuziehen. Als auch er zum Stehen kam, nahm sie mit ihrer Neunmillimeter Maß und eröffnete erneut das Feuer. Sie wusste, dass es nicht reichen würde – aber sie wusste nicht, was sie sonst hätte tun können.

Vier verletzte Stellen, alle im oberen Bereich seines Rückens, alle brennend vor Schmerz. Fauchend stieß David die Luft zwischen den Zähnen hervor, entschied, dass der Schmerz erträglich war, und schob jeden Gedanken daran bis auf weiteres beiseite. Das absonderliche Monstrum war noch nicht besiegt. Es mochte langsamer geworden sein, aber es hielt nicht inne, und sie konnten ihm nicht mehr entgegenhalten als das, was sie bereits getan hatten.

Fliehen – wir müssen fliehen!

Noch während Davids Hirn den Gedanken formte, öffnete er den Mund. Er rief John, Leon und Claire seine Befehle zu, während sie dabei waren, ihre Waffen leer zu schießen. Waffen, deren Kugeln so nutzlos waren wie die vergeudete Granate.

„John, kümmere dich um Rebecca! Rückzug! Wir können es nicht aufhalten!"

John verschwand. Leon und Claire wichen nach hinten und schossen ohne Unterlass, genau wie er selbst es tat – auf die unwahrscheinliche Chance hin, dass sie vielleicht doch noch Schaden anrichten konnten, dass eine ihrer Kugeln eine Stelle traf, die *verletzbar* war.

„David, wir könnten es durch den Testbereich versuchen – verstärkter Stahl!", rief John. David war nicht sicher, wovon er sprach, aber er verstand „verstärkter Stahl". Das mutierte Tier würde sich davon vermutlich nicht stoppen lassen, aber vielleicht würde es lange genug davon aufgehalten werden, um es ihnen zu ermöglichen, sich zu sammeln und einen neuen Plan auszuarbeiten.

„Geht klar!", rief David, und das Monster machte zwei, drei Schritte auf sie zu, offenbar nicht länger an einer zögerlichen Annäherung interessiert. Bei gleichbleibendem Tempo würde es sie in wenigen Sekunden erreicht haben.

„Lauft hinter John her!", schrie er und verschaffte Leon und Claire für einen Moment Deckung, ehe er sich umdrehte und ihnen hinterherrannte.

Stahl, verstärkter Stahl – die Worte wurden zum Mantra, das im Rennen durch seine Gedanken kreiste. Claire und Leon bogen um die Ecke. Die Betonwand wischte an ihm vorbei, und sein Blick fand Rebecca und John in dem Raum am Gangende. Der Raum, in den der Verrückte gegangen war.

„David, drück die Knöpfe – schließ die Tür!", rief John.

David entdeckte die Steuerung, die kleinen Lichter über den runden Knöpfen und hielt, immer noch in vollem Lauf, darauf zu.

Claire und Leon waren jetzt drinnen. David streckte den Arm aus, hieb mit der Hand auf den größten Knopf der Kontrolltafel und hoffte, dass er sich den Richtigen ausgesucht hatte …

Dann war er durch, kurz bevor eine Metallplatte hinter ihm durch die Luft sauste, so nah, dass er den Luftstrom im Nacken spüren konnte.

Er wirbelte gerade noch rechtzeitig herum, um den schweren, weißen Leib des Mischwesens gegen die Tür krachen zu sehen. Die Brust der Kreatur prallte gegen das dicke, gewölbte Fenster, das in das massive Metall eingelassen war. Die Tür erzitterte in ihrer Führung, und David erkannte, dass sie nicht lange standhalten würde.

Du musst aber halten – nur noch einen Augenblick ...!

Er drehte sich um. Leon stand vor der kleineren Luke, die in die Südwand eingelassen war. In seinen Augen waberte das Entsetzen, alle Farbe war aus seinem Gesicht gewichen, die zitternde Hand lag um den Türhebel.

„Abgesperrt", sagte er tonlos, und wieder krachte das Tier draußen gegen das sich wölbende Metall.

Während Reston überlegte, wie er in den Zwinger gelangen sollte, wurde der Lärm lauter. Der Pferch lag etwa vier Meter über dem Boden, ein offenes Loch in der Wand, und es gab keine Leiter. Der nächste Baum stand gut zwei Meter entfernt und kam damit nicht als Hilfe infrage – aber der einzige andere Weg, der aus der Testzone herausführte, war der, auf dem er hereingekommen war, und er wagte sich nicht wieder auf den Hauptgang hinaus. Er hatte sich schon fast dazu entschlossen gehabt, auf den Baum zu klettern und den Sprung zu wagen, als fürchterlicher Krach aus Phase zwei zu ihm vorgedrungen war.

Reston ging auf die Verbindungstür zu, weil trotz seiner Furcht die Neugier siegte. Die Phasen waren schallisoliert. Ein Lärm wie dieser konnte nur von einer Bombe herrühren – oder von einem Abbruchtrupp ...

... und das heißt: Bomben. Sie haben also doch Sprengsätze gelegt, diese Schweine.

Reston wartete einen Augenblick an der Tür, hörte jedoch nichts mehr. Der einzelne Dak stieß irgendwo auf der anderen Seite des Raumes einen Schrei aus. Die Kampflust war ihm offenbar mit dem

Tod seiner Artgenossen abhandengekommen. Das Tier hatte nicht versucht, ihn anzugreifen.

Sprengsätze ...

Phase zwei lag direkt hinter dem Kontrollraum, dazwischen gab es eine Doppelwand, was bedeuten musste, dass die Renegaten das Kontrollzentrum in die Luft gejagt hatten, den wichtigsten – und teuersten – Raum im *Planeten*. Sie hätten sich kein besseres Ziel aussuchen können. Durch die Zerstörung des Kontrollraums war die Einrichtung praktisch wertlos geworden.

Aber vielleicht haben sie mir damit einen anderen Fluchtweg geöffnet ...

Reston wollte nicht darauf wetten, dass die barbarischen Söldner endgültig verschwunden waren und die Ruinen des *Planeten* hinter sich gelassen hatten.

Aber wenn dem so ist ...

Dann könnte er vielleicht hier wegkommen. Vielleicht einfach abhauen – nicht nur den *Planeten*, sondern White Umbrella hinter sich lassen! Er war ziemlich sicher, dass Jackson ihn für das, was passiert war, umbringen würde ... aber nicht, wenn es Reston gelang, unterzutauchen.

Ein paar Hunderttausend für Hawkinson, eine Reise an einen sicheren Ort ...

Es konnte klappen, wenn er es zeitlich richtig abstimmte, wenn er seinen Namen und seine Identität änderte und weit, weit weg ging. Es *würde* klappen.

Er nickte sich selbst zu, öffnete die Tür, die nach Zwei führte, einen Spaltbreit. Er wusste nicht wirklich, was ihn erwartete, und so überraschte es ihn doch, die riesigen, klaffenden Löcher in zwei Wänden und Trümmer aus Beton, Holz und Stahl zu sehen. Jedes der unregelmäßigen Löcher maß mindestens drei Meter im Durchmesser und an die sieben Meter in der Höhe. Er sah nirgendwo Rauch, ging aber davon aus, dass die Saboteure irgendeine Hightech-Mixtur verwendet hatten, etwas von der Art, auf die solcher Abschaum immer Zugriff zu haben schien.

Die Hitze war immer noch enorm, und die Lampen brannten zu ihm herab. Sekundenlang stand er nur da und lauschte. Aber er hörte nichts, was auf die Anwesenheit derer hingewiesen hätte, die hinter der Zerstörung steckten. Dennoch konnte es sich um eine Falle handeln ...

Reston schüttelte den Kopf, amüsiert über seine eigene Paranoia. Jetzt, da er beschlossen hatte, frei zu sein und die Trümmer seines Lebens hinter sich zu lassen, schwebte er in einer Art Hochstimmung. All die neuen Möglichkeiten, die sich für ihn ergaben ... vielleicht war sogar eine regelrechte Wiedergeburt möglich ...

Nein, sie waren verschwunden, hatten ihre Mission, die Verwüstung des *Planeten,* erfüllt!

Reston schritt über den heißen Sand, stieg über verstreut liegende Reste von Skorps hinweg und kletterte schließlich die Düne hinauf, um in das gesprengte Loch zu spähen.

Mein Gott, die haben wirklich ganze Arbeit geleistet!

Die Zerstörung war beinahe vollkommen, die gähnende Öffnung lag in etwa dort, wo sich die Monitorwand befunden hatte. Dicke Glasscherben, Draht- und Schaltungsstücke, ein schwacher Ozongeruch – mehr war von dem genial ausgeklügelten Videoüberwachungssystem nicht übrig geblieben. Vier der Ledersessel hatte es aus ihren verschraubten Halterungen gerissen, der einzigartige Marmortisch war in zwei Teile zerbrochen, und in der Nordost-Ecke des Raumes klaffte, von Schutt umgeben, ein weiteres riesiges, ausgefranstes Loch.

Und durch dieses Loch ...

Reston konnte den Fahrstuhl von seiner Position aus sogar schon *sehen*. Den funktionierenden, betriebsbereiten Fahrstuhl. Das Licht brannte, die Plattform wartete nur auf ihn.

War es eine Falle? Es schien zu schön, um wahr sein zu können – doch dann hörte er ein fernes Pochen, irgendwo aus der Nähe des Zellenblocks, und er glaubte das Glück nun tatsächlich endlich auf seiner Seite. Die Angestellten waren fort. Das Geräusch konnte nur von dem verdammten Ex-S.T.A.R.S.-Team verursacht werden. Aber es war weit genug entfernt, sodass er den halben Weg zur Oberfläche schaffen konnte, bevor sie hier eintrafen.

Reston grinste, selbst erstaunt, dass es so enden würde – es schien irgendwie so enttäuschend, so profan ...

Beschwere ich mich etwa? Nein, es ist keine Beschwerde. So etwas käme mir nie über die Lippen!

Reston stieg durch das Loch. Er bewegte sich vorsichtig, um sich nicht an den Glasresten zu verletzen.

Der Kampf mit den Futtertieren hatte ihn hungrig gemacht und die Sehnsucht nach Fressen geschürt. Dass ihm eine Wand den Weg verbaute, machte Fossil nur noch gieriger. Fressen war seine Bestimmung. Er hämmerte gegen das massive Hindernis, spürte, wie das Material nachgab, an Widerstandskraft verlor ...

... und obwohl es nicht mehr viel brauchte, um zu den Tieren durchzubrechen, die seinen Hunger stillen konnten, fing Fossil plötzlich die Witterung von neuem Futter auf. Sie kam aus der Richtung, die er gekommen war – Futter, offen und ungeschützt, nichts lag zwischen ihm und Fossil ...

Nach dem Fressen würde er hierher zurückkommen. Fossil wandte sich ab und eilte davon, hungrig und gierig, entschlossen anzukommen, bevor das Futter fliehen konnte.

Nachdem Fossil sich umgedreht hatte und davongerannt war, fing John an, gegen die Stahltür zu treten, weil er in der Überwindung dieses Hindernisses die einzige Chance sah, die ihnen noch geblieben war. Durch die unvorstellbaren Hiebe, mit denen das Monster die Tür drangsaliert hatte, hing die Metallplatte bereits halb aus den Führungsschienen. Claire und Leon unterstützten John. Binnen Sekunden hatten sie die Tür weit genug aus ihrer Führung gewuchtet, dass sie zu Boden fiel – und weitere Sekunden später rannten sie bereits in Richtung Aufzug. David trug Rebecca, und niemand sprach ein Wort. Fossil würde zurückkommen, das wussten alle, und gegen ihn hatten sie nicht den Hauch einer Chance.

„NEIN! NEIN! NEIN!"

Irgendwo schrie ein Mann, und als John um die Ecke bog, sah er, dass es Reston war. Er sah ihn den langen Gang hinunterrennen, verfolgt von Fossil, der rasch aufholte.

Sie stürmten weiter. John fragte sich, wie lange das Monster wohl brauchen würde, um einen ganzen Menschen zu verschlingen. Und als sie den Fahrstuhl erreichten, durch die Tür sprangen und Leon das Tor herunterzog, hörten sie, wie das jammervolle Schreien zu unmenschlicher Stärke anschwoll – um im nächsten Moment jäh abzubrechen. Schmatzende Geräusche lösten Restons Gebrüll ab.

Der Aufzug fuhr nach oben.

VIERUNDZWANZIG

Rebecca wurde schläfrig. Das Geräusch des Fahrstuhls war in seinem beruhigenden Takt mit Davids Herzschlag vergleichbar. Trotz ihrer Müdigkeit hob sie ihre bleierne Hand und führte sie an das dünne schwarze Buch hinter ihrem Hosenbund. Reston hatte es nicht einmal gemerkt, hatte offenbar nicht damit gerechnet, dass sie es, wenn es darum ging, einen Sturz vorzutäuschen, mit den Besten aufnehmen konnte.

Sie dachte daran, es den anderen zu erzählen, die bedrückende Stille in dem nach oben fahrenden Aufzug zu unterbrechen, um ihnen die Neuigkeit mitzuteilen, entschied dann aber, dass es warten konnte. Später würden sie die Überraschung mehr zu schätzen wissen.

Rebecca schloss die Augen. Sie hatten noch einen langen Weg vor sich, doch das Blatt hatte begonnen sich zu wenden. Umbrella würde für all seine Verbrechen büßen – dafür würden sie sorgen.

EPILOG

David und John halfen der jungen Rebecca, Leon und Claire lächelten einander an wie Verliebte, und so trotteten die fünf müden Krieger aus dem Erfassungsbereich der Kamera hinaus in den zart erblühenden Morgen über Utah.

Seufzend lehnte sich Trent in seinem Stuhl zurück und drehte gedankenverloren seinen Onyxring. Er hoffte, dass sie ein, zwei Tage pausieren würden, bevor sie sich in ihre nächste große Schlacht stürzten … vielleicht die letzte große Schlacht. Sie verdienten ein wenig Erholung nach allem, was sie durchgemacht hatten. Wenn sie überlebten, wovon er ausging, musste er unbedingt dafür sorgen, dass sie reich entlohnt wurden.

Vorausgesetzt, ich bin noch in der Lage, Geschenke zu machen …

Natürlich würde er das sein. Aber falls Jackson und die anderen endlich herausfanden, welche Rolle er wirklich spielte, würde er untertauchen müssen. Kein Problem, denn er verfügte über ein halbes Dutzend nicht zurückverfolgbarer Identitäten rund um den Globus, unter denen er wählen konnte, und jede einzelne verfügte über ein ungeheures Vermögen. Und White Umbrella besaß nicht die Mittel ihn aufzuspüren. Sie hatten Geld und Macht, das stimmte, aber sie waren schlicht nicht intelligent genug.

Ich habe es immerhin bis hierher geschafft, oder?

Trent seufzte abermals und ermahnte sich, dass er sich nicht auf seinen Lorbeeren ausruhen durfte, zumindest noch nicht zu diesem Zeitpunkt. Er wusste, dass es sich nicht auszahlen würde, *zu* optimistisch in die Zukunft zu blicken. Bessere Männer als er waren durch Umbrellas Hand gestorben. In jedem Fall aber würden entweder seine oder die Tage Umbrellas gezählt sein. So oder so lief also alles auf das Ende eines unseligen Problems hinaus …

Er stand auf, streckte sich und schüttelte die Verspannung ab. Der „Piraten"-Satellit hatte es ihm ermöglicht, fast alles mitzuverfolgen; eine lange, ereignisreiche Nacht lag hinter ihm. Alles, was er jetzt brauchte, waren ein paar Stunden Schlaf. Er hatte es so arrangiert, dass er bis Mittag nicht zu erreichen sein würde, aber spätestens dann musste er Sidney anrufen – dann würde der alte Teetrinker schon völlig außer sich sein, genau wie die anderen. Sie würden verzweifelt nach den Diensten des geheimnisvollen Mr. Trent verlangen, und er würde sich in den nächsten Flieger setzen. So sehr es ihn auch dazu drängte zuzusehen, wie Hawkinson zurückkam und sich mit Fossil herumschlug, gebot die Vernunft, sich erst einmal auszuschlafen.

Trent schaltete die Bildschirme ab. Dann verließ er den Raum, von dem aus er zu operieren pflegte – ein Wohnzimmer mit einigen recht aufwändigen Ergänzungen – und ging in die Küche, die einfach nur eine Küche war. Das kleine Haus, im ländlichen Teil von New York gelegen, war seine Zuflucht, nicht sein eigentliches Zuhause. Von hier aus koordinierte er den Großteil seiner Arbeit. Nicht jene grandiosen Ränkespiele, die er in White Umbrellas Namen in Gang setzte, sondern seine *wahre* Arbeit. Wäre irgendjemand auf den Gedanken gekommen, die Adresse zu überprüfen, hätte er erfahren, dass das kleine Dreizimmerhaus im viktorianischen Stil Mrs. Helen Black gehörte, einer zierlichen alten Lady. Ein Insiderwitz, den nur er verstand.

Trent öffnete den Kühlschrank, entnahm ihm eine Flasche Mineralwasser und dachte daran, wie Reston in seinem letzten Moment ausgesehen, wie er seinem Tod ins Gesicht gestarrt hatte. Es war ein reizender Einfall gewesen, Fossil gegen ihn einzusetzen. Um Cole war es wirklich zu schade. Der Mann hätte ein Gewinn für die kleine, aber stetig wachsende Gruppe von Widerständlern werden können.

Trent ging mit dem Wasser nach oben, benutzte das Badezimmer und schritt dann über einen kurzen Korridor, während er sich fragte, wie viel Zeit ihm wohl noch blieb. In den ersten Wochen seines Kontaktes zu White Umbrella hatte er permanent damit gerechnet, in Jacksons Büro gerufen und kurzerhand erschossen zu werden. Doch die Wochen hatten sich zu Monaten gedehnt, und er hatte nie auch nur den Hauch eines Zweifels ihm gegenüber gespürt – von keinem der Beteiligten.

Im Schlafzimmer legte er sich die Kleidung für den Flug zurecht, zog sich dann aus und beschloss, erst beim Kaffeetrinken zu packen, nachdem er Sidney angerufen hatte. Trent schaltete das Licht aus, schlüpfte ins Bett. Er blieb einen Augenblick aufrecht sitzen, nippte von seiner Wasserflasche und ging noch einmal seine akribischen Pläne für die nächsten Wochen durch. Er war müde, aber das Ziel seines Lebens war endlich in Reichweite gerückt. Es war nicht so leicht, einzuschlafen, wenn man sich das Ziel von drei Jahrzehnten des Planens und Träumens vor Augen hielt. Ein Ziel, das ihn völlig vereinnahmt hatte …

Nun galt es die letzten Züge klug anzugehen. Es gab noch immer einiges, das geschehen musste, bevor er es endgültig erreichte, und das meiste hing davon ab, wie gut sich seine Rebellen schlagen würden. Er hatte Vertrauen in sie, aber es bestand immer die Gefahr, dass sie versagten – und in diesem Fall würde er noch einmal anfangen müssen. Nicht ganz von vorne, aber es konnte einen ernstlichen Rückschlag bedeuten.

Am Ende jedoch … Trent lächelte, stellte die Flasche auf dem Nachttisch ab und glitt unter die dicke Steppdecke. Am Ende würde das böse Spiel von White Umbrella ans Licht kommen. Die Mitspieler zu töten wäre einfacher gewesen, aber ihr bloßer Tod hätte ihn nicht befriedigt – er wollte sie *vernichtet* sehen, finanziell wie emotional, wollte sehen, wie ihnen ihr Leben genommen wurde, in jeder nur denkbaren Hinsicht. Und wenn dieser Tag kam, wenn die Führer zugesehen hatten, wie ihr feines Werk zu Asche zerfallen war, würde er zur Stelle sein. Er würde zur Stelle sein, um auf dem Friedhof ihrer Träume zu tanzen, und es würde ein guter Tag sein.

Wie so oft, rief sich Trent die Rede ins Gedächtnis, die Rede, die er ein Leben lang einstudiert hatte für den Tag der Tage. Jackson und Sidney mussten dabei sein, ebenso die „Jungs" aus Europa und die Finanziers aus Japan, Mikami und Kamiya. Sie alle kannten die Wahrheit, sie waren im weitesten Sinne Mitverschwörer …

Ich stehe vor ihnen, lächle und sage: „Ein paar Hintergrundinformationen, für den Fall, dass jemand von Ihnen sie vergessen hat:

Früh in der Geschichte von Umbrella – ehe es White Umbrella gab –, arbeitete ein Wissenschaftler namens James Darius im Forschungs- und Entwicklungszentrum des Unternehmens. Doktor Darius war ein ethischer und engagierter Mikrobiologe, der gemeinsam mit seiner reizenden Frau Helen – einer Doktorin in Pharmakologie übrigens – ungezählte Stunden damit zubrachte, eine Gewebe-Reparatur-Synthesis für seine Arbeitgeber zu schaffen, eine, die James selbst entwickelt hatte. Diese Synthesis, die so viel Zeit der Eheleute Darius in Anspruch nahm, war ein genial ausgeklügelter Viralkomplex, der – bei sorgfältiger Entwicklung – das Potenzial hatte, das menschliche Leid in großem Maße zu reduzieren und eines Tages sogar den Tod durch traumatische Verletzungen zu besiegen.

Sowohl James als auch Helen setzten größte Hoffnungen in ihre Arbeit – und sie waren so verantwortungsbewusst, so loyal und vertrauensvoll, dass sie sich umgehend an Umbrella wandten, als sie die Möglichkeiten dessen erkannten, was sie da im Begriff waren zu entwickeln. Umbrella erkannte dieses Potenzial ebenfalls. Was das Unternehmen jedoch sah, war ein finanzieller Einbruch, sollte solch ein Wunder je auf den Markt gelangen. Man stelle sich all das Geld vor, das ein pharmazeutisches Unternehmen verlieren würde, wenn jedes Jahr Millionen Menschen weniger sterben – andererseits jedoch stelle man sich vor, wie viel Geld man verdienen könnte, wenn sich dieser Viralkomplex auch für militärische Zwecke nutzen ließe. Man halte sich die damit verbundene Macht vor Augen …

Angesichts eines solchen Anreizes hatte Umbrella keine andere

Wahl. Die Verantwortlichen nahmen James und Helen Darius die Synthesis weg, nahmen die Aufzeichnungen darüber und übergaben alles einem brillanten jungen Wissenschaftler namens William Birkin, der gerade erst dem Teenageralter entwachsen, aber bereits Leiter eines eigenen Labors war. Birkin war einer von ihnen, wissen Sie. Ein Mann mit derselben Vision, demselben Mangel an Moral, ein Mann, den sie benutzen konnten. Und nun, da sie ihre gefügige Marionette besaßen, wurde ihnen klar, dass aus der Fortexistenz der beiden guten Doktoren James und Helen Darius Unannehmlichkeiten erwachsen könnten.

Also gab es ein Feuer. Einen Unfall, wie es hieß, eine fürchterliche Tragödie – zwei Wissenschaftler und drei loyale Assistenten kamen in den Flammen um. Zu schade, zu traurig, aber der Fall war damit abgeschlossen ... Das war die Geburt jener Umbrella-Abteilung, die als White Umbrella bekannt ist. Biowaffenforschung. Ein Spielplatz für die Stinkreichen und ihre Stiefellecker, für Männer, die alles, was einem Gewissen auch nur ähnelt, schon vor langer, langer Zeit verloren hatten."

Ich lächle wieder. *„Für Männer wie* Sie, *meine Herren. White Umbrella hatte an alles gedacht. Oder glaubte es zumindest. Woran man nicht gedacht hatte – entweder weil man zu kurzsichtig war oder aus Ignoranz nachlässig wurde –, war der junge Sohn von James und Helen, ihr einziges Kind, das auf dem Internat war, als seine Eltern bei lebendigem Leibe verbrannt wurden. Vielleicht vergaß man ihn einfach. Aber Victor Darius vergaß nicht. Mehr noch, Victor wuchs auf und dachte darüber nach, was Umbrella getan hatte, ich möchte sogar sagen, er wurde besessen davon. Es kam eine Zeit, in der Victor an nichts anderes mehr denken konnte, und da beschloss er, etwas zu unternehmen.*

Um seine Mutter und seinen Vater zu rächen, das wusste Victor Darius, musste er außerordentlich clever und sehr, sehr behutsam vorgehen. So verwendete er Jahre nur auf die Planung. Und weitere Jahre darauf, sich alles benötigte Wissen anzueigenen – und noch mehr Zeit darauf, die richtigen Kontakte zu knüpfen, in die richtigen

Kreise vorzustoßen, so verschlagen und hinterhältig zu werden wie seine Feinde. Und eines Tages tötete er Umbrella, so wie das Unternehmen seine Eltern getötet hatte. Es war nicht leicht, aber er war zu allem entschlossen, und immerhin hatte er diesem Job sein ganzes Leben gewidmet."

Ich grinse und füge hinzu: „Oh, und erwähnte ich bereits, dass Victor Darius seinen Namen änderte? Es war etwas riskant, aber er entschied sich für den zweiten Vornamen seines Vaters oder zumindest einen Teil davon. James *Trenton* Darius *benutzte ihn ja schließlich selbst nicht mehr."*

Die Rede änderte sich immer um ein paar Nuancen, aber von ihrer Aussage her blieb sie immer gleich. Trent wusste, dass er nie die Gelegenheit erhalten würde, sie vor all denen, die es betraf, zu halten, doch es war dieses Bild, diese Vorstellung, die ihm die Kraft gab, über all die vielen Jahre weiterzumachen. Nachts, wenn es ihn so aufwühlte, dass er nicht schlafen konnte, war ihm das gebetsmühlenartige Wiederholen der Geschichte zu einer Art bitterem Wiegenlied geworden – er stellte sich den Ausdruck auf ihren müden, alten Gesichtern vor, das Entsetzen in ihren blassen Augen, ihre bebende Entrüstung über seinen Verrat. Irgendwie besänftigte die Vision stets seinen Zorn und schenkte ihm ein kleines bisschen Frieden.

Bald. Bald wird es so weit sein – nach Europa, meine Freunde …

Der Gedanke folgte ihm hinab ins Dunkel, in den süßen, traumlosen Schlaf der Gerechten.

DIE AUTORIN

S. D. (Stephanie Danielle) Perry schreibt – aus Freude wie auch zum Broterwerb – Multimedia-Romanadaptionen in den Genres Fantasy, Science-Fiction und Horror, darunter etliche *Aliens*-Romane sowie die Buchfassungen von *Timecop* und des Thrillers *Virus*. Unter dem Namen Stella Howard schrieb sie einen Originalroman zur Fernsehserie *Xena*. Die *Resident-Evil*-Bücher sind ihr erster Ausflug in den Bereich der Videospiel-Romane. Zusammen mit ihrem Ehemann und einer Vielzahl von Haustieren lebt S. D. Perry in Portland, Oregon.

RESIDENT EVIL
DIE ROMANE

RESIDENT EVIL
Rose Blank
ISBN 978-3-8332-1348-5

RESIDENT EVIL
Tödliche Freiheit
ISBN 978-3-8332-1349-6

RESIDENT EVIL
The Umbrella Chronicles, Band 1
ISBN 978-3-8332-1785-2

RESIDENT EVIL
The Umbrella Chronicles, Band 2
ISBN 978-3-8332-1968-9

Außerdem NEU:

RESIDENT EVIL COMICBAND 1
ISBN 978-3-86607-864-2

Die Zombiejagd geht weiter!
Im Buchhandel erhältlich

PANINI BOOKS
www.paninicomics.de

Die Vorgeschichte
des Gamebestsellers –
exklusiv als Roman

Dead Space
Märtyrer
B. K. Evenson
432 S., Klappenbroschur
13,5 x 21,5 cm
€ 14,95 (D)
ISBN 978-3-8332-2242-9

Ab Februar 2011

Wir haben die Zukunft gesehen.
Ein Universum der lebenden Toten.
Hier nahm alles seinen Anfang.

Es begann im Golf von Mexiko vor Yucatán. Eine außergewöhnliche archäologische Entdeckung stellt alles in Frage, was wir über unsere Herkunft und unsere Zukunft zu glauben wissen. Michael Altman hat eine Theorie, doch niemand will ihm Glauben schenken. Ein verhängnisvoller Fehler, wie sich bald herausstellen wird. Im Schoße des Ozeans ist etwas erwacht, das unsere Welt – und alles darüber hinaus – für Jahrhunderte mit Schrecken erfüllen wird …

DER ALBTRAUM BEGINNT!

www.paninicomics.de/videogame

THE NEW DEAD

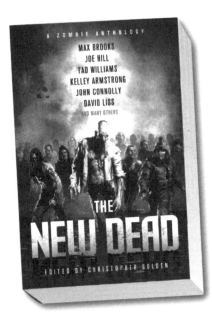

The New Dead
Die Zombie-Anthologie

Max Brooks, Joe Hill,
Tad Williams und andere
448 S., Klappenbroschur
13,5 x 21,5 cm
€ 14,95 (D)
ISBN 978-3-8332-2253-5

Ab April 2011

Der Tod steht ihnen gut!

Vorbei die Zeiten, in denen Zombies nur als hirnlose, wandelnde Kadaver durch die Nächte schlurften. Christopher Golden hat eine Zombie-Anthologie zusammengestellt, in der Topautoren wie z. B. Joe Hill, Max Brooks, Tad Williams u.v.a. zu Topform auflaufen und ihre ganz besondere Sichtweise auf die Untoten zu Papier bringen. Herausgekommen ist eine beeindruckende Sammlung an Kurzgeschichten, die Zombies in einem völlig neuen Licht erstrahlen lassen. Ein Muss für Genrefans und die, die es noch werden wollen.

So viel Hirn hatten Zombies noch nie!

www.paninicomics.de/videogame